Susanne Betz

Der elektrische Kuss

Susanne Betz

Der elektrische Kuss

Roman

C. Bertelsmann

MIX
Papier aus verantwortungsvollen Quellen
FSC® C014496

Verlagsgruppe Random House FSC-DEU-0100
Das für dieses Buch verwendete FSC®-zertifizierte Papier
Munken Premium liefert
Arctic Paper Munkedals AB, Schweden.

1. Auflage

Umschlaggestaltung: R·M·E / Roland Eschlbeck
Satz: Uhl + Massopust, Aalen
Druck und Bindung: GGP Media GmbH, Pößneck
Printed in Germany
ISBN 978-3-570-10038-7

www.cbertelsmann.de

Für Luisa, Vincent und Harriet

Kapitel 1

Als sie den Riegel der kleinen, eisenbeschlagenen Tür zurückschob und ins Freie schlüpfte, donnerte es zum zweiten Mal.

Der Morgen, der Charlotte aus dem Obstgarten entgegenschlug, roch alt und sumpfig. Der Sommer hatte heiß begonnen und war so geblieben. Tag für Tag schob sich die scharfkantige Metallscheibe über den Himmel und machte das Gras welk und Tiere und Menschen müde. Alle sehnten sich nach Regen. Ab der ersten Augustwoche stockte dann jeden Tag die Nachmittagsluft wie schlechte Milch. Sie stand ungenießbar und sauer über dem Land, und die Sonne dahinter schien nur noch schmierig durch. Sonnenuntergänge gab es nicht mehr. Die Nacht floss in diesen zähen Brei hinein und färbte ihn dunkel. Es kühlte auch nicht mehr ab. Aber bislang hatte es nie zu einem Gewitter gereicht.

Birnen, Äpfel und Pflaumen fielen vorzeitig von den Bäumen und faulten, wenn sie nicht gleich von Wespen aufgefressen wurden. Niemand machte sich auf dem Geispitzheimer Anwesen die Mühe, das Obst aufzuheben und zu verkochen. Zweige schwer mit Früchten beugten sich in das hohe Gras. Im Obstgarten wurde auch nur noch selten gemäht. Charlotte hatte diesen ganzen schwülen Sommer über die Atmosphäre beobachtet. Türmten sich Wolken auf? War irgendwo in der Umgebung ein Blitz in einen Kirchturm gefahren oder eine Scheune in Brand geraten? Doch der Himmel hatte sich immer verweigert. Bis jetzt.

In der linken Hand trug Charlotte ein Paar Pantoffeln, unter ihrem rechten Arm klemmte ein Drachen. Sie hatte ihn aus schmalen Holzleisten und dünnem, jadegrünem Papier selbst gebaut. Um die Schnur, die an seiner unteren Spitze befestigt war, hatte sie einen feinen Silberdraht gewickelt. Den zu besorgen, war das Schwierigste gewesen. Aus Angst, jemand könnte sie hören, lief Charlotte immer noch barfuß. Bis sie auf einen scharfkantigen Stein trat. Oder war es ein Tier, das sie gestochen hatte? Charlotte blieb stehen, verrieb Spucke auf die schmerzende Stelle und blickte zum Himmel.

Im Osten, Richtung Rhein, verbreiterte sich zusehends das hellgraue Band des Morgens. Das Gewitter kam aus dem Westen. Geballte Wolken, dunkel, aneinandergepackt wie Weintrauben, hingen tief, dazwischen schoben sich immer wieder für kurze Zeit senfgelbe Schwaden durch. Charlotte sah auf die Entfernung schlecht und kniff gewohnheitsgemäß die Augen zusammen. Noch eine halbe Stunde, mehr nicht, so schätzte sie, war das Gewitter entfernt. Ein staubiger Wind fuhr in ihre Röcke, blähte sie auf und verschwand, so schnell er gekommen war. Irgendwo klapperten Fensterläden, ein vergessener Eimer fiel scheppernd um. Niemand würde wissen, dass sie fort war und was sie vorhatte.

Sie schlüpfte in ihre Pantoffeln. Zierlich, französisch, aus champagnerfarbener Seide, mit Gänseblümchen bestickt, wie so vieles getragen von der Mutter und dann in einem sentimentalen Moment an sie weitergegeben. Die Mutter! Charlotte seufzte. Der nächste Donner, nach ihrer Zählung schon der vierte, knurrte. Ziemlich nahe sogar. Charlotte rappelte sich hoch wie ein ertapptes Kind. Sie fand sofort den kleinen Abschnitt in der Mauer um das Grundstück, wo die obersten Ziegel herausgebrochen waren und die nächstunteren sich leicht herausklopfen ließen. Mit ein wenig Mühe, einem abgebrochenen Fingernagel und aufgeschürften Waden schaffte sie es hinüber. Immer auf den einzigen großen Berg weit und breit zugehend, der sich mit seinem dunkelgrünen Fell zu einem ausgewachsenen Katzenbuckel wölbte. Charlottes Pantoffeln schlurften durch borstige Stoppelfelder, Strohhalme rissen Fäden aus den hübschen Stickereien, ein Streifen ihres Unterrocks blieb in den unteren Zweigen eines Weißdornbusches hängen – als kleine, weiße Markierung im trüben Licht. Zwischen einem Holzstoß blitzten die bernsteingelben Augen eines Fuchses auf, der, obwohl die Nacht vorüber war, noch herum streunte. Warum leuchteten seine Augen und die der Menschen nicht?

Charlotte verscheuchte diese Frage und bog auf die staubige Landstraße Richtung Kaiserslautern ein. Jetzt kam sie schneller voran. Der Drache ließ sich erstaunlich leicht tragen. Eine Viertelstunde im Laufschritt, dann tauchte in der Kurve auch schon der Gekreuzigte unter seinem spitzgiebeligen Holzdach auf. Aus Gewohnheit beugte Charlotte das rechte Knie, im Vorbeieilen warf sie ihm noch eine Kusshand zu. Hoffentlich traf ihn kein Blitz.

»Ich bin Atheist«, hatte ihr Felix mit belegter Stimme gesagt, nachdem sie sich ungefähr sechs Wochen kannten. Er legte ihr die Worte wie der Hund seinem Herrn eine Wachtel vor die Füße, und sie fürchtete schon, er würde im nächsten Moment gerührt über seinen Wagemut in Tränen ausbrechen. Ihr fielen in jenem Moment höchstens zwei, drei Leute aus ihrem Familien- und Bekanntenkreis ein, die keine Atheisten waren. Die schauten allerdings teilnahmslos ins Leere, wenn sie sonntags in der Kirche saßen, und nicht so leidenschaftlich leidend wie Felix. Was also sollte sie ihm antworten?

»Und ich bin Elektriker.«

Er starrte sie nur an und blinzelte, als ob ihm gerade ein Insekt ins Auge geflogen wäre. Charlotte vermutete, dass er gar nicht verstanden hatte, was sie meinte. Und wenn doch, dann war er noch immer mehr über die Abgründe seines eigenen Bekenntnisses erschrocken als über das, was sie ihm gerade leichthin wie eine Einladung zum Parkspaziergang gesagt hatte. Sie musste ihn küssen. Seitdem hatte sie ihn oft geküsst, denn sie musste ihn oft trösten. Außerdem wollte sie sich dankbar zeigen. Weil er hinter dem Rücken des Fürsten und auf dessen Kosten ein Buch nach dem anderen für sie bestellte. Der Wind wurde stärker.

Hundert Schritte nach dem Gekreuzigten verließ Charlotte die Straße wieder und stieg die Anhöhe hinter Bolanden hinauf. Manchmal musste sie sich an einer Wurzel oder einem Stein festhalten, die dünnen Sohlen ihrer Pantoffeln glitten immer wieder ab, Disteln und Dornen kratzten an ihren Beinen, einmal griff sie mit den Händen in Schafskot. Überall hatten Mäuse in die dünngrasigen Hänge ihre verschlungenen Schriftzüge geritzt. Charlotte bekam Seitenstechen, aber sie musste weiter hinauf. Auf keinen Fall durfte ihr kostbarer Drache kaputtgehen. Als sie ein ziemlich weites Stück rückwärts rutschte, hielt sie ihn krampfhaft hoch wie ein verwundeter Soldat die Standarte seines Regiments.

Auf dem Rist ruhte sie sich zum ersten Mal etwas aus. Sie atmete flach. Der Wind hatte inzwischen noch mehr aufgefrischt und riss an ihren Haaren. Die Gewitterwolken schoben sich näher. Aber sie wollte noch mehr an sie heran, ihr Experiment brauchte ideale Bedingungen. Etwas langsamer ging sie weiter. Der jähe, heisere Ruf eines Vogels lenkte ihren Blick tief nach unten, wo der Bach neben dem Feldweg floss. Charlotte blieb stehen. Sie sah vier oder fünf Menschen und ein Fuhrwerk mit zwei Pferden davor, die sich in der Morgendämmerung und im Brausen des Windes lautlos in dieselbe Richtung wie sie bewegten. Wo um Gottes willen wollten die Leute bei diesem Wetter hin? Charlotte stutzte. Waren das etwa die Pächter vom Hof ihres Vaters? Diese Kindsköpfe in absonderlichen Kleidern, die, wenn man ihnen einmal, was selten genug vorkam, in Bolanden oder Kirchheim über den Weg lief, grottenolmig auf den Boden starrten. Sie musste weiter!

Gerade in diesem Moment bog der kleine Trupp im Tal auf ein Getreidefeld ein, die Pferde standen still, die Männer luden Sensen ab und fingen an, in schnellen, schwingenden Bögen zu mähen. Einer, so kam es Charlotte vor, gab den Takt an, breitschultrig unter einem runden, großen Hut. Frauen in schwarzen Röcken bündelten die gemähten Halme und lehnten sie gegen das Fuhrwerk. Hatten sie keine Angst, spürten sie nicht die von Minute zu

Minute stärker anschwellende und saugende Kraft in der Luft? Wenn Charlottes Theorie stimmte, gaben die eisernen Sensen ideale Konduktoren ab. Sie formte ihre Hände zu einem Trichter:

»Passen Sie auf, die Elektrizität!«

Sie legte all ihre Kraft in den Schrei, wartete, atmete tief ein und aus, genoss die schwere Gewitterluft, die über ihr Gesicht strich, und schrie noch einmal gellend laut. Wieder versickerten ihre Worte im Wind. Keiner dort unten hob den Kopf. In den Wolken brummte und gurgelte es, doch die kleinen tauben Gestalten auf dem Feld werkelten unverdrossen weiter. Charlotte lief bis über die nächste Kuppe zu einer Gruppe zerzauster Wacholderbüsche, dann blickte sie ein letztes Mal zum Feld hinunter, sah, wie der abgemähte Streifen breiter wurde und der Mann an der Spitze gleichmäßiger denn je seine Sense schwang. Diese Idioten! Charlottes Haare schlugen vor ihrem Gesicht zusammen. Der Wind kam jetzt von allen Seiten, stieß von hinten und drückte gleichzeitig von vorne. Charlotte stapfte weiter und bohrte ein ums andere Mal die Absätze ihrer Pantoffel in den knochentrockenen Boden.

Die Stelle, für die sie sich dann entschied, war ein kleines Plateau mit ausgezupftem Magergras und Resten von Schafskost mitten auf der höchsten Erhebung, dort, wo Mauerreste einer vor Urzeiten geschleiften Burg als tote Adern übrig waren und sich langsam in grünbemooste Vegetation verwandelten. Die Wolkentrauben hingen ihr fast schon in den Mund. Das Morgenlicht aus dem Osten kam nicht mehr gegen das Gewitter an. Charlotte roch etwas, das sie an schlecht ziehende Kamine erinnerte. Sie legte den Drachen auf den Boden und beschwerte ihn mit einem flachen Stein. Fiebrig schnell zogen ihre Finger den Silberdraht entlang der Schnur glatt. Auf diesen Moment hatte sie Wochen und Monate gewartet, seit sie die »Philosophical Transactions« der Royal Society mit Stephan Grays Aufsätzen in dem Bücherpaket aus Frankfurt zusammen mit der Übersetzung von Robinson Crusoe entdeckt hatte, das der Fürst im Schlafzimmer ihrer Mutter vergessen hatte.

Gray zitierte zunächst viel aus Gilberts »De magnete«. Ungeduldig hatte sie die ersten Seiten überflogen, dann genervt, denn die Ausführungen brachten ihr nichts Neues. Immerhin hatte sie schon vor zwei Jahren einen faustgroßen Klumpen Bernstein aus dem Nassau-Weilburger Raritätenkabinett mitgehen lassen. Ohne Gewissensbisse. Er verstaubte eh nur zwischen geschnitzten Madonnen aus lachsfarbenen Korallen und verwachsenen Katzenföten, eingelegt in Spiritus. Zu Hause in ihrem Zimmer hatte sie ihn ausdauernd an ihrem Rock gerieben und immer wieder aufs Neue beobachtet, wie Papierschnipsel, Wollfäden oder Hühnerfedern sich aus einer gewissen Entfernung zu dem Bernstein hin bewegten. Sie rieb wieder, schob die Federn dann ein kleines Stück weiter weg, sie taumelten kurz hoch, wurden aber nicht mehr angezogen. Der Abstand durfte also nicht zu groß sein. Und was, wenn sie weniger rieb? Charlotte hielt die Luft an, um dem Versuch nicht zu schaden. Aber das Einzige, was sich bewegte, war silbern glitzernder Staub in der Luft. Dann bearbeitete sie den Bernstein wieder heftig und zack zack, die Wirkung stellte sich erneut ein. Magie? Eine unbekannte Mechanik? Mechanik aber brauchte unmittelbaren Kontakt. Hier vollzog sich aber so etwas wie berührungslose Berührung. Aber warum bei Bernstein? Nur bei Bernstein? Diese Fragen waren der Anfang ihrer Experimente. Denn Gray beschrieb in seinem Buch ein neues Element, das unsichtbar, schnell und sehr flexibel war und das in der Welt häufiger vorhanden war, als man dachte. Elektrizität.

Felix musste ihr weitere englische Bücher besorgen. Atemlos las sie als nächstes Grays Versuch mit einem kleinen Waisenjungen, der an dünnen Schnüren befestigt, irgendwo in England von einer Zimmerdecke baumelte. Gray elektrisierte ihn mit einem geriebenen Glasrohr, und prompt zog auch das Kind kleine Gegenstände an. Als nächstes verlangte Charlotte die »Histoire de l'électricité«

eines gewissen Monsieur Dufay, des ehemaligen Intendanten der Königlichen Botanischen Gärten in Paris. Auch wieder unbedingt und jetzt gleich. Felix zögerte, denn er hatte Angst, der Fürst könnte von diesen kostspieligen Bestellungen Wind bekommen, und wurde schwierig. Also schlief Charlotte mit ihm. Das half wie immer, und Felix orderte und vertuschte.

Ihr rechter Pantoffel riss an der Spitze auf. Mitten durch eine gestickte Blume hindurch, drei Zehen schauten heraus. Das passierte, als sie auf ihrem Höhenplatz kurz in die Hocke ging, um zu pinkeln. Dann bohrte sie einen Zweig, den sie unterwegs abgebrochen hatte, in die Erde, wickelte das lose Ende der Drachenschnur samt Silberdraht herum und verknotete alles gründlich. Vorsichtig und liebevoll, als wäre es der Schoßhund ihre Mutter, übergab sie den Drachen der Thermik. Aber schon die nächste rasante Böe drückte ihn zu Boden, sodass das gespannte Papier über das stopplige Gras schrappte, eine der dünnen Leisten verbog sich leicht. Erschrocken beugte sich Charlotte über seine Libellenflügel, hob ihn auf und drückte ihn ziemlich ratlos an die Brust. Der Wind war zu stark.

Das Gewitter ballte sich jetzt unmittelbar über ihr, und Donner krachten wie Gewehrsalven. Auch geblitzt hatte es schon hier und da. Während der ganze Himmel einen Moment lang magisch grün aufleuchtete und es fast taghell wurde, schoss ihr durch den Kopf, dass jeder neue Beweis der elektrischen Wirkungsweise als Beleg für ihre eigene Existenz dienen konnte. Sich selbst schlüssig und unwiderlegbar zu beweisen war ohnehin das größte Problem. Auch wenn in den Büchern, die Felix wie Butterkuchen verschlang, neuerdings so viel von unveräußerlichen Naturrechten und der Freiheit des Individuums die Rede war, so konnte man das alles doch nur als Ableitungen vom Menschsein sehen. Möglicherweise. Aber nicht als Beleg dafür, dass es sie, Charlotte, auch tatsächlich gab.

Angespannt schaute sie in den Himmel. In dem Moment zuckte wieder ein Blitz und schnitt diagonal in die dunkle Wolkenwand einen gleißend hellen Spalt, hinter dem sich ein neuer Himmel und sonst alles Mögliche vermuten ließen. Je mehr sie mittels Versuchsergebnissen demonstrieren konnte, dass diese durch einen Jemand gemacht worden waren, und dieser Jemand sie selbst war, desto eindeutigere Rückschlüsse ließen sich auf ihre Existenz ziehen. Charlotte fror. Der Wind war zwar nicht kalt, aber je länger sie so dastand im dünnen Kleid, desto mehr zerrte er an ihr. Umgekehrt galt also, dass sie immerzu suchen und forschen musste.

Charlottes Blick ließ die Gewitterwolken los und wanderte zu dem großen Berg hinüber. Massig ragte er aus dem sonst eher sanft geschwungenen Land heraus. An seinen Hängen klebten kleine unregelmäßige Muster, fleckige Weiler, trapezförmige Rodungen, dunkel narbig zwischen dem dunstigen Grün. Ihr Vater schlief sicher seinen Rausch aus. Wie jeden Morgen würde Charlotte dann später ihren gezuckerten Haferbrei in der Küche vorfinden, warmes Bier auch, wenn sie wollte, und die Mägde, vor allem Lisbeth, würden mit ihr scherzen, von ihren Rückenschmerzen, Kindern und Liebschaften erzählen. Wen gab es noch? In Mannheim wollte eine Großmutter, die drei Mal verwitwet war, sie möglichst reich verkuppeln. Im Kirchheimer Schloss wartete Felix. Und ihre Mutter. Die darauf spekulierte, dass, wenn sie zu alt wurde, die Tochter sie in ihrer Position als Mätresse ablösen würde. Ein eleganter, nein, ein gnädiger Übergang, alles bliebe wie immer. Mit langen Gabeln Mark aus den Knochen löffeln, Rätsel raten, kandierte Kirschen knabbern, bisweilen ein lausiges Konzert hören, Karten legen, darauf warten, dass der pfälzische Kurfürst zu Besuch kam, hundert Gulden in einer Nacht verspielen. Wenn alles gut ging, sorgte eine unmögliche Liaison für Gesprächsstoff bis in den Winter. So brachte man die einzelnen Tage und das ganze Leben schon irgendwie herum.

Aber so, da machte sich Charlotte nichts vor, dünnten die Einfälle in ihrem Kopf aus, das ließ sich nicht vermeiden. Wie sollte sie da noch ernsthafte Wissenschaft betreiben? Und die Elektrizität und sich selbst beweisen? Ihr Dahinscheiden durch schiere Langweile und Verblödung stellte sich Charlotte sehr gern vor. Sie saß dabei in einem vanillefarbenen Sessel. Mit einem Mal hätte ihr Kopf keinen Halt mehr und würde sanft umknicken wie der Kopf einer Tulpe, während Geheimrat von Sickingen und Baronin Frischleben wieder einmal darüber stritten, wer wen beim Kartenspiel betrogen hatte. Man lässt sie sofort zur Ader, hält ihr Riechsalz unter die Nase und schließlich einen Spiegel vor den Mund. Bei Feststellung des Todes würde umgehend eine Ode an das talentierte Fräulein von Geispitzheim in Auftrag gegeben. Felix würde heimlich mehr denn je über den legitimen Tyrannenmord lesen und sicher einen Strumpf von ihr als Lesezeichen zwischen die Seiten legen. Aber was bliebe sonst von ihr übrig?

Charlotte lachte hell auf, und für einen winzigen Moment übertönte sie damit den Wind. Sie hatte also beschlossen, nicht in einem vanillefarbenen Sessel zu sterben. Stattdessen hatte sie sich von Herrn von Sickingen Orangenscheiben zwischen die Lippen schieben lassen, einmal nach seinem Finger geschnappt, zwei Gläser Moselwein getrunken, dem Fürsten mutwillig zugezwinkert, aber ihre Überlegungen zur Elektrizität wieder auf die Folterbank gespannt und gestreckt. Immer wieder.

Wenn das elektrische Fluidum also per Hand aus bestimmten Materialien herauszuholen war, dann stellte sich erstens die Frage, wie es da hineingekommen war. Oder zweitens, ob es nicht vielleicht schon immer dort war. Falls diese Vermutung, worauf vieles hindeutete, stimmte, dann … Lange Zeit schaffte Charlotte es nicht, diesen Gedanken weiter zu denken. Vielleicht bestand ja die ganze Welt einerseits aus der sichtbaren Materie, die den Gesetzen der Gravitationslehre des Herrn Newton gehorchte, und andererseits der unsichtbaren Elektrizität, die ganz anders funktionierte?

Man wusste noch nicht, wo sie überall auftauchte und in welcher Erscheinungsform. Wasser gab es schließlich auf der Erde sowohl in flüssiger als in gefrorener Form, aber auch als Dampf. Elektrizität, hatte Charlotte plötzlich eines Abends, als der Fürst gerade aus seinem italienischen Reisetagebuch vorlas, vor sich hin gemurmelt, Elektrizität wird in Funken sichtbar, das haben viele Wissenschaftler beschrieben. Alle Köpfe drehten sich zu ihr um.

Seitdem waren Wochen vergangen. Jetzt waren kein eitler Fürst, keine vertrottelten Hofdamen mehr da, die sie störten. Jetzt stand sie allein auf der Anhöhe über Bolanden mit einem Drachen, auf Augenhöhe mit dem Donnersberg und einem furiosen Gewitter. Das einzige bisher in diesem Sommer und unter Umständen das letzte. Sie musste es nutzen. Sie hatte alles gründlich vorbereitet, alles dabei, was sie für ihr Experiment brauchte, und in den vergangenen Wochen viel über das Wesen von Gewittern nachgedacht: Dunkle, schwere Wolken konnten möglicherweise als riesige Reibekörper funktionieren. Blitze zündeten alles an, was brennbar war. Feuer wiederum entstand aus Funken, also gab es vielleicht einen Zusammenhang zwischen Blitzen und Elektrizität. Aber dieses neu entdeckte Element war gefährlich. Unter Umständen tödlich. Angst, so sagte sie sich, musste sie aber nicht vor dem Wagnis haben, sondern nur vor dem Sterben in vanillefarbenen Sesseln. Trotzdem war ihr mulmig zumute. Die Schnur war noch immer fest mit dem Stock verbunden, der Stock steckte noch gut im Boden. Es musste jetzt sein. Jetzt. Sie musste es ausprobieren. Schlimm genug, dass es so vieles gab, was sie noch nicht ausprobiert hatte.

Gleichmäßig und zügig stieg der Drachen. Die Libellenflügel gewannen Höhe, das Jadegrün sah unwirklich schön aus gegen das diffuse Licht aus beginnendem Morgen und Gewitterleuchten. Als dann auch noch die Konturen der großen düsteren Wolken durch das dünne Papier schimmerten, kam ihr der Drache wie die stolze Brokatfahne bei einer Fronleichnamsprozession vor. Ellenweise gab sie Schnur nach. Der Wind war dem Drachen diesmal wohlgesonnen und trug ihn weiter, ohne dass er zu sehr zappelte. Charlotte stand kerzengerade und ließ ihn nicht aus dem Auge. Ihr Herz pochte bis in den Hals hinauf. Sie fror auch nicht mehr. Stattdessen hörte und sah sie erstaunlicherweise deutlicher als je zuvor in ihrem Leben. Obwohl sie doch so kurzsichtig war, dass sie den Fürsten von Weitem manchmal mit seinem reizenden Kutscher verwechselte, der sie hin und wieder heimlich durch die Gegend fuhr. Einmal bis nach Mannheim, wo sie sich dann allein umgeschaut und ein Kaffeehaus besucht hatte.

Eine Krähe schrie auf. Scharf und laut. Sie flatterte knatternd an ihr vorbei wie der Reifrock ihrer Mutter, wenn diese ein Gespräch für beendet erklärte. Die schmalen Holzleisten ihres Drachens konnte sie zu ihrer Verblüffung einzeln zählen. Und erst die Wolken! Trugen sie Unterröcke? Fasziniert betrachtete Charlotte die Spitzenmuster an ihren Rändern, die innerhalb von Sekunden neu geklöppelt und an einer Stelle gelb und an der anderen in der Farbe reifer Auberginen gesäumt wurden. Der Himmel war in Aufruhr und erfand sich jeden Augenblick neu. War es so an den ersten Tagen der Schöpfung zugegangen, als sich Wasser und Land getrennt hatten und die Elemente zu wirken begannen? Charlotte staunte. Über das fulminante Schauspiel über ihr und die vielen noch unerforschten Geheimnisse, die in dem schnellen Wechsel von Farben, Blitzen und Donner lauerten. Das war heute ihr Himmel. Das war die Gelegenheit, auf die sie so lange gewartet hatte.

Aber sie staunte auch über sich selbst. Ihre Haut war auf einmal so dünn und durchlässig, dass sie alles um sich herum spürte. Sie schluckte gierig den schwefeligen Geruch der Blitze, und zwischen ihren Haaren sammelte sich feiner Sand, den der Wind von weit her mitgetragen hatte. Wenn sie fünf Tassen türkischen Kaffee getrunken hätte, hätte sie sich nicht wacher gefühlt. Sie genoss diesen Zustand, kostete ihn aus und wollte ihn nie wieder verlassen müssen. Warum hatte sie nicht früher schon alles so überdeutlich erlebt?

Das Netz, das plötzlich über sie fiel, sah sie trotzdem nicht. Nur dass sie aufschrie, hörte sie. Augenblicklich legten sich Spinnweben über ihr Gesicht, in ihren Ausschnitt, auf ihre nackten Arme. Charlotte spürte sie aber auch sofort unter dem Stoff ihres Kleides, auf ihrem Bauch, ihrem Busen, ihren Schenkeln. Unentwegt kribbelnd, fast stechend, aber unsichtbar. Sie wischte, schlug mit den Händen danach, versuchte, sie mit spitzen Fingern aufzupicken, fand die Fäden aber nicht, zwickte dabei nur ins eigene Fleisch. Würgende Angst stieg in ihr auf. Hatte sie mit ihrem Experiment den Bogen überspannt?

Niemand würde ihre Hilfeschreie hören. Die Bauern unten auf dem Feld waren viel zu weit weg, wahrscheinlich schon fertig mit dem Mähen und auf dem Nachhauseweg. Die wabernden und zuckenden Spinnweben nahmen ihre gesamte Haut, die in den Achselhöhlen, Ohren und unter den Haaren in Beschlag, sogar ihre Lippen und Augenlider, leicht, zittrig und doch entsetzlich unheimlich. Fortlaufen, schoss ihr durch den Kopf. Schnell fort von hier und diesem gewalttätigen, heimtückischen Himmel. Und den Drachen einfach fliegen lassen? Alle ihre Vorbereitungen wären umsonst. Was um Gottes willen spielte sich hier ab? Führte jemand ein Experiment durch, bei dem eigentlich sie das Versuchsobjekt war und das jetzt außer Kontrolle geriet? Noch nie hatte sie bei Gray oder Dufay von so etwas gelesen. Oder doch? Spinnweben, Zuckungen. Charlotte schluckte. Berührungslose Berührung! Geschah das gerade mit ihr?

Und dann sah sie sie. Funken, die kobaltblau und silbrig aus den Rändern des Drachens sprühten. Charlottes Angst wich augenblicklich einer grenzenlosen Neugier, das rasende Herzklopfen blieb. Sie hörte sogar das Knistern, denn der Wind war stiller geworden. Hin und wieder fielen an einer Stelle die tanzenden Funken in sich zusammen, spritzten dafür an einer anderen wieder höher und blauer als zuvor. Ein vollkommeneres Feuerwerk, da war sich Charlotte sicher, hatte noch nicht einmal der Kurfürst in Mannheim abbrennen lassen. Die Spinnweben auf ihrer Haut kribbelten nach wie vor, aber sie wusste jetzt warum. Die Elektrizität! Sie hatte dem Himmel die Elektrizität entlockt. Sie hatte sich selbst elektrisiert. Die Macht des Himmels war mit einem Papierdrachen, einem bunten Kinderspielzeug, entlarvt worden.

Charlotte stand und staunte. Bis die ersten dicken Tropfen aus den Wolken platzten. Noch als eine schräge Regenwand sie vollkommen durchnässte und der Drachen, zu einem jämmerlichen Bündel verkohlt und zerbrochen, in einem Strauch am Abhang hängen blieb, stand sie auf der höchsten Stelle der Hügelkette. Jubilierend und zu ihrer eigenen Überraschung tatsächlich glücklich. Der Boden um sie herum saugte nach den Wochen der Trockenheit gierig die Wassermassen auf. Die Luft roch frisch und jünger.

Es regnete den ganzen restlichen Tag. Grau und vorhangdicht, zwischendurch dünner und gemütlich wie ein gewöhnlicher Landregen. Dann ballten sich erneut violette und braune Wolken zusammen und schleuderten Blitz und Donner heraus. Bis schließlich wieder fette Tropfen, schwer wie Kristalle, zur Erde fielen und zersprangen. Auf den Wegen und Landstraßen schossen braune Bäche dahin und weichten sie auf, bis sie unpassierbar wurden. In Kirchheim schwamm wie so oft Abfall und Kot in den engen Gassen. Als Ernst Christoph Graf von Manteuffel kurz vor neun Uhr in den festlich erleuchteten Bildersaal des Kirchheimer Schlosses geführt wurde, sah jeder, dass seine Seidenstrümpfe voller hässlicher Spritzer waren, seine taubenblauen Kniehosen teilweise auch. Seine Kutsche war unterwegs in einen Graben gerutscht, und ein Rad hatte ausgewechselt werden müssen. Hier ist das Ende der

Welt, hatte er sich gedacht und keine Zeit mehr zum Umziehen gehabt.

»Ein Studienfreund aus Jugendzeiten, einst der beste Mann im Kabinett seines Kurfürsten. Und jetzt dessen verlängerter Arm an der Universität Leipzig, damit sich die Naturwissenschaften, auf die neuerdings alle so versessen sind, auch rechnen«, stellte ihn der Fürst vor und kräuselte launig die Lippen, bevor er fortfuhr, »und natürlich wie die Sachsen so sind, immer am Puls unserer schnellen Zeit.«

Amalia von Geispitzheim klappte ihren Fächer zu, den neuen mit der japanischen Landschaft, und stupste die Spitze gegen die schmale Brust des Gastes.

»Schnelle Zeiten bräuchten eher schnelle Männer. Fühlen Sie also nur den Puls oder können Sie auch mit der Geschwindigkeit mithalten, Graf?«

»Das scheint mir inzwischen überflüssig und Vergeudung. Denn unsere Zeit hat ja jetzt etwas, was die Zeit überholt und weit hinter sich lässt. In Leipzig sind wir auf diesem Gebiet führend.«

Amalia klappte ihren Fächer wieder auf, und Charlotte genoss insgeheim die seltene Situation, dass ihrer Mutter keine passende Antwort einfiel. Stattdessen bedachte die Mätresse des Fürsten Manteuffel noch mit einem ihrer berühmten funkelnden Blicke und schritt dann zum nächsten Gast weiter. Charlotte blieb stehen und drehte den Stil ihres roten böhmischen Glases zwischen den Fingern. Sie war ihm nicht einmal vorgestellt worden. Dass ihre Nase für ein hübsches Gesicht zu lang und auch ihr Kinn eine Spur zu spitz war, wusste sie selbst. Deshalb hoffte sie, dass ihm wenigstens ihr Dekolleté gefiel, wartete aber nicht ab, bis er sich bequemte, das Wort an sie zu richten.

»Meinten Sie die Elektrizität?«

»Wie bitte?«

»Meinten Sie mit dem, was in unserer Zeit schneller als die Zeit ist, das neue Element, die Elektrizität?«

Statt endlich zu antworten, glotzte er sie aber nur an. Charlotte bemerkte, dass er Hechtaugen hatte, und ließ ihren Blick absichtlich nach unten zu seinen Beinen wandern. Vermutlich wusste er, dass sie sein größter Makel waren. Charlotte hatte recht. Er räusperte sich, genügend zurechtgestutzt.

»Elektrizität, ja, ja stimmt. Sie ist schnell.«

Mein Gott, hatte dieser sächsische Graf einen Dachschaden? Charlotte spürte, wie sie immer ungeduldiger und gereizter wurde. Wenn schon einer in dieser verdammten Einöde vorbeikam und etwas über Elektrizität wusste, vielleicht sogar mehr wusste als sie selbst, dann sollte er gefälligst reden. Und nicht jedes Wort langsam im Mund zerkauen. Sie konnte ihre Neugier kaum noch zügeln.

»Sind Sie selbst Elektriker, ich meine, experimentieren Sie?«

Charlotte legte bei dieser Frage alle schamlose und verheißungsvolle Verführungskraft in ihre Stimme, die sie über die Jahre von ihrer Mutter gelernt hatte und jetzt mit fünfundzwanzig passabel beherrschte. Sie musste ihn an die Angel bekommen. In ihren Augenwinkeln sah sie allerdings zu ihrem Schrecken, dass Felix sich näherte. Der liebe, traurige Felix, noch dazu wieder so hübsch mit seinen buschigen schwarzen Augenbrauen und drahtigen, wohlgeformten Waden. Bevor der sächsische Graf schwerfällig zu einer Antwort ansetzte, zupfte Charlotte ihn am Brokatärmel und zog ihn mit sich ein paar Meter weiter in eine kleine ungestörte Nische des Saals, wo ein marmorner Faun mit entblößtem Unterleib stand und aus seinem weit geöffneten Mund einen Strahl Wein in ein Becken plätschern ließ. Manteuffel sträubte sich nicht. Charlotte bemerkte, dass sich an den Rändern seiner Perücke Schweißtropfen sammelten. Ihre rechte Hand blieb auf seinem Ärmel liegen. Ziemlich nahe mit den Lippen an seinem blassen Gesicht, raunte sie:

»Vergessen Sie die Frage. Sie war dumm und überflüssig. Ein Mann von Welt wie Sie ist selbstverständlich Elektriker! Das habe ich vom ersten Augenblick an gespürt. Überhaupt, hat Ihnen schon einmal jemand gesagt, dass sie so etwas unergründlich Rasantes, geradezu Gefährliches in den Augen haben?«

Charlotte riss ihre grauen Augen, die im Kerzenschimmer, so hoffte sie immer, dunkler wirkten, als sie waren, so weit auf, dass es schmerzte. Ihre, wie sie fand, kaum zu überbietende Albernheit wurde belohnt. Der Graf räusperte sich, Röte überflutete sein Fischgesicht.

»Ja gewiss, Sie haben recht, es ist gefährlich, sehr gefährlich. Ich meine … wie war doch Ihr Name?«

»Charlotte von Geispitzheim.«

»Es ist mir eine Ehre.«

Jetzt, da sie beinahe schon an ihm klebte, verbeugte er sich ungelenk. Seine Perücke berührte ihre Nasenspitze, der rieselnde Puder brachte sie zum Niesen. Der Mann war offensichtlich ein Tölpel.

»In der Tat, ich sage es ganz offen, ich bin ein Elektriker und will Ihnen auch nicht verheimlichen, dass ich ganz nah dran bin an den bahnbrechenden Experimenten unseres Jahrhunderts mit den modernsten, raffiniertesten Maschinen, die die besten sächsischen Instrumentenbauer …«

Da Manteuffel selten so viel auf einmal mit Frauen sprach, hatte er jetzt einen Frosch im Hals stecken und musste würgen. Charlotte hielt schnell ihr Glas in die Fontäne des spitzohrigen Fauns, ließ es randvoll laufen, sodass der Wein überschwappte, als sie es dem Grafen an die Lippen hielt.

»Zu freundlich, zu freundlich, wirklich …«

Er trank gierig, hustete noch ein paar Mal, und Charlotte hatte das Gefühl, dass seine vorgewölbten Augäpfel ihr gleich in den Ausschnitt fallen würden. Also schlug sie eine strengere, gebieterische Tonart an. Dass der Wechsel von Zuckerbrot zu Peitsche bei Männern fast immer nötig war, hatte sie ebenfalls von ihrer Mutter gelernt.

»Maschinen, sagten Sie gerade! Welche Maschinen?«

»Ja, die neue Elektrisiermaschine, die Johann Heinrich Winkler, Professor für Philosophie, Latein und Griechisch, entworfen und sich von dem Drechsler Gießing hat bauen lassen. Nur ein ausgewählter Kreis, dem ich angehöre, konnte bislang sehen, wie sie funktioniert.«

Manteuffel schwitzte stärker, Charlotte rückte ihm noch einen Fingerbreit entgegen.

»Wie funktioniert sie denn, die Maschine? Reden Sie doch!«

Manteuffel keuchte.

»Sie funktioniert gewaltig, kann ich Ihnen sagen. Die Elektrizität schießt förmlich durch …«

Manteuffels Blick schwankte jetzt zwischen Charlottes saugenden Augen und ihrem kleinen, apart zur Schau gestellten Dekolleté. Charlotte sagte für eine Weile nichts, hypnotisierte ihn aber weiter. Das gerade Gehörte arbeitete in ihr und verknotete sich langsam, aber gründlich mit dem, was sie am frühen Morgen mit ihrem Drachen auf dem Berg erlebt und beobachtet hatte. Elektrizität konnte, so sah es aus, sowohl bei Gewitter aus dem Himmel abgezapft als auch von bestimmten Maschinen produziert und aus denen dann herausgeholt werden. Charlotte zuckte kaum merklich zusammen, als ihr die ganze Tragweite dieser Kombination klar wurde. Auch die komplizierteste und scheueste aller Naturgewalten konnte also benutzt werden. Ihr Mund fühlte sich trocken an und spannte an den Rändern. Was für ein Tag! Charlotte seufzte und hatte das Gefühl, lange und weit abwesend gewesen zu sein. Doch der sächsische Graf starrte sie nach wie vor an, der Wein rieselte gleichmäßig aus dem Mund des Fauns, die Musik, die Stimmen, die tänzelnden und schiebenden Schritte wogten um sie herum, ohne aus dem Takt gekommen zu sein.

Sie bemerkte ihr halbvolles Glas in der Hand, aus dem gerade der Graf getrunken hatte, und leerte es wie in Trance in einem Zug. Ihre linke Hand befand sich urplötzlich und eigentlich ohne ihr Zutun zwischen den Beinen des sächsischen Gastes. Er stöhnte auf. Was sich in ihren Ohren mit dem sanften Glucksen des Weinstrahls vermischte. Die Stelle, die sie berührte, löste endgültig seine Sprechhemmung.

Eine halbe Stunde später war alles abgemacht. Der Tischler, den Professor Winkler von der Universität Leipzig beauftragt hatte, war derzeit ausgebucht. Auch die preußische Akademie der Wissenschaften hatte schon eine Bestellung aufgegeben. Und sogar diverse Großfürsten in Sankt Petersburg, die kürzlich noch in Kaftanen herumgelaufen und mit bloßen Händen Bären gewürgt hatten, wollten jetzt Elektrisiermaschinen haben, am besten gleich drei auf einmal. Ohne zu Stocken raunte Manteuffel alles in ihr Ohr. Dabei berührte er es mit seiner Zunge. Also angenommen, eine Maschine wäre mit etwas Glück und seinem energischen Zureden bis Weihnachten fertig, dann ließe sich aber kaum reisen, die Straßen durch die Pfalz waren ja bekanntlich in einem erbärmlichen Zustand. Nicht nur bei solch einem Schweinewetter wie heute, sondern andauernd. Charlotte nickte, da hatte der Mann recht, und drehte ihr Ohr etwas zur Seite. Also April, da wäre er zuversichtlich. Im April könnte er sie ihr bringen. Oder vielleicht doch besser erst Anfang Mai. Manteuffel kam wieder ins Zaudern, seine Zunge erlahmte und blieb hinter seinen Zähnen. Aber Charlotte strahlte ihn siegessicher an. Was machte bloß wieder ihre linke Hand?

»Aber ich brauche natürlich eine Anzahlung«, sagte Manteuffel schließlich matt, und Charlotte fiel zum ersten Mal auf, dass er nicht nur spindeldünne Waden hatte, sondern auch ein Kinn, das keines war. Einen Scherenschnitt von ihm würde jeder für eine Karikatur halten.

»Eine Anzahlung?«

»Eine Anzahlung, Fräulein von Geispitzheim. Das ist bei jedem Geschäft so.«

Seine Hechtaugen glänzten.

Felix, das hochbegabte Kind, das ein Dorfpfarrer dem gerade eben vom Grafen- in den Fürstenstand erhobenen Carl August von Nassau-Weilburg ans Herz gelegt hatte und das deshalb auf dessen Kosten Jura, Theologie und Philosophie, später auch noch Mathematik hatte studieren dürfen und danach als Privatsekretär und Nachschlagelexikon Verwendung fand, riss Stunden später das Fenster seiner Dachkammer auf und schleuderte den vierten Band von John Lockes »Essay on Human Understanding« in die frische Regennacht hinaus. Laut und betrunken rief er hinterher:

»Menschenrechte gelten nicht für Frauen! Nie und nimmer.«

Sich selbst warf Felix auf sein schmales Bett. Er weinte vor Wut und Selbstmitleid. Das Buch war das einzige Exemplar im Schloss gewesen und noch dazu sein privates Eigentum, viel gelesen und gut verborgen vor misstrauischen Blicken. Jetzt weichte es zwischen Rhabarberstauden und Fuchsienrabatten auf, oder schlimmer noch, es schwamm im Kanal.

Wie immer hatte er Charlotte den ganzen Abend über nicht aus den Augen gelassen, zwischendurch jedoch wünschte der Fürst, dass er in die Bibliothek ging und irgendein Zitat nachschaute. Also hatte er später, als der Empfang zu Ende war, einem der Lakaien Geld zugesteckt und ihn ausgefragt. Deshalb wusste er genau, dass Charlotte mit dem sächsischen Grafen in dessen Zimmer verschwunden war.

Kapitel 2

Der Hund mit dem gelben Fell sträubte sich, als er an einem sonnigen Herbsttag ins Haus gezogen wurde. Er hatte vor seiner Hütte gelegen und sich den Bauch gewärmt. Im langen dunklen Gang, durch den man ihn jetzt schob, saß dagegen schon die Kälte der längeren Nächte. Seine Krallen rutschten auf den Holzdielen, er zitterte, blieb stehen, sein Schwanz sackte nach unten. Dann spürte er die Hand seines Herrn im Nacken, die ihn energisch in einen Raum drückte, in dem er noch nie gewesen war. Wo ihm so viele aufregende und betörend starke Gerüche auf einmal entgegenschlugen, dass er sofort den Kopf hob und sie röchelnd einatmete. Schon tropfte ihm Speichel von den Lefzen. Die Hand befahl ihm, sich neben dem offenen Herd niederzulassen. Dann warf ihm die Hand auch noch einen Knochen zu, an dem mehr Fleisch als sonst hing. Der Hund, der auf den Namen Bärli hörte, fraß nicht gleich, sondern blickte erst auf und schaute mit seinen grünen Augen staunend in die braun gesprenkelten seines Herrn. Beide stimmten überein, dass es ein außergewöhnlicher Tag war.

Mit dem ersten Licht hatte Samuel Hochstettler zusammen mit seinem Knecht Uri den Muckentalerhof, der außerhalb der Gemarkung lag, verlassen. Über eine Dreiviertelstunde wateten sie, die beiden Pferde am Zügel, im Nebel. Sie redeten nicht, sondern horchten auf das Stampfen der Hufe und das Rascheln in den Hecken. Von Zeit zu Zeit knarrte der Pflug ein wenig. Samuel spürte es schon voraus in allen Knochen, wann der Moment kommen und der Weg für ein paar Meter unangenehm werden würde. Rechtzeitig stülpte er sich deshalb seinen Hut vors Gesicht und stupste Uri an, damit der das Gleiche tat. So brauchten sie das Kruzifix der Papisten erst gar nicht sehen. Wie eine alberne Vogelscheuche hatten sie den ans Kreuz genagelten, aus seinen Wunden blutenden Heiland aufgestellt. Dabei wusste doch jeder, der die Bibel lesen konnte, dass man sich kein Bild machen sollte, weder vom Herrn noch von seinem Sohn.

Ein oder zwei Mal in der Woche beugten die Katholischen, so wütete es in Samuel, schnell das Knie vor diesem Holzgestell, dabei dachten sie wahrscheinlich schon an ihr Tanzvergnügen oder das nächste Wirtshaus. Sie hurten, faulenzten und putzten sich heraus und vergaßen Ihn da draußen auf dem Feld oder in der Kirche. Während wir, sagte sich Samuel, und ein wohliger Schauer der Genugtuung lief ihm über den Rücken, dem Herrn in seinem Weg nachfolgen und unser Fleisch mit allen seinen Lüsten und Versuchungen täglich kreuzigen. Samuel schnaufte. Unter dem Hut bekam er schlecht Luft. Aber er wollte weit genug weg sein. Erst als er sich sicher sein konnte, dass er die lasterhafte Stellage passiert hatte, lüftete er den Hut vom Gesicht und setzte ihn sich wieder auf den Kopf. Er trieb die Pferde und Uri zur Eile.

Einmal flog am Wegrand eine Kette erdbraun gefleckter Rebhühner aus den hohen, schon strohig gewordenen Gräsern auf, in denen sie geschlafen hatte, zog flügelschlagend in einem flachen Bogen hoch, und der Braune scheute. Samuels Blick wanderte über die gelb gescheckten Hutweiden, die wie Samtkappen auf den Kuppen der Hügel saßen, prall und tauglitzernd im Morgen, sodass man von der Weite meinen konnte, sie gäben etwas her. Aber sie würden bei aller Mühe auch seine Kühe nicht fett machen, so karg und narbig, wie sie waren. Die Trockenheit dieser Gegend quälte alle. Auch er bewirtschaftete nur eine einzige saftige Wiese im Tal. Welch ein Segen, dass sein Großvater das Wissen um die Bewässerung aus der Schweiz mitgebracht hatte. Denn im Sommer trocknete der Boden hier zu schnell aus, das Gras blieb niedrig, und es gab nicht genügend Heu für den Winter. Samuel hatte die schrundigen Risse vor Augen, die sich auf den Feldern auftaten, wenn es wieder einmal wochenlang nicht regnete. Bei ihrem Anblick musste man Angst haben, das Jüngste Gericht beginne jeden Moment und wer weiß was für Teufel kröchen aus dem Feuerschlund der Hölle herauf. Eine furchtbare Vorstellung, vor der er und die Seinen sich aber doch hoffentlich nicht so fürchten mussten wie die prunksüchtigen Sünder, die in Bolanden, Dannenfels, Wichweiler und besonders in Kirchheim oder sonst wo in der Welt draußen ihr gotteslästerliches Dasein führten.

Trotzdem dachte auch Samuel Hochstettler nicht gern an das Jüngste Gericht, sondern lieber an die kleinen Säcke, prall gefüllt mit Kleesamen, die sich an seiner Scheunenwand fein ordentlich stapelten.

Vor zwei Jahren hatte er zum ersten Mal seinen größten und ergiebigsten Acker, der ganz nah beim Hof lag und auf dem tatsächlich auch Weizen gedieh, nach der Ernte nicht wie üblich brach liegen lassen, sondern sich zeitig im Frühjahr gleich wieder hinter den Pflug gestellt, die Egge gezogen und dann Klee eingesät. Da, wo der Rhein ins Meer floss, waren die mennonitischen Bauern voll des Lobes über den Klee. Das hatte er sich bei einem Abendmahl, das er einmal mit der Bruchsaler Gemeinde gefeiert hatte, ausführlich von einem durchreisenden holländischen Glaubensbruder erzählen lassen.

Samuel tätschelte im Gehen die Flanke seines Älbli. Die kleine, falbenfarbene Stute mit dem auf steinigen wie auf schlammigen Böden sicheren Tritt mochte er von seinen beiden Pferden am liebsten. Ihre Fohlen waren die anmutigsten, die man sich denken konnte. Ihr letztes, jetzt schon eine bald zweijährige Stute, würde er bald verkaufen müssen. Schon der Gedanke daran schmerzte ihn. Aber er musste Kleesamen kaufen. Auf dem Klee, da war er sich tief in seinem Herzen sicher, ruhte der Segen des Herrn. Was nichts daran änderte, dass Kleesamen unverschämt teuer war.

Mit dem, was er diesen Sommer vom Hoffeld geschnitten hatte, würde er seine neun Kühe, den Ochsen und die drei Rinder besser über den bevorstehenden Winter bringen als in den Wintern davor. Außerdem hatte er diesen Sommer das Vieh erstmals nicht mehr draußen grasen, sondern im Stall stehen lassen. Auch wenn viele ihn dafür für verrückt erklärten. Aber es sparte viel Zeit. Außerdem mussten die Frau und die Mägde zum Melken nicht in aller Herrgottsfrüh weit laufen, sich die Kühe zusammensuchen und die Milch zurückschleppen. Vor allem bekam die Ruhe, das bemerkten er und alle auf dem Hof schon nach wenigen Wochen, dem Vieh. Die Kühe gaben mehr Milch und setzten deutlich mehr Fleisch an. Das wollte er jetzt immer so machen. Auf den Höfen der Essinger Täufer, so hatte er gehört, trieb man schon seit ein paar Jahren kein Vieh mehr auf die Brachfelder oder gar in den Wald.

Abrupt blieb er stehen, sodass Uri und die Pferde aus ihrem Trott kamen. Samuel zupfte an seinem braunen Bart, dehnte den Rücken und schmeckte bedächtig die Herbstluft. Scharf wie gerade gesiedete Seife stieg sie ihm in die Nase. Dann aber, als er sie im Mund behielt und langsam auf der Zunge zergehen ließ und dabei die Augen schloss, roch sie eher wie frisch geschlagenes Holz.

Älblis Zunge kam an seine Faust und schleckte warm, zuerst schleimig und dann rau. Für einen langen Atemzug erinnerte ihn der Geruch an den Hals seiner Frau, als sie beide achtzehn gewesen waren und ein knappes Jahr nach der Taufe geheiratet hatten. Johanna kam aus den Vogesen. Es gab damals nicht viele heiratsfähige Mädchen unter den Täufern, deren Großväter Jakob Ammann gefolgt und strenger als die anderen geworden waren und in deren Familien die Kleidung nur mit Haken und Ösen geschlossen und Meidung und Bann so angewandt wurden, wie es sich gehörte, um die Gemeinde rein zu halten. Als junger Mann musste man sich umtun und manchmal weit reisen, um eine Frau zu finden.

Johanna hatte gerade den Tisch gedeckt, als er auf dem Willenbacherhof angekommen war. Mit langsamen Bewegungen und Schritten, sodass, wenn sie Teller und Becher hinstellte, kein Klirren und nicht einmal ein Schieben zu hören war. An Johanna gab es nichts Heftiges oder Hastiges. Deshalb gefiel sie ihm. Auch wenn ihre Nase wie ein gespannter Entenflügel aus ihrem Gesicht ragte. Sodass man den kleinen Mund darunter kaum noch sah. Er beobachtete sie den ganzen Nachmittag, wie sie still und zurückhaltend auf den langen Bänken der Frauen saß. Wenn sie dann aber etwas sagte, war es wohlüberlegt. Dass Johanna darüber hinaus nicht ängstlich war, hatte er schon in der Hochzeitsnacht gemerkt.

Samuel ließ sich Zeit, die Luft und seine Erinnerungen auszukosten. Zwanzig Jahre war das jetzt her, in denen Johanna ihre Ruhe und Unerschütterlichkeit bewahrt, aber nur ein Kind zur Welt gebracht hatte. Er hasste es, wenn ihn dieser Gedanke wie ein tollwütiger Hund ansprang.

Samuel spuckte gegen den Wind, drückte sich den breitkrempigen schwarzen Hut mit beiden Händen fester auf den Kopf, grunzte etwas Unverständliches, zog Älbli am Halfter und stapfte weiter. Uri blickte ihn argwöhnisch von der Seite an. Sein Bauer redete nie viel, doch seine Gemütsverfassung ließ sich meist aus seinem Schweigen heraushören.

Samuel brütete inzwischen über Onan, der im Gegensatz zu ihm nicht seinen Pflichten im göttlichen Plan nachgekommen war. Nein, so wie Onan, welcher Tamar, der Frau seines verstorbenen Bruders, nicht den Samen für ein Kind gegönnt und ihn stattdessen auf den Boden hatte tropfen lassen, benahm er sich weiß Gott nicht. Gott hatte Onan immerhin für sein Hintertreiben getötet. Ich, so sagte sich Samuel, ich beackere die Erde meiner Ehe mit Fleiß. Wahrscheinlich schlief er häufiger mit Johanna, als das nach so vielen Ehejahren üblich war. Während aber auf den Höfen der anderen meist sechs, oft auch acht oder mehr Kinder hüpften und lachten, hatte seine Sarah alleine aufwachsen müssen. Grollte ihm Gott, war der Allmächtige mit ihm unzufrieden? Wenn ja, aus welchem Grund? Er lebte, davon war Samuel überzeugt, wie ein aufrichtiger Christenmensch nur leben konnte.

Allerdings hatte Johanna vor ein paar Tagen, als sie gerade zwei Eimer voller frisch gemolkener Milch vom Stall in den Gewölbekeller getragen hatte, so eine Andeutung gemacht. Die schweren Milcheimer müsse in Zukunft besser jemand anders tragen. Etwas verdreht und unsinnig hatte sie geklungen, eher so, wie andere Frauen daherredeten und es nicht ihre Art war. Samuel nahm sich vor, nicht wie schon ein paar Mal in den vergangenen Jahren zu hoffen, was sich dann aber jedes Mal als vergeblich herausgestellt hatte.

»Wir sind da!«

Samuel schreckte aus seinen Gedanken hoch. Uri hielt den Braunen kurz. Älbli schnaubte und blieb ebenfalls stehen.

»Gut. Zieh die Gurte richtig an, prüf die Schnallen.«

Hochstettler drehte sich in die Richtung, aus der sie gekommen waren, öffnete seinen Hosenlatz und urinierte gemächlich. Er war erleichtert, dass Uri ihn aus seinen unguten Überlegungen gerissen hatte. An Gottes Handlungen zu zweifeln war nicht gut, seine Gerechtigkeit anzuzweifeln noch schlimmer. Abgesehen davon, dass es zu nichts führte. Wenn er keine Kinder mehr haben sollte, dann war es eben so.

Ein warmer Westwind hatte den Dunst inzwischen in feine Streifen geschnitten und fegte sie über den Himmel. Ein Zeichen dafür, dass das gute Wetter halten würde. Diese Feststellung munterte Samuel auf. Die Sonne tat das Übrige und presste die Wolken so lange, bis sie durchsichtig wurden. Das Außenfeld wartete lang und schmal. Es zog sich vom morastigen Schilf des Weihers einen Buckel hinauf, wo mittendrin die uralte Eiche stand, deren größter Ast vom Blitz getroffen und abgebrochen war, bis dorthin, wo der Pelz des Donnersbergs mit seinen Buchen und Eichen ansetzte. Dort hinein trieb der andere Pächter des Freiherrn von Geispitzheim im Sommer und Herbst seine Schweine, aber auch seine Kühe und Rinder, bis sie alles in ihrer Reichweite kahl gefressen hatten. Samuel hielt das nicht nur für lasterhaft verschwenderisch, sondern für schlichtweg dumm.

Die Felder, die an seines angrenzten, waren allesamt Brachen. Disteln, silberhaariges oder fleischiges Unkraut würden, das konnte man sich ausrechnen, bald über sie herfallen. Ein Rechen mit angebrochenem Stiel, der ihm nicht gehörte, lag schon jetzt achtlos fortgeworfen mittendrin. Samuel hob ihn auf, prüfte, ob die Zinken noch fest und griffig waren, und beschloss, ihn mitzunehmen. Weit und breit sah er keinen Menschen, keinen Ochsen oder Pferd, die einen Pflug zogen.

Hatte so die große Wildnis ausgesehen, die sein Großvater rund um den Muckentalerhof vorgefunden hatte? Als kaum mehr Menschen dort lebten und die Ödnis bis an die Städte reichte. Nach dem Dreißigjährigen Krieg und dem Erbfolgekrieg, bei dem die Franzosen alles Land verwüstet hatten, ließ der pfälzische Kurfürst deshalb auch Täufer in sein Land. Obwohl sie anderswo als gefährliche Sektierer und Aufwiegler gegen Kirche und Staat galten und ins Gefängnis gesteckt wurden. Der Kurfürst duldete sie. Weil er fleißige und geschickte Bauern brauchte, um das Land wieder zu kultivieren. Jedenfalls hatten der Großvater, seine Frau und die neun Kinder das Dornengestrüpp mit der Sichel schneiden und im ersten Jahr von Wurzeln, Spelzbrei und Nüssen leben müssen.

Samuel kniete sich auf die nebelnasse Erde.

»Schau, Uri, gerade richtig.« Langsam und bedächtig zerrieb er ein paar rotbraune Krumen zwischen den Fingern. »Trocken, sicher, weil es nach dem großen Gewitter einen Monat überhaupt nicht mehr geregnet hat. Aber eben nicht zu trocken. Tagsüber ist es ja noch recht warm, da steigt die Feuchtigkeit vom Wald da drüben auf und legt sich nachts, wenn es kalt wird, wie ein nasses Tuch auf das Feld.«

»Du meinst, das Pflügen wird heute besser gehen als im Frühjahr vor zwei Jahren, als wir meinten, der Boden wäre aus Eisen?«

»Ganz sicher, Uri. Du wirst sehen, die Erde lässt sich teilen wie die rösche Rinde eines frisch gebackenen Brotlaibs, in den die Bäuerin mit dem Messer reinfährt.«

»Und du willst wirklich auch hier Klee …«

»Ja!«

Barscher, als es sonst seine Art war, schnitt Samuel seinem Knecht das Wort ab.

Die Herbstsonne kroch bis Mittag vollends heraus und wärmte den beiden den Rücken. Und auch, wenn sie ihnen auf dem Weg zurück direkt ins Gesicht schien, genossen sie sie. Stunde für Stunde ging Samuel hinter Älbli und dem Braunen her und lenkte den Pflug, sodass die Furchen unbeirrt gerade und tief genug, aber auf keinen Fall zu tief gezogen wurden. Er befand sich jetzt im wortlosen Gebet. Nahe bei Abraham und den Urvätern, die ihn, so hatte er das Gefühl, beobachteten und prüften, ob er ein würdiger Nachfolger war. Denn, auch diese Gewissheit zweifelte er nie an, die Täufer waren das neue auserwählte Volk.

Es war das erste Mal seit Monaten, dass er wieder pflügte und seine Arme stundenlang in eine bestimmte Haltung zwang. Irgendwann fingen seine Schultern an zu brennen, und ein bekannter, aber trotzdem wieder scharfer Schmerz stach von Zeit zu Zeit in seinen Rücken. Samuel leckte sich mit der Zunge den Schweiß von der Oberlippe, und sein Herz sang ein Lied, das sich mit dem Schnauben und Keuchen der Pferde mischte. Je mehr von diesen Furchen er zog, die sich wie gespannte Schnüre nebeneinanderlegten, desto geringer, so fühlte er, wurde der Abstand zwischen den biblischen Zeiten und dem Jahr 1751, dem Land Kanaan und diesem Feld in der nördlichen Pfalz.

Na schön. Er würde auch hier auf dem kargen Weiherfeld, das

am weitesten vom Hof entfernt lag und das auch nach mehrjähriger Brache immer weniger Hafer hervorgebracht hatte, Klee anbauen. Klee, so behaupteten die holländischen Brüder, glich einem genügsamen und fleißigen amischen Mädchen. Natürlich musste er gleich im Frühjahr Körbe mit Bienen aufstellen. Er hatte schon viel zu viel Geld für neuen Samen ausgegeben und aus Holland, wo die Nachfrage danach stieg und stieg, gehört, dass dort schon gefärbter Sand beigemischt wurde. In der Welt draußen gab es viele Betrüger.

Eine Windböe fuhr in die Hecken und die Mähnen der Pferde, und Samuel Hochstettler musste seinen Hut wieder einmal festhalten und noch tiefer ins Gesicht ziehen, damit er ihm nicht fortflog. In den Ämtern würden sie, wenn sie vom Klee erfuhren, wahrscheinlich wieder die Münder spitzen und überlegen, ob der Täufer Hochstettler nicht doch eine Gefahr für die Ordnung bedeutete. Wer keine Soldaten stellte und ums Verrecken keinen Eid auf den Kurfürsten ableisten wollte, der war prinzipiell verdächtig. Die anderen Bauern traktierten ihn eh schon, wenn sie einander begegneten, mit ihren vorwurfsvollen Blicken, hinter denen nichts als der blanke Neid steckte. Daran war er gewohnt. Deshalb musste man sich auch absondern, wenn man ein Leben in der Nachfolge des Heilands führen wollte.

Deshalb musste auch der Klee sein. Ein Zusammenhang, der ihm selbst allerdings nicht ganz logisch vorkam. Leider gab es keine einzige Bibelstelle, die von Klee handelte. Samuel blieb stehen, sodass Uri aus dem Tritt kam. Woraufhin Älbli und der Braune ein wenig ausscherten und die Furche einen Schlenker nach links machte. Mit einer Ruhe, die andere gelegentlich zornig machte, zog Samuel sein Schnupftuch aus dem Inneren seiner Jacke, schnäuzte und putzte sich ebenso gründlich, wie er auch sonst alles tat, die Nase. Auch Reinlichkeit war Pflicht für einen wahren Christenmenschen. Schließlich hatte Jesus eigenhändig den Aposteln beim Abendmahl die Füße gewaschen.

Dass Uri nicht bei der Sache war, hatte Samuel gleich bemerkt, als sie den Hof verließen. Der Junge stolperte noch mehr als sonst. Da war einerseits der Klee, der ihm nicht geheuer war, und dann, das wusste Samuel nur zu gut, machten den jungen Kerl die Flüchtlinge nervös, die für heute Abend oder Nacht auf dem Hof erwartet wurden. Eigentlich sollte er mit Uri darüber reden, ihn beruhigen und ihm alles erklären. Aber Samuel traute dem Frieden nicht. Seine Augen suchten misstrauisch das Schilfdickicht um den Weiher und den Saum des Waldes ab. Die Spione der Ungläubigen konnten in Gräben liegen oder zwischen den Büschen hocken, man musste immer auf der Hut sein. Eine Krähe, die in der schwarzen Brache unsichtbar gewesen war, flatterte hoch und schrie böse und kratzig in die Stille hinein.

Die Welt draußen konnte einem letztlich gestohlen bleiben, wenn man stark war und sich nicht in Versuchung führen oder einschüchtern ließ. Uri aber war schwach, da biss die Maus keinen Faden ab. Samuel Hochstettler seufzte. Schwäche im Herzen bot bekanntermaßen dem Teufel einen Schlupfwinkel. Trotzdem redete er mit dem Jungen erstmal nur über den Klee.

»Diesen Papisten, die noch immer der großen Hure Babel nachlaufen, und den lutherischen Sündern ist doch eh alles verdächtig, was wir tun. Klee hin oder her. Sie werden immer etwas an uns finden. Wir gehen trotzdem weiter, immer unserem Herrn Heiland nach, den hat man schließlich auch verspottet und gekreuzigt.«

Uri senkte den Kopf, nicht weniger unsicher und verwirrt als zuvor. Samuel zog mit seinem Stiefelabsatz die krumme Furche so gut es ging gerade, so sorgfältig, dass Uri sich noch mehr schämte, dann ließ er die Peitsche knallen und drückte sich mit ganzer Kraft gegen den Pflug, und sie stapften zusammen weiter.

»Außerdem weiß der Herr von Geispitzheim schon, was er an uns hat«, brummte Samuel nach einer Weile, ohne seinen Kopf von den breiten, rhythmisch schwankenden Hinterteilen der Pferde abzuwenden, »aber du musst aufpassen, dass du nicht den geraden Weg aus den Augen verlierst.«

Nach einer Weile wandte sich Samuel erneut Uri zu und nickte aufmunternd, dabei schwang er, obwohl die Pferde zügig gingen, die Peitsche, dass die Luft surrte. Prompt stolperte Uri wieder. Sein Gesicht flammte in Sekunden so rot auf, dass die blonden Flusen an seinem Kinn, die zu seinem Kummer immer noch kein richtiger Bart werden wollten, noch kümmerlicher aufleuchteten. Er verstand sofort, dass sein Bauer sowohl die Ackerfurche meinte, die sie gerade zogen, als auch den schmalen Weg, von dem Matthäus sagte, dass er zum Leben führt und es ihrer wenige sind, die ihn finden. Uri hoffte inständig, auf diesem schmalen Weg ins Himmelreich zu gelangen. Deshalb hatte er sich im vergangenen Jahr taufen lassen. Wie sich auch sein Vater, seine Mutter, deren Eltern und Großeltern mit sechzehn oder siebzehn hatten taufen lassen. Sein Urgroßvater war zusammen mit Isaak Hochstettler, dem Großvater Samuels, aus dem Elsass geflohen und davor aus dem Schweizer Emmental. Uri hatte das breiteste Kreuz von allen jungen Burschen und stämmige Waden. Er war, damit tröstete er sich oft, kräftiger als sein Bauer. Wenn der Stier zur Kuh geführt wurde und seinen Sprung machen sollte, dann durfte er sich den Strick, der durch den Nasenring ging, um das Handgelenk wickeln. Denn er konnte wie kein anderer die gespreizten Beine in den Boden rammen und den Stier zügeln, damit die Kuh nicht verletzt wurde.

Ansonsten fürchtete Uri sich unentwegt. Vor den Soldaten des Kurfürsten, die ab und an über die Landstraßen zogen. Davor, dass sie ihn holten und vierteilten, ertränkten oder zumindest auf eine Galeere schickten, wie sie es früher in Bern und Zürich mit Täufern gemacht hatten. Oder dass es nicht für die drei Gulden reichte, um sich jedes Jahr von der Landmiliz freizukaufen, und er dann doch noch Soldat werden musste. Dann war da noch der Älteste der Gemeinde, dessen Blick ihn oft im Schlaf verfolgte, vorwurfsvoll, lauernd. Irgendwann würde der ihn noch drankriegen. Der Weg war eben sehr schmal und man konnte leicht abkommen. Dann würde die Meidung über ihn ausgesprochen und er würde behandelt werden wie ein Aussätziger.

In letzter Zeit aber fürchtete Uri sich vor allem vor dem Fräulein, das oben auf dem Gut wohnte. Er hatte in diesem Sommer gesehen, wie sie in einem hellen Kleid und mit unzüchtig offenen Haarsträhnen über die Wiesen gewandert war. Mitten am Tag hatte sie sich zwischen Dotterblumen und Bachnelken auf den Rücken gelegt, ein Buch zwischen sich und die Sonne gehalten und gelesen. Egal ob er Heu wendete oder Kartoffeln klaubte, immer hatte er ihre Umrisse vor Augen. Ihr braunes Haar flatterte wie die Fahne einer Piratenmacht auf offener See, vor der man sich in Sicherheit bringen musste, zu der er aber am liebsten lieber heute als morgen übergelaufen wäre.

Manchmal hatte er über eine Stunde im Gebüsch gekauert, um sie zu beobachten. Ameisen krabbelten seine Beine hoch und bissen ihn, sein Nacken wurde steif, aber er bewegte sich nicht, weil dieser Schmerz schöner war als alles, was er bislang in seinem Leben erlebt hatte. Trotz aller Reglosigkeit knackten immer wieder Zweige und trieben ihm Hitzewallungen der Angst und Scham in den Kopf. Seine Mundhöhle fühlte sich filzig an und seine Zunge sandig. Uri kam sich schmutzig wie ein hechelnder Hund vor. Als das Fräulein plötzlich von ihrem Lager aufsprang und mit dem Buch unterm Arm und Grashalmen im Haar fortlief, war er regelrecht erleichtert und befreit. Eine Minute später aber tat ihm sein Herz schon wieder weh, weil er nicht wusste, ob und wann er sie wiedersehen würde. Später schimpfte ihn sein Bauer, weil er nicht erklären konnte, was er die ganze Zeit gemacht hatte. Schlimmer aber war, dass sich Uri seitdem auch noch vor seinen ausufernden Gedanken an das Fräulein fürchtete. Oder noch mehr vor den sündigen Bildern in seinem Kopf, in denen er sich ausmalte, wie er sich eines Tages neben das Fräulein ins Gras legen würde.

Nicht nur der gelbe Hund hatte sich gewundert, als er ins Haus geschafft wurde. Auch Sarah horchte erstaunt auf und schaute ihre Mutter fragend an. Bärlis Krallen klirrten alarmierend in der Stille. Dumpf folgten ihm die Schritte und ein paar brummende Worte des Vaters. Johanna Hochstettler ging jedoch nicht auf ihre Tochter ein, sondern drehte ihren kleinen Finger nur tief ins rechte Ohr, strich das Schmalz glättend über den Faden und stichelte weiter. Vor den beiden spannte sich ein großes Tuch aus bestem Leinen im Holzrahmen. Im Sommer erst war der Stoff mit Waid taubenblau eingefärbt worden. Darunter lag eine Schicht aus roher, ungekämmter Wolle und darunter wiederum eine aus ungefärbtem Flachs. Jetzt ging es darum, die drei unterschiedlichen Materialien an den Rändern so exakt zusammenzunähen, dass keine Falten geworfen wurden, dass nichts klumpte oder spannte.

Johanna Hochstettler wusste natürlich sehr wohl, warum Bärli weggesperrt worden war, warum ihr Mann so früh vom Pflügen zurückgekommen und der Tag überhaupt aus seinem Takt geraten war. Wie Uri sorgte auch sie sich insgeheim, und die Unruhe huschte in ihrem Inneren herum wie ein Wurf Mäuse im Dunklen der Scheune. Darum hatte sie ihre Tochter auch angewiesen, mit dem Nähen der großen Steppdecke zu beginnen, denn erfahrungsgemäß ließen sich mit dieser Arbeit Ängste nicht unbedingt einfangen, doch zumindest bändigen. Sarah sollte die Decke bekommen, wenn sie heiratete, und immerhin war das Mädchen schon neunzehn. Johanna senkte den Kopf, und ihre rechte Hand, die die Nadel hielt, drehte und wand sich in gleichförmigen, aber schnellen Bewegungen. Die Stiche sollten fein und gleichmäßig sein, einer wie der andere, so dicht, wie die Schuppen sich um die Rücken der Forellen legten, die sie gestern für ihre Leute gebraten hatte.

Jetzt köchelten im größten Kessel über dem Feuer Suppenfleisch und Rüben. Reichlich Dinkelbrot hatte sie mit den Mägden schon vor drei Tagen gebacken. Krüge mit Most waren aus den Tiefen des Kellers hochgeschleppt und auf der obersten Stufe bereitgestellt worden. Stundenlang hatte sie Weißkraut gehobelt und eingekocht. Alle Vorbereitungen, um die Gemeinde auf dem Muckentalerhof nach dem Gottesdienst anständig bewirten zu können, waren erledigt. Kuchen und Käseleiber würden wie immer die Frauen von den anderen Höfen mitbringen.

Johanna warf ihrer Tochter einen prüfenden Blick zu. Manchmal träumte das Mädchen vor sich hin und nähte nicht akkurat genug. Sie spürte, wie in ihrem Nacken Schweißtropfen ineinanderliefen. Die Luft im Raum war stickig. Ein Fenster zu öffnen, wagte sie nicht, das hätte Samuel vielleicht als Neugierde ausgelegt. Nichts sollte heute auffällig sein, kein herumstreunender Tagelöhner etwas sehen oder hören. Ihre Finger schwitzten, die Nadel rutschte. Sollte sie Magdalena vom Münsterhof morgen schon sagen, dass das, was sie seit Wochen vermutet hatte, Gewissheit war? Wieder schaute Sarah von der Arbeit auf.

»Mutter, geht es dir nicht gut, du bist so blass? Und warum ist überhaupt Bärli …«

»Mir geht es gut, und du solltest die Stiche noch enger zusammenbringen. Das sieht mir doch sehr nach Schlendrian aus.«

Johanna erschrak über den scharfen Tonfall ihrer eigenen Stimme, trennte aber dennoch gnadenlos alles, was ihre Tochter in der vergangenen halben Stunde genäht hatte, auf. Stichelte noch einmal, noch feiner, noch akkurater, kaum sichtbar, aber doch so fest und streng, dass Leinen, Wolle und Flachs sich für die nächsten hundert Jahre nicht voneinander lösen würden. Dabei presste sie die Lippen so fest aufeinander, bis sie alle Farbe verloren. Schweißtropfen perlten von ihrem Nacken langsam und unangenehm den Rücken hinunter ins Mieder, der Gedanke an die bevorstehende Ankunft der Flüchtlinge und die Gefahr, die ihnen damit allen drohte, löste ein Gemisch aus Angst und Trotz in ihr aus. Zum ersten Mal während ihrer Ehe überlegte sie, ob und wie sie sich Samuel widersetzen sollte.

Nachdem er so viel gepflügt hatte, dass nur noch für zwei Tage Arbeit blieb, zum Hof zurückgekehrt war, die Pferde versorgt und Bärli von seiner Hütte in die Küche geschafft hatte, wusste Samuel nicht so recht, was er mit dem Rest des Tages anfangen sollte. Uri bekam den Auftrag, den gefundenen Rechen und gleich noch ein Beil, das aus seinem Schaft gerutscht war, zu reparieren. Gedämpft drang das Schwatzen und Lachen der Mägde herüber. Sie hatten Anweisung, gleich nach dem Melken ins Haus zu gehen und auch dort zu bleiben.

Samuel lehnte sich mit dem Rücken an den Walnussbaum, der in der Mitte des bucklig gepflasterten Hofes wuchs, und schaute zum Stall, von wo die vielfältigsten Laute und Blähgeräusche seiner Tiere zu hören waren. Es hatte in seinem Leben nur ein oder zwei Abende gegeben, an denen das dumpfe Treten ihrer Hufe auf dem Stroh, ihr Aufstöhnen und träger werdendes Schmatzen, das Drücken und Reiben ihrer massigen Körper gegen Holzwände oder das vereinzelte, schlaftrunkene Glucksen der Hühner ihn nicht umfangen und getröstet hatten. Die bevorstehende Nacht kündigte sich schon in der Luft an. Sie führte den Geruch nach verwesendem Herbstlaub aus dem Wald mit sich, nach verkohltem Holz, herb, modrig und getränkt mit der Selbstverständlichkeit des Sterbens.

Zwischen dem Wohnhaus mit seinen sieben Fenstern im ersten Stock und sechs im Erdgeschoss, hinter denen seine Frau gerade die ersten Lichter anzündete, und der Kornscheune war eine Lücke von immerhin sieben Fuß, die er mit einem Zaun geschlossen hatte. Vielleicht, so überlegte Samuel nicht zum ersten Mal, würde er in diese Lücke irgendwann einmal eine Brennerei bauen. Äpfel und Birnen wuchsen in seinem Garten im Überfluss und konnten gar nicht alle verkocht oder eingebacken werden. Auch wenn die meisten in Scheiben geschnitten, auf Schnüre aufgefädelt und zum Trocknen aufgehängt wurden, konnten noch genügend Früchte an arme Leute verschenkt werden.

So verging wieder eine halbe Stunde. Samuel stieß sich vom Baum ab und klopfte sich sorgfältig Rindenbrösel und Getier von den Ärmeln. Reinlichkeit bedeutete ihm viel. Auch wenn seine Hosen und sein Rock nur aus grobem Stoff und einheitlich braun waren, weil die Lohe aus Eicheln und Nüssen die preiswerteste war, sparsam und schlicht eben. Schon sein Vater und seine Großväter hatten die Taschen für Geld und Schnäuztuch im Innenfutter gehabt. Samuel ging zum offenen Tor an der vierten Seite des Hofes und blickte nervös in die anwachsende Dämmerung.

Der Muckentalerhof lag allein und abgesondert. Weit genug außerhalb der Gemarkung des Dorfes, sodass die Hochstettlers unter sich bleiben konnten. Der Fahrweg mit dem dürr gewordenen Grasstreifen in der Mitte schlängelte sich vor Samuels Augen durch Felder und Wiesen in die Welt, in der Eitelkeit und Verschwendung für Chaos sorgten. Kein Mensch, schon gar kein Fremder war zu sehen. Es gab ohnehin kaum Gründe, warum ein Unbekannter den Weg hierher nehmen sollte. Die, die zum Hof kamen, waren in der Regel Brüder und Schwestern, Samuel kannte sie seit seiner Kindheit.

Wieder starrte Samuel eine halbe Stunde vor sich hin, dieses Mal zum Horizont. Es wurde kälter, und er fror in seinem Rock. Aber eigentlich fror er, weil er sonst nie einfach nur dastand. Zwei würden kommen. Bis vor Kurzem hatten sie noch die Güter des Kardinal Rohan bewirtschaftet, jetzt waren sie ausgewiesen worden und mussten das Land mit dem, was sie gerade tragen konnten, verlassen. Mehr wusste er auch nicht. Die geheimen Botschaften zwischen den Täufern fassten sich kurz. Die Kälte kroch ihm bis in die Knie. Seine Hände steckten in den Achselhöhlen. Er musste sie, ohne es zu merken, hineingeschoben haben, um sie aufzuwärmen. Er kniff die Augen zusammen, konnte aber nichts und niemanden sehen. Die Dunkelheit breitete sich groß und feucht über die Felder und Wiesen, die ersten Sterne glommen um den schwerelosen, abnehmenden Mond herum auf, den Samuel leicht in seine rechte Hand hätte nehmen können.

Nichtstun war das Kissen des Teufels. König David hätte nie und nimmer so schwer gesündigt und mit Bathseba Ehebruch begangen, wenn er sie nicht gesehen hätte, als er müßig auf seiner Dachterrasse stand. Gott hatte den Menschen zum Arbeiten geschaffen. Samuel stapfte mit den Beinen ein paar Mal fest auf, um sich warm zu machen, und ging dann in den Stall. Natürlich war auch ihm nicht wohl bei der Sache. Aber ihn hatte die Gemeinde nun mal für diese Sache ausgewählt. Auf ihn verließ man sich, und, was in diesem Fall genauso viel zählte, auf die Gleichgültigkeit seines Pachtherrn.

Nach dem Gebet zusammen mit allen in der Küche ging er in den Pferdestall, zündete zwei Lampen an und begann, Älbli zu striegeln. Ihre Nüstern krochen ihm von Zeit zu Zeit warm über den Rücken, ihre Lippen zupften an seinem Rock. Im Gegenzug schubste er ihren Kopf jedes Mal zärtlich beiseite, bis sie sogar anfing an seinen Haaren zu knabbern. Ein altes Spiel. Seinen Hut hatte er sorglos an einen Haken gehängt. Mit der flachen Hand rieb er ihre Flanke, spürte ihre Wärme und legte für eine Weile sein Gesicht an ihren Leib. Dabei hörte er sich ihr Kosenamen zuflüstern, die er gegenüber Johanna niemals benutzt hätte, so unpassend und ausgedacht waren sie. Älbli hob ein Bein, und die Bewegung schwang in ihn über und durchflutete ihn mit ungestümer Freude. Das Kämmen ihrer Mähne hob er sich immer bis zum Schluss auf. Weil das die Tätigkeit in seinem Leben war, die er am meisten liebte. Bedächtig führte er seine gespreizten Finger in ihr trockenes blondes Haar, teilte es in Strähnen und bearbeitete diese mit einem grobzinkigen Kamm, bis sie seidenglatt schimmerten. Zuerst summte er dabei nur, dann brabbelte er wieder kindische Worte, deren Bedeutung, daran zweifelte er nicht, sein Pferd genau verstand. Jetzt in der Nacht sah und hörte ihn keiner. Sonst war er auf der Hut. Niemand sollte nur auf die Idee kommen, er wollte mit einem aufgeputzten Pferd Stolz und Hochmut zeigen. Erst um Martini im vergangenen Jahr hatte Daniel Stauffer ihm auf die Schulter geklopft und lauter als nötig gesagt:

»Samuel, weißt du nicht, dass auch für Stuten gilt, wenn es bei Timotheus heißt, dass Weiber sich nicht schmücken sollen. Nicht mit Zöpfen oder Gold oder Perlen oder köstlichem Gewand.«

Ein Scherz, sicher. Aber nicht ohne ein listiges Aufblitzen in den Augen. Die ganze Gemeinde, die gerade dabei war, sich zu verabschieden, brach in Lachen aus. Auch die Kinder. Samuel blieb nichts anderes übrig, als selbst mitzulachen. Noch lauter. Aber seitdem hatte er aufgehört, in Älblis Mähne und Schweif Zöpfe zu flechten.

Gegen Mitternacht hörte er endlich vorsichtiges Klopfen. Die beiden sahen verwahrlost aus, abgezehrt und bitter. Sie stanken nach dem fauligem Laub, in dem sie nachts geschlafen hatten, und altem Schweiß. Samuel führte sie hinter sich die schmale Stiege zum Heuboden hoch, wo er ein Lager für sie gerichtet hatte. Er gab ihnen Brot, Käse und Bier und zeigte ihnen die verborgene Klappe, durch die sie bei Gefahr auf die Gartenseite hinunterrutschen und fliehen konnten. Sie wechselten nur einzelne Worte miteinander, das Deutsch der Flüchtlinge klang verstümmelt. Morgen, so bedeutete er ihnen, würde er ihnen genügend Wasser zum Waschen bringen. Der Jüngere der beiden hatte am Oberarm eine offene, stinkende Wunde. Die aber, so vermutete Samuel, gefährlicher aussah, als sie war. Die beiden nickten erschöpft, bedankten sich, doch er war sich nicht ganz sicher, ob sie ihn wirklich verstanden hatten. Als Samuel auf Zehenspitzen die Stiege hinunterging, sagte er sich, dass das, auf was er sich eingelassen hatte, das einzig Richtige für einen Christenmenschen war. Der Muckentalerhof ruhte unter einem nicht hinterfragten Himmel.

Frühmorgens am nächsten Tag, der ein Sonntag war, klapperten viele Hufe in den Hof. Die Pferde wurden angebunden, die Kutschen blieben draußen vor dem Tor. Säuglinge plärrten, Frauen stellten ihre Körbe auf den Boden und begrüßten sich. Männer trugen die Geschirre in eine Kammer, gaben den Pferden Wasser zum Saufen. Junge Kerle im Stimmbruch riefen sich etwas zu, Bärli sprang hoch und bellte erfreut, Alte husteten und keuchten. Ein Schwung Kinder suchte johlend und hüpfend die Katze, die vor vier Tagen Junge geworfen hatte. Die langen, viel benützten, immer wieder gescheuerten und gewischten Bänke wurden aus der Remise in den großen Wohnraum und in die Küche getragen und neben- und hintereinander aufgereiht. Einer berichtete, dass Ruben Eicher, der weit weg auf dem Katzentalerhof lebte und nach einem Schlaganfall schon lange bettlägerig gewesen war, am vergangenen Donnerstag zum Herrn gerufen worden sei. Ein Pferd, hinter dem ein kleines Mädchen zu nahe vorbeigeschlichen war, schlug aus. Das Kind fiel der Länge nach hin, schlug sich die Stirn und beide Knie blutig, wurde aber sofort von seinem Vater hochgehoben, geküsst und getröstet. Sarah lief mit Tüchern und Binden herbei und schaffte es gerade noch, ihre Tante vom Münsterhof, die jüngste der drei Schwestern ihres Vaters, nach deren Tochter Anna zu fragen, die in den Froschauerhof bei Marnheim geheiratet und vor vier Wochen ihr erstes Kind zur Welt gebracht hatte.

Zwanzig Erwachsene kamen bei den Hochstettlers zusammen. Genauso viele, wie es zwei Wochen zuvor auf einem anderen Hof gewesen waren. Genau abgezählt. Mehr verbot die kurpfälzische Regierung den Taufgesinnten bei ihren Gottesdiensten. Dass sie fast dreißig Kinder in allen Altersstufen mitgebracht hatten, scherte die Behörden nicht. Die Mädchen ließen sich untereinander kaum unterscheiden. Wie ihre Mütter und Großmütter steckten sie von den Fußknöcheln bis zum Hals in nachthimmel-, pflaumenblauen oder dunkelvioletten Kleidern, je nachdem, wie die Färbung ausgefallen war. Ihre blonden, braunen, glatten, krausen, glänzenden oder fettigen Haare waren sorgsam unter schwarzen Häubchen verborgen. Alle ihre Brüder in den braunen Kniehosen und weißen Hemden trugen Hüte wie die Männer und hatten verbrannte Nacken, weil sie den ganzen Sommer mit ihren Vätern, Onkeln und Vettern auf den Feldern gearbeitet hatten, auch wenn sie erst sieben oder acht Jahre alt waren. Der Bussard, der ausdauernde Kreise über dem Hof zog, hätte sich unter Umständen für einen Moment täuschen lassen und das fleischige Gewimmel unter ihm für große Kaninchen halten können, so sehr glichen sie alle einander.

Die Jungen ab dem arbeitsfähigen Alter folgten den Männern. Einer nach dem andern zog in den großen Wohnraum ein und nahm auf den Bänken Platz. Mit feierlich geradem Rücken. Erst nach ein paar Stunden durften ihre Schultern durchsacken und ihre geschundenen Rücken sich runden, doch auf keinen Fall am Anfang des Gottesdienstes.

Vorhänge bauschten sich sauber und weiß in der Zugluft. Der Durchgang zur Küche, wo die Frauen und Mädchen auf ihren Bänken Platz nahmen, war offen. Diejenigen, die Säuglinge hatten, rutschten ganz nach hinten, um ruhig stillen oder das Zweitjüngste, wenn es pressierte, schnell in den Garten tragen zu können. Auch Johanna und Sarah saßen in der letzten Reihe, weil sie zwischendurch den Eintopf umrühren und Feuerholz nachlegen mussten.

Zum Schluss betrat Jacob Egly, der Älteste, das Haus. Schleichend, dass man seine Schritte kaum hörte, das schmale Gesicht eine ausdruckslose Maske, die Augen halb geschlossen, aber so, dass er trotzdem alles und jeden sah. Unwillkürlich kam in Uris Magen ein flaues Gefühl hoch, und er senkte rasch den Blick. Auch das registrierte Egly. Der Älteste ließ sich Zeit, die Reihen abzuschreiten, jedem, der getauft war, gab er den Bruderkuss auf den

Mund. Denen, die noch nicht getauft waren, wünschte er mit sanfter Stimme, »der Herr komme dir zu Hilf«. Dann zog er sich mit dem Prediger und Armendiener in die Räucherkammer zurück, um zu besprechen, wer an diesem Sonntag über was zur Gemeinde sprechen sollte. Die Mütter nutzten diese Minuten, um dem einen oder anderen Kind schnell noch ein Stück Brot in den Mund zu schieben, Windeln zu wechseln oder ein Baby, das im Schoß endlich eingeschlafen war, auf eine Decke am Boden zu betten. Größere wurden von ihren Großmüttern gestreichelt und ermahnt, ihre Ohren und Herzen zu öffnen, zunächst aber ganz weit ihren Mund. Erst im allerletzten Moment bevor der Gottesdienst begann, nahmen die Männer ihre Hüte ab und legten sie sich auf die Knie.

»Singet dem Herrn ein neues Lied, die Gemeinde der Heiligen soll ihn loben.«

Nachdem der Psalm verklungen war, stimmte Samuel, den man vor Jahren zum Vorsänger bestimmt hatte, das Lied an, das ihn von allen im »Ausbund«, dem dicken Buch voller Lieder, die die ersten Täufer im Gefängnis von Passau geschrieben hatten, noch immer am meisten ergriff. Es erzählte die Geschichte der niederländischen Schwester Elisabeth Dirks, die wegen ihres Glaubens vor zweihundert Jahren gefoltert worden war. Langsam und jedes Wort betonend, sang Samuel das Lied vom »Mägdelein von Gliedern zart, lieblich, schön und von guter Art«.

Die Gemeinde folgte ihm mit frisch verliebten, sechsjährig piepsenden, aus vollem Hals warm strömenden, brummigen, keuchenden und solchen von Holzhacken, Kinderkriegen und Rübenziehen müde und schwach gewordenen Stimmen. Samuel ersparte ihnen und sich nichts.

»Die Finger man ihr klemmen tat, dass sie dran solche Schmerzen hätt, dass ihr durch diesen großen Zwang, das Blut zu den Nägeln außer sprang.«

Die Stelle mit dem Blut zog Samuel besonders gern traurig in die Länge. Sie sollten auf ihren sicheren Bänken mit dem Geruch von Sauerkraut und Suppenfleisch in den Nasen ruhig die Qualen der armen Elisabeth unter die Haut bekommen. Die Ratsherren von Leeuwarden hörten nämlich nicht auf, das Mädchen zu quälen, damit sie widerrief oder ihnen zumindest die Namen von Glaubensbrüdern und Glaubensschwestern verriet. Elisabeth bekam schreckliche Angst, schwach zu werden, und flehte Gott um Hilfe an. Da zogen die Gottlosen sie auch noch nackt aus. Doch sie blieb standhaft. Samuel war der Meinung, dass jeder Täufer, egal ob Mann oder Frau, dieses Lied so oft wie möglich singen sollte, um im Fall der Fälle so glaubensfest wie Elisabeth zu sein. Als Belohnung würden sie, wenn Christus wiederkehrte, auch von den Böcken getrennt werden. Samuel legte alle Inbrunst in die letzte Strophe.

»Da sprach sie, ich begehr durch Gott, das zu besiegeln mit dem Tod.«

Die Peiniger waren bloßgestellt. Samuel feuchtete seinen Zeigefinger an, blätterte zwanzig Seiten weiter und stimmte gleich ein neues Lied an.

»Viel strenger muss man streiten und vorsichtiger sein, dann in vorigen Zeiten, sagt er ihn allgemein, darum soll man sich üben täglich in Christi Lehr, einander herzlich lieben, wandeln in Zucht und Ehr.«

Die einzelnen Stimmen verschwammen zu einer einzigen Stimme, zusammengeschnürt von einer trägen, traurigen Melodie, die nicht in Noten aufgeschrieben stand, weil auch die zu viel Schmuck gewesen wären. Praktisch und sparsam wie Täufer waren, benutzten sie für viele Lieder dieselbe Melodie. Gesichter, verwittert vom Heuwenden, andere, die den schönen Madonnen in den Kirchen der Katholiken glichen, wieder andere mit klugen, feldmausblinkenden Augen oder solche mit dünnen weißen Bärten, sie alle rutschten zu einem einzigen Gesicht zusammen. Die Vorhänge blähten sich unentwegt in der Zugluft.

Links neben Samuel drückte sich bärengroß und vertraut Noah Gabler, der wie immer nach seinem Hund stank. Man musste alle Brüder und Schwestern lieben, aber Noah liebte Samuel am meisten. Auf seiner rechten Seite schaukelte Daniel Lapp leicht vor und zurück. Schnell auf den Beinen, sanftmütig, jederzeit zu einem Scherz mit kleinen Kindern und alten Leuten aufgelegt. Am meisten gefiel Samuel, dass der Junge etwas von Pferden verstand. Seine Mutter war eine Schwester von Daniels Großmutter gewesen. Er würde als Schwiegersohn gut passen. Allerdings schaute Sarah den Jungen keinen Augenaufschlag länger als nötig an. Samuel legte ihm kurz die Hand auf den Rücken. Daniel strahlte ihn an und schaukelte, als ob er noch immer auf dem Schoß seiner Mutter sitzen würde. Jetzt sangen sie noch das Lied von den »zwei Wegen«, von denen einer schmal und der andere breit war. Samuel blies seine Stimme mit Absicht kräftig in den Nacken von David Holly, dessen Kopf auf die Brust gesackt war. Wenn David einschlief, würde der Älteste ihn vor der Gemeinde rügen.

Wieder nahezu geräuschlos erhob sich Jacob Egly und stand im Nu da, wo sich die Bänke der Männer von denen der Frauen trennten. Die Wucht seiner Worte entlud sich wie ein Gewitter.

»Ihr lieben Brüder und Schwestern, lasst uns ernstlich bedenken, was wir in unserem Bund mit Gott und vor der Gemeinde versprochen haben. Dass wir der Welt, dem Hochmut, der Eitelkeit, dem Schein und all den Versuchungen des Fleisches absagen. Wir sollten allen Untugenden des Teufels fliehen, also jeder Kleidermode, jeder militärischen Uniform, jedem Ungehorsam gegenüber den Eltern, Großeltern, der Gemeinde. Wir wollen uns nicht schmutzig machen mit Kartenspielen, Lesen von geschwätzigen Büchern oder noch schlimmer solchen mit Gefahren für unseren Glauben. Auch das Musizieren mit Instrumenten ist Prunk und hilft dem Teufel, uns zu krallen. Ebenso das Schaukeln auf den Bänken und Wippen, das diejenigen zuerst praktiziert haben, die dann wollüstig aufsprangen und zügellos um das goldene Kalb, das ihnen Aaron aufzurichten erlaubt hatte, tanzten, während Mose noch bei Gott auf dem Berg war.«

Samuel spürte, wie der Junge neben ihm erstarrte. Vor über zehn Jahren hatte Egly über Daniels Vater, der allein mit fünf Kindern dastand, den Bann verhängt, und alle Gemeindemitglieder hatten ihn meiden müssen, als ob er die Pest hätte. Ging es damals um zu viele Bücher im Haus? Oder dass die kleinen Mädchen oft ohne Hauben auf dem Haar herumschwirrten wie aus dem Nest gefallene Vögel? Andere hatten gemunkelt, dass der Witwer sich in eine Evangelische verliebt hatte und sie sogar heiraten wollte. Samuel konnte sich nicht mehr erinnern. Vielleicht weil er schon damals so wenig wie möglich davon hatte erfahren wollen.

»Insbesondere das selbstverliebte Lockendrehen und Flechten der Haare …«, walzte sich die Stimme des Ältesten weiter über die Köpfe und in das Gewissen der Gemeinde. Magdalena Holly biss sich ertappt auf die Lippen, es dauerte nicht lange und Tränen sickerten in ihre Schürze. Tatsächlich hing manchmal eine ihrer schwarzen gewellten Strähnen wie unabsichtlich vom Wind herausgezerrt seitlich aus der Haube. Dafür riskierten die jungen Männer einen Blick. Damit ließ sich einfach nur spielen, wenn sie die Hühner abends in den Stall trieb. Ihre Eltern schimpften sie, weniger streng als spöttisch, manchmal schmunzelten sie auch nur. Sarah griff von hinten zwischen den Hüften zweier Frauen hindurch nach Magdalenas Hand.

Egly wusste, dass auch die Frömmsten unter den Frommen ständige Kontrolle und Ermahnung brauchten, damit kein Unkraut zu wuchern begann oder gar einige seiner Schafe ausscherten und sich in die Welt verirrten. Einige Male hatte er in den Jahren, seit er Ältester war, auch solche ertappt, die schwer sündigten. Dann hatte er sie mit all der Macht, die ihm zur Verfügung stand, büßen lassen. Manche hatten die Herde verlassen, andere waren zur Einsicht gekommen und zurückgekehrt. Für heute genügte es. Er nickte Noah zu, der sich schwerfällig erhob.

Kein Prediger las ab. Dazu kannte jeder in der Gemeinde die Heilige Schrift zu genau. Sie wollten hören, dass Noah ihnen sagte, was Gott ihm gerade heute eingegeben hatte und mit ihnen teilen wollte. In schlichten Sätzen, geradeheraus, so wie Bauern sprachen und nicht wie Gelehrte und Wortverdreher. Der Herr teilte sich immer durch denjenigen mit, der an den Sonntagen zum Prediger bestimmt worden war. Darauf konnte man vertrauen, das hatte sich bewährt. Noah baute, obwohl er auch ein guter Bauer war, die Kutschen für alle amischen Familien weit und breit. Manchmal auch welche für die anderen Täufer, die Reist-Leute, von denen man sich vor fast fünfzig Jahren getrennt hatte. Aber das durfte der Älteste nicht wissen. Keiner hatte wie Noah das Augenmaß, das feine Gefühl für Stabilität und gleichzeitig die schaufelgroßen Hände. Seine Predigt begann im Paradies und beschrieb zunächst die Rolle der Schlange.

»Wobei alle anderen Tiere gutartig und Gottes Schützlinge sind.«

Noah verstummte und lächelte, und alle nickten und dachten an seinen schönen Namen und die Kühe, Schweine, Hühner, Katzen und Pferde in ihren Ställen zu Hause. Samuel dachte natürlich insbesondere an Älbli und ihr Stutenfohlen. Dann fuhr Noah mit Abraham fort, dem eröffnet wurde, dass sein Same Fremdling sein müsse in fremden Landen. Es folgte Josefs wundersame Rettung und sein großer Erfolg in Ägypten, den er vor allem der Sparsamkeit und dem Augenmaß zum richtigen Zeitpunkt verdankte. Wieder nickten auf den Bänken alle Köpfe. Ja, da hatte Noah recht. Josefs für Notzeiten gefüllte Kornscheunen gefielen ihnen sehr, und es war richtig von Noah, dass er sie dazu brachte, über Gottes Freude an gutem, weitsichtigem Wirtschaften nachzudenken. Dann sprach Noah ausführlich über die ägyptischen Heuschreckenplagen, die in der Pfalz genauso gut als Mäuseplage kommen konnten. Gegen Mittag, als die Sonne durch die Fenster leuchtende Rechtecke auf die hutlosen, langmähnigen oder gelichteten Köpfe der Männer und Hauben der Frauen warf, erlebten sie, wie die Kinder Israels am Roten Meer ankamen und angesichts der grollenden horizontlosen Wassermassen panisch wurden. Das Volk Gottes wollte lieber in das götzendienerische, aber vertraute Ägypten zurück. Der Kreis schloss sich.

Noah räusperte sich, leckte sich mit der Zunge über die trockene Unterlippe, trat vom rechten auf das linke Bein und ging ein wenig in die Knie, die ihm seit ein paar Jahren, besonders wenn es im Herbst feucht wurde, zu schaffen machten. Die Gemeinde schaute gebannt auf ihn.

»Auch wir sind in alle Welt verstreut worden. Auch wir mussten fliehen und lange mühsame Wanderjahre auf uns nehmen. Das ist ein hartes Schicksal. Die Brüder und Schwestern, die aus der Schweizer Heimat und von ihren Höfen geflohen sind. Kurzum, das beweist, dass wir auserwählt sind wie damals Josefs Nachkommenschaft. Aber …«

Noah ließ keinen Zweifel daran, dass eben doch nur die ganz Gewissenhaften, die mit den schmucklosen Haken und Ösen, die die sich beim Abendmahl gegenseitig die Füße wuschen, die nie einen Eid schwuren und nie in einem Krieg teilnahmen oder sonst wie einen anderen Menschen angriffen, das neue auserwählte Volk waren. Wenn jeder und jede in diesem Volk dem richtigen, grashalmschmalen Weg folgte, egal wohin der bislang geführt hatte und noch führen würde …

Noah hob seine Stimme noch einmal und presste mit letzter Kraft die wunderbare Verheißung des Herrn heraus:

»Ich will euch sammeln aus den Völkern und will euch sammeln aus den Ländern, dahin ihr zerstreut seid.«

Es war geschafft. Predigen strengte ihn mehr an, als eine Woche in der Werkstatt zu hämmern und zu wuchten. In seinen Knien bohrte mittlerweile ein widerlicher Schmerz. Auch die Zuhörer fühlten sich gebeutelt und ermattet und doch so sauber und gereinigt wie nach einem tagelangen hohen Fieber. Jeder Satz war in sie gedrungen, weil er so ehrlich und bildhaft aus Noahs Mund herausgekommen war, als ob Noah damals mitgeholfen hätte, die Weizenkörner in die Scheunen des Pharao zu schaufeln. Genau so sollte eine gute Predigt sein. Schwer und durstig ging Noah nach eineinhalb Stunden Sprechens zu seiner Bank und zu seinem Platz neben Samuel zurück.

Sie sangen noch das Scheidelied, und jeder gab dem Armendiener so viel Geld, wie er übrig hatte.

Johanna füllte Brühe, Rübenschnitze, eingekochtes Weißkraut und gesottenes Fleisch in große Schüsseln, die Sarah und die Mägde zu den zu Tischen umfunktionierten Bänken trugen. Jeder hatte einen eigenen Löffel und eine eigene Gabel dabei. Brüder und Schwestern aßen aus einer Schüssel. Sie hielten das Liebesmahl so wie die frühen Christen, Reiche und Arme an einer Seite. Sarah konnte sich endlich in Ruhe anhören, wie es ihrer Cousine mit dem kleinen Isaak ging, der viel schrie, aber auch viel trank und zwischendurch schon viel herumschaute und nach der Haube seiner Mutter griff. Daniel wippte wieder leicht nach vorne und hinten und hielt Ausschau. Nach Sarahs sommersprossigem Rosengesicht und einem Blick, der sich vielleicht mit seinem kreuzen würde. Was Sarah bemerkte, aber ignorierte. Stattdessen hantierte sie übertrieben geschäftig mit den Tellern, beugte ihren Mund an das Ohr der fast tauben Susanna Egly, schnitt unnötigerweise vor dem Essen schon Käse an, goss Kindern Milch und Most in Gläser, nahm die pummelige Rösli auf den Arm, die schon laufen konnte, aber nicht wollte, küsste sie auf Nasenspitze und Ohren und versuchte versteckt hinter dem kleinen Mädchen Rubens braune Locken an den Männertischen ausfindig zu machen. Im Sommer, nachdem alle Männer zusammen eine neue Scheune auf dem Münsterhof errichtet hatten und nach dem langen anstrengenden Tag von den Frauen bewirtet worden waren, und man ausnahmsweise, weil es so warm war, bis in die Nacht draußen gesessen hatte, hatte Ruben sie, bevor er nach Hause auf den Froschauerhof geritten war, im Dunkeln neben seinem Pferd geküsst.

Bevor sie mit dem Essen anfingen, stellte Samuel mit wenigen Worten die beiden fremden Brüder, denen er Unterschlupf gewährte, der Gemeinde vor. Egly nickte ihm wohlwollend zu. Jeder wusste, dass sich Samuel damit in Gefahr begab, denn es war strengstens verboten, Illegale aufzunehmen. Ängstliche Blicke wanderten zur Tür, Hände klopften auf Samuels Schultern, es wurde gemurmelt und geflüstert, Susanna wollte, dass man ihr lauter sagte, wer die Fremden waren. Sarah schüttelte den Kopf. Noah, der Wohlhabendste, kramte als Erster Geld hervor und steckte es den französischen Brüdern, die sich verlegen an Samuels Seite hielten, zu. Andere taten es ihm nach. Die Bäuerin vom Rippert-hof holte aus ihrer Kutsche vier Hemden, die sie dem Mann ihrer jüngsten Tochter genäht hatte, und schenkte sie ihnen. Egly schob den Teller, in dem das Fleisch dampfte, beiseite und schrieb einen Brief an die Ältesten der holländischen Gemeinden, damit die den Flüchtlingen halfen. Dass die beiden weitermussten, war klar. Die Zeiten wurden, das rochen sie alle, in der Pfalz wieder gefährlicher. Zwei, drei Wochen, bis sie wieder kräftig und gesund waren, aber auf keinen Fall länger, sollten sie bei den Hochstettlers bleiben. Dann mussten sie weiter, am besten gleich über das große Meer. Sarah hörte, nicht zufällig, sondern weil sie die ganze Zeit konzentriert in diese eine Richtung lauschte, wie Ruben enthusiastisch von den englischen Kolonien sprach.

Warum er nach diesem langen Tag, als alle endlich ihre Kinder und Körbe eingesammelt, die Pferde aufgeschirrt und sich die Brüder und Schwestern entweder in ihren Kutschen oder zu Fuß auf den Heimweg gemacht hatten, noch einmal in den Heuboden hochstieg, konnte sich Samuel später nicht mehr erklären. Wollte er nach den Flüchtlingen schauen, die sich versorgt mit Decken,

Kissen und einer Nachtschüssel ein Lager verborgen hinter dem Heuvorrat eingerichtet hatten? Das wäre überflüssig gewesen, denn alles war mit ihnen besprochen. Die Eule saß noch auf ihrem üblichen Balken und beäugte ihn. Bald würde sie durch ihr Loch unter der Giebelspitze in die Nacht hinausfliegen. Wahrscheinlich wollte er nach dem Trubel einfach allein sein. Ein Bedürfnis, das ihn öfter, als ihm lieb war, überfiel. Obwohl er wusste, dass der Einzelne ohne seine Gemeinde doch nur ein Grashalm im Wind war.

Samuel hockte sich hin, kniff die Augen zusammen und suchte die Dunkelheit ab. Ruhe strömte in ihn hinein und er entspannte sich. Durch die Ritzen der Dachsparren fiel Mondlicht herein, in dem zahllose silberne Teilchen schwebten. Weich streifte ein Nachtfalter Samuels Gesicht, und er spürte von Minute zu Minute mehr die Erschöpfung seines Rückens und seiner Arme. Sollte er sich für eine Weile hinlegen? Tief unten stampften zufrieden die Kühe. Wie ein Schwimmer in einem Teich, dessen Grund nicht zu sehen ist, streckte er seine Glieder auf den dunklen, heubedeckten Brettern aus. Seine Müdigkeit verlieh ihm eine angenehme Schwerelosigkeit, sein Gehör wurde aufmerksamer, saugte die vielen Rufe auf, die aus dem Walnussbaum im Hof hereinwehten. Schwer flügelschlagend flog die Eule hinaus. Seine Fingerspitzen spielten mit getrockneten Rispen.

Es lag einfach da, eingebettet im Heu. Eckig und in einer Farbe, die er nicht gleich erkennen konnte. Ohne sich zu wundern, wie es auf seinen Heuboden gelangt war, hob Samuel das Buch hoch und nahe an seine Augen heran. Ein in der Mitte gefalteter Zettel segelte heraus. Schwarz auf Weiß bedruckt. Samuel fing ihn auf und strich ihn glatt.

»Ehrliche und gottfällige Siedler gesucht«, las er. »in dem alle Frommen Land bekommen, ein bescheidenes Haus und ein Leben in Gerechtigkeit und Gleichberechtigung mit dem Nachbarn führen, wo man Bauer, Gelehrter, Priester und Edelmann in einer Person sein kann.«

Weiter unten auf dem Blatt entzifferte er noch etwas von Gewissensfreiheit und den Namen William Penn. Samuel schob den Zettel in die Tasche tief innen in seinem Rock und öffnete das schmale, wie er jetzt erkennen konnte, in blaues Leder eingebundene Buch. Außer der Bibel, dem »Ausbund« und dem »Märtyrerspiegel« hatte er noch kein Buch in die Hände bekommen. Mit deren Hilfe hatte er auch lesen und schreiben gelernt. Zu seiner Enttäuschung, die aber schnell in eine gewisse Erleichterung umschlug, stellte er fest, dass er den Text sowieso nicht lesen konnte. Es mochte Latein sein oder vielleicht Holländisch, da aber über der nächsten Grenze Frankreich begann, tippte er auf Französisch. Plötzlich, ohne sein Zutun, klappte das Buch bei einer Seite mit einem Bild auf.

Ein jäher Laut der Verwunderung entschlüpfte ihm, so unvermittelt sprang ihn der Anblick an. Verwirrt und erschrocken schlug er das Buch zu. Er atmete stoßweise, musste warten. Aber alles blieb still um ihn herum, nichts hatte sich in den vergangenen fünf, sechs Sekunden verändert. Mit klammen Fingern tastete er sich wieder heran, blätterte, suchte gierig, ja sehnsüchtig zwischen den Seiten nach dem richtigen Spalt. Da war es wieder. Nie in seinem Leben würde er den einen Moment vergessen, in dem er erfasste, dass es sich um ein Tier handeln musste. Aber um was für ein Tier! Samuels Augen krochen langsam über die Seite, er merkte nicht, dass sein Mund ziemlich blöd offen stand. Was war das bloß?

Rücksichtslos verschwand der Mond hinter Wolken und mit ihm das Bild. Samuel blieb nichts anderes übrig, als das Buch zu halten und geduldig, aber mit heftig klopfendem Herzen zu warten. Er überlegte schon, ob er es wagen sollte, eine Lampe zu holen, als, allerdings schwächer als zuvor, das silberne Licht wieder auftauchte und schließlich auch das Blatt beschien. Linien und Schraffierungen verbanden sich, gaben ihm immer neue Rätsel auf.

Um sich besser konzentrieren zu können, ging Samuel in die Hocke und hielt das Buch auf seinen Oberschenkeln. Er starrte und staunte. Zwischen Widerrist und Scheitel maß er einen absonderlichen Unterschied. Während der Rumpf dick und kurz war, streckten sich Hals und Vorderbeine enorm lang. Der Kopf kam ihm auffallend klein vor, mit Augen, die er nicht anders als liebevoll bezeichnen konnte. Dann aber fielen ihm zwischen Stirn und Scheitelbein zwei merkwürdige Zapfen auf, nicht unähnlich dem Rosenstock der Hirsche, aber dann doch wieder ganz anders. Scheinbar nicht gefährlich, aber sehr seltsam. Auf dem Nasenrücken wölbte sich noch einmal ein seltsamer kleiner Höcker. Der Rücken ging schnell abschüssig nach unten, die Hinterbeine waren kürzer als die Vorderbeine. Große eckige Flecken zogen sich über den ganzen Körper des Tieres. War das nur eine Haut oder vielleicht auch ein Fell? Samuel hielt das Bild jetzt eine Handbreit vor seinem Gesicht und atmete es ein.

Er ließ sich viel Zeit. Noch nie hatte er etwas so Wundersames und gleichzeitig Schönes gesehen. Besonders die Flecken, die eine Art unregelmäßiges Muster ergaben, gefielen ihm sehr. Die winzigen Buchstaben am Fuß der Seite entdeckte er erst zum Schluss. Die Schrift war so dünn, dass das Mondlicht sie fast mit dem Papier verschmolz.

»La girafe.« Daneben stand »Jean-Baptiste Oudry«. Der erste, vermutete Samuel, war der Name des Tieres, und der zweite von dem, dem es gehörte. Aber sicher war er sich nicht. Plötzlich schreckte er hoch. Johanna und Sarah würden sich wundern, wo er steckte. Samuel durchfuhr eine Angst, so spitz, wie sie vielleicht Schweine empfanden, kurz bevor sie abgestochen wurden. Er saß hier und schaute sich in einem fremden Buch ein Bild an. Ein Bild, das eines der Geschöpfe Gottes zeigte. Ein besonders wunderliches Geschöpf sogar. Was, wenn das Buch und das Bild ein Frevel waren, weil der Mensch sich keine Bilder machen sollte? Nicht von Gott und nicht von sich selbst und deshalb wahrscheinlich auch nicht von den anderen Geschöpfen. Deshalb waren die Kirchen mit ihren Gemälden und Kreuzen und dem ganzen anderen Plunder ja solch ein Gräuel. Verstieß er gegen die Vorschriften? Ging er geradewegs in die Falle des Teufels und machte sich einer schweren Sünde schuldig? Würde er, wenn es herauskam, dafür gebannt und von der Gemeinde gemieden werden? Andererseits, dachte Samuel und atmete flach, Gott hatte den Menschen, nicht aber die Tiere zu seinem Ebenbild gemacht. Ein gezeichnetes Tier konnte auch der Versuch sein, die schöpferische Allmacht Gottes zu preisen, der in sechs Tagen das gesamte Universum und eben auch so ungewöhnliche Geschöpfe wie la girafe erschaffen hatte. Was stimmte? Wer würde ihm darauf eine Antwort geben können? Zum ersten Mal in seinem Leben war sich Samuel nicht sicher, ob es auf seine Fragen überhaupt eine und dann auch richtige Antwort gab. In seinen Eingeweiden bissen und kauten widersprüchliche Gefühle, Furcht und Scham und gleichzeitig eine lodernde Freude. Gebannt betrachtete er weiter la girafe. Verließ er gerade den grashalmschmalen Weg?

Irgendwie schaffte er später die Stufen vom Heuboden herunter, ohne zu stürzen. Im ganzen Haus war es stockdunkel. Jacob Egly war weit weg. Dass er überhaupt an den Ältesten denken musste, löste neue Schuldgefühle in ihm aus. Wohin also mit dem Buch? Unsicher schaute er sich auf dem Hof um. Am Walnussbaum rauschten die letzten Blätter. Älbli schaute schließlich geduldig und verschwiegen zu, wie Samuel das Buch in einer Kiste tief unter durchgescheuerten und schadhaften Halftern und Geschirren versteckte. Gleich morgen früh, nahm er sich vor, würde er es verbrennen. Später im Bett half ihm Johannas Atem, der so stetig kam wie jede Nacht, etwas ruhiger zu werden. Aber er lag trotzdem noch lange neben ihr wach. Als sein aufgewühlter Geist schließlich endlich in den Schlaf hinüberglitt, sah Samuel gerade noch, wie la girafe den Hals zu ihm herunterbog und ihn nachdenklich betrachtete.

Kapitel 3

Bereits seit einer halben Stunde stocherte Georg von Geispitzheim zwischen seinen rechten unteren Backenzähnen. Eine zähe Faser, wahrscheinlich von der Rehkeule, hing fest und piesackte ihn so, dass er an gar nichts anderes mehr denken konnte. Oder war es ein Stückchen sehniger Fasan? Hatte er nicht auch Schwan in Orangensauce und sautierten Ochsenschwanz gegessen? Auch an die Gäste, die er gestern bewirtet hatte, erinnerte er sich nicht mehr so genau. Umso gegenwärtiger war ihm ein penetrant säuerlicher Geruch, der in seinem Mund festsaß. Für seinen Geschmack roch an diesem Morgen alles um ihn herum etwas zu abgestanden und vergoren. Geispitzheim streckte die Beine weit von sich und rutschte tiefer in den Sessel mit den gedrechselten Beinen und Löwenköpfen an den Armlehnen, auf dem schon sein Vater und dessen Vater ihre Räusche ausgedampft hatten. Wo blieb nur sein Diener Josef? Der vermaledeite Hund wurde immer fauler.

Geispitzheim brütete starr vor sich hin. Bloß nicht den Kopf bewegen! Sonst zündeten die Schmerzensfunken in seinem Kopf. Aber auch das, was in seinem Blickwinkel auftauchte, reichte, um sein Unwohlsein zu steigern. Als hätte man einen Korb Gänseeier geleert, lagen Lichtflecken verstreut auf den schwarzen Eichendielen und störten ihn. Mottenkolonien hatten die in Flandern gewebten Vorhänge mit Falkenjagdszenen, die, als sie in seiner Kindheit aufgehängt worden waren, überaus prächtig gewesen waren, so gründlich zerlöchert, dass es fast keinen Unterschied machte, ob man sie aufzog oder zugezogen ließ. Unterm Tisch erspähte er gräuliche Knochen, die nicht erst von gestern Nacht stammten.

Und aus einer Ecke, er vermutete aus der zwischen der eisenbeschlagenen Truhe, die sein Vorfahr im Dreißigjährigen Krieg von Feld zu Feld mitgeschleppt hatte, und dem lachsfarbenen französischen Sofa, wehte ein Geruch herauf, der ihm trotz der Umnebelung seiner Sinne in die Nase stach. Niemand kehrte mehr den Hundekot auf, so war es. Geispitzheim stöhnte und drückte mit seinen Stiefelabsätzen gegen den Boden und schob sich samt Sessel näher an das hinter seinem Rücken erst zögerlich brennende Kaminfeuer. Es war ein kalter Tag.

Wenigstens mein Zahnstocher ist noch aus Elfenbein und in Silber gefasst, sagte er sich, zwirbelte das gute Stück eine Weile zwischen den Fingern und fing erneut an, in den zerklüfteten Tälern seiner Backenzähne zu bohren. Als Charlotte das Zimmer betrat, bekam er ein schiefes Lächeln hin. Weil er aber Angst vor den Schmerzensblitzen hatte, machte er die Augen augenblicklich wieder zu.

»Geht es Ihnen besser, Papachen.«

Charlotte meinte das nicht als Frage, sondern als Aufforderung und ging auch gleich zu den Fenstern und zog die Vorhänge so energisch auf, dass ihr Vater sofort beide Hände auf seinen perückenlosen, nur durch schütteres, eisgraues Haar geschützten Schädel legte. Gleißendes Winterlicht traf sein Gesicht wie eine Klinge.

»Charlotte, Liebling …«

»Wollten Sie nicht unbedingt mit mir etwas bereden, jedenfalls hat mir Josef das gestern bestellt, aber dann kamen ja Ihre Gäste und die Damen aus Kaiserslautern …«

Charlotte lächelte ihren Vater spöttisch an. Vergeblich, er behielt die Augen geschlossen.

»Waren sie denn wenigsten ihr Geld und die Kutsche für den weiten Weg wert?«

Geispitzheim antwortete nur mit einem Brummen, faltete seine Hände jedoch noch enger um seinen Schädel. Charlotte beugte sich über ihren Vater und küsste ihn auf das eine, dann das andere Augenlid.

»Keine Angst, Väterlein, ich quäle Sie nicht weiter. Natürlich werden die Damen jeden Kreuzer wert gewesen sein, wahrscheinlich auch die Unsumme von drei Gulden, aber sie scheinen Ihrer Gesundheit zugesetzt zu haben, oder?«

Die faltigen Lider hoben sich, und träge Reptilienaugen nahmen mit ihr Kontakt auf. Jetzt griff er an.

»Deine Großmutter hat mir geschrieben und den Heiratsantrag dieses Herrn Schwerthalter aus Mannheim – oder heißt er Schwertfeger? Naja, naja egal – übermittelt. Fünf Stadthäuser, der Weinhandel mit Kunden bis London, eine Getreidemühle in Worms, zwanzig Weinberge bei Neustadt, verwitwet, kein lebendes Kind, nicht mal eine lumpige Verwandtschaft, weder der Sodomie noch dem Glücksspiel zugetan, im Gegenteil, der Kurfürst schuldet ihm Geld, der Antrag ist ernsthaft, die Konditionen picobello, dein monatliches Nadelgeld, mein Gott, ich wär froh, wenn das meine Einnahmen wären.«

Geispitzheim seufzte und fuhr dann im selben lakonischen Tonfall fort: »Er garantiert dir eine eigene, geschlossene Kutsche, zwei Zofen, ein Reitpferd. Du wärst Alleinerbin im Falle seines Todes ohne gemeinsame Kinder, abzüglich einer Stiftung für Winzerwitwen und Waisen und der Pflege für das Grab seiner ersten Frau. Mit gemeinsamen Kindern bekämest du einen komfortablen Witwensitz und dreißig Prozent Anteile am Firmengewinn. Einzige Bedingung, Du musst konvertieren, aber das, Lolottchen, macht der Mensch ja sowieso ständig in seinem Leben.«

»Ja, ja, ich weiß, und Paris ist eine Messe wert.«

Charlotte kicherte in sich hinein, hörte allerdings sofort auf, als sie bemerkte, wie erschöpft ihr Vater aussah. Über seine Augen hatten sich längst wieder abweisende Häute gestülpt. Denn die Flechse zwischen den Zähnen malträtierte ihn immer noch so, dass sein Kopf jede Minute mit grauenhaften Kopfschmerzen reagieren konnte. Trotzdem – Charlotte war immerhin sein einziges Kind – rang er sich noch einen weiteren Satz ab:

»Eine, wie sagt man so schön, glänzende Partie… in unseren Umständen.«

Die letzten drei Worte verstand Charlotte nur bruchstückhaft, weil ihr Vater sich noch näher an den Kamin schob und die Stuhlbeine auf dem Boden knirschten. Sie wusste aber auch so, was er meinte. Geispitzheims Vermögen bestand nur noch aus zwei Höfen. Deren Pacht reichte für ein auskömmliches Leben, doch ihr Vater tat sich schwer, auskömmlich zu leben.

»Keine standesgemäße Mitgift, kein standesgemäßer Bräutigam, das ist der Stand der Dinge«, sagte sie fröhlich und klatschte vor seiner Nase die Hände zusammen, als wollte sie eine Mücke totschlagen. Weil ihr Vater nichts darauf erwiderte, setzte sie sich auf sein rechtes Knie.

»Sie bekämen von einem solchen Schwiegersohn sicherlich kostenfrei Wein ins Haus geliefert…«

Sanft zog sie ihm die Hände vom Kopf, massierte seinen Schädel und blies ihren Atem zwischen seine Stoppelhaare.

»Papachen, das wäre doch wirklich eine feine Sache, der Herr Schwertfeger, pardon Schwerthalter, soll vorzüglichen Madeira und auch Sherry-Weine in seinem Depot haben.«

»Hm, hm, ich trinke lieber Rheinwein.«

»Aber die Damen mögen Madeira.«

Ihre Fingerkuppen walkten weiter seine Kopfhaut, Geispitzheim murmelte:

»Sein Vater soll angeblich noch selbst im Laden gestanden und die Weinfässer eigenhändig aufgeladen haben.«

Darauf ging Charlotte nicht ein. Es hatte sie noch nie sonderlich gewundert, dass ihr Stand bisher keine wissenschaftlichen Entdeckungen zustande gebracht hatte, so wie er Arbeit verachtete. Im Augenblick war ihr wichtiger, welchen Verlauf die Gedanken ihres Vaters gerade nahmen. Sie meinte, eine günstige Kurve zu beobachten. Da hieß es dranbleiben.

»Erinnern Sie sich noch an den bayerischen Baron, der vor

einem Jahr hier angekrochen kam, zuerst Josef für Sie hielt und dann rote Flecken im Gesicht bekam, wenn ich ihm länger als drei Sekunden in die Augen schaute?«

Charlotte kicherte diesmal lauter und geriet auf dem Knie ihres Vaters ins Wippen.

»Worauf du kleine Kröte«, ergänzte Geispitzheim zunehmend gut gelaunt, »ihn das ganze Abendessen über unentwegt angeschaut hast. Am Schluss sah dieser Herr von Schießmichtot aus, als ob er Nesselfieber hätte.«

Vater und Tochter lachten herzhaft.

»Jedenfalls war es sehr klug von Ihnen, seinen Antrag abzulehnen. Wir hätten uns mit ihm garantiert zu Tode blamiert, nachdem ich mich schon vorher aus purer Langweile aufgehängt hätte.«

Kaum hatte sie den Satz ausgesprochen, merkte sie, wie taktlos er gewesen war, und schlug sich auf den Mund. Der Blick ihres Vaters wurde glasig. Vor dem Baron hatte es nämlich noch einen Bewerber gegeben. Mit dem sich Charlotte tatsächlich auch verlobt hatte. Louis, ein Vetter dritten Grades. Seine Nase war der Charlottes nicht unähnlich gewesen, höchstens eine Idee länger. Gleich nach der Rückkehr von seiner großen Reise, die ihn von Mannheim nach London und von dort direkt nach St. Petersburg und wieder zurück nach Mannheim geführt hatte, hatte er um ihre Hand angehalten und noch am selben Tag begonnen, ihr Englisch beizubringen. Ein so liebenswerter, gescheiter junger Mann. In seiner Umgebung fühlte sich auch ihr Vater sofort heiterer. Dass Louis zunehmend fürchtete, seine Zehen könnten zusammenwachsen, hatte Charlotte nicht gestört. Auch nicht, dass er deswegen immer öfter seine Schuhe und Strümpfe auszog, beim Essen oder bei Konzerten, um nachzusehen, ob sich in den Zwischenräumen schon Häutchen bildeten. Sie hatte dann die Idee gehabt, kleine, rund abgeschliffene Steinchen zwischen seine Zehen zu stecken, die das Zusammenwachsen verhinderten. Unendlich erleichtert las ihr Louis daraufhin wochenlang die aberwitzigsten und abgründigsten Theaterstücke eines Engländers vor, dessen Namen sie leider mittlerweile vergessen hatte.

Aber dann begann ihr Verlobter arabische Stimmen aus seinem Magen zu hören. Bei Tag und bei Nacht plapperten sie. Erst als er selbst diese Sprache nahezu fließend gelernt hatte, herrschte wieder Ruhe. Nur für kurz. Als nächstes machte Louis die Vorstellung, er könnte beim Reden seine Zunge verschlucken, panisch und nahezu stumm. Worunter Charlotte dann doch litt. Als er schließlich im Billardzimmer seines Elternhauses alle Bücher des englischen Dramatikers, die er besaß, aufeinander schichtete, sich daraufstellte, einen Strick um einen Balken wand, seinen Kopf in die Schlinge steckte und den Bücherturm umwarf, weinte sie wochenlang. Tief in ihrem Inneren stimmte sie allerdings zu, dass es für den armen Louis keine stilvollere Lösung gegeben hätte. Mit ihm hatte sie sich während ihrer gesamten Verlobungszeit nie gelangweilt.

Geispitzheim nickte. Seine Tochter hatte recht. Baron hin oder her. Langeweile war das Schlimmste. Davon konnte er ein Lied singen. Gegen die anzusaufen und zu huren, gab er sich alle erdenkliche Mühe. Leider über die Jahre mit immer weniger Erfolg, wie er sich eingestehen musste. Die Kunststücke der Huren aus Kaiserslautern, mein Gott, eine Stunde animierte Vorfreude, aber dann war er auch schon wieder froh, wenn sie ihre aufgedonnerte, kichernde Geilheit wieder auf die Bank der Mietkutsche quetschten und winkend durch sein Hoftor hinausfuhren. Wenn er ehrlich war, dann hatte er sie die letzten Male nur noch bestellt, weil alle drei famos Karten spielten.

Für eine Weile saßen Charlotte und Geispitzheim still zusammen da, jeder in seine Gedanken versunken. Hinter ihnen krochen die Flammen über die aufgeschichteten Scheite und pressten nach und nach eine sengende Hitze heraus, die Tochter und Vater an den Sessel fesselte.

»Lolottchen, soll ich Schwertfegers Antrag auch ablehnen?«

Unbestechlich saugten sich die kleinen grauen Augen ihres Vaters an ihren fest. Charlotte zögerte mit der Antwort. Ihre Finger kraulten seine Haare beharrlich weiter, so, wie sie es auch gern taten, wenn sie sich in den Ohrlappen eines Jagdhundes oder in dem dunklen Gestrüpp auf Felix' Brust verfingen. Das verbrennende Holz knackte, und mit dem Aufheulen eines wilden Tieres machte sich das Feuer über ein neues Scheit her. Charlotte war sich nicht sicher, wie weit sie der launigen Großzügigkeit ihres Vaters trauen konnte. Über einen stummelbeinigen Käfer von Baron herzuziehen, war eine amüsante Sache, eine andere, eine unverheiratete Tochter deutlich über zwanzig immer noch bei sich hocken zu haben. Auch wenn ihm ihre Anwesenheit weitgehend gleichgültig war, in guten Stunden sogar aufmunterte, sodass sie sich in letzter Zeit in die Hoffnung verstiegen hatte, er würde sie auch in Zukunft so gewähren lassen wie sie wollte. Ihrer Einschätzung nach hatte es ihn nie gestört, dass sie als Kind, und spätestens seit ihre Mutter zum Fürsten gezogen war, oft stundenlang auf einem Holzstoß im Hof gesessen und Apfelkerne auf die Pflastersteine gespuckt, gelegentlich aber auch einen ganzen Tag und eine Nacht unauffindbar gewesen war. Wenn er nach seiner Tochter gefragt hätte, hätten die Mägde und die Köchin mit den Schultern gezuckt. Aber Charlotte konnte sich nicht vorstellen, dass er je gefragt hatte. Nur wenn er sie zufällig in Fensternischen beim Lesen entdeckte, war sein glasiger Blick ein bisschen schärfer geworden. Für ein paar Sekunden rüttelte ihn Verwunderung wach und er schien sich ernsthaft zu überlegen, was es für ein merkwürdiges braunhaariges Geschöpf war, das in seinem Verhau lebte.

Einmal, aber nur einmal, war er, es musste ungefähr ein Jahr her sein, zu ihr hingegangen und hatte fast scheu seine Hand nach dem Buch ausgestreckt.

»Newtonianismo per le dame« buchstabierte er sorgfältig, zog die Augenbrauen hoch, drehte das Buch so herum, als könnte etwas zwischen den Seiten herausfallen, und gab es schließlich seiner Tochter zurück. Unentschlossen blieb er noch stehen und meinte schließlich:

»Deine Mutter wird befürchten, dass solche Themen deinen Teint verderben.«

Dann pfiff er Rollo, seinen zahmen Wiesel, das unter einen Schrank geflitzt war, fing das Tier erstaunlich schnell mit einer Hand ein, steckte es in die linke Tasche seiner speckigen Weste und schlurfte den Gang weiter in Richtung seines Schlafzimmers.

Manchmal begegneten sie sich wochenlang überhaupt nicht. Geispitzheim mochte keine kranken Leute. Deshalb vergaß er auch seine Tochter, als sie einen ganzen Frühsommer fiebernd mit Lungenentzündung im Bett lag und ihr schönstes Kleid im Tausch dafür gab, dass ihr eine Frau aus dem Dorf täglich den Nachttopf leerte und eine Schüssel Essen brachte. Den eigenen Mägden hatte Geispitzheim verboten, Charlottes Zimmer zu betreten, womöglich hätten sie die Krankheit aufschnappen und ihn anstecken können.

Kurz nach Charlottes vierzehntem Geburtstag, zu dem Geispitzheim das größte Feuerwerk, das es je in der Gegend gegeben hatte, abbrennen ließ, quartierte sich Ludmilla Benoit bei ihm ein und bestellte umgehend in der Manufaktur Boule ein sündhaft teures Sofa, das in der Farbe von frischem Lachs überzogen wurde. Tatsächlich hieß sie, wie Charlotte von einem Scherenschleifer erfuhr, Klara Möckel, stammte aus Obermoschel und war nach zwei Spielzeiten am Mannheimer Hoftheater hinausgeworfen worden. Madame stopfte bei den Mahlzeiten gern große Stücke Leberpastete, die Verzierungen der Marzipantorten oder auch einfach nur Radieschen tief in die Hosen der männlichen Gäste und angelte sie von dort wieder mit Zähnen und Zunge heraus. Nach der zweiten Vorführung gab Geispitzheim Anweisung, seiner Tochter das Essen in der Küche im Gewölbekeller zu servieren. Charlotte kam das zupass. Sie konnte dort ungehindert mit Feuer, siedendem Wasser und Dampf experimentieren, solange sie nicht verriet, dass die Mägde und Knechte ganze Schweinshaxen und Hasenschlegel unter der Hand verkauften. Ludmilla Benoit war eines Tages wieder ausgezogen, hatte das lachsfarbene Sofa unter Tränen zurückgelassen, dafür Geispitzheim vor der Dienerschaft eine Ohrfeige gegeben. Charlotte zog es vor, weiter in der Küche zu essen.

Die Hitze vom Kaminfeuer brannte auf ihrem Gesicht. Ihr Vater schien eingeschlafen zu sein. Natürlich hätte sie ihm am liebsten einen Kuss auf die Wange geknallt und gesagt, dass er doch bitte, bitte und auf jeden Fall den Antrag ablehnen solle, dass sie keinen alten Krämer wolle, egal wie reich er war. Dass sie eigentlich auch keinen jungen und am liebsten überhaupt nicht heiraten wolle. Dazu fehle ihr im Übrigen die Zeit. Demnächst komme die Elektrisiermaschine aus Leipzig, für die sie immerhin schon eine Anzahlung geleistet habe, und dann müsse sie Tag und Nacht experimentieren.

Aber es war so eine Sache mit ihrem Vater. Charlotte stöhnte kaum hörbar. Von einem Moment zum anderen konnte seine Schläfrigkeit umschlagen und sich ins Gegenteil verkehren. Sie hatte schon gesehen, wie er seinen Lieblingshund getreten hatte. Und einmal war sie gerade um die Ecke gebogen, als er den kleinen Rollo, der vom selben Teller fressen durfte wie er, aus einem Wutanfall heraus gegen die Wand warf. Das zierliche Tier war wie ein Lumpen auf den Boden gesackt, hatte sich leise quiekend eingerollt und sich dann stundenlang nicht mehr bewegt. Bis ihr Vater sich zu ihm hinkniete, ihm Hackfleisch verrührt mit zwei Eigelb vor die Schnauze legte und so lange lockend pfiff, bis Rollo wieder ins Leben zurückkam.

Charlotte war gerade dabei, ihre Worte genau abzuwägen, als die Tür aufgerissen wurde.

»Dieser Ketzer will Sie sprechen. Er steht im Hof bei seinem Pferd.«

Josef spuckte die Sätze ins Zimmer. Abscheu lag wie eine angebrannte Linsensuppe auf seinem mit Pockennarben und Altersflecken überzogenen Gesicht. Höflichkeiten gegenüber seinen Herrschaften hatte er sich abgewöhnt. Deshalb drehte er sich auf dem Absatz um und machte nicht einmal die Tür hinter sich zu.

Irgendetwas fiel vom Dach. Ein Ziegel vielleicht oder Dreck nur. Aber egal, was es war, es sauste als schwarzes Geschütz quer durch Geispitzheims Blick zu Boden und erschreckte ihn sehr. Aber er wusste gleich, an was es ihn erinnerte. Er krallte seine Hand in den zerrupften Fellmantel seiner Tochter, bis er die Knochen ihrer Schulter spürte. Seit Wochen war er nicht mehr draußen gewesen. Jetzt empfand er die Kälte als eine Wand, gegen die er sich stemmen und die er mit seiner Brust niederdrücken musste, um die paar Schritte über den Hof zu schaffen.

Der Tag war damals genauso glasklar frostig gewesen. In jenem Winter 1709, als der Rhein zwischen Weihnachten und April so zugefroren war, dass man mit Kutschen von einem zum anderen Ufer fahren konnte. Der Frost sprengte Bäume, Hähne verloren ihre Kämme. Und Reisende erzählten, dass in Venedig die Leute auf den Kanälen Schlittschuh liefen. Besonders merkwürdig war, dass der Schnee von 1709 nicht aus Sternenformen wie sonst bestand, sondern aus Säulen und Plättchen geformt war. Das sei die Spucke von Hexen, vermischt mit dem Samen des Teufels, raunten sich die Leute zu, katholische wie lutherische und reformierte. Sein Vater hatte ihm dann erklärt, dass Professoren in Heidelberg diese Kristalle Polarschnee nannten, weil einer von ihnen schon am Hof von St. Petersburg gewesen war und dort von dieser seltsamen Variante der Natur gehört hatte. Geispitzheim nahm sich vor, seine Tochter danach zu fragen. Doch er verwarf diese Idee gleich wieder. Charlotte würde nur stapelweise Bücher anschleppen und nicht mehr zu reden aufhören. Das löste bei ihm regelmäßig Herzrasen aus.

Jedenfalls hatte er damals trotz der mörderischen Kälte in der Kirche sitzen müssen, wo die Pfarrer in endlosen Litaneien mit der Verderbtheit der Welt abrechneten. Gottesstrafe nannten sie es, dass täglich Hunderte Menschen in Straßengräben oder auch in ihren Zimmern erfroren. Geispitzheim erinnerte sich auch noch genau an die Möbelstücke im Speisesaal und in seinem Schlafzimmer, die wochenlang mit Raureif überzogen waren und kandierten Früchten glichen. Seine Mutter hatte im Hof, genau an der Stelle, wo jetzt ein braunes Pferd und hinter dessen heller Mähne ein Mann warteten, Feuer für die Armen anzünden und Brot verteilen lassen. Die gefrorenen Klumpen mussten allerdings mit einem Beil in Stücke gehackt werden. Trotzdem stecken die zerlumpten Menschen sie sofort in den Mund.

Er war in jenem September zwölf Jahre geworden, und das Rotkehlchen plumpste direkt vor seinen mit Fellen umwickelten Stiefeln in den Schnee. Tot, die schuppigen kleinen Füße starr von sich gestreckt, war es vom Himmel gefallen. Er hatte sich die Handschuhe ausgezogen und mit seinen Fingern, solange bis sie taub wurden, den kleinen Körper befühlt. Die Perlenaugen glänzten noch feucht. Furchtbare Angst ließ ihm das Herz anschwellen, bis es schmerzhaft an seine Brustrippen drückte. Über die Jahre hatte dieser Schmerz zwar nachgelassen, aber nie aufgehört. Wie konnten Vögel einfach so vom Himmel fallen? Eine Frage, über die Georg von Geispitzheim regelmäßig sinnierte.

Nicht lange nach diesem Vorfall sah er zum ersten Mal die ölig braune Lache auf sich zu fließen. Langsame zähe Fluten, in denen er bald knöcheltief watete. Die sich, wenn er Glück hatte, langsam, aber stetig zurückzogen wie Hochwasser nach der Schneeschmelze, dann aber dreckige Ränder in seinem Gehirn hinterließen. Manchmal stieg die Brühe in einer einzigen Nacht schnell und lautlos so hoch, dass sie, wenn er ein paar Schritte machte, an seine Schenkel schwappte. Er hörte dann ohnehin auf zu gehen, es tat ihm nicht gut. Der berühmte Arzt, den seine Eltern kommen ließen, diagnostizierte ein Übermaß an Säften der Melancholie und ließ ihn zweimal pro Woche mit einem kleinen scharfen Messer zur Ader. Das half tatsächlich. Zumindest schwächte ihn der Blutverlust so, dass er stundenlang ohne lähmende Grübeleien schlief.

Später wurde er mit Amalia verheiratet. Wofür er seinen Eltern, Gott hab sie selig, immer noch dankbar war. Amalias Spitzzüngigkeiten leckten die trübe Stimmung weg, sobald die ersten Tropfen aus den Fußböden traten, rechtzeitig bevor sich zu seinen Füßen die ersten gefährlichen Pfützen bildeten. Jetzt war Amalia fort. Seit dreizehn Jahren oder waren es erst zwölf? Geispitzheim erinnerte sich dafür deutlich an den altmodischen, weil kirschroten Seidenumhang, den ihr der Fürst, der damals ja noch Graf gewesen war, in der Kutsche mitgeschickt hatte, die sie abholte. Seitdem zog er sich immer gleich splitternackt aus, wenn es wieder so weit war, und legte sich bereitwillig in die lauwarme Lache. Er ließ seine Schwermut, das Wort Melancholie hatte er von Anfang an nicht gemocht, weil es ihm so romanhaft vorkam, manchmal vier, fünf Monate am Stück in seine Achselhöhlen spülen.

Wieder fiel etwas vom Dach und zerschellte am Boden. Geispitzheim schaute nicht hin, sondern zog nur seinen Bärenfellumhang enger um sich. Es war einer der losen Dachziegel gewesen. Sie fielen vom Geispitzheimschen Dach wie anderswo der Taubendreck. Trotzdem ärgerte sich Charlotte, dass es gerade jetzt vor den Augen dieses Fremden passieren musste. Sie ärgerte sich auch, dass sie überhaupt mit nach draußen gekommen war. Warum hatte dieser Mensch bei so einem wichtigen Gespräch, das sie schon fast zu ihren Gunsten gedreht hatte, stören müssen? Was, wenn sich die Stimmung ihres Vaters wieder verdüsterte und sie doch den Weinhändler aus Mannheim heiraten musste?

Das Pferd wieherte, hob den Kopf, blies dünne weiße Atemwolken aus den Nüstern und tänzelte mit den Hinterfüßen.

Aus der Nähe hatte Charlotte noch nie einen Mann mit Bart gesehen. Rotbraune Locken rieselten ihm auf die Schultern und gingen unter den Ohren nahtlos in ein wolliges Gewölk über, das sein Kinn vollkommen einhüllte, Wangen und Oberlippe aber frei ließ. Ein Vogelnest, dachte sie und lachte. Alberner, als ihr selbst lieb war.

Für einen Augenblick begegnete Charlotte seinem Blick. Er kam ihr nüchtern vor, ohne, was sie verstanden hätte, ein Fünkchen Zorn. Gleich darauf aber wischte eine Art von Herablassung ihr Gesicht, ohne spöttische Abfederung, sondern roh und salzig. Charlotte hatte das Gefühl, als ob dieser Mann tatsächlich durch ihren Mantel, ihr Kleid samt dem Draht- und Fischbeingestänge des Reifrocks und den batistenen Unterrock hindurchsehen konnte und entdeckt hatte, dass sie nur einen Strumpf trug. Den zweiten hatte sie beim Aufstehen nicht gefunden. Genau genommen fand sie den zweiten violetten Strumpf schon seit Wochen nicht. Vielleicht hatte ihn Felix, der immer gern eines ihrer Kleidungsstücke als Talisman behielt, oder er war damals im Bett des sächsischen Grafen auf Nimmerwiedersehen verschwunden. Sie hatte noch zwei Paar weiße Strümpfe. Die kratzten allerdings.

Charlotte hob das Kinn und die Nase, wohl wissend dass ihr das nicht stand. Es war das Anwesen ihres Vaters, auch wenn die Ziegel vom Dach fielen, konnte sie dort lachen, so viel und so laut wie sie wollte. Sie suchte Augenkontakt mit dem Fremden, wollte ihn aufspießen, ihn mit ihrem Lächeln traktieren, bis ihm sein Gehabe verging. Doch er streichelte ausdauernd sein Pferd und tat so, als ob sie und ihr Vater Luft wären. Charlottes strumpfloses Bein stach plötzlich vor Kälte, obwohl es unter dem Rockfutter aus Kaninchenfell gut versteckt und vor einer Minute noch warm gewesen war.

»Hochstettler, was gibt es, wie geht es Ihnen?«

Reichlich überrascht musterte Charlotte ihren Vater, als er auf den absonderlichen, von Kopf bis Fuß dunkelbraun gekleideten Fremden zuging und ihm auch noch die Hand reichte.

»Diese kleine Jungstute, sie ist noch keine zwei Jahre alt«, sagte Hochstettler und tätschelte weiter den Hals des Tieres, »möchte ich verkaufen. Und bevor ich sie zum Pferdemarkt nach Heilbronn bringe, biete ich sie Ihnen an.«

Das braune Vogelnest unter seinem Mund wippte beim Sprechen auf und ab. Das ebenmäßige Gesicht darüber wirkte gleichgültig, fast unbeteiligt. Seine Augen konnte Charlotte unter der Hutkrempe nur vermuten, dazwischen sprang aber energisch eine gerade Nase hervor. Dieser absonderlich runde Hut! Sofort sah sie wieder die kleinen Gestalten vor sich, wie sie unter dem Gewitterhimmel unverdrossen Getreide schnitten. Zu denen gehörte er also. Deshalb hatte Josef auch von einem Ketzer gesprochen. Charlotte kniff die Augen zusammen, um ihn besser sehen zu können. Tatsächlich! Sofort fiel ihr etwas auf, was ihr missfiel, nämlich nichts. Kein getrocknetes Eigelb, kein Flecken vom heute Morgen gelöffelten Brei, keine Abdrücke von hastig abgewischten Händen oder Hundepfoten, nicht einmal ein paar Fussel waren auf seinem Rock oder seiner Hose zu entdecken. Auch seine Schuhe waren auf eine empörende Art sauber. Und noch etwas irritierte sie. Nirgendwo hatte dieser Mensch Taschen, Aufschläge, Manschetten ... nicht einmal Knöpfe! Josef und ihre katholische Mannheimer Großmutter würden bei diesem Anblick schnell einen Rosenkranz herunterflüstern. Die alte Mina, die die Amme ihres Vaters gewesen war und bis zur ihrem Tod in einer Dachkammer gewohnt hatte, hätte, so überlegte Charlotte, wahrscheinlich sogar zwei Besen geholt und sie über Kreuz gestellt, um sich vor den dunklen Kräften der Hexerei zu schützen.

Charlotte blieb stehen, als ihr Vater zu dem Pferd ging, dessen Maul öffnete und sich viel Zeit ließ, um die Zähne zu prüfen.

Er schien zufrieden. Schließlich hob er ein Bein nach dem anderen und begutachtete Fesseln und Hufe. Der Mann, so schätzte sie, war Ende dreißig. Spuren von Schlägereien oder Suff, die sich in Gesichter vieler Bauern eingekerbt hatten, sah sie nicht. Er war nicht sehr groß, aber stand aufrecht und breit in den Schultern da, sodass er größer wirkte. Bei einem Elektriker wäre sie sich sicher gewesen, dass er sich zur Isolierung auf eine gläserne Unterlage gestellt habe, um den gefährlichen Fluss des Fluidums zu stoppen. So zirkelscharf gezogen und vorsätzlich kam ihr die Distanz vor, die er zu ihrem Vater und ihr hielt. Es war unübersehbar, dass er trotz seines Anliegens nichts mit ihnen zu tun haben wollte. Was Charlotte absurd und auch dumm fand, schließlich war er nur ein Pächter.

»Sie kommt mir etwas nervös vor«, sagte Geispitzheim schließlich und zupfte an der Mähne des Tieres. Tatsächlich hatte Hochstettler Mühe, seine Stute zu halten. Immer wieder riss sie ihren Hals hoch und trommelte mit den Hinterhufen.

»Die ungewohnte Umgebung«, antwortete Hochstettler tonlos und blickte nach wie vor nur seinem Pferd ins Gesicht.

»Müssen Sie verkaufen?«

»Nicht zwingend.«

Der Fremde biss sich auf die Lippen.

»Aber?«, hakte Geispitzheim sofort nach.

»Ich brauche mehr Kleesamen, und den gibt es nur teuer aus Holland.«

»Klee? Wozu?«

Charlotte hörte einen wachen Unterton in der gewohnheitsmäßig müden Stimme ihres Vaters.

»Klee gibt dem Boden Kraft zurück. Man kann schon gleich im Jahr darauf Weizen anbauen.«

Ein kalter Windstoß verfing sich im Hof, ließ einen weiteren Dachziegel klirrend zerspringen, wirbelte herumliegendes Heu auf und Staub in die Augen und zerrte an Charlottes nachlässig hochgestecktem Haar. Lange Strähnen wehten mutwillig hoch. Eine Weile kümmerte sie sich nicht darum, es gab so viel zu beobachten. Schließlich beugte sie doch den Kopf, schüttelte ihr Haar durch, warf den Kopf nach hinten und ordnete so gut es ging mit beiden Händen ihre Haare. Die Augen des Fremden und sein Mund standen schreckensweit offen. Was war passiert? Hatte er Schmerzen oder Angst?

Charlotte hätte viel darum gegeben zu erfahren, was gerade in dem Kopf dieses seltsamen Menschen vor sich ging. Doch genauso schnell, wie Hochstettler aus seiner hochmütigen Gelassenheit gefallen war, fing er sich auch wieder. Nur dass er jetzt nicht einmal mehr sein Pferd anschaute, sondern einen Punkt irgendwo an der Mauer fixierte.

»Ist die Stute denn überhaupt eingeritten?«, fragte Geispitzheim, der das Interesse an dem Klee schon wieder verloren hatte.

»Ja.«

»Meine Tochter«, sagte Geispitzheim laut und neigte den Kopf schräg in Charlottes Richtung, »meine Tochter will den reichsten Weinhändler der Pfalz, einen Herrn aus Mannheim, dessen Namen ich mir ums Verrecken nicht merken kann, nicht heiraten. Was meinen Sie, Hochstettler, soll ich sie dazu zwingen?«

Geispitzheim grinste schief. Dieses Spiel schien ihm Spaß zu machen. Prompt lief Hochstettler rot an. Seine Zunge fuhr über die Lippen und berührte auf komische Weise die Ränder des Vogelnests. Endlich, frohlockte Charlotte, bekam seine porzellanglatte Arroganz Sprünge. Das faszinierte Charlotte mehr als seine wie auch immer geartete Antwort auf die Frage ihre Vaters. Doch der Pächter blieb stumm. Er presste seine Lippen aufeinander, als wollte er seine Zähne für immer verstecken, und das rotbraune Gewölk darunter war wie ein Verschlag. Charlotte hatte sogar den Eindruck, als ob er seine Augen absichtlich unter dem Hutrand verschwinden ließ. Ihr Vater wartete überraschend lange und streichelte dabei Rollo. Schließlich fragte er mit gefährlich sanfter Stimme nach:

»Können Sie mir keinen Rat geben oder wollen Sie nicht?«

Gleich würde der Bärtige sein Pferd am Zügel nehmen, uns vor die Füße spucken und seines Weges gehen, ging es Charlotte durch den Kopf. Schon glaubte sie seine ersten Bewegungen zu spüren. Gleich. Dass er nichts dergleichen tat, erhöhte ihre Spannung. Durchreisende Schauspielertrupps führten im Kirchheimer Schloss manchmal derbe italienische Schwänke auf, und Madame Benoit hatte, wenn sie guter Laune gewesen war, Szenen von Molière deklamiert. Aber so einer pikanten Szene, in der überhaupt nicht klar war, ob sich die Spieler beim nächsten Satz noch an einen Text halten und die richtigen Positionen auf der Bühne einnehmen würden, hatte Charlotte noch nie zugeschaut. Sie wollte unbedingt wissen, wie es ausging. Obwohl ihr nicht sonderlich wohl dabei war, besonders wegen der Art und Weise, in der der Pächter auftrat. Sein rechter Fuß schob sich etwas vor. Sie folgerte, dass er sein Gewicht auf den linken verlagerte, also endlich doch seine anmaßende Beherrschung kippte, und ließ ihn nicht aus den Augen. Nichts wäre Charlotte jetzt entgangen. Nicht einmal, wenn er nur seinen kleinen Finger gekrümmt hätte.

»Hochstettler, Sie sind mir eine Antwort schuldig!«

Der Pächter würde sich nicht wie ein ungehorsames Wiesel gegen die Wand schleudern lassen, das war Charlotte inzwischen klar. Im Gegenteil. Der Waldschrat schien es darauf angelegt zu haben, ihren Vater zu demütigen. Oder wie sollte man sein stures Verhalten sonst interpretieren? Er war ein Ketzer, hatte Josef gesagt. Was auch immer das genau sein mochte, auf jeden Fall aufrührerisch gegen die Obrigkeit, und die war in diesem Fall ihr Vater. Charlotte spielte mit dem Gedanken, den Pächter beim Fürsten vorführen und ihm im roten Festsaal direkt unter den Fresken der vier Tugenden von einem Lakaien den Bart abrasieren zu lassen. Das wäre ein Spektakel, bei dem es allen kalt den Rücken runterlaufen würde. Weil der Fürst Toleranz inzwischen zwar neuerdings modern fand, andererseits aber so viel provokante Dumpfheit schon um des Fortschritts wegen eliminieren musste. Felix würde, so malte Charlotte es sich aus, zuschauen, am Champagnerglas nippen und der Mätresse des Fürsten mit gekräuselten Lippen zulächeln, weil das seine Pflicht war. Später mit ihr im Bett würde er etwas über die Tyrannei und den geschundenen Untertanen stammeln und davon, dass es so etwas wie die Unverletzlichkeit der Menschenwürde gebe und der Bart vielleicht ein Symbol des Aufstandes sei, man es nur noch nicht überall wisse, jedenfalls nicht in der Kurpfalz und schon gar nicht in Kirchheim. Charlotte würde ihn dann wieder einmal beruhigen müssen wie ein Kind, das tagsüber schrecklich gern von Gespenstern erzählt, nachts aber vor Angst zittert, wenn das Mondlicht über die Bettdecke wandert.

Was aber würde passieren, wenn man diesen abstrusen, überflüssigen Bart nicht einseifen und abschaben, sondern stattdessen elektrisieren würde? Diese Idee erzeugte so viele Bilder in ihrem Kopf, dass sie den Mann, ihren Vater und die gesamte angespannte Situation vergaß.

»Eine gute Tochter muss man zu nichts zwingen, sie unterwirft sich immer den Wünschen ihres Vaters.«

Hochstettler sprach nicht laut. Aber artikulierte seine Worte so penibel, wie ein Kunstschreiner kleine Perlmuttstücke akkurat aussägt, um sie später in eine Kommodenplatte einzusetzen. Einmal in die Welt gesetzt, rannte jedes dieser Worte dreist und anmaßend zwischen verrosteten Bottichen und fliegenden Heubüscheln herum. Charlotte hörte, wie ihr Vater schnaufte. Es war plötzlich so entsetzlich still um sie herum. Warum fiel jetzt keiner dieser verdammten Ziegel vom Dach? Charlotte musste auch wieder an den zweiten lila Strumpf denken, der ihr fehlte und ihr linkes Bein frieren ließ. Sogar das Pferd schien zu ahnen, dass Unheil in der Luft lag, und stand auf einmal ganz still da.

Geispitzheims Blick wanderte hinauf und über die schadhaften

Dächer und Fassaden seines Anwesens. Hie und da hing ein Fensterladen aus den Angeln, an manchen Stellen war der Putz so weit herausgebrochen, dass man die Steine sehen konnte, die die Leibeigenen seiner Vorfahren aufgeschichtet hatten. Er ließ sich Zeit mit der Antwort. Denn er wollte siegen. Dieses eine Mal unbedingt. Obwohl er Gott weiß nichts gegen Hochstettler hatte, der Mann zahlte seine Pacht immer pünktlich und hielt den Hof besser in Schuss als jeder andere Pächter zwischen Mainz und Kaiserslautern. Aber wenn er jetzt das kleine Körnchen Esprit, das er in sich trug, verriet, dann blieb ihm nichts anderes mehr übrig, als sich nachher so tief in die lauwarme ölige Brühe zu legen, dass sie ihm nicht nur in die Achselhöhlen, sondern auch in die Nasenlöcher lief. Geispitzheim suchte unter dem Hut des Pächters dessen Augen oder tat jedenfalls so, als ob er Hochstettler fest in die Augen schaute.

»Und ich, ich schenke meiner Tochter das Reitpferd, das sie bekäme, wenn sie den Mannheimer Weinhändler heiraten würde, auf den ich, nebenbei bemerkt, pfeife.«

Noch im Sprechen drehte sich Geispitzheim um und schlurfte zur Haustür. Alles war gesagt. Rollo rappelte in der Westentasche unruhig mit den Pfoten und fiepte. Das Tier, das war Geispitzheim schon öfter aufgefallen, hatte immer das richtige Gespür dafür, wann es Zeit war, sich vor den Kamin zu setzen, damit man sich nicht den Tod holte. Unwillkürlich wollte Charlotte ihrem Vater nachgehen und ihm danken. Nicht so sehr für das Pferd, dafür natürlich auch.

Da setzte sich plötzlich der Bärtige, der die ganze Zeit wie angenagelt dagestanden hatte, in Bewegung, machte drei abgemessene Schritte, nicht zu kurze, nicht zu lange, und streckte die Hand mit dem Zügel unnatürlich steif von seinem Körper weg. Das Vogelnest an seinem Kinn zitterte kaum merklich.

»Hier, nehmen Sie.«

Charlottes jähe Freude über die wunderbare Wendung ihres

Schicksals in den letzten Minuten bekam Frostbeulen. Wortlos nahm sie die Zügel. Im Gegensatz zu ihrem bisherigen Besitzer blickte die braune Stute sie gutmütig an. Hochstettler ging grußlos davon.

Die Kälte ließ in den nächsten Tagen merklich nach. Es regnete viel, und die Bäche und Flüsse schwollen an. An südlichen Hängen und Wiesen krochen winzige weiße Krokusse zu Tausenden aus dem winterwelken Gras. Vögel klebten ihre Nester ins brüchige Mauerwerk und pickten dafür Moos von den Dachziegeln. Geispitzheim verbrachte seine Zeit fast ausschließlich mit Rollo, machte sich Sorgen, weil er häufiger als gewöhnlich niesen musste, konnte aber einen weiteren Anfall von Melancholie abwehren. Amalia schickte aus Kirchheim Bargeld, damit dem Pächter das Pferd bezahlt werden konnte.

Charlotte hatte als Kind reiten gelernt, war aber ungeübt. Der alte Damensattel ihrer Mutter fand sich in einer Remise, spröde und ungepflegt natürlich, aber brauchbar. Als sie lange genug im Hof auf- und abgesessen hatte und ihre Stute im Kreis ohne Mühe zum Traben und Galoppieren brachte und die Sonne besonders mild schien, beschloss sie, dass es Zeit für ihren ersten Ausritt war. Sie ließ es über Josef ihrem Vater ausrichten. Geispitzheim zog tatsächlich seinen giftgrünen seidenen Morgenmantel aus, der so muffelte, dass die Hunde begeistert ihre Schnauzen an ihn drückten, und schlüpfte in seidene Hosen, Weste und Rock. Er wusch sich sogar das Gesicht und stülpte eine eilig von Josef frisierte Perücke auf. Dann setzte er sich den Dreispitz auf und steckte Rollo in seine Rocktasche. Er ging entschlossen wie selten nach draußen, lehnte sich an eine warme Mauer, hielt die rechte Hand schützend vor die Augen und verfolgte durch die gespreizten Finger, wie seine Tochter mit geradem Rücken durchs Tor verschwand. Ihm gefiel, dass das Pferd jetzt Madeira hieß.

»Eigentlich nur ein Nom de guerre, ein Deckname«, hatte Charlotte spitzbübisch erklärt, »Liberty wäre dann doch zu theatralisch gewesen, meinen Sie nicht auch, Papachen!«

Dem Weinhändler hatte man gemeinsam eine höflich formulierte Absage geschrieben. Von vielem und nichts und großem Bedauern war darin die Rede. In einem Nebensatz auch von der fragilen Gesundheit des Freifräuleins von Geispitzheim, welche einen fleischlichen Vollzug der Ehe nicht ermögliche.

Meistens ritt Charlotte nur eine Stunde lang querfeldein. Dann setzte sie ab, ließ Madeira neben sich gehen und genoss es, warme, schnuppernde Nüstern in den Rücken gedrückt zu bekommen. Sie zog über Feldwege, schaute auf das neue Gras, das aus dem Boden schoss. Die Melodie des Hufschlags im Ohr half ihr, in Ruhe zu denken. Wenn sich die Elektrizität des Himmels nicht nur nach Gesetzmäßigkeiten, die noch zu erforschen waren, als Blitz entlud, sondern auch anzapfen ließ, dann stellte sich die Frage, ob man damit letztlich etwas anfangen konnte? Denn angenommen, es handelte sich tatsächlich um dieselbe Art von Elektrizität, dann besaß das eingefangene Fluidum wahrscheinlich auch vergleichbare Eigenschaften wie der Blitz. Schließlich hatte sie mit ihren eigenen Augen die blauen Funken gesehen, die an den Spitzen des Drachens getanzt hatten. Blitze zündeten Scheunen und Kirchtürme an. Aus Funken entfachten die Mägde das Herdfeuer. Ließen sich mit Elektrizität Gegenstände in Brand setzen? Über solch eine Beobachtung hatte sie bislang nichts gelesen. Vielleicht wusste ja Manteuffel mehr? Je länger sie aber neben Madeira hertrottete, umso mehr Zweifel an ihrer Hypothese kamen ihr. Blitze sausten in großen Bögen und nicht gerade zur Erde, aus ihnen sprangen viele Seitenarme heraus, und der Donner, der folgte, war laut und scharf. Noch dazu roch es schwefelig. All diese Phänomene fehlten bei der künstlich erzeugten Elektrizität. Unschlüssig stieß Charlotte mit ihrer Stiefelspitze Steine in den Graben. Die Zweifel flogen trotzdem in Scharen heran und setzten sich auf ihre Schultern.

Da passt was nicht, da hast du was übersehen, lispelten sie, und Charlotte erkannte unschwer ihre eigene Stimme. Den Brief, der am Abend von Felix eintraf, tunkte sie ungelesen in eine Tasse mit Kaffee, so schlecht gelaunt war sie.

Zwei Tage später ritt sie einen viel weiteren Bogen als sonst Richtung Nordwesten. Sie stieg aber nicht ab, sondern ließ die Zügel locker und Madeira ihren Weg gehen. Gelegentlich blieb das Pferd sogar stehen, hob den Kopf und rupfte Zweige ab, an denen gerade die Knospen klebrig und saftig wurden. Es dauerte nicht lange und Charlottes Überlegungen überkreuzten und verfingen sich noch mehr als am Tag zuvor. Hässliche Knoten zurrten sich fest, wo vor ein paar Monaten noch sauber durchdachte Gedankenfäden gewesen waren. Blitz bedeutete Unheil, Strafe und Gottesurteil sagten sogar manche.

Natürlich war Elektrizität gefährlich. Charlotte hatte von gewaltigen Schocks gelesen. Aber wenn das Fluidum eingesperrt werden konnte, dann ließ es sich vielleicht auch beherrschen und zähmen. Und konnte man es auf Vorrat halten, dann brauchte man es nicht erst mühsam erzeugen oder aus dem Himmel abzapfen. Wie und wo aber konnte man es dingfest machen, da es weder sichtbar war noch roch oder Laute abgab? Charlotte überkam das frustrierende Gefühl, dass vielleicht alles doch nur ein Spiel war. Ein anderes als die, die ihre Mutter und der Fürst spielten, ehrgeiziger, verbissener, aber im Grunde doch ohne einen anderen Sinn und Zweck, als die Zeit totzuschlagen. Würde sie weiter kommen, wenn die Elektrisiermaschine erst einmal da war? Wenn sie überhaupt noch kommen würde. Charlotte wartete jetzt schon so lange darauf. Dabei wusste jeder vernünftige Mensch, wie ungesund Warten sich auf die Gallensäfte auswirkte. Es komme zu gefährlichen Anstauungen, behauptete ihr Vater. Deshalb war ihre Mutter letztlich auch zum Fürsten gegangen, weil das Warten auf bessere Zeiten und darauf, dass Geispitzheims Melancholie abklang, sie ungeduldig gemacht hatte.

Von überall her tropften Vogelstimmen herunter und klangen hämisch in Charlottes Ohren. Sie hob sich ein wenig aus dem Sattel und schrie böse zurück. Augenblicklich stob ein großer Schwarm Goldammern aus der Baumkrone, in der er sich versammelt hatte, und flüchtete in alle Himmelsrichtungen. Charlottes Unzufriedenheit mit sich selbst blieb und ritt bleischwer mit. Nach einer Weile zwang sie sich, sich vorzustellen, wie es gewesen wäre, wenn sie den Mannheimer Weinhändler oder den bayerischen Baron geheiratet hätte. Der eine wie der andere hätte mit Sicherheit von ihr etwas verlangt. Dass sie Diener kontrollierte, Besucher empfing, und am wahrscheinlichsten, dass sie ihrem Mann zuhörte, wenn er über das Regiment oder den Anstieg der Transportkosten nach London lamentierte und unter Verdauungsstörungen litt. Auch bei dem guten lieben Louis, das hatte sich ja schon während ihrer kurzen Verlobungszeit gezeigt, hatte sie sich darum kümmern müssen, dass immer genügend kleine Steine für die Zwischenräume seiner Zehen da waren. Wie hätte sie da noch Elektrisieren sollen? Charlotte malte sich ihr Eheleben, dem sie mit Glück zum zweiten Mal entronnen war, so deprimierend aus, dass im Vergleich dazu die Qualen des Wartens und der Unruhe etwas erträglicher wurden.

Plötzlich trabte Madeira zügiger. Sie schien ein Ziel zu haben. Charlotte schaute sich verwundert um, als durch die Äste riesiger alter Walnussbäume ein hohes spitzes Dach auftauchte. Sein sattes Rot zog sie magisch an. Bald schob sich ein Giebel mit rundem Eulenloch in ihren Blick. Drei Hühner rannten leise gackernd im Zickzackkurs vorbei. Dann war wieder nur das leise Plätschern eines Baches zu hören. Charlotte saß ab und ging vorsichtig zu Fuß näher. Der Anblick dieses Hofes tat ihr unerklärlich gut. Er schwemmte Bilder in ihr hoch, und Erinnerungen blitzten auf, verschwanden und vermischten sich mit dem, was sie tatsächlich sah; das strenge weißbraune Muster des Fachwerks und über dem großen Tor zur Straßenseite ein nach unten durchhängendes Geschoss. Sie dachte sich, dass sie schon einmal hier gewesen sein musste. Oder hatte man ihr nur von einem sanften Ort wie diesem erzählt.

Charlotte ließ zu, dass Madeira sie durchs Hoftor zog, erschrak aber, wie laut die Hufe auf den Buckelsteinen der Pflasterung aufschlugen. Gleichzeitig hatte sie das Gefühl, als ob jemand sie an der Schulter antippte und ihr die Lösung des Rätsels ins Ohr rief: Es ist der Pächterhof, der Täuferhof. Madeira erkannte ihr früheres Zuhause. Charlotte hielt sich am Halfter fest und fühlte sich wie eine ordinäre Diebin. Ein Hund streckte den Kopf aus seiner Hütte, beäugte sie, hob die Lefzen, damit sie seine Zähne sah, und knurrte. Dann erkannte er anscheinend Madeira an ihrem Geruch und legte seinen Kopf beruhigt auf die Pfoten, behielt Charlotte aber im Auge. Sie blieb wie angewurzelt stehen, dafür wanderte ihr Blick alles ab. An der Wand des Wohnhauses, das dem Tor direkt gegenüberlag, spreizte sich ein Pfirsichbaum an einem Holzspalier hoch, übersät mit unzähligen rosa Blüten. Charlotte fürchtete, dass ihr Atem die hauchdünnen Blätter zum Zittern bringen würde, und versuchte, ihn anzuhalten. Tatsächlich löste sich, während Charlotte zuschaute, ein Blütenblatt nach dem anderen ab. Sie rieselten ohne Eile und blieben auf dem Holzgestänge liegen oder dort, wo Astgabeln kleine Liegemulden bildeten. Dort hinein hätte sich Charlotte auch gern gelegt.

Aus der Tiefe des Wohnhauses tönten die Stimme einer Frau und dann noch eine jüngere, ebenfalls weibliche Stimme. Charlotte fühlte sich augenblicklich weniger wohl. Dabei war es unwahrscheinlich, dass sie gesehen worden war. Eilig ging sie rückwärts aus dem Hof und zog ihr widerstrebendes Pferd mit sich. Ihr war heiß und ein wenig schwindlig, gleichzeitig ärgerte sie sich, dass sie sich für etwas schuldig fühlte, was ihr zustand. Das war schließlich der Pachthof ihres Vaters und würde eines Tages ihr gehören. Mit hängenden Armen und unschlüssig stand Charlotte auf dem neutralen Gebiet der Landstraße. Die Mittagsstille drückte wie ein mit Daunen gefülltes Kissen herunter. Selbst die Hühner ließen sich nicht mehr blicken. Aufsitzen, heimreiten, einen Boten nach Kirchheim ins Schloss schicken, um die Kutsche bitten, die Haare aufstecken und pudern, ein Schönheitspflaster der Marke kastilische Nacht auflegen, das Mieder eng schnüren lassen, damit der Busen herausquoll, mit dem Fürsten schäkern, die Mutter für ihre immerwährende Courage bewundern, mit Felix schlafen, nochmals ihre Aufzeichnungen zum Gewitterexperiment studieren, zum wiederholten Mal die Theorie Dufays zu den beiden unterschiedlichen Elektrizitäten durchackern? Oder Madeira an einen Baum anbinden und sich selbst an einem Südhang in die Sonne legen, auch wenn das den Teint verdarb? Es war eine Qual, sich immer entscheiden zu müssen.

Charlotte schlich sich rechts an der Vorderfront des Hofes entlang, bog an der Ecke nach links und stapfte durch sumpfige, schmierige Erde die Hinterseite der Stallungen entlang. Bis hier Gras wuchs, brauchte es noch ein paar warme Wochen. Süßsäuerlicher Geruch, in dem sich die Ausdünstungen von Kühen, Pferden, Schweinen und Ziegen mischten, hüllte sie ein. In den kleinen Stallfenstern steckten Glasscheiben, die sogar geputzt waren. Charlotte war noch dabei, sich darüber zu wundern, als plötzlich ein rahmweißes Etwas aus einer geöffneten Luke heraus- und über sie und Madeira hinwegschoss. Eine Schwalbe. Die erste, die sie in diesem Jahr sah. Für einen Moment verschwand der Vogel hinter dem Stalldach, kam aber gleich wieder in einem weiten Bogen zurück. Jetzt blitzte sein schwarzer Rücken wie ein Metall auf, das es in der Kurpfalz nicht gab und das, da war sich Charlotte ziemlich sicher, auch bislang noch nirgendwo gefunden worden war. Mit den Fingerkuppen ihrer linken Hand strich sie den Putz entlang. Körnig, trocken, vom Stall gewärmt prägte er sich ihr ein. Wie ein kleines Mädchen zog sie eine krumme, unsichtbare Linie die ganze Wand entlang, bis sie aufhörte, und sie sich schon wieder entscheiden musste.

Sie konnte seitlich nach rechts irgendwo hinein in die gelben, noch erschöpften Wiesen stapfen, auf die Landstraße biegen und über Marnheim zurückreiten. Oder geradeaus mit Blick auf die Hänge und erst nach einem längeren Weg querfeldein auf die vertraute sandige Straße Richtung Südwesten. Entschied sie sich für diese Möglichkeit, dann würde sie auch einen Blick auf die Rückseite des Wohnhauses werfen können. Und wenn dort jemand stand, Samen aussäte oder die Rosen zurückschnitt? Vielleicht die Frau, deren Stimme sie gehört hatte. Es war wie bei der Abwägung, welche Methoden man bei einem Experiment wagte. Der Ausgang war offen.

Dann war da noch die dritte Möglichkeit. Charlotte bedachte sie noch mit gerunzelter Stirn, als ihre Hand schon längst auf dem kleinen, aus Weiden geflochtenen Türchen lag, das so leicht in den Angeln hing, dass es sich von selbst öffnete. Jedenfalls fast.

Der Garten war noch nackt. In den Hochbeeten wartete die Erde schwarz und saftig. Auf Rosenstöcken saßen Mützen aus Sackleinen, und Tannenwedel betteten Bodenpflanzen zu. Charlotte schlang den Zügel lose um den Zaun, und Madeira blieb ergeben stehen. Wartete das Pferd auf ein Wiedersehen? Doch mit wem? Charlotte raffte ihren Rock und lief vorsichtig an der Hauswand entlang. Unter den Fenstern duckte sie sich, und in den Abschnitten dazwischen lauerte und horchte sie. Noch bevor sie zu dem vierten Fenster kam, das einen Spalt, breit wie ein Stuhlrücken, offen stand, hörte sie ein melodisches Summen.

Zuerst sah sie nur einen gebeugten Nacken. Entlang der schmalen Rille, unter deren weißer, zartporiger Haut sich einzelne Wirbel des Halses abzeichneten, kringelten sich einzelne hellrote, flaumige Löckchen. Charlotte fielen sofort die französischen Pantoffeln mit den Blumenstickereien ein, die sie im vergangenen Herbst bei ihrem abenteuerlichen Gewitterexperiment verschlissen hatte. Dieses Geschöpf hätte sie tragen müssen! Dass es sich um ein Mädchen handelte, vermutete sie nur. Denn eine schwarze

Haube verdeckte alle Haare bis auf die allervorwitzigsten Kräusel im Nacken und den Blick aufs Gesicht. Unter dem kaum Handbreit entblößten Nacken kam gleich das Rückenteil eines groben Gewandes, das dem von Nonnen ähnelte, obwohl es dunkellila eingefärbt war. Das Wesen saß ruhig, bewegte aber unablässig seinen rechten Arm. Auch der steckte merkwürdigerweise komplett in Stoff.

Bei der Abwägung der drei unterschiedlichen Herangehensweisen an diesen Versuch hatte Charlotte nicht darüber nachgedacht, was wäre, wenn sie bemerkt würde. Genauso wenig hatte sie überlegt, ob sie sich eventuell bemerkbar machen sollte. Dass sie es jetzt tat, lag daran, dass der Nacken des Mädchens so besonders schön war.

Charlotte klopfte mit den Handknöcheln an die Fensterscheibe. Das Mädchen, es war tatsächlich ein Mädchen, drehte sich um, riss die Augen, die Charlotte an blanke Kieselsteine erinnerten, weit auf, schaute aber mehr erfreut als erschrocken. Noch nie hatte sie so ein verblüffend perfektes Gesicht gesehen. Die Harmonie zwischen der schmalen Nase, dem Kinn, der hohen Stirn und den Wangenpartien erinnerte augenblicklich an eine der weißen Marmorbüsten, die der Fürst aus Italien mitgebracht hatte. Nur dass es eine so zarte Haut hatte, dass wahrscheinlich Sonnenschein und Regen durchdringen konnten. Der Butterton war gesprenkelt mit einer Unzahl zimtfarbener Sommersprossen. Sogar auf den Lippen saßen welche, sodass der Mund einem der gewölbten Blütenblätter des Pfirsichbaumes an der Hauswand glich. Ein Elfengesicht. Charlotte hoffte, dass ihr durch ihre Kurzsichtigkeit nicht allzu viel davon entging.

»Entschuldigen Sie bitte, ich wollte nur …«

Charlotte lächelte das Lächeln, von dem sie wusste, dass es fast alle Menschen, Madame Benoit und Hochstettler ausgenommen, mochten.

Das Lächeln des Mädchens flog scheu zurück.

»Ich nähe ja nur …«

Dabei nestelte es verlegen an dem großen taubenblauen Stoff, den Charlotte ausschnittsweise durch den Fensterspalt sah. Was sollte sie nur sagen, um mit dem Mädchen ins Gespräch zu kommen? Sie wollte es so unbedingt kennenlernen, wie sie damals den Bernstein stehlen und reiben gewollt hatte. Denn ein Gesicht, das augenblicklich von einer hellen Röte überflutet wurde und aussah wie eine frisch gepflückte und in Milch zerdrückte Himbeere, bot wahrscheinlich fast so viele wundersame Eigenschaften wie dieser schimmernde Klumpen, in dem seit ewigen Zeiten vielbeinige Insekten eingeschlossen waren. Charlotte hatte allerdings keine Ahnung, was man zu einem Wesen sagte, das ein paar Jahre jünger war als sie selbst, aber am helllichten Tag grauenhafte Nonnenkleidung trug und seine Haare vermutlich angesengt hatte und deshalb verstecken musste. Sie versuchte es mit dem Simpelsten.

»Ich heiße Charlotte, Charlotte von Geispitzheim.«

»Und ich bin Sarah … soll ich herauskommen?«

Ein Stuhl rückte, Stoff raschelte, und schon öffnete sich die Gartentür des Hauses und das Mädchen stand vor ihr. Ganz selbstverständlich übernahm es die Führung. Dabei wanderte ihr Blick immer wieder über Charlottes raschelndes pistaziengrünes Kleid. Da das Mädchen genau zu wissen schien, wohin sie wollte, war Charlotte nicht besonders überrascht, als sie nach einer Viertelstunde Fußweg am Bach entlang zu einer Stelle kamen, die offensichtlich das Ziel war. Eine verfallene Holzhütte schirmte sie zur Wiesenseite ab, und auf der Seite des Baches bildeten Erlen und Weiden auch ohne Laub ein geräumiges und schützendes Zelt. Seufzend setzte sich Sarah auf einen Baumstumpf, wickelte Grashalme um ihren Zeigefinger und schaute Charlotte so froh und erwartungsvoll an, als wolle sie ihr sagen, dass dieser Besuch längst überfällig sei. Charlotte fragte sie, was sie denn sticke. Worauf das Mädchen anfing, ohne Punkt und Komma zu erzählen. Davon, dass es sich bei der Daunendecke um den wichtigsten Teil ihrer

Aussteuer handele. Dass es schrecklich viel Arbeit sei, besonders weil die Mutter winzige akkurate Nähte verlange, ihr aber nicht mehr helfen könne, weil sie ein Kind erwarte und ihr das gebeugte Sitzen Schmerzen bereitete. Alle Scheu fiel von ihr ab und sie zwitscherte wie ein Vogel.

»Ein Kind«, sagte verwundert Charlotte zwischendurch und wollte weiter wissen: »Ist sie denn deine richtige Mutter?«

»Ja, aber sie ist nach mir nicht mehr schwanger geworden. Bis jetzt.« Sarah flüsterte fast, als wollte sie sich für ein Versagen ihrer Mutter entschuldigen.

Dann schwieg sie abrupt und hörte konzentriert dem Bach zu. Auch Charlotte fing an, sich Grashalme um die Finger zu wickeln. Vögel flogen durch die Äste in das Zelt hinein, suchten im Uferschlamm nach Würmern, zankten sich, beäugten die beiden, benetzten ihr Gefieder und flogen wieder fort. Auf einmal streckte Sarah eine Hand aus, der anzusehen war, dass sie nicht nur Nähnadeln, sondern auch Rechen und Putzlappen gebrauchte, und berührte Charlottes Schoß. Charlotte hörte, wie die Seide ihres Rockes unter den rauen Fingern des Mädchens schabte. Sarah streichelte andächtig weiter und schien sich dabei kaum atmen zu trauen.

»Gefällt es dir?«

»Sehr, ich habe so einen Stoff noch nie angefasst, und die Farbe ist wie, wie …« Sarah verstummte und suchte nach Worten. Wie konnte es auch richtige Worte für etwas geben, das so zart grün glänzte wie allenfalls eine frisch geregnete Wasserpfütze im Mai, in die die Sonne schien und die sich im Wind kräuselte. Aber war es gottgefällig, dass der Mensch solche Aufmerksamkeit auf sich lenkte? Oder war das nicht eher die List des Teufels. Sarah hörte viele Stimme durcheinander, die das sagten, die ihrer Mutter, ihres Vaters, der Tante vom Münsterhof, vor allem die von Jacob Egly, dem Ältesten. Dass sich diese Charlotte eitel herausputzte, war unübersehbar. Sarah zog ihre Hand zurück, stand auf, strich ihr hartes dunkellila Gewand aus, damit kein Blattkrümel, keine Raupe hängen blieb, und ging mit Charlotte im Schlepptau den Trampelpfad am Bach zurück. Die zusammengezogenen Brauen des Mädchens ließen Charlotte vermuten, dass es sich wegen etwas Sorgen machte. Am Gartentor verabschiedete Sarah sich flüchtig.

Über Mittag, so kombinierte Charlotte, verrichtete Sarahs Mutter Hausarbeit. Hochstettler, die Knechte und Mägde arbeiteten dagegen draußen auf den Feldern. Es war ja, so viel wusste auch sie, die Zeit zum Pflügen und Säen. Und wenn Hochstettler dann noch den Kleesamen, den er mit dem Geld für Madeira wohl inzwischen gekauft hatte, in die Erde bringen wollte, dann hatte er genug zu tun. Also ritt Charlotte am nächsten Tag wieder genau zur Mittagszeit zum Hof der Ketzer. Dieses Mal ging sie gleich über den Garten zur Rückseite des Hauses. Sarah schien schon zu warten, jedenfalls sah Charlotte, als sie durchs Fenster schaute, nicht ihren Rücken und Nacken, sondern gleich ihr entzückendes Gesicht. Nicht einmal genäht hatte sie. Jedenfalls fiel Charlotte auf, dass der blassblaue Stoff noch genauso gefaltet war, wie Sarah ihn vor ihrem gestrigen Spaziergang hingelegt hatte.

In stillschweigender Übereinkunft gingen sie nun jeden Tag denselben Weg. Hintereinander am Bach entlang, bis zu dem Zelt, dessen Dach von Tag zu Tag grüner und dichter wurde. Niemand außer Sarah schien dieses Versteck zu kennen. Sie erzählte ununterbrochen, als ob sie den ganzen Winter nicht dazu gekommen wäre. Von ihren Freundinnen, dem Hund Bärli, der Katze und ihren Jungen und dann auch von einem gewissen Ruben, flüsternd schließlich, dass sie ihn furchtbar gern heiraten würde und hoffe, dass die Eltern, wenn das zweite Kind auf der Welt sei, sie aus dem Haus gehen lassen würden. Sie habe sogar belauscht, verriet sie Charlotte, wie der Gemeindeälteste ihrem Vater vorgehalten habe, dass es nicht gut sei, Mädchen nach der Taufe lange unverheiratet zu lassen. Sie kämen dann nur auf unfromme Ideen. Sarah verdrehte die Augen und brach in helles Gelächter aus.

Charlotte bemühte sich, ernsthaft zuzuhören, nickte zwischendurch zustimmend und schleuderte schließlich, um das Lachen, das in ihr hochkroch, abzuwürgen, mit voller Wucht einen Stein ins Wasser. Sarah zuckte zusammen und drehte sich erschrocken um. Sonst warfen sie nur Schlüsselblumen in den Bach und schickten sie als geheime Botschaften auf Reisen. Doch auch bei diesem lautlosen Vergnügen hatte Charlotte schon beobachtet, dass das Mädchen an ihrer Seite von Zeit zu Zeit nervös die Nase hob. Ihre Augenlider flatterten dann wie ein Kohlweißling auf einem Stängel Wiesenschaumkraut. Ihre gemeinsame Zeit war immer knapp, aber seltsamerweise manchmal länger und manchmal kürzer. Sarah schien es mit der Luft und dem Blütenstaub einzuatmen, wann sie nach Hause zu ihrer Mutter gehen musste.

»Für dich«, sagte Charlotte und zog an einem der nächsten Tage aus den Tiefen ihres Unterrocks ein Paar Pantoffeln heraus und legte sie vor Sarah in ein raschelndes braunes Kissen aus fast schon skelettierten Blättern.

»Die gleichen waren vor drei Monaten im ›Mercure de France‹ abgebildet, weil auch die Marquise von …«

Sarahs Redseligkeit nahm durch das Geschenk ein jähes Ende. Mit feierlichem Ernst nahm sie die Schuhe, drehte und betrachtete sie stumm und überwältigt. Schließlich öffnete sie die Schließen ihrer eigenen schweren Schuhe, zog sie aus und rollte schwarze Wollstrümpfe die Waden herunter. Ihre Füße waren klein und perlmuttfarben. Die Zehen krümmten sich wie lichtscheue Schalentiere, die einem fernen Meer entwichen waren und es mühsam an Land geschafft hatten, in den bröselnden Blattteppich. Wäre ich ein Mann, schoss es Charlotte durch den Kopf, dann würde ich mich augenblicklich wegen ihrer Zehen in sie verlieben. Die Farbe der Pantoffeln, Pistaziengrün, hatte Charlotte auf die Idee gebracht, sie Sarah zu schenken, als sie sie verwaist in einem der Zimmer ihrer Mutter hatte herumliegen sehen. Das Besondere war, dass ihre Kappen mit einer japanischen Szenerie bestickt waren. Mit etwas Mühe konnte man erkennen, dass eine Dame im Kimono Tee in eine Schale goss.

Charlotte tippte mit dem Finger diese Dame an und erklärte: »Das ist jetzt sehr modern. Meine Mutter möchte unbedingt, dass der Fürst ihr im Schlosspark einen Pavillon im japanischen Stil baut, aber Vasen und Möbel aus Japan zu importieren ist schrecklich teuer.«

Sarah nickte, als ob sie genau wüsste, um was es ging. Dann überlegte sie länger, bis sie zögerlich fragte:

»Ist Japan dort, wo unser Herr Heiland geboren wurde?«

»Nein, ganz woanders, aber ich könnte dir mal ein Buch mit einer Weltkarte mitbringen und es dir zeigen.«

Sarah biss sich auf die Unterlippe.

»Vielleicht.«

Sonst sagte Sarah nichts mehr, sondern streichelte so hingebungsvoll, wie sie es schon bei Charlottes Rock gemacht hatte, über die feinen Pantoffeln aus Lyoner Seide, die im hüpfenden Baumschatten wie die Panzer großer Käfer schimmerten. Als es so weit war, dass sie gehen musste, zog sie die Pantoffeln aus und hielt sie Charlotte mit einem trotzigen Kindergesicht hin.

Charlotte hob abwehrend die Hände.

»Sie gehören jetzt dir, ich habe sie dir doch geschenkt.«

Sarah sah auf ihr dunkles Kleid hinunter, das Hals und Arme bedeckte, und antwortete mit einem Lächeln, das, was Charlotte nie vermutet hätte, tatsächlich einen Anflug von Ironie enthielt.

»Ach, komm, du bist doch sonst so klug.«

Im selben Moment kam ihr aber offensichtlich die rettende Idee.

»Weißt du was, ich werd die Schuhe immer anziehen, wenn wir uns sehen und so lange …«

Sarah hantierte eifrig am Fuß eines Erlenstammes, wo ein ganzes Bündel Triebe herausschoss, bog einige davon zu einem Art

Korb zurecht, steckte ihren Schatz hinein und deckte ihn mit Blättern zu.

»… bleiben sie hier, und niemand außer dir wird es wissen.«

Als Charlotte an diesem Nachmittag nach Hause kam, fand sie eine Eildepesche mit einem protzigen dunkelroten Siegel vor. Manteuffel und mit ihm die Elektrisiermaschine träfen am 30. April mit der Postkutsche in Mainz ein. Von dort würde eine Kutsche des Fürsten Nassau-Weilburg sie abholen und ins Schloss nach Kirchheim bringen. Das Fräulein von Geispitzheim werde deshalb am 1. Mai gegen sechs Uhr Nachmittag zur Übergabe der Maschine und Zahlung der Restschuld erwartet.

Kapitel 4

Am 1. Mai, kurz vor halb sechs Uhr, als die Vögel gerade zum Singen anfingen, verblutete Johanna Hochstettler. Ihr Sohn war zwei Stunden zuvor nach vielen, von Anfang an heftigen Wehen gesund zur Welt gekommen. Drei Frauen aus amischen Familien, darunter die in Geburtsfragen sogar bis in die Frönsburger Gemeinde hoch geschätzte Magdalena vom Münsterhof, hatten der Kreißenden so gut es ging bis zum Schluss beigestanden. Als klar war, dass nichts mehr zu machen war, stopften sie die mit braun geronnenem Blut vollgesogenen Laken und Tücher in einen Sack und schickten nach einer Amme für das Neugeborene. Samuel Hochstettler saß noch eine Weile erschöpft neben dem Bett seiner toten Frau, deren Nase scharfkantiger als zu ihren Lebzeiten aus ihrem Gesicht ragte. Dann hielt er das Stampfen und zornige Muhen der Kühe nicht mehr aus.

»Gott gibt und Gott nimmt«, murmelte er, als er Sarah, die still in sich hineinweinend auf einem Hocker kauerte, seine schwere Hand für eine Weile auf die Schultern legte. Dann ging er zum Melken in den Stall.

Einen Dreivierteltag später band Charlotte ihre Strümpfe mit kanariengelben Bändern oberhalb der Knie fest und knüpfte üppige Schleifen. Sie sagte sich, dass Manteuffel für sie ein kleiner Fisch sei. Diesen Pragmatismus verdankte sie ihrer Mutter, und sie wusste dieses Erbe auch zu schätzen. So betrachtet bekam sie die Maschine zu einem Spottpreis. Allerdings hatte Charlotte nicht die geringste Ahnung, was so ein ausgeklügeltes Gerät tatsächlich kostete, falls sie es in Gulden würde bezahlen müssen. Bei der Anzahlung waren die Berührungen des sächsischen Grafen auf ihrem Körper schneller getrocknet als feuchte Bettlaken an einem windigen Sommertag. Falls es sie für kurze Zeit danach gegeben hatte, so waren ihre Erinnerungen an seinen nackten Bauch oder Rücken längst verflogen.

Unschlüssig fingerte Charlotte an einem honiggelben Kleid aus Brokat, das über einem Ständer drapiert war. Dieses oder das silbergraue, das im Rücken kaum sichtbar geschnürt wurde, standen zur Wahl. Das honiggelbe musste beim Ausziehen am Brusteinsatz aufgeschnitten werden, was sich mit einer kleinen Schere problemlos bewerkstelligen ließ. Eine Notwendigkeit, die, wie die Mutter ihr einmal mit derselben Bedeutungsschwere, die andere Menschen dem Satz des Pythagoras beimaßen, erklärt hatte, einer Gesetzmäßigkeit gleichkam, Männer um den Verstand zu bringen. Charlotte sah allerdings das Problem auf sich zukommen, dass sie sich auch wieder anziehen musste. Ohne Hilfe einer Zofe würde sie es unmöglich schaffen, den Brusteinsatz anzunähen, bevor der Empfang begann. Und ihre Mutter würde vor so einem Ereignis alle Hände brauchen, um sich massieren, schminken und frisieren zu lassen.

Trocken wie Papier hatten sich seine dürren Beine angefühlt. Ihnen fehlten sogar Haare, nichts hatte sie gekratzt. Überhaupt schien sein Körper nicht mal in Haut zu stecken, so farblos war er ihr vorgekommen. Ohne Narben, ohne Muttermal. Und nach nichts hatte er gerochen. Nach gar nichts. Das war ihr dann doch als bemerkenswert aufgefallen. Aber sie konnte sich keinen Reim darauf machen.

Früher, als sie noch nicht beim Fürsten lebte, liebte ihre Mutter es, prächtige Kinderfeste zu arrangieren. Sie bestellte dafür Gaukler, Zauberer, einmal sogar Zwerge und einen jungen Mohren, der fünfzehn Saltos hintereinander schlagen und auf Händen gehend

Teller beladen mit Torten auf den Fußsohlen balancieren konnte. Bei solchen Anlässen quollen verwandte und befreundete Baroninnen, Gräfinnen und Freifrauen mit ihrem Nachwuchs, den französischen Gouvernanten, Ammen, Hauslehrern und Zofen lärmend aus Kutschen und überschwemmten das Geispitzheimer Anwesen für einen langen Nachmittag mit eleganter Sorglosigkeit. Charlotte, die nicht an Kinder gewohnt war, spürte plötzlich viele kleine klebrige Hände, die sie in einen Kreis zogen. Andere strichen unverschämt zutraulich über ihre bloßen Arme, umfassten ihre Hüfte, tapsten ihr beim Blindekuhspielen auf den Kopf oder zogen an einem ihrer Ohren. Es gab kleine Kinder, die gerade erst laufen gelernt hatten und für Charlottes Geschmack angenehm dunkel und schwer nach Tabakrauch rochen, sodass sie sie heimlich an sich zog, um an ihnen wie ein Hund zu schnuppern. Andere Kinder, meistens Mädchen mit zehn, elf Jahren, deren Gesichter so rot und fleischig waren, wie es bald auch ihre Körper werden würden, verströmten etwas Vergorenes, das den penetranten Dünsten glich, die an manchen Tagen aus der Küche heraufzogen, wenn die Mägde Lunge kochten. Einigen wenigen haftete ein süßlicher, aber gleichzeitig scharfer Geruch an, aus dem sich eindeutig Karamell herausschmecken ließ. Charlotte fand erst nach mehreren Festnachmittagen heraus, dass es sich dabei überwiegend um Jungen mit dunklen Haaren handelte, hin und wieder auch um ein dünnes Mädchen. Aber ein Kind, das nach gar nichts roch, war nie dabei gewesen.

Charlotte entschied sich dann doch für das silbergraue Kleid. Was sich als zweckmäßig erwies. Wie schon beim ersten Mal erledigte sich alles rasch. Schon nach wenigen Sekunden fiel Manteuffel röchelnd über ihr zusammen. Charlotte hatte nur etwas Mühe, unter ihm hervorzukriechen und gleichzeitig Achtzugeben, dass ihr Blick nicht aus Versehen auf seine Beine fiel. Dann roch es aber doch noch, sogar recht unangenehm.

»Er ist noch nicht reif zum Ziehen«, sagte Manteuffel weinerlich, als Charlotte anstandshalber noch ein wenig neben ihm lag, und bestand darauf, ihr den Zahn zu zeigen, der ihn quälte, seit er aus Leipzig abgefahren war. Als sich Charlotte über seinen geöffneten Mund beugte, raubte ihr der faulige Gestank den Atem. Trotzdem tat sie ihm den Gefallen und schaute in das Dunkel seiner Mundhöhle, bis sie zwischen anderen krummen und gelben Zähnen den einen braunen großen entdeckte, der aus einem geschwollenen Eiterherd herausragte. Glücklicherweise drängte die Zeit. Charlotte schlüpfte ohne Probleme in ihr silbergraues Kleid und ließ es sich auf einem der langen Gänge rasch von einem Lakaien zuschnüren.

Viele Gesichter glänzten schon speckig, und weil es so viele waren, hingen sie wie Froschlaiche zusammen. Die Herren von Sickingen mit ihren seit Generationen gleichermaßen hässlichen Frauen, die von Greifenclaus, von Lüzens, von Venningens, die reiche, verwitwete Gräfin Wartenberg und ihre drei pockennarbigen Töchter, der einflussreiche Clan der Haxthausens mit einem Dutzend Vettern und Cousinen im Schlepptau und einem eben volljährig gewordenen Sohn, der vor einigen Tagen einen Herrn vom hessischen Hof im Duell erschossen hatte. Adrian von Lamezan, der Kabinettssekretär des pfälzischen Kurfürsten und eigens aus Mannheim angereist, beobachtete aus sicherem Abstand die junge Frau des badischen Gesandten, die ihren Liebhaber vor Weihnachten in die Wüste geschickt hatte. Niemand wusste bislang warum und durch wen sie ihn ersetzen würde. Die Lakaien, die Punsch servierten, waren schon wieder allesamt neu, dieses Mal rauchblau eingekleidet. War das eine der nervösen Launen ihrer Mutter? Charlotte erschrak, als sie sie schließlich aufgereiht auf einer der Froschlaichschnüre entdeckte. Kerzengerade, mit sprühenden Augen, die Mundwinkel straff hochgezogen, Manteuffel, den Ehrengast an ihrer Seite, den Fürsten nicht aus dem Blick lassend, die hübsche Enkelin des Grafen Bretzenheim mit gezielter Lässigkeit in ihre Schranken weisend. Charlotte litt mit ihr mit. Instinktiv vermied sie es, sich vom Strom der Gäste zu ihrer Mutter hintreiben zu lassen. Ihre Mutter würde merken, dass sie sie durchschaute, dass sie die Anstrengung, die Zuckungen an den Schläfen und die Schweißperlen unter der Brillanz sah.

Die Rettung kam vom Orchester. Ein kleines hüpfendes Menuett wurde flott aufgespielt. Charlotte erwiderte knapp das spitzmündige Lächeln Manteuffels. Bildete er sich etwas ein? Die Rechnung war jetzt ja wohl beglichen. Sie wechselte abrupt die Richtung, und der alte Obristjägermeister Graf von Waldkirch, der gelegentlich, wenn die Damen aus Kaiserslautern kamen, bei ihrem Vater zu Besuch war, schwenkte hüft- und gichtleidend auf sie zu.

Der Fürst von Nassau-Weilheim hatte eingeladen, was Rang und Namen hatte. Das Präsentieren wissenschaftlicher Sensationen war inzwischen noch prestigeträchtiger als die Besuche römischer Ausgrabungen. Preiswerter außerdem. Felix musste den Winter über recherchieren. Aus Mannheim wurde die neueste Ausgabe der »Bibliothèque raisonnée« geholt. In der Haude-Spenerschen Zeitung las der Fürst über zwei Seiten die wahnwitzigsten Sachen nach, die ein gewisser Nollet in Anwesenheit König Ludwigs XV. ausprobiert hatte. Dabei hatte er anscheinend elektrisiert, was sich nur elektrisieren ließ. Dann erzählte seine geschätzte Mätresse noch von den ehrgeizigen Passionen ihrer Tochter, und plötzlich drehte sich alles um die Maschine. Wer genau die Maschine aus Leipzig bestellt hatte, wozu und wem sie letztlich gehörte, interessierte den Fürsten nicht. Hauptsache, sie wurde an seinem Hof, vor seinen Gästen und eingesprüht mit seinem Parfum der Weltöffentlichkeit vorgeführt.

Quasi über Nacht waren Kulissen auf Holzstellagen und Leinwände gemalt worden. Athene rannte, den Helm eines trojanischen Kriegers samt rotem Federbusch auf den Locken, nur mit einem flatternden gelben Schal bedeckt, der die wippende Brust frei ließ, und dramatisch hochgereckten Armen die Nordwand des Festsaals entlang. Im Himmel über ihr flogen Eulen. Blonde Nymphen, stämmig wie pfälzische Winzerinnen, und zwei furchterregende Zentauren begleiteten die göttliche Erscheinung. Arkadien bestand aus eilig gepinselten Buchen, Fichten und einem Wasserfall sowie fünf Zitronenbäumen und fünf borstigen Palmen in Kübeln, die am Nachmittag aus den Glashäusern herangeschleppt worden waren. Charlotte betrachtete die Szenerie eingehend, schon allein, um eine zu frühe Begegnung mit ihrer Mutter zu vermeiden, fragte sich allerdings, ob die Göttin der Klugheit und der Wissenschaften vor einer imaginären Gefahr flüchtete oder geradewegs vom Olymp nach Kirchheim in die Arme des Fürsten lief. Dabei fiel ihr auf, dass der rechte göttliche Fuß fast doppelt so lang war wie der linke und außerdem nur vier Zehen hatte.

Graf Waldkirch stellte sich dicht neben Charlotte, stupste sie an und brummte: »Ich halte von dem ganzen Teufelszeug nichts. Gar nichts. Viel zu lange kein Krieg mehr gewesen, sonst kämen sie nicht auf solche Ideen.«

»Sie meinen die Maschine?«

»Maschinen, Maschinen, Experimente, weibisches Zeug, kein Mumm mehr in den Knochen, kein Wunder, dass alles drunter und drüber geht. Ein richtiger Krieg müsste mal wieder her.«

Charlotte stellte sich auf die Zehenspitzen und küsste ihn auf die Stirn.

»Das tut mir aber leid. Begleiten Sie mich trotzdem, Graf?«

Waldkirch straffte unter Schmerzen seinen Oberkörper fast bis zu der Größe, die er zu den Zeiten gehabt hatte, als er am sächsischen und polnischen Hof ein und aus gegangen war, und reichte Charlotte den Arm.

Um das Podest lief ein solides Geländer, das mit frischen Birkenzweigen geschmückt war. Ein weißes Seidentuch lag über nicht allzu großen, aber waghalsig heraussstehenden Umrissen.

Meine, sagte sich Charlotte. Natürlich hätte die Maschine am besten gleich in ihrem Zimmer oder wenigstens an dem stillen kühlen Ort unter dem Blätterdach stehen sollen, den nur der Bach, Sarah und sie kannten. Charlotte spürte, dass sie inzwischen nicht weniger schwitzte als alle anderen in dem überfüllten Saal. Noch aber brauchte sie Manteuffel, damit er ihr erklärte, wie das Ding funktionierte. Dass die halbe Kurpfalz es mitbekam, war ein notwendiges Übel. Das Menuett lief in einem Rinnsal aus. Auf dem Balkon erschienen rotgesichtige Burschen, die Charlotte als Gärtner aus dem Park kannte, blähten ihre Backen und bliesen trotzig wie zur letzten Schlacht in frisch polierte Trompeten.

»Das hört sich schon besser an«, sagte Waldkirch erfreut und hängte sich so fest an ihren Arm, dass sie nicht klatschen konnte, als der Fürst mit seinem nonchalanten Lächeln auf den Lippen die Stufen des Podestes erklomm. Eine ausladende Geste mit der Hand, ganz der Mäzen von Welt, nicht ohne eine gewisse, fein dosierte Anzüglichkeit, und schon stand seine Mätresse neben ihm. Jetzt erst verstand Charlotte die Anspielung der goldenen Schärpe, deren Enden am Boden schleiften, und der rot schäumenden Straußenfedern auf dem Kopf ihrer Mutter. Die Athena von Kirchheim nickte, strahlte, applaudierte dem Fürsten so überschwänglich, als ob der gerade einen Bären erlegt hätte. Charlotte entging aber auch nicht, dass das fleischige Kindergesicht der Bretzenheimschen Enkeltochter an der strategisch wichtigsten Stelle lauerte. Schräg rechts von der Treppe zum Podest, wo der Fürst beim Hinunterkommen einen Moment innehalten und gespielt zurückhaltend Huldigungen entgegennehmen würde, bevor er weiterging.

Zu Charlottes Überraschung betrat auch Manteuffel die Plattform der Olympischen und begann für seine Verhältnisse lange

Sätze zu deklamieren, in denen immer wieder »elektrisches Seculo«, »göttlicher Funke der Wissenschaft« und »Fürst, der Licht in die Finsternis bringt« vorkam.

Sie versuchte sich zu konzentrieren, atmete ruhiger ein und aus, dankbar, dass der Lakai ihr Kleid nicht bis zum Anschlag geschnürt und im Nachhinein auch, dass Manteuffel im Bett nur über seinen Zahn geredet hatte. Sie drehte sich nicht um, als Konferenzminister Freiherr von Hundheim heranrückte und ihr dreimal ein »Bravo« in den Nacken spuckte. Hundheim ging dazu über, Waldkirch aufzuzählen, wie viele Wildschweine er seit Januar zur Strecke gebracht hatte. »Bravo, bravo«, lobte wiederum Waldkirch. Allerdings so laut, dass die Herrschaften vom Podest herunter blickten, und Charlotte an seinem Arm rot wurde. Tröpfchen von Hundheims Spucke kitzelten sie am Ansatz ihrer Perücke.

Der Clou war das Fußpedal. Sein rhythmisches Klicken klang unwiderstehlich. Charlotte pflügte sich energisch zwischen den Schultern einer mageren Dame, die sie als Gräfin von Parckstein erkannte, und denen eines gebannt starrenden jungen Mannes mit hüpfendem Adamsapfel und fleckig entzündetem Teint hindurch. Waldkirch ließ ihren Arm nicht los. Hundheim schlug sich hinter ihnen beiden durch und blieb ganz Ohr, denn jetzt berichtete Waldkirch. Davon, wie er als Achtzehnjähriger nach einem hitzigen Gefecht von Offizieren des großen Ludwig umzingelt worden war. Leider habe sich die Schleifung der Moschellandsburg nicht verhindern lassen. Doch die französischen Kavaliere hätten exzellenten Wein dabei gehabt und ihn anschließend zum Zechen eingeladen, zumal sich noch herausstellte, dass er mit einem der Herren über seine Mutter verwandt war. Hundheim fand das famos und applaudierte. Kabinettssekretär von Lamezan und eine kleine Dame mit viel Schmuck wichen, entrüstete Blicke werfend, auseinander, so dass Charlotte und ihre Anhängsel noch ein gutes Stück weiter Richtung Podest vorankamen.

Sie hätte nicht vermutet, dass Manteuffels kümmerliche Beine so kräftig treten konnten. Seit ihre Mutter mit einer Handbewegung, als wäre es schon die dritte oder vierte Elektrisiermaschine, die sie der Öffentlichkeit übergab, das jungfräuliche Tuch weggezogen und dem Fürsten zu Füßen hatte sinken lassen, arbeitete der Sachse wie ein Verrückter. Charlotte hörte mittlerweile deutlich das mechanische Klicken.

»170 Tritte pro Minute schaffe ich«, rief Manteuffel begeistert in den Saal hinein. Charlotte vermutete zu Recht, dass diese Leistung seine Zahnschmerzen verdrängte.

»Schauen Sie, damit wird die Rotation dieses Glases erzeugt.«

Manteuffel erklärte und gestikulierte mit weiten Bewegungen seiner rechten Hand, trat aber ununterbrochen mit dem Fleiß eines Handwerksgesellen das Pedal.

»Ein ganz ordinäres Bierglas«, schimpfte Waldkirch empört, »aber die Sachsen haben eben einen Hang zum Gewöhnlichen.«

Das Prinzip verstand Charlotte sofort. Drei Holzsäulen waren fest mit einer stabilen Basis verzapft. Zwischen den beiden vorderen steckte eine drehbare Verstrebung. In deren Mitte wiederum war besagtes Bierglas eingespannt. Bediente man das Pedal, wurde die Bewegung mittels einer Feder und einer Schnur auf das Glas übertragen und es drehte sich. Dabei schleifte das Glas kontinuierlich an einem dahinter angebrachten, prall gefüllten und mit Leder überzogenen Kissen. Charlotte nahm sich vor, sobald wie möglich nachzuschauen, welche Art von Stellschrauben wo saßen.

»Ich habe berechnet«, schrie Manteuffel japsend aber triumphierend über alle Köpfe hinweg, »dass jeder Punkt des Glases, der das Kissen berührt, in einer Minute 680 Mal gerieben wird.«

»680 Mal«, echote der Fürst und applaudierte sich selbst.

Professor Winkler hat es berechnet und nicht du, widersprach Charlotte innerlich, war aber auch schwer beeindruckt. Diese Reibung, das konnte sie sich leicht ausmalen, musste enorm sein. Kein Mensch konnte sie mit bloßer Hand bewirken. Sie spürte förmlich den Wind in ihrem Gesicht, den prickelnden Fahrtwind des Fortschritts, der mit dieser Maschine bald auch durch ihr Leben gehen würde. Im Augenblick aber war sie eher betäubt und gebannt von den Ereignissen auf der Bühne.

Manteuffel winkte einen Pagen heran. Eine silberne Schale, eine braune, mit einem Korken verschlossene Flasche und ein Degen wurden auf einem Tablett gebracht, währenddessen er trat und trat. Alle Blicke im Saal hefteten sich an das gequetschte Profil des sächsischen Fortschrittspropheten. Sogar Waldkirch hielt jetzt seinen Mund und schnaufte nur noch asthmatisch. Ohne dass jemand ihnen ein Zeichen gegeben hatte, spitzten die Burschen auf dem Balkon wieder die Münder und bliesen kraftvoll in die Trompeten. Amalia von Geispitzheim zuckte als Einzige nicht zusammen. Was Charlotte zuversichtlich stimmte, dass ihre Mutter für den Rest des Abends gegen Irritationen durch unverschämt junge Gesichter mit Grübchen in den fleischigen Wangen gefeit sein würde.

»Jetzt elektrisiere ich den Degen.«

Manteuffels Stimme nahm die beseelte Sanftheit eines Dorfpfarrers an, der im Mittelteil seiner Predigt angekommen ist. Obwohl nichts zu sehen war, außer dass er einen zwar ganz normalen, allerdings lächerlich altmodischen Degen an das sich emsig drehende Bierglas hielt. Der Page stellte die Schale auf ein hüfthohes Marmortischchen und füllte sie mit farbloser Flüssigkeit aus der Flasche. Manteuffel hob und senkte den Degen. Die »Ohs« und »Achs«, gefolgt von einem breiten Raunen, wurden nach wenigen Sekunden von einem Poltern, Kleiderrascheln und eiligen Schritten hinter Charlotte geschluckt. Die kleine Dame mit dem üppigen Schmuck an Ohren und Brust war in Ohnmacht gefallen. Lakaien hievten sie hoch, in der Menge öffnete sich eine Gasse, die Dame wurde hinausgetragen, das Publikum floss wieder zusammen wie das Rote Meer und blickte nach vorne. Die großen blauen Flammen, die weit sichtbar aus der Schale schlugen, konnten endlich mit gebührender Aufmerksamkeit und geweiteten Augen bestaunt werden.

Charlottes Betäubung schwand. Ihr fiel urplötzlich ein, dass sie Felix den ganzen Abend nicht gesehen und ihn vielleicht viel zu lange vernachlässigt hatte. Erst dann kroch der Ärger in ihr hoch. Darüber, dass alle ihre Fragen und Zweifel der vergangenen Wochen, die vielen Grübeleien ihrer einsamen Ausritte gerade eben als längst überflüssig degradiert worden waren. Ihr blieb nichts mehr anderes übrig, als wie alle anderen zu glotzen. War das Manteuffels Rache dafür, dass sie ihn im Bett als Langweiler, der er ja nun mal war, behandelt hatte? Blitze und die erzeugte, abgezapfte und fortgepflanzte Elektrizität waren also tatsächlich dasselbe. Sie hatte es vermutet, sich theoretisch vorgetastet. Beides konnte Materie wie Holz, Stroh, Menschen oder auch Flüssigkeiten entzünden. Sie brauchte nicht mehr weiter zu spekulieren. Hier vor ihren Augen war es bewiesen worden. Ein Lakai bot Charlotte ein Weinglas an, aber sie schüttelte zornig den Kopf und gleichzeitig den alten Trottel von ihrem Arm ab. Sie fühlte sich gedemütigt und betrogen. Manteuffel hatte sie um das Vergnügen gebracht, die elektrische Welt und sich zu beschleunigen und zu erleuchten. Während sie umgekehrt brav wie eine Bürgersfrau ihre Raten abgestottert hatte. Um sie herum begannen die Leute zu schieben und zu drängen. Jemand trat ihr auf den Fuß, entschuldigte sich, ohne dass Charlotte ihn oder sie gesehen hatte.

»Dem Kurfürsten gefällt es nicht, dass es inzwischen so viele sind. Sie vermehren sich tatsächlich wie die Karnickel.«

»Andererseits mehren sie aber auch die Einkünfte ihrer Pachtherren.«

»Stimmt. So komisch und absonderlich sie in Erscheinung treten, so zukunftsweisend betätigen sie sich in der Landwirtschaft. Ich habe in der Kommission deshalb schon ein paar Mal vorgeschlagen, ihre Anbauweisen und Düngungsmethoden systematisch zu erfassen und den einheimischen Bauern zu empfehlen.«

»Fraglich, ob die das kapieren würden, dumm wie sie sind«, gab die andere Stimme zu bedenken und fuhr fort: »Es sind ja nicht nur die fortschrittlichen Ideen, die den Erfolg bringen. Täufer sollen ja auch noch außerordentlich fleißig, sauber und sparsam sein. Sie sind praktisch nie im Rückstand mit ihren Zahlungen und manche sollen ziemlich viel Bargeld angehäuft haben.«

»Das kann ich nur bestätigen. Ich verpachte ja selbst an sie. Wenn sie nur nicht so rebellisch wären. Ich meine gar nicht ihre Kleidung. Aber der Kurfürst hat spitz gekriegt, dass in Kriegsheim mindestens drei Glaubenstaufen stattgefunden haben. Und nicht einmal besonders heimlich. Das erbost den guten Katholiken in ihm schrecklich, da ist er fast wie sein Vater. Außerdem machen sie ein schreckliches Getue, wenn es darum geht, dass sie einen Eid leisten sollen.«

»Sie sind und bleiben im Grunde eben doch Ketzer, auch wenn wir sie offiziell Mennoniten nennen. Moment mal, wie heißen wieder die ganz Verbohrten, ach mein Lieber, es fällt mir im Moment nicht ein. Tatsache ist, dass sie sich bei uns durch das Ketzerrecht, das sonst im gesamten deutschen Reich gilt, durchlavieren.«

»Ja, ja, es ist schon absurd, wie man sich heutzutage noch so in eine Religion verbeißen kann. Was haben die nur davon, frage ich mich. Ach, ich glaube, Sie meinten Amische. Amische nennen sich die ganz Fanatischen.«

Deprimiert, wie sie war, stand Charlotte lange genug da, um den Sprühregen dieses Gespräches abzubekommen. Aber erst, als sie die Worte »Täufer« und »Ketzer« hörte, drehte sie den Kopf in Richtung der beiden diskutierenden Herren. Einen von ihnen kannte sie. Den kurpfälzischen Oberappellations- und Regierungsrat Geiger, ein Verehrer ihrer Mutter, was bedeuten musste, dass er frei von albernen Irrationalitäten und einigermaßen intelligent sein musste. Mit wachsender Neugier fing Charlotte die nächsten Tropfen der Unterhaltung auf.

»Jedenfalls will der Kurfürst auf keinen Fall, dass es mehr als 200 werden.«

Geiger räusperte sich und senkte seine Stimme, sodass Charlotte Mühe hatte, ihn zu verstehen, als er seinem Gegenüber zuraunte: »Wenn Sie mich fragen, sind es bestimmt schon um die 240. Wir in der Kommission wissen, dass derzeit auch wieder mehr Illegale aus Frankreich kommen. Sie schlüpfen in den Höfen ihrer Gleichgesinnten unter und nisten sich ein. Aber, das sage ich Ihnen ganz offen, weiß Gott nicht zu unserem Schaden.«

»Und welche Daumenschrauben will der Kurfürst ansetzen? Etwa wie damals bei seinem Regierungsantritt das Schutzgeld erhöhen? Sie ausweisen oder zwangsweise missionieren?«

Die Menge um sie geriet in Bewegung, Unruhe kam auf. Hatte sie eine Ansage Manteuffels überhört? Charlotte kam nicht zum Überlegen. Eine fette, nahezu knochenlose Hand ergriff die ihre, der Intimus des Fürsten, Lothar von Gagern, verbeugte sich. Im Nu bildete sich eine Menschenkette. Zwei Köpfe weiter reihte sich Geiger ein. Charlotte überlegte einen Moment, ob sie zu ihm wechseln sollte, denn sie hätte ihn gern etwas zu den Täufern gefragt. Da wurde auch schon ihre freie Hand von dem jungen Mann ergriffen, dessen Pickel sich unter dem Eindruck der elektrischen Kräfte noch mehr entzündet hatten. Denn inzwischen blühten sie dunkelrot wie Heidekraut nicht nur auf der Kinn- und Wangenpartie, sondern auch auf seiner Stirn. Weil er ihr leidtat, richtete Charlotte an ihn und nicht an Gagern das Wort.

»Wissen Sie denn, was jetzt passiert?«

Der junge Mann war zu aufgeregt, um zu antworten. Und so wurde Charlotte von einer quiekenden, zappelnden Menge an den Armen gerissen und fortgezogen. Personen, die einander nie offiziell vorgestellt worden waren, fanden sich ohne eigenes Zutun nebeneinander. Ohne dass jemand sie wenigstens grob nach Geschlecht, Familienstand, Bedeutung ihres Stammbaums geordnet hätte. Es herrschte schiere Anarchie. Als der Zug den Saal verließ, nahm die Nervosität noch zu. Eine Frau schrie hell und hysterisch auf, andere kicherten ohne Unterlass, Charlotte stolperte über einen verloren gegangenen Schuh, der junge Mann zog sie wie von Furien besessen weiter, die Naht an Charlottes linkem Ärmel riss von der Achselhöhle bis zum Ellenbogen auf. Sie spürte Treppenstufen unter ihren Füßen, gab sich Mühe Schritt zu halten und nicht hinzufallen. Während sie fester nach Gagerns Hand griff und dabei das Gefühl hatte, in Daunen zu greifen, schoss ihr durch den Kopf, dass jetzt wohl genau der Moment wäre, in dem Felix seine Revolution ausrufen könnte. So viel brodelnde Lust am Ungestümen, die einer leicht in Schabernack, aber auch in entfesselte Tollheit umdirigieren konnte, gab es nicht leicht wieder. Aber Felix lag ja wohl mit Bauchgrimmen im Bett oder schmollte noch immer. Außerdem fiel Charlotte ein, dass alle im Saal gut gegessen und getrunken hatten und der Fürst so tolerant war, dass Felix ihn schon deshalb hasste.

Luft, die nach nasser Erde und blühenden Bäumen duftete, schlug ihr entgegen und verdünnte den Geruch von Schweinefett, das die aufgetürmten Frisuren zusammenhielt, und der seit Jahren nicht gewaschenen Kleider und Körper. Der Kopf der Polonaise riss grölend die Flügeltüren zum Park auf, und man rannte Hand in Hand, dass der Kies spritzte.

Wussten Manteuffel, Professor Winkler oder sonst einer, dass Gewitter die gigantischsten Elektrisiermaschinen überhaupt waren? Charlotte beantwortete sich ihre Frage sofort mit Nein. Manteuffel konnte bis zu seinem Lebensende das Pedal treten, eine solche Reibung, wie sie in einem lilabraun gefärbten Himmel voller Blitz und Donner vorhanden war, würde er nie schaffen. Denn angenommen, so kombinierte sie, während die wilde Jagd durch den schwach illuminierten Park weiterging, den Leipziger Herren war bereits bekannt, dass man aus solch einer gewitterschweren Atmosphäre mit den üblichen Leitern Elektrizität gewinnen konnte, dann hätte Manteuffel es vorhin bei seinem Entzündungsversuch garantiert ausposaunt. Sich als göttlichen Blitzefänger und Feueranzünder in einem vor dem hiesigen Provinzadel zu gerieren, wäre eine Versuchung gewesen, der er nicht widerstanden hätte. Die eine Hälfte des Apfels, wahrscheinlich die rötere, gehörte also noch allein ihr.

»Was soll dieser Blödsinn, jetzt geht es ja wieder zurück ins Schloss«, tönte es wehklagend von Gagern, dem der Schweiß aus allen Poren tropfte.

»Seien Sie doch glücklich. Er ist unser Messias! Unser Messias!«, schrie ekstatisch der junge Mann über Charlottes Kopf hinweg zurück, und seine Augen, deren Pupillen sich weiteten, glänzten fiebrig.

»Ach was mein Junge, ich habe Seitenstechen. Hätten wir bloß wie immer Tricktrack und Pharao gespielt…«, keuchte Gagern, trabte aber notgedrungen weiter.

Der Anfang der Kette mit ihren inzwischen weit mehr als zweihundert über Treppenhaus und Parkweg gespannten Menschen staute zurück im Saal vor dem Podium. Gleich daneben stand das Ende der Kette in Gestalt eines gedrungenen Trompetenspielers der verlegen an sich herunterschaute. Manteuffel bearbeitete schon wieder das Fußpedal. Der Fürst schaute vom Podest auf die gewundene Schlange aus weißen Perücken, großen und flachen Busen, alten und jungen Schultern, zupfte sich mehrmals hintereinander an der Nasenspitze, was Zeichen dafür war, dass seine Nonchalance an ihm wie ein Morgenmantel herunter geglitten und er sehr erregt war. Amalia tätschelte ihn.

Charlottes rechte Hand wurde schraubstockhart von der des jungen Mannes gequetscht, denn der fühlte deutlich das Ende der irdischen Tage und die Trennung der erleuchteten Seelen von denen, die nicht in das gleißende Licht zu schauen wagten.

In der Sekunde, in der Manteuffel zwischen dem sich drehenden Bierglas und dem Trompeter, der zu dieser Aufgabe verdonnert worden war, eine Verbindung herstellte, sprang der nichtsahnende Kerl mit einem Satz in die Höhe und schrie gellend auf. Die Trompete, die er in der freien Hand gehalten hatte, fiel scheppernd zu Boden. Praktisch gleichzeitig mit ihm hüpfte und schrie die gesamte lange Menschenkette. Charlotte spürte den Schlag so, als ob jemand mit einer großen Gabel, deren Zinken lang, dünn und sehr spitz waren, ein paar Mal kräftig in sie hineinstieß. Dann war die Elektrifizierung auch schon wieder vorbei. Der Fürst hob beide Arme in die Luft und senkte sie wieder. Er umarmte Amalia, drückte Manteuffel an seine Brust, Amalia küsste den Fürsten und dann auch noch Manteuffel auf beide Wangen.

»Wir haben hier«, begann der Fürst zu sprechen und brauchte einige Momente, um seiner Rührung Herr zu werden, »wir haben hier Kräfte der Natur erblickt, die uns bisher gänzlich unbekannt gewesen waren.«

Die Menge klatschte, trampelte, jubelte. Charlotte sah, wie schräg links vor ihr eine mollige hübsche Frau mittleren Alters sich die Perücke stöhnend vom Kopf riss, so dass sie mit der engen Haube, die ihr eigenes Haar auf ihrem Schädel zusammenpresste, plötzlich sehr abstoßend aussah. Ein Mann, der offensichtlich ihrer war, schob sie so schnell es ging aus dem Saal. Ihr Kreischen war allerdings noch von den Gängen zu hören. Auch der junge Mann, der abwechselnd »Halleluja, Halleluja« und »Der Messias ist da, der Messias ist da« rief, wurde schleunigst fortgeschafft. Zwei Lakaien hakten ihn mit hochmütigen Gesichtern unter und schleiften ihn über das Parkett. Nie hatte es bei ihm bislang epileptische Anzeichen gegeben, jetzt zappelte er mit allen Gliedmaßen und aus seinem Mund schäumte es.

»Wer Hunderte Menschen die Kraft dieses göttlichen Fluidums hat spüren lassen können, der bezeugt nicht nur die Macht der Natur, sondern vor allem auch…«

»Vivat, vivat, vivat…«

Der Rest der fürstlichen Ansprache erstickte im Jubel der Gäste. Der inzwischen vor Stolz auf die überstandene Mutprobe über sein ganzes junges Gesicht strahlende Trompeter fing an zu blasen, was das Zeug hielt, und seine Kollegen auf dem Balkon machten es ihm nach. Große Tischplatten, beladen mit glasig schimmernden Austern, gegrillten Schnepfen, in Scheiben geschnittene und zu waghalsigen Pyramiden aufgeschichteten Ananas und vielen anderen Köstlichkeiten, wurden für das Mitternachtsbuffet hereingeschleppt, die Gläser, kaum dass sie leer getrunken waren, sofort wieder mit Punsch gefüllt. Die überreizten Gäste bedrängten die Lakaien, schubsten und stopften sich voll. Das Brabbeln und Diskutieren im Saal schwoll an. Immer mehr Stimmen schwappten in Charlottes Ohr, schriller als noch eine halbe Stunde zuvor. Die Elektrizität fand glühende Verehrer und vehemente Gegner.

Aufmerksam glitten die Augen des Fürsten über die unruhige, Blasen treibende Teichoberfläche. Würden die Frösche, die er aus der Kurpfalz und Baden eingeladen hatte, bei sich zu Hause laut genug quaken? Weder in Karlsruhe noch in Mannheim hatte man bislang solche Experimente gewagt. Im Dreieck Paris, Potsdam, Leipzig war er der Einzige, der Allereinzige, der die Wissenschaft derart pompös für sich hatte tanzen lassen. Auch er war, zugegebenermaßen, beeindruckt. Amalias kluges Kind mit ihrer langen Nase hatte die ganze Sache angeleiert. Schau einer an, die kleine Geispitzheim. Der Fürst kniff die Augen etwas zusammen, um in dem trüben Teich besser Goldfische von Stichlingen und dem restlichen Laich unterscheiden zu können. Deshalb bekam er auch nicht mit, dass seine Mätresse energisch auf Manteuffel einredete. Der trat wieder an die Elektrisiermaschine heran, augenblicklich verstummte der Saal, und der Sachse rief mit einer Stimme, der eine gewisse gefühlsmäßige Verunsicherung anzuhören war, und dem deshalb das Messianische von vorhin fehlte.

»Für unser drittes und letztes Experiment bitte ich jetzt Fräulein von Geispitzheim auf die Bühne.«

Irgendwie fand sie den Weg durch die gaffende Menge und war nicht im Geringsten nervös, als sie schließlich neben Manteuffel auf dem Podest stand. Unwirsch gab er ihr Anweisungen, sich auf eine Porzellanplatte zu stellen.

»Dass ich mich isolieren muss, weiß ich selbst«, zischte sie ihn an.

Manteuffel schlug weidwund die Augen nieder, trat weiter und fragte sich wieder einmal, warum er ihr auf den Leim gegangen war. In Leipzig, wo er in höchsten Adels- und Professorenkreisen verkehrte, bewahrte er immer einen klaren Kopf, und für die notwendigen fleischlichen Dinge gab es dienstbeflisse Dienstmädchen, die einem keine kostbare Elektrisiermaschine abschwatzten und einen auch nicht aus der Ruhe brachten. Ihretwegen war er wieder nach Kircheim gekommen, an diesen albernen Hof, mit einem kleinen Wicht als Fürst. Aber das durfte sie auf keinen Fall wissen. Wenn man mit ihr nicht auf Geschäftsebene verkehrte, das hatte er gleich am Anfang gemerkt, machte sie einen verrückt. Außerdem war Manteuffel klug genug, die Rolle, die sie ihm zugeschoben hatte, zu durchschauen. Verbissen trat er auf das Pedal ein.

Charlotte stand kerzengerade, schaute über alle Köpfe hinweg und wurde elektrisiert. Manche Beobachter im Saal behaupteten später, dass ihr silberfarbenes Kleid plötzlich überirdisch geleuchtet hätte. Amalia lächelte tiefgründig, als der Fürst drei Schritte hin zu ihrer Tochter machte. Dass er einiges kleiner war als sie, war Charlotte vorher nie aufgefallen, auch nicht, dass unter seinem rechten Auge eine kleine schwarze Warze saß. Sie hielt seinem Blick stand. Wie lange aber würde er ihre Mutter noch aushalten und stillschweigend die Tochter mitfinanzieren? Ein wächserner Überzug lag auf seinem Gesicht und ein tiefer blauer Schatten unter jedem Auge. Charlotte vermutete, dass er fast sechzig war, und nahm sich auf jeden Fall vor, ihre Mutter danach zu fragen. Sein verführerisches Gehabe wirkte angestrengt, als nur noch ein Abstand von einer Handbreite zwischen ihnen bestand.

Alle, die nahe genug am Podium standen, zum Beispiel die hübsche Enkeltochter, sahen es. Verzückte, zärtliche Seufzer wurden ausgeatmet. Viele spürten das Ereignis eines himmlischen Wunders. Alles Laute, Überdrehte entwich augenblicklich aus dem Saal, selbst die hochmütigen Lakaien in ihren neuen Seidenlivréen lächelten milde.

Ein kobaltblauer, überirdisch schöner Funken mit einem zitternden Goldrand spannte sich nämlich zwischen den Lippen des Fürsten und Charlottes, ohne dass die beiden sich berührten. Einige Damen, alte wie junge, die sonst mit ihren schlimmsten Feindinnen charmante Konversationen führten und jegliche Gefühlsregung unter Kontrolle hatten, fingen an zu weinen. Endlich erfuhren sie, was Liebe in seiner vornehmsten Form war. Blau nämlich und reines Licht. Dass dem Fürsten der elektrische Schlag die Zähne, die er noch hatte, klappern ließ, bekam niemand mit.

Die Frau als Gefäß aller erotischen Fülle und Raffinesse entlud sich mit einer endlich sichtbar gemachten Pracht und Farbigkeit, sobald ein Mann sich ihr näherte. Die Elektrizität machte es möglich, diesen Akt der lustvollen Durchdringung nicht nur wissenschaftlich zu beweisen, sondern ihn auch zu einer künstlerischen Darbietung zu erhöhen. Die Wissenschaft, das war das Geniale, hatte eine blau leuchtende Seele, war überwältigende Schönheit. Ein Höhepunkt der Menschheitsgeschichte, dachte Gräfin Wartenberg und spürte, wie ihr Gesicht glühte und überhaupt ihr ganzer Leib auch elektrisiert wurde. Mit fünfzehn war sie verheiratet worden, bis zum Ende ihrer Ehe vor vier Jahren hatte sie die Beine ein Mal pro Woche breit gemacht, im Gegenzug Pariser Garderoben und ein Stadtpalais bekommen. Ihren Töchtern wünschte sie nichts anderes. Aber dieser elektrische Eros … lautlos liefen Gräfin Wartenberg Tränen über ihr immer noch junges, gut geschnittenes Gesucht, gruben schmale, aber tiefe Täler in die weiße, arsenhaltige Schminke. Der Gräfin war es egal.

Das weibliche Fluidum strömte und strömte, bis der Fürst nach fast vier Minuten ununterbrochener Elektrisierung weit genug zurücktrat und sich mit einem vielsagenden Blick von Charlotte verabschiedete.

Als Charlotte fünf Tage später vom Kirchheimer Schloss zurück nach Hause gebracht wurde, fühlte sie sich müde und ausgelaugt, sie hatte Halsschmerzen, und ihre Nase tropfte. Neben ihr schaukelte in den Polstern der Kutsche eine Holzkiste, in der sorgsam eingewickelt in das silbergraue Kleid die Elektrisiermaschine steckte. Charlotte hatte so viele Monate begierig darauf gewartet, dass sie jetzt merkwürdigerweise das Gefühl hatte, die Maschine könnte warten. Der Kutscher schleppte ihr noch die sperrige Last nach oben in ihr Zimmer. Denn weit und breit war kein Stallbursche zu sehen. Auch ihr Vater blieb verschwunden, was sie aber nicht sonderlich überraschte. Unschlüssig streifte Charlotte deshalb in Richtung Küchengewölbe, denn sie wusste, dass ihr wenigstens die Gerüche nach Essen und Abfällen, das Schimpfen der Köchin und das Lachen der Mägde Geborgenheit geben würden. Aber auch das erwies sich als Trugschluss. Schon in dem feuchten Gang, in dem sonst die Geräusche der Küche hallten, fiel ihr die Stille auf.

Die Mägde und Köchinnen hockten um den langen, sandgescheuerten Tisch, auf dem sich Rübenschalen kringelten, Krautköpfe und schmutzige Schüsseln warteten, dass sie bearbeitet wurden, und blickten nur kurz auf, als Charlotte hereinkam. Um die Hühner, die über dem offenen Feuer brieten, kümmerte sich ein Mädchen, das noch ein halbes Kind und mit der Aufgabe eindeutig überfordert war. Alle anderen waren damit beschäftigt, Lisbeth zu trösten.

»Der Herr von Geispitzheim hätte nie und nimmer erlauben dürfen, dass du zu denen gehst.«

»Man kann nur beten, dass du dir von dem Heidenkind keine Krankheiten aufgeschnappt hast.«

»Du musst aber unbedingt gleich am Sonntag beichten, hörst du, Lisbeth.«

Die Witwe Ammerling, die in der Küche seit Jahrzehnten brummig das Regiment führte, schob Lisbeth eine dicke Scheibe geräucherten Schweinebauch zu.

Lisbeth nickte dankbar für so viel Aufmerksamkeit, wischte sich mit dem Handrücken über die nassen Wangen, ohne die Tränenflut bremsen zu können, und nahm schniefend, aber folgsam einen tiefen Schluck aus dem Humpen Bier, den man ihr hingestellt hatte. Ihr Oberkörper hob und senkte sich dabei, und jeder konnte sehen, dass ihre Brüste riesig angeschwollen waren. Die Milch drängte aus ihnen heraus, sodass sich die feuchten Flecken auf ihrem Mieder von Minute zu Minute mehr ausdehnten.

Charlotte hatte Lisbeth schon immer gemocht und setzte sich wortlos an den Tisch dazu. Auch ihr wurde Bier und Fleisch hingeschoben. Die Geschichte war schnell erzählt. Vor ein paar Tagen hatte der bärtige Ketzerpächter sehr zum Ärger Josefs wieder im Hof gestanden und seinen Hut auch dieses Mal nicht abgenommen, als der Herr ihn empfangen hatte. Er wollte Lisbeth als Amme. Denn sie hatte immer noch Milch, obwohl ihr Junge schon über zwei Jahre alt war. An dieser Stelle lächelten und seufzten die Frauen. Sie alle liebten den kleinen Fritz, den sich Elisabeth zwar von einem nichtsnutzigen Herumtreiber aus dem Badischen anhängen hatte lassen, der aber das liebste und herzigste Kind war, das je in dieser Küche das Laufen gelernt hatte. Lisbeth war bereits die zweite Amme, die sich dieser Hochstettler ins Haus holte. Von der Milch der ersten, einer aus der Ketzersippschaft, hatte sein

Sohn nur schreckliche Bauchkrämpfe bekommen und alle Flüssigkeit erbrochen. Herr von Geispitzheim, der ja weiß Gott kein Unmensch war, ließ Lisbeth also gehen. Die hatte das kleine Geschöpf schreiend und mit gräulich verfärbter Haut in den Armen seiner Schwester angetroffen.

»Die ist übrigens nicht verkehrt, die Sarah«, sagte Lisbeth, während sie traurig an einem großen Brocken Schweinefleisch kaute. Dann spülte sie kräftig mit Bier nach.

»Ganz ausgemergelt schon, das Bübchen, Falten am Bauch und im Gesicht wie ein Greis«, berichtete sie und fing wieder zu weinen an.

Das Schlimme war, dass das ungetaufte Kind, wofür, wie die Frauen einräumten, es ja nichts konnte, auch Lisbeths Milch nicht vertrug. Immer wieder hatte sie ihn angelegt, praktisch Tag und Nacht. Der Kleine, Jakob hieß er, hatte zwar getrunken, wurde aber stündlich schwächer, weil er nichts bei sich behielt. Er wimmerte eigentlich nur noch wie eine Katze beim Ertränken und zuckte mit seinen mageren Beinchen, dass es einem in der Seele weh tat. Lisbeth nickte und weinte noch mehr. Immer wieder hatte sie Hochstettler, der ihr übrigens wunderbar gesottenes Fleisch, fette Sahne und gebackene Pasteten zu essen gab, angefleht, den Kleinen doch taufen zu lassen. Und zwar sofort, egal ob in der lutherischen oder katholischen Kirche, Hauptsache, das Kind würde aus seinem unheilvollen Heidentum erlöst.

Jetzt war Lisbeth also wieder zurück in der Geispitzheimer Küche und wusste nicht wohin mit all ihrer guten frischen Milch.

Währenddessen hatte Charlotte ihr Bierglas geleert, das, was ihr sofort auffiel, demjenigen, das in ihrer Elektrisiermaschine als Reibekörper eingespannt war, täuschend ähnlich sah. Das lauwarme Getränk lief ihr zusammen mit einer schummrigen Traurigkeit die Kehle hinunter und sickerte überallhin, sodass sich inzwischen auch ihre Beine und Arme schwer anfühlten. Sarahs Mutter war gestorben. Dann konnte Sarah, so folgerte sie, nicht von zu Hause weg und heiraten. Die Verkettung war logisch. Charlotte ließ sich aus dem irdenen Krug noch mehr Bier nachschenken. Sie saß in der Küche, bis es dunkel wurde und die Diener und Stallburschen zum Essen kamen, und hörte zu, was die Mägde, von denen einige auch Kinder hatten, über die Ursachen der merkwürdigen Krankheit des kleinen Jakob Hochstettler munkelten.

Gleich früh am nächsten Morgen, ihren Vater hatte sie immer noch nicht gesehen, beeilte sich Charlotte, dass sie wieder zurück nach Kirchheim kam. Die Prunkräume waren nach den ekstatischen Tagen sichtlich erschöpft, die Gäste verschwunden. Die Bewohner verschanzten sich wieder in weit auseinanderliegenden Apartments. Deshalb waren die meisten Fensterläden geschlossen. Auf Zehenspitzen huschte Charlotte ungesehen durch diese honigfarbene Dämmerung der Zimmerfluchten und schlang von hinten, als sie ihn schließlich fand, die Arme um Felix. Glücklicherweise trug er keine Perücke, so dass sie sein Ohr küssen konnte, während sie Entschuldigungen murmelte. Charlotte schämte sich, dass sie sein Gesicht gerade dann am schönsten fand, wenn Kummer oder Zorn es mit Linien versteifte. Dann näherte sich ihre Zuneigung für ihn sogar einem ernsthaften Gefühl. Zumindest hoffte sie, nahe an so etwas zu sein. Bevor es sich wieder verflüchtigte, zog sie ihn rasch in sein Mansardenzimmer. Dass er weich und fügsam wurde, gehörte trotzdem zu ihrem Plan.

»Bitte, Felix, es handelt sich schließlich um ein Kind, das unter der Intoleranz zu leiden hat. Diese Leute werden wegen ihrer Religion unterdrückt.«

Felix verstand nicht gleich. Religion und anderer Aberglauben waren ihm zutiefst suspekt. Wenn es um die Unterdrückung der Gedankenfreiheit ging, wurde er hingegen hellhörig. Aber schon redete Charlotte wieder von einem anderen Übel.

»Er verträgt offensichtlich keine Muttermilch. Wenn das so

weitergeht und er ständig alles erbricht, stirbt er in kürzester Zeit.«

»Ich bin doch kein Arzt.«

»Der Himmel bewahre, wenn er einem Arzt in die Hände fällt, stirbt er ja noch schneller«, fauchte Charlotte, griff aber sofort, als sie sah, dass Felix zusammenzuckte, in seine kurzen dunklen Haare und zog ihn an sich heran. Man durfte ihn, das wusste sie, nicht überfordern. Sie wartete eine Weile, bevor sie besänftigend wie eine Kinderfrau auf ihn einsprach:

»Felix ich meine doch nur, dass ihm geholfen werden muss, damit sich sein Magen und seine Gedärme beruhigen. Die armen Leute kennen sich zu wenig aus. Es gibt immer etwas, man muss nur suchen.«

»Aber Muttermilch ist die reine Natur. Wenn der Kleine sie nicht verträgt, dann ist er ein Irrläufer, ein Fehler der Natur. Muttermilch ist die ultima ratio. Wie überhaupt die Naturgesetze alles aufs Beste regeln, wenn nur die Fürsten sie respektieren…«

»Papperlapapp, auch die Natur lässt sich verbessern, wenn es sein muss, auch überholen. Was ich will, ist, dass du mir in der Bibliothek hilfst, nachzuforschen. Ohne dich, mein Schatz, schaffe ich es nicht. Du würdest auch noch die passenden Bücher finden, die der spanische Großinquisitor braucht, um die Hinrichtung des Papstes zu begründen…«

»Charlotte, dein Spott ist heute plump und deshalb unerträglich…«

Trotzdem musste Felix lachen und fühlte sich, genau wie es beabsichtigt war, geschmeichelt.

Sie steuerten den hintersten, kaum einsehbaren der zierlichen, weiß und gold gefassten Tische an. Mit deckenhohen, lückenlos bestückten Regalen als dämpfende, langsam, aber stetig nachwachsende Hecken gegen den Lärm und die Langeweile der Welt in ihrem Rücken. Die trockene Luft reizte wie immer Charlottes

Kehle. Auch der alte, ungepflegte Herr, den sie nicht kannte und der am anderen Ende des Raums über einem Folianten gebeugt saß und gegen sie von Zeit zu Zeit ungnädige Seitenblicke schleuderte, hüstelte und räusperte sich in dem melodischen Rhythmus, den nur Bibliotheksbesucher beherrschen. Wie fast immer, wenn sie an diesem Ort war, fühlte Charlotte auch jetzt wieder eine Last von sich abfallen. Aus Millionen von Buchseiten streckten sich ihr Arme zärtlich entgegen. Von holländischen Botanikern, die im Auftrag ihrer mächtigen Kaufmannsstädte die Pflanzenwelt fremder Inseln und Küsten beschrieben und gezeichnet hatten; die gebräunten Arme junger Mönche in provenzalischen Klöstern, deren brennender Hunger nach Gott goldene Majuskeln wie Monster auf feinstes Pergament gemalt hatte; auch die von fleißigen, mittelmäßigen Dichtern an kleinen deutschen Höfen, römischen Geschichtsschreibern im Dienste des Imperiums und auch die Arme von solchen, die schon seit sechs Generationen nicht mehr aus den Regalen geholt und deren Namen vergessen worden waren, nahmen sie in ihre Obhut. Sie ließen sie auf ihren Schoß klettern. Sogar die hochmütigen Prägungen auf den Bücherrücken rückten zusammen und wärmten sie. Je mehr ihr eigenes unruhiges Ich in Sicherheit gewiegt wurde und dösen konnte, desto unbeschwerter wandte sie sich der Hilfe für ihre Freundin und den kleinen kranken Wurm zu.

Zunächst gingen sie die Reihen ab, in denen die Bücher zum Thema Anatomie, Pharmazie und Heilkunst standen. Felix verschob die Leiter, kletterte hoch, reichte ihr den einen oder anderen Folianten, den Charlotte dann zu ihrem Tisch schleppte. Sie blätterten zunächst wahllos, lasen quer, machten Notizen zu Tinkturen und Tees, die bei Blähungen empfohlen wurden. Hin und wieder vertieften sie sich in einen Aufsatz über die Funktion des Magens und das Wirken der Verdauungssäfte. Der Stoß der Bücher, den sie ohne wesentlichen Fund zur Seite schoben, wuchs.

Felix rückte erneut die Leiter, stieg hinauf und hinunter, so dass Charlotte zur Abwechslung seine außergewöhnlich wohl geformten Waden auf Augenhöhe hatte. Mehr und mehr Bücher türmten sich auf dem Tisch, und Kerzen wurden angezündet. Irgendwann ging Charlotte auf den noch immer verwaisten Gängen auf und ab, bis sie einen Lakaien fand, der sich herabließ, ihnen Wein zu bringen. Der alte Herr, der als einziger noch in der Bibliothek saß, räusperte sich ein paar Mal, resignierte schließlich und schlurfte zur Tür. Sie prosteten ihm kichernd zu.

Nach zwei Stunden und einer weiteren Flasche Burgunder verlor Felix die Lust. Charlotte fiel es auf, weil er immer weitere und verzweigte Umwege ging, die ihn aber stets zu den Regalen mit den philosophischen und staatsrechtlichen Werken führten. Es dauerte auch nicht mehr lange, bis er einen Band herauszog, kurz schräg von unten wie ein verlegenes Kind schaute, ob sie ihn beobachtete, sich dann auf eine Sprosse der Leiter zwängte und zu lesen begann. So gleichmäßig und selbstverständlich, wie ein gesunder Mensch atmet. Natürlich beobachtete Charlotte ihn. Manchmal verengten sich seine Augen, oder er kratzte sich am Hals an einem Flohstich. Kleine Zuckungen liefen über sein Gesicht, und Muskeln, die sie dort vorher noch nie gesehen hatte, spannten sich an und lockerten sich wieder. Charlotte nahm sich vor, genau diese Stellen zu küssen. Im Moment aber war es noch befriedigender, ihn einfach anzuschauen und die Wärme, die der Alkohol und Felix' ernsthafte Schönheit in ihr aufstiegen ließen, zu spüren. Hätte jemand sie allerdings nach ihren Gefühlen für diesen klugen, kindsköpfigen und braven Rebellen gefragt, dann, das gestand sich Charlotte zerknirscht ein, würde sie sich in vage Umschreibungen flüchten.

»Experimente mit Findlingen in Lyon«, rief Felix halblaut. Charlotte, ganz in ihre Gedanken über seine Augenbrauen und Waden versunken, lächelte ihn zwar an, hörte ihm aber nicht zu.

»Hör mal, Charlotte, dieser Wüstling von einem Herzog wollte ideale Untertanen kreieren, fleißig, tüchtig, kräftig also und ... Moment mal ...«

Felix beugte den Kopf wieder über sein Buch und las angestrengt weiter. Seine Stirn legte sich in Falten.

»Charlotte, jetzt kommt es. Sage und schreibe 60 Neugeborene wurden, berichtet dieser Raulin, in einer Art von menschlicher Manufaktur untergebracht. Betreut wurden sie von nourrices sèches.«

»Nourrices sèches?«, fiel ihm Charlotte ins Wort. »Das sind aber keine ...«

»Genau, damit sind keine Säugammen gemeint.«

Felix' rechter Zeigefinger raste die Zeilen entlang.

»Hier, hier genau. Raulin beschreibt auch genau, dass es die Aufgabe dieser Ammen war, den Kindern künstliche Nahrung einzuflößen. Es war ja ein Versuch, bei dem es darum ging heraus zu finden, wie man mit der Nahrung den Nutzen von Untertanen steuern konnte. Außerdem brauchte man weniger Ammen, als wenn die Kinder gestillt worden wären. Das hat es auch noch billiger gemacht.«

»Und wie und womit haben sie sie denn gefüttert?«, fragte Charlotte aufgeregt. Mit einem Ruck stand sie auf und beugte sich über Felix und das Buch.

Felix blätterte weiter, überflog eine Seite, auch noch die nächsten drei und spannte ihre Neugier auf die Folter, bis er schließlich wieder hochschaute und nachdenklich sagte:

»Ganz verstehe ich es nicht, aber sie haben es wohl mit einer Art von mundgeblasener Saugflasche gemacht, rouleau genannt, in deren Öffnung ein Schwamm steckte.«

»Mit einem Schwamm?«

»Deine Mutter bestellt sich solche, ich glaube«, Felix wurde rot, »für ihre Gesichtspflege.«

»Dann hätten wir das Problem schon gelöst. Eine Flasche ist ja einfach. Hast du aber auch herausbekommen, womit sie die Säuglinge gefüttert haben?«

Nochmals las Felix genau nach:

»Ziegenmilch verdünnt mit einem Drittel Wasser hat sich angeblich am besten bewährt.«

Kapitel 5

Samuel sah Gott. Selbstverständlich hätte er nie gewagt, sich eine bildhafte Vorstellung vom Allmächtigen zu machen. Aber der milchige Schimmer, der sich an diesem Spätnachmittag in der Sohle eines sanft geschwungenen Tales ausbreitete und die Spitzen von Zittergras, Schafschwingel, Waldhirse, wolligem Honiggras und all den anderen Rispen zu einem einzigen überirdischen Leuchten verschmolz, konnte nichts anderes sein als das Zeichen seiner Herrlichkeit und unter Umständen auch seiner Güte. Je länger Samuel auf die Erscheinung vor sich schaute, desto deutlicher sah er auch, dass sie sich mehr und mehr hin zu einem rauchigen Violett veränderte. Mit einem brennenden Dornbusch hatte sie allerdings nichts gemein. Worüber Samuel mehr als erleichtert war. Denn gleich nebenan stand Wintergerste halbhoch auf einem Feld, das den Krehbühls vom Weierhof gehörte. Es wäre eine Katastrophe, wenn die Halme versengt würden. Samuels Gedanken blieben bei den Krehbühls, speziell bei Adam, der, wie er gehört hatte, so wunderbar predigte, dass alle, die ihm zuhörten, noch lange danach ergriffen und stumm auf ihren Bänken saßen, wenn ihnen nicht sogar die Tränen übers Gesicht strömten.

Als Kinder hatten Adam und er gemeinsam in der Pfrimm Krebse und Muscheln gefangen und ihre Eltern sich noch freundlich gegrüßt, weil sie letztlich doch Brüder und Schwestern im wahren täuferischen Glauben und ihre Vorväter zusammen aus der Schweiz gekommen waren. Vorsicht, wenn nicht gar Argwohn überschattete diese Begegnungen trotzdem. Denn den Hochstettlers entging nicht, dass die Mitglieder der Familie Krehbühl immer häufiger außen an ihren Jacken aufgenähte Taschen trugen und mit der Zeit sogar Knöpfe. Offensichtlich hielten sie sich nicht so weit von der Welt fern, wie es sich gehörte. Sodass seine Mutter immer öfter den einen Spruch wiederholte:

»Die mit den Haken und Ösen wird der Herr erlösen, die mit den Knöpfen und Taschen wird der Teufel erhaschen.«

Also begann man, die Krehbühls zu meiden wie den Rest der Welt auch. Kürzlich hatte er außerdem gehört, dass sich Adam keinen Bart mehr stehen ließ.

Auf einmal merkte Samuel, dass es schneite. Tausende winzig kleiner schwarzbrauner Samen, flaumig behaart mit der Wolle, wie man sie nur bei höchstens vier Wochen alten Lämmern findet, schwebten durch die Luft. Samuel konnte nicht ausmachen, welcher Baum oder Busch sie ausgeschickt hatte. Egal. Ein Windhauch genügte, und sie taumelten wieder nach oben oder trieben zur Seite, um dann irgendwann doch zur Erde zu sinken. Einige Samen verfingen sich in Samuels Wimpern, Nasenlöchern, Ohren und viele in seinem Bart. Sie bestäubten seinen Hut, schichteten sich leise auf, bis er von oben nicht mehr schwarz, sondern weiß war. Die allermeisten aber suchten unendlich geruhsam und voller Gewissheit ihr Ziel und fanden es auch. Sie würden sich in den Zwischenräumen der Krumen festhalten und dem Regen standhalten, sich in den Boden bohren und Wurzeln schlagen. Samuel wusste, dass das Gottes Wille war.

Zwei oder drei dieser winzigen Flugkörper kitzelten seine Lippen, er wischte sie aber nicht weg. Das wäre in diesem Moment nicht passend, vielleicht sogar ungehörig gewesen. Die Begegnung mit Ihm, so mir nichts dir nichts fünfzehn Tage nach dem Tod Johannas, hatte er nicht erwartet. Allerdings überraschte sie ihn auch nicht. Dem Allmächtigen war zweifelsohne nicht unbemerkt geblieben, dass sich in Samuels Herz täglich mehr Ungehorsam einschlich und an ihm nagte. Den Tod seiner Frau hatte er noch voller Demut, wie es sich für einen Christen gehörte, hingenommen. Frauen starben schließlich oft bei Geburten, das ließ sich nicht vermeiden, und es war ihr seit der Vertreibung aus dem Garten Eden auferlegtes Schicksal.

Die Schatten wanderten ein wenig weiter, der violette Schimmer in der Senke kühlte sich eine Spur ab. Ein besonders vorwitziger Samen wehte in Samuels Mund und wurde verschluckt. Der Groll, gegen den er sich zuerst nicht wehren konnte und dann nicht mehr wehren wollte, rüttelte in ihm wie der Wind an einem losen Fensterladen. Gott ignorierte offensichtlich, dass der neugeborene Sohn, den er ihm nach so vielen Jahren endlich geschenkt hatte, über kurz oder lang auch sterben würde. Oder war das Gottes Absicht?

Heiße Wellen der Bestürzung liefen in seinem Kopf zusammen, ihm war plötzlich flau und schwindlig. Der Schimmer im Tal bewegte sich vor seinen Augen auf und ab. In seinem Rachen klebte der versehentlich verschluckte Samen und erzwang einen Husten, der Samuel schüttelte, sodass die restlichen Tausend Samen in ihrem ruhigen Taumeln aufgehalten wurden und in alle Richtungen wirbelten.

Seit zwei Tagen war die dritte Hebamme in seinem Haus. Sie wiegte sich schwer und umständlich in den Hüften wie eine Matrone, obwohl sie erst Anfang dreißig war. Ihren Jüngsten hatte sie Hals über Kopf entwöhnt und dann gleich die beschwerliche Reise vom Heckenaschbacherhof, wo sie mit ihrer Familie und der ihres Bruders lebte, auf sich genommen, um Hochstettler, dessen Mutter eine Cousine ihrer Mutter gewesen war, in seiner Not zu helfen. Sie war fromm und gut, wie eine Schwester nur fromm und gut sein konnte. Trotzdem überkam Samuel immer, wenn Anna um ihn herum wirtschaftete, das unangenehme Gefühl, dass sie seine Küche und seine Stube schrumpfen ließ. Ungeschlacht wischte sie Teller vom Tisch, jammerte und klagte, während sie die Scherben aufkehrte und mit ihrem Rücken gegen eine Kommode stieß, sodass die Schubladen rumpelten. Auf ihrem mächtigen Oberkörper standen immer Schweiß- und Milchflecken. Ein Anblick, vor dem er floh, wann immer es möglich war. Deswegen oder weil ihn erneut ein Samenflaum in der Kehle plagte, musste Samuel gleich wieder heftig husten. Auch die wenig christlichen Gedanken über die Cousine Anna, so mutmaßte er, mussten Gott erzürnt haben.

Tatsache aber war, dass Jacob ihre Milch ebenso wenig vertrug wie die Milch der gottlosen, aber zweifelsohne herzensguten Lisbeth aus dem Geispitzheimer Haushalt und davor die der Rachel Gingerich. Immer wieder erbrach sich der Kleine, schrie und schrie und fiel dann erschöpft in einen ungesunden, apathischen Schlaf. Dieser Schlaf dauerte von Tag zu Tag länger. Noch sperrte er seinen kleinen Mund gierig auf, wenn ihn die neue Amme an die Brust legte. Aber das Saugen fiel seinem kleinen Sohn von Mal zu Mal schwerer. Sarah beobachtete es genau und berichtete es ihm mit wachsender Sorge. Außerdem hatte er oft genug selbst miterlebt, wie es war, wenn ein Kalb aus unerfindlichen Gründen geringer wurde und schließlich einging. Sein Kleiner verlor zusehends die Kraft, die er mit ins Leben gebracht hatte. Er würde, da machte sich Samuel nichts vor, bald verhungern und verdursten, obwohl ihm reichlich Milch zufloss.

Samuel starrte auf den violetten Schimmer, in dem Gott sich ihm bemerkbar machte. Seine Hände ballten sich, ohne dass er es merkte, zu Fäusten. Also gut. Sie würden miteinander sprechen.

Samuel atmete noch einmal tief ein und aus. War das etwa nichts gewesen, zählte es so wenig wie Luft, dass er die Flüchtlinge aus Frankreich in seiner Scheune aufgenommen und den ganzen Winter beherbergt hatte? Samuel sah Johanna vor sich, wie sie mit schon gerundetem Bauch nachts wieder einmal aus dem Schlaf hochgeschreckt war, vor lauter Angst, kurfürstliche Amtsleute kämen und würden sie allesamt ins Gefängnis stecken. Er hatte immer dagegengehalten und sie beschwichtigt. Nein, hör mir zu und weine nicht gleich, wir schicken sie nicht weg bei dieser Kälte, ja doch, es ist unsere Christenpflicht.

Ein hellbraun gescheckter Wachtelkönig kam aus dem Nichts und lief hochbeinig durch die schimmernde Talsohle. Den einzigen Menschen weit und breit in seinen ebenfalls braunen Kleidern forsch beäugend. Aufgrund der graublau gefärbten Wangen und Halsseiten vermutete Samuel, dass es ein Männchen war. Der Vogel und vor allem dessen anmaßendes Auftreten ließen ihn vergessen, was er gerade Gott sagen wollte. Nicht als Entschuldigung, warum er haderte und sich sein Herz schmerzhaft zusammenzog, wenn Jacob winzig und mit eingefallenen Augen in seinen Armen lag, aber immerhin doch als Erklärung. Der Allmächtige war ja offensichtlich bereit dazu. Anders konnte das von Minute zu Minute intensiver werdende Violett auf den Gräsern ja wohl nicht verstanden werden.

Samuel erinnerte sich nur ungenau an das letzte Mal, als er einen Wachtelkönig gesehen hatte. Diese Vögel lebten im Allgemeinen ausgesprochen scheu und verborgen. Warum, fragte sich Samuel, rennt dieses Tier gerade jetzt und hier herum?

»Rerrp-rerrp-rerrp-rerrp…«

Die Stimme des Vogels knarrte unverschämt unsinnig. So unsinnig nutzlos, wie wenn ein Mensch seinen Daumennagel über die groben Zähne eines Kammes strich und alle anderen um sich herum mit diesem Geräusch quälte, anstatt in dieser Zeit Besen zu binden oder undichte Dachsparren auszubessern. Oder schimpfte Gott so?

Samuel erschrak. Hatte der Allmächtige den Wachtelkönig ausgeschickt? Um ihm eine Extralektion in Sachen Demut zu erteilen? Eine Vermutung, die, je mehr er darüber nachdachte, an Wahrscheinlichkeit gewann. Noch lauter schnarrend als zuvor rannte der braune Vogel aus der Senke die Anhöhe hoch und schlüpfte in ein Büschel Pfeifengras. Mit ihm verschwand von einer auf die andere Sekunde vor Samuels Augen die Erscheinung und löste sich wieder in ganz gewöhnliches stumpfes Wiesengrün auf, über dem die Sonne tief stand.

Als Samuel an seinem Tor ankam, war er schon nicht mehr überzeugt, dass Gott sich ihm tatsächlich gezeigt hatte. Vor allem als aus dem Haus die quengelnde Stimme der Amme drang, die sich über irgendetwas schrecklich aufzuregen schien. Mose hätte nach seiner Begegnung mit dem brennenden Dornbusch so ein Weib sicher aus seiner Umgebung verbannt, dachte sich Samuel. Unschlüssig kraulte er Bärli, der aus seiner Hütte auf ihn zusprang, hinter den Ohren und trat schließlich, wenn auch missmutig, ein. Mit jedem Schritt auf die Küche zu schmerzte ihn die Stimme der Frommen vom Heckenaschbacherhof mehr in den Ohren. Zu gern hätte er sich in den Stall verdrückt, aber da war noch Sarahs Stimme, ebenfalls aufgeregt, und noch eine andere. Leiser, dunkel, bestimmend. Welche Prüfung legte ihm Gott schon wieder auf!

Dieses Haar! Zum zweiten Mal an diesem Tag erschrak Samuel Hochstettler. Nach allen Richtungen blähten sich die Haare, lang, verworren, unheilvoll wie braune Nattern, und versperrten ihm die Sicht. In seinem Haus! In seiner Küche! Abscheu und Zorn, auch noch der auf den Wachtelkönig, überrollten und schluckten die Trauer und den Kummer und wälzten sich in einem Strom aus ihm heraus.

»Raus hier, raus, sofort!«, brüllte Samuel und schüttelte die Fäuste, die er vor einer Stunde schon einmal heimlich geballt hatte, gegen das Haar, von dem er natürlich vom ersten Wimpernschlag an wusste, wem es gehörte.

Charlotte drehte sich um und musterte den Neuankömmling einen Moment, der so lang war, dass Samuel spürte, wie sein Zorn ihn zittern ließ, bevor sie so langsam, als ob er ein unwissendes Kind wäre, auf ihn einsprach:

»Jacob hat die gesamte verdünnte Ziegenmilch aus der Flasche getrunken und behält sie schon über zwei Stunden bei sich.«

Eine gewisse Selbstgefälligkeit in ihrer Stimme war unüberhörbar. Aber Samuel dachte im ersten Moment nur über ihre Zeitangabe nach. Zwei Stunden. So lange war sie schon unter seinem Dach. Also schon zu der Zeit, als Gott mit ihm geredet hatte. Charlotte lächelte und streichelte mit einer ungeschickten Geste den Säugling, der dick eingewickelt und mit geschlossenen Augen in Sarahs Armen lag, die Wange. Sein leise grunzendes Schnarchen klang zufrieden und bildete einen seltsamen Gegensatz zu der Anspannung der Erwachsenen. Sarah legte ihre Hand auf den Arm ihres Vaters und versuchte, seinen Blick zu erhaschen. Was unmöglich war, denn die dritte Amme fuchtelte mit den Armen.

»Die da hat deinen Sohn gepackt«, geiferte sie und bohrte ihren Zeigefinger fast in Charlottes Nase, »und ihm eine Flasche in den Mund gedrückt, als nächstes schleppt sie ihn zum Taufbecken und holt einen ihrer Götzenpriester. Samuel, du musst sofort…«

Anna Gabler vom Heckenaschbacherhof breitete sich unerfreulich wie die Wüste Gobi vor ihm aus. Aber Samuel ignorierte sie ebenso wie die flehenden Blicke Sarahs. Was suchte die Tochter seines Pachtherrn, sündhaft von Kopf bis Fuß, in seiner Stube? Was wollte Gott von ihm? Samuel setzte alles auf eine Karte. Geispitzheim konnte alle Verträge kündigen, er würde dann Haus und Hof verlieren. Trotzdem.

»Bitte gehen Sie, gehen Sie! Sofort.«

Samuel hörte, dass seine Stimme erschöpft und hohl klang, seine ausgestreckte Hand gehorchte ihm nicht so, wie er wollte, und wies in Richtung Wand. Wenn nur die Amme ihren Mund halten würde. Aber auch dieser erneuten Prüfung entging er nicht.

»Ich hab es dir doch schon ein paar Mal gesagt, Samuel, wenn sich dein Sohn erst mal an meine Milch gewöhnt hat, dann wird er gleich zunehmen. Mein Zweitältester hat in den ersten Wochen auch viel gespuckt. Diese Person da aber…«

Jacob wachte auf. Seine Punktaugen schauten aus Sarahs Armbeuge heraus, er schnüffelte und schmatzte etwas, verengte die

Augen aber gleich zu Schlitzen, die sich komisch schräg mit dem Kinn auf die kleine Nase hin zusammen zogen, so dass derjenige, um den sich die ganze Aufregung drehte, nur noch aus einem erstaunlich großen korallenroten, weit offenen Mund bestand, aus dem es so eindringlich hell schrie, dass die dritte Amme augenblicklich verstummte.

Alle drei Erwachsenen starrten den Kleinen hilflos an. Bis schließlich Sarah sagte:

»Er schreit irgendwie kräftiger als vorher.«

»Wie ich schon gesagt habe, er hat die Ziegenmilch ganz offensichtlich vertragen. Es ist mit der Flasche und dem Schwamm obendrauf auch ganz einfach, sie ihm einzuflößen.«

Samuel ging weder auf die Worte seiner Tochter noch die der Tochter seines Pachtherrn ein, sondern starrte weiter auf seinen schreienden Sohn. Als Charlotte jedoch ein stumpf glänzendes Gefäß in seine Richtung hielt, drehte er abrupt den Kopf weg und hätte sich am liebsten auch seinen Hut vors Gesicht gehalten. Stattdessen nahm er Sarah den Kleinen ab, dessen Gesicht inzwischen vom Schreien hochrot angelaufen war, und drückte ihn wortlos in Anna Gablers Arme, die mit ihrem Pfand eilig aus der Küche verschwand, ohne dass ihre Frömmigkeit sie davon abhielt, die Mundwinkel zu einem Lächeln zu verziehen, das einzig und allein boshafte Genugtuung ausdrückte.

Samuel fiel ein, was er eigentlich immer gewusst, aber über die Sorge um Jacob vergessen hatte, nämlich dass Anna eine gebürtige Egly war, Cousine ersten Grades von Jacob Egly, dem Ältesten seiner Gemeinde. Schweiß kroch ihm auf die Stirn, er wollte etwas sagen, erklären, auch beschwichtigen, bekam aber kaum Luft. Auch weil die Luft modrig und abgestanden war. Denn die Amme bestand seit ihrer Ankunft darauf, dass im ganzen Haus die Fenster geschlossen blieben, um eine Verkühlung ihrer Brüste zu vermeiden. Aus den Augenwinkeln sah er, wie Sarah und Geispitzheims Tochter unentwegt Blicke austauschten und abwechselnd die Augenbrauen hochzogen. Und wenn Sarah doch recht hatte und der Kleine tatsächlich ein wenig kräftiger geworden war? Ein heftiger Drang, so schnell wie möglich auf einen seiner Kleeäcker zu kommen, erfasste ihn. Dort war alles einfach und klar, und er wusste immer, was zu tun war und wie er entscheiden musste. Der Gedanke, dass Gott ihn vielleicht gar nicht wegen seines unbotmäßigen Grolls zur Rede hatte stellen wollen, setzte sich leicht wie ein Schmetterling, aber irgendwie tröstend auf seine Schulter. Vielleicht sollte der Wachtelkönig ihn vorhin lediglich warnen. Nämlich vor der, die sich offenbar das Vertrauen seiner Tochter erschlichen hatte, bei ihm eingedrungen war, ihre Haare schamlos herumwedelte und freundlich und hilfsbereit getarnt einen Pakt mit dem Teufel vermitteln wollte. Kompromisse mit der Welt waren der Anfang vom Ende. Auch und gerade wenn sie sich in seltsamen Flaschen mit Ziegenmilch verbargen und die Rettung seines Sohnes versprachen, sie drangen nur in die Herde Christi ein und versuchten, sie zu spalten. Weltliche hatten ihnen, den Gerechten, im Laufe der Zeit immer wieder mit Gewalt gedroht. Nun gut. Man nahm sie geduldig und friedliebend hin, wie auch Jesus Christus die Schläge und die Kreuzigung ohne Gegenwehr hingenommen und verziehen hatte. Demütig hatten sich Samuels Vorfahren deshalb in den Gefängnissen peitschen und foltern lassen. Was diese Person mit den schamlos unbedeckten Haaren aber im Schilde führte, war weitaus verschlagener als das, was die Verfolger in früheren Zeiten gemacht hatten. Sie bot Hilfe an und wollte ihn und seine Familie damit ins Böse der Welt da draußen ziehen.

Charlotte wippte ungeduldig auf den Zehenspitzen. In der Flasche, die sie in der Hand hielt, schwappte noch immer genügend lauwarme Ziegenmilch vermischt mit abgekochtem Wasser, damit Jacob jetzt gleich wieder satt werden konnte. Dass der Kleine furchtbar Hunger hatte, hatten ja alle gehört. Charlotte war sehr zufrieden gewesen, als es vorhin beim ersten Mal so gut geklappt und der Kleine sofort begriffen hatte, wie er saugen musste. Die Flasche war nach dem, was Felix aus den Beschreibungen über die Experimente mit den Findlingen in Lyon herausgelesen und skizziert hatte, sofort in Kirchheim aus Zinn gegossen worden. Der Clou war zweifelsohne das Röhrchen, das in einem Gewinde im Deckel steckte, nach innen ragte, aber nicht ganz bis zum Boden reichte und an dessen oben zum Deckel herausragenden Schnabel ein kleiner Schwamm aufgepfropft war. Einfach genial. Verstand Hochstettler denn gar nichts?

Dass er ein merkwürdiger vernagelter Typ war, hatte sie ja schon damals gemerkt, als er Madeira zum Verkauf gebracht hatte. Leicht hätte man denken können, dass er ernstlich geisteskrank sei. Aber sie hatte inzwischen gesehen, wie mustergültig der Hof geführt wurde, da steckte mehr als nur Fleiß und Ordnung dahinter. Wahrscheinlich war der Mann intelligent. Aber warum schüttelte er sich nicht wenigstens die weißen Fussel aus dem Bart? Sonst war er doch so penibel und ehrpusselig. Charlotte wollte gerade noch einmal ansetzen, ihm das Prinzip der Flasche, mit der man Jacob bis auf weiteres problemlos künstlich ernähren konnte, zu erklären, da kam ihr Samuel zuvor:

»Es steht geschrieben, zieht nicht am fremden Joch mit den Ungläubigen und geht aus von ihnen und sondert euch ab. Wenn Sie es genau wissen wollen, es steht im zweiten Korintherbrief. Vers sechs, Strophe dreizehn.«

»Strophe vierzehn und siebzehn, Vater«, murmelte Sarah und ihr Gesicht glühte, sodass ihre Sommersprossen fast untergingen.

Hochstettler riss nur die Küchentür weit auf, und Charlotte blieb nichts anderes übrig, als tatsächlich zu gehen.

Auch dieser Sommer würde wieder sehr trocken werden. Zu trocken. Samuel spürte es. Hätte jemand ihn gefragt, hätte er von Schnakenlarven, Regenwürmern und den Gelegen der Weißstörche und Schwarzkehlchen erzählt. Die erste Mahd war noch gut ausgefallen, fünf Wagen Heu hatten sie heim in die Scheune gefahren. Jetzt aber wuchs das Gras fast gar nicht mehr und wurde sogar noch welk. Jeden Tag schaute er vergebens nach Wolken aus, er vermisste sie so, wie er die Frösche vermisste, und fragte sich, wie die Störche ihre Jungen durchbringen wollten. Dafür hatten offensichtlich die Wühlmäuse viel Nachwuchs und gruben über Nacht Gänge, wo Samuel am Tag zuvor noch keine gesehen hatte. Schon frühmorgens drückte der Himmel satt blau auf die Erde und die Luft stand still, sodass das Zirpen der Grillen überall und lauter als an windigen Tagen zu hören war. Samuel plagte ein schlechtes Gewissen, denn die Wiesen hätten längst gewässert werden müssen, aber alles war in Verzug, weil er sich durch Johannas Tod und die Sorge um Jacob durcheinander hatte bringen lassen. Genau das aber war schlecht. Das Los fiel, wie der Herr es wollte, trotzdem musste er, Samuel, seine Pflicht tun. Gleichmut und Gelassenheit waren christliche Tugenden, nicht Zorn und schon gar nicht Raserei und Schlamperei. Auch damit ging er in eine der Fallen, die der Teufel auslegte. Samuel schämte sich, wenn er zurückdachte.

Nach den Heimsuchungen und Störungen des vorangegangenen Tages aßen alle Bewohner des Muckentalerhofes wortlos über den Tisch gebeugt ihr Abendessen. Anschließend zog sich die Amme, was Samuel und Sarah nur Recht war, sofort in die Kammer zu ihrem Schützling zurück, der schon wieder seit Stunden reglos schlief. Samuel saß noch lange auf der leeren Seite in seinem Bett und las in der Bibel.

Als Erstes am nächsten Morgen suchten Samuel und Uri alle nötigen Gerätschaften zusammen und schleppten sie zum Bach. Zunächst prüften sie, ob das Stauwehr, das noch aus der Zeit der ersten Hochstettler in der Gegend stammte und das über die Jahrzehnte gepflegt worden war wie alles, was zum Hof gehörte, den

Winter gut überstanden hatte. Der Gerbach floss an dieser Stelle breit und flach. Die Kornmühle hatte er schon passiert, sodass man keinen Streit um das Wasser riskierte, und bis zur nächsten Mühle gab es genügend Zuflüsse. Sie putzten Verrohrungen, schritten zügig alle Gräben ab, auch die, die das Wasser wieder zum Bach zurückführen sollten. Hier und da holten sie größere Steine heraus, gelegentlich mussten abgebrochene Böschungen begradigt und befestigt werden. Sie fanden einen angefressenen und von Maden durchsetzten Rehkadaver, den wohl die Schneeschmelze in den Graben geschwemmt hatte, zogen ihn hoch und vergruben ihn.

Gegen Mittag ließen sie im Bach die Schließe herunter. Danach setzten sich Samuel und Uri in den Schatten einer Erle und beobachteten aufmerksam, wie der Wasserspiegel hinter dem Wehr langsam stieg. Uri, dem jede Pause Recht war, verfiel sofort in Tagträume. Er hatte eine Magd erzählen hören, dass das Fräulein von Geispitzheim bei ihnen auf dem Hof gewesen wäre. Natürlich glaubte er ihr kein Wort, aber allein die Vorstellung, dass ihre Kleider die Bank, auf der er immer saß, gestreift haben könnten, ließ seine Phantasie so wild treiben wie einen Korken auf dem Bach, bevor er gestaut worden war. Einmal stöhnte er so laut auf, dass Samuel ihn fragte, ob er Schmerzen habe, worauf Uri zusammenzuckte und als Erklärung dummes Zeug stammelte. Samuel dagegen fand beim Anblick des leise gurgelnden Wassers, das dunkler, weil tiefer wurde, ein wenig Frieden. Er wartete und vergewisserte sich, dass das Wasser so weit anschwoll, dass es in die Gräben drückte und in ihnen geradewegs bis zu den Wiesen laufen konnte. Am Nachmittag trat es über.

Samuel zog seine Schuhe aus und watete ein Stück ins Gras. Er hörte es zwischen seinen Zehen schmatzte und gluckste und spürte, wie die Erde sich gierig vollsog und weich und nachgiebig wurde.

Drei Tage später zogen sie die Schließe im Wehr wieder hoch und stoppten die Flutung. Die Wiesen glänzten inzwischen fett vor Feuchtigkeit. Smaragdfarbene Libellen schwirrten über die Fläche, Weißstörche wateten hungrig heran. Das Leben saugte sich voll und wuchs im Nu üppiger und vielfältiger. Der Boden war inzwischen so gesättigt, dass die Entwässerungskanäle zum Gerbach schon wieder Wasser führten. Unzählige Schnaken stürzten sich auf sie und plagten sie, Samuel nahm sie gern in Kauf.

Als sie zur üblichen Zeit zum Mittagessen auf den Hof zurückkehrten, konnte die Amme vor Samuel nicht mehr länger verheimlichen, dass es Jakob sehr schlecht ging. Die vergangenen Tage, so stellte sich heraus, hatte sie offensichtlich gelogen. Der Kleine wollte sich partout nicht an ihre Milch gewöhnen und brach weiter. Inzwischen wachte er allerdings kaum noch auf. Und wenn sie oder Sarah ihn kitzelten und rüttelten, hatte der kleine rote Mund keine Kraft und wahrscheinlich auch keine Lust mehr, das in sich hineinzusaugen, was ihm Minuten später Bauchkrämpfe und Übelkeit bereitete. Die Fromme hatte augenscheinlich auch keine großen Ambitionen mehr. Ihr Bündel lag bereits gepackt neben der Haustür. Jacob Egly, ihr Cousin, diesen Verwandtschaftsgrad ein letztes Mal ausdrücklich zu betonen, vergaß sie trotz allem Kummer nicht, würde sie in einer Stunde mit der Kutsche abholen. Was er dann auch tat.

Zunächst hörte Charlotte das Klopfen an der Tür nicht, so leise war es. Außerdem konzentrierte sie sich darauf zu verhindern, dass die vier Frösche, die sie im Bach gefangen und in einen Topf gesperrt hatte, entkamen. Sie war gerade dabei, ein zappelndes Exemplar hochzuheben, als sich die Tür öffnete, ohne dass Charlotte Herein gerufen hätte. Ein Bauernlümmel, strohblond, mit Waden wie Säulen in der Kirche und nicht unhübsch, der ihr auch irgendwie bekannt vorkam, trat zögerlich ein, verbeugte sich mehrmals, wagte aber keinen Schritt mehr nach vorne. In der Hand zerknautschte er den Rand seines Hutes. Der Hut, natürlich! Zu denen gehörte er also.

»Ja?«

»Entschuldigung, bitte vielmals um Entschuldigung.«

»Wie heißt du denn?«

»Uri.«

Charlotte sah belustigt zu, wie der Adamsapfel des Jungen hüpfte, während der Rest von ihm stocksteif dastand.

»Uri… hübsch. Und was willst du, Uri?«

Uri verfluchte seine Arme und Hände, die an ihm baumelten, und wusste nicht, wohin damit. Bevor er aber eine Antwort aus sich heraus quälen konnte, schrie Charlotte schrill auf:

»Jetzt ist auch der zweite weg, verdammt, schnell, vielleicht erwischen wir ihn noch unter dem Sessel dort.«

Gebieterisch winkte sie Uri herbei, kroch aber gleich selbst auf dem Boden herum. Uri, der keine Ahnung hatte, wer verschwunden war, sah tatsächlich etwas Grünbraunes, Plumpes in einer Ecke hüpfen, machte einen Satz und fing es mühelos mit einer Hand.

Charlotte klatschte wie ein Kind auf dem Jahrmarkt, ließ sich aber sofort den Frosch aushändigen. Uri hatte bis dahin nicht geahnt, dass Frösche bei den Leuten in der Welt so begehrt waren.

»Komm, ich zeig dir was!«

Wieder spurte Uri auf ihren Wink und stellte sich stumm, verwirrt, aber mit einem unendlichen Glücksgefühl, das bis in seine Ohren vibrierte, neben das, was sie ihm als ihre Elektrisiermaschine bezeichnete, und sah zu, wie sie wie eine Besessene auf ein Pedal eintrat.

»Du und ich machen jetzt ein Experiment«, sagte Charlotte mit entschiedener Stimme und ließ ihre Ankündigung in ein gurgelndes Lachen auströpfeln.

»Ein Experiment«, echote Uri und hatte nicht die geringste Ahnung, was damit gemeint sein sollte.

»Halt jetzt gefälligst den Frosch«, Charlotte trat noch etwas schneller und fixierte Uri beschwörend. »Aber unter keinen Umständen los lassen, hörst du!«

Uri nickte heftig und hätte das auch zweifelsohne getan, wenn sie von ihm verlangt hätte, ein Kruzifix zu küssen. Der Frosch in seinen Händen zappelte ein wenig, fühlte sich aber kühl und weich an wie die Schweinedärme am Schlachttag, sodass Uri sich wunderte, warum sie annehmen könnte, er würde ihn loslassen.

Er schaute auf ihren Mund, aus dem in einem fort die abenteuerlichsten Sätze purzelten, auf ihren Hals und dann immer mehr auf die Stelle, wo ihr Hals in ihre Brust überging und sich diese deutlich aus ihrem Ausschnitt heraus quellend zweiteilte und rundete. Versunken in diesen Anblick bemerkte er nicht, dass Charlotte einen Stab zuerst an ihre Maschine und dann gleich an eines der langen Hinterbeine des Frosches hielt.

Uri schrie auf, trippelte ein paar Mal auf der Stelle, aber ließ tatsächlich den Frosch nicht fallen.

»Wunderbar, sehr gut. Du bist der geborene Assistent.«

Uri nahm dieses Kompliment verschwommen entgegen, denn das starke Kitzeln, das ihm gerade durch den ganzen Körper bis zu den Zehen hinuntergerannt war, lähmte noch seine Sinne. War sie vielleicht eine Hexe?

»Alles ist gut… wie heißt du noch mal? Ach ja, Uri, alles ist gut, und jetzt gib mir mal den Frosch.«

Weil Uri nicht reagierte und sie nur benommen anglotzte, öffnete sie seine Hand, was ihm einen zweiten Schlag durch die Glieder jagte, nahm ihm den Frosch ab und legte das Tier, das sich nicht mehr bewegte, mit seiner hellen Unterseite nach oben auf einen Tisch.

»Schau her, mausetot«, frohlockte Charlotte. Umständlich kramte sie in einem Kasten mit Utensilien und zog schließlich ein Messer mit einer schmalen, spitzen Klinge hervor.

»Ich habe mich immer gefragt, wie viel Elektrizität man dafür braucht. Interessant wäre, als nächstes herauszufinden, ob diese Menge auch noch einen Hasen umbringen würde?«

Grübelnd blickte Charlotte zunächst auf den vor ihr liegenden schlaffen Frosch mit seinen langen stummen Gliedmaßen und dann auf Uri, der sich in einem nicht vollständigen, aber äußerlich ähnlichen Zustand wie das Tier befand. An der farblosen Kehle setzte sie die Klinge an und ritzte von dort behutsam, aber zügig die Haut zuerst bis zum linken und dann zum rechten Schenkel hinunter auf. Aus den Öffnungen quollen Gallertmasse und durchsichtiger Schleim.

Uri hatte schon oft aufgeplatzte Frösche gesehen, die die Katze gebracht hatte oder die zufällig auf dem Weg lagen und verdorrten. In Notzeit aß man auch Frösche. In Frankreich, das hatten die geflohenen Brüder erzählt, sogar einfach so. Doch er fand es sehr seltsam, dass ein Mensch, auch wenn er wie das Fräulein etwas Besonderes war und nach Blumen duftete und ein veilchenblaues Kleid trug, einen Frosch einfach so um des Tötens willen tötete. Einen tieferen, vor allem nützlichen Sinn konnte er in dem, was sie tat, auf jeden Fall nicht erkennen.

Charlotte beeilte sich. Im Topf waren nur noch zwei Frösche vorrätig, die sich verzweifelt umeinander wanden. Sie hatte sich kurzfristig für Frösche entschieden, weil sie, wie sich schnell herausstellte, wesentlich leichter lebend zu fangen waren als Mäuse, die sie ursprünglich im Sinn gehabt hatte. Sie brauchte Ablenkung, ihr Gehirn musste wieder etwas zu tun haben und zu klarem, systematischen Denken gezwungen werden. Der Eklat mit Hochstettler, das gestand sich Charlotte ein, hatte sie mehr Nerven gekostet als nötig. Erstens hatte dieser Mensch ihr vermasselt zu beweisen, was sie und Felix mit so viel Mühe als Hypothese aufgestellt hatten. Zweitens gruselte es ihr vor dem seltsamen Aberglauben, der ihm im Nacken hockte und ihn so beharrlich ritt, dass kein Fünkchen Vernunft mehr in seinem Kopf übrig blieb. Und dann auch noch der Ton ihr gegenüber! Die Hunde ihres Vaters sollte man auf ihn hetzen oder gleich die kurfürstlichen Amtsleute verständigen.

Stattdessen hatte sie nur, als sie vom Muckentalerhof zurückgekommen war, die perfekt gemachte, aber leider überflüssige Zinnflasche zu dem Staub unter ihr Bett geworfen, wo vor einem Jahr, so fiel ihr ein, noch ihr Drachen gelegen hatte. In jenem Moment kamen ihr mit einem Mal die elektrischen Experimente mit Tieren in den Sinn, über die sie bei Gray gelesen hatte. Oder war es doch Dufay gewesen, der darüber geschrieben hatte? Sei es drum. Natürlich tat ihr Sarah furchtbar leid, die Sanftheit und Süße in Person war. Und der Kleine, der auch.

In der folgenden Nacht lag Charlotte lange wach und grübelte über den menschlichen Verstand. Sie wusste jetzt, was Felix meinte, wenn er behauptete, dass es eine allen Menschen angeborene Rationalität gab, die von der Kirche und den weltlichen Tyrannen unterdrückt wurde, bis schließlich dicke Schmutzschichten von Ignoranz und Dummheit auf der Welt lagerten, die sich bequem beherrschen ließen. Felix, philanthropisch wie er war, glaubte, dass genügend Schulbildung die wahren Begabungen der Menschen wieder zum Vorschein kommen lassen würde. Bei Hochstettler aber, vermutete Charlotte, vernebelte zwar auch ein irriger Glaube seine Vernunft. Allerdings war die Sache bei ihm komplizierter und ambivalent. Warum verhielt sich jemand, dessen Worte über Kleeanbau und Ertragssteigerung im Winter sehr klug klangen und darauf hinwiesen, dass er sehr wohl an Fortschritt und Neuerungen interessiert war, derart unsinnig und riskierte den Tod seines eigenen Kindes, dem durch Erfindungsgeist und moderne Technik aller Wahrscheinlichkeit nach geholfen werden konnte? Ein Widerspruch, den Charlotte als persönliche Beleidigung empfand. Wer war dieser Hochstettler?

Energischer und hitziger als beim ersten Mal trat Charlotte auf das Fußpedal. Für einen Moment schoben sich Manteuffels dünne weiße Beine vor ihr geistiges Auge. Charlotte musste trotz aller Anstrengung kichern. Dann auch über diesen Uri, der hypnotisiert dastand und schaute. Ein tolles Publikum!

Es war nur so eine Idee gewesen. Vage, ohne konkrete Erwartung. Entwich das Leben blitzartig oder schlich es sich mit einer gewissen Verzögerung davon, so wie eine Flamme, bevor sie endgültig verlosch, immer kleiner und flackernder wurde? Deshalb schnitt sie den Frosch auf. In der Hoffnung, in seinen Eingeweiden etwas zu finden, das ihr einen Hinweis gab. Aber ohne Erfolg. Dass sie nochmals die Maschine anwarf, wieder auf das Pedal trat, war nur eine Laune. Oder wieder nur eine vage Idee. Dass der tote Frosch zuckte, als sie ihn mit dem elektrisierten Stab berührte, verwunderte sie nicht. Elektrizität wirkte ja auf so viele Materialien und Gegenstände, Menschen, warum nicht auch auf totes Getier. Sehr merkwürdig war nur, dass die wabbeligen Beine sich auch dann noch regten, als sie den Stab schon längst wieder weggelegt hatte. Nicht ein einziges Mal, aus Versehen vielleicht, sondern mehrmals hintereinander und deutlich, sogar seine klumpigen Zehen wackelten. Ganz ohne Berührung.

»Hast du das gesehen?«, raunte Charlotte, erwartete jedoch von dem tölpelhaften großen Jungen, der komplett in Trance verfallen schien, keine maßgebliche Antwort. Hatte er etwa auch einen Bart, zumindest ansatzweise? Als sie es das nächste Mal ausprobierte, reagierte der tote Frosch wieder mit anhaltenden Zuckungen, die wellenmäßig durch seine Beine gingen, wenn auch abgeschwächt. Das Ergebnis, unerwartet, grandios, wie es war, verblüffte Charlotte. Sie konnte sich einfach keinen Reim darauf machen. Was bewirkte, dass tote Gliedmaßen fast wieder lebendig wurden? Das heiße Gefühl, einer Sensation auf der Spur zu sein, überschwemmte sie.

Gleichzeitig wusste sie, dass sie allein in einer Sackgasse steckte. Jetzt hätte sie tatsächlich gern Manteuffel um sich gehabt, um diese Erscheinungen und ihre tieferen Gründe mit ihm diskutieren zu können. Denn alles, was sie bislang gelesen und ausprobiert hatte, half ihr nicht weiter. Es war ja nicht so, dass die Elektrizität, die dem Frosch den Garaus bereitet hatte, ihn wieder lebendig gemacht hätte. Aber wieso und woher diese Konvulsionen Minuten nach dem Tod? Hatte das Fluidum ein bisschen Lebenskraft in diesen armseligen Amphibienleib zurückgebracht? Oder war es umgekehrt so, dass vorausgesetzt, es gab noch Rinnsale von pulsierenden Säften unter der Haut, diese reaktiviert wurden? Konnte man mit Elektrizität am Ende reanimieren und wie mit einem Zauberstab Leben neu schaffen?

Überwältigt von diesen Vorstellungen ließ sich Charlotte in den Sessel fallen, ungeachtet der zusammengeknäulten Unterwäsche, Bänder und Schals, die sich wie immer auf ihm türmten. Sie legte den Kopf in den Nacken und streckte die Beine aus, so dass sie fast bis zum Knie aus dem Kleid hervor schauten. Uri stummer Blick kroch auf ihr hin und her.

Jawohl, sie würde das alles, was sie gerade beobachtet hatte, aufschreiben. Dann das Experiment wiederholen, mit anderen Fröschen, kleinen und größeren, am besten auch mit Mäusen. Irgendwann würde sie Zusammenhänge finden, eine große Hypothese aufstellen. An dieser Stelle ihrer Überlegungen zerbröckelte der Ärger der vergangenen Tage, und Glücksgefühle kündigten sich an. Sie würde zuerst an Manteuffel schreiben. Oder besser gleich an Professor Winkler in Leipzig, möglicherweise konnte der eine Korrespondenz mit der Londoner Königlichen Akademie der Wissenschaften vermitteln. Mit geschlossenen Augen trieb Charlotte auf einer Woge neuer Möglichkeiten.

Als Charlotte die Augen wieder öffnete – Uri besaß keine Uhr, aber ihm kam es vor, als ob es mindestens eine Viertelstunde gewesen war, dass das Fräulein wie tief schlafend auf dem Sessel gesessen hatte –, nahm sie ernüchtert zur Kenntnis, dass der semmelblonde Junge mit den haarigen Flusen am Kinn nach wie vor in ihrem Zimmer anwesend war. Immerhin kümmerte er sich um die zwei noch brauchbaren Frösche, das hieß, er hatte seine liebe Not damit, die angeblich kaltblütigen, aber tatsächlich doch sehr umtriebigen Tiere immer wieder einzufangen und in ihren Topf zurückzubefördern. Jedenfalls hoffte er, dass es das war, was das Fräulein wollte, und er ihr damit wenigstens behilflich sein konnte. Die naheliegende Frage, die sie zwar schon gestellt hatte, aber aus zwingenden Gründen nicht geklärt worden war, musste zwangsläufig noch einmal gestellt werden. Dass sich dies nicht mehr wegschieben ließ, machte Charlotte ernüchternd deutlich, dass ihre Fahrt zu neuen Ufern im Moment jedenfalls noch nicht in der Realität stattfand.

»Warum bist du eigentlich gekommen?«

Uri stutzte. Auch er musste erwachen, zu sich und zurück aus der Welt der wunderbaren Schwerelosigkeit und ebensolchen Anblicke kommen, die er in seinem Leben so noch nie erlebt hatte. Wenn er abrupt gefragt worden wäre, dann hätte er, so benommen und selig fühlte er sich, gerade noch das Vaterunser ohne Stocken herunter rattern können. Aber wenn Jacob Egly wie vor einem Jahr in der Taufunterweisung nach dem einen oder anderen Psalm gefragt hätte – Uri schauderte und stolperte, kurz bevor er mit beiden Händen einen erneut auf den Boden geplumpsten Frosch erwischte.

»Uri!«

Uri ließ den Frosch hüpfen. Zu Hause hatte er das, was ihm Sarah Wort für Wort aufgetragen hatte, problemlos nachsagen können. Mehrmals sogar laut wiederholt. Als schließlich Samuel stumm und kummervoll genickt und eine Handbewegung angedeutet hatte, die sowohl einfach unwirsch gemeint sein oder auch Anweisung zu höchster Eile bedeuten konnte, war er losgelaufen und hatte unterwegs die Botschaft zur Sicherheit immer noch mal vor sich hin gemurmelt.

Jetzt aber, mit ihren grauen Augen auf sich gerichtet, die so weit auseinanderstanden, dass er nicht genau wusste, ob sie mit dem einen nicht schon wieder zu ihrer Maschine schaute, wurde es vertrackt. Uri schwitzte, dann knurrte auch noch sein Magen unüberhörbar. Es musste weit nach Mittag sein. Essen, trinken. Genau darum ging es.

»Die Flasche, also Sarah bittet sehr, dass Sie zurückkommen, dass Sie die Flasche mit dem Schwamm wieder mitbringen. Die dritte Amme ist weg, der Bauer mochte die sowieso nicht. Aber dem Jakob geht es immer schlechter. Wir haben solche Angst, dass er stirbt. Bitte kommen Sie …«

Die Worte purzelten aus Uri heraus wie erdverklumpte Kartoffeln aus einem offenen Sack und kullerten vor Charlottes Füße.

»Und Hochstettler?«, fragte Charlotte, atmete scharf und zog die rechte Augenbraue hoch. Aber weder diese Geste noch die Ironie in ihrer Stimme begriff er, seine Unschuld wappnete ihn gegen alles.

»Hat nichts mehr dagegen gesagt, als Sarah vorschlug, dass ich Sie hole«, antwortete Uri und strahlte sonnig. Die möglichen Folgen der Botschaft gingen ihm langsam auf.

Zunächst aber ließ Charlotte den Jungen auf den Knien herumrutschen und in alle Ecken kriechen, bis seine Hosen staubig waren. Die Flasche, wo steckte sie doch gleich wieder? Sie befahl ihm, das schwere Bettgestell samt Vorhängen beiseitezuschieben. Uri stemmte seine Füße in den Boden und drückte, dass ihm beinahe der Kopf platzte. Zusammen mit einem lila Strumpf, dem im Schloss geklauten, aber längst uninteressant gewordenen Bernsteinklumpen und einem zerknitterten Liebesbrief von Louis wurde die Fasche schließlich eingebettet in einer Staubwolke gefunden. Wie durch ein Wunder steckte in ihrem Hals noch immer der kleine Schwamm.

Jakob trank nur noch tröpfchenweise. Zügiges Saugen schaffte er nicht mehr, sondern schleckte nur noch zaghaft das, was er auf die Lippen geträufelt bekam. Auch dabei schlief er immer wieder ein und musste an den Ohren oder am mageren Kinn gezwickt werden, damit noch etwas Milch in ihn hineingezwungen werden konnte. Diese Prozedur war mühsam und zeitaufwendig. Sarah wiederholte sie jede Stunde, einmal übernahm sie Charlotte, aber es strengte sie so an, dass sie sich kein zweites Mal anbot. Wichtiger war schließlich, dass sie die Idee dazu gehabt hatte, sagte sie sich. Seine Augen machte der Kleine gar nicht mehr auf, und seine Haut war noch faltiger und grauer geworden, seit Charlotte ihn vor ihrem Hinauswurf gesehen hatte. Man musste schon blind sei, um nicht zu sehen, dass er austrocknete und dabei schrumpelte wie eine vergessene Walnuss unterm Baum.

Aber immerhin, er erbrach sich nicht mehr. Die quälenden Krämpfe in seinem Bauch schüttelten ihn zwar immer noch, schienen nach Charlottes Beobachtung aber etwas nachzulassen. Auch Sarah kam es so vor. Aber Sarah hätte zu allem Ja und Amen gesagt, was Charlotte meinte, so froh war sie, dass ihre Freundin mit der Flasche wieder da war. Die Därme des Kleinen, so sagten sie sich, mussten leer sein, was quälte ihn noch? Und vor allem fragten sie sich, ob er wie schon beim ersten Versuch die Ziegenmilch bei sich behalten würde.

Während sie in der Küche mit dem Kleinen auf dem Arm hantierten, sich mit gedämpfter Stimme beredeten und frisch gemolkene Ziegenmilch lauwarm bereithielten, ließ sich Samuel kein einziges Mal blicken. Charlotte fragte auch nicht nach ihm. Auch Uri blieb unsichtbar. Das haarfeine Gespinst der Rebellion, das Sarah offenbar gegen ihren Vater gesponnen hatte und in dem sie mit verstrickt wurde, amüsierte Charlotte trotz der traurigen Umstände. Was wurde hier gespielt? Die Welt, in die sie hineingeraten war, schien weniger simpel zu sein, als sie anfänglich gedacht hatte. Diese Hochstettlers hatten wohl ihre Geheimnisse.

Auch wenn sie sich in der Küche und der angrenzenden Stube umblickte, dann fand sie einiges sehr doppeldeutig. Es sah in diesem Haus eindeutig nach Wohlstand aus, nach einem kalkulierten, mit dem Zirkel abgezogenen Wohlstand allerdings. Denn keinen Stuhl, keine Anrichte, keinen Topf und keinen Teller gab es zu viel, nicht einmal abgenagte Knochen auf dem Boden und keine geschnitzten Schnörkel an den Lehnen oder Spiegel an der Wand. Nirgendwo lagen Unrat und Abfälle, die Böden waren gefegt, die Tiegel blank gescheuert. Diese ungewöhnliche Sauberkeit befremdete Charlotte am meisten.

Als sich die Stunden zogen und Sarah und sie nichts mehr anderes taten als abwechselnd aufzustehen, um zum Herd zu gehen, nur um doch festzustellen, dass die Ziegenmilch im Topf ausreichte und auch noch genügend warm war, wuchs auch Charlottes Verdruss, und es packte sie die Lust, einen Schuss abzufeuern, um diese blitzblanke Ordnung etwas durcheinanderzubringen, und von Felix zu erzählen, von Felix, dem nicht nur Klugen, sondern auch dem Schönen, dem Verführerischen. Wie weit konnte sie gehen, bis auch Sarah sie aus dem Haus hinauswarf? Die Zinnflasche würde sie dieses Mal natürlich bei den Hochstettlers lassen.

»Die Pantoffeln, die du mir geschenkt hast, sind immer noch in dem Versteck am Bach«, flüsterte Sarah und strich Charlotte über den Rücken. Nach dieser Liebeserklärung beließ es Charlotte bei einem matten »ach ja tatsächlich« und »weck ihn noch mal auf«.

Als es dämmerte, kam eine Magd und ging mit einem Teller voll Essen wieder hinaus. Hochstettler wollte also nicht mit ihr in einem Raum sein. Augenblicklich beschloss Charlotte, Uri bei nächster Gelegenheit zu verführen, um Hochstettler zu ärgern, mehr noch, ihn zu demütigen. Dieselbe Magd kam zurück und richtete ihr stillschweigend in der angrenzenden Kammer ein Bett. Sarahs flehender Blick genügte, damit Charlotte sich auf dieses Abenteuer einließ. Die starren weißen Laken, zwischen die sie eine Stunde später zuerst zögerlich, dann neugierig schlüpfte, waren reinlicher als alles Bettzeug, in dem sie je gelegen hatte. Es duftete sogar. Was für ein Tag der Experimente, dachte sie und schlief augenblicklich ein.

Am nächsten Morgen lebte Jakob noch.

Als die Wiesen nach der Flutung wieder betreten werden konnten, reichte Samuel das neue Gras schon bis an die Waden. In den drei Wochen war es regelrecht in die Höhe geschossen. Noch dazu saftig und fett und in einem unbeschreiblich frischen Grün, an dem sich Samuel nicht sattsehen konnte. Er versuchte Uri davon zu überzeugen, dass es so ein intensives, fast schon ins Bläuliche übergehende Grün eigentlich nur in der Schweiz gab, von wo ihre Vorfahren gekommen waren. Samuel sprach viel mehr als sonst, schneller, ohne Pausen, von Fässern, die er kaufen wolle, um den Mist samt Brühe auf die Felder zu transportieren und dort auszubreiten, von Älbli, von Jacob und dann wieder von dem ganz ungewöhnlichen Grün dieser Wiesen.

»Das kommt vom Wasser«, meinte Uri schließlich und zuckte schief grinsend mit den Schultern.

Kapitel 6

Manteuffel schrieb aus Leipzig, dass sich sein Zahn eine ganze Weile beruhigt gehabt habe, jetzt aber wieder wie wahnsinnig poche und ihm sein der Wissenschaft gewidmetes Leben vergälle. Der zweite Brief, der Charlotte an diesem Tag erreichte, enthielt noch mehr Katastrophen. Der Fürst nenne die dralle Enkeltochter Bretzenheims jetzt schon »mein Engel. Zum Kotzen sei das. Kurzum, ihre Mutter befand sich in höchster Not. Abgesehen davon leide sie tatsächlich an einer Magenverstimmung mit Brechreiz, und das Kleid zu ihrer Geburtstagsfeier sei noch immer nicht fertig, der Teufel hole die französische Modistin. Charlotte starrte auf die Buchstaben. Kleinlich und schneckenhaft gerollt die einen, die anderen mit so fahrigen Unter-und Oberlängen, dass Charlotte wie immer, wenn sie sie sah, fürchtete, sie würden gleich vom Blatt springen und das Weite suchen.

Für solchen Unsinn fehlte ihr die Zeit. Jetzt, da sie sich seit Wochen wunderbar konzentrieren konnte und ihre Tage, einer nach dem anderen, übersichtlich und stabil wie kleine Perlen mit einem festen Knoten dazwischen zusammengeknüpft waren. Das würde sie sich nicht verderben lassen. Der Eilbote, den ihre Mutter geschickt hatte, musste mit einem Antwortbrief zurückreiten, in dem sie kurz und bündig gute Besserung wünschte. Manteuffels Zahn blieb ohne jeden Zuspruch.

An den Vormittagen experimentierte Charlotte weiter mit elektrischen Schlägen auf Frösche, Mäuse und Stichlinge. Stillschweigend hatte sich Uri zu einem unentbehrlichen Assistenten gemacht und schleppte ihr nahezu täglich einen Weidenkorb an, unter dessen Deckel es zappelte und quiekte. Der Junge, der sonst nicht der schnellste war, entwickelte eine erstaunliche Geschicklichkeit, in seinen wenigen freien Momenten nicht nur alle möglichen Fallen und Reusen zu installieren, sondern diese Beutezüge auch noch vor Hochstettler geheim zu halten. Dementsprechend freigiebig belohnte ihn Charlotte mal mit einem innigen Lächeln, mal mit einem Taschentuch getränkt mit ihrem Parfum. Die Übergabe gestaltete sich unkompliziert. Denn jeden Nachmittag zwischen drei und vier Uhr tauchte sie auf dem Muckentalerhof auf. Nach wenigen Tagen schon von Bärli, dem struppig gelben Hund freudig begrüßt. Sie kam ohne Einladung, mittlerweile auch, ohne gebraucht zu werden, doch mit einem Grund, den sie wie eine Monstranz vor sich her trug. Sie musste schauen, so sagte sie sich, dass die Flasche, mit der Jakob gefüttert wurde, weiterhin gut in Schuss war und vorschriftsmäßig bedient wurde. Der Ordnung halber hatte sie zwischendurch den Schwamm, an dem der Kleine saugte, und der eigentlich noch so dicht war wie am ersten Tag, gegen einen neuen ausgetauscht. Nur sie konnte das, das wussten auch die Hochstettlers, jedenfalls hoffte das Charlotte. Schwämme waren schließlich eine exotische Kostbarkeit und nur über das Kirchheimer Schloss erhältlich.

Jedesmal wenn sie kam, inspizierte sie zuerst Jakob. Das blaue Gespinst von Adern, das so alarmierend durch seine farblose Haut durchgeschienen hatte, verblasste zusehends unter rosigen Speckpölsterchen. Der Kleine machte immer öfter seine Knopfaugen auf, starrte dann konzentriert und ernst ins Nichts, trank gierig aus seiner Flasche, rülpste, wie es sein musste, übergab sich aber nie mehr. Allenfalls eine schmale Milchspur floss ihm aus seinen Mundwinkeln, wenn er satt war, und wurde von Sarah vorsichtig abgewischt. Diese Entwicklung machte Charlotte überaus stolz. Dass Felix viel zu diesem Erfolg beigetragen hatte, erwähnte sie nicht. Felix wäre auch nicht passend gewesen in dieser Küche, in der immer, auch wenn gekocht wurde, die Bibel offen auf dem Tisch lag. Andererseits hatte man hier wahrscheinlich gar keine Ahnung, was ein Atheist war.

Wenn Jakob genügend in Sarahs Armen hin- und hergeschaukelt und schließlich behutsam in seinen Weidenkorb gebettet worden war, setzten sie sich meist Ellenbogen an Ellenbogen. Sarah, die den Vormittag über meist mit auf dem Feld gearbeitet hatte, schälte Kartoffeln, rupfte gelegentlich ein Huhn, putzte frisch gepflückte Bohnen oder puhlte Erbsen. Dabei plauderte sie unentwegt. Von den Vögeln, die sie im Garten gesehen hatte, dem Kuchen, den sie gebacken hatte oder backen wollte. Charlotte schaute andächtig zu, wie die kleinen Kugeln aus ihren Schoten direkt in die Schale hüpften und sich langsam zu einem grün geklackten Schatz anhäuften, und schwieg. Inzwischen fand sie das meiste, was sie bei den Hochstettlers sah, nicht mehr abschreckend, sondern nahm es einfach nur noch als kurios hin. Das galt auch für Hochstettlers Bart, wenn sie ihn hin und wieder von der Scheune über den Hof zum Stall laufen sah.

Einmal probierte Charlotte aus, selbst Erbsen zu puhlen, brach aber sofort über ihre Ungeschicklichkeit in Lachen aus, während die Erbsen unter den Tisch kullerten und Sarah sie tadelnd aufsammelte. Meistens aber saß Charlotte einfach nur da, schaute und war zufrieden. Vor ihr stand ein Glas mit Holundersaft, an dem sie von Zeit zu Zeit nippte. Sie atmete den Geruch von frisch gewaschener Wäsche, der von der Leine zwischen zwei Apfelbäumen in die Küche hereinwehte. Obwohl sie inzwischen jede Kleinigkeit in der Stube und der Küche nebenan kannte, genoss sie es immer wieder, sich umzuschauen. Ihre Freude bestand jeden Tag darin, sich zu vergewissern, dass alles noch wie gestern auf seinem Platz stand oder lag. Die Kellen, Rührlöffel, Teigschaber, die Brot-, Ess- und Zerwirkmesser nach Größe geordnet, gewienert die Kupfertiegel zum Braten, zu ihrer Überraschung ohne eingebrannte Essensreste am Rand, die Schüsseln zum Anrühren von Teig, die

Formen für Pasteten, Kuchen und Aufläufe. Die Platten, Kannen, Krüge und Tassen in Reih und Glied ohne abgeschlagene Nasen und Henkel. Überall herrschte sparsamer Bedacht und geputzte Ruhe. Die Wände waren fleckenlos weiß. Manchmal schaute Charlotte sich beim Schauen zu und amüsierte sich über sich selbst. Gewissermaßen waren ihre Besuche bei den Täufern auf dem Muckentalerhof ein neues Experiment.

Dass sie sonntags nicht kommen konnte, war von Anfang an klar. Sarah hatte das wie nebenbei in einen Kochtopf hineingesagt, während sie stetig eine Suppe rührte, aber deutlich genug, damit sie sicher sein konnte, dass sie verstanden worden war. Wenn Charlotte also am Samstag, kurz bevor die Mägde, Knechte und Hochstettler zum Abendessen kamen, das Haus verließ, vertraute sie darauf, dass am Montag alles noch genauso sein würde. Sie erinnerte sich, dass dieselbe Sehnsucht nach Sicherheit in den Gebeten mitgeschwungen hatte, die sie als Kind mit ihrer Mutter vor dem Einschlafen gesprochen hatte. Allerdings war die Laune, in der sich ihre Mutter solchen Pflichten gewidmet hatte, nur von kurzer Dauer gewesen.

Allerdings fiel Charlotte auf, dass Sarah nicht mehr so offen plauderte wie noch im Frühjahr in ihrem Versteck am Bach. Geheimnisse verriet sie keine mehr, und der Name Ruben fiel auch kein einziges Mal. Ihre Themen erschöpften sich im Alltäglichen. Charlotte vermutete, dass das Mädchen sich fürchtete. Davor, dass die Bibel Ohren hatte oder die auf dem Bord über dem Herdfeuer aufgestellten kupfernen Pfannen ihre Stiele zu ihr umdrehen könnten, falls sie zu viel preisgab. Intuitiv hielt sich Charlotte deshalb auch zurück. Die Fragen, die sie ihrer Freundin brennend gern gestellt hätte und die über Jakobs Gedeihen und die Frische und Zubereitung des Gemüses hinausgingen, dafür die versteckten Haare, Ösen und Haken im Einzelnen und die seltsame Weltflucht der Familie Hochstettler und ihren verschachtelten, unpraktischen

Glauben im Allgemeinen betrafen, würden in dieser Stube und Küche ebenso hässlich auffallen wie Schimmelflecken an den Wänden oder stinkende Knochen in den Ecken und verboten sich deshalb.

Zum ersten Mal in ihrem Leben fühlte sich Charlotte beklommen. Sie, die sonst ungestüm allem auf den Grund ging und Unsicherheit durch Angriff wettmachte, ging in Deckung. So mischten sich jeden Nachmittag mehr Tabus und Rätsel zu den Erbsen, geputzten Karotten und in Streifen geschnittenen Krautköpfen und wurden schließlich von Sarah in siedendes Wasser geworfen, gekocht, gelegentlich auch mit einer Mehlschwitze übergossen. Über die Wochen verebbte Charlottes Neugierde zwar nicht, schrumpfte aber mit der Gewöhnung an das Gegebene. Wobei sie sich des wahren Grundes für ihre Zurückhaltung durchaus bewusst war. Auf keinen Fall wollte Charlotte riskieren, dass ihr der Zugang zu diesem stillen Haus noch einmal verwehrt würde. Am Abend wollte sie sicher sein, dass sie am nächsten Nachmittag wieder mit Sarah am Tisch sitzen konnte. Bald wunderte sie sich auch nicht mehr besonders darüber, dass die Zeit hier anders verging als zum Beispiel im Kirchheimer Schloss, wo man sie regelrecht hören konnte. Klackklackklack eilten dort die Absätze der Stunden und Minuten auf den Steintreppen und über die langen Flure. Wenn nicht innerhalb von zehn Sekunden eine Figur über das Spielbrett geschoben wurde, flatterten die Augendeckel ihrer Mutter nervös, und ein oder zwei Gaffer spitzten schon die Münder und nahmen Witterung auf. Die Furcht vor Langweile ging um wie ein Gespenst und hielt sie auf Trapp, ob sie wollten oder nicht: Und was machen wir nach der Jagd und nach dem Empfang und vor dem Kartenspiel? Auf dem Muckentalerhof sah Charlotte zu, wie sich alles wiederholte und die Zeit wie Honig vom Löffel tropfte. Sie wunderte sich, dass sie sich dabei nicht langweilte.

Samuel Hochstettler dagegen blieb auf der Hut. An manchen Tagen drückte er sich im Stall und in der Scheune herum, obwohl er schon mit der Arbeit fertig war und Hunger hatte oder dringend ein frisches Taschentuch brauchte. Aber er ging nicht über den Hof ins Wohnhaus, solange sie noch da war. Lieber vertat er seine Zeit damit, durch einen Spalt in der Tür zu blinzeln, bis seine Augen tränten, und abzuwarten. Manchmal knurrte sein Magen vor Hunger oder Anspannung, manchmal vor beidem, und Samuel kam sich ausgesprochen dumm vor. Vor allem ärgerte er sich über das nutzlose Vertun von Zeit. Doch er hatte sich vorgenommen, jede weitere Begegnung mit ihr zu vermeiden.

Gott hatte sich diese Person als Werkzeug ausgesucht, um seinen Sohn vor dem Verdursten und Verhungern zu retten, daran wollte Samuel gar nicht rütteln. Gottes Plan, das ließ sich auf fast jeder Seite der Bibel nachlesen, verbarg sich dem menschlichen Auge oft hinter dichten Wolken. Das musste der Erdenwurm Mensch hinnehmen. Aber dass sie nun täglich kam und zwei, drei Stunden herumsaß, Sarah den Kopf verdrehte und seinen Tagesablauf blockierte, sah er nicht mehr so ganz als Gottes Fügung. Er wünschte dieser Person nichts Böses, ganz im Gegenteil, seine christliche Nächstenliebe gehörte auch ihr. Herr von Geispitzheim tat ihm allerdings von Herzen leid. Wie sollte er einen anständigen Mann für eine Tochter finden, die am hellen Tag in knallbunten Kleidern und mit Federn im Haar herumlief und noch dazu sich den Plänen ihres Vaters widersetzte? Jemand wie sie, so vermutete Hochstettler, war wahrscheinlich sogar draußen in der sündigen Welt ein Sonderfall. Nichtsdestotrotz hatte er sich herzlich bei ihr bedankt, als Jakob endlich trank.

Als Samuel eines Morgens die Staubwolke auf der Straße näherkommen sah, freute er sich schon, weil er annahm, es sei der Scheffler, bei dem er zwei Fässer bestellt hatte. Aber es war ein einzelner Reiter, ein kurfürstlicher Beamter, der schließlich sein Pferd vor dem Hof zum Stehen brachte. Die übliche Sache, reine Routine, hieß es. Eine Kladde wurde aufgeschlagen, eine Liste musste überprüft und vervollständigt werden, damit man in der Mannheimer Kanzlei nicht die Zahl der Mennoniten aus dem Auge verlor. Mennoniten, sagte der Beamte gedehnt, in Samuels Ohren hörte es sich trotzdem wie Ketzer an. Der Mann sprach schleppend und fragte mechanisch. Er musste an dem Tag noch zwei weitere Höfe abklappern, und zu seinem Verdruss wohnten diese seltsamen Vögel weit verstreut und abgelegen.

»Meine Tochter Sarah, der Knecht Uri, die Mägde Christiana und Else, ich«, zählte Samuel Hochstettler gehorsam auf, räusperte sich aber, bevor er ergänzte: »Meine Frau Johanna ist vor sieben Wochen gestorben.«

Der Beamte blickte nicht von seiner Liste auf, strich nur einen Namen durch, nachdem er hinter die anderen einen kleinen Haken gemacht hatte.

»Aber mein Sohn lebt, ich habe einen Sohn bekommen. Jakob Hochstettler, er…«

»Aha, also ein Kind mehr. Moment mal, ich muss den Namen in diese Spalte eintragen. Naja, eins, das geht ja noch, auf dem Münsterhof sind es seit der letzten Zählung schon fünf mehr.«

Eilig packte der Mann seine Kladde in die Satteltasche und ritt davon.

Gegen Mittag am nächsten Tag wurden schließlich die beiden Fässer geliefert, die Samuel in Auftrag gegeben hatte. Aus Eichenholz, duftend, dickbäuchig, mit breiten geschmiedeten Eisenbändern und deshalb ziemlich teuer. Langsam legte Samuel eine Münze nach der anderen in die Hand des Schefflers. Auf die Frage, wozu er gleich zwei brauche, murmelte er ein paar zusammenhanglose Worte. Besser man hielt sich bedeckt. Der Klee sorgte schon für genug dummes Gerede. Auch Uri und der andere Knecht, der zwar lutherisch, aber zugebenermaßen schneller im Kopf war, schauten verständnislos und warfen sich Blicke zu, als

Samuel ihnen nach der Stallarbeit befahl, die gesamten Ausscheidungen der Kühe und Rinder, jawohl, die des Stieres auch, zusammenzukehren und in eines der Fässer zu schaufeln. Wäre das erste bis knapp unterm Rand voll, das würde aber mindestens zwei, drei Wochen dauern, sollten sie das zweite beladen. Samuel ärgerte sich über ihr Zögern und blödes Grinsen, drehte sich auf dem Absatz um und verließ den Stall. Er hatte keine Lust, ihnen schon wieder zu erklären, was er vorhatte. Trotzdem machte es ihn traurig, dass er seit Johannas Tod niemanden hatte, mit dem er über seine Pläne reden konnte. Zwar machte er sich auch im Nachhinein keine Illusionen über Johannas tatsächliches Interesse. Aber sie hatte immerhin abends im Bett wach gelegen und ihm geduldig zugehört, wenn er von den Möglichkeiten gesprochen hatte, die Erde fruchtbarer und die Ernten ergiebiger zu machen. Ihre vagen Umrisse hatten ihm in der Dunkelheit ihres Schlafzimmers Zuversicht gegeben. Wenn er jetzt morgens aufwachte, entdeckte er oft, dass er sein Geschlechtsteil in der Hand hielt. Dann floh er, so schnell es ging, in den Tag und in den Stall.

Als das Fass viertel voll war, ließ es sich schon kaum von der Stelle rücken. Samuel sah ein, dass der Transport ein Problem werden würde. Schließlich stemmten sie zu dritt das Fass mit der hin und her schwappenden Gülle auf einen Holzwagen. Dabei klemmte sich Uri einen Zeh und schrie so fürchterlich, dass Sarah und Charlotte mit Jakob im Arm und den Mägden im Schlepptau herbeigerannt kamen. Neugierig, wie sie war, beugte sich Charlotte am weitesten vor, bis sich ihr Gesicht wellig in der klumpigen braunen Brühe spiegelte und der Gestank sich augenblicklich in ihren Magen grub. Ihre Augenbrauen hoben sich, und ihr Mund kräuselte sich schief.

Eine Geste, die Samuel sofort als blanken Hohn übersetzte. Eine große Wut kroch in seinem Hals hoch. Nur einen Bruchteil von Sekunden später wirbelten vor seinem inneren Auge die Seiten der schweren Froschauer Bibel, die noch älter und besser war als die Übersetzung Luthers und die, seit er denken konnte, auf dem Küchentisch lag, bis die Buchstaben aus dem zwölften Kapitel von Matthäus wisperten: Wenn dich jemand auf die rechte Backe schlägt, dann biete die andere auch dar. Dieser Satz, den er sich die nächste Stunde immer wieder aufsagte, kämpfte mindestens so lange mit dem Wunsch, den kompletten Inhalt des Jauchefasses über das Fräulein von Geispitzheim zu kippen.

Ende August waren beide Fässer randvoll. Die Stoppelfelder buken unter der Sonne wie vergessene Brote im Ofen. Strohhalme knackten unter den derben Schuhen der Männer, und graue Mäuserudel rannten vor ihnen her. Die Arbeit gestaltete sich mühsamer als gedacht. Der zähflüssige, mit Stroh vermischte Mist wurde in Eimer geschöpft, die an das eine Ende des abgeernteten Feldes geschleppt werden mussten. Dann verteilten Samuel und seine Knechte die vertraut stinkende Masse mit Rechen so flächig wie möglich. Die ganze Ladung reichte allerdings nur, um zwei Drittel des Ackers zu düngen. Aber immerhin, ein Anfang war gemacht, sagte sich Samuel und war zufrieden.

Als der kurfürstliche Beamte wieder auf den Hof kam, erkannte ihn Samuel schon von weitem. Zwei Soldaten flankierten ihn, und eine große Staubwolke blähte sich hinter ihnen. Uri verschwand im Stall. Die Soldaten hoben ihre Gewehre, Samuel zweifelte nicht, dass sie sie einsetzen würden. Warum er zwei Flüchtlinge beherbergt habe? Franzosen, Illegale, Ketzer! Von Mennoniten und Routine war nicht mehr die Rede. Samuel hielt dem Blick des Beamten stand und stellte ruhige Gegenfragen.

»Die beiden Schlawiner sind schon im Frühjahr geschnappt worden, weil einer von ihnen Fieber bekommen hatte und liegen geblieben ist. Zum Glück ist er gleich gestorben und hat keine Kosten verursacht. Der andere hat dann ausgepackt. Allerdings«, höhnte der Beamte mit unüberhörbarer Genugtuung in der Stimme, »mussten wir dabei nachhelfen.«

Sein Unterkiefer schob sich vor, wie um seine Worte zu bekräftigen. Folter also, wieder mal. Dass die Pfalz kein neues Jerusalem war, hatte Samuel schon immer gewusst. Aber man hatte sie immerhin hundert Jahre in Ruhe gelassen. Jetzt wurden die Zeiten offensichtlich schlechter, der katholische Kurfürst hielt nicht viel von Toleranz.

»Ich habe nur aus christlicher Barmherzigkeit gehandelt. So wie«, und Samuel erlaubte seiner Stimme jetzt sogar einen volleren Klang, »jeder anständige Mensch einen anderen aufnehmen müsste, wenn er müde und hungrig an seine Tür klopft. Oder sollen wir so hartherzig handeln wie die damals in Bethlehem? Die ihre Tür zuschlugen, als Josef mit seiner schwangeren Maria kam und eine Herberge suchte.«

Die Soldaten gafften Samuel an, ihre Stiefel scharrten im Staub. Der Beamte schaute von seiner Kladde hoch und fragte überrascht: »Sie leugnen also nicht?«

»Warum sollte ich leugnen? Ich habe vor Gott das einzig Richtige getan und Menschen Brot und Schutz gegeben.«

Der Beamte ging auf Samuels Erklärung nicht ein, sondern blätterte in seiner Kladde, kritzelte ein paar Zeilen, blätterte zurück, kratzte sich an der Nase, wich Samuels geradem Blick aus. Es war ihm augenscheinlich unwohl zumute. Die Soldaten warteten auf einen Befehl von ihm.

Knapp über den Köpfen der kleinen Gruppe zog eine Schwalbe eine rasante Kurve. Mit einem Mal hörte Samuel wieder überdeutlich die vielen kleinen Geräusche, die aus seinem Hof kamen. Die Balken, Tiere und Türangeln atmeten und ächzten im selben Rhythmus. Es klang wunderbar.

Er konnte ziemlich genau einschätzen, was auf dem Spiel stand. Die Prinzipien der Regierung und ihre Maßnahmen waren kein Geheimnis, auch dass sie sich verschärften, hatte sich herumgesprochen. Bislang hatte ihn das nicht tangiert, zudem ließ Herr von Geispitzheim ihn in Ruhe. Jetzt hatte sich der Wind gegen ihn gedreht. Und er riskierte so ziemlich alles, was er liebte: seinen Hof, die Sicherheit seiner Familie, seinen Wohlstand, und auch die Aufgabe, die ihm Gott gegeben hatte, nämlich die Erde, von der er genommen und aus der er geformt worden war, so zu bestellen, dass sie fruchtbar wurde. Erst gestern hatte er darüber im ersten Buch Moses gelesen. Vor Samuels Augen stapelten sich wieder einmal die kleinen prallen Säcke voller schwarzem Kleesamen. Er hatte noch so viel vor. Bald würde es bei ihm keine Brachen mehr geben, auf seinen Feldern sollte jedes Jahr eine Frucht gedeihen. Mit mehr Futterpflanzen würde mehr Vieh gehalten werden können und logischerweise auch mehr Mist produziert, mit dem er wiederum der Erde mehr Kraft zurückgeben konnte. Der große Kreislauf, als dessen Verwalter er im irdischen Jammertal fungierte, war etwas Gottgegebenes. Den konnte er nicht im Stich lassen, sodass er auf das schrumpfte, was die ungläubigen und faulen Bauern zuwege brachten. Also doch besser alles widerrufen, was er gerade dem Beamten gesagt hatte?

Das Abwägen peinigte ihn. Samuel spürte, wie sein Mund austrocknete und sich Sand auf seine Zunge legte. In den Augen des kurfürstlichen Beamten bemerkte er viele aufgeplatzte Äderchen. Auch dieser Mensch brauchte seine Nächstenliebe. Samuel suchte Blickkontakt, fand ihn aber nicht. Sein Brustkorb wurde von allen Seiten zusammengedrückt. Er hätte gerne noch etwas gesagt, noch mehr über die Pflichten eines Christenmenschen, den geraden Weg zu gehen. Warum sollte er lügen? Er log nie. Doch in seinem Hals kratzte es, und er bekam kein Wort mehr heraus. Sie banden ihm die Hände zusammen, und einer der Soldaten ließ ihn an einem Strick hinter seinem Pferd herlaufen.

Samuel Hochstettler verbrachte acht Tage und Nächte im Gefängnis. Die Brüder von den amischen, aber auch ein paar von den anderen mennonitischen Gemeinden schrieben Bittgesuche an den Kurfürsten und boten für seine Freilassung Geld. Doch schließlich waren es ein paar Zeilen auf rotweinverkleckertem

Papier, die Georg von Geispitzheim nach Mannheim schickte und in denen er sich für seinen Pächter verbürgte, die Samuel retteten. Als er nach Hause kam, ging er als Allererstes in den Stall und umarmte sein Pferd Älbli.

Während der Tage im Gefängnis war er die Gelassenheit selbst gewesen. Betend und Passagen aus dem Märtyrerspiegel rezitierend, hatte er auf seinem schmutzigen Strohlager gesessen, den Hut immer auf dem Kopf, freundlich und nachsichtig mit seinen Bewachern, die Prüfung erduldend, wie sie von den Brüdern und Schwestern im Züricher und Passauer Gefängnis und noch länger zurück von Jesus Christus selbst erduldet worden war. Im Erleiden kam man dem Herr am nächsten. Der mächtige Gottessohn, der am Schluss der ohnmächtigste aller Menschen geworden war, wies ihm den Weg zur wahren Seligkeit. Diese Überzeugung wurde im Gefängnis nur noch gestärkt. Jetzt aber, zu Hause in seinem warmen Stall, zwischen den Leibern seiner Pferde zitterten Samuel plötzlich die Beine. Er verlor die Kontrolle über seinen Körper, musste sich mit einer Hand gegen die Wand stützen und dann auch noch würgen. Er übergab sich. Demütigender war allerdings die Erkenntnis, dass es ihm anscheinend an Frömmigkeit und Stärke fehlte, dass das Leiden ihn doch schwach gemacht hatte. Ausgiebig spülte er sich den Mund mit Wasser und kaute auch noch ein paar unreife Haselnüsse. Als er schließlich hinüber ins Wohnhaus ging, schämte er sich. Der säuerliche Geruch des Halbverdauten steckte noch immer zwischen seinen Zähnen, und er fürchtete, dass seine Tochter ihn riechen konnte.

Sein Sohn war in der einen Woche, in der er weg gewesen war, gewachsen und schäkerte aus seinem Weidenkorb heraus mit ihm. Samuel wagte sich kaum darüber zu freuen. Sogar um den Kleinen hochzunehmen, fehlte ihm im Moment die Zuversicht. So schaute er einfach eine Weile zu, wie die kleinen Arme in der Luft ruderten. Ihm entging nicht, dass ihn Sarah dabei von der Seite musterte.

In den folgenden Wochen schlief er schlecht. Und das nicht nur, weil die Eisenfessel Wunden in das Fleisch an seinem linken Knöchel gerieben hatte, die nicht heilen wollten und nachts manchmal mehr schmerzten als am Tag und die er regelmäßig mit Kamillensud auswusch und dann mit Wollfett einrieb. Es waren viele quälende Gedanken, die ihn wach hielten oder so früh weckten, dass die Schwärze noch alles um ihn herum abdichtete. In seinem Kopf drehte sich ein großer Mühlstein. Er konnte nicht mehr mit dem Grübeln aufhören. Seine Augen brannten, obwohl er sie geschlossen hielt. Hinter seinen Augäpfeln bewegten sich merkwürdige flackernde Figuren. Er, Samuel Hochstettler, war nicht in die Welt gegangen, aber die Welt war bei ihm eingedrungen. Sodass er letztlich doch die Schuld trug, denn er hatte sie eindringen lassen. Wenn er über das Wann und Wie sinnierte, dann lag es natürlich nahe, sofort an die Person mit den offenen langen Haaren zu denken. Andererseits wäre das fast zu offensichtlich, denn der Teufel ging bekanntermaßen äußerst raffiniert vor. Sollte die Rettung seines Sohnes nur eine Finte gewesen sein, um zuerst Wankelmut und danach gleich Sünde in den Hof und in die Gemeinde einzuschleusen? Während die Nacht um ihn herum flüssiger und grauer wurde und in den Morgen hinüberging, brütete Samuel immer noch. Nein, eigentlich glaubte er nach wie vor, dass das Fräulein ein Werkzeug Gottes war, wenn auch ein ungeschickt ausgewähltes. Denn der Umkehrschluss würde bedeuten, dass er das Verdursten und Verhungern seines Sohnes hätte akzeptieren, ja begrüßen sollen, um den Teufel zu bannen. Wäre der Tod Jakobs das feste Schloss an der Tür gewesen? Samuel stöhnte laut auf.

Neben allen miteinander im Widerspruch liegenden Gedanken bewegte sich unablässig noch einer in seinem Kopf. Eigentlich floss er wie ein zäher Lavastrom. Vielleicht hatte Gott an ihm die Probe Abrahams wiederholen wollen? Deshalb als Boten auch den scheuen Wachtelkönig geschickt, dessen Bedeutung er nur nicht erkannt hatte. Abraham allerdings, daran biss die Maus keinen

Faden ab, hatte keinen Moment gezögert, seinen Sohn Isaak zu fesseln, ihn auf den Opferaltar zu legen und nach dem Messer zu greifen, um seine Gottesfurcht zu beweisen. Dass Jakobs Schwester, die Mutterstelle an ihm vertrat, Sarah hieß wie auf den Buchstaben genau Isaaks Mutter, verschlimmerte Samuels Qualen, weil die Sache dadurch wahrscheinlicher wurde. Tatsache war, dass er Jakobs Leben nicht hatte opfern wollen, sonst hätte er ja nicht diese Flasche und ihre Überbringerin geduldet. War er dadurch vom schmalen geraden Weg abgekommen?

In einer dieser langen, zehrenden Stunden, bevor das erste Licht für eine gewisse Erlösung sorgte, gab er der Versuchung nach, stand auf, huschte im Nachthemd über den von der Herbstnacht feuchten Hofplatz. Auch dafür fühlte er sich seltsamerweise sofort schuldig. Denn Gottesfürchtige sollten nachts schlafen, damit sie für ihre Arbeit Kraft sammelten, und nicht herumgeistern. Samuel holte das französische Buch aus seiner Versenkung unter dem alten Zaumzeug hervor. La girafe lächelte ihn unverändert an und er schaute seinerseits eine Weile zurück. Stirnrunzelnd allerdings und mit zusammengepressten Lippen. Der Zettel steckte noch gefaltet im Buch. Das war zu erwarten gewesen, trotzdem machte sein Herz einen kleinen Sprung und klopfte schneller. Samuel drehte einen Melkeimer um und setzte sich darauf. Zunächst las er Wort für Wort, dann den ganzen Text mehrmals auf einen Rutsch. Ihm fiel wieder ein, dass sein Vater vor vielen Jahren einmal von dem amerikanischen Herrn erzählte hatte. Bis auf einen halben Tagesmarsch vom Muckentalerhof entfernt nach Monsheim sei William Penn damals gekommen und habe den frommen Leuten vom neuen Jerusalem auf der anderen Seite des Ozeans berichtet.

Charlotte bemerkte bald, dass Sarah sich veränderte, seitdem ihr Vater aus dem Gefängnis zurückgekommen war. Ihr schönes helles Gesicht wirkte lebhafter und sie taute wieder mehr auf. Sie redete etwas mehr. Insgeheim dachte Charlotte, dass es wirklich schwer war, dieses auf den ersten Blick so sanfte Geschöpf zu durchschauen. Es war Mitte Oktober und tagsüber noch mild und sonnig, als Sarah sich darüber beschwerte, dass sie immer im Haus sitzen müsse. Man könne Jakob, der prächtig gedieh, doch mal für ein paar Stunden der Magd überlassen. Sie wollte raus, Spazierengehen, zum Versteck am Bach. Erstaunt nahm Charlotte wahr, dass in ihrem Blick etwas Spitzbübisches aufblitzte. Oder gar Rebellisches?

Ihr selbst passten diese Wünsche gar nicht. Wo sollte sie sich von ihren Vormittagen ausruhen, an denen sie Mäuseschenkel zucken ließ und Seidenschnüre vom Obergeschoss über diverse Treppen bis in den Weinkeller spannte und am Ende eine dicke Kröte festband? Bislang war es ihr zweimal gelungen, mit ihrer Maschine so viel Elektrizität zu erzeugen, dass das jeweilige Tier bereits tot war, wenn sie atemlos beim ihm angerannt kam. Viel öfters aber hüpfte es plump, aber munter umher und versuchte sich zu befreien. Charlotte gab sich Mühe, das Verhältnis zwischen Elektrizitätsmenge und Wirkung besser auszutarieren. Die Resultate hielt sie in Listen fest. Kamen genügend zusammen, dann ließ sich daraus vielleicht ein Zusammenhang ableiten. Sie hatte also genug zu tun.

An Gewittern, von denen es in diesem Sommer genug gegeben hatte, war Charlotte nicht mehr interessiert. Den unmittelbaren Kontakt des Fluidums mit dem Leben fand sie mittlerweile spannender. Sonntags traf sie sich regelmäßig nach dem Gottesdienst mit Felix und berichtete ihm von der Absonderlichkeit, dass Elektrizität töten, andererseits aber auch tote Glieder in Bewegung versetzen konnte, sodass man fast den Eindruck bekam, das Leben führe wieder in sie hinein. Manchmal, wenn er ihr geduldig zuhörte, hielt er ihre Hand. Ansonsten verharrte er in einer freundlichen Resignation. Charlotte war grausam genug, ihn nicht nach seinen eigenen Studien zu fragen. Mit der Zeit ging ihr aber auch seine Traurigkeit auf die Nerven. Sie kam zu dem Schluss, dass sie ihre Experimente am besten in der Stube des Muckentalerhofs überdenken und in dieser Ordnung vor allem auch ihre eigenen Gedanken sortieren konnte. Deshalb wurden ihre Treffen mit Felix seltener.

Sarahs Drängen, endlich wieder zum Bach zu gehen, gab sie schließlich nach.

»Was macht ihr denn am Sonntagnachmittag oder am Abend?«, wollte Sarah wissen, wenige Minuten nachdem sie das Haus verlassen hatten, aber so dringlich, als hätte ihr diese Frage schon lange auf der Seele gebrannt. Ihre Sommersprossen tauchten dabei in einer himbeerroten Flut, die bis zum Haaransatz ging, unter. Charlotte verstand zunächst nicht, was sie meinte.

»Machen?«

»Deine Mutter, dein Vater, deine Freunde? Esst ihr zusammen nach dem Gottesdienst oder geht ihr spazieren? Treffen sich die Frauen und Mädchen zum Spinnen? So was, meine ich.«

Die Frage kam so impulsiv, dass Charlotte sich auf die Lippen biss. Das Mädchen hatte also tatsächlich keine Ahnung, was um sie herum und in den Städten passierte. Wie ein Inselkind aus Defoes »Robinson Crusoe«, vielleicht Freitags kleine Schwester.

»Tanzen, wir tanzen«, rutschte es Charlotte heraus. Und sie fand, dass sei eine passable, weil harmlose Antwort. Sarah quittierte sie mit großen Augen.

»Tanzen. Das geschieht mit Musik, nicht wahr?«

Sarah flüsterte jetzt nur noch, weil sie sich offensichtlich schämte, so etwas überhaupt zu fragen. Charlotte bog rasch einen Haselnusszweig zurück, der ihrer Freundin sonst ins Gesicht geschlagen wäre.

»Ja klar, Musik, wir tanzen zu Musik. Zu Musik, die eigens für das Tanzen komponiert wurde und von Orchestern auf Instrumenten gespielt wird. Es gibt da Menuette, Gavotten, die Contredanse anglaise mit Gassenaufstellung und die Contredanse française im Quadrat …«

Eine Krähe schrie und flatterte hoch. Charlotte pausierte und holte Luft. Außerdem schien Sarah für den Moment genug gehört zu haben und brauchte Zeit, es zu verarbeiten. So gingen sie weiter den vertrauten Weg am Bach entlang, jede in ihre Gedanken vertieft. Die Pantoffeln befanden sich noch in ihrem Versteck. Etwas verquollen zwar von der Feuchtigkeit, aber noch genauso hübsch wie an dem Tag, an dem Sarah sie geschenkt bekommen hatte. Sofort zog sie sie an. Der Herbstwind frischte auf, rüttelte in den Bäumen und riss weitere Blätter zu Boden.

Zwei, drei Tage später rückte Sarah mit einem neuen Wunsch heraus. Tanzen! Tanzen? Sarah wollte tanzen lernen. Charlotte sollte es ihr beibringen. Wer sonst! Charlotte verzog den Mund. Amüsiert, unbeabsichtigt auch eine Spur zu ironisch. Sarahs Kieselsteinaugen füllten sich mit Tränen und wurden dick. Wieder gab Charlotte nach.

Die Ausbuchtung unter dem Blätterdach genügte fürs Erste. Zumindest reichte der Platz, um die ersten Schritte einzuüben. Ohne groß zu überlegen, begann Charlotte mit einem Menuett.

»Immer zwei Mouvements, meine Liebe«, säuselte sie in Erinnerung an ihren schwäbischen Tanzlehrer. Sarah sog jede Bewegung auf, ihre kleinen Füße in den japanischen Pantoffeln trippelten ungeduldig. Charlotte bog ihr die Taille zurecht, hob ihre Ellenbogen, schob das kleine Kinn eine Spur höher.

»Haltung, Mademoiselle, Brust raus und doucement. Schau, jetzt beugst du die Beine und streckst sie anschließend auf der halben Spitze des Fußes. Eins, zwei, drei und dann bei vier, schau zu. Vor-rück-vor.«

Sarahs Mund öffnete sich einen Spalt, und ihre Zunge schaute angestrengt heraus.

»Bei sechs beugen wir schon wieder beide Beine.«

Charlotte glitt in kleinen Schritten auf und ab über den lehmigen Boden. Ihre Arme hielt sie leicht nach oben angewinkelt, ihr Lächeln schaltete auf kühle Eleganz um. Nur denn, Takt zu halten, fiel ihr schwer, denn sie musste sich mit dem Rascheln der Blätter an ihrem Rocksaum und dem Wind in den Bäumen als einziger Begleitmusik zufriedengeben. Als nächstes exerzierte sie den Hofknicks.

»Die Fußspitze beschreibt von vorn nach hinten einen Halbkreis. Der Oberkörper bleibt aufrecht. Hörst du, immer aufrecht. Nur der Oberschenkel hat zu tun. Das wirst du morgen ganz schön spüren.«

Sie übten auch noch in der Dämmerung. Als sie schließlich aufbrachen, um zum Hof zurückzukehren, beherrschte Sarah schon alle Grundschritte. Auf dem Heimweg war sie völlig aus dem Häuschen, trällerte abwechselnd kleine Lieder und erzählte fast gleichzeitig von dem letzten dreifarbigen, deshalb glücksbringenden Wurf der Katze. Auch von Ruben erfuhr Charlotte wieder Neues. Er hatte Sarah wieder geküsst, sogar zweimal.

Was für ein Gewinn, dachte Charlotte, während sie neben ihr den schmalen Trampelpfad entlanglief, wäre das Mädchen für den Kirchheimer Hof. Wahrscheinlich könnte man mit Sarah sogar die Bretzenheimsche Enkeltochter aus dem Rennen schlagen. Für einen Moment vertiefte sich Charlotte in den Gedanken, wie sich diese Idee realisieren ließ. Doch dann standen sie schon am Gartentor, und Hochstettlers tiefe Stimme drang aus dem Haus. Seine Silhouette tauchte in einem der erleuchteten Fenster auf, und die Ausbuchtung seines Bartes kam ihr wieder einmal sehr dumm und überflüssig vor. Sarah huschte hinein, und Charlotte schlich sich davon, hörte aber noch, wie Hochstettler seine Tochter schimpfte.

Fast zwei Wochen übte Sarah das richtige Beugen, Fußabwinkeln, die eleganten Drehungen und das charmante Begrüßen des nicht vorhandenen männlichen Partners. Charlotte brachte ihr bei, wie man einer Figur kleine Verzierungen anfügte, mit denen man aber große Effekte erzielen konnte. Der Eifer und die Begeisterung waren ansteckend. Es hatte etwas ungemein Rührendes, wie das

Mädchen in seinem trostlosen Sackgewand und der erdrückenden Haube auf dem Kopf leicht und graziös zwischen Bäumen und Büschen hin und her schwebte. Charlotte empfand bei diesem Anblick eine große Zärtlichkeit für Sarah. War es Robinson Crusoe so mit Freitag gegangen?

Dann kamen die Nachmittage, an denen der Ostwind bissig wurde, und Zweige prasselten in den Bach. Das Wasser gurgelte fast schwarz an ihnen vorbei und gab zusätzliche Kälte ab. Fast alle Bäume waren schon kahl. Obwohl sich Charlotte schon in ihren Pelzmantel hüllte, war sie regelmäßig nach einer Stunde bis auf die Knochen durchgefroren. Wenn sie Sarah hin und wieder korrigierte, spürte sie, dass auch deren Fingerspitzen eiskalt waren, außerdem wurden ihre Lippen milchig blau. Trotzdem wollte das Mädchen nie aufhören. Sie bettelte mit einer Hartnäckigkeit, die Charlotte ihr ebenfalls nicht zugetraut hätte. Dass sie vieles nachholen wollte, was ihr bislang in ihrem Leben nicht vergönnt war, lag auf der Hand. Zum Glück erkältete sie sich. Einen Nachmittag hielt sie hustend und schniefend durch, drehte und beugte sich dabei sogar noch mit einer Spur mehr Verve. Sodass ihre zierlichen, schwarzbestrumpften Beine kokett, sogar übermütig, wie es Charlotte schien, unter ihrem Rock hervorschauten.

Am nächsten Tag hatte sie leichtes Fieber und konnte nicht leugnen, dass sie sich elend fühlte. Außerdem zog eine Regenwand die nächste hinter sich her. Charlotte blinzelte durch die Tropfen, die an der Fensterscheibe hingen, und bemühte sich, ihre Freude darüber, dass sie endlich wieder in der Küche sitzen konnte, nicht allzu deutlich zu zeigen. Gemüse gab es im Garten keines mehr zu ernten und deshalb auch nicht zu putzen, allenfalls eingelagerte Kartoffeln zu schälen oder Kohl zu hobeln, was nicht viel Zeit in Anspruch nahm. Deshalb lag eines Nachmittags, als Charlotte zur üblichen Zeit kam, die blassblaue Steppdecke wieder auf dem Tisch. An den zusammengepressten Lippen Sarahs sah sie, dass ihre Freundin anscheinend keine sonderliche Lust zum Nähen hatte. Überhaupt wirkte sie bedrückt. Hatte es Streit mit ihrem Vater gegeben? Charlotte fragte nicht weiter nach. Doch es war offensichtlich, dass Hochstettler seiner Tochter weitere Spaziergänge verboten hatte. Dass Sarah ihm vom Tanzunterricht am Bach erzählt hatte, war nicht anzunehmen. Aber auch wenn es so gewesen wäre, hätte sich Charlotte nichts dabei gedacht. Zu dem Zeitpunkt hatte sie allerdings auch noch nicht die geringste Ahnung, was passieren würde.

Die wollige Einlage der Decke war inzwischen an den Rändern fest mit der unteren und oberen Lage vernäht. Charlotte ließ die Handflächen über den Stoff wandern, der sich körnig anfühlte, und das matte schlichte Blau tat ihren Augen gut. Mit immer noch schmalen Lippen kramte Sarah Fäden und Nadel zusammen. Die beiden sackten wieder in ihre einsilbigen Gespräche zurück. Während Sarah stichelte und dabei hin und wieder ein mattes Stöhnen von sich gab, das als Zeichen des Protestes, aber auch des lauteren Atmens gewertet werden konnte, schaute Charlotte auf die feinen Haare, die sich im gekrümmten Nacken des Mädchens aus der Haube befreit hatten und sich rot und eigenwillig kringelten.

»Lässt du mich auch mal?«

Das Glas mit Holundersaft war ausgetrunken, und es gab keine Tiegel, Kellen oder irdenen Töpfe, die Charlotte an diesem Nachmittag, es war ein Freitag, noch nicht gründlich betrachtet und sich über ihr geordnetes Vorhandensein gefreut hätte.

»Du?«

»Ja ich, warum denn nicht?«

Charlotte hielt dem Mädchen zugute, dass der ironische Unterton, der in der Gegenfrage mitschwang, nicht böse gemeint war. Als sei es das Selbstverständlichste der Welt, fügte sie deshalb hinzu:

»Vielleicht brauche ich ja auch einmal eine Brautdecke. Außerdem, ob ich nur dasitze oder dabei sticke, das macht doch keinen großen Unterschied. Du musst es mir nur zeigen.«

Sarah zuckte mit den Achseln und stichelte eine Weile wortlos weiter. Dann stand sie auf, verschwand in einer Kammer und kehrte mit mehr Faden und einer zweiten Nadel zurück. Offensichtlich noch von Sarahs Mutter stammten die dünnen, zunehmend verblassenden Kreidelinien, die über die Deckseite liefen.

»Ein Rautengitter«, erklärte Sarah lahm. Charlotte ignorierte ihre Unwilligkeit und beugte sich für die nächste halbe Stunde tief über die Schulter des Mädchens, um dessen Handbewegung genau beobachten zu können. Dann befeuchtete sie den Anfang eines Fadens mit Spucke und zog ihn andächtig durch das Nadelöhr.

Charlotte hatte weit weniger Talent zum Sticken als Sarah zum Tanzen. Aber es machte ihr nichtsdestotrotz Freude. Nicht zuletzt weil sie auf die Nähe alles so deutlich sehen konnte, was in der Ferne zu einem Nebel verschwamm, außer sie kniff ihre Augen fest zusammen, was ihr früher regelmäßig Ohrfeigen von ihrer Mutter eingebracht hatte. Lieber man sah schlecht, als dass man sich den Teint verdarb und faltig wurde.

»Warum um Himmels willen müssen die Stiche so winzig sein?«

»Weil enge Stiche besser zusammenhalten und dann auch die Linie gerade wird.«

»Muss sie das?«

Die Kieselsteinaugen wurden hart. Charlotte lachte trotzdem und setzte noch eins drauf:

»Hauptsache ist doch wohl, dass das Muster hübsch aussieht.«

Sarah legte die Hände auf die Tischplatte. Sie vermied Charlottes Blick, sondern fixierte eine der gezeichneten Rauten. Schließlich fing sie an zu sprechen, und ihre Worte klangen in Charlottes Ohren so, als ob sie einen auswendig gelernten Vers aufsagte.

»Nützlichkeit ist eine der Eigenschaften, die unseren Herrn am meisten erfreut. Jeder Gegenstand muss ihm dienen und soll nicht das Auge ablenken. Unsere Demut zeigen wir am besten in kleinen, feinen Stichen, die nicht nach rechts oder links schauen, sondern immer den einen, geraden Weg gehen. Mutter hat immer gesagt, die Decken sind so, wie ein gottesfürchtiges Leben auch zu sein hat. Alles muss schlicht sein und der Ordnung folgen.«

Die Kieselsteinaugen schauten ausdruckslos, und Charlotte unterdrückte nur mit Mühe ein sarkastisches »Amen«. Sie hätte zu gern gewusst, ob Sarah das alles tatsächlich glaubte, was sie heruntergebetet hatte?

Sie nahmen wieder ihre Arbeit auf, und Charlotte bemühte sich, ab jetzt sorgfältiger zu sticken. Der Trick, so fand sie nach einer Weile heraus, bestand darin, den Faden, sobald die Nadel von unten wieder aus dem Stoff herauskam, nur ganz kurz hochzuziehen, die Nadel dann so schnell wie möglich zu drehen und sie an der Außenseite der Spitze des Zeigefingers entlang in das nächst mögliche Einstichloch zu drücken. Nach einer halben Stunde ging es ihr tatsächlich leichter von der Hand, auch weil sich an ihrem Finger schon eine Hornhaut zu bilden begann. Das Bellen Bärlis hallte über den Hof, wahrscheinlich war ihm eines der Hühner zu nahe gekommen. Charlotte hätte gerne nachgeschaut, blieb aber sitzen. Eine weitere halbe Stunde später strich sie den Stoff, der vor ihr lag, glatt. Die Stiche, die sie hinterlassen hatte, krümmten sich wie beschuppte Wirbel eines langen Reptilienschwanzes, der, hätte er gelebt, bestimmt zäh und wehrhaft gewesen wäre. Nützlich eben, wie Sarah gesagt hatte. Dass er trotzdem schön aussah, ergab für Charlotte keinen zwingenden Widerspruch. Als sie beim Hereinbrechen der Dämmerung zum Gehen aufstand, merkte sie erst, wie sehr ihre Schultern spannten, dafür herrschte in ihrem Kopf Ruhe und Klarheit. Nach Charlottes Geschmack hätte der Winter so weitergehen können. Als sie bis auf fünf alle Rauten geschafft hatten und bald anfangen konnten, sie mit ebenfalls geometrischen Mustern zu füllen, schlug das Wetter allerdings erneut um.

Die trockene Kälte, die ab der zweiten Dezemberhälfte in die Nasenlöcher stach, wenn man frühmorgens die Haustür öffnete und einatmete, vertrieb nicht nur endgültig den Schlaf, sie hinterließ für den Rest des Tages auch etwas Zupackendes und Entschlossenes. Sarah nutzte diese Luft. Sie machte sich nicht einmal die Mühe, die blaue Decke auf den Tisch zu wuchten, sondern fing Charlotte an der Vordertür ab und zog sie gleich wieder durch die Gartentür hinaus.

»Eine Überraschung, komm gleich mit.«

Sarahs Augen funkelten verdächtig. Charlotte war nicht wohl dabei. Im Stechschritt und querfeldein wurde sie durch die Kälte dirigiert. Der Boden unter ihren Stiefeln war hart gefroren, und die Bäume standen starr in Raureif eingehüllt. Sie hatte nicht einmal Zeit gehabt, nach Jakob zu schauen.

»Was wird dein Vater dazu sagen, Sarah. Sarah, hörst du mich! Ich glaube, er wird das nicht mögen.«

Sarah blieb nicht einmal stehen, sondern fiel ihr im Laufen abrupt ins Wort: »… braucht es nicht zu wissen.«

Die Überraschung entpuppte sich als Scheune. Darum herum gruppierten sich die verfallenen Reste einer wohl schon vor langer Zeit aufgegebenen Mühle. Sarah schien sich auszukennen. Mit einer stolzen Handbewegung öffnete sie die lose in ihren Angeln hängende Tür. Der Gestank von Moder und Tierurin schlug ihnen entgegen. Das Dämmerlicht ließ Sarah kurz zögern. Das Dach hatte erstaunlicherweise standgehalten, und der Ostwind, nicht aber die Kälte blieb draußen. Im Gegensatz zu Charlotte blickte Sarah nicht nach oben ins morsche Gebälk, sondern nach unten in den Mäusedreck. Als ihr rechter Fuß anfing, auf dem gestampften Lehmboden zu trommeln, wusste Charlotte Bescheid.

»Das Z, das große Z, von dem du gesagt hast, dass es durch den ganzen Raum getanzt wird.«

Sarah stellte sich bereits in Position. Die Taille durch-, die Brust herausgestreckt und die Mundwinkel in die Höhe gezogen. Begrüßung, Beugen, Strecken, Beugen. Charlotte lehnte sich mit dem Rücken an die Wand, um ihr zunächst nur zuzuschauen. Korrigieren brauchte sie nichts mehr. Die Bänder der schwarzen Haube flogen. Ohne zu zögern, hatte sich Sarah bereits von einer Ecke seitwärts bewegt und scherte nun auf die Diagonale ein, um in die Mitte des Raumes zu tanzen.

Wie von Geisterhand füllte sich die Scheune mit imaginären Tänzern, die Sarahs Hand nahmen, sie weiterreichten, und ihr stumme Zeichen für die nächste Figur gaben. Sanft erotisierend wechselten Nähe und Distanz zwischen den Damen und Herren. Und Charlotte staunte, dass Sarah keinen Moment stockte. Immer mehr Tänzer kamen dazu. In die Atemwolken, die über ihren Köpfen schwebten, mischten sich geheime Liebesbotschaften und wortlose Verabredungen. Das Fest senkte und hob sich. Sarah tanzte, als ob sie bereits die zweite Saison am Kirchheimer Hof mitmachen würde. Die Männer warfen ihr begehrliche Blicke zu, Adelige wie Lakaien. Charlotte wusste, dass sie solche Blicke nie auf sich ziehen würde. Neidlos applaudierte sie und reihte sich ein. Ihre Hand wurde von der des Kabinettsekretärs Lamezan ergriffen, der anscheinend direkt aus Mannheim angereist war. Felix erwies mit knapper Verbeugung seine Reverenz und übersah dabei, dass die Lüsternheit der Baronin von Haltern ihm galt. Aus dem Nichts tauchte Ruben vom Froschauerhof auf und verbeugte sich. Seine hellbraunen Locken wehten unter dem breitrandigen Hut und schienen einen Hauch gepudert. Sarah glitt mit kleinen, lockenden Schritten auf ihn zu. Charlotte kam aus dem Takt, blieb verdattert stehen. Eine Spinnwebe klebte quer über ihrem Gesicht. Sie sah wieder, wie unwirtlich diese Scheune war. Durch alle Ritzen strömte Kälte, und in einer Ecke krümmte sich ein Fuchsskelett. Sarah tanzte quer durch ihren Ballsaal, und Charlotte sah zu, wie sie auf der anderen Seite des großen Z ankam. Sie schien die Töne der lautlosen Hofkapelle im Ohr zu haben und bewegte sich sicher zu einer Musik, die sie noch nie gehört hatte.

Gerade rechtzeitig, bevor die Männer ihre Dreschflegel auf der Tenne beiseitelegten, kamen sie auf den Muckentalerhof zurück.

»Jetzt habe ich eine Überraschung für dich. Außerdem ist ja bald Weihnachten.«

Sarah hatte mit keinem Wort darum gebeten. Ihr heiserer kleiner Schrei aber bewies, wie sehr sie es sich gewünscht hatte. Das Kleid war nichts Besonderes. Vanille- und rosafarbener Kattun, gestreift, im Rücken weit wie ein Mantel fallend, eher passend für einen Nachmittag im Park. Es war ein Leichtes gewesen, es aus dem überquellenden Fundus ihrer Mutter mitgehen zu lassen. Es fiel nicht auf, da die französische Modistin nahezu jede Woche einen Auftrag für ein neues Kleid bekam. Seit der Kurfürst mit der Bretzenheimschen Enkelin ins Bett ging, tat er alles, um seine langjährige Mätresse, vor der er sich im Geheimen fürchtete, bei Laune zu halten.

Sarah stand aufrecht und zitterte allenfalls vor Vorfreude, als ihre dunklen Röcke zu Boden sanken und sie in das Geschenk hineinstieg. Einen Reifrock ersparte ihr Charlotte.

»Wie fühlt es sich an?«

»Ach Charlotte, einfach unbeschreiblich schön. Ich danke dir so sehr.«

»Aber die Haube muss jetzt auch runter.«

Sarah erschrak, schlug die Augen nieder, griff nach den Bändern, legte sich die Hände schützend um den Hals. Der Kontrast zu ihrem Körper in dem Kleid war grotesk, zumal Sarahs Busen weit aus dem Ausschnitt ragte. Doch Charlotte bemerkte, wie die Kieselsteinaugen änstlich wurden, als ob sie entjungfert werden sollte.

»Kein Mensch auf der Welt tanzt Menuett mit einer Haube auf dem Kopf.«

»Bei Timotheus steht aber, dass Frauen ihre Haare …«

»Wo Timotheus lebte, mussten sich die Frauen wahrscheinlich gegen die Sonne schützen. Außerdem glaube ich nicht, dass sich Timotheus mit Tanzen auskannte. Jetzt hab dich nicht so, wer sieht dich denn außer mir, und ich bin schließlich eine Frau.«

»Aber du gehörst nicht zur Gemeinde. Du bist eine von draußen, aus der Welt.«

»Welt, Welt, hier ist Europa, Zivilisation, Aufklärung, Fortschritt, verstehst du!«

Charlotte verlor die Geduld, griff resolut nach den Haubenbändern, zog sie mit einem Ruck auf und gleichzeitig das schwarze Ungetüm von Sarahs Kopf. Mit einem geriebenen Bernstein hätte die Wirkung nicht bemerkenswerter sein können. Allerdings, schoss es Charlotte durch den Kopf, hätte es schon ein großer Brocken sein müssen. Woher dennoch das Fluidum kam, das die Haare, dick und gekräuselt wie sie waren, fast waagerecht und knisternd abstehen ließ, war ihr unbegreiflich. Elektrizität aus dem Nichts konnte es nach ihren bisherigen Erkenntnissen gar nicht geben. Und doch war sie sich sicher, einen kleinen Schlag zu spüren. Doch im nächsten Moment hörte die Elektrifizierung auch schon auf. Die Haare fielen auf Sarahs Schultern. Nur dass das Kleid mit einem Mal extravagant und sehr teuer wirkte.

»Also gut, aber du darfst es nicht verraten. Nie, nie.«

Charlotte wurde aus dem Blick des Mädchens wieder einmal nicht schlau. Verängstigt, gekränkt, gedemütigt? Was machte so eine Haube schon aus? Man musste beim Tanzen fürchterlich unter so einem Ding schwitzen. Und schließlich hatte Sarah dieses Spiel begonnen.

»Na, dann los. Das große Z, quer durch den Saal, Mademoiselle.«

Sarah tanzte dieses Mal traumwandlerisch. Für ganze Figuren schloss sie die Augen. Dabei lächelte sie, als wäre jeder Tänzer, der sich ihr näherte, Ruben. Sie streckte ihm die Hand entgegen, strahlte ihn verheißungsvoll an. Ihr Kleid, Haar und die Scheibe ihres kleinen Gesichtes leuchteten die Scheune aus. Wohin sie driftete, trug sie einen Schimmer und dekorierte faulende Schindeln und bemooste Balken zu Wandteppichen aus Brüssel und marmoriertem Stuck um. Sie wäre die ideale Tochter für meine Mutter gewesen, dachte Charlotte und berührte für einen Augenblick Sarahs kalte Fingerspitzen, bevor eine neue Figur getanzt werden musste. Mit ihr ließe sich in Kirchheim, ach was, in Mannheim und wahrscheinlich sogar in Dresden Furore machen. Die Bretzenheimsche mit ihrem rosa Schweineschinken von Gesicht könnte man getrost im Vorzimmer sitzen und Sofakissen sticken lassen, wenn der Kurfürst Sarah nur einmal tanzen sähe.

Mit einem Zwinkern verständigten sich die beiden, das große Z als ein großes S zu tanzen. Es waren die Variationen, die auch dem Menuett die Spannung gaben. Sarahs Schritte wurden noch zierlicher und lockender. Ruben würde ihr heute nicht widerstehen können. Die zimtfarbenen Haare gewöhnten sich an den Takt und an den Hofknicks und wippten in ihrer ungewohnten Freiheit. Der weiße Schädel und die Rippen des Fuchses starrten bewundernd aus der Ecke heraus. Charlotte fragte sich bereits, wie sie heute das Mädchen zum Aufhören bewegen sollte, so entrückt und eigenwillig beseelt, wie sie tanzte. Täuschte sie sich, oder hingen dort oben Fledermäuse? Ihre Augen wanderten langsam die Dachsparren ab. In ihrem äußersten Blickwinkel tauchte gerade wieder Sarah auf, und sie wollte ihr gerade das erste energische Kommando zum Aufhören zurufen, als sie sah, wie sich die Türe langsam öffnete. Sarah hörte nicht einmal das Quietschen der verrosteten Angel und tanzte erneut die Diagonale.

Drei Bärte glotzten auf das tanzende Mädchen im gelbrosa gestreiften Kleid. Dann zitterten sie und schlängelten in alle Richtungen. Ein besonders langer dunkler, mit grauen Streifen durchsetzt, ein blonder, eher rund gewachsener und ein dritter, dünn ausgefranster Bart, aus dem das Alter längst alle Farbe genommen hatte.

Kapitel 7

Meidung?«

»Jawohl, Meidung«, sagte Uri.

»Sie darf nicht mehr mit uns am Tisch essen, und niemand redet mit ihr. Damit das Reine von dem Unreinen unterschieden wird. Sie muss abgesondert werden, ausgefegt wie ein Sauerteig. Den anderen zum Exempel und zur Furcht, damit die Gemeinde sauber bleibt, von solchen Schandflecken gebessert, nein, also, ich will sagen, Sarah zur Besserung, Reue und Buße …«

»Wer hat dir denn diesen Unsinn eingetrichtert, Uri? Sarah hat doch nur ein bisschen getanzt. Das schlimm zu finden, ist ja ein Witz. Und mehr als drei kleine Mäuse hast du auch nicht dabei! Vielleicht sollte ich dich in Zukunft meiden.«

»Aber sie haben sich alle vergraben, die Mäuse meine ich. Und Tanzen, Tanzen, das ist ein Lockmittel des Satans, noch dazu in prunksüchtigen Kleidern. Bitte, Fräulein, ich könnte noch versuchen, Ratten zu fangen, fette, große, aber wenn der Älteste es erfährt … gnädiges Fräulein …«

Zornig klappte Charlotte den Deckel des Weidenkorbs zu, drehte sich auf dem Absatz um und ließ den Jungen unglücklich stehen. Dass das ungerecht war, wusste sie. Der arme Kerl hatte nur heruntergebetet, was die Bärtigen sagten. Die, die Sarah an dem Nachmittag in der Scheune mit sich fortgeschleift und sie selbst wie eine zweiköpfige Kuh angestarrt hatten. Dabei rollten die Männer so mit den Augen, dass man sie wegen Blutstau oder Übersäuerung dringend zur Ader hätte lassen müssen. Was seitdem mit Sarah passiert war, wusste sie nicht. Natürlich hatte sie nicht gezögert, gleich am nächsten Mittag wieder zum Muckentalerhof zu reiten. Aber sämtliche Türen waren abgeschlossen gewesen. Sie hatte mit der Faust dagegen gehämmert und an den Klinken gerüttelt. Sie, die Tochter des Grundherrn, das Fräulein von Geispitzheim, deren Mutter die Mätresse des Fürsten von Nassau-Weilheim war. Jawohl, Nassau-Weilheim! Außerdem kannte sie einflussreiche Leute am Hof des Kurfürsten in Mannheim. Die Herren von Lamezan und von Hundheim beispielsweise. Sie könnte arrangieren, dass er wieder schnurstracks ins Gefängnis käme. Das alles hatte sie geschrien und Hochstettler mit dem Schlimmsten gedroht. Trotzdem blieben die Türen verrammelt. Aus einer der Kammern hatte sie das Surren eines Spinnrades gehört, und irgendwo glaubte sie Jakob weinen zu hören. Sie hatte überlegt, ob sie Steine an die Fensterscheibe, hinter der sie Sarah vermutete, werfen sollte, ließ es dann aber doch sein. Zum Narren mochte sie sich wegen dieser verstockten Bauern dann doch nicht machen. Sie wollte gerade aufsitzen, als Uri, geduckt wie ein geprügelter Hund, mit seinem Weidenkorb hinter einem Holzstoß hervorkam.

Bei ihrer Rückkehr nach Hause an dem Tag brannten noch nicht einmal Kerzen. Vor dem Abend lag noch ein halber Nachmittag. Auf dem Gang vor dem Schlafzimmer ihres Vaters rannte Rollo auf und ab. Seine kleinen Krallen klackten auf den Dielen, als würden mit dünnen Stricknadeln Strümpfe gestrickt. Charlotte beugte sich zu ihm hinunter, um ihn anzulocken. Die runden schwarzen Augen fixierten sie, aber das Wiesel verhielt sich wie immer bei jedem außer ihrem Vater scheu. Ein Gefühl der Verlassenheit überkam Charlotte und mischte sich mit dem des Überdrusses. Uris drei mickrige Mäuse hatte sie noch gleich auf dem Feld laufen lassen. Die Experimente hatten sich in der letzten Zeit nur noch wiederholt. Sie wusste inzwischen ziemlich genau, wie lange sie das Pedal ihrer Elektrisiermaschine bearbeiten musste, damit am anderen Ende des Fadens ein strampelndes Tier seine vier Beine von sich streckte und steif liegen blieb. Das war ausgereizt. Charlotte schlenderte in die Küche.

»Was gibt es Neues?«, fragte sie, ohne dass sie es wirklich wissen wollte.

»Die Damen aus Kaiserslautern waren mal wieder da und haben ihn beim Kartenspielen geschröpft.«

Die Köchin Ammerling grunzte noch ein paar Worte hinterher, die Charlotte aber nicht verstand. Lisbeth fütterte dem kleinen Fritz auf ihrem Schoß gerade Haferbrei. Die anderen Mägde schienen ebenfalls nicht viel zu tun zu haben.

»Jetzt hat der gnädige Herr schon seit zwei Tagen und Nächten sein Bett nicht mehr verlassen«, berichtete Lisbeth mit trauriger Stimme. Charlotte dankte ihr das Mitgefühl, indem sie Fritz über die blonden langen Haare streichelte, in denen dicke Nissen klebten.

»Und sonst?«

»Josef schimpft, weil so wenig Geld im Haus ist und die Lieferanten nicht mehr anschreiben wollen. Kerzen, Kaffee und Pfeffer gehen bald aus, Zuckerhüte sind eh schon keine mehr da. Der Wiedertäufer vom Muckentalerhof ist an allem schuld. Er bringt uns noch in Verruf, sagt Josef. Hochstettler ist schließlich ja auch im Gefängnis gelandet, weil er eine ganze Horde von diesen Ketzern heimlich bei sich hausen ließ.«

Fritz blickte von seiner Breischüssel auf und beobachtete ängstlich das Gesicht seiner Mutter.

»Ach, Lisbeth, so ein dummes Geschwätz, du weißt doch so gut wie ich, dass Josef von Tag zu Tag verdrießlicher wird und sich für einen päpstlichen Kardinal höchstpersönlich hält. Gib da nichts drauf. Komm, schenk mir lieber Bier ein.«

Charlotte saß in der rußigen warmen Küche, während die Ammerling zischende Tiegel über dem Feuer zurechtrückte. Mehr denn je fiel Charlotte auf, dass überall Schlachtabfälle herumlagen und es nach ranzigem Fett stank. Außerdem schmeckte ihr Bier schal. Wahrscheinlich, weil der Krug nie gespült wurde. Doch es entspannte sie zumindest. Charlotte hätte gern ihren Kopf auf die Tischplatte gelegt und ein wenig geweint. Vielleicht, weil es doch ein Fehler gewesen war, dass sie diesen Herrn Schwertfeger aus Mannheim, vor allem seine Weinfässer und Kutschen nicht geheiratet hatte. Selbstmitleid überschwemmte sie. Ihre einzige Freundin hatte man ihr genommen und mit ihr die schöne Stube mit den blinkenden Tiegeln. Drei, vier Jahre noch, dann würde sie als alte Jungfer abgehakt werden. Noch dazu eine mit einer Nase, die umso länger aussah, je schlaffer ihre Wangen und ihr Busen wurden. Eine zuerst noch amüsante, dann zunehmend lächerliche Erscheinung, arm noch dazu, nachdem der Alte alles versoffen hätte und die Mutter in ein Stift für adelige Huren abgeschoben wären. Das Fräulein von Geispitzheim hatte wohl zu viel mit ihrer Elektrisiermaschine herumhantiert und sich dabei das Fluidum ins Hirn geblasen. Genau so würde man über sie reden. Ihre Chancen, dieses jämmerliche Schicksal auch nur um ein paar Grad abzuwenden, standen nicht gut. Wahrscheinlich wäre Schwertfeger im Bett keinen Deut schlimmer anzusehen gewesen als der Herr aus Sachsen.

Sie lachte halblaut auf und es klang reichlich böse. Sodass die Mägde ihr gleich noch ein Bier einschenkten. Was war falsch gelaufen? An welcher Kreuzung hatte sie die falsche Abzweigung genommen? Oder, noch schlimmer, etwas verpasst? Ihre Gedanken liefen ins Leere. Schließlich kapitulierte ihr Körper. Ihre Arme breiteten sich auf der Tischplatte aus, und ihr Kopf bettete sich darauf. Das Klappern, Zischen und Schimpfen in der Küche ging weiter, nur Lisbeth blieb neben Charlotte sitzen und behütete sie mit sorgenvollen Blicken, während sie zwischen ihren Fingernägeln die Läuse zerquetschte, die über den Kopf ihres Sohnes krabbelten.

Umarmt von Halbschlaf und Bierseligkeit mäanderten Charlottes Gedanken über die schmierige Tischplatte, zwischen Bierkrügen und gerupften Hühnerfedern hindurch, und konnten gerade noch einem blutverschmierten Messer ausweichen. Als sie diese Mutprobe überstanden hatten, wagten sie, wenn auch anfänglich nur sehr zaghaft, auch wieder etwas Optimismus. Allerdings, das gestand sie sich widerwillig ein, brauchte sie vorerst noch storchenbeinige geile Männchen. Weil nur der Graf aus Leipzig die Herrn Professoren an der Universität kannte und erfuhr, an was gerade in London oder Paris gearbeitet wurde. Vielleicht waren schon längst neue Maschinen und neue Erkenntnisse auf dem Markt, von denen sie nichts erfuhr. Bis etwas in Büchern veröffentlicht wurde, verging viel zu viel Zeit. Möglich, dass die Erleuchtung der Welt gerade aus einer ganz neuen, unerwarteten Richtung kam. Alles war derzeit möglich. Es wurde so viel spekuliert, ausprobiert und gefunden. Komplett neue Inseln. Erst kürzlich hatte ihre Mutter aus der Zeitung vorgelesen, dass englische Reisende in Begleitung verständiger Wilder von der Küste der Kolonie Virginia losmarschiert und geradewegs landeinwärts gezogen seien. Rund 1400 Meilen, was 466 schwäbischen Stunden entsprach, hätten sie zurückgelegt, immer gegen Westen, ohne dass die Wildnis ein Ende nahm. Dann kehrten sie um. Auch die Indianer, so war zu lesen, seien noch nie so weit gekommen. Das zeigte, dass die Welt noch voller Geheimnisse und Überraschungen steckte. Man musste sich nur dranmachen. Manteuffel war also nichts als ein Pfadfinder oder ein Werkzeug. Mehr nicht.

Charlotte raffte sich wieder auf, wischte sich lose Haarsträhnen aus dem Gesicht, gähnte mit weit offenem Mund und blinzelte Lisbeth schläfrig zu. Trotzdem vermisste sie Sarah. Deshalb und weil sie sich auch noch an die Wut erinnerte, mit der sie gegen die verschlossenen Türen gehämmert hatte, trank sie einen weiteren Becher Bier.

Sie musste sich einen neuen Weg suchen, um der Elektrizität weitere Anwendungsmöglichkeiten zu entlocken. Dass es die gab, war für Charlotte sicherer als das Amen in der Kirche. Dass sie im Moment ohne Einfälle und noch dazu im hintersten Winkel der Welt saß, änderte nichts daran, dass die Wissenschaft nach neuen Forschungen geradezu schrie. Als Frau war sie eingeschränkt, zugebenermaßen. Andererseits verfügte sie über unbestreitbare Vorteile. Allein wenn sie daran dachte, wie leicht sie an die teure Elektrisiermaschine gekommen war. Als Charlotte erneut ihren leeren Becher vorschob, runzelte Lisbeth die Stirn und zögerte. Wahrscheinlich dachte die Gute, dass sie in dasselbe trübsinnige Fahrwasser wie ihr Vater kommen könnte. Also zog Charlotte wie Madame Benoit alias Klara Möckel die Mundwinkel schmeichelnd nach oben, klimperte mit den Wimpern und gab prustend das jüngste Gerücht über den Dorfschullehrer zum Besten. Nach einer halben Stunde prostete sie auch der Köchin zu. Um das Geld für den Kaffee, den Pfeffer und den Zucker würde sie sich selbstverständlich auch kümmern.

Todmüde und reichlich betrunken brachte Charlotte schließlich Rollo noch etwas rohes Fleisch nach oben, wartete, bis er schmatzend aufgefressen hatte, öffnete dann die Tür einen Spalt und ließ das Tier in die dunkle, muffige Höhle schlüpfen. Sie sah ihren Vater nur schemenhaft in seinem Bett liegen und sprach ihn nicht an. Denn so schlecht war es ihm in seiner Melancholie noch nie gegangen, dass er nicht nach einer Weile einen Arm ausgestreckt und Rollo zu sich ins Bett gehoben hätte.

Für Weihnachten bekam sie in diesem Jahr keine Einladung vom Kirchheimer Hof. Nicht einmal einen Brief von ihrer Mutter. Dafür schickte ihr Felix zwei Bücher, die er in ein Hemd von sich eingeschlagen hatte. Als sie es aufwickelte und seinen Geruch wahrnahm, hüpfte ihr ein Floh entgegen. »Vom Geist der Gesetze«, Montesquieu, druckfrisch aus Genf. Auf den drei, eng beschriebenen Blatt Papier, die zwischen dem Deckel und der ersten Seite steckten, bat

Felix sie inständig, die Schriften des französischen Herrn unbedingt und genau zu lesen. Gewaltenteilung, der Kutschenfahrplan für die Revolution sozusagen. Ihm seien durch diese Lektüre endgültig die Augen für das Jammertal der Ungerechtigkeiten und Willkür geöffnet worden. Eine Verfassung müsse her. Gedankenfreiheit. Religionsfreiheit. Gleiche Gesetze für alle, egal welchen Stands. Er werde verrückt, wenn er nicht wenigstens mit ihr, dem einzigen Menschen von aufgeklärtem Verstand weit und breit, darüber ausführlich reden könne. Beim nächsten Mal. Er brenne danach. Ach ja, und die Verhältnisse bei Hof. Große Nervosität, große Anspannung. Na, sie werde selber sehen. Mitten auf dem letzten Blatt prangte ein Tintenfleck. Ach, Felix, wie viel Leidenschaft, spottete sie in Gedanken. Im Grunde beneidete sie ihn, dass er wenigstens wusste, was sein Ziel war. Zu dem zweiten Buch hatte Felix nur eine kleine Randnotiz gekritzelt. Er habe es nur kommen lassen, weil der »Maschinenmensch« überall verboten worden sei und sogar im toleranten Holland sämtliche Kirchenoberen gegen sich aufgebracht habe. Das sei doch was! Aber ehrlich gesagt, auch er finde es schrecklich. Der Mensch nur eine Maschine, ein Räderwerk, ganz ohne eigene Vernunft? Aber sie arbeite ja mit Maschinen, vielleicht könne sie ihm erklären, was La Mettrie, der neuerdings am Potsdamer Hof lebte, mit all dem meine? Charlotte legte das dünne Buch auf den Stapel aus Unterwäsche, Papier und Schminkzeug, der wie immer auf dem Sessel neben ihrem Bett thronte.

Die nächsten Wochen schleppten sich mühsam dahin. Vom Muckentalerhof erfuhr sie nichts Neues. Zwar kam Uri regelmäßig vorbei, um in der Küche das Quantum an Milch, Butter und Käse abzuliefern, das zusätzlich zur Pacht gezahlt werden musste. Aber er verschwand immer gleich wieder. Nur einmal, er wollte gerade aus dem Tor, konnte sie ihn aufhalten. Er vermied ihren Blick und stellte sich, so weit durchschaute sie ihn mittlerweile, dümmer, als er tatsächlich war.

»Ja, ja, Jakob geht es gut. Er kriegt jetzt schon Brot und Dinkelbrei.«

»Und Sarah?«

»Der geht es auch gut.«

»Was treibt ihr mit dem Mädchen?«

»Nichts, gar nichts.«

»Ist sie eingesperrt?«

»Ich muss jetzt …«

»Uri, du sagst mir auf der Stelle, ob sie eingesperrt wird!«

»Nein, wird sie nicht.«

»Dann ist das Ganze doch wohl gar nicht so schlimm, diese Meidung oder wie es heißt«, sagte Charlotte und suchte ein zustimmendes Lächeln in dem Kindergesicht, aus dessen Kinn, wie ihr jetzt auffiel, immer mehr Bartflusen sprossen. Uri starrte angestrengt auf den Lehm, der sich um seine schwarzen Stiefel klumpte, bis er schließlich murmelte:

»Es ist viel schlimmer.«

Weitere Antworten verweigerte er. Charlotte spürte, dass ihre Macht über ihn ausgereizt war, und ließ ihn ziehen. Er hatte Angst, das war klar. Und diese Angst war größer als die, ihre Gunst zu verlieren. Während sie ihm nachschaute, bis seine dunkle Jacke und sein breitkrempiger Hut unsichtbar wurden, fragte sie sich wieder einmal, was an Sarahs Tanzerei so schlimm sein konnte. Schließlich tanzte die ganze Welt. Zumindest die zivilisierte.

Schließlich traf eine Einladung für die Karnevalsfeste ein. Ihre Mutter schrieb ihr auch noch, dass für sie bei der französischen Modistin, die schlichtweg genial sei, zwei neue Kleider bestellt waren. Und noch eine Überraschung gebe es. Charlotte fuhr mit schlimmen Vorahnungen nach Kirchheim.

»Eine heiße Schokolade für meine Tochter und für mich Punsch.«

Nachdem der Lakai das Zimmer verlassen hatte, musterte Amalia von Geispitzheim ihre Tochter ausgiebig.

»Meine Nase ist nicht kürzer geworden, Mutter.«

»Paperlapap, aber du solltest unbedingt mehr Rouge auftragen, das lenkt von ihr ab. Ich sehe, du bist enger geschnürt, das gefällt mir. Dreh dich mal.«

»Ich habe abgenommen, das ist es. Seit Wochen gibt es bei uns keinen Zucker und Pfeffer mehr. Falls du dich erinnerst, war dies das Einzige, was das Essen der Ammerling genießbar gemacht hat!«

Amalia von Geispitzheim verzog kaum merklich die Lippen, schwieg aber hartnäckig und nippte dann gedankenverloren an ihrem Punsch. Charlotte wusste, dass ihre Mutter nicht gern an ihr früheres Leben erinnert wurde.

»Wir sprechen später noch darüber, mein Kind, später. Jetzt muss ich dir erst die neue Garderobe für den Karneval zeigen.«

Sofort liefen die Zofen und kamen schwerbeladen zurück. Nilgrüne Atlasseide, die fast von selbst stand, Tageskleider aus bunt bedruckten indischen Baumwollstoffen, leichter als ein Nachthemd. Schärpen und Schleppen mit Perlen bestickt, allerdings nur am Saum, wie ihre Mutter monierte. Amalia von Geispitzheim lief zu Hochform auf, inspizierte Spitzen, schlüpfte mit der Hand in orangefarbene Strümpfe, zupfte hier, zupfte da. Besonders den Säumen der Kleider und Unterröcke schenkte sie eine eingehende Beachtung. Dabei fiel Charlotte auf, dass die Arme und Hände ihrer Mutter dünnhäutiger geworden und mit kleinen braunen Altersflecken übersät waren. Sie hätte gerne ihre knochigen Handgelenke umfasst und eine Weile gehalten. Aber solche Intimtäten mochte ihre Mutter nicht. Alles in allem war Charlotte erleichtert. Der harte Zug um ihren Mund hatte sich verflüchtigt, die gute Laune wirkte echt. Dabei schienen die Würfel gefallen. Jedes Küchenmädchen, jeder Stallbursche, so hatte Charlotte gleich bei ihrer Ankunft raunen gehört, wusste mittlerweile, dass die Bretzenheimsche Enkelin offiziell das Appartement unter dem des Fürsten bewohnte. Die Decke war durchgebrochen und eine Spiraltreppe eingezogen worden. Das Grübchen in dem jungen Kinn wurde täglich tiefer, und das ganze Geschöpf noch fleischiger. So wie eine Katze, die nie Mäuse jagen musste. Doch schon am ersten Abend im großen Saal kapierte Charlotte, dass ihre Mutter weiter die Fäden zog. In dem Rhythmus, in dem sie ihren Fächer auf- und zuklappte, bewegten sich die Augen am Hof. Wenn sie über etwas höhnte, dann zogen alle die Nasen hoch und blökten blöd. Devoter wieder als vor einem Jahr. Der Fürst hatte sich zwar ein neues kleines Spielzeug zugelegt, das seiner Männlichkeit schmeichelte. Gleichzeitig aber war die Begeisterung des Fürsten für seine langjährige Geliebte neu aufgeflammt, zumindest für ihren ungeduldigen Geist und unbarmherzigen Witz. Er schwadronierte mit ihr, beugte sich vor, ließ sich von ihr ins Ohr flüstern, lachte auf, rief ein ums andere Mal »genial, genial«, wenn sie die Schlesienpolitik des Preußenkönigs auf den Punkt brachte und im nächsten Satz Maria Theresia gute Ratschläge gab, wie sie Friedrich Paroli bieten könnte. Die Mutter saß wieder fest im Sattel.

Dabei hätten einige zu gern eine Partei um das Bretzenheimsche Marzipanschweinchen gebildet. Eine Menge alter Rechnungen waren offen. Ihre Mutter hatte so viele düpiert und mit ihrem scharfen Verstand bloßgestellt, dass eine bitterböse Revanche die schönste Unterhaltung dieses Winters hätte werden können. Wenn das süße Kind nur mitgespielt hätte. Doch das Einzige, zu dem man sie animieren konnte, war, dem Kurfürsten das Gastspiel einer italienischen Schauspielertruppe abzubetteln. Ansonsten ließ sie sich wie eine gutmütige Stoffpuppe von einem Sessel in den anderen drücken. Dabei stopfte sie unentwegt Törtchen und kandierte Kirschen in sich hinein, sodass längst darüber spekuliert wurde, ob sie ihren Naschzwang wenigstens unterbrach, wenn der Fürst sie bestieg. Sie verlor jedes Kartenspiel, weil sie nicht in der Lage war, die Züge ihrer Gegner einzuschätzen, geschweige denn, ihre eigenen zu planen. Nur ihr schwerer Busen, der bei der kleinsten Bewegung wie ein ofenwarmes Soufflé vibrierte, war eine reine Freude. Amalia von Geispitzheim schonte sie. Sie behandelte sie sogar nett. Nicht zuvorkommend oder gar einschmeichelnd, sondern einfach ohne Tücke. Vor allem lauerte sie ihr nie mit Fangfragen zu den merkwürdigen Parteien im englischen Parlament auf.

»Ein lächerlicher Sieg wäre das. Darauf kann ich weiß Gott pfeifen. Sie abzuschießen wäre unter meiner Würde, hörst du mir überhaupt zu, Charlotte, dass du so was lernst, ist wichtig für dein Leben, besonders wenn du mal an einem Hof lebst.«

Tatsächlich aber war es Amalia von Geispitzheim, die sich ertappt fühlte. Denn mit einem Mal merkte sie, wohin die Blicke ihrer Tochter gingen. Das Nadelkissen, die Schwere, die Fadenrolle, hastig unter den Sessel geschoben. Der aufgetrennte Saum an dem neuen Kleid. Alles verriet sie. Aber Herrgott, sie war solche Arbeiten ja auch nicht gewohnt und konnte sie ja auch nur erledigen, wenn sie allein war.

»Ist die französische Modistin doch nicht so genial?«

»Charlotte, mein Engel …«

»Ja?«

Charlotte dämpfte den Ton, erschrocken über den ungewohnten, ernsten Gesichtsausdruck ihrer Mutter.

»Geh zur Tür und schau, ob keiner davor steht. Und schieb dann am besten den Stuhl unter die Klinke.«

»Was ist denn los?«

»Du darfst es, das befehle ich dir, auch nicht diesem Dr. Schubart verraten. Er ist ja immerhin ein Domestik.«

Charlotte zog die Augenbrauen hoch. Sie mochte nicht, wie ihre Mutter über Felix sprach. Aber die Widerrede blieb ihr im Hals stecken, als sie sah, wie ihre Mutter blitzschnell ein Collier aus dem Nichts hervorkramte. Saphire, schwer, teuer.

»Der Fürst hat mir gegenüber ein schlechtes Gewissen und verwöhnt mich. Noch nie war es so leicht, aus ihm etwas herauszuholen.«

Versonnen lächelte sie vor sich hin, und Charlotte war zu verblüfft, um Fragen zu stellen.

»Naja, und das eine oder andere habe ich in den letzten Jahren schon angesammelt, du verstehst.«

Charlotte verstand nichts, nickte aber.

»Kannst du einfädeln?«, fragte Amalia von Geispitzheim, die Grande Dame von Kirchheim mit kläglicher Stimme, griff unter den Sessel und hielt ihrer Tochter bittend die Utensilien hin, »auf die Nähe habe ich solche Schwierigkeiten, und eine Brille, nie und nimmer, auch nicht im Dunkeln.«

Wie sie es in der Hochstettler Stube gelernt hatte, spuckte Charlotte auf das Fadenende, sodass es geradestand, führte es dann gleich beim ersten Versuch treffsicher durch das Nadelöhr und begann unter den bewundernden Augen ihrer Mutter mit energischen kleinen Stichen das Saphirhalsband in den Saum einzunähen. Glücklicherweise sah sie auf die Nähe ausgezeichnet. Danach machten sie sich noch daran, einen Ring, besetzt mit drei Diamanten, eine Kette aus Flussperlen und ein Armband, über dessen Wert sie sich beide allerdings nicht sicher waren, im Kragen eines Samtcapes und im Pelzfutter zweier Winterröcke verschwinden zu lassen.

»Auf Vorrat, auf Vorrat, meine Liebe«, murmelte ihre Mutter, »gar nicht wegen der Bretzenheimschen, die kriegt eh viel weniger als ich. Ein paar kleine Ohrringlein, mehr nicht.«

Amalia von Geispitzheim machte eine wegwerfende Handbewegung und zog ihre schöne griechische Nase kraus.

»Was mir wirklich Sorgen macht, ist sein Schnaufen. Wie bei einem alten Pferd. Lang macht er es nicht mehr, das sag ich dir.«

Mutter und Tochter schauten sich tief und vielsagend in die Augen.

Schon deshalb sog Charlotte jeden Tanz, jede Scharade, Maskerade, jedes Blindekuhspiel und jeden Abend mit Jetons und Spielkarten ein wie frische Luft. Noch nie hatte sie einen so ausgelassenen Karneval im Schloss mitgemacht. Wenn ihr nach dem Aufwachen duftende Hörnchen aus der Schlossbäckerei ans Bett gebracht wurden, tunkte Charlotte sie in Albernheiten und Abenteuerlust. Schon nachmittags um drei Uhr schlürfte sie mit den Austern, die der Fürst den Rhein hinunter von Holland kommen ließ, frivole Neckereien. Nur mit Mühe ließen sich ein, zwei Stunden Mittagsschlaf einschieben, denn ein Amüsement jagte das andere. Ein, zwei Mal half ihr Felix in den frühen Morgenstunden, ihr Zimmer zu finden.

Wie versprochen bekam Charlotte zwei neue Kleider, dazu drei Paar kaum getragene Handschuhe. Heimlich wurde ein Courier mit Bargeld zu Josef geschickt, damit der Weinkeller und die Vorratskammern wieder gefüllt werden konnten. Die Mutter wünschte sich zu ihrem Geburtstag, der allerdings erst im Mai war, neue Perlenschnüre, dick wie Tollkirschen und lang wie Bohnenranken. Sie bekam sie schon jetzt. Der Fürst wagte nicht, ihr etwas abzuschlagen. Die Mutter trug ein Kostüm mit einem turmhohen Kopfputz aus Draht und Federn, in dem das Schwert des Damokles baumelte. Welch ein Einfall, welche Courage! Was wäre er ohne ihren Sinn für Ironie. Der Fürst applaudierte, und alle mussten es ihm zwangsläufig nachmachen. Die Schäferstündchen mit dem drallen Engel dagegen strengten ihn, so stolz er darauf war, sehr an, mussten aber absolvierte werden, um seine Virilität zu beweisen. Auch wenn die Lakaien berichteten, dass das Ganze sich in zwei, drei gurgelnden Lauten und einem kleinen Quieken erschöpfte, hustete der Fürst danach mindestens zwei Stunden. Und ein gewisses Rasseln in seiner Brust verschwand gar nicht mehr.

Am Karnevalssonntag tauchte Manteuffel auf. »Die zweite Überraschung für dich«, säuselte ihre Mutter. Und Charlotte fragte sich, wie eine Frau, die so viel Realitätssinn besaß wie ihre Mutter, bei diesem Herrn so danebenliegen konnte. Glaubte sie wirklich, diese hellen Hechtaugen würden ihr einen Antrag machen? Glücklicherweise hatte Charlotte schon genügend Punsch getrunken, als er sich vor ihr verbeugte. Seine Beine schienen noch dünner geworden zu sein. Der übliche Schlagabtausch begann, und jeder versuchte, seine Trümpfe auszuspielen. Ihr Blick blieb also provozierend andächtig an seinen Wangen kleben und stutzte damit seinen Hochmut. Was er wiederum mit abgehackten, sybillinischen Andeutungen wettmachte, die darauf abzielten, ihre Neugier zu provozieren, sodass sie prompt zu winseln begann.

»Dr. Benjamin Franklin, aha, Sie korrespondieren neuerdings mit Dr. Benjamin Franklin, sagen Sie?«

»Die Post braucht natürlich zu unser beider Leidwesen ziemlich lang. Das letzte Mal, ich sage Ihnen, war es besonders tragisch, zwei Monate musste er auf meinen Brief warten.«

Manteuffel stöhnte kurz, aber theatralisch genug auf. Touché. Charlotte hätte sich gern die Zunge abgebissen und geschwiegen, aber ihre Neugier war stärker.

»Zwei Monate? Aber von London geht es doch in ein, zwei Wochen?«

Manteuffel genoss den kleinen Triumph und zögerte seine Antwort so lange hinaus, bis er sein Glas zur Hälfte geleert hatte.

»Wer spricht denn von London, Mademoiselle? Dr. Benjamin Franklin ist zwar Untertan Ihrer englischen Majestät, lebt aber schon lange in den Kolonien, genauer gesagt, in Philadelphia, einer der kommenden Weltstädte übrigens. Franklin ist der amerikanische Elektriker schlechthin, wenn ich das so sagen darf. Sie können sich gar nicht vorstellen, wer mich alles um diese Korrespondenz beneidet… Er arbeitet mit Blitzen.«

Versonnen ließ der sächsische Graf seinen rechten, ebenfalls recht fleisch- und farblosen Zeigefinger über den Rand seines Glases kreisen. Er hatte Charlotte da, wo er sie haben wollte.

Wer sollte ihr helfen? Welcher Mann könnte sie ablenken oder sich als Bollwerk gegen Manteuffel und seine höllischen Versuchungen benutzen lassen? Charlotte löste nach dem ersten Knicks ihre

Hand aus der des fettig grinsenden Herrn von Sickingen. Einer der Haxthausensippe stolperte vorbei, zu anständig verheiratet oder womöglich, so tuschelte man, an Frauen gar nicht interessiert. Trotzdem zwinkerte sie ihm zu und er ihr, so wie es sich gehörte, zurück. Oder der Fürst selbst? Stark geschminkt schlurfte er dieses eine Menuett zu Ende, wie immer mit einem sehr roten und sehr feuchten Mund. Ein neues Abenteuer würde ihm den Rest geben. Charlotte seufzte. Vier Perücken weiter verbeugte sich Felix vor der Gräfin Waldburg. Für ein, zwei Stunden würde sie mit ihm glücklich sein. Aber gegen Manteuffels Köder brauchte es schon mehr als einen Felix. Vielleicht schaffte sie es noch, sich einen Tag oder zwei zu beherrschen und sich fernzuhalten. Dr. Benjamin Franklin. Charlotte hatte den Namen noch nie gehört. Er arbeitete also mit Blitzen, hatte Manteuffel gesagt. Beinahe hätte sie versäumt, sich auf den Freiherrn von Venningen zuzubewegen. Er stank aus dem Mund und, so sagte man, hatte nie richtig lesen gelernt.

Ihr war klar, dass Manteuffel ihr nichts mehr ohne seine berühmten Geschäftsabschlüsse verraten würde. Gedankenverloren glitt sie weiter, tanzte das große Z und lächelte mechanisch. Später würde man ihrer Mutter mit gespitzten Mündern sagen, dass sie reichlich grimmig ausgesehen habe beim Menuett, ihre kluge Tochter.

Am folgenden Tag wachte sie schon nervös auf. Das Einfädeln im Boudoir der Mutter erwies sich als Katastrophe. Nicht nur, dass sie sich mehrmals hintereinander stach, auch der Saum, der eine kleine, aber sehr kostbare Brosche verbergen sollte, klumpte am Ende und war so schief, dass jeder Grenzsoldat, der die Mutter vielleicht einmal kontrollierte, jeder Gastwirt, bei dem sie abstieg, schnelle Beute wittern würde. Unwirsch trennte Charlotte alle Nähte wieder auf, stichelte von Neuem los, hörte aber unvermittelt auf, drückte der Mutter das Kleid plus die funkelnde Brosche in den Schoß, murmelte etwas von Unpässlichkeit und stapfte so schnell aus dem Zimmer, dass der Lakai, der gelauscht hatte, nicht rechtzeitig beiseitespringen konnte und nicht nur einen gehörigen Schreck, sondern auch die Tür heftig gegen die Nase geschlagen bekam.

Ihr Puls raste, und ihre Organe verflüssigten sich, jedenfalls fühlte es sich so an. Mit weichen Knien promenierte sie die Gänge des Schlosses auf und ab, grüßte, klinkte sich da und dort in einen Tratsch ein, spielte eine Partie Tricktrack zur Hälfte, flüchtete aber auch von dort. Nach zwei Tassen Kaffee spielte sie mit dem Gedanken, sich auf der Stelle zum Muckentalerhof kutschieren und die Schlösser aufschießen zu lassen. Sich das auszumalen brachte wenigstens für eine Viertelstunde Ablenkung. Aber dann kam sofort das Kribbeln im Magen wieder. Sie überredete einen Diener, ihr ein Glas Champagner zu bringen. Einsam in einer Fensternische stehend, kippte sie es hinunter. Gegen Viertel vor sechs am Nachmittag erkundigte sie sich nach den Zimmern des sächsischen Gastes.

»Er ist Autodidakt, Drucker, Geschäftsmann, Philosoph, Politiker, Wissenschaftler und sonst noch was. Und dabei immer auf der Höhe der Zeit.«

Graf Manteuffel rückte seinen Kopf, der ohne Perücke, nur bedeckt von spärlichen feuchten Haaren wie eine kleine Gemüseknolle im Kissen lag, zurecht. Sie war ja so willig, wenn sie wollte, das Fräulein von Geispitzheim. Überaus dumm nur, dass der Schmerz in seinem Zahn wieder aufgeflammt war. Wahrscheinlich war er in Zugluft gekommen oder ihm bekam das pfälzische Klima nicht. Vorsichtig ließ Manteuffel die Zunge über den pochenden Zahn gleiten.

»Er arbeitet also mit Blitzen?«

»Genau, genau. Er hat etwas erfunden, um sie einzufangen und, wie er mir geschrieben hat, sie dann dauerhaft zu beseitigen.«

»Beseitigen?«

»Beseitigen, einsperren oder so ähnlich.«

»Mehr wissen Sie nicht?«

Empört fauchte sie ihn an. Ein Vorwurf, der ihn fast so traf, als ob sie behauptet hätte, er sei impotent. Was er natürlich nicht war. Manteuffel fing an, von seinem Zahn zu sprechen. Schmerzen, höllische Schmerzen, da könne man ja leicht etwas vergessen. Wie schon im Frühjahr riss er seinen Mund auf und zeigte ihr seinen vereiterten gräflichen Zahn.

»Die Anschrift, geben Sie mir seine Anschrift!«

Es klang wie ein Befehl. Und weil es auch einer war, drehte Manteuffel seinen unbehaarten Körper, der einer hellgrauen Wurst ähnelte, die aus dem Schweinedarm gepellt worden war, aus dem Bett, sprang, seine Scham verbergend, zum Schreibtisch, wühlte in Papieren, kritzelte etwas und kroch schließlich mit einem Zettel zwischen den Fingern zu ihr unter die Bettdecke zurück. Charlotte las die Zeilen gründlich, nagte auf der Unterlippe und entschied sich schließlich zu glauben, dass das tatsächlich Hausnummer und Straße dieses Herrn Franklin waren.

Wenn sie später zurückdachte, dann war ihr klar, dass ihr die zündende Idee beim Anblick von Manteuffels weißem, für seine sonstige Dürre erstaunlich vorgewölbtem und beim Gehen wippendem Bauch gekommen war. Er erinnerte sie unwillkürlich an die rahmhelle Unterseite der Frösche, die sie im Sommer elektrifiziert hatte. Ein neues Experiment fuhr in ihrem Kopf Karussell, drehte sich langsamer, kam zum Stillstand, und sie wusste, was sie tun musste. Mit einem zuckersüßen Lächeln schlug Charlotte die Bettdecke zurück.

Nur kurz streifte ihr Blick Manteuffels Gesicht. Dann wanderte er seine Brust hinunter und verharrte so lange zwischen seinen Beinen, bis seine Hechtaugen so zahm waren wie die eines Zuchtkarpfen. Schließlich flüsterte sie ihm noch einen Vorschlag ins Ohr, der augenblicklich eine fleckige Röte in seine Wangen und auf seinen Hals trieb.

»Aber nur, wenn wir vorher ein schönes Experiment machen.«

Neckisch drohte Charlotte mit dem Zeigefinger. Der sächsische nickte. Touché.

Der verschwiegene, von der Mutter gut geschmierte Kurier musste wieder los, um dieses Mal mit einer genauen Beschreibung der Lokalitäten die Elektrisiermaschine aus Charlottes Zimmer nach Kirchheim in das Appartement des Grafen zu bringen. Branntwein ließ sie auch noch kommen. Für alle Fälle. Als alles so weit aufgebaut war und Charlotte schon das Pedal trat, wollte Manteuffel kneifen.

»Schlappschwanz.«

Ein Kissen flog hinterher.

»Ich könnte dabei sterben.«

»Quatsch, ich habe es schon bei Fischen, Fröschen und Mäusen ausprobiert und weiß genau, wie viel Fluidum …«

»Außerdem, ich meine, bei der Sache, die du mir versprochen hast. Es gibt Priester, die sagen …«

Dem sächsischen Herrn brach der Schweiß aus. Sodass sich Charlotte alle Mühe geben musste, sich an die kleinen Schweinereien zu erinnern, die Madame Benoit jedes Mal, wenn ihr Vater kein Geld mehr geben wollte, tief aus ihrer Kehle gegurrt und geschnurrt hatte. Prompt schwitzte Manteuffel noch mehr. Aber er öffnete brav den Mund. Charlotte ließ ihn auch noch einen tiefen Schluck aus der Branntweinflasche nehmen.

»Sehr schön, aber jetzt mal ganz weit auf.«

Als sie sicher war, dass ihre Metallnadel ausreichend, aber auch wieder nicht zu stark aufgeladen war, steuerte sie ihr Ziel an. Im Grunde war es ähnlich wie beim Fadeneinfädeln. Manteuffels Finger krallten sich in das Bettlaken, seine Füße strampelten und sein Kopf zuckte unter Charlottes festem Griff. Als sie aufhörte und sich zurücklehnte, glotzte er sie so starr an, dass sie einen Moment fürchtete, er hätte doch nicht überlebt. Dann spürte sie seinen Atem.

»Und, was fühlst du?«

Im Zimmer roch es verbrannt. Leicht, aber deutlich. Manteuffels Zunge wanderte wieder vorsichtig tastend im geschlossenen Mund hin und her.

»Ich glaube, die Schmerzen sind wirklich weg. Mein Zahn tut nicht mehr weh.«

»Wirklich? Das ist ja fantastisch, das werde ich diesem Benjamin Franklin schreiben. Hörst du, ich persönlich werde es ihm schreiben. Elektrizität ist ein Wundermittel, universell einsetzbar.«

Charlotte sackte mit einem glücklichen Seufzer erschöpft in die Kissen. Die Karten waren wieder neu gemischt. Ganz neu.

»Mein Gott, was ich jetzt für einen Hunger habe.«

Da richtete sich Manteuffels Oberkörper kerzengerade auf.

»Wir haben doch einen Handel, Mademoiselle! Haben Sie das vergessen? Jetzt müssen Sie Ihren Teil bezahlen. Öffnen Sie also gefälligst Ihren hübschen Mund. Jetzt mache ich mein Experiment!«

Der Karneval ging in Kirchheim sehr beschwingt zu Ende. Jeder gratulierte dem Fürsten zu dem Erfolg. Dementsprechend wohlig glitt man in die Fastenzeit hinüber. Als Charlotte am Sonntag nach Aschermittwoch, anschließend an den Gottesdienst, den sie noch zusammen mit dem Hof besuchte, die Kirchentreppen hinunterschritt und ihre Kutsche bestieg, schlug die kleine kostbare Brosche, abgebremst durch einen dicken, mit Kaninchenfell gefütterten Unterrock, aber dennoch spürbar, um angenehm zu sein, gegen ihre Waden.

An demselben Sonntag fanden sich die amischen Täufer vom Muckentalerhof nach eineinhalb Stunden Fußmarsch auf dem Münsterhof ein. Der Zufall wollte es, dass die große Familie vom Froschauerhof gleichzeitig ankam. Küsse wurden ausgetauscht und ruhige, angemessene Worte, die Frauen lobten Jakobs Wachstum und gesundes Aussehen. Sarah stand mit ausdruckslosem Gesicht abseits. Ruben sah durch sie hindurch. Kein einziges Zeichen, nicht einmal aus dem Augenwinkel oder eine kleine Handbewegung, die der Älteste oder andere Beobachter leicht für das Abwehren einer Fliege hätten halten können.

Den Gottesdienst, das Essen, das Austauschen der Neuigkeiten auf den Bänken der Frauen erlebte Sarah wie schon am Sonntag zwei Wochen zuvor als Sterben ihrer Mutter. Ihre gellenden Schreie und schließlich ihr Wimmern, das auf- und abschwoll, verstummte und dann wieder begann, die Ausdünstungen des Blutes, das flacher werdende Atmen. Doch nur kurz blieb der Körper in dem blutverschmierten Bett wächsern und starr. Denn die Mutter in ihr starb immer wieder und schrie gegen die Rippen von Sarahs Brustkorb. Es war wie eines der Lieder, zum Beispiel das der holländischen Elisabeth, die ihr Vater oder ein anderer Vorsinger sang. Ganz lang gezogen, das Ende immer schon an den Anfang angebunden.

Natürlich bekam auch Sarah Suppe und danach Fleisch in einem Teller neben Sauerkraut und Rübenschnitzen. Die Ungetauften, die Kinder, brachten es ihr, mit verlegen gesenkten Köpfen, sodass sie ihre Gesichter nicht sehen konnte, sondern nur den Hut oder die Haube von oben. Die Mutter in ihr schrie gerade wieder sehr auf, als Marille Holly lautlos herantrippelte. Keine sieben und den Zeigefinger auf ihre Lippen gepresst. Während ihre Augen rund und erstaunlich unerschrocken schauten.

»Magdalena, du weißt schon, meine Schwester, lässt dich grüßen. Und …«

Das kleine Mädchen musste kurz nachdenken, was sie sich hatte merken sollen: »… und dir sagen, dass sie dich liebt.«

Sarah nickte. Der Zeigefinger verschloss wieder den kleinen rosa Mund. Sarah legte ebenfalls ihren Zeigefinger an die Lippen. Verschwiegen, versprochen. Für ein paar Minuten ließen die Schreie in Sarahs Brust nach. Mechanisch löffelte und schluckte sie ihr Essen, mit geradem Rücken auf einem Hocker sitzend, der weit abgesondert von den Tischen und Unterhaltungen der anderen stand. Deshalb konnte sie auch nicht sehen, dass Jacob Egly, der Älteste der Gemeinde, seine Hand auf die Schulter ihres Vaters legte und ihn mit sich auf die noch wintergelbe Wiese drängte. Krähen flatterten auf. Der Himmel stülpte sich wie eine Schüssel aus geputztem Zinn über sie.

»Ich kenne die Meinen und die Meinen kennen mich, sagt der Hirte bei dem Evangelisten Johannes.«

Samuel nickte und hielt dem wasserblauen Blick stand. »Und du weißt auch, dass jede Schafherde nicht nur einen Hirten, sondern auch einen guten Hund braucht. Unsere Ordnung ist ein guter Hund. Und zwar die Ordnung, die uns Jakob Ammann mit auf den Weg gegeben hat.«

Samuel nickte wieder und wartete. In einem sanften, fast singenden Ton fuhr der Älteste fort:

»Sonst rennen unsere Schafe auf die Weiden der anderen Herden und mischen sich mit denen, die den guten Hirten nicht kennen. Sie erliegen den Irrtümern der Welt. «

»Wir meiden Sarah, so wie du es angeordnet hast und wie es im Artikel sechzehn des Dordrechter Bekenntnisses steht.«

Dass seine Stimme krächzend klang, gelang ihm nicht zu vermeiden, aber noch immer wich er Jacob Eglys aufsaugenden Augen nicht aus.

»Ich weiß, ich weiß Samuel, aber«, und jetzt lächelte der Älteste sogar, sodass die Ansätze seiner langen gelben Zähne sichtbar wurden, und schob seinen ganzen Arm um Samuels Schultern. »Jesus sagt auch, dass wir ringen müssen, regelrecht kämpfen gegen unser eigenes Fleisch, um durch die schmale Pforte zur wahren Gemeinde zu kommen. Die Ordnung hilft uns dabei. Die aber braucht auch einen Vater, der darauf schaut, dass sie in seinem Haus eingehalten wird.« «

»Sarah ist vor zwei Jahren getauft worden, sie ist ein mündiges Mitglied der Gemeinde.«

»Aber wer hat den Hochmut und die Prunksucht in das Haus gelassen? Diese Frau, diese Tochter Babylons, die mit ihr getanzt hat… du bist der Hausherr, du hättest vor ihr die Türen verschlossen und verriegelt halten müssen.«

Egly beugte sein Gesicht ganz nahe an Samuel heran, sodass sich ihre beiden Bärte berührten.

»Samuel, sieh dich vor!«

In Samuels Ohren summten die Abschiedsworte, die seine Schwestern und Brüder drinnen im Haus wechselten. Es wurde gelacht, gescherzt, Bänke und Tische gerückt, sie räumten also schon auf. Wenn jetzt doch nur Noah, der Wagenbauer, groß und freundlich wie ein Schrank neben ihm stünde. Aber auch Noah käme nicht umhin, bedächtig zu nicken. Denn der Älteste hatte Recht. Mit dem Bann und der Meidung, die er über Sarah verhängt hatte, mit den Vorwürfen gegen ihn. Mit allem hatte Jacob Egly recht. Samuel murmelte die Worte aus Matthäus, Kapitel 18, Vers 17 vor sich hin:

»Hört er aber auch auf die Gemeinde nicht, dann sei er für dich wie ein Heide oder ein Zöllner.«

Der Älteste konnte auf Erden binden und lösen, und dementsprechend würde es dann auch im Himmel gebunden oder gelöst sein. Sarah wäre nicht in Versuchung geraten und von der Gemeinde gelöst worden, wenn er besser auf die Einhaltung der Ordnung geschaut hätte, da hatte Egly Recht. Hatte vielleicht alles mit dem französischen Buch und la girafe begonnen, dem gescheckten, langhalsigen Wundertier, das er viel zu lange betrachtet hatte? Ähnelte es nicht in gewisser Hinsicht dem Fräulein? Eine Angst überschwemmte Samuel, die kälter und dunkler war als die, die er auf dem Fußboden im Gefängnisloch des Kurfürsten empfunden hatte. Er spürte unentwegt die Blicke des Ältesten auf sich. Bis er den Bruderkuss bekam und entlassen war. Samuel nahm Jakob vom Schoß einer seiner Cousinen, setzte ihn sich auf die Schultern und machte sich auf den Heimweg. In gebührendem Abstand folgte Sarah. Tochter wie Vater waren tief unglücklich in ihre Gedanken vergraben.

Es war zu früh im Jahr, die Erde noch tot, die Knospen an den Sträuchern und Bäumen ließen auf sich warten, trotzdem begann Samuel ein Feld zu pflügen und zu eggen. Am liebsten hätte er sich selbst vor den Pflug gespannt. Aber diese Qual wäre dann auch wieder eine Form von Hochmut gewesen und wider die wahre Gelassenheit, in der das Ich ganz unscheinbar und demütig zu sein hat. Dafür klaubte er nach getaner Arbeit noch eine Stunde lang das Feld von Steinen frei, selbst für ganz kleine bückte er sich und schichtete sie am Rand sorgfältig auf. Wenn er sich dann abends ins Bett legte, schmerzte sein Rücken, aber die Last der Schuld blieb trotzdem. Obwohl er sich unschuldig fühlte und das auch, falls der Herr Jesus Christus am Pfosten seines Bettes aufgetaucht wäre, reinen Gewissens hätte beteuern können. Diese Paradoxie verwirrte Samuel beträchtlich. Wie ihn überhaupt die merkwürdigen Ereignisse des vergangenen Jahres mehr aus dem Tritt brachten, als er sich das je hätte vorstellen können. Sein durch die Worte der Bibel rechts und links säuberlich abgesteckter Weg hatte sich verändert. Nicht dass er etwa breiter geworden wäre, Gott bewahre. Auch an seiner christlichen Ernsthaftigkeit hatte sich nichts geändert, mit der er Tag für Tag das Kreuz Jesu tragen half. Eher hatte Samuel den Eindruck, dass der grashalmschmale Weg, den er ging, sich ganz leicht krümmte, eine sanfte Kurve einschlug. Das selbstverständliche Geradeausgehen war dadurch komplizierter geworden. Weil das alles so war und Egly und er selbst sich scharf beobachteten, erlaubte er sich auch kein Mitleid mit seiner Tochter. Über sechs Wochen schon sprach er kein Wort mehr mit Sarah. Sie saß am Spinnrad, am Webstuhl, schälte Kartoffeln oder putzte nur zwei, drei Meter von ihm entfernt, aber wie durch eine dicke Glasscheibe getrennt.

Das Einzige, was Samuel in dieser schlimmen Zeit Auftrieb gab, war, dass es etwas wärmer wurde und er zusammen mit Uri mitten auf dem Hofplatz eine Grube ausheben konnte. Fünfzehn mal zehn Schritte, einen halben Schritt tief. Denn im Stall standen die Fässer, längst randvoll und störten. Solange der Frost den Boden verschloss, war es sinnlos, den Mist auszubreiten. Noch mehr Fässer anzuschaffen, wäre zu teuer gewesen. Dass andere Täufer in Zweibrücken solche Gruben angelegt hatten und jeden Morgen und jeden Abend die Abfälle der Tiere direkt dort hineinschaufelten, wusste er vom Hörensagen. Gesehen hatte er noch keine. Aus einer Ziegelei kam eine Fuhre gebrannter Steine. Als sie sie ausluden, tauchte am Fenster Sarahs Gesicht auf, und Samuel lächelte ihr zu. Für einen Moment nur, aber lang genug, damit sie es gesehen haben musste, so hoffte er. Alles würde wieder gut werden. Er würde diesen Sommer keine Brachen mehr liegen lassen, sondern überall dort, wo im vergangenen Jahr Getreide gewachsen war, Klee säen. So würde sich der Boden erholen und gleichzeitig Viehfutter geben. Seine Tochter würde heiraten und die Familie wachsen. Alles würde gut.

Nie mehr, so nahm er sich fest vor, während seine Arme mit aller Kraft in einem Bottich Kalkmörtel anrührten, würde er einen Blick auf das Tier in dem französischen Buch werfen. Wahrscheinlich existierte es überhaupt nicht in Wirklichkeit, in keinem einzigen Land der Erde, sondern war nur ein Trugbild und durch Hexenkraft in sein Heu gekommen. Auch Uri strengte sich an, schleppte Steine, setzte sie wieder um, wenn Samuel fand, dass sie nicht exakt genug lagen. Lage um Lage wuchs unter ihren Händen die gemauerte Einfassung der Mistgrube, und Samuels Glaube, dass auch sonst wieder alles ins Lot kommen würde, hätte sich bewahrheiten können.

Doch dann schickte sein Pachtherr einen Boten vorbei. Einen dreckigen, dreisten Lackel, der die amischen Mägde aus kleinen, rotgeränderten Augen anglotzte und Kautabak auf den Boden spuckte. Hochstettler solle zum Gut kommen! Der Bote klaute und soff regelmäßig, machte aber keinen Hehl daraus, dass er die Täufer für verdächtiges Pack hielt. Samuel ließ sich auf kein Gespräch mit ihm ein, setzte jedoch seinen Hut auf und ging den Weg zu seinem Golgatha. Dort lungerte ein anderer, nicht weniger schmutzig und faul aussehender Bursche herum und streckte einen Finger in Richtung Stall aus.

Staubiges Dämmerlicht empfing ihn, dazu der würzige Geruch von Pferdeäpfeln und vereinzeltes Schnauben, glücklicherweise keine Menschen. Was sollte er hier? Erwartete der Herr von Geispitzheim ihn? Verunsichert wartete Samuel. Dann erst hörte er das Pfeifen und schaute, von welchem Pferd es kam. Es war Älblis erstes Fohlen, das Geispitzheim für seine Tochter gekauft hatte. Warm krochen die Lippen über die Innenfläche seiner ausgestreckten Hand, dabei floss aus den Nüstern eitriger Rotz. Samuel wischte sich die Hand ab und tastete vorsichtig den Hals der Stute ab. Das Fräulein hatte sie geritten, wenn sie zum Hof gekommen war. Also doch! Er tastete eine Geschwulst. Sofort zuckte das Pferd vor Schmerzen und riss den Kopf hoch. Leise sprach er auf das Tier ein, auch noch, als er die Schritte hinter sich hörte.

»Was fehlt ihr denn? Ich war verreist, und als ich zurück kam, hustete Madeira komisch und jetzt will sie auch nicht mehr fressen, obwohl …«

»Druse.«

Samuel drehte sich nicht um. Er ahnte, dass sie wieder auf schamlose Art ihr Haar unbedeckt trug. Deshalb hatte er auch barscher geantwortet, als es sich für einen sanften Täufer gehörte.

»Und was bedeutet das?«

»Sie kann daran eingehen oder blind werden.«

»Warum machen Sie mir solche Angst? Man muss doch irgendwas machen können.«

»Ja, zu allererst diesen Sauhaufen hier putzen! Hier krepiert über kurz oder lang jedes Lebewesen.«

Für eine Weile sagte sie nichts. Aber er hörte sie schräg hinter seiner linken Schulter atmen.

»Sie haben doch die Knechte gesehen, wie soll es denn mit denen hier ordentlich sein? Wollen Sie mal einen Blick in unsere Küche werfen?«

Die spitze Ironie in ihrer Stimme und die Tatsache, dass sie sich anscheinend überhaupt nicht schämte oder, wenn doch, damit auch noch angab, taten ihm bis auf die Knochen weh. Am liebsten wäre er sofort wieder gegangen. Aber das Pferd hustete in dem Moment so erbärmlich, dass Hochstettler nicht umhinkam zu sagen:

»Warme Umschläge wären eine Möglichkeit, die Entzündung abzuheilen. Lassen Sie Kartoffeln kochen und Bettlaken, aber saubere, bringen. Ach ja, und alle anderen Pferde müssen raus, sonst stecken sie sich noch an.«

Als er sich dann doch umdrehte, sah er nur noch ihren roten Rock wie eine der Fahnen, mit denen die unchristlichen Weltleute in ihre Kriege zogen, aus dem Stall flattern.

Am nächsten Tag kam Samuel Hochstettler wieder und brachte vorsorglich ein scharfes Messer mit. Branntwein, so vermutete er, würde genügend im Haus sein. Madeira ging es trotz der Wickel, die tatsächlich um ihren Hals gebunden waren, schlechter. Ein Blick in ihren vollen Eimer und Trog genügte, um zu sehen, dass ihr das Schlucken Schmerzen bereitete. Ihre Augen schauten trüb, ihr Maul war mit Rotz verklebt. Sie röchelte und bekam schwer Luft. Samuel fühlte, dass die Schwellung am Hals größer geworden war. Wahrscheinlich fieberte sie auch. Jemand würde sie halten müssen bei dem, was er vorhatte, aber keiner der Lümmel ließ sich blicken.

Zornig stiefelte er ins Haupthaus, zornig verlangte er in der Küche Branntwein. Wortlos händigte die Ammerling ihm eine Flasche aus. Vielleicht hatten die Küchenmägde Bescheid gegeben, jedenfalls tauchte auch der rote Rock wieder im Stall auf.

Samuel ließ sich nicht von seiner Arbeit ablenken. Er streichelte das kranke Tier und trocknete sein nassgeschwitztes Fell mit Stroh. Es dauerte, bis die Stute zur Ruhe kam. Erst dann band er ihre Vorderfüße zusammen, hörte aber nicht auf, ihr leise die Kosenamen zuzuraunen, die er sich schon für ihre Mutter ausgedacht hatte. Schließlich blieb ihm nichts anderes übrig, als doch einen Satz über seine Schulter zu werfen.

»Können Sie sie halten, richtig halten, meine ich.«

Charlotte ersparte sich eine Antwort. Stattdessen griff sie mit den Händen rechts und links in die Ringe der Trense und kniff die Augen zu. Als Samuel das Messer ansetzte, hielt sie mit aller Kraft gegen, damit Madeira sich nicht aufbäumen konnte. In dem Moment, in dem der Eiter herausspritzte, stieg ihr auch schon der Geruch in die Nase, und sie musste würgen. Aber sie hielt ihr zitterndes, mit den Hinterfüßen ausschlagendes Pferd weiter fest.

»Ich denke, das reicht. Der Abszess ist vorerst leer und vor allem offen, so dass der Eiter abfließen kann.«

»Ah ja, gut.«

»Jetzt braucht sie Ruhe. Mit Gottes Hilfe und etwas mehr Sauberkeit und frischer Luft im Stall wird sie sich erholen. Die heißen Wickel müssen aber noch ein paar Tage gemacht werden.«

Schnell entkorkte Samuel die Flasche, schüttete Branntwein auf ein Tuch und tupfte damit behutsam die Wunde aus, sodass erneut eine Welle von Schmerz und Angst durch das Pferd lief. Charlottes Hände waren inzwischen mit blutigem Rotz verschmiert und ihre Arme vor Anstrengung taub. Endlich gab er ihr ein kleines Zeichen, dass sie loslassen konnte.

Madeira hustete, und beide tätschelten jeweils eine ihrer Flanken. Es gab nichts mehr zu reden. Jedenfalls nichts über das Pferd, dessen Kopf zwischen ihnen ruckte und zuckte, so dass glücklicherweise nur immer kurz und ausschnittsweise Bart beziehungsweise Haare für den anderen zu sehen waren. Als Samuel das Messer säuberte, wusste Charlotte, dass, wenn überhaupt, sie jetzt fragen musste.

»Was war denn so schlimm an dem kleinen Vergnügen in der Scheune, dass Sarah wie eine Aussätzige behandelt wird?«

Samuel hörte nicht auf, die Messerklinge mit einem Tuch zu reiben, obwohl sie inzwischen fleckenlos war, und ignorierte ihre Frage.

»Haben Sie nicht gehört, Hochstettler? Ich will eine Auskunft zu diesen hirnrissigen Vorgängen. Ich tanze, der Fürst tanzt, die Kurfürstin und der Kurfürst in Mannheim tanzen …«

Ihre Stimme hallte herrisch durch den Stall, und sie echauffierte sich so, dass sie gar nicht mitbekam, wie Samuel sich straffte, die Brust dehnte und den Bart hob. Dafür drehte Madeira den Kopf.

»Oh ja, und das Volk Israel tanzte und betete ein Götzenbild anstelle Gottes an. Die Frauen zogen sich dazu Hurenkleider an. Im Tempel verkauften sie Rinder, Schafe und Tauben, und die Geldwechsler saßen auch da. Seitdem ist die Welt nicht besser geworden. Aber wir …«

Samuel pausierte und bohrte seinen Blick durch die braune Mähne, bevor er weiterdozierte: »Wir halten uns von diesem hoffärtigen Treiben fern, das unsern Herrn verhöhnt. Wenn einer von unserer Gemeinde sich aber doch in Versuchung führen lässt und vom Weg abkommt, dann muss er dafür bestraft werden. Auch das steht in der Heiligen Schrift.«

»Bei Mord, Diebstahl oder sonstigen Verbrechen, das ist ja nur vernünftig. Aber ich bitte Sie, wegen ein paar Schritten hin und her, einem Menuett, noch dazu ohne Musik. Außerdem bezweifle ich sehr, dass das wirklich in der Bibel verboten ist. Jesus war doch, soweit ich mich erinnere, bei einer Hochzeitsfeier in Kanaan, da hat man bestimmt auch getanzt. Vielleicht müsste man die entsprechenden Stellen noch einmal genau überprüfen, es kann ja auch an der Übersetzung liegen. Ich kenne da einen Herrn Dr. Felix Schubart …«

Ein heftiger Hustenanfall beutelte Madeira. Aus ihren Nüstern schleuderte Rotz auf Charlottes Haare und Samuels Jacke, was aber beide ignorierten.

»Zweifel sind eine Anmaßung. An der Heiligen Schrift zu zweifeln, hieße, die Allmacht Gottes in Frage zu stellen.«

War es sein Tonfall, der in ihren Ohren vor Selbstzufriedenheit triefte, oder seine Augen, die sie festnageln wollten? Intuitiv setzte Charlotte ihre Waffen ein und schüttelte ihr Haar, sodass der Staub aufwirbelte. Hochstettler schloss die Augen und wünschte sich inständig, er wäre weit weg auf einem Kleeacker. Aber sie traktierte ihn weiter.

»Nichts ist stupider und langweiliger als Menschen ohne Zweifel. Nichts, gar nichts mehr würde sich ohne Zweifel bewegen und verändern. Wir würden wie Fliegen im Honigglas in einem zähen, dumpfen Stillstand kleben, und unsere Vernunft würde verschimmeln.«

Jetzt war sie es, die sich auf die Zehenspitzen stellte, gegen den warmen Bauch des Pferdes lehnte und größer wurde. Ihre Worte spritzten wie gerade noch der Eiter aus dem Abszess zu ihm hinüber.

»Ich nehme mal an, Hochstettler, dass nicht einmal jemand wie Sie noch glaubt, dass die Erde eine Scheibe ist.«

Draußen stapften Stiefel, ein Eimer wurde scheppernd abgesetzt, eine Tür öffnete sich quietschend, die Schritte entfernten sich. Ihr beißender Hohn zielte darauf ab, ihn schrumpfen und kuschen zu lassen, den Pächter, den verstockten Bartträger. Doch Hochstettler reagierte nicht einmal wütend. Stattdessen musste sich Charlotte eine nachsichtige, sanfte Stimme anhören, die mit ihr sprach wie mit einem überreizten Kind. Die Andeutung eines Lächelns schlich sich sogar auf sein Gesicht.

»Was ist denn bitte die Vernunft? Sie ist eine kindische Eitelkeit, ein Strohfeuer, das schnell abbrennt und uns allein und fröstelnd zurücklässt, ohne dass die Welt oder der einzelne Mensch besser geworden wäre. Mehr ist Vernunft nicht. Einzig der Glaube, demütig und fraglos, stiftet Frieden und Seligkeit und hat genug Licht und Wärme, um gegen die Finsternis anzukommen.«

Samuels Mund fühlte sich vom vielen Sprechen wie ein Sack voller Sägespäne an. Aber was gesagt werden musste, musste gesagt werden. Er hätte es schon früher tun müssen, dann wäre vielleicht alles anders gekommen. Weich plumpsten Madeiras Äpfel ins Stroh, und sofort stieg warmer Dampf auf.

»Hochstettler, dann aber erklären Sie doch bitte, warum uns Gott mit Vernunft ausgestattet hat! Wir haben diese Fähigkeit, zu forschen, zu hinterfragen, auch zu negieren und auf diese Weise Stück für Stück die Welt zu entschlüsseln. Oder meinen Sie, Gott ist in seinem Schöpfungsplan ein Fehler unterlaufen, als er uns Vernunft mitgegeben hat?«

Während sie sprach, schwappte aus der Schwellung, die Samuel am Hals des Pferdes aufgeschnitten hatte, erneut blasiger Schleim und träufelte über das braune Fell. Samuel nutzte die Gelegenheit, nicht antworten zu müssen, und säuberte die Wunde. Dabei dachte er an so manches, was Jesus Christus vollbracht hatte und das mit der menschlichen Vernunft nicht zu verstehen war. Falls der Heiland selbst vernünftig gewesen wäre, dann hätte er bestimmt nicht das Kreuz auf sich genommen und wäre für die Menschen gestorben. Das alles würde das Fräulein aber weder verstehen noch hören wollen. Sie führte ihre Vernunft zur Schau wie eine neue Mode. So wie die Weltmenschen mal scheckige Kleider trugen und mal gestreifte, silberne Knöpfe, groß wie Pflaumen, oder ihre Kirchen vergoldeten. Unter seinen Handflächen fühlte sich das Pferd immer heißer und verschwitzter an. Also ging er lieber gleich zu dem über, auf das es wirklich ankam.

»Es gibt nur eine einzige Wahrheit im Leben, und die ist immer dieselbe und ohne Irrtümer. Deshalb braucht man sie auch nicht zu drehen und zu wenden oder auf den Kopf zu stellen und man kann seine Zeit mit anständiger Arbeit verbringen.«

»Dass ich nicht lache, jawohl, Herr Hochstettler, ich lache! Eine einzige Wahrheit! Jetzt sind Sie es aber, der ausgesprochen eitel ist. Alles, was es gibt, sind nur unzählige Theorien und Thesen, die sich nach vielen Experimenten oder Diskussionen eventuell als richtig erweisen und einzelne kleine Wahrheiten ergeben. Und es kann passieren, dass dann neue Hypothesen auftauchen, die die alten wieder über den Haufen werfen. Merken Sie denn nicht, dass alles um uns herum im Fluss ist und Wahrheiten inflationär sind. Ich weiß, dass Sie das nicht interessiert, aber ich sage es Ihnen trotzdem. Nämlich dass ich erst vor ein paar Tagen herausgefunden habe, dass man mit Elektrizität einerseits töten, in reduzierter Dosis aber auch Schmerzen abtöten kann. Glauben Sie mir, mein Patient hat keine Zahnschmerzen mehr. Trotzdem würde ich nicht wagen zu behaupten, die ganze und noch dazu einzige Wahrheit über das Fluidum zu wissen. Genauso habe ich ja schon mal aus der Atmosphäre Elektrizität abgezapft, und ein gewisser Franklin, Dr. Franklin, soll angeblich Blitze einfangen können, aber …«

»Den Blitz einfangen?«

Das Röcheln des Pferdes hörte sich nicht so schlimm an wie Samuels Stimme. Er war zutiefst geschockt. Wenn die Sünder sich schon am Himmel vergriffen, dann stand es schlechter um die Welt, als er bislang angenommen hatte.

»Ja, natürlich, den Blitz einfangen, in der Mannheimer Sternwarte neue Himmelskörper und Kometen entdecken oder eben sonst was.«

»Wozu?«, fragte Samuel mit tonloser Stimme.

Charlotte verdrehte die Augen.

»Na, Sie stellen vielleicht Fragen. Um mehr zu wissen, um die Welt klüger und damit freier zu machen. Schauen Sie, in der Philosophie geht es im Moment auch nur noch um mehr Freiheit«, sie senkte die Stimme etwas und fuhr dann fort. »Wir sind ja hier unter uns, und hängen Sie es bitte trotzdem nicht an die große Glocke, aber es gibt da Männer in England und Frankreich, die sich mit gleichen Gesetzen für alle und Gewaltenteilung beschäftigen. Dr. Schubart, den ich vorhin schon erwähnt habe, sagt, dass es wohl in absehbarer Zeit dazu kommt, dass Kurfürsten und auch Könige ihre Macht durch Verfassungen legitimieren müssen. Verstehen Sie, und das nur, weil Wissenschaftler angefangen haben, die Allmacht der Herrschenden anzuzweifeln. Anzuzweifeln, hören Sie, es läuft immer darauf hinaus. Der Zweifel kriegt jede sogenannte Wahrheit klein, auch dass die Herrscher von Gottes Gnaden Herrscher sind.«

»Dass Regierungen überflüssig sind wie Schnee im Mai, sagen meine Brüder und ich schon immer, und jeder wüsste es, wenn er die Heilige Schrift und nicht irgendwelchen Unsinn lesen würde.«

Mit offenem Mund starrte Charlotte den Mann auf der anderen Seite des Pferderückens an. Ihre Schlagfertigkeit sackte zusammen wie Tulpenköpfe, auf die es tatsächlich schneite. Verwirrt stammelte sie:

»Überhaupt keine Regierung?«

»Überhaupt keine, denn sie maßen sich an, was nur Gott zusteht und, wenn er wiederkommt, seinem Sohn. Und Luther hatte völlig unrecht, als er behauptete, dass es zwei Reiche gibt. Es kann für wahre Christen nur eines geben. Deshalb dürfen wir nicht den Herrschern dienen, die Kriege anzetteln oder Eide verlangen und damit ein Reich des Bösen aufbauen wollen. Die Gemeinden der guten Christen funktionieren ja auch bestens ohne Obrigkeit, weil sie sich an die Schrift und die Ordnung von Ammann halten.«

»Haben Sie das schon mal dem Kurfürsten gesagt?«

Seine Antwort beschränkte sich auf ein kurzes Knurren, dann trat im Schutz des Dämmerlichtes eine Gefechtspause ein. Charlotte überlegte, ob sie Felix mit diesem Menschen zusammenbringen sollte, der einerseits hinter dem Mond lebte, andererseits ein Revolutionär der radikalsten Sorte zu sein schien. Nicht einmal Montesquieu hatte bislang gewagt, den König für überflüssig zu erklären. Samuel ließ sein Messer in der Innentasche seiner Jacke verschwinden, streichelte noch einmal Madeira und wandte sich schon zum Gehen, als er noch einmal innehielt und rief:

»Also wozu? Wozu Ihre rastlose Gier, Gott mit immer neuen Tricks ins Handwerk zu pfuschen?«

Charlotte kämmte mit den Fingern ausgiebig Madeiras Mähne, dann zuckte sie mit den Schultern und sagte betont leichthin:

»Neue Chance, neues Glück. Oder um der Langeweile zu entgehen.«

Dabei hob sie wieder eine Augenbraue und kräuselte spöttisch die Lippen, um zu kaschieren, wie getroffen sie war. Wieso ahnte Hochstettler überhaupt, wie schwierig es für sie war, einen einzigen Nachmittag lang glücklich zu sein. Und den Tag darauf vielleicht auch noch. Dann folgten aber sofort wieder die Stunden der Unzufriedenheit mit sich selbst. Wusste er, wie schrecklich es war, wenn das Ziel am Horizont verschwand, weil so viele Ziele möglich waren? Dazu die Angst, etwas zu verpassen, etwas nicht ausprobiert zu haben. Aber er musste es wohl wissen, sonst würde er seine Frage nicht so präzise angesetzt haben, wie gerade eben das Messer an den Abszess ihres Pferdes. Steckte hinter der Maske des frommen Bauern ein grausamer Menschenfeind? Charlotte atmete schwer aus. Ein breiiges Gefühl in ihrem Magen breitete sich aus und staute nach oben gegen ihr Herz. Müde und geschlagen stellte sie ihm eine letzte Frage:

»Und Ihr Glück, Herr Hochstettler?«

Er zögerte keinen Augenblick und antwortete so geradeheraus, als ob er über das heutige Wetter berichten würde.

»Glück, Glück ist so begehrlich. Was ich brauche, ist die Sicherheit bei Gott. Dafür unterwerfe ich meinen Willen Tag für Tag Seinem Willen, sodass mein kleines Ich aufhört zu rumoren und so gelassen ist, dass mich Gott lenken kann und ich nicht das Gefühl habe, nur ein Saatkorn im Wind zu sein.«

Noch während er sprach, drehte sich Samuel Hochstettler endgültig um und ging ruhigen Schrittes, nicht zu schnell und auch nicht zu langsam, durch den Stall in Richtung Tür. Madeira wieherte ihm nach. Charlotte blickte auf ihren roten Rock herunter, an dessen Saum Stroh und Kot hingen und der auch Rotzflecken abbekommen hatte. Sie starrte auf jede der eingesickerten Schleimschlieren. Mit einer jähen Bewegung raffte sie dann ihren Rock und eilte Hochstettler hinterher. Erst im Hof holte sie ihn ein und beinahe wäre sie über die Scherben eines Dachziegels gestolpert, als sie rief:

»Warten Sie, Hochstettler, gerade ist mir noch was eingefallen. Es gibt da einen französischen Arzt namens La Mettrie, der hat ein Buch darüber geschrieben, dass wir Menschen alle nur Maschinen sind, schöne, perfekte Maschinen, die durch sich selbst funktionieren. Ohne unsterbliche Seele, aber auch ohne selbständige Vernunft und damit auch ohne Aussicht auf Erlösung oder Freiheit. Gott, schreibt er, haben wir uns ausgedacht, um uns gegenseitig Angst zu machen. Religion sei demnach quasi gesundheitsschädlich. Aber auch mir gibt er eins auf den Deckel und behauptet, das Gehirn sei nur eine erleuchtetes Räderwerk, mehr nicht. Ist das nicht eine witzige Vorstellung? Wer weiß, vielleicht ist sie ja auch wahr. Ich kann Ihnen das Buch gern mal ausleihen.«

Kichernd stieß sie mit ihren Schuhspitzen gegen eine der Ziegelscherben und kickte sie über den Hof. Dann trollte sie sich ins Haus, ohne abzuwarten, ob und wie Hochstettler reagierte.

Kurz danach ging die sechswöchige Meidung Sarahs zu Ende. Vor der versammelten Gemeinde fiel sie auf die Knie und versprach Besserung. Mit offenen Armen wurde sie wieder aufgenommen. Die Sünde verachte man, nicht die Sünderin, sagte der Älteste und legte ihr seine Hand auf den Kopf. Beim anschließenden Essen erfuhr sie, dass Ruben sich mittlerweile mit einem Mädchen aus der Gemeinde Zweibrücken verlobt hatte. Wortlos nahm sie es zur Kenntnis, nur ihre in den Ausläufern bläulichen Augenlider flatterten etwas. Nach spätestens zwei Tagen begriff Hochstettler, dass mit seiner Tochter etwas nicht stimmte. Zuerst nahm er an, sie sei einfach bockig. Doch bald merkte er, dass sein zwitschernder kleiner Vogel so gut wie kein Wort mehr herausbrachte.

Kapitel 8

Die ganze vierte Märzwoche hing der Nebel so tief, dass alle Kirchtürme zwischen Bolanden und Allisheim verschwanden. Das sei ein Zeichen, raunte Joseph, als er den Morgenkaffee brachte. Wofür, fragte Georg von Geispitzheim, zerfetzte einen Hühnerschenkel und fütterte Rollo. Joseph warf beide Arme theatralisch in die Höhe und blieb eine Antwort schuldig. Genau in dieser Woche wurden zwei Entdeckungen gemacht und eine wichtige Entscheidung getroffen.

»Keiner verlässt den Raum!«, bellte der kurfürstliche Beamte, als er wieder an der Haustür stand. Hinter seinem runden Kopf unter einer speckigen Perücke und einem schwarzen Dreispitz glotzten dieses Mal vier Soldaten. Fluchend drehten sie in der Küche die Tiegel und Töpfe um, traten mit ihren Stiefeln gegen Truhen, zerrten die blass blaue Decke heraus, schlitzten in den Schlafkammern die Matratzen auf und stocherten mit ihren Bajonetten wichtigtuerisch im Stroh herum. Mit zusammengepressten Lippen schaute Samuel dem Treiben zu und zwang sich zu schweigen. Golgatha war also noch nicht erklommen, und er vergab seinen Peinigern, wie auch der Herr seinen Peinigern vergeben hatte. Uri und die Mägde mit dem brabbelnden Jakob zwischen ihren Schürzen standen abseits in einer Zimmerecke und beteten. Nur Sarah schien keine Angst zu haben. In sich versunken und verriegelt für die Außenwelt saß sie an ihrem Spinnrad, ließ den Faden durch die Finger gleiten, arbeitete mechanisch. Selbst die frechen Blicke der Soldaten glitten an ihr ab. Samuel wünschte, dass sie wenigstens jetzt weinen oder jammern würde, wann wenn nicht jetzt konnte sie aus ihrer Versteinerung aufschrecken.

Nachdem die Soldaten das Haus durchgekämmt hatten, stapften sie übel gelaunt über den Hof. Mit eingekniffenem Schwanz verzog sich Bärli in seine Hütte, ohne dass er Samuel aus seinen gekränkten Hundeaugen ließ. Die Grube wurde umzingelt, als wäre sie ein feindliches Munitionsdepot.

»Was ist da drinnen?«

»Mist von meinen Kühen, Pferdeäpfel sind auch dabei.«

Umständlich schrieb der Beamte etwas in sein Buch, nagte an der dicken Unterlippe, wünschte, er könnte einen der feinen Herrn im Ministerium fragen, ob solche Gruben generell und bei diesen Täufern im Speziellen erlaubt waren. Noch verfänglicher erschien ihm das Verhalten dieses Hochstettlers, weder bettelte er noch zeterte er, nicht einmal Bestechungsgeld bot er ihm an, dabei schien er alles andere als arm zu sein. Kein Wunder, dass der Kurfürst diese Leute kleinhalten wollte. Grübelnd starrte er in die braune Brühe, die aus dem Misthaufen heraussuppte und fast schon die Einfassungsmauern der Grube erreichte. Es wäre gut, dachte er, wenn seine Frau die Ordnung und Sauberkeit auf diesem Hof sehen könnte und sich eine Scheibe davon abschneiden würde

»Ausschaufeln, aber macht schnell.«

Der Befehl des gedrungenen Mannes kam so fahrig, dass die Soldaten nicht gleich spurten und er ihn bellen musste. Samuel wurde angewiesen, Schaufeln zu bringen. Fast eine Stunde brauchten sie, dann hatten sie die Grube nahezu geleert und den Inhalt im Hof aufgeschüttet. Den letzten Rest kratzten sie mit einem so widerlich metallischen Knirschen heraus, dass Samuel ein Schmerz in den Hinterkopf sprang und sich von dort sein Rückgrat herunter nagte. Ohne die Lippen zu bewegen, sagte er die Märtyrerlieder auf, die er auswendig konnte. Unterdessen schob der Beamte, verärgert, weil wieder nichts gefunden worden war, die Unterlippe vor, fixierte Samuel, klopfte sich mit der Kladde unschlüssig gegen seinen Rock und überlegte die nächsten Schritte. Dieser Hochstettler war verdächtig, sehr verdächtig. Wer einmal ausländische Flüchtlinge beherbergt hatte, würde es wieder tun. Nur jemand, der außerdem noch verschlagen war, schaffte es, im Gefängnis Haltung zu bewahren. Vermutlich plante er zusammen mit seiner Täuferbrut eine Verschwörung gegen die Obrigkeit. Mannheim wartete auf Nachricht. Im Stall stampften die Kühe, in zwei Stunden würde es dunkel sein. Ein unangenehmer Auftrag, aber ein wichtiger, seine Beförderung hing wahrscheinlich davon ab.

Bekümmert darüber, dass die Mistbrühe sinnlos im Hof versickerte, sah Samuel zu, wie der Beamte als nächstes die Soldaten die Stiege zum Heuboden hochscheuchte. Unter ihrem Gewicht knarzten die Sprossen, was das Nagetier in Samuels Schädel und Wirbelsäule noch gefräßiger machte. Durch die Decke waren dumpf ihre hin und her laufenden Stiefel zu hören, und ihre Sohlen verdunkelten die Astlöcher, durch die sonst ein wenig Licht nach unten fiel. Da nicht mehr viel Stroh und Heu vorrätig waren und in kürzester Zeit alles durchwühlt war, gaben sie ihre Suche bald auf und polterten wieder herunter. Schulterzuckend erstatteten sie Bericht. Die Nervosität des Beamten nahm sichtlich zu.

Während, so vermutete Samuel, drinnen im Haus seine Tochter weiter so ruhig wie ein lebloser Schatten hockte. Wenn das nun stimmte, was diese Person von Maschinenmenschen erzählt hatte, und seine schöne fröhliche Tochter jetzt so ein seelenloser Apparat geworden war? Andere aus der Gemeinde waren auch schon gemieden worden und doch die alten geblieben. Samuel fragte sich, ob er sich etwas vorzuwerfen habe. Es wäre für ihn, dessen Großvater bei der großen Spaltung vor fünfzig Jahren höchstpersönlich als einer der Ersten Jakob Ammanns strengem Kurs gefolgt war, unmöglich gewesen, die Meidung seiner Tochter zu verhindern. Er hätte sie nicht einmal verhindern wollen. Denn Sarah hatte eindeutig gegen die Ordnung verstoßen. Aber ihr Schweigen quälte ihn doch sehr. Er stellte sich vor, was Johanna sagen würde, wenn sie aus dem Himmel auf ihr trauriges, stummes Kind herunterblickte. Jetzt pochte es auch an seinen Schläfen, als wenn dort Hafer gedroschen würde.

Mit hängenden Schultern folgte Samuel den Soldaten, die inzwischen in die Scheune eingedrungen waren. Sie warteten nicht einmal einen Befehl ab, sondern rissen sofort die drei Säcke auf, die noch an der Wand lehnten. Als die kleinen Körner herausrieselten, stürzten Tränen in seine Augen. Schnell zog er seinen Hut tief ins Gesicht und dankte dem Herrn, dass er von den ursprünglich dreizehn Säcken Klee schon zehn mit dem Wintergetreide eingesät hatte.

Schließlich machten sie auch noch das Vieh konfus, drängten sich zwischen die behäbigen Leiber, schubsten sie hin und her, als wären sie Sauerkrautfässer, drückten rücksichtslos gegen ihre Euter, während sie den Mist durchwühlten. Voller Furcht verdrehte Annie, die trächtige Kuh, die Augen, bis das Weiß so weit hervorquoll, dass das Dunkle verstört und schaurig am äußersten oberen Rand glänzte. Das machte Samuel, der schon fünf Kälber aus Annie herausgezogen und ihr hinterher jedesmal zur Belohnung eine Brotscheibe mit Schmalz und Kümmel gegeben hatte, so zu schaffen, dass ihm kein einziges Märtyrerlied mehr einfiel.

Schamlos leerten sie in der Milchkammer die Bottiche und Eimer aus. Am Boden bildeten sich große Lachen, die langsam bläulich verstickerten. Eigentlich hatte Samuel heute bei Noah vorbeireiten wollen, um dies und das und auch den Bau einer Kutsche zu bereden. Die Goldmünzen in seiner Schublade häuften sich trotz der Pacht und des Schutzgeldes. Er würde, so hatte er beschlossen, erneut investieren, zwei weitere Äcker pachten, mit dem zusätzlichen Klee ein Dutzend mehr Kühe und Rinder füttern, von seinem Nachbar eine billige, weil trockene Wiese übernehmen, die er bewässern und aufpäppeln würde. Zwei Äcker pachten, eine weitere Wiese bewässern. Diese kurzen Sätze ließen sich auch wie ein Gebet sprechen, immer wieder nacheinander, genug, um beherrscht zu bleiben. Wenn er durch die Tür schaute, konnte er sehen, wie Uri den Mist wieder in die Grube zurückschaufelte. Die Schlampe von der Brennerei konnte er als zusätzliche Fütterung hernehmen, mehr Vieh gab mehr Mist, gab bessere Ernten, gab mehr Gotteslob.

»Schau einer her. Was der Gauner da ganz tief unterm Zaumzeug versteckt hat!«

Vor Begeisterung kippte die Stimme des Beamten. Endlich hatte er einen Fund gemacht. Die Soldaten feixten, stellten sich breitbeinig, die Bajonette neben sich hin. Endlich. Ein Buch. Bücher, das hatte der Beamte während seiner fünfzehn Jahre im Dienst des Kurfürsten gelernt, waren immer verdächtig. Mit spitzen Fingern, als ob es jeden Moment explodieren könnte, nahm er sein Beweismittel in die Hand. Da Samuel nie erfahren hatte, was tatsächlich in dem Buch stand, hielt auch er den Atem an, während der Beamte mit gerunzelter Stirn vorgab zu lesen.

»Es ist in Französisch«, verkündete er schließlich und blickte vielsagend in die Runde. Für ihn war die Sache klar.

»Dass die Franzosen in der Pfalz schlimm gewütet haben und unser Land lieber heute als morgen einsacken würde, weiß doch jeder.«

Die Soldaten nickten.

»Höchstwahrscheinlich ist der da«, sagte der sich wie eine satte Katze über die wulstigen Lippen leckende Beamte und zeigte mit dem kleinen blauen Buch auf Samuel, »einer ihrer Spione und ein Konspirateur noch dazu.«

Sichtlich beeindruckt rissen die Soldaten die Augen auf.

»Entschuldigung, aber ich vermute, es handelt von Tieren. Wenn Sie weiter nach hinten blättern, dann werden Sie das Bild …«

Samuels höflicher Einwand wurde barsch unterbrochen:

»Es weiß doch jeder Mensch, dass die Franzosen allesamt ausgepufft und verschlagen sind. So ein Bildchen ist doch nichts als Tarnung.«

Ausgiebig kratzte der Beamte einen Flohstich direkt am Rand seiner Perücke, wobei er eine Eingebung hatte.

»Jetzt, Hochstettler, jetzt haben Sie sich selbst verraten, denn mit einem Tier, genauer gesagt, einem Pferd, ist schon mal eine Stadt erobert worden. Ob es die Franzosen oder andere Halunken waren, erinnere ich mich nicht mehr genau, aber es war so. Das Buch ist jedenfalls konfisziert.«

Triumphierend schob er das blaue Bändchen in seine Tasche, spuckte, weil die ganze Anspannung von ihm wich, in hohem Bogen, wie es sonst nur die Soldaten taten, auf den Boden und gab Zeichen zum Aufbruch. Über die Schulter brüllte er:

»Mit Ihnen, Hochstettler, sind wir noch lange nicht fertig! Darauf können Sie Gift nehmen. Wenn das stimmt, was ich vermute, haben die Herren Minister in Mannheim jetzt einen dicken Fisch an der Angel und den werden sie sich so schnell nicht wieder nehmen lassen.«

Sobald die Staubwolke am Horizont verschwunden war, sattelte Samuel sein Pferd. Der Ritt ging geradewegs durch die Vorhölle. Dabei war ihm der Weg zu Noahs Hof vertraut und lieb. Wo sonst Finken, Drosseln und Lerchen hell singend aus den Hecken aufgeflogen waren, streckten jetzt Fratzen ihre Finger nach ihm aus, und Älbli hatte ihre liebe Not, ihnen zu entkommen. Steine am Rand lagen in seltsamen Ringen, die nur Hexen aufgeschichtet haben konnten. Der Spalt, wo am Horizont Wolken und Weg zusammenkamen, erschien ihm zu schmal, um hindurchzureiten. Kurz vor einer kleinen Anhöhe strauchelte sein Pferd, galoppierte dann los, ohne dass er ihm die Sporen gegeben hatte, ließ sich am Ende nur mit Mühe zügeln. Wovor hatte es sich erschreckt?

Die Sonne trieb unentschlossenes, milchiges Licht über den Himmel, und gerade als das rote Dach des Hofes samt Schmiede darin auftauchte, spürte Samuel am hintern Rand seines Rachens etwas merkwürdig Störendes, fast wie eine Motte, die er verschluckt hatte und jetzt dort klebte. Bis auf weiteres rettete ihn Noahs schraubstockfester Händedruck und der Gestank nach dem kleinen Terrier, der seinem Freund immer anhaftete.

Die erste Stunde am gescheuerten Tisch in der Stube sprachen sie über den Regen, der in der vergangenen Woche gerade zur rechten Zeit gekommen war. Nicht zu viel und nicht zu wenig, und der gleichmäßig eingesickert war. Auch dass es nachts nicht mehr kalt wurde, fand lobende Erwähnung. Der Klee, den sie im Herbst gesät hatten, spitzte bereits heraus, und zwar, in solch frischem Grün, dass es ein Balsam fürs Auge war.

»Dem Herrn sei es gedankt!«

»Dem Herrn sei es gedankt!«

»Selbst drüben auf meinem schlechtesten Acker, du weißt schon, dem sandigen hinterm Berg, wo der kleine Birkenwald steht, gedeiht er, weil ich ihn mit Jauche gedüngt habe.«

Samuel nickte. Wie er sammelte auch Noah seit einiger Zeit den Stallmist ein. Die kleinen runden Augen seines Freundes versanken nahezu in den Schluchten zu beiden Seiten der wulstigen Nase. Immer häufiger hintereinander räusperten sich die beiden und schnäuzten ausgiebig in ihre Taschentücher, denn beim besten Willen fiel ihnen nichts mehr ein, was sie noch zum Wetter oder Zustand ihrer Felder und Wiesen hätten sagen können. Glücklicherweise fiel Noah doch noch eine Neuigkeit ein.

»Im Mai, wenn wir den Klee mähen, werde ich Großvater. Rosie, meine älteste, du weißt, die, die in die Mannheimer Gemeinde geheiratet hat, bekommt ihr erstes Kind.«

»Das ist schön, sehr schön sogar. Dem Herrn sei gedankt.«

»Dem Herrn sei gedankt.«

Tonlos klangen die Bierkrüge gegeneinander, als sie anstießen. Noch während er trank, fiel Samuel auf, dass das Lächeln aus dem Gesicht seines Freundes so rasch davonflog wie eine Schwalbe nach der ersten kühlen Septembernacht und seine schrankbreiten

Schultern nach vorne hingen, als ob sie unter einer Last langsam nachgaben. Schon an den Schultern hätte Samuel merken müssen, dass etwas mit Noah nicht stimmte. Er tat es auch, wollte es aber nicht wahrhaben. So schauten beide angestrengt auf ihre Hände, die, was selten vorkam, untätig und deshalb wie Fremde auf dem Tisch vor ihnen lagen, und schwiegen. Noahs plumpere, schaufelgroßen hielten nicht lange still, sondern malten merkwürdige fahrige Kreise, schabten nicht vorhandene Krümel ab und stemmten sich schließlich so lange gegen die gescheuerte Platte, bis sie unter ihrer schwieligen Röte weiß wurden. Die Gelassenheit, die jeder Täufer mit der Muttermilch einsog und mit jedem Atemzug befleißigte, drohte ebenfalls zu verschwinden wie ein Zugvogel.

Obwohl er mit der Hoffnung gekommen war, seiner Angst Luft zu machen, begriff Samuel, dass der Mann ihm gegenüber, der sonst die Ruhe selbst war, ebenfalls ein Problem hatte. Behutsam strich er über seinen Bart und sagte, während sein Blick sich weiter ganz auf die Tischplatte konzentrierte:

»Letztes Jahr hab ich zu viel Klee auf einmal verfüttert, sodass sich meine Kühe aufgebläht haben, als wären sie über Nacht trächtig geworden. Ich hätte wahrscheinlich Stroh daruntermischen und alles zusammen häckseln sollen. Trotzdem will ich heuer von Anfang an mehr trocknen. Was aber nicht einfach sein soll.«

Geräuschvoll wie ein Blasebalg atmete Noah aus, und seine Schultern streckten sich etwas. Dankbar stürzte er sich auf den Knochen, den ihm Samuel hinhielt.

»Du sagst es! Wenn man nicht vorsichtig ist, fallen die Blätter gleich von den Stielen ab, jedenfalls ist mir das passiert. Ich habe mir aber in der Gemeinde der Zweibrückner Brüder und Schwestern eine Methode angeschaut, die gut funktioniert.«

»Ach, wirklich, und wie machen sie das?«

Jetzt war es Samuel, der schnupperte.

»Weil Kleeheu so viel schwieriger zu trocknen ist als Wiesenheu, bringen sie es gleich heim in die Scheune. Allerdings«, unterbrach sich Noah, um kräftig zu schnäuzen, wobei sein breites, geschnitztes Gesicht fast so friedvoll wie früher aussah. Auch seine Hände schafften es, still nebeneinander zu liegen, bevor er in seiner Erklärung fortfuhr: »... haben sie dort viel Arbeit investiert und in ihre Scheunen einen Fuß über dem Erdboden hölzerne Roste eingezogen. Darauf liegt dann der Klee, ohne zu faulen, und wird langsam, aber mit allen Köpfen und Blättern braun. Entscheidend ist auch die Hinterlüftung, deshalb haben die Zweibrücker noch extra Zuglöcher in die Seitenwände gebohrt.«

Aufmerksam hatte Samuel zugehört, von Zeit zu Zeit anerkennend genickt, bis sein Blick sich schließlich doch wieder bekümmert an seinen Händen festhielt und besonders am Dreck unter seinem rechten Daumennagel. Eine Nachlässigkeit, die zusätzlich bewies, wie sehr die Dinge schon aus dem Lot geraten waren. Ein paar Mal schickte er Noahs Bericht noch ein trockenes »gut, gut« hinterher. Dann aber war der Knochen restlos abgenagt, und sie schwiegen wieder, beide in ihre Sorgen versunken. Die offene Kutsche, die er in Auftrag hatte geben wollen, erwähnte Samuel nicht, ebenso wenig wie Sarahs Verstummen und schon gar nicht das konfiszierte französische Buch.

Das Schweigen der beiden Männer drückte gegen die frisch geweißten Wände und schwang hörbar mit dem Pendel der Standuhr mit. Mit jeder Minute, die verstrich, nahm es einen unangenehmeren Geruch an. Wahrscheinlich wären sie so auseinander gegangen, wenn nicht Noahs Frau in die Stube gekommen wäre, die Stühle streng zurechtgerückt und unverhohlen gefragt hätte:

»Und was sagt Samuel zu unserem Unglück?«

Es stellte sich heraus, dass der ehemalige Besitzer, von dem Noah seinen Hof zusammen mit Feldern und Wiesen gekauft hatte, das Anwesen jetzt zurückforderte.

»Ein Katholischer«, sagte Noahs Frau bitter und zwang Samuel, während ihr Mann schamvoll die Augen niederschlug, ihr ins gramverzerrte Gesicht zu schauen.

»Er gibt uns den Kaufpreis zurück und verjagt uns dann wie eine Mäuseplage. Ungeachtet dessen, dass wir den Hof erst zu dem gemacht haben, was er ist, und der Preis viel höher liegen würde. Vorher war doch hier alles ein liederlicher Saustall mit brachliegenden Feldern und klapprigem Vieh auf den Weiden.«

Als handelte es sich um eine katholische Kehle, rüttelte sie an der Lehne eines Stuhls.

»Frau! Reiß dich zusammen. Gott wird sich schon etwas dabei gedacht haben, warum er uns diese Prüfung auferlegt. Außerdem«, brummte Noah, »ist das Recht auf ihrer Seite.«

»Was für ein Recht!«, höhnte Noahs Frau, sodass sich nicht nur ihr apfelbäckiges Gesicht hässlich verzog, sondern auch die beiden Männer zusammenzuckten, denn so eine aufbrausende Stimme kam sonst kaum aus dem Mund einer frommen Täuferin. Umso leiser sprach Samuel aus, was er bislang nur vom Hörensagen wusste:

»Das Retraktionsrecht des Kurfürsten erlaubt, dass man uns Täufern innerhalb von drei Jahren den Besitz wieder auslösen kann, sodass alle unsere Käufe null und nichtig sind.«

»Dafür zahlen wir ihm dann auch noch Schutzgeld«, empörte sich die zähe kleine Frau, die im vergangenen Jahr ihr vierzehntes Kind geboren hatte. »Und vergesst nicht die 10 000 Gulden, die wir beim Thronwechsel von 1741 aufbringen mussten, damit unsere Generalkonzession erneuert wurde.«

Beklommen nickte Samuel, während Noah eine Träne nach der anderen über das Gesicht lief und lautlos im schwarzen Bart versickerte. Die behaarten Mottenflügel kratzten mittlerweile wieder an Samuels Rachen. Er konnte sich räuspern, so viel er wollte, sie rutschten nicht hinunter und ließen sich auch nicht herausspucken.

Sobald Samuel wieder zu Hause war, nahm er in aller Heimlichkeit Kontakt mit Adam Krehbühl vom Weierhof auf. Sie trafen sich am Ufer der Pfrimm. Genau an der Stelle, an der sie als Kinder Krebse und Stichlinge gefischt und mit Feuersteinen gezündelt hatten. Das zu ihren Füßen schwappende gelbe Wasser roch angenehm faulig wie eh und je, und sie ließen diesen Geruch erst für eine Weile in ihre Nasen steigen und sich dort einnisten und Vertrauen schaffen, bevor sie zum Geschäft kamen. Nach einer halben Stunde hatte Samuel seinen gesamten Viehbestand, alle Gerätschaften und das Hausinventar verkauft. Nach kurzem Feilschen, zu einem anständigen Preis und per Handschlag. Auch der gelbe Hund Bärli sollte, wenn es so weit war, auf den Weierhof kommen, wo die Krehbühls eine neue Hofstelle für einen jüngeren Bruder gründen wollten.

»Der Herr sei mit dir, Samuel Hochstettler.«

»Mit dir auch, Adam Krehbühl.«

Auf dem Weg zurück grübelte Samuel darüber nach, was Adam bewogen hatte, sich seinen Bart zu scheren, sodass sein Kinn jetzt glatt war wie das eines Soldaten.

Die »Abhandlung über das Glück« gefiel Charlotte noch besser als »Die Maschine Mensch«. Zwar verbot es die pfälzische Zensur ebenfalls, aber da es in Potsdam erschienen war, ließ es sich leichter ins Land schmuggeln. Felix organisierte, dass La Mettries Werk am Zoll vorbei nach Kirchheim kam, doch er machte keinen Hehl daraus, dass er den Franzosen für einen üblen Nestbeschmutzer hielt, einen Verräter an dem großen Ziel, die Menschheit aufgeklärter und damit automatisch moralischer zu machen. Ausgerüstet mit einer noch ofenwarmen Fleischpastete und einer halben Flasche Wein, denn immerhin war im Moment Geld im Haus, nistete sich Charlotte an diesen trüben Nachmittagen wieder in ihrer bevorzugten Fensternische zum Lesen ein. Schlampig gekleidet, die Beine angezogen, bohrte sie ihre lange Nase so tief zwischen die Seiten, dass keiner der Hofgesellschaft sie erkannt hätte, wenn er oder sie vorbeigekommen wäre. Aber nur die Nebelschwaden kletterten die Fensterscheiben lautlos auf und ab und wurden stundenweise so dicht, dass sie auch die verrenkten Äste der Obstbäume im Garten verschluckten.

Ziemlich häufig musste sie zurückblättern und Satz für Satz noch einmal genau nachlesen, um den Sinn zu verstehen. Denn La Mettrie argumentierte mit einer Ironie, die sich mit nicht minder bissiger Selbstironie zu oft paradoxen Gedankenlindwürmern paarte. Es gab Passagen, in denen sie eine Beschreibung von sich selbst zu entdecken glaubte. Naive Hedonisten nannte La Mettrie nämlich Menschen, die nach seiner Beobachtung besonders gesund lebten. Nachdenklich setzte Charlotte die Flasche an die Lippen und trank in großen Zügen. Wahrscheinlich wäre er genau der Arzt, um ihren Vater von seinen tatsächlichen und eingebildeten Krankheiten zu kurieren. Aber Potsdam war weit, und La Mettrie wurde dort, so hatte ihr Felix verraten, vom preußischen König als Hofnarr gehätschelt. Unmöglich, ihn hierher in die pfälzische Provinz zu locken. Charlotte leerte den Rest der Flasche und wunderte sich, warum La Mettrie ebenso wie Hochstettler und seine Täufer vehement gegen Krieg waren, obgleich sie doch in zwei Ecken standen, die nicht unterschiedlicher sein konnten. Gerade als sie zu der Beschreibung von höchst seltsamen Tierversuchen kam, stieg kerzengerade wie die Fontäne im Kirchheimer Gartenteich Übelkeit in ihr auf. Sie schaffte es gerade noch, die Kerze beiseitezustellen, da spie sie schon in hohem Bogen auf die Holzdielen. Hatte die Ammerling also wieder altes Fleisch hineingestopft! Dabei hatte die Pastete ausgesprochen gut geschmeckt.

Schon am nächsten Morgen hakte sich Charlottes Nase wieder an der Stelle ein, die sie unfreiwillig hatte verlassen müssen und wo La Mettrie ausführlich beschrieb, wie der Genfer Biologe Abraham Trembly Polypen tranchierte. Zwar hatte sie noch nie von solchen Lebewesen gehört, konnte sich nach einer Weile aber ganz gut vorstellen, dass sie klein und glitschig sein mussten, mit Tentakeln und einer Art großem Mund. Es freute sie ungemein, dass Forscher heutzutage vor nichts mehr Halt machten. Wobei La Mettrie, wie sie eine Seite weiter begriff, nicht das kuriose Geschöpf als solches interessierte, sondern nur dessen erstaunliche Fähigkeit zu überleben. Zerschnitt Trembly nämlich einen dieser Polypen, dann regenerierten sich die Einzelstücke wieder zu einem Ganzen.

Der Philosoph knüpfte aus diesem außergewöhnlichen Vorgang eine grandiose These, mehr noch einen Beweis. Nämlich dass die menschliche Seele eben nicht, wie seit Jahrhunderten angenommen, immateriell und göttlichen Ursprungs sei, sondern, weil teilbar, durch und durch körperlich. Natur, Fleisch, wenn auch schleimiges, aber eben nichts anderes. Charlotte kribbelte es vor Erregung im Bauch und sie wünschte, sie hätte ein Glas Champagner, um auf diese kolossale Neuigkeit anstoßen zu können. Denn, wenn sie alles richtig kapiert hatte, und davon ging sie aus, dann wischte La Mettrie damit den leidigen Gegensatz zwischen Leib und Seele, Fleisch und Geist ein für alle Mal vom Tisch. Nicht ohne vorher noch das einzig fehlende Argumentationsglied in seiner Beweiskette zu liefern, indem er kurz und bündig erklärte: Tiere sind fast so vollkommene Maschinen wie Menschen. Überwältigt und erschöpft lehnte sich Charlotte in der Fensterleibung zurück. Hochstettler musste davon erfahren. Unbedingt! Denn wenn auch er La Mettrie verstand, dann würde er aufhören, sich und Sarah unnötig zu quälen. Mit der Seele war ihrem strengen Gott, der ihnen dauernd Gewissensbisse einbrockte, automatisch die Existenzberechtigung entzogen. Charlotte erschrak über sich selbst. Sie war zu weit gegangen. Dass ihr kurz darauf wieder speiübel wurde und sie sich erneut übergeben musste, führte sie deshalb auf ihre Lasterhaftigkeit zurück. Denn Pasteten hatte sie, seit sie aufgestanden war, noch nicht angerührt.

Es kam noch schlimmer. Am darauf folgenden Tag wachte sie

schon mit einem flauen Gefühl auf. Wohlweislich hatte sie ihren Nachttopf in die Nähe gestellt. Zittrig und elend kroch sie anschließend auf Knien zurück in ihr Bett, stellte, als sie lag, fest, dass die Stuckdecke über ihr sich wie zu einem langsamen Tanz zu drehen begann und schließlich schräg die Wand herunterrutschte. Während ihr Reifrock und die Kommode die andere Wand hinaufwanderten. Es wurde nicht unbedingt besser, wenn sie die Augen zumachte. Auch so kreisten gleißende rote Punkte. Die Wände ihres Magens zogen sich ruckartig zusammen, aber es war kein Inhalt mehr vorhanden, den sie nach oben hätten pressen können. Wenn sie starb, so schoss es Charlotte durch den Kopf, würde es Tage dauern, bis man sie fand. Keinem Mensch würde auffallen, dass sie nicht mehr in der Fensternische saß und las. Eine wohlige Woge von Selbstmitleid überspülte und versüßte den ekeligen Geschmack in ihrem Mund und ihrer Kehle.

Zu ihrem eigenen Erstaunen arbeitete unter dem Strom der ganzen Malaise ihr Verstand weiter. Zumindest zwei, drei Rädchen des schönen Maschinenwerkes, das ihr Monsieur La Mettrie zubilligte. Über diese Räder ratterten in einer Endlosschleife Sätze, die sie die vergangenen Tage gelesen hatte. Sätze, so fein und gründlich genäht wie die Muster in Sarahs blauer Decke. Unverwüstlich, einprägsam. Nur was Natur ist gilt, lautete der eine. Ein anderer bestand aus drei Wörtern, deren schwarz gedruckte Buchstaben von Zeit zu Zeit über die Innenseite von Charlottes Lidern spazierten, so als ob sie sie mit einem Pedal elektrisiert und in Bewegung gesetzt hätte: Tatsache, Ursache, Wirkung. Das Vaterunser ihrer Zeit, das Charlotte auch schon vor La Mettrie, wenngleich nicht so überzeugt, gebetet hatte.

An der Tatsache als solcher zweifelte sie kaum mehr. Die Ursache leuchtete ihr ein. Nur die Wirkung in ihrer ganzen Breite konnte sich Charlotte beim besten Willen nicht ausmalen. Zumindest die unbarmherzige Wirkung der Sätze La Mettries ließ aber mit der Zeit nach, sodass Charlotte erschöpft eindöste und für den

Rest des Vormittags wie ein Stein schlief. Als sie aufwachte, fühlte sie sich deutlich besser. Trotzdem beschloss sie zur Sicherheit, Lisbeth zurate zu ziehen.

»Wie lange schon?«

Mit ehrlichem Bemühen biss sich Charlotte auf die Unterlippe, dachte nach und zählte sogar. Aber alles, was ihr einfiel, war dann doch nur:

»Ziemlich lange schon.«

»Na dann. Kann jeder Mal passieren.«

Verlegen zog Lisbeth die Mundwinkel nach unten und dachte aber bei sich, dass es nur gerecht sei, wenn es auch die feinen Damen erwischte. Charlotte dagegen klammerte sich an den einzigen Mann, der ihr im Moment nahe war, und beschloss, ihm zu folgen und keine Gewissensbisse oder sonstige moralische Attitüden zuzulassen.

Trotzdem brütete sie noch bis zum Samstag dieser vierten Märzwoche meist im Bett vor sich hin und wog gründlich die Optionen ab. Felix war zweifelsohne so weit unter ihrem Stand und ihren finanziellen Bedürfnissen, und eine Heirat würde solch einen Skandal provozieren, dass sie ihre Mutter genauso gut erwürgen könnte. Mit dem storchenbeinigen sächsischen Grafen ließe es sich dagegen nur im Zustand dauerhafter Betrunkenheit aushalten. Abgesehen davon, das musste sie sich ehrlicherweise zugestehen, dass er sich wahrscheinlich gar nicht dazu herabließ. Eine Heirat mit ihr passte nicht in sein Geschäftskonzept. So gesehen, war ein Stift für evangelische Fräulein, das Auffangbecken für alle gescheiterten weiblichen Existenzen ihres Standes, noch die bessere Wahl. Ob man ihr dort den Einsatz der Elektrisiermaschine erlauben würde, bezweifelte sie allerdings. Dann fiel ihr ein, dass die Stiftsdamen grauenhafte Kleider tragen mussten, die denen Sarahs vom Schnitt her ähnelten. Ihre Aussichten waren unterm Strich also katastrophal.

Langsam kauend aß Charlotte eine frische Blutwurst, löschte die etwas zu salzige Würze mit leicht moussierendem Grauburgunder, schlang, als sie alles aufgegessen hatte, beide Arme um die Knie und weinte so lange vor sich hin, bis die Weinflasche leer war und sie heftigen Appetit auf Leberwürste bekam. Schließlich war Schlachttag. Und sie hatte schon seit dem Morgen Schweine schreien und die Knechte mit schweren Schritten Bottiche vom Stall über den Hof in die Küche tragen hören.

Am Sonntagnachmittag löste sich der Nebel urplötzlich auf, und das Schiefergrau des Bolandener Kirchturms schimmerte feucht herüber. Er habe es ja gesagt, es sei ein Zeichen gewesen, blaffte Josef und verschüttete beim Servieren absichtlich die Ochsenschwanzsuppe.

Zu Martini hatte Hochstettler bereits die gesamte Pacht für das laufende Jahr bei Herrn von Geispitzheim abgeliefert. Auch gegenüber den Armen seiner Gemeinde war er großzügig gewesen. Das also konnte er als abgehakt betrachten. Große Schwierigkeiten bereitete es ihm dagegen, etwas über die Rheinschiffe in Erfahrung zu bringen. Zumal er aus Furcht, der Älteste würde sofort vorbeikommen und ihm den Arm um die Schultern zwingen, keinen seiner Brüder zu fragen wagte.

Ebenso heimlich wie Adam Krehbühl konsultierte er deshalb Abraham Grünstein. Regen sprühte aus einem niedrigen Himmel und spülte Abfallreste und Kot die Straßen hinunter, als er an dem stattlichen Haus in Kirchheim anklopfte. Dass die Fenster spiegelblank geputzt waren, flößte ihm Vertrauen ein. Überhaupt waren die Gemeinsamkeiten unübersehbar. Wie die Täufer besaßen auch die Juden kein Bürgerrecht in der Pfalz, mehrten aber den Wohlstand des Landes. Die Grünsteins handelten in dritter Generation erfolgreich mit Geld und Informationen, denn ein dichtes Netz verband sie mit Geschäftspartnern in ganz Europa. Billig war der Service nicht. Aber Abraham Grünstein kannte sich aus, er nannte auf der Stelle Orte und Namen und würde Passagen und Quartiere bis und in Rotterdam buchen. Samuel beschloss, ihm zu vertrauen. Nicht zuletzt weil auch der Jude einen Bart trug. Einen, der sogar erheblich länger als sein eigener war und bei jeder Bewegung auf dem derben Stoff des schlichten braunen Kaftans kleine Kratzgeräusche erzeugte. Sie waren schon dabei, sich umständlich zu verabschieden, als ein junger Mann ins Zimmer tänzelte. Ein sonniges, selbstverliebtes Lächeln auf den Lippen und mit schwarzen Augen, die nicht stillstanden.

»Mein Sohn, David Grünstein.«

»Welche Ehre, welche Ehre!«

Weltmännisch verbeugte sich der junge Herr, mit einem Blick die Kreditwürdigkeit und Kaufkraft des Besuchers in den tristen Bauernkleidern abschätzend. Dass das Gesicht des Alten sich schloss und plötzlich steinern wirkte, entging Samuel nicht. Auch der muss sich Sorgen machen, wie es weitergeht, dachte er bei sich, als er Älbli eine halbe Stunde später durch die schmutzigen Gassen der Stadt zum Tor hinausführte. Kein Wunder, David Grünstein hatte seidene Hosen getragen, eine vanillegelbe Weste und eine gepuderte Perücke. Ein aufgetakelter Hofgalan, der seine Herkunft wie ein verschwitztes Hemd abstreifen wollte. Einer, der bestimmt gern mit aalglatten Sätzen mit dem Fräulein von Geispitzheim über den Wettlauf um die Welt plauderte. Aber diese Bagage würde er, Samuel Hochstettler, bald hinter sich lassen. In der Innentasche seiner Jacke steckten steif die Papierbögen, die ihm der Nassau-Weilheimsche Hofjude mitgegeben hatte, und schabten angenehm durch das Hemd hindurch an seiner Brust. Samuel schnalzte mit der Zunge und ließ sein Pferd antraben. Zum ersten Mal seit Langem spürte er wieder so etwas wie Zuversicht, fast sogar ein Gefühl von Vorfreude. Dabei trug ein ungestümes Aprilwetter neue Schauer von Westen her, und es regnete so schräg, dass sein Hut keinen Schutz mehr bot. Als er zu Hause absaß, schleckte er mit der Zunge dicke Tropfen von seiner Oberlippe. Bärli rannte ihm entgegen, um ihn stürmisch zu begrüßen, drückte seine Schnauze in die feuchten Knie seines Herrn. Samuel musste lachen und rieb sich im struppigen Fell die Hände trocken. Der Geruch nach gekochtem Fleisch und Kraut weckte seine Lebensgeister und zielstrebig öffnete er die Haustür. Es war Zeit, mit Sarah und Uri zu sprechen.

Natürlich gab es Mittel und Wege, das wusste Charlotte auch. Die Zofen ihrer Mutter würden am ehesten Bescheid wissen, an wen man sich bei solchen Problemen wenden musste. Vorerst versuchte sie es mit Treppensteigen. Zügig von der Küche im Gewölbekeller die steinerne Spindel hoch, dann über den langen Flur und die steile Stiege des hinteren Treppenhauses bis in den kleinen Turm hinauf. Hinunter galoppierte sie. Da sie allerdings die Höhe und Abnutzung der Stufen im Schlaf kannte, rutschte sie nie wie beabsichtigt aus, um Hals über Kopf und möglichst ein ganzes Stockwerk tief zu stürzen, sondern bekam nur Seitenstechen. Hin und wieder begegnete ihr ihr Vater, schlurfend im giftgrünen Schlafrock. Überrascht hob er die Hand, winkte dann aber freudig. Im ersten Moment wusste er sicherlich nie ganz genau, wer die große junge Frau war, die wie ein seltenes Tier aus einer Menagerie durch sein Haus lief.

Einmal, als Charlotte besonders schnell um die Ecke kam, stießen sie beinahe zusammen. Georg von Geispitzheim fasste nach seinem Wiesel und fragte seine Tochter unbeholfen nach dem Wetter. Gerührt umarmte ihn Charlotte, was ihn gänzlich verwirrte, sodass sie die Peinlichkeit schnell überbrückte, indem sie hastig die Saucenflecken von seinem Revers rubbelte. Danach gab Charlotte die Versuche auf, durch Treppensteigen und eventuelles Treppenherabstürzen ihre Schwangerschaft zu beenden.

Stattdessen las sie nochmals von vorne bis hinten alles, was sie von La Mettrie besaß, das Buch über die Maschinennatur des Menschen und das andere über sein fragiles Glück. Das lenkte sie so von ihrem eigenen Unglück ab, dass sie sich dabei ertappte, wie sie sowohl Felix als auch Hochstettler mit lauter Stimme die scharfen Messer unter die Nase hielt, die sie sich aus der Argumentationsschublade des spleenigen Franzosen lieh. Eine Weile tat das gut. Dann überkam sie wieder das Gefühl der Einsamkeit und gelichzeitig der Sehnsucht nach Sarah und der Hochstettlerschen Küche. Würde sie dort sitzen, umarmt von den blinkenden Tiegeln und Kannen, dann, so glaubte sie, wäre alles weniger schlimm. Selbst Hochstettler und sein Bart ließen sich ertragen. Und es fiel ihr ein, wie er Madeira gestreichelt und schließlich geheilt hatte.

»In Kaiserslautern gibt es eine Person, die in solchen Fällen hilft«, sagt Jeannette.«

Geschäftig zog Amalia von Geispitzheim ein mit Perlmuttintarsien verziertes Schublädchen ihres Sekretärs auf, durchsuchte es hastig, öffnete ein nächstes, ohne das erste zu schließen. Dabei klimperten die Perlenschnüre an ihrem Kleid, und feiner Puder rieselte um sie herum zu Boden. Sie war eine Frau, die schon immer sentimentale Affekte oder gar Hysterie als unklug abgelehnt hatte. Trotzdem überraschte es Charlotte, wie nüchtern ihre Mutter mit der Tatsache umging, dass ihre unverheiratete Tochter ein Kind erwartete. Allerdings sprach es erneut für ihre Effizienz, dass sie keine Zeit damit verschwendete, nach dem Vater zu fragen.

»Ist so etwas gefährlich?«

Amalia von Geispitzheim zögerte mit der Antwort keine Sekunde.

»Ja, mein Kind, das ist es. Wenn was schiefgeht, bist du mausetot. Allerdings hat Jeannette bereits zwei Damen gedient, die es bestens überstanden haben. Ich würde sagen, die Chancen stehen 60 zu 40, dass du zwei Tage später wieder tanzt.«

»Und was würden Sie an meiner Stelle machen?«

»Ach Gott, Charlotte, welche Frage. Ich wäre natürlich klüger gewesen und hätte mich beizeiten nach einem warmen Nest für mein Kuckucksei umgeschaut. Aber seien wir realistisch, das kriegst du jetzt nicht mehr hin.«

Dabei blickte sie ungeniert auf die Nase ihrer Tochter, um deutlich zu machen, warum solch eine kleine, aber eilige weibliche Trickserei nicht klappen konnte. Charlotte nickte, auch sie machte sich keine Illusionen.

»Paris, du könntest nach Paris gehen. Da ist man großzügiger mit Kindern der Liebe. Aber dazu brauchst du Geld, ziemlich viel jedenfalls.«

Sofort machte sich Amalia von Geispitzheim wieder daran, ihren Sekretär zu durchkämmen. Wobei sie jetzt die Schubladen ganz herauszog und auf dem Fußboden stapelte, ihre Hand bis zum Ellbogen in die dunklen Schlunde hineinschob und mit leicht verzerrtem Gesicht so lange fingerte, bis sie endlich eine kleine Schmuckschatulle herausbeförderte. Als ob es nur ein Apfel wäre, legte sie sie Charlotte in den Schoß.

»Fahr damit sofort wieder zurück, denn wenn es auf pfälzischem Grund ist, kann sein Sohn keine Ansprüche mehr darauf erheben.«

»Sein Sohn?«

»… hat sich bereits hier eingenistet und wittert Morgenluft. Ich habe es dir doch schon gesagt, der Fürst macht es nicht mehr lang.«

»Und Sie, Mutter? Was wird dann mit Ihnen?«

»Was meinst du, was ich die letzten Jahre inmitten dieser Langweiler gemacht habe, nur ausländische Zeitungen gelesen und die Dumpfbacken zum Narren gehalten?«

Höhnisch lachte sie auf, und Amalia von Geispitzheims Gesicht war fast so schön und lebendig wie vor zwanzig Jahren. Dann ging sie erstaunlich behände auf die Knie, beugte den Kopf, sodass, als sie weitersprach, ihre Worte zu den Wollmäusen unter den Sekretär schlüpften.

»Natürlich habe ich Zeitung gelesen, vor allem die Meldungen, auf die es ankommt. Kriegsanleihen, Erzvorkommen, Aktienanteile…«

Die nächsten Worte konnte Charlotte überhaupt nicht mehr verstehen, denn der sorgfältig frisierte Kopf ihre Mutter steckte inzwischen fast schon in dem Spalt zwischen Parkett und Unterboden des Schreibschrankes.

»…mit hohen Renditen investiert. Ach ja, da steckt es.«

Sie zog ein Bündel Dokumente aus dem Versteck heraus, hielt es triumphierend hoch und fächerte sich damit zu, als ob sie ganz vorne an der Balustrade ihrer Loge im Theater säße. Charlotte war beeindruckt. Die Intelligenz ihrer Mutter hatte Früchte getragen, was sie von ihren eigenen Fähigkeiten und Anstrengungen bislang nicht sagen konnte. Sie würde wohl immer in ihrem Schatten stehen. Schlecht war ihr ohnehin auch noch. Jedenfalls schloss sich in ihrem Magen wieder ruckartig eine Faust. Ihr Dank, als sie auch noch die Papiere in Empfang nahm, hörte sich dementsprechend kleinlaut und verschluckt an.

»Für die Sache in Kaiserslautern müsstest du wahrscheinlich nicht mehr als drei, vier Gulden bezahlen. Wenn du dich aber für Paris entscheidest«, sagte Frau von Geispitzheim, und ihre grauen Augen funkelten unweigerlich animiert, »dann reicht das über ein Jahr, um standesgemäß zu leben. Ach, da fällt mir der Duc de Garmont oder so ähnlich ein, der Fürst ist um drei Ecken mit ihm verwandt. Angeblich rennt der jeden Donnerstag in einen der Salons, die dort jetzt so in Mode sind. An den könnte ich Empfehlungsbriefe für dich schreiben. Charlotte, stell dir vor, du hättest deinen eigenen Salon und würdest tout Paris elektrisieren! Sobald der Fürst unter der Erde ist, käme ich nach. Wir beide könnten…«

»Ach, Mutter, was wir alles könnten.«

»Gib mir Bescheid, hörst du! Aber wenn du das mit Kaiserslautern nicht machst, dann will ich meine Aktien und die Schatulle mit dem Schmuck zurück. Und grüß deinen Vater.«

Felix über den Weg zu laufen oder ihn gar in seiner Dachkammer aufzusuchen, unterließ Charlotte tunlichst. Außerdem wurden die Lakaien wieder einmal bestochen, sodass der kurze Besuch bei ihrer Mutter geheim blieb. Der Kutscher bekam Befehl, extra schnell zu fahren. Nicht damit, wie er annahm, das Fräulein noch vor Einbruch der Nacht wieder zu Hause wäre, sondern weil es einen nicht ganz unerheblichen Teil der fürstlichen Wertpapiere unter ihrem Rock außer Landes führte.

Auf den Nebel folgte schönstes Frühlingswetter, und in wenigen Tagen sahen die blühenden Obstbäume aus wie dickes rosa Naschwerk aus Marzipan. Die Küchenmädchen trällerten Lieder, und selbst die Ammerling grunzte etwas freundlicher, wenn Charlotte zum Essen kam. Von der Großmutter traf ein Brief ein, dass der Weinhändler Schwertfeger alias Schwerthalter ein stockhässliches Fräulein von Sonderhausen geheiratet habe. Die Hochzeit sei so pompös gewesen, dass Mannheim bestimmt noch in zehn Jahren davon reden werde. Ihre Gicht verschlimmere sich, weil sie sich noch täglich darüber ärgere, dass die Enkeltochter so töricht gewesen war …

Von dem Vorwurf getroffen, senkte Charlotte den Papierbogen, schloss ihre tränenden Augen und gönnte es sich, in Kummer und lauwarmer Reue zu baden. Sie malte sich aus, das Angebot des Weinhändlers wäre nicht vor einem Jahr, sondern gerade jetzt, zum passenden Moment gekommen und sie hätte die kleine Maschine in ihrem Bauch als Mitgift dabei. Freuen würde sich der Schwertfeger über so ein Siebenmonatskind und voller Dankbarkeit der Mutter und ihr eine Reise nach Paris spendieren. Paris, wo sie keine Menschenseele kannte, oder zur Kurpfuscherin nach Kaiserslautern, darum ging es leider in der Realität. Weil aber auch das Weinen gar keine Entscheidung brachte, schleppte sie sich zu dem Kasten, in dem die Elektrisiermaschine seit Wochen tatenlos vor sich hin wartete. Charlotte hob sie hoch und schob preußische Kriegsanleihen und andere Vermögenswerte unter sie. Anschließend nähte sie die Schmuckstücke, die in der Schatulle gewesen waren, in die Säume von Unterröcken und Kleidern. Das ist doch auch was, dachte sie, als sie fertig war. Nicht ganz so schwergewichtig wie der Weinhändler mit seinen Immobilien, aber immerhin. Außerdem konnte sie frei darüber verfügen. Mit dem Zipfel eines der Unterröcke wischte sich Charlotte das verquollene Gesicht ab und fragte sich zum wiederholten Mal, ob nun Felix oder der klapprige sächsische Baron der Vater war.

Weil aber Charlottes Natur nicht zum Trübsinn und schon gar nicht zur Verzweiflung taugte, sondern eher nach La Mettries Geschmack war, ritt sie schließlich auch wieder aus und genoss es, mit ihrem Gesicht die warme süße Luft zu durchschneiden. Sie besuchte eine ihrer Kinderfrauen, die an den Hängen des Donnersbergs lebte, aber mittlerweile so wirr im Kopf war, dass sie das Mädchen, das sie stundenlang auf ihrem Schoß geschaukelt und dem sie bis zu seinem vierzehnten Geburtstag die Flöhe vom Körper gezupft hatte, nicht mehr erkannte und nur blöd auf den Holznapf mit Brei starrte, der vor ihr stand. Charlotte gestand sich ein, dass sie mit ihr gern gesprochen hätte. Nicht über Paris, aber über Kaiserslautern. Einmal ritt sie ohne besonderen Grund die Strecke nach Dalsheim und wieder zurück. Als sie später im Spiegel sah, dass ihr Haar voller Kirschblütenblättern war, musste sie sogar lachen und vergaß, dass sie eine Entscheidung treffen musste. Alle Wege in Richtung Muckentalerhof vermied sie. Sodass sie manchmal einfach nur ziellos lange Schleifen ritt, Böschungen hinauf und Böschungen hinunter. Bauern kamen ihr mit ihren Ochsengespannen entgegen, zogen die Hüte vor ihr, aber nie waren Hochstettler und seine Knechte unter ihnen.

Nur Nachschauen, ob die bestickten Pantoffel in ihrem Versteck den Winter überstanden hatten. Nur! Entweder waren sie längst aufgeweicht und vermoderte Relikte einer besseren Zeit oder, auch das wäre möglich, das Nest einer Familie Haselmäuse, was sich vielleicht als Entscheidungshilfe ausdeuten ließe. Möglicherweise hatte sie aber längst jemand geklaut. Deshalb wollte sie einfach nur nachschauen. Doch schon während des ersten scharfen Galopps auf der Höhe von Bolanden zog Charlotte ihrem Vorwand das allzu dünne Hemd aus und vertraute darauf, dass die allen Einblicken verborgene Stelle am Bach ihr für ein paar Stunden Zuflucht und Vergessen schenken würde. Was tatsächlich dann auch so war.

Das Glucksen des Frühlingswassers, von dem Madeira trank, lullte sie ein. Obwohl der Boden noch feucht und kühl war, legte sie sich ausgestreckt hin, kaute den Saft aus den ersten grünen Stengeln und spülte damit den letzten Rest Übelkeit weg, flog mit einem Schwarm Goldammern hoch, verlor sie aber bald aus ihren kurzsichtigen Augen. Mithilfe eines Weberknechtes, der gravitätisch über ihren Unterarm wanderte, kam sie wieder auf die berührungslose Berührung und die Elektrizität. Beim nächsten Besuch am Bach brachte sie sich den guten alten Gray mit. Seine Versuche lasen sich inzwischen wie ein zerfleddertes Buch mit Kinderreimen, jeder Satz vertraut, den nächsten schon auswendig im Kopf. Die Welt draußen konnte ihr gestohlen bleiben. Das Kleid, das sie für ihre Ausritte trug, ein ursprünglich rehbraunes mit violetten Streifen, beherbergte mit der Zeit, die sie in dem Lager zwischen den Weiden und Erlen verbrachte, Käferflügel, zerbrochene Schneckenhäuser und zusammengerollte Larven, stank nach Erde sowie schmierig verfaulten Blättern des vergangenen Jahres und ähnelte besonders von hinten einem abgenutztem Kartoffelsack.

Den Rücken sah Sarah zuerst, schmutzig und gekrümmt unter den Weiden dösend. Seine Vorderseite verlangte nicht, dass sie redete. Im Gegenteil. Sie hielten sich nur in den Armen und wiegten sich. Erst nach einer Weile spürte Sarah, dass ihr Ärmel durchweichte, also küsste sie sich von Charlottes Schläfen zu den Tränen vor, sobald sie die Augen verließen. Als die Sonne so hoch am Himmel stand, dass sie schüchtern durch das Dach aus Zweigen und ersten Blättern zu ihnen hindurchschien, wusste Sarah bereits alles. Aber weder Paris noch Kaiserslautern sagten ihr sonderlich viel, sodass beides zur Seite gelegt und vergessen wurde wie der Hirschkäfer, der sich bis zum linken Knie Charlottes verirrt hatte.

»Wir gehen nach Pennsylvania, in Gottes neues gelobtes Land. Am besten du kommst mit uns mit.«

Sofort wuchs Sarahs Mund wieder fest zu, und nur ihre Augen sprachen und beschworen Charlotte, dass genau das die richtige Entscheidung wäre.

»Wann?«

Hellwach beugte sich Charlotte über ihre Freundin. Die hob nur die rechte Hand und spreizte alle fünf Finger.

»In fünf Tagen?«

Sarah nickte. Charlotte einen Moment später auch. Ein Rudel Silberfische drang in ihre Gehirnwindungen ein und verbreitete überall den Plan.

Zu Hause begann sie sofort, ihre Sachen zu sortieren. In solche, die sie zurücklassen, und in solche, die sie mitnehmen würde. In die neue Welt.

Seitdem ihr Vater ihr unterbreitet hatte, dass, warum und wohin er mit seiner Familie auswandern wolle, und auch Uri zugestimmt hatte mitzukommen, konzentrierte sich Sarah darauf, einen möglichst großen Vorrat Sauerkraut zuzubereiten. Zwei große Töpfe mindestens. Das sagte sie zwar niemandem, aber es war offenkundig, was sie vorhatte. An dem Abend ihres Wiedersehens mit Charlotte kam ihr Vater vom Stall in die Küche, um nach ihr und Jakob zu schauen. Er erschrak über die Vehemenz, mit der sie einen Weißkohlkopf auf dem Hobel traktierte. Behutsam legte er ihr seinen Arm um die Schultern. Und tatsächlich hielt sie inne und schaute ihn an.

»Ich möchte, dass das Fräulein, das Fräulein von Geispitzheim mit uns mitkommen darf.«

Ein, zwei Sekunden noch, dann drückte sie wieder mit ganzer Kraft und hobelte weiter.

»Mit? Nach Pennsylvania, meinst du. Warum um alles in der Welt sollten wir diese Person mitnehmen?«

»Weil ich sonst auch nicht mitkomme.«

Der Berg fahler, welliger Streifen unter ihren Händen wuchs immer schneller, bis Sarah den Inhalt der Schüssel geschwind in den Gärbottich kippte und noch etwas Salz dazustreute. Dann nahm sie den Stampfer und begann vehement das Kraut zu bearbeiten, damit aller Saft austrat und schließlich als Lake oben schwamm. Den Deckel verschloss sie sorgsam und beschwerte ihn noch mit Gewichten, sodass das Kraut fest zusammengepresst wurde und alle Luft entwich. In vier Wochen würde es vergoren sein. So hatte es ihre Mutter auch immer gemacht, und ihre Mutter, da war sich Sarah ganz sicher, würde wollen, dass sie auf diese gefährliche Reise Sauerkraut mitnahmen.

Samuel brachte kein Wort mehr aus seiner Tochter heraus, der der Schweiß auf der Stirn stand. Es war eh alles gesagt, was gesagt werden musste.

Kapitel 9

In Worms schifften sie sich rheinabwärts ein. Die acht Gulden und dreißig Kreuzer, die sie für ihre Fracht bei der Gesellschaft von Johannes Wallrab zahlen musste, lieh sich Charlotte von Hochstettler aus, da sie über so gut wie kein Bargeld verfügte. Neben den Schlafstellen wurde ihnen Holz zum Feuermachen zugewiesen. Fleisch, Fisch, Brot und erstes Gemüse kauften sie zu überteuerten Preisen von Händlern an den Anlegestellen der kleinen Ortschaften, die sie passierten. Unaufgefordert und wortlos übernahm es Sarah, für die kleine Gruppe zu kochen. Wie überhaupt jeder schnell in seine Rolle rutschte.

Gepudert, geschminkt und noch für die Waschfrauen am Ufer und die Männer, die mit ihren Treidelpferden Schiffe stromaufwärts zogen, gut sichtbar durch einen großen gelben Hut, gespickt mit einer wippenden Straußenfeder, der so schräg saß, dass er kaum vor der Sonne schützte, zwang das Fräulein von Geispitzheim, Zollinspektoren und sonstige Finsterlinge, die sein Gepäck nach doppelten Böden abklopfen wollten, zu Stielaugen, devoten Kratzfüßen, und untertänigsten Wünschen für die weitere Reise. Charlotte wedelte arrogant mit ihren adeligen Papieren und Pässen, denen die Mutter unter Umgehung der Kanzlei das fürstliche Siegel hatte aufdrücken lassen. Dass bei diesen fulminanten Auftritten die braunen und dunkellila Täufer als stumme, nicht eindeutig definierbare, aber letztlich brave Entourage durchgingen, war fast logisch. Und beabsichtigt. Zumindest von Charlotte, die instinktiv begriff, dass Sektierer, die sich heimlich von kurpfälzischem Boden davonmachten, Argwohn erregten, als Spleen einer Dame mit Rang und Namen aber akzeptiert wurden. Ihr Kalkül ging auf. Man schenkte den Papieren der Hochstettlers so gut wie keine Aufmerksamkeit. Denn genauso hätte das Freifräulein ja eine Zwergin oder ein Mohrenkind samt dressiertem Äffchen dabeihaben können.

Samuel kaute schwer daran, fügte sich aber klugerweise in diese Komplizenschaft. Seine einzige passive Gegenwehr war, dass er Charlotte und ihre bühnenreife Aufmachung komplett übersah, dafür seine Bibel von morgens bis abends aufgeschlagen auf den Knien balancierte und ohne eine Miene zu verziehen las, während langsam Weinberge, Burgen und fröhlich winkende Menschen vorüberzogen. Die stoische Haltung war Fassade. In seinem Inneren kroch er zu dem barfüßigen Dreizehnjährigen mit Flicken am Hosenboden zurück, der genau wusste, aus welchem Astloch man welche Vogeleier holen konnte und wo hinter den Scheren ein Krebs angepackt werden musste, damit er einem nicht die Finger abzwickte. Komischerweise erinnerte er sich gleichfalls, als ob es gestern Nachmittag gewesen wäre, an das Mädchen mit den ernsten Augen und der Narbe am Kinn, das, etwa im gleichen Alter wie er, in der Mühle aufgewachsen war. Ein Katholikennest wäre das, sagte sein Vater. Versoffen und faul, wie sie dort waren, kamen sie schließlich um Haus und Hof und verschwanden irgendwann. Das Mädchen auch.

Zuvor aber stahl es Rote-Sommer-Rambour, die besten Äpfel im Hochstettlerschen Obstgarten, vom Baum. Fünf, sechs Früchte beulten die Taschen ihrer Schürze aus, zwei weitere hielt sie in einer Hand, und ein Apfel steckte zwischen ihren Zähnen. So erwischte er sie. Er stellte sich breitbeinig hin und grinste zu ihr hoch. Dabei wunderte er sich, wie ein Mädchen so gut und so hoch klettern konnte. Ihr armseliger Rock war viel zu kurz, ihre Beine schauten hervor, lang, dünn und braun gebrannt wie die eines Jungen. Die Angst in ihren Augen schimmerte im Schatten des Laubes auf wie ein Glühwürmchen. Die Strafe, die er sich ausdachte, war, sie noch eine Weile anzustarren, während sie starr auf einer Astgabel ausharrte. Auch sie schaute ihn an, ununterbrochen ernst. Dann trat er wortlos beiseite und ließ sie laufen. Mit allen Äpfeln. Seitdem schmeckten, wann immer er sie aß, Sommer-Rambour nach den Augen des Mädchens. Solche wunderbaren Äpfel würde es in der Neuen Welt ganz sicher nicht geben. Samuel hatte stattdessen plötzlich einen faden Geschmack im Mund.

Auch die Gewissheit würde weg sein, dass die Eule, wenn die Nacht zerfiel, zurück durch ihr Loch in seinen Heuboden flog und dort den Tag über reglos hockte. Samuel vermisste schon jetzt seine Pferde, vor allem Älbli. Er vermisste seinen gelben Hund und dessen Schnauze in seiner Kniekehle, und wenn er an den Klee und den Weizen dachte, der mittlerweile kräftig aus dem Boden schoss, dann hätte Samuel sich am liebsten in den Fluss gestürzt und wäre den weiten Weg nach Hause zurückgelaufen. Doch er konnte nicht schwimmen.

Noah natürlich, der Hüne unter den Brüdern, der fehlte ihm auch. In dem Moment brach lautes Geschrei aus, so dass Samuel widerstrebend den Kopf hob. Drei Männer, junge Kerle noch, mit nackten Oberkörpern fluchten und stritten sich, einer ballte die Fäuste, sprang auf den anderen zu. Samuel zog schleunigst den Kopf wieder ein und schloss die Augen.

Der Herr erwiderte: Wenn euer Glaube auch nur so groß wäre wie ein Senfkorn, würdet ihr zu dem Maulbeerbaum hier sagen: Heb dich samt deinen Wurzeln aus dem Boden und verpflanz dich ins Meer! Und er würde euch gehorchen. Diese Verse, fünf und sechs des 17. Kapitels im Lukasevangelium, sagte sich Samuel schon seit zwei Tagen regelmäßig auf. Pünktlich fast jede Stunde. Dann wieder andere Passagen aus dem Johannesevangelium, die er ebenfalls Wort für Wort auswendig lernte. Oft schaffte er eine Bibelseite pro Tag. Nur so füllte er den beschämenden Müßiggang, das unnütze Sitzen, Schlafen, Schauen. Nur so hatte er das

Gefühl, sich wenigstens zu irgendetwas unter den wachsamen Augen des Herrn nützlich machen zu können. Zu Hause hatten sie am vergangenen Sonntag das Abendmahl gefeiert und sich dabei gegenseitig die Füße gewaschen. Ostern! Zum ersten Mal seit seiner Taufe war er nicht dabeigewesen. Sein Bart zitterte leicht im Fahrtwind. Samuel hungerte nach Seinem Leib und Seinem Blut. Seit dem letzten Abendmahl waren fast sieben Monate vergangen. Wie sollte er da die anstrengende Reise schaffen? Argwohn und Angst lagen schwer wie Flusssteine in ihm. Aber das Dutzend Passagiere, das sonst noch auf dem Schiff saß, konnte an seinem ruhigen Gesicht allenfalls ablesen, dass ein frommer Mann vollkommen im Reinen mit sich in die Heilige Schrift vertieft war.

Sobald die Formalien an den vielen einzelnen Zollstationen beendet waren, sackte aber auch Charlotte jedes Mal zusammen und fiel in schläfrige Apathie. Stundenlang saß sie da und starrte, als suchte sie auf der Wasseroberfläche etwas. Dass dabei ihr Teint verdarb, war ihr egal. Sie hatte sich nicht von ihrem Vater verabschiedet, kein Wort wäre passend gewesen. Außerdem hatte, so erzählten die Mägde, Rollo an den Tagen vor ihrer Abreise schleimige Blutspuren in seinem Kot, und der Vater sorgte sich schrecklich um ihn. Unmöglich hätte sie ihn da stören dürfen. Lisbeth oder die Köchin Ammerling würde es ihm irgendwann beibringen, vorausgesetzt, er bemerkte die Abwesenheit seiner Tochter überhaupt.

Zwischen Bingen und Bacharach kam ihr plötzlich Felix in den Sinn. Vor allem seine buschigen Augenbrauen, die sie oft gestreichelt hatte. Er würde kein Wort von dem glauben, was sie ihm als Grund für ihre Abreise geschrieben hatte. Elektrizitätsforschung in den Kolonien, zum Lachen! Charlotte verzog das Gesicht zu einer Grimasse. Aber die Wahrheit wäre erst recht nichts für ihn gewesen. Die Wellen schwappten hoch, so dass ihr Schiff mehr als sonst ins Schaukeln geriet, weil ein anderes Schiff mit geringem Abstand an ihnen vorbeifuhr. An dessen Bord stand ein Mann, der dreist zu ihr herüberglotzte, die geschminkten Lippen zu einem Pfiff spitzte und auch noch eine ordinäre Geste in ihre Richtung vollführte. Blitzschnell schleuderte Charlotte ein Holzscheit auf ihn. Dass sie ihn traf, war die einzige Abwechslung an jenem Tag.

Sarah putzte Gemüse, rupfte und entbeinte Hühner, rührte Suppe über dem Feuer, verteilte Essen und vermied es dabei, zu den anderen Passagieren oder gar zum Land hinüberzuschauen. Noch nie war sie so weit von Zuhause entfernt gewesen. Noch nie waren in ihren Augenwinkeln so merkwürdige Dinge aufgetaucht. Mächtige gemauerte Brücken, die sich über den ganzen Fluss wölbten, sodass Sarah minutenlang steif wie eine Schmetterlingspuppe da saß und fürchtete, die Steine könnten auf sie herunterprasseln, als sie darunter durch fuhren. Sie verschanzte sich in die Tätigkeiten, die sie vom Muckentalerhof gewohnt war. Blumenkohl war Blumenkohl, und Spinatblätter waren Spinatblätter. Unter ihrer Aufsicht unternahm Jakob seine ersten Gehversuche. Weil der Kleine dabei vor Vergnügen jauchzte, und auch um seiner Schwester näher zu kommen, warfen die Schiffsleute den Kleinen manchmal in die Höhe oder setzten ihn sich auf die Schultern. Mit der Zeit aber verstand es Sarah immer besser, ihn abseits von allen am Gängelband und sich die Leute vom Leib zu halten.

Wenn sie nicht kochte, nähte sie in ihrem Geist ununterbrochen an der Decke für ihre Mitgift. So dass die Finger ihrer rechten Hand im Gegensatz zu denen der linken immer etwas schweißig waren. Kleine feine Stiche. Fest, aber nicht zu fest gezurrt, denn der Stoff, das hatte ihr die Mutter doch immer eingeschärft, durfte sich auf keinen Fall verziehen oder wölben. Und die Nähte mussten schnurgerade verlaufen, den schmalen Weg der amischen Täufer beschreiben. Zwei Rauten, drei Rauten … jawohl, sie würde wieder auf diesen Weg zurückfinden. Aber dieser Weg, wisperte sich Sarah lautlos zu, führte übers Meer nach Amerika. Ob er für sie leichter zu gehen war als der bisherige in der Pfalz, konnte sie sich beim besten Willen nicht beantworten. Was dort im neuen

Jerusalem auf sie wartete, wagte sie sich erst recht nicht vorzustellen.

Besser sie stickte und zählte Stiche und Rauten. Damit nicht mehr das Gesicht des vor Zorn bebenden Ältesten vor ihr auftauchte. Aber auch die braunen Locken und den lachenden Mund Rubens versuchte Sarah, so zu verscheuchen. Während die blassblaue Decke in der Reisekiste ihres Vaters lag und die besten seiner Hämmer, Zangen, Meißel und Sägen einhüllte. Nur einmal, als Jakob schlief und sie sich unbeobachtet fühlte, kühlte sie ihre nervösen Hände im Fahrtwind und spähte dabei in die Strömung des Flusses. Zuerst erschrak sie, aber als sie sich vergewisserte, dass wirklich niemand in der Nähe stand, schaute Sarah wieder ins Wasser und vertiefte sich in den Anblick der Wellen. Sie zitterten, sie hüpften, dann tatsächlich, Sarah hielt den Atem an und sah es ganz deutlich. Die Wellen tanzten. Da kam ihr zum ersten Mal der Gedanke, dass noch nicht aller Tage Abend war, sondern die Welt draußen noch voller Überraschungen für sie steckte.

Silberner Dunst begleitete sie fast zwei Wochen lang. Er schob alles, was links oder rechts des immer breiter und brauner werdenden Flusses passierte und zu sehen war, noch weiter von ihnen weg. Sodass die drei ihren Abschied nehmen und ihr Heimweh und die Sehnsüchte gut verpacken und verschnüren konnten. Als sie Jahre später an ihre lange Reise zurückdachten, konnten sich weder Charlotte von Geispitzheim noch Samuel und Sarah Hochstettler an die lange Fahrt auf dem Rhein erinnern. Auch nicht daran, dass, je weiter sie nach Norden kamen, die schroffen Felsen verschwanden, die Weinberge und Burgen, und das Land danach immer flacher und eintöniger geworden war.

Der Einzige, der hellwach und guter Dinge war, war Uri. Er staunte die steinernen Brücken an und die Türme der großen Kathedralen, die langsam auftauchten und ebenso wieder verschwanden. Wie ein Hündchen lief er den Schiffsleuten hinterher, fragte sie aus, kindlich, neugierig, aufgeregt. Er ließ gern alles hinter sich, vor allem seine Angst, doch noch zum kurpfälzischen Militärdienst eingezogen zu werden. Heimlich schaute er auch immer wieder das Fräulein an, glücklich darüber, jetzt immer in dessen Nähe zu sein.

Rotterdam änderte alles schlagartig. Der Lärm rüttelte sie durch und durch. Keiner von ihnen hatte je solchen Lärm um sich herum erlebt. Nicht einmal Charlotte, die schon dreimal in Kaiserslautern und einmal in Mannheim gewesen war. Aber das waren im Vergleich dazu schlafende Dörfer gewesen. In dem Moment, in dem sie einen Fuß auf den Hafenboden setzten, spürten sie Rotterdam bis in die Knochen. Riesige Fässer rollten donnernd über das Kopfsteinpflaster. Hunderte Pferdehufe schlugen im Sekundentakt, und Wagenräder rumpelten. Vögel, die sie noch nie gesehen hatten und die, wie man ihnen sagte, Möwen hießen, kreischten bedrohlich über ihren Köpfen. Kisten und Säcke landeten von den Schiffen auf Wagen und von Wagen wieder auf Schiffen. Männer hievten sie auf die Schultern und schrien sich dabei Laute in einer kratzigen Sprache zu, die allein schon genügte, um die Pfälzer schreckhaft zusammenzucken zu lassen.

Sarah griff hastig nach Charlottes Hand, als zwischen den vielen blonden und rothaarigen Menschen die ersten mit dunkelbrauner Haut und ölig schwarzen Augen auftauchten und in eher singenden Sprachen miteinander redeten.

»Aus Japan?«

»Nein, noch woanders her. Ich glaube, die holländische Kolonie in Südamerika heißt Guyana.«

»Sind diese Leute … katholisch oder richtige Christen?«

»Weder noch. Die haben eher nichts mit Christus am Hut. Außer man hat sie mit Gewalt missioniert.«

Sarahs Kieselsteinaugen wurden schwerer.

Männer trieben Schweine, die quiekend schrien, über schmale Stege auf die Schiffe. Netze voller Hühner, Kapaune und Gänse, die ihre Hälse durch die Maschen schlängelten und fauchten, wurden von Karren gezogen und dann ebenfalls verladen. Zu ihren Füßen lagen zermalmte Zitronen und Feigen. Zum ersten Mal gingen sie als Gruppe, eng beieinander, zusammengepresst von der Kakophonie der Geräusche und der Heftigkeit dieser monströsen, geschäftstüchtigen Stadt. Urplötzlich fiel von irgendwoher und nur ganz knapp an Charlottes Schulter vorbei ein Sack auf den Boden. Wenn Hochstettler sie nicht blitzschnell zur Seite gedrückt hätte, wäre mehr passiert, als dass sie nur über die herausspringenden Kaffeebohnen stolperte. Für einen Moment blieb ihre Hand an seinen Ellenbogen geklammert und sie spürte durch den groben Wollstoff, wie unangenehm ihm die Berührung war. Sofort ließ sie los, ein Blick, ein Dank, Hochstettler nickte. Sie gingen hintereinander weiter. Charlotte strich Jakob, der auf Uris Arm thronte, über den Kopf. Nein, nein, alles sei gut, ihr sei nichts passiert. Auch Sarah nickte, lächelte.

»Gott sei es gedankt«, sagte Uri, und diese Worte strahlten bis zu seinen Ohren hinauf.

»Gott sei es gedankt«, murmelte Hochstettler möglichst unbeteiligt und schaute, ob die Burschen, die den Karren mit ihrem Gepäck zogen und ihnen gleichzeitig den Weg weisen sollten, noch da waren.

Sie kamen an Tischen dick bepackt mit Austern vorbei, vor denen Hausfrauen und Mägde schäkerten und keck und selbstbewusst um die Preise feilschten. Unvorstellbar in Kirchheim. An anderen Ständen hingen und schepperten irdene Krüge, Pfannen und Messer. Am hellen Tag tranken Männer und auch Frauen aus Flaschen, saßen und lagen auf der Erde und lallten. Irgendwo knallten Peitschen, dass es in den Ohren schmerzhaft nachpfiff. Und immer wieder diese Möwen, die gellend herabstießen und sich herumliegende Fischköpfe schnappten. Ihre kleine Gruppe wurde angerempelt, begrabscht, aber kaum eines Blickes gewürdigt. Denn die Masse der Menschen, in der sie sich bewegten, war so bunt und gemischt, dass weder eine aufgeputzte Adelige noch ein paar einfache Täufer auffielen. Von weitem machte Samuel sogar eine Gruppe Frauen aus, deren Kleidung den Schwestern seiner Gemeinde ähnelten, ob sie Knöpfe oder Haken trugen, konnte er aber nicht erkennen. Auch Sarah entdeckte diese Frauen. Sahen sie ihr an, dass die Meidung über sie verhängt worden war? Ein Fass fiel donnernd um. Sarah schlug sich beide Hände vor die Augen. Diese furchtbar laute Welt. So laut, dass sogar ihre Augen schmerzten. Sie wollte nichts mehr von dieser Welt sehen und schon gar nichts hören. Und das alles, weil sie getanzt hatte.

Aus einer Gasse kam ihnen ein großer, ganz in Schwarz gewandeter Herr mit schwerem weißen Bart und schwarzem Hut entgegen. Vornehm, begütert, aber doch schlicht, auf keinen Fall, wie es Samuel schien, ein eitler Weltmensch. Es musste einer dieser Quäker sein, die man in Deutschland abfällig Zitterer nannte. Auch William Penn war ein Quäker gewesen, der bis in die Pfalz gereist war, um ehrliche und gottesfürchtige Siedler für seine amerikanische Kolonie »Insull Phanien« am Delaware Fluss anzuwerben, die ihm die englische Krone gegen ihre Schulden bei ihm verschrieben hatte. Obwohl der holländische Herr ihn nicht wahrnahm, im Gegenteil, sogar rasch vorüberschritt und um die nächste Ecke bog, wurde es Samuel etwas wärmer ums Herz.

Je mehr sie ins Zentrum kamen, desto schmalbrüstiger und höher wurden die Häuser. Zu ihrem Erstaunen waren sie ganz und gar aus dunkelroten Ziegelsteinen gebaut, unverputzt, dafür oft mit prächtigen Giebeln. Die Besitzer, die so reich wie ihre Häuser sein mussten, gingen, auch das fiel ihnen auf, weitaus entschlossener und geschäftiger, als es die Adeligen oder wohlhabenden Bürger ihrer Heimat zu tun pflegten. Erschöpft und benommen von den neuen Eindrücken, obwohl sie gerade mal eine viertel Stunde unterwegs gewesen waren, kamen Charlotte und die anderen in der »Schwarzen Tulpe« an, dem Gasthof, den Abraham Grünstein als sauber und seriös empfohlen hatte.

Gleich nach dem Aufstehen am nächsten Tag seilte sich Charlotte ab. Wieder mit mondänem Hut und entsprechender Geste ließ sie sich eine Mietkutsche vor den Gasthof kommen. Die paar Münzen, die sie noch besaß, reichten gerade aus, um die Fahrt in eine der Rotterdamer Judenstraßen zu zahlen. Zwei Stunden später hatte sie die ersten Schmuckstücke ihrer Mutter zu Geld gemacht und kehrte dementsprechend aufgedreht zurück. Sie spazierte in die Küche der »Schwarzen Tulpe«, fingerte ein Goldstück aus einer Rocktasche und bestellte Kaninchenleber, Geflügel in Orangensauce, Langusten, verschiedene Muschelsorten in Knoblauch und Pfefferbrühe gedünstet, geräucherten Aal, Artischocken, gebratene Scholle, Radieschensalat, Nüsse, kandierte Früchte, Konfekt und Buttertorten in solchen Mengen, dass der Wirt zuerst meinte, er hätte das ausländische Fräulein nicht richtig verstanden, dann aber weitere große Geschäfte witterte, einen Bückling nach dem anderen machte und die gewünschten Delikatessen umgehend besorgen ließ.

Hochstettler weigerte sich strikt, Charlottes Einladung anzunehmen. Er saß bereits an einem der Tische in der Gaststube, stand aber sofort wieder auf, als er erfasste, was sie vorhatte. Sein Blick durchschnitt den abgegriffenen Vorhang, der die Gaststube von der Küche trennte und durch den Charlotte nach letzten Absprachen mit dem Koch gerade trat. Streng wie ein Erzengel richtete er das Wort an sie. Die Barthaare züngelten.

»Solche wollüstigen Prassereien gab es auch nicht am Tisch des Herrn.«

Stirnrunzelnd überlegte Charlotte, ob Jesus und seine Jünger außer Brot überhaupt etwas anderes gegessen hatten, bevor sie erwiderte:

»Aber doch nur ein bisschen Braten und Süßes. Heißt es nicht immer, ein gutes Essen hält Leib und Seele zusammen?«

Dass dies nicht die intelligenteste und schon gar nicht geschickteste Antwort war, um einen Spielverderber wie Hochstettler zu ködern, war ihr sofort klar. Dementsprechend prompt kam seine Retourkutsche.

»Das Fleisch vergiftet leicht die Seele.«

»Ich dachte, Ihre sei unsterblich!«

Das klang tatsächlich giftig. Denn sie hatte keine Lust mehr, sich länger zusammenzureißen. Das Feilschen mit den geschäftstüchtigen holländischen Juden hatte sie genug angestrengt. Außerdem war sie ihrer Meinung nach Hochstettler in der letzten Zeit schon mehr als genug entgegengekommen. Hatte er nicht ihr Versöhnungsangebot bemerkt? Den großen Hut, der ihr Haar fast ganz verbarg. Warum musste er jetzt wieder seine aufgeblasene, selbstgefällige Frömmelei herauskehren? Charlotte verdrehte demonstrativ die Augen, ließ sich auf einen der Stühle fallen, angelte sich einen Hühnerschlegel von der Platte, die gerade aus der Küche angeschleppt wurde, und biss missmutig in das saucentriefende Fleisch.

Sarah und Uri mussten auf Hochstettlers Geheiß mit ihm den Raum verlassen. Sofort! Jakob fing an zu weinen, denn seine kleinen dicken Hände hatten schon nach einer der Würste gegriffen und wollten sie nicht mehr hergeben. Und Sarah hätte gerne noch länger stumm in den Kasten hineingeschaut, der in einer dämmrigen Ecke der Gaststube an der Wand hing. Hinter fettigem, schon lange nicht mehr geputztem Glas befand sich ein wunderliches Geschöpf. Sarahs Mund berührte fast die Scheibe. Eine Frau. Zumindest teilweise war es eine Frau. Haare, die sicher einst leuchtend rot gewesen, aber jetzt stumpf ausgeblichen und etwas fadenscheinig waren, flossen um ein Puppengesicht. Sie lächelte, doch eher hintergründig, fand Sarah. Das Weiblichste an ihr aber waren zwei üppig wogende Brüste, die wie überzuckerte Marzipanverzierungen aus dem weißen, ziemlich grob geschnitzten Oberkörper herausragten. Ab der Taille abwärts jedoch, und darüber staunte Sarah besonders, verwandelte sich die Frau in einen Fisch.

Goldgrün schuppig bog sich der kräftige Schwanz und teilte sich am Ende in zwei weich und träge wedelnde Flossen. Die Arme hielt das Wunderwesen weit gespreizt. Einladend. So als ob sie gleich jemanden umarmen wollte. Einen Mann. Wen sonst. Der Gedanke traf Sarah wie ein Blitz. Und sie fragte sich als nächstes, ob es solche Frauen in Holland tatsächlich gab und ob auch anderswo in der Welt Frauen Fischschwänze unter ihren Röcken trugen. Sarah gefiel diese Frau sehr gut. Besonders der Schwanz. Aber wenn sie nicht so schön gewesen wäre, hätte man sie wohl auch nicht in einem Guckkasten ausgestellt. Mit gesenktem Blick und summendem Kopf folgte Sarah ihrem Vater widerwillig aus der Gaststube.

Hochstettler ließ seiner Familie nur ein karges Mahl, das hauptsächlich aus Brot und Käse bestand, auf die Zimmer bringen. Die unausgesprochene, aber letztlich durch Sarah erzwungene Übereinkunft zwischen dem Täufer und der Elektrikerin brach, kaum dass sie sich auf ausländischem Boden befanden, auseinander, als ob Dufay oder Grey für eines der Experimente mit dem Fluidum einen gesplissten Faden verwandt hätten.

Allein am Tisch futterte Charlotte so viel von den Köstlichkeiten, wie sie nur konnte. Die beiden englischen Kaufleute und der Kurier des bayerischen Kurfürsten, die ebenfalls in der engen Gaststube saßen, prosteten ihr zu, und sie lud sie ein, von den Muscheln in Weinsauce zu probieren. Der Rest wurde auf ihren Befehl für die Armen vor die Tür gestellt. Der leidlich gute Wein reichte nicht, um ihre Enttäuschung hinunterzuspülen, und so scherte sie sich auch nicht darum, als sie später ins Bett kroch, dass Sarah schon schlief und sie ihre Freundin aufweckte.

»Ist es, weil ich ein Kind bekomme und keinen Vater dafür habe, ist es das?«

»Nein, das nicht. Alle Kinder sind Gottes Geschenke.«

Das war der längste Satz, den Charlotte von Sarah seit ihrer Abreise aus der Pfalz gehört hatte. Das allein schon rührte sie. Trotzdem ließ sie nicht locker.

»Also warum meidet er mich, habe ich die Pest?«

Sarah antwortete nicht. Stattdessen atmete sie seufzend in das klamme, seit Langem nicht mehr aufgefüllte Kopfkissen. Sie hatte ihren Kopf mit dem Gesicht absichtlich nach unten gedreht, denn wenn sie in der durch die Straßenlaterne ausgeleuchteten Dunkelheit nach oben schaute, überkam sie das Gefühl, als fielen die schwarzen Balken, die einer neben dem anderen die Decke des Zimmers trugen, gleich auf das Bettzeug. Und wenn sie einen Fuß ausstreckte, stieß er entweder ans Fenster oder an die Tür. Diese Enge machte es ihr unmöglich, vor Charlottes Fragen zu verschwinden und ganz in sich hineinzukriechen, wo die Schreie der Mutter zwar mittlerweile aufgehört hatten, es im Gegensatz zu draußen aber allemal sicherer, weil ohne gefährliche weltliche Versuchungen war. Dementsprechend unbehaglich fühlte sie sich. Natürlich dachte sie über ihren Vater nach. Natürlich fand sie sein Benehmen unhöflich. Aber darüber würde sie nicht reden, nicht einmal flüstern. Schon gar nicht zu Charlotte. Menschen aus der Welt wurden gewöhnlich von Amischen mit sanfter Nichtbeachtung behandelt. Man wollte am liebsten gar keinen Kontakt mit ihnen, und wenn doch, galt es, auf jeden Fall Streit zu vermeiden, damit man selbst nicht auffiel und sich abschotten konnte. Umso mehr verwunderte es Sarah deshalb, dass ihr Vater so ungewohnt rabiat mit Charlotte umging. Dabei verdankten sie ihr doch Jakobs Leben. Außerdem hatte nicht Charlotte sie zum Tanzen gebracht, sondern sie selbst hatte die Freundin überredet, es ihr beizubringen. Das alles hatte sie auch dem Vater gesagt, nachdem der Älteste sie nach Hause gebracht und in der Stube des Muckentalerhofes eine Ahnung von dem aufkam, wie sich das Jüngste Gericht einmal abspielen würde. Warum aber brachte Charlotte ihren Vater so aus seiner sonstigen

Gelassenheit? Früher hatte sie ihn nie zornig oder heftig erlebt. Sarah kam ins Grübeln.

Der Tod ihrer Mutter hatte vieles schwierig gemacht. Wirklich verändert aber hatte sich das Leben erst durch Charlotte. Durch sie war alles … irgendwie pistaziengrüner geworden. Das war die Farbe der feinen Pantoffeln, die ihr die Freundin geschenkt hatte. Ein anderes Wort für den Wandel auch ihrer eigenen Gefühle und Wünsche fiel Sarah beim besten Willen nicht ein.

»Sarah! Ich weiß, dass du mich hörst. Soll ich so laut sprechen, dass Jakob aufwacht.«

Noch ein Seufzer, mehr nicht. Charlotte wartete und atmete fast knurrend laut, so dass das Zimmer für Sarah noch enger wurde. Noch immer waren Wagen und Pferdehufe zu hören. Unten auf der Straße zogen grölend Männer vorbei, offensichtlich betrunken, ein Stück weiter blieb einer von ihnen stehen und pinkelte plätschernd gegen eine Hauswand. Komischerweise knackten dabei die Balken über ihnen. Charlotte überkam große Lust, Sarah aus ihrer Starre zu rütteln und sie an das Tanzen in der Scheune zu erinnern, an ihre Haare, die offen geschwebt und in der Kälte geklirrt hatten. Sie wollte sie nach der Meidung und anderen frommen Foltermethoden fragen und auf diese Weise ihren Panzer aufbrechen.

Sarah dagegen dachte immer noch über ihren Vater nach. Und über das Essen, das sie zu Hause auf dem Tisch gehabt hatten. Geflügel, Schweinefleisch gesotten und gebraten, prall gefüllte und gut gewürzte Würste, dazu auch Wein. Keine Muscheln und Marzipantorten, selten Fisch, aber so sehr unterschieden sich die Mahlzeiten, besonders die am Sonntag, doch nicht von der, zu der Charlotte sie hatte einladen wollen. Es stimmte nicht, was ihr Vater gesagt hatte. Auch Amische aßen gern. Aus irgendeinem Grund hatte er Charlotte kränken wollen.

»Täufer essen weniger«, flüsterte Sarah schließlich zu der Seite des Bettes hinüber, wo ihre Freundin zusammengerollt lag. Gerade laut genug, damit sie sicher sein konnte, dass Charlotte es verstand. Das war die vierte Lüge in ihrem bisherigen Leben. Jede einzelne davor wusste sie noch genau.

»Schlaf gut«, murmelte Charlotte schließlich versöhnlich, denn sie sah ein, dass sie aus Sarah nichts mehr herausbekommen würde. Beide schliefen lange nicht ein, sondern horchten auf die Geräusche der fremden lauten Stadt, die auch in der Nacht nicht aufhörten.

Fünf Tage brauchte Samuel, um ein geeignetes Schiff mit dem Zielhafen Philadelphia zu finden. Dann dauerte es noch einmal zwei Wochen, bis die »Good Intent« den Anker lichtete. Sie war ein verhältnismäßig kleiner Zweimaster von 150 Tonnen, der der Firma Archibald und Isaac Hope gehörte und unter dem Kommando von Kapitän Benjamin Boswell stand.

Zwei Decks standen zur Unterbringung der Passagiere zur Verfügung, in die Zwischenböden eingezogen waren, die man wiederum in Quadrate von sechs Fuß eingeteilt hatte. Als Samuel zum ersten Mal seinen Kopf tief einzog, in die Knie ging und in diese Verschläge schaute, meinte er die besonderen Trockenkammern zu erkennen, in denen nach Noahs Schilderungen die Brüder in Zweibrücken ihren Klee zu Heu machten. Hier war es der Raum, der für ungewiss lange Zeit fünf Erwachsenen zum Sitzen und Schlafen zur Verfügung stand. Aufrecht stehen konnte niemand, da die Höhe nur drei Fuß betrug. Kinder mussten schauen, wo und wie sie sich dazwischenzwängen konnten.

Weil sich die Eigner der »Good Intent« an das Gesetz des Staates Pennsylvania zur Beschränkung der menschlichen Frachten, das erst vor zwei Jahren erlassen worden war, hielten, bekamen die Hochstettlers und Uri also eine Bettstelle von knapp zwei Fuß Breite und sechs Fuß Länge zugewiesen. Jede einzelne Goldmünze bedächtig abgreifend und noch eine Weile in der Hand haltend, weil er nur schlecht abschätzen konnte, welche Ausgaben in der Neuen Welt auf ihn zukommen würden, legte Samuel für sich und seine Familie 180 Gulden zurück, steckte sie in einen Lederbeutel, den er unter sein Hemd schob. 180 Gulden waren viel Geld, für das man viele Rinder schlachten musste und Säcke voller Kleesamen für viele Felder kaufen konnte. Weil Jakob noch nicht fünf war, kostete seine Fracht nichts. Gezahlt werden musste bei Ankunft.

Charlotte buchte für sich alleine fünf Plätze. Insgesamt 76 Passagiere, die meisten aus deutschen Ländern, bestiegen mit ihren Kisten, Kindern und Hoffnungen auf bessere Zeiten den Bauch der »Good Intent«.

Das Meer machte sie beim ersten Anblick fassungslos und dann überglücklich. Kaum hatte die »Good Intent« den Rotterdamer Hafen verlassen, standen Samuel Hochstettler und Charlotte von Geispitzheim auch schon an Deck und klammerten sich an die Reling. Als ob verabredet, immer weit auseinander, aber auf derselben Seite des Schiffes, die, wie Charlotte schnell lernte, Portside hieß oder Larbord, wie manche der englischen Seeleute auch sagten. Dass eine rote Lampe dort hing, ergab für Samuel einen Zusammenhang. Allerdings schwankte er bei dessen Ausdeutung. Rot konnte natürlich Sünde bedeuten, aber auch Mensch. Weil Adam in der Sprache des Alten Testaments Mensch hieß, und den hatte Gott bekanntlich aus roter Erde geformt. Am wahrscheinlichsten aber schien es Samuel, dass die Lampe, diejenige Lampe war, mit deren Hilfe die Braut zu ihrem Bräutigam fand, vorausgesetzt, sie füllte immer genügend Öl nach. In seinem speziellen Fall wurde ihm auf dieser Seite des Schiffes der Weg ins neue Jerusalem gewiesen, wo die Hochzeit mit dem Herrn gefeiert werden würde, weil er dort in Zukunft den wahren Glauben ausüben und der Welt hoffentlich ganz den Rücken kehren konnte.

Die Lampe an der Portside war auch deshalb rot, weil Jesus' Blut vergossen worden war. Diese Logik erfüllte ihn mit großer Genugtuung, auch wenn es bei dem starken Wind ziemlich mühsam war, den Hut immer wieder festzuhalten, sodass er in der kurzen Zeit, seit sie im Ärmelkanal fuhren, schon ziemlich zerdrückt war.

Hie und da tauchten zwei, drei Mastbäume und geblähte Segel am Horizont auf, die jedoch weder Charlotte noch Samuel interessierten. Was zählte war das, was sie die Gründe vergessen ließ, weshalb sie diese halsbrecherische Gefahr auf sich nahmen: die schiere Unfassbarkeit des Meeres.

Je mehr er stand und schaute, desto mehr vergaß Samuel, in welchem der Evangelien das eine oder andere geschrieben stand. Es gab Stunden, in denen er kein einziges Mal mehr zu der roten Lampe sah. Dafür erwiderte er in einem besonders wellenüberschäumenden Moment Charlottes Blick, in dem auch ihre Begeisterung über genau dieselben wagemutigen Wellenkämme abzulesen war. Und das, obwohl sie wie immer weit genug voneinander entfernt standen. Sie mit offenem Haar, das zum Meer hinauswehte, westwärts, jedenfalls ungefähr in die Richtung, in der sie Amerika vermutete. Bevor die nächste Welle, die nächste Gischt zu ihnen hochsprühte, hatte er sich schon wieder umgedreht. So dass sie auch nicht die Freude sah, die sein Gesicht weicher werden ließ.

Bleigraue Spiegel, matt schimmernd, lange genug auf den Wellenkämmen unterwegs, dass man es ewig nennen konnte, zersplitterten jäh silbrig klein. Nimmersatt versuchten die Augen, die Einzelteile festzuhalten, doch sie waren unwiederbringlich weg. Zerstört, versunken, zurückgekehrt? Nichts, aber auch gar nichts mehr war von ihnen in den Schaumkronen zu finden, so sehr die beiden auch auf die eine bestimmte Stelle starrten, die gerade eben noch die schönste gewesen war. Um sich zu trösten, mussten sie sich an einen gerade geborenen, zuerst sanft, dann schnell und mächtig aufbäumenden Hügel klammern. So erlebten Charlotte und Samuel mit, wie sein dunkleres, unpoliertes Graphit selbst unter einem trüben Wolkenhimmel aufhellte. An seiner höchsten Spitze ließ sich in dem winzigen Moment, in dem der Wellenkamm in sich zusammenstürzte, ein makelloses, gleißendes Grün erhaschen. Genauso gut konnte es aber auch sein, dass der Wasserberg rund und lasch blieb, keinen Höhepunkt schaffte und von dem nächsten, der heranschob einfach untergepflügt wurde.

Es kam vor, dass Charlotte in diesen unendlichen Massen Stellen entdeckte, die ihr irgendwie anders, auf jeden Fall auffallend vorkamen, eine Spur grüner, gelber oder abwärtsstrudelnder. Sie zwickte ihre kurzsichtigen Augen noch mehr zusammen, schmeckte das Salz auf ihrer Zunge fast körnig und vermutete viel. Ihr Herz schlug schneller, so wie früher, als sie die ersten Male Felix in seiner Dachkammer besucht oder die Elektrisiermaschine bedient hatte, um tote Frösche zucken zu lassen. Der Wind klatschte ihr die Haarsträhnen vors Gesicht und in den Mund, während ihre Erwartung wuchs. Gerade noch rechtzeitig waren ihre Augen wieder frei, um zu sehen, wie eine der eintönigsten Wellen überhaupt ihre grandiose Entdeckung fort trieb und in rein Garnichts auflöste.

Es ließ sich nicht vermeiden, dass sie öfter zu der dunklen Gestalt mit dem schwarzen Hut hinübersah als nötig. Sei es nur, weil sie es auf keinen Fall verpassen wollte, falls sein Hut doch noch ins Wasser fiel. Was trieb Hochstettler dazu, seine Bibel unten bei seinen Werkzeugen in der Kiste zu lassen und ebenso wie sie, bis es dämmerte und die Kühle unangenehm unter die Kleider kroch, das Meer zu studieren? Die Frage nagte an ihr. Und sie versuchte, sie sich gehässig und borniert zu beantworten. Nämlich dass er darauf wartete, dass die Wellen sich teilten oder um erste Anzeichen der nächsten Sintflut zu entdecken.

Dass sie selbst einen für eine Dame unvorteilhaften Anblick bot, denn ihre Schminke war durch die feuchte salzige Luft aufgeweicht, kam ihr nicht in den Sinn.

Beide verließen sich darauf, dass Uri auf Sarah und Jakob aufpasste, und flohen so oft es nur ging aus dem dunklen Schiffsbauch zu den schrubbenden und grinsenden Matrosen an Deck.

Groß war es nicht. Es hatte höchstens drei oder vier Mal die Maße der Mistgrube, die Samuel mit Uri auf dem Hofplatz gemauert hatte. Jetzt würde er nicht mehr erleben, wie der Weizen und der Hafer gedüngt durch die fette Jauche besser denn je wuchsen und die Ähren sich dick mit Körnern bogen. Versunken in diese Erinnerungen entging Samuel jedoch nicht, dass sich ein Mann Charlotte näherte und sie mit einer knappen Verbeugung begrüßte. Der erste Steuermann, Mr. Abercrombie. Was die beiden redeten, verschluckte der Wind. Aber er sah, dass Charlotte lebhaft gestikulierte und redete. In der fremden Sprache. Samuel Hochstettler öffnete hastig die Luke, die nach unten führte, so dass der Deckel knallte, und stieg noch schneller die schmale Treppe hinunter. Die schöne gemauerte Mistgrube!

Der weitgereiste Louis hatte ihr in ihrer Verlobungszeit schließlich beigebracht, Englisch zu sprechen, und seitdem hatte sie auch genug englische Bücher gelesen. Die ersten Sätze kosteten sie Überwindung, aber dann machte es Charlotte Freude, in dieser Sprache zu schwimmen. Außerdem genoss sie die Abwechslung. Der für seine Stellung noch junge Mann mit kantigem, frostigem Gesicht, aber klugen wasserblauen Augen ließ sie durch sein Fernrohr schauen, erklärte die Funktion der einzelnen Segel und versprach ihr, Bescheid zu geben, sobald die Isle of Wight in Sicht kam. Mit einer ebenso knappen Verbeugung verabschiedete er sich von Charlotte. Als es dann soweit war, schlief sie. Die »Good Intent« fuhr in der Morgendämmerung sicher in die Mündung des Flusses Medina und in den Hafen von Cowes, ohne dass sie einen der berüchtigten Stürme im Ärmelkanal hatten überstehen müssen. Dementsprechend unbekümmert und arglos war die Stimmung der Passagiere.

In Cowes fand die endgültige Verproviantierung des Schiffes statt. Fünf Schweine wurden an Bord getrieben und in einen Verschlag im Zwischendeck gesperrt. Händler, die auf der Insel ausschließlich vom Geschäft mit den Amerikafahrern lebten, brachten Säcke voller getrockneter Erbsen, Bottiche mit eingesalzenem Fleisch, Zwieback und Bretter, auf denen sich frische Brotlaibe stapelten. Der meiste Platz aber wurde für die Fässer mit frischem Trinkwasser gebraucht. Nicht nur das Verladen kostete Zeit, sondern auch das Warten auf günstigen Wind.

Deshalb überredete Charlotte Sarah zu Spaziergängen an Land. Eingehängt trippelten sie die Reihe kleiner, reetgedeckter Häuser entlang, die Wind und Regen ausgebleicht hatten. Längst an die Fremden gewöhnt, die ihre Insel regelmäßig heimsuchten, gingen die Frauen und Kinder ihren alltäglichen Beschäftigungen nach, wuschen ihre Wäsche, buken Brot oder flickten andächtig Netze. An zwei sonnigen Tagen hintereinander wanderten die Freundinnen den steinigen Strand entlang, hoben Muschelschalen auf und erschraken nicht einmal mehr, wenn die schreienden Möwen unvermutet neben ihnen herabstießen. Diese Ausflüge, so gut sie nach dem Eingesperrtsein taten, waren ein großer Fehler. Denn die Matrosen, die in dem Inselhafen nicht mehr so hart arbeiten und häufig Wache schieben mussten wie unterwegs, fanden Gelegenheit, sich die beiden Frauen anzuschauen. Auch Charlotte war schöner geworden. Ihr Busen und ihre Hüften hatten sich gerundet, und diese neuen weichen Formen balancierten ihre Nase aus. Sarah tauchte überhaupt zum ersten Mal vor den Augen der Seeleute auf. Eingepackt wie immer in ihren Kokon aus Haube und sperriger Tracht. Umso mehr fiel ihr Gesicht auf. Blass und getupft und dabei so kostbar wie Meißner Porzellan. So dass die Männer, von denen viele gepresst worden waren, sie gierig und aus den Mundwinkeln triefend angafften, sich gegenseitig in die Seite stießen und sich nachts, wenn sie in ihren Hängematten lagen, ausmalten, was sie mit dem süßen scheuen Vögelchen alles anstellen würden.

Bei einem dieser Ausflüge, der dieses Mal zur alten Befestigungsburg aus der Tudorzeit führen sollte, winkte ihnen plötzlich Mr. Abercrombie zu und gab Zeichen, dringend näher zu kommen. Zusammen mit Einheimischen stand er bei einem der Fischerboote. Auf seinen Befehl rollte ein Schiffsjunge eiligst ein nicht allzu großes Fass heran und füllte Meerwasser hinein, während Abercrombie mit einem der Fischernetze hantierte.

»Das wird Sie interessieren, Miss von Geispitzheim«, rief er, als sie näher kamen, schaute gleich wieder gebannt in das Fass. Die Leute, alte und junge Männer mit fast gleich verwitterten rotbraunen Gesichtern und strähnigen langen Haaren traten zur Seite und öffneten eine Gasse für die beiden Frauen.

»Ein Schatz?«, fragte Charlotte.

»Fast. Auf jeden Fall ein seltener Fang.«

Zuerst erkannte Charlotte in dem Fass gar nichts. Auch Sarah, die kein Wort Englisch verstand, beugte sich vor, und was sie am Grund des Wassers sah, erinnerte sie an einen ausgerollten Teig, allerdings aus dunklem Mehl. Aber das sagte sie nicht, sondern versteckte sich gleich wieder hinter Charlottes geblümtem Kleid. Als nächstes stocherte Abercrombie mit einem Stock in den Teig hinein und sofort zuckte dieser zusammen und krümmte sich, so dass das Wasser leicht gegen die Holzwände schwappte.

»Ein Tier?«, fragte Charlotte enttäuscht.

»Ja, ein Plattfisch. Ein Krampfrochen oder auch Torpedo genannt. Er kommt an der englischen Südküste sogar relativ häufig vor. Weil er aber flach und gut getarnt am Meeresgrund lebt, bekommt man selten einen zu sehen.«

»Das ist ja schön, Mr. Abercrombie, das heißt, sonderlich schön ist er zwar nicht …«

Schon drehte sich Charlotte wieder um. Demonstrativ blasiert, um den ersten Offizier, der sich tatsächlich ein bisschen in das eigenwillige deutsche Fräulein verguckt hatte, und seinen Fisch für die Unterbrechung ihres Spazierganges zu bestrafen.

»Sie haben noch nicht gesehen, was er kann!«

»Seilspringen?«

Ihre Stimme klang fast derb. Weil sie sich im Spiel immer gern ihrer Umgebung anpasste. Das Lachen der Fischer verschluckte Abercrombies Antwort. Aber immerhin blieb Charlotte stehen. Als der erste Steuermann so tief in das Fass hineingriff, dass sein Kopf mit dem Dreispitz darin verschwand, hatte er erreicht, was er wollte. Charlotte kehrte zurück. Gerade noch rechtzeitig, um mitzubekommen, wie Abercrombie den Fisch geschickt aus dem Wasser zog, dabei eine Hand an dessen Oberseite legte und die andere an den Bauch schob. Nahezu im selben Moment zuckte der Mann so heftig zusammen und taumelte nach hinten, dass er, wenn einer der Inselbewohner ihn nicht gehalten hätte, wahrscheinlich zu Boden gestürzt wäre. Der zappelnde Rochen plumpste zurück in das Fass. Noch während Abercrombie sich aufrappelte, warf er Charlotte einen triumphierenden Blick aus seinen wasserblauen Augen zu.

»Was sagen Sie jetzt?«

Wie alle Umstehenden war Charlotte fürs Erste sprachlos. Dafür hörten sie jetzt das leise Schmatzen, mit dem sich der Fisch in seinem Gefängnis bewegte.

»War das tatsächlich der Fisch?«, fragte Charlotte überraschend schüchtern.

»Ein Schlag wie von einer Faust, das kann ich Ihnen sagen.«

Noch nie seit ihm das Offizierspatent in die Hand gedrückt worden war, hatte er sich so stolz gefühlt.

»Aber Sie wussten schon vorher, was passieren würde, nicht wahr?«

»Na ja, zumindest so ungefähr. Es ist bekannt, dass Krampfrochen ihre Beute auf diese Art und Weise töten, deshalb heißen sie auch so.«

»Aber wie macht der Bursche das?«

Ihre Augen nagelten Abercrombie fest.

»Keine Ahnung. Das heißt, in London redet man jetzt viel von einer neuen, unsichtbaren Kraft, die Schläge verursacht. In den Zeitungen steht es auch.«

Charlotte atmete scharf ein und aus.

»Was Sie meinen, ist Elektrizität. Aber das ist ein Tier, ein gewöhnlicher Fisch«, sagte Charlotte zögernd und mehr zu sich selbst. Gleichzeitig dachte sie an die Polypen, die zerschnitten worden waren und deren ungewöhnliche Fähigkeiten La Mettrie davon überzeugt hatten, die unsterbliche Seele als Märchen abzutun. Abercrombie zuckte mit den Schultern und kam nicht umhin, ihr Profil zu betrachten. Natürlich war ihre Nase zu lang und ihr Benehmen für eine Lady gewöhnungsbedürftig. Dafür umfasste das Landgut in Norfolk, das er einmal von seinem Onkel erben würde, auch nur 110 Acres. Nüchtern betrachtet, sagte er sich, hatte er Chancen.

»Würden Sie es noch einmal machen, Mr. Abercrombie? Für mich!«

Seine Kiefermuskeln arbeiteten angestrengt, verhärteten sich, wie überhaupt seine Gesichtszüge noch etwas kantiger wurden. Dieses Mal zog er aber seinen Rock aus und rollte die bereits nassen Ärmelmanschetten nach oben. Charlotte ignorierte die Intimität, die sein Blick ihr abzuverlangen versuchte, griff ihrerseits aber ungeniert und zum Entsetzen Sarahs mit der rechten Hand nach der Schulter des englischen Offiziers. Sodass auch sie, als der Schlag Abercrombie erneut mit voller Wucht traf, die Erschütterung im ganzen Körper spürte und ihre Arme und Beine unwillkürlich zuckten. Auch das Kribbeln der Spinnennetze auf der Haut stellte sich prompt ein. Es war wirklich Elektrizität!

Charlotte bestand auf einer weiteren Wiederholung, die nicht anders ausfiel als das erste Experiment. Nur dass die Fischer der Isle of Wight die Lust am Schauen verloren, zu ihren Häusern oder Booten schlurften und dabei Kautabak und Bemerkungen in einem Dialekt, den auch Abercrombie nicht verstand, über die

Spinnereien der feinen Leute zwischen ihren vorhandenen oder schon ausgefallenen Zähnen hindurchspuckten.

»Elektrisch, er ist elektrisch. Irgendwie muss er das Fluidum in sich haben oder in seinem Körper sogar herstellen können«, jubelte Charlotte.

Abercrombie hoffte, dass sie ihn auch einmal so intensiv, ja, fast zärtlich anschauen würde wie jetzt den flachen, etwa 15 Zoll langen, schuppenlosen, mit ein paar Flecken auf der sandfarbenen Haut, insgesamt jedoch unauffälligen Fisch.

»Ich dachte, Elektrizität kann nur mit einer Maschine oder durch Reibung erzeugt werden.«

Für dieses Wissen wurde er allerdings doch mit einem wohlwollenden Lächeln belohnt.

»Stimmt, aber mir ist schon früher aufgefallen, dass auch in der Atmosphäre Elektrizität frei zur Verfügung steht und man sie praktisch dort abziehen kann. Vielleicht …«

Charlotte unterbrach sich und starrte wieder angestrengt auf das unscheinbare Wesen, das jetzt mit laschen Seitenflossen bewegungslos auf dem Grund des Fasses lag. Nicht einmal seine Augen sah man, denn die verbargen sich auf seiner Unterseite.

»… gibt es auch in lebenden Körpern Säfte, Organe, Stränge oder sonst was, die sich elektrisch aufladen und leiten können. Ich habe schon einmal ein Experiment durchgeführt, bei dem ein schmerzhafter Zahn erfolgreich auf Elektrizität reagierte. Mr. Abercrombie, ich denke, wir sollten Ihren Freund hier aufschneiden.«

Das Unterfangen erwies sich als nicht einfach. Denn der Rochen wehrte sich nach Leibeskräften, glitschig und wendig, bevor er endlich in einem Netz gefangen und mit einem Messer der Länge nach aufgeschnitten und gehäutet werden konnte. Obwohl Charlotte auf die Nähe gut sah und minutiös Kiemen, Blase und andere Innereien zerlegte und begutachtete, konnte sie nicht den Auslöser für die elektrische Kraft dieses Wunderfisches finden. Und ihr war klar, dass sie noch viel über die schwer begreifbare, aber nach dem heute Erlebten doch mögliche Existenz von elektrischer Kraft in lebenden Wesen würde nachdenken müssen. Am Ende, überlegte Charlotte, hatte auch der Mensch Elektrizität in seinem Körper. Das würde manches erklären. Am Abend kam Wind auf. Günstiger Wind.

Sobald ihr Schiff Cowes verlassen hatte, gingen Charlotte und Samuel wieder zu ihrer Routine über. Um sie herum ragten jetzt allerdings öfter Mastspitzen von untergegangenen Seglern aus dem Meer. Am Fuß der Klippen rotteten gestrandete Schiffe vor sich hin, manche schon schief ins Wasser gesunken. Kapitän Boswell ließ sich selten an Deck sehen. Entweder stand er auf der Brücke oder zog sich in seine Kajüte zurück. Aber als sein gewaltiges, teigiges Doppelkinn, das Augen, Mund und Nase ganz klein und unproportioniert zusammenrückte, Charlotte dann doch einmal begegnete, fragte sie ihn sofort nach den Unglücksschiffen und erfuhr, dass der Ärmelkanal die gefährlichste Strecke der ganzen Reise war.

Kaum hatten sie nach vier nervösen Tagen den englischen Kanal verlassen und den Atlantik erreicht, befahl Boswell einen südlichen, weil direkteren Kurs. Noch in der Nacht stiegen die Temperaturen und kletterten am Tag stündlich höher. Die Luft in den Zwischendecks wurde stickig und schwül. Trotzdem standen die beiden pfälzischen Meeresbeobachter fast immer alleine an der Reling, denn den meisten anderen Passagieren waren die zischenden, glitzernden Wellen, die noch dazu grüner und gleißender wurden, zu unheimlich und die Sonne zu stechend. Uri fühlte sich unwohl und döste, als Charlotte Sarah dazu überreden konnte, ihren kleinen Bruder in der Obhut anderer Frauen zu lassen und mit ihr die Leitern hochzusteigen, in denen sich zugegebenermaßen leicht die Röcke verfingen, und durch die schmalen Luke hindurch ins Licht hinauszusteigen. Doch ihre Begeisterung steckte die Freundin nicht an.

Geblendet von der Sonne, den knatternden Segeln, fast schmerzhaft getroffen von dem randlosen grandiosen Blau, das die Wellen ihr in die Augen drückten und von dem es zu Hause nicht einmal Spuren gegeben hatte, blieb Sarah nur ein paar Minuten neben Charlotte stehen. Mit einem um Entschuldigung bittenden Augenaufschlag zog sie sich zurück. Zehn Minuten später folgte ihr Charlotte, um ebenfalls nach unten zu gehen und Uri zur Stärkung von dem weißen Rum, den sie einem der Matrosen abgekauft hatte, zum Trinken zu geben. Der Junge schlief, ebenso zwei Lager weiter im Schoß einer amischen Frau aus dem Hessischen Jakob. Nein, Sarah sei nicht aufgetaucht. Nein, ganz bestimmt nicht. Wenn, dann hätte man sie ganz sicher gesehen.

Ohne auf die Beine, Kisten und Bündel zu achten, die sie anrempelte, hastete Charlotte mit gebücktem Rücken durch das niedere Zwischendeck, zog Decken beiseite, rüttelte an Schultern, fragte barsch, stürzte weiter. Angst sprang ihr wie eine tollwütige Katze zwischen die Schulterblätter und krallte sich fest. Als er sie auf sich zukommen sah, verhakten sich sofort ihre Augen, ungeschützt, wie sie in dem Augenblick waren. Später wunderte sie sich, warum es den Schrecken und die Sorge dazu gebraucht hatte. Samuel ging mit großen Schritten auf sie zu. Zusammen eilten sie planlos zur Luke auf der Steuerbordseite, Samuels Beine streiften ihren Rock. Sie durchkämmten das gesamte Zwischendeck, riefen Sarahs Namen, fragten atemlos weiter. Bis Samuel plötzlich stutzte, innehielt, sich umdrehte, den Aufgang zur anderen Luke anpeilte, Charlotte immer an seinem Ellenbogen.

Es war ihm eingefallen, einmal mit seiner Tochter dort gewesen zu sein, obwohl es in dem Verschlag bestialisch stank. Doch die Schweine erinnerten Sarah an den heimischen Hof und es tat ihr gut, sie zu streicheln.

In dem Moment, in dem Samuel die kleine Tür aufriss, quoll ein Röcheln wie von einem gemarterten Tier aus ihm heraus. Was er sah, verschlug ihm die Sprache. Ein junges Frettchengesicht presste seine Hände um Sarahs Hals und hatte ihre Röcke schon so weit hochgeschoben, dass die blassroten Kräusellocken ihrer Scham wie ein Wundmal zwischen den weißen schmalen Schenkeln aufleuchteten. Der zweite Seemann, dickleibig von hinten, stand davor, nestelte noch an seiner Hose herum. Mit den Rüsseln grunzend im Stroh und an den Knöcheln der Menschen, die so zahlreich bei ihnen eingefallen waren, schauten die Schweine nur kurz blondbewimpert auf.

Samuel starrte in die blinden Augen seines Kindes, fingerte nach dem Messer an seiner Seite, mit dem er sonst Stöcke zuspitzte oder Brot und Käse in Scheiben schnitt. Mechanisch zog er es aus seiner Scheide, umklammerte den narbigen Griff aus Horn und streckte den Arm. Leicht konnte er es in die Kehle des einen stoßen und sein Kind befreien. Leicht. Aus Sarahs Mund rann nur eine schmale Speichelspur, und ihre Nasenlöcher waren geweitet. Sie wimmerte nicht einmal.

Ihr habt gehört, dass zu den Alten gesagt worden ist: Du sollst nicht töten; wer aber jemand tötet, soll dem Gericht verfallen sein. Ich aber sage euch: Jeder, der seinem Bruder auch nur zürnt, soll dem Gericht verfallen sein.

Samuels Hand wurde taub, fühlte das Messer nicht mehr. Der Dicke drehte sich schwerfällig zu ihm um, verfilzte Haare hingen in ein aufgedunsenes Gesicht. Das Gesicht grinste.

»Willst du sie etwa auch? Musst aber warten, bis ich und mein Kumpel mit ihr fertig sind.«

Ihr habt gehört, dass gesagt worden ist: Auge um Auge und Zahn um Zahn. Ich aber sage euch: Leistet dem, der euch etwas Böses antut, keinen Widerstand, sondern wenn dich einer auf die rechte Wange schlägt, dann halt ihm auch die andre hin. Und wenn dich einer vor Gericht bringen will, um dir das Hemd wegzunehmen, dann lass ihm auch den Mantel. Und wenn dich einer zwingen will eine Meile mit ihm zu gehen, dann geh zwei mit ihm.

Samuels Arm wurde weich. Das Messer in seiner Hand sank

nach unten. Seine Tochter hatte ihre Sprache verloren, jetzt würde sie geschändet werden, ihre Ehre verlieren. Aber er würde seinen und ihren Glauben deswegen nicht verraten. Denn auch der Teufel verrichtete nur das Gebot des Allmächtigen. Ein Rüssel kroch ihm schnüffelnd am Hosenbein hoch. Er schloss die Augen.

Liebt eure Feinde und betet für die, die euch verfolgen, damit ihr Söhne eures Vaters im Himmel werdet.

Inständig betete Samuel Hochstettler für seine Feinde.

»Seht ihr denn nicht, dass sie die, die …«, stammelnd suchte Charlotte das englische Wort für die Franzosenkrankheit.

»Zwei gestandene Männer hat sie bei uns zu Hause schon angesteckt, dass die jetzt Blut und Eiter pissen und dabei schreien wie ein angestochenes Schwein. Warum glaubt ihr, dass sie sich nicht gewehrt hat? Weil ihr inzwischen alles egal ist. Oder habt ihr keine Augen im Kopf?«

Das rotpickelige Frettchengesicht hörte ihr tatsächlich zu. Während dem Dicken die Hosen um die Knie schlotterten und sein weißer behaarter Hintern sich entblößte. Dass Hochstettler nichts tun würde, nichts tun konnte, spürte Charlotte instinktiv. Zum Glück hatte sie die Flasche Rum, die eigentlich für Uri gewesen wäre, noch bei sich. Sie entkorkte sie, ließ die Flüssigkeit langsam durch ihre Kehle laufen, bis sie die brennende Wirkung spürte, und setzte dann alles auf eine Karte. Weil genau das auch ihre Freundin getan hatte. Als sie bei ihrem Vater durchsetzte, dass das Fräulein von Geispitzheim, das keinen Ehemann, nicht einmal einen Bräutigam für ihre Schwangerschaft hatte, in die neue Welt mitkommen durfte.

»Nehmt mich. Ich mache es euch zwei Hübschen eh viel besser. Ich kenn da Sachen …«

Verblüfft über die Sprüche, die sie über die Jahre von dem Kaiserslauterner Damenbesuch ihres Vaters gelernt hatte, nahm sie noch einen großen Schluck. Was machte es im Grunde schon für einen Unterschied. Hässlicher als der sächsische Graf sahen die beiden auch nicht aus. Nur dass diese Kerle im Gegensatz zu dem blutleeren Manteuffel abenteuerlich rochen. Genau wie er würden die beiden wahrscheinlich auch nicht lange brauchen. Bei dem Geschäft damals war es schließlich nur um die Elektrisiermaschine gegangen. Jetzt musste sie für den verbliebenen Seelenfrieden eines Mädchens zahlen, dem man schon so arg die Flügel gestutzt hatte, dass es nicht mehr fliegen konnte. Geschweige denn, tanzen wie eine Elfenprinzessin. Vor allem, so sagte sich Charlotte und bewies sich damit wieder einmal, dass sie viel von dem Pragmatismus ihrer Mutter geerbt hatte, war sie eh schon schwanger. Ein zweites Mal konnte sie es zum Glück nicht werden.

Der jüngere von beiden, der offensichtlich fixer im Kopf war und die Entscheidungen traf, glotzte Charlotte zwei Atemzüge lang unentschlossen an. Dann feixte er und streckte den Arm nach der Rumflasche aus, sodass sich Sarah laut- und schwerelos von ihm wegstehlen konnte. Nicht ohne, bevor sie mit ihrem versteinerten Vater den Verschlag verließ, einem schwarzgefleckten Schwein über den Kopf zu streicheln.

Zu ihren Füßen kullerte die leere Rumflasche. Er fand sie an der Stelle, wo sie meistens stand. Wie immer brannte die rote Lampe. Sie hielt das Gesicht in die Gischt, auf und ab mit dem Schiff schaukelnd. Er stellte sich neben sie, höchstens einen viertel Meter Abstand wahrend. Also so nahe wie noch nie.

Weit am Horizont, wo sich das Meer und der Himmel inzwischen rot für den Abend einfärbten, sprangen Fische, von denen er inzwischen wusste, dass sie gar keine Fische waren, sondern ihre Jungen säugten und Delphine hießen, in regelmäßigen Bögen aus dem Wasser. Er wünschte sich sehnsüchtig, dass diese Tiere näher zum Schiff kämen und Charlotte sie sehen könnte. Sie würde sich, soweit kannte er sie inzwischen, freuen und vielleicht sogar über die Sprünge der Delphine lachen. Das war ihm plötzlich wichtiger als alles andere. Seine Augen glitten über das Meer und flehten. Aber die Delphine blieben weit draußen. Die Flasche kullerte weg, blieb bei einem Stapel aufgerollter Tampen liegen, rollte bei der nächsten Welle, die das Schiff ergriff, mit einem trostlosen Geräusch weiter. Wie sollte er beginnen? Samuel zupfte an seinem Bart. Es gab so vieles zu sagen. Er hatte, als er mit Sarah zu ihrem Lager im Zwischendeck zurückgekehrt war, in der Bibel nachgelesen, passende Stellen und weise, heilende Worte des Heilands gefunden. Dann aber waren ihm merkwürdigerweise immer mehr eigene Worte in den Sinn gekommen, noch nie ausgesprochene Worte, die er ihr sagen wollte. Die er ihr sagen musste! Aber wie damit anfangen? Sie kam ihm zuvor:

»Na, Hochstettler, glauben Sie noch immer, dass es Gott gibt? Oder müsste er doch erst noch erfunden werden?«

Ihre Stimme klang so rau, dass seine Haut schmerzte. Trotzdem rückte er an der Reling entlang näher. Ein, zwei Fingerbreit.

»Seit vorhin glaube ich mehr denn je an seine Liebe und Gnade. Und wenn es noch einen letzten Beweis für Gott bräuchte, dann sind Sie das.«

Das Meer war jäh tintenblau geworden, und die große Nacht hing voller Lichter und Irrlichter über ihnen.

Kapitel 10

Das Fieber sprang schneller als die Flöhe. Es nistete sich in Achselhöhlen, Ohrmuscheln und Bäuchen ein, bei Kräftigen und bei Säuglingen, es loderte und rüttelte an ihrem Leben. Auf der »Good Intent« fehlte ein Ventilationssystem, das neuere Schiffe schon hatten und das Frischluft hinunter ins Zwischen- und Unterdeck geführt hätte. Die alte Luft faulte wie eine vergessene Birne. Jeden Tag stand jetzt die Sonne hoch und hämmerte auf das Schiff. Die Segel wurden so weiß, dass sie blendeten, wenn man zu ihnen hochschaute. Nur die Matrosen litten nicht darunter, sondern zogen ihre Hemden aus, kletterten den Mast hinauf und rasend schnell wieder hinunter, und allein schon davon färbten sich ihre Schulterblätter krebsrot. Glasig und heimtückisch glatt wie Spucke wartete das Meer, als sie sich dem 42. Breitengrad näherten. Sodass die Fahrt der Auswanderer ausgebremst wurde und niemand ihnen sagen konnte, wann sie ihr Ziel erreichen würden.

Was genau für eine Krankheit es war, mit der das Fieber ins Zwischendeck kam, wusste niemand. Typhus oder Ruhr? Die Passagiere sprachen nur von der Gefängniskrankheit. Weil die sich immer dann breit machte, wenn Menschen so nah aufeinanderhocken mussten. Die Rotterdamer Firmen verdienten pro menschliche Fracht, deshalb stapelten sie Frauen und Männer in ihre Schiffe, als wären sie Kartoffelsäcke. Die Kapitäne wiederum interessierte in erster Linie, dass ihre Schiffe heil in den Häfen auf der anderen Seite des Atlantiks ankamen, von der lebenden oder gar fiebernden und stöhnenden Ladung wollten sie so wenig wie möglich sehen.

Penetrant nach Mäuse- und Rattenkadavern, die schon seit der letzten Fahrt im Kielraum lagen, und der Mischung von Werg und Teer, die zum Kalfatern der Fugen zwischen den Planken gebraucht wurde, hatte es von Beginn der Fahrt an gerochen. Jetzt attackierten Stunde um Stunde die Ausdünstungen von kranken Körpern, Fäkalien und Erbrochenem die knappe Luft und eroberten sie. Der Gestank zwang auch die Gesunden, sich klein einzurollen, wie bewusstlos zu dösen und fatalistisch zu werden. Vom vielen Schlafen aber wurden sie immer müder. Viele schafften es nicht mehr, eines der beiden »heimlichen Gemächer« zu erreichen, die sich auf jeder Seite des Schiffes befanden und ihnen vertraglich zugesichert waren. Auch die Eimer quollen schnell über. Ungeziefer vermehrte sich beim bloßen Hinschauen. Als Erste und kurz hintereinander starben zwei Männer, eine junge Frau und fünf kleine Kinder. In Leinentücher gehüllt und begleitet von einer für die allermeisten unverständlichen, weil in Englisch gehaltenen Rede des Kapitäns, dessen Doppelkinn unter der Sonne wie ein Grießbrei auseinanderfloss, plumpsten sie ins Meer. Gleichgültig schloss es sich über ihnen wieder. Nur ein paar kleine Fische schnalzten auf der Oberfläche.

Diejenigen, die noch nicht fieberten, scheuten sich, den Schmutz fortzuschaffen. Sie hatten alle Hände voll zu tun, ihre Familienangehörigen zu pflegen. Darauf zu achten, selbst sauber und fern von Unrat zu bleiben, wurde anstrengend, zunehmend sinnlos außerdem. Manche, egal ob Männer oder Frauen, hatten inzwischen so viele Läuse, dass ihnen die Nissen hell und körnig wie Raureif an den Haaren hingen. Doch die Leute vergaßen einfach, sie regelmäßig abzustreifen. Bei den Fieberkranken saßen die Läuse sowieso dick wie Brotkruste auf der Haut.

Verwahrlosung griff um sich. Die Ratten rochen sie. Immer dreister wuselten sie krallentapsig, lang- und nacktschwänzig zwischen den Schlafstätten herum, kamen näher, krochen auf und unter die Decken und Kleiderbündel, schnupperten, bissen in

Brotvorräte und nagten an Schuhen. Wenn sie verscheucht wurden, kamen sie schneller, als die Menschen sich umdrehen konnten, gleich wieder um die Ecke gerannt, meist in einem noch größeren Rudel. Mit ihren intelligenten Augen fixierten sie die Menschen, schätzten deren Kräfte ab und wie viele Tage ihnen noch blieben. Bei denen, die schon ganz schwach waren und flach atmeten, blieben sie gleich sitzen. Als Charlotte das erste Mal ein kleines Kind, kaum einjährig, mit blutender, halb abgefressener Wange sah und erfuhr, woher die Wunde stammte, übergab sie sich ruckartig. Ohne einen Eimer vor sich, und obwohl sie sich bis zu dem Moment wohl gefühlt hatte und auch ihre Schwangerschaft längst keinen Brechreiz mehr hervorrief.

Seit dem Vorfall im Schweineverschlag, den sie nicht Vorfall nannten, weil sie ihn mit überhaupt keinem Wort erwähnten, schlief Sarah auf Charlottes großzügigem Quadrat. Eine hielt die Hand der andern, sodass unklar war, wer wen tröstete. Die Decke, die blassblaue, zur Hälfte schon bestickt mit strengen Trapezen, Rauten und kerzengeraden Nähten, war ausgepackt und mit einigen Nägeln aus Samuels Werkzeugvorrat an die niedrigen Deckenbalken genagelt worden. Regelmäßig betupfte Charlotte den provisorischen Vorhang von innen mit Tropfen aus ihren Parfumflacons. Rosenwasser hatte sie reichlich dabei, doch mit der »Verführung des Orients«, die öliger war und teuren, schweren Moschusduft enthielt, ging sie anfänglich sparsam um. Als bald darauf weitere sechs Erwachsene und acht Kinder starben, verspritzte sie das Parfum verschwenderisch. Außerdem spülte Charlotte ihr Haar regelmäßig mit einer Mischung aus Salzwasser und Rum.

Sarah hielt durch, indem sie wieder so tat, als gäbe es sie nicht. Die Lider halb geschlossen, die Muskeln entspannt und schwer, zog sie sich in den Kokon ihrer schweren Kleider zurück und löste sich auf. Wer nicht da war, konnte auch kein Fieber bekommen. Der musste auch nicht würgen, weil plötzlich neue Dünste von der nächsten Schlafstätte durch den Vorhang drangen, der brauchte nicht einmal traurig sein. Sarah vervollkommnete während dieser Tage diese Methode des Überlebens. Dabei sang sie Lieder. Lange, traurige aus dem »Ausbund« oder solche, die ihre Mutter beim Spinnen oder am Webstuhl gesummt hatte. Niemand hörte Sarahs Lieder, denn Lippen, die nicht mehr vorhanden waren, konnten sich auch nicht bewegen. Dann kam der Mittag, an dem die Lieder, die sie sang, die Schweißtropfen in ihrem Rücken nicht mehr wegspülten. Sarah spürte sich wieder. Mit einem Mal nahm sie auch wieder das dünne katzenhafte Wimmern der kleinen Agnes aus dem Badischen wahr. Der alte Mann, dessen Namen sie nicht kannte, spuckte und rotzte wie vor zwei Tagen, und niemand half ihm. Wo war Charlotte? Sarah streckte die Hand aus der Kleiderhülle heraus und tastete. Die langen Finger der Freundin schlossen sich fest um ihre.

In dieser leimzähen und ekelsüßen Mittagsstunde hörte Sarah zum ersten Mal Musik. Ganz deutlich. Die Musik zwang Sarah dazu, sich so lange im Kreis zu drehen, bis ihr endlich schwindlig wurde und ihre Sinne schwanden. Das Rasseln aus entzündeten Lungen verschränkte sich in ihren hübschen Ohren mit den dunklen Hilferufen sterbender Männer, dem Weinen der Mütter und den eleganten Trippelgeräuschen der Ratten und schwoll zu einem mitreißend fröhlichen Akkord an. Diese Musik strich über die Balken und zwischen die miefigen Körper und beschützte Sarah mehr als die schwarze Haube, die Täuferkleider und die Lieder aus dem Ausbund zusammen.

Nur für kurze Zeit gegen Abend, dann aber zuverlässig, rappelte Sarah sich auf und konzentrierte sich auf ihre Aufgabe. Dann war sie jedes Mal ganz wach. Wenn die blassblaue Decke einen Spalt nicht geschlossen war, zog sie den Vorhang schnell zu. Ihr Schatz waren zwei kniehohe graue Steinguttöpfe mit kornblumenblauen Mustern bemalt. In den Töpfen steckte Sauerkraut, das inzwischen gut vergoren war. Behände füllte sie Samuel, Charlotte, Uri und dem kleinen Jakob das wässrige Kraut in ihre Schalen. Immer in dieser Reihenfolge. Sich selbst versorgte Sarah zum Schluss. Dann winkte sie, und die anderen krochen hinter die Decke. In dieser Runde saßen sie und löffelten stillschweigend, kauten gründlich, die Augen niedergeschlagen, jeden der nahrhaften Bissen auskostend, die Würze genießend, sie solange im Gaumen haltend, wie es nur ging. Samuel, Uri und Sarah verzichteten darauf, barmherzig zu sein und das Sauerkraut mit den Menschen jenseits der blauen Decke zu teilen.

Ebenso heimlich verspeisten sie jeden zweiten Tag die Innereien von den Schweinen aus dem Verschlag, die nacheinander abgestochen wurden. Dazu fette schwarze Bohnen und Graubrot. Das alles zusätzlich zu den knappen, ranzigen Portionen, die ihnen vertragsmäßig wie allen anderen Passagieren vom Schiffskoch zustanden. Denn Charlotte hatte mit dem Frettchengesicht und dem Dicken eine Art Übereinkommen geschlossen. Gute Lebensmittel wurden gegen Stillschweigen gehandelt. Das war nur gerecht. Was hätte es außerdem Sarah genützt, wenn das Fräulein von Geispitzheim zum Kapitän gegangen und die beiden Halunken angezeigt hätte? Man hätte die beiden an den Mast gebunden und ausgepeitscht. Danach wären sie aller Wahrscheinlichkeit erst recht heimtückisch geworden. So aber sorgten die Halunken dafür, dass sie alle, das Baby in Charlottes Bauch eingeschlossen, nicht vom Fleisch fielen.

Trotzdem ging es Uri von Tag zu Tag schlechter. Samuel gab sich anfänglich Mühe, den Jungen nach oben zu schleppen, damit er frische Luft schnappen konnte. Doch er fieberte immer mehr und übergab sich oft. Sogar einem Seemann direkt vor die Knie, der gerade dabei war, das Deck mit einem Stück weichen Sandstein zu schrubben. Mr. Abercrombie, der erste Offizier, kam dazu. Das Gesicht verriegelt, die Stimme eckig, erklärte er, dass das Deck von englischen Schiffen fleckenlos sauber zu sein habe, immer und zu jeder Zeit. So lautete der Befehl. Die Zustände unten, nun ja, eine Überfahrt sei kein Zuckerschlecken. Das Leben in den Kolonien, das würden sie schon noch merken, übrigens auch nicht. Der Junge solle auf der Stelle verschwinden und sich nicht mehr an Deck blicken lassen. Nicht dass einer seiner Männer sich noch anstecke.

Wieder zurück im Zwischendeck flößte Samuel seinem Knecht, dessen Vater schon Knecht bei seinem Vater gewesen war, einen Großteil der eigenen Wasserration ein. Charlotte gab einen großen Schuss aus einer der Rumflaschen dazu, die sie, sobald wieder eine geleert war, bei einem Freund des Frettchengesichtes nachkaufte. Jede Flasche kostete mehr als die vorige. Uri trank und erbrach sich gleich wieder. Er glühte inzwischen, jammerte aber, dass ihm kalt sei. Sauerkraut konnte er nicht mehr schlucken, sich nicht einmal mehr hinsetzen. Ein Tag und eine Nacht zogen sich dahin, die sie abwechselnd bei ihm wachten.

Sarah spürte den Tod als Erste und auch, was Uri brauchte, um ihm zu begegnen. Sie flüsterte es Charlotte ins Ohr. Nur drei, vier Worte, aber richtige Worte. Wieder einmal staunte Charlotte über das Mädchen, das immer somnambuler und gleichzeitig unbeugsamer wurde. Also kauerte sie sich neben den Jungen, betupfte seine Stirn und seine Locken, die einmal blond und mädchenhaft gewesen waren, jetzt aber dunkel verschwitzt und übel riechend an seinem Kopf klebten, mit einem Rosenwasser getränkten Spitzentaschentuch. Sie erzählte Uri von zu Hause, langatmig, leise und liebkosend. Von der Wiese direkt hinter den Stallungen des Muckentalerhofes, wo gewöhnlich die Übergabe des Weidenkorbes stattgefunden hatte. Über beide Ohren verliebt war Uri damals gewesen und sie selbst nur darauf aus, von ihm möglichst viele Versuchstiere zu bekommen. Sie sah wieder den kräftigen, frohen Kerl vor sich, um dessen Oberkörper sich das Hemd spannte. Jetzt lag Uri ausgemergelt vor ihr. Ihre Knie berührten seine Hüfte. Charlotte schämte sich.

»Weißt du noch, wie du mich besucht und mir mit den Fröschen geholfen hast? Unser allererstes gemeinsames Experiment!«

Obwohl sie flüsterte, öffnete er die Augen und versuchte, sie zu fokussieren.

»Ja.«

Mehr nicht. Aber er lächelte dabei. Samuel kroch hinzu, kniete sich hin, ergriff die Hand des Jungen, biss sich auf die Lippen, schwieg.

»Ach, Uri, und du warst so mutig, so mutig.«

Ganz tief beugte sich Charlotte jetzt über ihn. Das war sie ihm schuldig. Sie spürte seinen heißen Atem an ihrer Wange. Aber sie sprach so, dass auch Hochstettler es hörte.

»Du hast mir und der elektrischen Wissenschaft sehr geholfen, obwohl du wusstest, dass Herr Hochstettler dir verbieten würde, mich zu treffen. Stimmt doch. Trotzdem hast du es gemacht. Weil du kapiert hast, was man mit der Elektrizität alles machen kann, nicht wahr! Das war sehr klug von dir.«

Noch einmal schaffte das hohlwangige, erschöpfte Gesicht ein Lächeln. Samuel nahm ihr das Tuch ab, befeuchtete es sorgfältig mit Rosenwasser, reichte es ihr und nahm wieder die Hand des Jungen zwischen seine Hände. Uris Lippen waren aufgesprungen, umgeben von einem Kranz nässender Bläschen. Unruhig warf er den Kopf herum, sein Mund öffnete sich einen Spalt, ließ ein gequältes Stöhnen durch.

»Keine Sorge, Uri, ich bin hier. Das Fräulein von Geispitzheim, ich bleibe hier bei dir, hörst du mich!«

Ununterbrochen tupfte sie ihm den Schweiß ab, der ihm aus den Poren rann. Auch er war eine schöne, sogar sehr freundliche Maschine, deren Räder sich jetzt aber verhakten. Hochstettler sprach Gebete. Mit ruhiger, fester Stimme. Dafür übernahm es jetzt Charlotte, zu schweigen und einfach dabeizusitzen. Als sich die angespannten Gliedmaßen des Jungen lösten und sein Atem flacher, aber ruhiger wurde, sahen sie sich an. Das zweite Mal mit weichen, unverstellten Blicken.

Nacheinander wurden fünf Erwachsene und vier Kinder im

Meer versenkt. Der Kapitän kam dafür nicht mehr aus seiner Kajüte. Dafür sprach ein Prediger aus Hamburg, der in Chester County eine Gemeinde übernehmen sollte. Chester County, Sarah hörte genau auf die Melodie des Wortes. Den Namen der katholischen Frau, die mit ihrer Familie aus einem Dorf nahe Münster gekommen war und fünf Kinder hinterließ, nannte der Prediger laut und deutlich. Hochstettler knetete seinen schwarzen Hut und fand, dass es eine angemessene Predigt war. Das hätte er auch gegenüber dem Ältesten so vertreten, der sicher erbost gewesen wäre, dass Uri zu den Worten eines Lutheraners seine letzte Ruhe finden musste.

Auf die zermürbende Flaute folgte nahezu übergangslos ein Sturm. Der erste Sturm dieser Fahrt. Innerhalb weniger Stunden schwoll er zu einem Orkan aus Nord-Nordost an. Das Meer versuchte, das Schiff abzuschütteln und die Trauer über Uris Tod. Die Dünung rollte zuerst schwerfällig wie Blei und glänzte auch so. Nach kurzer Zeit schoss sie zu Bergen auf und stürzte zu Tälern herab, deren Ausmaße sich Pfälzer Bauern oder Untertanen des hessischen Landgrafen nie hätten vorstellen können. Diejenigen, die in dem dunklen Bauch gefangen saßen, verloren jegliche Orientierung. Oben stürzte nach unten und das Meer in den Himmel. Dazu peitschte Regen. Das Wasser drang durch die Luken, und gierig füllten die Passagiere ihre Blechnäpfe und Schüsseln, tranken hastig und viel, gossen es sich über das Gesicht, die stinkende Kleidung, die schmierigen Haare. Dann bekamen aber sogar die Ratten Angst und versuchten, quiekend höherzuklettern. Bald schoss das Wasser nur so ins Zwischendeck. Die blaue Decke saugte sich voll und bekam einen hässlichen dunklen Salzrand. Kisten und Säcke platzen auf. Kinder und Erwachsene rutschten von einer Seite zur anderen, brachen sich Arme und Beine oder schlugen sich die Köpfe blutig.

Samuel und ein anderer kräftiger Mann wurden an die Pumpe

gerufen, vorsorglich band man sie mit Tauen fest. Vier Stunden später mussten zwei andere ran. Kapitän Boswell ließ zunächst hoch am Wind kreuzen. Weil er erfahren war, gab er dem ersten Offizier rechtzeitig Befehl, die Segel bergen zu lassen. Sodass die Windkraft nur noch auf die Brigg träfe. Jeder der Männer, die klitschnass im Affentempo in die Wanten kletterten, wusste, dass er sein Leben riskierte. Als sie es geschafft hatten, hatten sie nicht einmal Zeit, die Extraportion Rum, die ihnen zustand, zu trinken. Eine Regenbö, eine schwarze Wand, drückte sie nieder, warf einen Mann über Bord. Dafür hatte der Rudergänger jetzt die schwierige Aufgabe, das Heck des Schiffes zu den anrollenden Wellen zu halten, um ein Querschlagen des Schiffes zu verhindern.

Der Wind heulte ohrenbetäubend in der Takelage, und Boswell hatte Mühe, seinen nächsten Befehl dagegen anzuschreien. Über dem Bug wurde ein Treibanker ausgebracht, um das Schiff im Wind zu halten. Eine Woge nach der andern knallte gegen die »Good Intent«, und mindestens jede dritte brach zischend und grollend über ihr zusammen. Die Menschen wurden durcheinander gewirbelt wie Maikäfer in einer Schachtel, mit der Samuel als Junge über die Felder gerannt war. Natürlich fragte er sich, und nicht nur er, ob das Jüngste Gericht und damit auch die Auferstehung sich so ankündigten. Ob es so laut und tosend sein würde und sich nicht nur die Erde, sondern auch die Meere auftun würden. Aber diese Überlegungen waren glücklicherweise nur flüchtig, denn die Menschen brauchten alle ihre sieben Sinne, um sich an irgendetwas festzuhalten und nicht erschlagen zu werden. Die meisten kotzten sich sowieso die Seele aus dem Leib.

Außer Sarah. Sie hielt ihren kleinen Bruder umschlungen, als wäre er an ihrem Bauch angewachsen, presste ihren Kopf auf seinen und rutschte so verknäult quer durch das Zwischendeck. Übel war ihr als einer der ganz wenigen an Bord der »Good Intent« überhaupt nicht. Außerdem schaffte sie es auch noch, auf die

Sauerkrauttöpfe aufzupassen. Nichts zerbrach, nichts lief aus. So einen Sturm, dachte sie sich, als sie mit Jakob gegen einen fremden Bauch prallte, hat noch keines der Mädchen zu Hause in der Pfalz erlebt. Nicht einmal Jacob Egly, der Älteste der Gemeinde, hatte in seinen Predigten von einem so wütenden Himmel und einem so höllischen Grollen im Wasser gesprochen. Vielleicht hätte der Älteste sich bei dem Sturm sogar die Nase eingeschlagen oder … Sarah erschrak über die Abgründe ihrer Gedanken. Gleich darauf kam ihr in den Sinn, dass sie während des ganzen tollwütigen Tanzes auf dem Meer, und ein Tanz war es, nicht die geringste Angst verspürte.

Als sich irgendwann der Sturm auf dem Meer und in den Mägen legte, breitete sich im Zwischendeck eine große Erschöpfung aus. Nicht restlos überzeugt, ob sie noch lebten, befanden sich die Menschen in einem selten schwerelosen Zustand, der fast an das vollkommene Glück grenzte, weil ihnen fast alles gleichgültig war. Die Bewegungen des Holzkastens um sie herum schaukelten sich in den seit sechs Wochen vertrauten Rhythmus ein, Wasser und Wind wisperten wieder so zahm, dass sie allmählich vom Schnarchen, Furzen oder Flüstern aus der nächsten Schlafstätte übertönt wurden. Auch Charlotte brauchte geraume Zeit, um sich bewusst zu werden, dass die »Good Intent« nicht leckgeschlagen, gekentert und sie nicht ertrunken war. Noch länger brauchte sie, um zu bemerken, dass ihre Beine und Arme merkwürdig verdreht dalagen. Sie hatte Prellungen, blaue Flecken, und aus einer Platzwunde über der rechten Augenbraue lief Blut. Aber Charlotte spürte noch keine Schmerzen. Dafür waren die Balken über ihr wieder die Balken, und der Boden, auf dem sie lag, bestand zwar nur aus schmutzigem, feuchtem Holz, aber er war immerhin wieder der Boden.

Als erstes stand Sarah auf, schaute nach ihrem Vater, verband notdürftig Charlottes Stirn und zog ihr dann die über und über mit Erbrochenem verklebten Kleider aus und neue an. Danach schliefen sie alle, immer noch zutiefst erschöpft, wieder ein.

Wie sich bald herausstellte, war während des Sturms einer der Wasserbehälter beschädigt worden. Das erzwang eine grausame Rationierung. Gleichzeitig schmeckte das, was sie mit Schöpfkellen abgefüllt bekamen, immer fauliger. Das Wasser verdickte sich und nahm die Farbe von Schlick an. Man konnte es nur mit geschlossenen Augen und ohne zu atmen trinken, denn in ihm trieben auch schlaffe Maden. Obwohl Charlotte bereit war, eine Münze nach der andern aus ihren Säumen und Miedern zu trennen und horrende Preise zu zahlen, gelang es ihr immer seltener, noch etwas gebratenes Fleisch oder Kartoffeln zusätzlich zu der winzigen Nahrungsration zu ergattern, die der Kapitän für jeden Passagier angeordnet hatte. Solange noch Rum zu kaufen war, tranken Charlotte und die Hochstettlers mehr Rum als Wasser.

Weil die fünf Schweine in dem Verschlag längst geschlachtet und gegessen waren, gab es nur noch das gesalzene Fleisch, das in Cowes an Bord gehievt worden war. Grau und schwammig wurde es vor dem Verzehr eingeweicht. Es hatte den Vorteil, dass es schwer im Magen lag und für eine Weile die Illusion verschaffte, satt zu sein. Allerdings wurde man davon noch durstiger. Nur dreimal wöchentlich stand den Passagieren etwas Warmes zu, wozu auch getrocknete, kurz aufgebrühte Erbsen zählten, hart und geschmacklos wie Hornknöpfe. Wer klug war, kaute langsam auf seinem Stück Zwieback oder Brot und übersah die winzigen roten Würmer, die heraus- und hineinkrochen.

Charlotte war sich nicht mehr ganz sicher, ob sie überhaupt noch schwanger war. Falls doch, so zweifelte sie, ob die kleine Maschine in ihrem Bauch das widerliche Zeug überlebte. Selbst das Frettchengesicht und der Dicke kamen, wie sie ihr schamvoll versicherten, an keine Extrarationen mehr heran. Deshalb widersprach Charlotte nicht, als Sarah ihr jedes Mal etwas mehr von dem Sauerkraut in die Schüssel füllte als sich selbst oder ihrem Vater.

Der Hunger und der Durst veränderten die geduldigen und demütigen Täufer. Egal ob sie aus der Pfalz, der Schweiz oder dem Elsass stammten. Auf der Seite liegend, durch seine Armbeuge hindurch beobachtete Samuel, wie ein Mann, Elias Sattler, der aus Landau stammte und die Heilige Schrift nahezu auswendig konnte, von einer Sekunde zur anderen seinen Vetter würgte. Manche schlugen wie tobsüchtige Trunkenbolde ihre Kinder, klauten ihrem Bettnachbarn Brotkrusten und Geld oder gönnten ihrer Frau nicht den letzten Schluck, der vom Biervorrat übrig geblieben war. Das gab Samuel viel Stoff zum Nachdenken während der langen, trägen Stunden. Er grübelte über die Natur der Menschen im Allgemeinen, die der frommen sowie der nicht frommen und insbesondere über das rätselhafte Wesen einer bestimmten Person. Dabei gewöhnte er sich an, Tag und Nacht auf der Hut zu sein.

Deshalb zertraten ihre Schritte, so behutsam und leise sie auch waren, sofort seinen flachen Schlaf. Dass sie nachts an Deck ging, war ihm neu. Samuel stützte sich auf die Ellbogen, blickte durch die Dunkelheit zu dem Vorhang, hinter dem seine Tochter jetzt alleine mit seinem kleinen Sohn schlief. Alles war ruhig. Er schloss wieder die Augen, die brannten. Er fühlte sich müde und gleichzeitig hellwach. Nervös noch dazu. Sarah, Jakob, die Kiste mit den Werkzeugen und einem Säckchen besten Kleesamen, dann das Geld, das reichen musste, um in Pennsylvania Land zu kaufen, die Sauerkrauttöpfe, die Schiffskiste, die vielen Dinge, die dem Fräulein von Geispitzheim gehörten, diese Nacht, die Welt, der schmale Weg, der auf dem Meer schwerer zu erkennen war als auf dem Land. In Endlosschleifen ging Samuel das alles durch den Kopf. Bis ohne Vorwarnung la girafe ihren langen gefleckten Hals zu ihm herunterbeugte und ihn aufmunternd anstupste.

Die »Good Intent« maß auf dem oberen Deck vom Heck bis zum Bug nur 75 Fuß und in der Breite gerade mal 22 Fuß und 3 Zoll. Trotzdem suchte er ziemlich lange nach ihr. Denn sie stand nicht wie sonst an der Reling. Erst als die Wolken für ein paar Minuten den Mond freigaben und kalte silberne Lichtstreifen über die Planken wanderten, entdeckte er sie verborgen hinter dem Ankerspill. Sie saß auf einem Stoß aufgerollter Taue.

»Übermorgen haben wir Vollmond.«

»Ach ja.«

»In einer Woche, hat Mr. Abercrombie heute Nachmittag gesagt, sollten wir es geschafft haben.«

»Ach ja.«

Erst jetzt, als auch er nicht mehr wusste, was er noch hätte sagen können, bemerkte Samuel Hochstettler, dass er seinen Hut unten vergessen hatte. Wolken schoben sich fleckig vor den Mond, dem tatsächlich nur noch eine winzige Tranche zur Vollendung fehlte, und Charlotte tauchte wieder in die Schwärze ein. Die grüne Lampe, die auf dieser Seite, der Steuerbordseite, hing, war zu weit weg, als dass sie Licht hätte spenden können. Deshalb war Samuel sich nicht sicher. Hingen ihr die Haare offen über die Schultern und den Rücken? Oder hatte sie sie wie manchmal in letzter Zeit in eine Art Turban eingewickelt, um sich vor den Beutezügen des Ungeziefers zu schützen? Er räusperte sich.

»Haben Sie wirklich angenommen, dass ich nicht weiß, dass die Erde eine Kugel ist?«

In seinem Ton schwang etwas mit, das Charlotte aufhorchen ließ. Allerdings lispelte die warme Nachtluft zwischen den Segeln, so dass sie sich nicht ganz sicher war, ob sie ihn richtig verstanden hatte.

»Hm, na ja, sagen wir mal so, es hätte mich nicht allzu sehr überrascht, wenn Sie geglaubt hätten, wir könnten irgendwann mal am Rand der Scheibe herunterfallen. Andererseits …«

»Ja?«

»… haben Sie Ihre Äcker anders als die anderen Bauern bestellt. Mein Vater hat mal gesagt, Sie seien auf Ihre Art so etwas wie ein Revolutionär.«

»Ach ja.«

»Überhaupt …«

»Ja?«

»… frage ich mich, wie es mit meinem Vater weitergehen soll, da Sie jetzt nicht mehr den Hof bewirtschaften.«

»Mit Gottes Hilfe …«

»Ach ja.«

»Ich habe ihm Noah Gabler als neuen Pächter empfohlen, der wird seine Sache sehr gut machen und Ihrem Vater auch gleich eine neue Kutsche bauen. Übrigens habe ich heute Morgen wieder Delphine springen gesehen.«

Das Deck schien erneut silberhell auf, und Samuel konnte erkennen, dass sie ihr Haar offen trug. Er nützte das Licht, das im nächsten Moment vielleicht schon wieder durch ein Wolkenband gelöscht würde, und setzte sich neben sie auf die aufgerollten Tampen. Weil die Hanfseile, die allesamt zur Takelage gehörten, während des Sturms nass geworden waren und nur langsam trockneten, fühlten sie sich härter als sonst an. Die Salzkruste schuppte unter Samuels Händen. Als die Backbordwache abgelöst wurde, wehten ein paar Worte, dunkel und müde, zu ihnen herüber. Ein Zittern lief mit den Schritten der Seeleute über die Planken. Doch keinesfalls ein Donnergrollen. Ein Blick nach oben genügte Charlotte, um sich zu überzeugen. Der Himmel saß sanft und tadellos wie die schwarze Haube einer Täuferin auf dem Meer. Nirgendwo auch nur das geringste Anzeichen für ein Gewitter.

Trotzdem spürte Charlotte jäh und scharf die Elektrizität. Ein Netz fiel über sie wie damals, als sie mit einem Drachen an einem Silberdraht unterwegs gewesen war, den Blitz in der Atmosphäre aufgespürt, die blauen Funken zum Tanzen gebracht hatte.

Wieder waren die Spinnweben überall. Sie knisterten und kribbelten auf ihrem Mund, ihrem Hals, krochen ihr unter das Kleid und die Strümpfe, gleichzeitig die Beine und die Arme hoch. Von woher entlud sich das Fluidum? Ihre Elektrisiermaschine stand seit Wochen verpackt und untätig im Zwischendeck, einen Krampfrochen hielt sie auch nicht in den Händen.

Komischerweise ließ die Elektrisierung nicht nach. Im Gegenteil, der Strom floss mit kleinen pulsierenden Stößen von ihrer Kopfhaut bis zu den Zehen ohne Unterlass durch sie hindurch. Besaß sie unter Umständen ein solch geheimes Organ wie der Krampfrochen, auch wenn sie es bei ihm nicht hatte identifizieren können, das selbständig Elektrizität erzeugte? Oder war sie nur ein guter Leiter, so wie Kupfer oder Silberdraht? Wo aber kam dann das Fluidum her?

Da fiel Charlotte die Leidener Flasche ein. Der holländische Physiker Pieter van Musschenbroek hatte durch Zufall in seinem Labor entdeckt, dass man einmal erzeugte elektrische Kraft speichern und bei Bedarf abrufen konnte. Er konstruierte eine entsprechende Flasche, in der sich Elektrizität aufbewahren ließ. Die Spannung auf Charlottes Haut, selbst an ihren Haarwurzeln nahm zu. Deshalb hatte sie größte Schwierigkeiten sich den Namen desjenigen ins Gedächtnis zu rufen, der Musschenbroek diese Erfindung streitig machen wollte. Ach ja, dann gab es noch die beiden Londoner Ärzte, die vor kurzem darauf verzichtet hatten, in die Flasche überhaupt Alkohol oder Wasser zu füllen. Die Luft zwischen den Glaswänden, die innen wie außen mit Stanniol verkleidet waren, genügte. Sie hatte einiges darüber gelesen. Vage erinnerte sich Charlotte jetzt auch wieder an eine Abbildung der Leidener Flasche in einer englischen Zeitung.

Die Segel der »Good Intent« blähten sich und knatterten sanft. Charlotte kam es vor, als ob sie wirres Zeug brabbelten, vielleicht sogar freches. Wie auf Befehl drehte sie deshalb ihren Kopf zur Seite. Zu der Seite, wo Samuel Hochstettler schon vor einer

Ewigkeit, möglicherweise aber erst vor ein paar Minuten, Platz genommen hatte.

Das Weiß in seinen Augen blitzte im Schein des Mondes. Und seine Iris. Leuchtete sie nicht bernsteinfarben wie die des Fuchses, der ihr an jenem Gewittermorgen vor langer Zeit über den Weg gelaufen war? Im selben Winkel sah Charlotte, dass sein Daumennagel unentwegt an den Tauen schabte. Seine Barthaare hingegen standen still.

Mit einem Mal erinnerte sie sich und verstand alles. Das Prinzip der Leidener Flasche im Allgemeinen und das Wirken der Elektrizität im Moment. Er und sie waren die Elektroden, die in geringem Abstand, mit so wenig Luft dazwischen wie noch nie zuvor, unter Strom standen. Denn wenn sie ihn jetzt so anschaute, dann wusste sie, dass es ihm nicht anders erging als ihr. Dass auch er die fortwährend zuckenden Spinnweben auf seiner Haut spürte. Er und sie ergaben zusammen einen Kondensator und erzeugten Elektrizität.

Sollte sie aufstehen, weggehen, die Spannung, die kaum noch auszuhalten war, unterbrechen und sich im Zwischendeck verkriechen? Auch wenn sie es gewollt hätte, hätte sie gar nicht gewusst wie. Außerdem wollte sie nicht. Das wäre unwissenschaftlich, denn das Experiment war in vollem Gange. Noch dazu aufregender und verheißungsvoller als alle Versuche, die sie bislang durchgeführt hatte. Samuel schien allerdings etwas dabei zu schmerzen, denn aus seinem Mund drang ein leises Stöhnen. Als nächstes griffen seine Hände in ihr Haar. Sie wühlten, kneteten wütend, wurden sanfter und ruhiger und fächerten schließlich mit gespreizten Fingern die dunklen Strähnen auf. Dadurch ließ für beide der Druck etwas nach. Etwas von dem Strom, so mutmaßte Charlotte, musste abgeflossen sein. Jedenfalls fühlte sie sich überall weicher werden, so als ob ihre Haut an Oberflächenspannung verlor und sich eindrücken ließ wie ein überreifer Pfirsich.

Ihre Haare rochen salzig, fischgründelnd, doch auch süß nach Rum. Samuels Nase suchte merkwürdige verborgene Pfade ab, die ihn zu neuen Gerüchen führten, die er jedoch mit nichts, was es auf der Erde oder im Wasser gab, vergleichen konnte. Dabei berührte er Charlottes Schlüsselbein, ihren Nacken. Was bei ihr Schmerzen des Fast-nicht-mehr-aushalten-Könnens erzeugte und einen kurzen, nicht sehr leisen Schrei erzwang.

Wer aber hatte das Experiment initiiert? Wo war die Quelle, von der die Elektrizität ausging, die in die aus ihren beiden Körpern bestehende Leidener Flasche gepumpt worden war und mit deren Wirkung sie jetzt zurechtkommen mussten? Diese Fragen stiegen wie Blasen in Charlottes Gehirn auf, während sie mit ihrem rechten Zeigefinger langsam und andächtig über Samuels Wangen strich. Eine Geste, die Partien ihres eigenen Körpers, die einen viel schnelleren, heftigeren Durchfluss der Elektrizität wünschten, als böswillig bremsenden Widerstand empfanden. Seine Finger rieben ihre Haare. Konnte dies neues Fluidum erzeugen? Aber das würde all dem widersprechen, was sie über Leiter und Isolatoren und Elektrizität insgesamt gelesen und selbst ausprobiert hatte.

Sein Blick ließ die Blasen in ihrem Kopf platzen, und Charlotte wunderte sich über nichts mehr. Auch nicht darüber, dass ihr und sein Mund plötzlich nur noch eine knappe Handbreite auseinander waren und sich gleichzeitig öffneten. Berührungslose Berührung!

Kein kobaltblauer Funke spannte sich wie damals bei dem Experiment im großen Kirchheimer Saal zwischen den Lippen. Trotzdem war sie die Venus electrificata. Ganz aus sich heraus. Ohne eine Maschine, die ein sächsischer Graf mit jämmerlichen Storchenbeinen in Betrieb setzte. Sie schaffte es, dass sich Samuels Spannung bei ihr entlud und gleichzeitig wieder auflud. Aber bei diesem Versuch war ja auch nicht der alte, wachshäutige Fürst ihr Gegenüber, sondern ein richtiger Mann.

Beide spürten deutlich den scharfen Schlag, als sie sich küssten. Und danach noch eine ganze Kette kleinerer Stromschläge. Obwohl Samuel noch nie etwas mit Knöpfen zu tun gehabt, außer dass er sie von Ferne misstrauisch beäugt hatte, öffnete er die, die er an Charlottes Kleidern fand, überraschend schnell und geschickt. Umgekehrt hatte sie mehr Schwierigkeiten mit seinen Haken und Ösen. Seltsam war auch, dass sie schwieg und er sprach. In einem rauchigen, tiefkehligen Singsang, den Charlotte zum ersten Mal gehört hatte, als er ihr krankes Pferd behandelt hatte. Darin schwammen Worte, für ihr Ohr unerhörte Worte, für die Manteuffel zu anämisch gewesen war. Aber auch Felix hatte ihr nie Vergleichbares zugeraunt, weil solche Worte nicht in philosophischen Büchern vorkamen oder er nicht den Mut dazu gehabt hatte. Die Haare auf Samuels Brust lockten sich schwarzgrau und kratzig. Charlotte versenkte ihr Gesicht hinein und lauschte.

In einem neuen mondhellen Moment sah sie die Stelle aufscheinen, an der die helle Beuge seiner Leiste in den Oberschenkel überging. Das Schönste überhaupt, was sie in ihrem bisherigen Leben gesehen hatte und das ihr Herz beinahe stillstehen ließ. Anmaßend schön, triumphierend schön spreizten sich seine Schenkel, bespickt mit kurzen schwarzen Haaren, muskelbepackt. Sie hätte gerne noch viel länger geschaut. Doch der Mond und Samuel konnten nicht mehr länger warten.

Als es vorüber war, wiegte sie seinen Kopf in ihrem Schoss, strich seine langen Locken aus der Stirn und hinter die Ohren zurück und prägte sich trotz der Nachtschwärze sein Gesicht ein.

Während alle anderen Auswanderer langsam Hoffnung schöpften, dass ihr Elend bald ein Ende haben und das gelobte Land in wenigen Tagen auftauchen würde, und deshalb ihre Ausschläge, Durchfälle, eiternden Geschwüre, ausgefallenen Zähne, die Auszehrung ihrer Kinder und den Tod ihrer Lieben schon wieder mit mehr Gehorsam und Demut ertrugen, wurden Samuel Hochstettler und Charlotte von Geispitzheim krank.

Sie, die alle bisherigen Härten der Überfahrt gut überstanden hatten, drückte ein unspezifisches Fieber nieder. Von frühmorgens bis zum Einbruch der Dunkelheit. Denn das Merkwürdige an der Krankheit war, dass sie nur tagsüber auftrat. Mit staubtrockenem Mund, knotenartigen Schmerzen im Magen und einem Ziehen in den Gliedmaßen saßen, lagen oder kauerten die Betroffenen auf ihrem Platz. Samuel Hochstettler litt vor allem unter Herzrasen. Zwischendurch wurde es ihm auch ganz unvermutet schwarz vor Augen. Ebbte die Schummrigkeit ab, zählte und sortierte er die Löcher, die die Holzwürmer in die Bohlen über ihm gebohrt hatten. Mit einem der Astlöcher, das wie eine der großen Walnüsse geformt war, die bald von dem Baum beim Muckentalerhof fallen würden, versuchte er ins Gespräch zu kommen. Denn seit Uri tot war, hatte er niemanden mehr, mit dem er über Mistgruben, Kleeäcker oder andere Vorhaben hätte sprechen können. Aber das Astloch blieb taub und stumm. So wie Samuels Gehirn. Stattdessen überspülten ihn Sehnsüchte. Wieder begann sein Herzschlag zu galoppieren, während die Zeit nur schlich.

Um kein Mitleid zu erwecken und vor allem, um nicht zu unpassender Zeit von ihm gesehen zu werden, verkroch sich Charlotte ganz hinter der blauen Decke, bohrte ihre Fäuste mal in die Augenhöhlen, mal zwischen die Beine, wippte leicht hin und her, um sich wie ein Kind in den Schlaf zu wiegen. Vergeblich. Denn die Furcht davor, dass sich der elektrische Versuch nicht wiederholen ließ, hielt sie wach. Vielleicht stimmte der Wind, die Meeresströmung, die Stellung des Mondes oder sonst etwas nicht? Vielleicht funktionierte auch ihre leitende Beschichtung nicht mehr? Denn sie musste ja eine haben, weil sonst der Kondensator überhaupt nicht arbeiten konnte. Oder wenn Samuel ihr nicht mehr gefiel? Was, wenn er seine eigene Beschichtung tagsüber abkratzte und darunter niemand anderer als ein engstirniger Bibelwiederkäuer steckte?

In der zweiten Nacht gefiel er ihr sogar noch besser als in der ersten. Er schob seine Hände, die braun gebrannten, langsam, nicht zu fest und auch nicht zu zart, über ihren Bauch. Unter seinen Handflächen fühlte sie, dass ihr Bauch tatsächlich gewachsen war und sich nach vorne wölbte. Auch ihre Achselhöhlen lernte er kennen. In der einen, aber nur in dieser einen, spürte er den Duft von Sommer-Rambour-Äpfeln auf. Nach all den Jahren. Sie schmeckten unvergleichlich. So gestärkt nahm er sie mit einer Freude und Schamlosigkeit, die ihn zum ersten aller Männer machte. Adam, der Erdgeformte, dem Gott ungetrübtes Vergnügen an der Lust gönnte. Samuel sah die Welt, noch bevor sie die Welt war. Himmel öffneten sich, und sie starben zusammen mehrere kleine Tode. Sodass sie sich zumindest in dieser Nacht vor nichts mehr zu fürchten brauchten.

Während einer der unsäglich langen Nachmittagsstunden, als Samuel zuerst genüsslich, dann immer mehr zweifelnd und schließlich verzweifelt darüber sinnierte, was Charlotte wohl an ihm mögen, vielleicht sogar lieben könnte, bekam er eine Antwort aus seinem Bart. In dem rehbraunen Dickicht juckte es. Lange brauchte er nicht, um herauszufinden warum. Seine Kopfhaut hatten die Läuse nur deshalb nicht überfallen, weil er sie ihnen fast immer mit seinem Hut versperrte. Hatte Charlotte das Ungeziefer schon bemerkt? Sich davor geekelt? Samuel schreckte wie vom Blitz getroffen hoch und wühlte in seiner Kiste nach dem Rasierzeug.

Ihr sollt euer Haar am Haupt nicht rundumher abschneiden noch euren Bart gar abscheren. Das war eines der Gebote, die der Herr Moses für das Volk mitgegeben hatte. Daran hatte sich Samuel gehalten, seitdem er siebzehn oder achtzehn war. Aber Läuse waren wie Heuschrecken eine teuflische Plage, und der Bart würde mit Gottes Hilfe bald wieder nachwachsen. Daran gewöhnt, sich den Haarwuchs an der Oberlippe, den Wangen und Schläfen quasi blind und nur nach Gefühl mit dem Messer zu rasieren, schabte sich Samuel Hochstettler jetzt ruck zuck auch das Kinn glatt. Hätte er danach in einen Spiegel geschaut, was er aber als eitel und lasterhaft ablehnte, dann hätte er das Gesicht eines sehr verliebten Mannes gesehen.

In der Nacht, die diesem Nachmittag folgte, zogen sich die beiden zum einzigen Mal in ihrem Versteck ganz nackt aus. Danach schälten Charlottes Hände mit vielen Liebkosungen alle seine Häute ab. Die einstudierten, auswendig gelernten Hornhäute, seine durch Meidung entstandenen Schamhäute und auch diejenigen, die ihm aus tiefster Überzeugung gewachsen waren. Bis tatsächlich Samuel zum Vorschein kam. Sie staunte, und er staunte auch. Sie wiederum erkannte sich so deutlich in seinen Blicken, dass etwaige Zweifel oder gar Fragen ein Hohn seiner Liebe gewesen wären. Während Samuel die kühne Linie, die von ihren Nackenwirbeln zum Steißbein führte, so langsam nachzog, dass es ihn wie sie gleichermaßen lustvoll quälte, verstand er endlich auch, warum Gott die französischen Täufer zu ihm auf den Heuboden mit einem Buch geschickt hatte, in dem la girafe mit ihrem schönen langen Hals abgebildet war. Es gab offensichtlich nichts, sagte er sich, das in der göttlichen Herrlichkeit keinen Sinn ergab. So kam es, dass Samuel den Bund mit seinem Gott noch fester schloss und besser denn je gegen Anfechtungen gewappnet war. Charlotte hingegen ging zum ersten Mal die Frage durch den Sinn, ob Samuel und sie etwas mit den zwei von Dufay beschriebenen, unterschiedlich geladenen Elektrizitäten zu tun haben könnten, die sich anzogen.

Zu diesem Zeitpunkt war Julien Offray de La Mettrie schon acht Monate tot. Gallenversagen, hieß es, nachdem er sich an einer Fleischpastete überfressen hatte. Dabei galt Monsieur als kerngesund. Vielleicht war die Pastete auch vergiftet. Gerüchte machten die Runde. Hatte nicht La Mettrie selbst öfter den Verdacht geäußert, irgendwann der »Wut der Frommen zum Opfer zu fallen«? Andererseits war es fast logisch, dass mit der Zeit und peu à peu seine Körpersäfte restlos übersäuert waren, weil er in Potsdam schließlich auch noch die Rolle des Hofnarren verloren hatte und nur noch Schießbudenfigur war. Um die Toleranz des preußischen Königs nicht unnötig auf die Probe zu stellen, durfte er nicht einmal mehr selbst schreiben. Nur übersetzen. Der König gab ihm Seneca als Fleißarbeit. Wie einem Kanzleimitarbeiter. Das musste selbst in einem sanften Atheisten den Glauben an die Möglichkeit des Fegefeuers aufkeimen lassen. Weil aber jedes Werk, auch ein aus dem Lateinischen ins Französische übersetzte, ein Vorwort brauchte, nutzte La Mettrie seine letzte Chance und schrieb ein Vorwort: »L'Art de jouir«. Im Deutschen, das gab La Mettrie selbst zu, klang »Die Kunst, Wollust zu empfinden« reichlich vulgär.

Das elektromagnetische Feld, in dem sich Charlotte und Samuel befanden, verdichtete sich zwischen ihren Beinen. Überraschenderweise entluden sich aber auch zahllose leuchtende Blitze an den Abhängen ihrer Hüften und zischten von dort in den Nabel des anderen. Ein Funkenregen nach dem anderen schlug aus der kleinen Grube ihres Halses, dort wo die Haut dünn und gut durchblutet war, und traf seine Lippen, drang tief in sein Fleisch und brannte, sodass er aufheulte. Seine gespannten Oberarme, in die Charlotte sich mit allen zehn Fingern krallte, leiteten Ströme des Verlangens durch ihre Adern, Nerven und Fasern in Richtung Zwerchfell.

Sie feierten ein Fest, ein außergewöhnlich prächtiges Fest. Mit raffiniert ausgeklügelten Details und Überraschungen, dann auch wieder mit stürmischem Überschwang, als wären sie junge Hunde, die übereinander herfielen und sich balgten.

La Mettrie war nicht immer klug gewesen. Er hatte sich zwischen zwei Stühle gesetzt und es sich sowohl mit Klerikern als auch Aufklärern verscherzt. Aber er war klug genug gewesen, sich rechtzeitig Inspirationen für sein Seneca-Vorwort zu besorgen. So vorausschauend hatte er eine ruhelose Elektrikerin und einen störrischen Täufer auf einen Zweimaster gesetzt und den wiederum mitten auf den Atlantik. Dann brauchte er nur noch sein Vergrößerungsglas auf die warmen Nächte zu richten und Pastete kauend abzuwarten. Bis die beiden ein Paar wurden und La Mettrie haarklein die erotische und bewusstseinsverändernde Wirkung des elektrisierenden Stroms der Liebe beschreiben konnte: »Er lässt von der Seele und ihren Sinnen nichts mehr übrig, hebt die normalen Funktionen des Körpers auf, bemächtigt sich sozusagen des ganzen Menschen … Seine Macht ist, kurz gesagt, so gewaltig, dass selbst die Vernunft, diese hochmütige Göttin, ihm untertan ist. Sie ist, wie all die anderen Sinne, als glückliche Sklavin seinen Freuden stets zu Diensten.«

Auf jeden Fall wäre La Mettrie mit seinem Feldversuch in einer Nussschale auf hoher See sehr zufrieden gewesen. Nicht nur, dass Charlottes und Samuels schöne Maschinen wie geschmiert liefen. Auch alle anerzogenen Bremsen und störenden Ablagerungen der Gesellschaft, zu der La Mettrie neben der angeblichen Vernunft auch das Gewissen und die religiöse Zerknirschung zählte, setzte der heftige Schlag, der erfolgt war, als sie sich geküsst hatten, außer Gefecht. Ihre Rationalität und Bibelworte schwammen mit der Gischt davon. Jedenfalls solange das Experiment lief.

»Ich vermisse deinen Bart«, sagte Charlotte erschöpft und biss schelmisch in sein glattes Kinn. Es roch eindeutig nach Karamell.

»Wen wollte dein Vater, dass du heiratest? Einen Weinhändler aus Mannheim oder war es …?«

»Samuel, du glaubst also doch noch, dass die Erde eine Scheibe ist!«

»Wenn das so ist, dann kannst du doch auch mich heiraten. Dein Kind braucht …«

»Ist das wirklich ein Antrag?«

»Ja, ja. Also, was sagst du dazu?«

Er wühlte in ihrem Haar, damit die Düfte zu ihm herausströmten, sie schloss die Augen. Ihre Nase drückte ihre langen schmalen

Flügel an seine energisch geraden. Ja. Ja. Natürlich wollte sie das herausschreien, am liebsten so laut, dass die Schläfer unter Deck mit den Köpfen gegen die Deckenbalken knallten. Aber dann würde die Vergangenheit notgedrungen der Zukunft begegnen und der Täufer mit vielen Haken und Ösen der unruhigen Elektrikerin. Schrecklich, dass sie das alles sofort wusste und sich nicht ein wenig einlullen und belügen konnte. Trotzdem gönnte Charlotte ihm und sich noch ein paar naive Augenblicke, bevor sie antwortete:

»Dann müssten wir aber immer auf einem Schiff leben. Und stell dir vor, irgendwann kommt wieder ein Sturm, und es kentert. Wir können doch beide nicht schwimmen.«

»Du bist so klug, Charlotte. Aber trotzdem braucht dein Kind doch …«

»Wie viele Nächte ist es jetzt her, dass es Vollmond war?«

Weil sie beide auch in dieser Nacht gelehrige Schüler La Metties waren, begann er sie hinter dem linken Ohr zu küssen. Was sie zu kleinen lustvollen Lachsalven reizte. Worauf auch Samuel heiser lachen musste und dann dazu überging, die Wirkung auch hinter ihrem rechten Ohr auszuprobieren.

Damit ihr Versteck nicht aufflog, verteilte Charlotte am nächsten Morgen ebenso verschwenderisch Münzen an die Schiffswachen wie ihre Mutter zu Hause an die Lakaien im Schloss. Brot und Wasser extra gab es zwar nicht mehr zu kaufen, aber immerhin Abstand vom Rest der Welt. Und wenn es nur der Rest vom Deck eines kleinen Schiffes war.

Am 23. August 1752 tauchte die Küste New Jerseys auf. Charlotte hoffte, dass es eine Täuschung wäre. Aber ein Blick durch das Fernglas, das ihr Mr. Abercrombie reichte, genügte. Auch ihre kurzsichtigen Augen mussten erkennen, dass Amerika nicht mehr weit war. Ihr Bedauern verbarg sie tunlichst und gab dem ersten Offizier dankend das Fernglas zurück. Sein Gesicht verriegelte

Mr. Abercrombie inzwischen wieder doppelt und dreifach, besonders in der Nähe des deutschen Fräuleins. Ihm waren Gerüchte über ihre nächtlichen Versteckspiele an Deck zu Ohren gekommen, deshalb war er heilfroh, ihr bislang nichts von seinen in Aussicht stehenden 110 Acres in Norfolk erzählt, geschweige denn, ihr einen Antrag gemacht zu haben. Mit knapper Verbeugung verschwand er auf die Brücke.

Bald zeichnete sich die breite Bucht des Delawares ab. Mit bloßem Auge sahen die Passagiere jetzt Wälder, hier und da eine Rauchsäule, Wälder und nochmals Wälder. Dahinter ragten schemenhaft hohe Berge. Das Blaue Gebirge, wusste einer der Matrosen, der die Route schon fünfmal gefahren war. Auf einmal, als ob sie ein Kommando bekommen hätten, flogen Vögel heran, kreisten und hockten sich sogar in die Takelage. Nach alle den Wochen Gezwitscher oder auch nur Gekreische zu hören, tat allen gut. Auch immer mehr Schiffe tauchten auf. An deren Decks fuchtelten viele Arme mit kleinen Köpfen dazwischen. Die Auswanderer auf der »Good Intent«, die bald Einwanderer sein würden, winkten zurück, johlten, weinten, hoben ihre Kinder hoch, zeigten ihnen das Land, nahmen sich gegenseitig in die Arme, wuschen sich endlich. Mit Salzwasser, aber immerhin. Die Läuse und Flöhe wurden sie trotzdem nicht so schnell los. Zwischen dem Cape May und der kleinen Stadt Lewes in Delaware bog die »Good Intent« mit günstigem Wind in den Fluss ein. Jetzt brauchte man nur noch zwei Tage, hieß es, um Philadelphia zu erreichen. Und eine einzige, letzte Nacht.

Die Behörden verwehrten ihnen, den Boden der »Stadt der Brüderlichkeit« sofort zu betreten. Zunächst kam ein Arzt an Bord und untersuchte alle Seeleute und Passagiere auf ansteckende Krankheiten. Man war in Philadelphia sehr modern. Dann wurden die männlichen Einwanderer abgeholt und auf Pferdewagen zum Stadthaus gebracht. Der englische König stellte Ansprüche. Die meisten hatten kein Problem damit, sie schwuren der Majestät einen Eid, machten auf Schriftstücken ihr Kreuz oder unterzeichneten mit ihrem Namen. Untertanen waren sie schließlich auch in der Pfalz oder im Elsass gewesen. Samuel hatte vor diesem Moment Angst gehabt.

Es sei aber eure Rede: ja, ja; nein, nein, was aber mehr ist als dieses, ist aus dem Bösen.

Beklommen schaute er auf eine lange braune Tischplatte, auf Federkiele, Tintenfässer, eine aufgeschlagene Kladde. Das kam ihm nur zu bekannt vor. Dahinter, an einer weiß getünchten Wand hing das Porträt Georg II. Würde Pennsylvania halten, was William Penn versprochen hatte?

Er wurde von dem Mann auf der anderen Seite des Tisches gemustert. Der Federkiel war schon gezückt. Zuerst kam eine Frage auf Englisch. Samuel schüttelte den Kopf. Der Vertreter der neuen Welt verkürzte seine Frage:

»Anabaptist? Mennonit?«

»Ja, ja. Amisch Mennonit.«

Der Mann nickte. Freundlich.

Ebenso wie die englischen Quäker brauchten Samuel und alle Täufer, die mit ihm gekommen waren, keinen Eid zu schwören, sondern nur ein Gelöbnis zu leisten. Das war ein Unterschied, für die Frommen sogar ein großer. Die Kolonie hatte dem König in London diese Freiheit des Gewissens abgerungen und ein eigenes Gesetz daraus gemacht.

Kaum war Samuel wieder zurück auf dem Schiff, schob sich sein Blick wie ein vielbärtiger Schlüssel in das passende Schloss, das ihm Charlottes Augen boten. Zum Glück kamen jetzt die Menschenhändler an Bord. Gleichwohl noch betäubt und ratlos aus der vergangenen Nacht in die grelle Gegenwart verschleppt, wurden Charlotte und Samuel abgelenkt.

Einheimische, Amerikaner stapften mit klirrenden Schnallenschuhen und gepuderten Perücken, tonangebend und selbstbewusst über das Schiff und ließen sich alle vorführen, die ihre Fracht auf der »Good Intent« nicht bezahlen konnten. Oder keine Verwandten in der Kolonie hatten, die für sie einsprangen. Rücken, Schultern, Handflächen wurden wie sonst Euter, Fesseln und Hinterbeine begutachtet. Wer nicht hustete, triefte, keine Pocken im Gesicht oder ein Kind im Bauch hatte, war im Vorteil. Für den fand sich rasch ein wohlhabender Farmer aus Lancaster, Goschenhoppen oder Bethlehem oder ein Kaufmann direkt aus Philadelphia, der bereit war, die ausstehende Frachtgebühr zu entrichten. Diese Summe wiederum mussten der Mann oder die Frau vier, fünf, manchmal auch nur drei Jahre als Knecht oder Magd abarbeiten. Die ganz Jungen, von denen manche erst zehn oder elf waren, waren dagegen verpflichtet, bis zu ihrem 21. Lebensjahr Dienst zu tun. Als sieben- oder achtköpfige Familien waren viele in Rotterdam abgereist, während der Fahrt um den einen oder anderen weniger geworden, jetzt wurden sie vollends auseinandergerissen wie Salatköpfe bei der Zubereitung.

In den allerletzten Minuten auf der »Good Intent« wurde aus dem Fräulein noch eine Witwe. Beinahe hätte Charlotte es vergessen oder vergessen wollen. Ebenso wie die Neue Welt und die Zukunft gern wieder hinter dem Horizont hätte verschwinden können. Trotzdem kam es dann doch dazu, dass dem Kapitän Schweiß über das Doppelkinn lief und als dicke Perlen auf die Planken tropfte.

»Ich mache mich strafbar!«

»Sie machen sich verdient, denn Sie helfen einer in Not geratenen Dame.«

»Verstehen Sie denn nicht, es handelt sich um amtliche Listen, offizielle Bescheinigungen. Ich würde meinen Ruf aufs Spiel setzen, von meiner Pension, die ich verlieren könnte, ganz zu schweigen.«

»Und ich, Kapitän Boswell, setze für meinen guten Ruf ein Erbstück aufs Spiel, das, wenn man es zum Beispiel bei den Juden in Rotterdam zu Geld macht, jede Pension ganz erheblich versüßt.«

Ein Zittern lief durch die Kaskaden des Doppelkinns. Ganz nebenbei und ohne Eile griff sich Charlotte an das Tuch um ihre Brust, löste die kleine Brosche, die es zusammen hielt, und drehte diese spielerisch zwischen den Fingern. Gerade genug, damit die hellblauen Steine im Licht der Sonne aufblitzten. Auf die Planken regnete es jetzt regelrecht Schweißtropfen. Umständlich rieb Kapitän Boswell die Fleischberge seines Gesichtes mit einem Taschentuch trocken.

Dennoch war das Papier an manchen Stellen noch schweißig feucht, als Charlotte später die Sterbeurkunde ihres Mannes zusammengerollt zwischen ihrer Wäsche verstaute. Auch die Schiffsliste der »Good Intent«, die unmittelbar vor der Abfahrt in Rotterdam angelegt worden war, führte jetzt einen Georg von Geispitzheim. Sein Name hatte sich gut in den zufällig etwas größeren Abstand zwischen einem Johann Schneider und einem Nepomuk Neidling zwängen lassen, in akkuraten Buchstaben und derselben Tinte. Die sterblichen Überreste auch dieser beiden Männer hatten praktischerweise unterwegs im Atlantik ein Grab gefunden. So dass sie nicht mehr befragt werden konnten, ob unmittelbar vor beziehungsweise hinter ihnen ein Georg von Geispitzheim an Bord gegangen war.

Der Boden Amerikas, als Charlotte ihn dann schließlich und endlich betrat, fühlte sich an, als wäre er dick mit Eiderdaunen ausgelegt. Unsicher machte sie die ersten Schritte, konnte nur mühsam geradeausgehen, die Erde war weich, gab nach, sodass sie taumelte. Der nächtliche Ozean war stabiler gewesen. Sarahs Blicke flatterten zwischen ihrem Vater und Charlotte hin und her. Dabei war es vor allem sie, die sich stumm, aber energisch darum kümmerte, dass kein Gepäckstück vergessen wurde. Sie spürte etwas, dass sie nicht benennen konnte, spürte es aber deshalb umso stärker, wie einen Luftzug, der einen fein gewürzten Geschmack mit sich trug. Die beiden waren so seltsam geistesabwesend und nahezu leblos, dass Sarah sie fast wie den kleinen Jakob bei der Hand nehmen und in die richtige Richtung zu dem Platz bugsieren musste, wo Kutschen auf Neuankömmlinge warteten. Die beiden litten, das war dem Mädchen klar. Doch an was und warum? An der Veränderung der Luft? Dabei war die hier wunderbar süß und mild. Sarah atmetet tief ein. Und stöhnte im nächsten Moment, denn sie entdeckte einen Stand an der Hafenmauer, wo Hummer angeboten wurden. Mit Scheren so unglaublich groß wie Männerhände. Lieber Himmel, was für einen Hunger auf solche frischen Köstlichkeiten sie doch hatte! Ihr Vater und Charlotte schienen die Hummer nicht zu sehen und ebenso wenig die rabenschwarzen und braunen Menschen, die herumliefen und wie in Rotterdam Waren ab- und aufluden. Samuel Hochstettler und Charlotte von Geispitzheim waren wie betäubt. Sarah winkte, obwohl sie kein Englisch sprach, einem Kutscher zu, drückte ihm einen Zettel in die Hand, auf dem eine Adresse stand, schaute ihm gebieterisch in die Augen, schob Jakob und die beiden Erwachsenen in den Wagen und überwachte, dass all ihre Kisten, Taschen und Bündel sicher verstaut wurden. Erst dann band Sarah nochmals die Schleife ihrer Haube unter dem Kinn fester, raffte ihre Röcke und stieg ebenfalls ein. Als sie die teilnahmslos wächsernen Gesichter neben sich sah, ahnte sie etwas. Die rechte Hand ihres Vaters lag auf Charlottes Arm.

Kapitän Boswell hatte arrangiert, dass sie vorerst in eine Pension oberhalb eines Eisenwarengeschäftes zogen, das einem gewissen Mr. Peter Bard gehörte. Wortlos legte Charlotte die kurze wankende Strecke zu einem Bett zurück und legte sich hinein. Sie hatte Schmerzen in den Beinen, der Brust und seltsamerweise auch in den Ohren, die nur das elektrische Fluidum würde stillen können. Doch die Leidener Flasche, der geniale Kondensator, funktionierte nicht mehr an Land. Die Überfahrt war vorbei. Endgültig.

Zwei Tage später, mit erstaunlich gutem Brot im Magen und einer dicken Fischsuppe, die ihr Sarah eingeflößt hatte, ließ sich Charlotte dazu überreden, sich wenigstens anzuziehen. Das lila gestreifte Kleid vielleicht? Oder das grüne aus Kattun mit den veilchenfarbenen Blumenstickereien? Dazu würde der große gelbe Hut mit den Vögeln und der Straußenfeder passen, denn draußen schien die Sonne. Draußen? Charlotte schaute entsetzt. Aber Sarah warb weiter. Mit richtigen, gesprochenen Worten, am Ende sogar mit ganzen Sätzen, sodass man sie nicht enttäuschen konnte. Mit hängenden Armen stand Charlotte da, ließ sich einschnüren, stieg dann in einen der wochenlang ungenutzten Reifröcke, legte nachlässig und freudlos, aber immerhin doch, Puder und Rouge auf. Sie spazierte in Samuels Schatten durch fremde Straßen, versuchte, sich auf das Gehen und Atmen zu konzentrieren, was ihr beides nicht leicht fiel. Sie vermisste das Salz in der Luft. Aber spätestens, als sie in die Mulberry Street einbogen, wusste Charlotte, dass Reifröcke in der neuen Welt nicht in Mode waren, die amerikanischen Damen sich ansonsten aber sehr schick kleideten. Zu einem gewissen Grad weckte das ihre Lebensgeister.

Zerstreut und mit juckenden, kräftig sprießenden Bartstoppeln lief Samuel durch eine Stadt, die, das hatte man ihm oft gesagt, das neue Jerusalem sein musste. Die Zuflucht für alle wirklich frommen Menschen, die Hochburg eines neuen Christentums. Tatsächlich wurde überall gebaut. An zahllosen halbfertigen Häusern rankten sich Gerüste hoch, auf Schubkarren wurden unentwegt frisch gebrannte Ziegelsteine heran geschoben, in riesigen Bottichen wartete Mörtel, die Fassaden wuchsen stündlich, so dass häufig Passanten stehenblieben, den Kopf in den Nacken legten und dem Schauspiel zuschauten. Auf der gegenüberliegenden Seite schleppten Glaser funkelnde Scheiben heran und setzten sie in die Rahmen. Hoch oben auf den noch offenen Dachstühlen kletterten Zimmerleute so schnell wie die Matrosen in der Takelage. Es roch nach Teer, frischem Holz und Farbe. Ein Geruch, der Samuel gut tat. Männer, sowohl schwarze als auch weiße, schwangen Pickel und Schaufeln, redeten Englisch, Deutsch, Holländisch und in Sprachen, die Samuel noch nie gehört hatte, und legten neue Straßen an, an deren Rändern sofort neue Häuser gebaut wurden. Die Stadt wuchs ununterbrochen, prächtig und, auch das gefiel Samuel, erstaunlich sauber.

Jeden Sommer kamen tausend Menschen aus Europa an, die Asyl fanden. Angeblich hatte Philadelphia schon fast 40 000 Einwohner und war jetzt die größte Stadt Amerikas. Eine Weile standen Charlotte, Sarah und Samuel, mit dem schlafenden Jakob auf den Schultern, vor der Christ Church mit den schlichten weißen Sprossenfenstern in den dunkelroten Backsteinmauern. Gerade war damit angefangen worden, einen Turm hochzuziehen. Neben ihnen ratterten ohne Unterlass Kutschen durch die Straßen, gelegentlich hielt eine an, und die Pfälzer schauten missbilligend, wie Frauen und Männer in Begleitung ihrer schwarzen Sklaven ein- und ausstiegen. Einmal wurden sie Zeuge, als ein Mann seinen schwarzen Diener mitten auf dem Gehsteig auspeitschte. War dieser Mann ein Christ? Was hätte William Penn dazu gesagt? Samuel und Charlotte wechselten keine Wort und nur selten Blicke.

In Elfreth`s Alley, wo Charlotte einen Laden entdeckte, der ein unüberschaubares Sortiment an Parfums führte und wo sie sofort freudlos, aber großzügig einkaufte, begegneten ihnen drei Männer mit baumelnden Schläfenlocken vor den Ohren. Zwei Straßen weiter hörten sie halbwüchsige Kinder in Pfälzer Mundart reden, dann aber sofort, als sie bei einer Marktfrau Fische kauften, in flüssiges Englisch wechseln. Kurz darauf sahen sie auch noch die wilden Leute, die Indianer, von denen man sich in Europa so viel erzählte. Sie wirkten verschüchtert und armselig. Eine von ihnen, eine kleine ältere Frau, lachte Jakob an, sodass man ihre weißen, vollzähligen Zähne sehen konnte. Erstaunlicherweise lächelte Sarah zurück und sagte ein paar Worte auf Deutsch, die die Frau in dem Lederkleid natürlich nicht verstand. Aber sie streichelte Sarah über die Haube und berührte sacht ihr sommersprossiges Gesicht.

Die meisten Bürger Philadelphias schienen Quäker zu sein. Samuel hatte von den anderen Pfälzern gehört, dass die Quäker den Ton in der Stadt angaben und die Politik bestimmten. Sonderlich fromm aber kam ihm die Stadt trotzdem nicht vor. Sogar am Sonntag wurden Geschäfte gemacht und Pferderennen abgehalten, und die Kneipen waren überfüllt. In dem Gasthof, in dem sie regelmäßig einkehrten, betete auch kein Mensch vor dem Essen.

Trotzdem war sich Samuel, nachdem sie drei Tage hinter einander die Straßen durchwandert hatten, sicher, dass sich Gottes Verheißung erfüllte. Ich will euch sammeln aus den Völkern und will euch sammeln aus den Ländern, dahin ihr verstreut seid. Dass Charlotte mit gesammelt worden war, war Teil des göttlichen Plans, davon war er ebenfalls überzeugt. Gottes großer Plan steckte voller Geheimnisse und machte es dem Menschen nicht leicht. Zwar trat das Herzrasen nicht mehr auf, und er hatte auch keine Schwindelanfälle mehr wie tagsüber auf dem Schiff. Aber die im Brustraum ziehende Sehnsucht nach Charlotte, ihrem offenen Haar und ihren nach Äpfeln riechenden Achselhöhlen spürte Samuel mehr denn je, während sie unter ihrem gelben Hut, nach »Türkischer Frühling« duftend, an der Seite von Sarah spazierte.

Einmal trafen sie vor dem »Blue Anchor« Kapitän Boswell in Begleitung dreier vornehmer Herren. Kapitän Boswell freute sich, sein Doppelkinn leuchtete dunkelrot und roch nach verschüttetem Rum. Die Witwe von Geispitzheim freute sich auch. Die Täufer gingen derweil unbeachtet und ebenfalls nicht interessiert langsam weiter.

»Es ist mir eine Ehre, Ihnen Mr. James Hamilton, den Gouverneur von Pennsylvania vorstellen zu dürfen.«

»Ich freue mich, Ihre Bekanntschaft zu machen, Mrs. von Geispitzheim. Seien Sie in unserer schönen Kolonie willkommen.«

»Das Vergnügen ist ganz meinerseits.«

Eine Verbeugung, ein Handkuss, Charlotte erwähnte anstandshalber den tragischen Tod ihres Mannes während der Überfahrt, nahm die Kondolenzworte tapfer entgegen, lächelte, wie sie es am Hof von Kirchheim gelernt hatte. Die Spielregeln waren in der neuen Welt nicht anders. Die beiden anderen Gentlemen entpuppten sich als William Allen, der Schwager Hamiltons und Vorsitzender Richter des höchsten Gerichtshofes von Pennsylvania, und als Conrad Weiser, ein gebürtiger Deutscher. Beide, das erkannte die Tochter ihrer Mutter, umströmte eine Aura von Geld und Bedeutung. Dementsprechend charmant plauderte Charlotte mit ihnen. Ganz nebenbei erfuhr sie bei dieser Gelegenheit, dass in den englischen Kolonien gerade jetzt auf den gregorianischen Kalender umgestellt wurde.

Als sich Charlotte zusammen mit Sarah und Jakob an jenem Abend ins Bett legte, war es der 2. September. An dem Tag, an dem sie wieder die Augen aufschlug, schrieb man den 14. September. Zwölf Tage fehlten ihr. Zwölf Tage, die unsichtbar und schnell gewesen waren wie der elektrische Strom. Noch im Bett liegend grübelte Charlotte über diese zwölf Tage nach beziehungsweise, was an ihnen wohl geschehen war. Waren schon früher in ihrem Leben Tage einfach so lautlos verloren gegangen wie einzelne lila Strümpfe? Für unwahrscheinlich hielt sie das nicht.

Dann kam ihr ein Gedanke, der sie an diesem warmen Spätsommertag in Philadelphia nicht mehr verließ und in ihr blieb, bis sie eine alte Frau geworden war. Der Gedanke verfestigte sich über die Jahre zu einer Geschichte, an die sie glaubte und unter dem Siegel der Verschwiegenheit irgendwann ihrer jüngsten Enkelin erzählte. Nämlich, dass sie am 5. September Samuel Hochstettler geheiratet und bis zum 13. September 1752 die Flitterwochen mit ihm in einer Pension im zweiten Stock über der Eisenwarenhandlung von Mr. Peter Bard verbracht habe. Jeden Abend hätten sie Hummer mit handtellergroßen Scheren verspeist.

Am Morgen des 14. September zog Charlotte, ohne mit der Wimper zu zucken, die dunkeln Gewänder an, die Sarah für sie aus der großen Schiffskiste ihres Vaters zog. Sie stammten von Johanna Hochstettler und hatten den Vorteil, dass sowohl der Rock als auch das Hemd großzügig geschnitten waren und mit einem Band je nach Bedarf enger oder weiter gestellt werden konnten. Nützlich sei so etwas, sagte Sarah, und Charlotte stimmte ihr zu. Sehr nützlich.

Kapitel 11

Rechtzeitig bevor der Winter begann, zogen sie mit einem Planwagen, vor dem zwei Pferde gespannt waren, über die unbefestigte Straße, die von Philadelphia über Germantown, Reading und Tulpehocken führte an den Maiden Creek zur Yoder-Farm. Jetzt erst kamen sie wirklich in Amerika an. In den endlosen Wäldern, wo unsichtbare Vögel geräuschvoll aufflogen und zu Samuels Freude unzählige Bäche flossen. Sie erlebten aber auch zum ersten Mal ein Land, in dem tagelang kein anderer Mensch auftauchte. Von Amerika wusste man ja nicht einmal, wo es im Westen überhaupt endete. Je weiter sie in die Wildnis fuhren, umso sicherer wurde Sarah, dass der Älteste ihrer Pfälzer Gemeinde ihr bis hierher niemals nachkommen würde. Außerdem schimmerten die dicken hohen Grasbüschel, die sie durch die Plane sehen konnte, pistaziengrün. Vielleicht, so dachte sie, fühlte sich dieses Land, wenn man tiefer hineinschlüpfte, so an wie die Pantoffeln, die ihr Charlotte geschenkt hatte.

Aaron Yoder war sieben Monate zuvor von Indianern überfallen, erschlagen und skalpiert worden, kaum einen Tagesmarsch von seinem Haus entfernt. Obwohl bewaffnet mit einem Jagdgewehr, hatte er sich nicht gewehrt. Seltsamerweise hatte er, als man ihn fand, keine Stiefel mehr an den Füßen. Seine Witwe brauchte einen neuen Mann. Der Handel mit ihr sah so aus, dass Hochstettler noch vor dem Frost ihre Felder pflügen, alle längst überfällige schwere Arbeit verrichten, in den Wintermonaten den Roggen dreschen sowie für sie und ihre Kinder Fleisch aus dem Wald beschaffen würde. Dafür konnten er und sein Anhang bei ihr wohnen und mit ihr Mais, Bohnen, Käse, Milch, Eier und alles, was sonst an Vorräten eingelagert war, teilen. Ein anderer Amischer namens Hans Yoder, der noch tiefer in der Wildnis, fast am Fuß der Blauen Berge, wohnte und nach Philadelphia gekommen war, um seinen jüngsten Bruder aus der Gemeinde Zweibrücken vom Schiff abzuholen, hatte sich nach einem entsprechenden Mann für seine Cousine umgeschaut und die Bedingungen ausgehandelt. Als die kleine Gruppe schließlich an ihrem Ziel ankam, fingen die Blätter gerade an, sich zu verfärben.

Das Wiehern der Pferde ließ Barbara Yoder die Tür ihres spitzgiebeligen Hauses einen Spalt öffnen. Als sie heraustrat, klackerten ihre Holzpantinen auf dem Boden. Sie blieb unmittelbar vor der Schwelle stehen. Eine hagere knochige Gestalt, das Gesicht im Schatten der schwarzen Haube, die sich die mehligen Hände an der Schürze abwischte. Ihr Kleid, das sicher einmal die Farbe von Waldameisen oder Blaubeeren gehabt hatte, war vom Waschen und Arbeiten in der Sonne ausgebleicht wie die Holzschindeln einer Scheune. Ich hätte meinen zweiten Rock anziehen sollen, dachte die Witwe. Der war in einem besseren Zustand, allerdings hatte sie ihn mit vierzehn bekommen, und weil sie seitdem noch gewachsen war, reichte er nur noch bis zu den Waden. Hastig schlug sie sich eine Mücke aus dem Gesicht. Drei barfüßige Jungen mit blonden Haaren und blonden Wimpern drängten sich dicht an sie und beäugten die Fremden mehr erschrocken als neugierig. Der von der Größe her der mittlere zu sein schien, war auf einem Auge blind. Zu Charlottes Verwunderung gackerten in diesem Moment Hühner im Geäst des großen Baumes, der neben dem Haus stand. Einen Hühnerstall schien es nicht zu geben, einen Hund auch nicht. Barbara Yoder fuhr sich mit der Zunge über ihre trockenen, aufgesprungenen Lippen.

»Was wollt ihr?«

»Dein Vetter schickt mich, Hans.«

Barbara Yoder legte eine Hand auf den Kopf des mittleren Jungen. Sie fixierte die Ankömmlinge ausdruckslos. In ihr Gesicht, von dem man nicht sagen konnte, ob es jung oder alt, schön oder hässlich war, kam erst eine Regung, als sie begann, sich in die Unterlippe zu beißen. Samuel schob das Kinn vor und lächelte sie an. Als sie auch darauf nicht reagierte, nannte er den Namen der pfälzischen Täufergemeinde, aus der er stammte, dann seinen. Als nächstes wiederholte er sorgfältig Wort für Wort, welche Vereinbarungen mit ihrem Verwandten getroffen worden waren, damit sie gleich wusste, woran sie war. Und dass er, Samuel Hochstettler, auf alle Bedingungen, die ja wohl sie, Barbara Yoder, gestellt habe, bereit sei, einzugehen. Dann erst nannte er die Namen von Sarah, Charlotte und Jakob, der allerdings noch zusammengerollt im Wagen schlief.

»Wo ist ihr Mann?«, fragte Barbara und bewegte sich keinen Fußbreit von der Türschwelle weg. Mit ihrem Kinn deutete sie auf Charlottes dicken Bauch. Ihr Tonfall machte unmissverständlich klar, dass sie durchschaut hatte, dass unter dem dunklen schweren Gewand keine Täuferin steckte.

»Tot«, antwortete Samuel, noch bevor Charlotte etwas sagen konnte. »Während der Überfahrt an Fieber gestorben. Du erinnerst dich doch sicher noch an die schlimmen Verhältnisse auf dem Schiff. Auf unserem ist fast ein Viertel der Leute gestorben.« Nach einer winzigen Pause und etwas leiser fügte er hinzu: »Bestimmt erinnerst du dich auch an die Stelle in der Heiligen Schrift, wo Moses von Gott gesagt bekommt, wie das Volk mit Fremdlingen umgehen soll.«

Seine Anfangsworte versetzten Charlotte einen Stich, denn sie ahnte, wie viel Pein ihm die Lügen bereiteten. Wahrscheinlich hatte er in seinem ganzen bisherigen Leben noch nie so viele falsche Aussagen gemacht, wie seit sie mit ihm reiste.

»Ich hab von dem Elend auf den Schiffen gehört. Aber«, und jetzt lächelte die Frau tatsächlich ein wenig und entblößte eine

Lücke in ihrer oberen Zahnreihe, »ich bin hier geboren, drüben am Northkill Fluss, der in den Tulpehocken fließt, Aaron, mein Mann, Gott hab ihn selig, auch. Die Erde dort war besser. Aber wir danken Gott für die Gnade, dass er uns auch hier gute Ernten schenkt.«

Nach einer kleinen Pause fügte sie mit trotzigem Unterton hinzu: »Aaron hat alles Land um den Hof herum selbst gerodet.«

Was verstand dieser Hochstettler denn schon vom Roden. Er war zwar groß und kräftig, aber wirkliche Muskeln, um sich selbst vor den Pflug zu spannen und ihn durch die schwere Erde zu ziehen, auch die Hügel hinauf, und Eichenstrünke aus dem Boden zu schlagen, hatte er eindeutig nicht. Dazu hatte ihr ein Blick genügt. Er sah fast wie ein Stadtmensch aus. Ohne Flicken an der Jacke, ohne dass sein Gesicht von Kälte und Hitze aufgesprungen war. Und seine Tochter, die Augen wie Mühlräder hatte und nur zu träumen schien, hatte wahrscheinlich nie das Arbeiten gelernt, aber feine Lederschuhe an den Füßen trug sie. Was für eine Verschwendung!

Die Witwe schaute sich jeden gründlich an. Sie ließ sich Zeit. Der kleinste Junge zupfte an ihrer Schürze, sie ignorierte ihn. Ihre Hand lag noch immer auf dem Schopf des Mittleren. Und dann die Frau, die schwanger war. Barbara Yoder konnte sich nicht entsinnen, jemals solch ein Geschöpf hier am Maiden Creek oder überhaupt in Amerika gesehen zu haben. Hände wie abgeschöpfter Milchrahm. Zu nichts zu gebrauchen. War sie Hochstettlers Hure? War es sein Kind? Jetzt entdeckte die Witwe auch, dass Charlotte lila Strümpfe trug. Wozu Strümpfe im Sommer? Die aus der Alten Welt brachten oft die gottlosesten Sitten mit, das war ja bekannt. Aber so etwas! Wie die den Winter überleben wollten, das war ihr schleierhaft. Diese Pfälzer hatten vom Leben nicht die geringste Ahnung, schon gar nicht von dem in Amerika. Barbara Yoder kratzte sich gründlich am Nasenrücken.

In Gedanken aber rauschte der Witwe der Satz im Kopf, den

Samuel nur angedeutet hatte. Wenn ein Fremdling bei dir in eurem Lande wohnen wird, den sollt ihr nicht schinden. Er soll bei euch wohnen wie ein Einheimischer unter euch, und du sollst ihn lieben wie dich selbst. Denn ihr seid auch Fremdlinge gewesen in Ägyptenland.

Charlotte entging nicht, dass die Witwe lange Samuel anschaute. Natürlich musste sie sehen, wie breit er in den Schultern war, wie warm und bernsteinfarben seine Fuchsaugen glänzten. Die männliche Linie seiner Nase, die wunderschön geformten Knorpel seiner Ohrmuschel, die glücklicherweise vom Bart frei gelassen wurden. Überhaupt die Ohrmuscheln. Inzwischen war Charlotte überzeugt, dass sie tatsächlich nach göttlichem Abbild geformt waren. Sie musste sich zwingen, ihrerseits den Blick von ihm abzuwenden. Dafür drehte die Witwe den Kopf jetzt Charlotte zu. Charlotte sah, dass in dem unbeweglichen Gesicht zwei erstaunlich braune Augen saßen.

»Dein Kind kommt in drei, höchstens vier Wochen, nehme ich mal an?«

»Ja, das denke ich auch.«

»Dein erstes?«

»Ja.«

»Na ja, ich kenn mich aus und mit Gottes Gnade …«

Ein letzter misstrauischer Blick verfing sich im Saum des dünnen, rüschenbesetzten Unterrocks, der unter Charlottes Täuferkleid hervorblinzelte. Trotzallem schien das Verhör beendet. Charlotte war sich nicht sicher, ob sie vor der Frau Scheu empfand oder sie nur einfach nicht mochte. Vielleicht störte sie aber schon jetzt der Gedanke, dass Samuel in absehbarer Zeit bei dieser hageren freudlosen Ziege im Bett liegen würde.

Sie brachten viel mit aus Philadelphia. Säcke voller Mehl, Saatgut, auch Kleesamen, Beile und Sicheln, Kaffeemühlen, Gewürze, vor allem Pfeffer und Muskatnüsse, Zuckerhüte, blitzende Nähnadeln, ein Spinnrad, einen Webstuhl, duftende Kaffeebohnen, dicke Speckseiten in Öltücher eingewickelt, geräucherte Würste, Glasscheiben, Töpfe und Pfannen, Seife und Bienenwachskerzen. Zehn Flaschen Wein, zwanzig Flaschen Rum und ein kleines Fass mit Rosinen. Ein Ballen fliederfarbener Seide bildete neben der Elektrisiermaschine, den Parfumflacons, Schminkutensilien, Lockenscheren, den zwei überflüssigen Reifröcken und vier gestreiften und geblümten Kleidern, die sie bald wieder tragen wollte, das ganz persönliche Gepäck Charlottes. Bemerkte die Witwe, dass Samuel ihre Sachen besonders behutsam auslud? Eher nicht. Denn Barbara Yoder und ihre Kinder waren viel zu sehr damit beschäftigt, über die vielen Lebensmittel zu staunen, die sich plötzlich verführerisch auf dem Tisch in ihrer Stube stapelten. Sarah, die bislang kein Wort gesagt hatte, begann Speck in ansehnliche Streifen zu schneiden und an die Yoder-Kinder zu verteilen. Dann schaute sie sich um, fand neben dem Herdfeuer in der Küche allerdings nur eine brauchbare Pfanne, legte ein ordentliches Stück Schweineschmalz hinein und rührte dann mit dem frischen Mehl und der Milch der Yoder-Kühe einen sämig gelben Teig für Pfannkuchen an. Schließlich öffnete sie noch das Rosinenfässchen.

Äußerlich unterschied sich Barbara Yoders Haus deutlich von den wenigen der Engländer, an denen sie unterwegs vorbeigekommen waren. Es war vollständig aus grauen, unverputzten Quadersteinen gebaut und hatte winzige, unregelmäßig eingelassene Fenster, die von außen mit schweren Läden geschlossen werden konnten. Das Haus kam Sarah wie eine der Burgen vor, die sie unterwegs auf dem Rhein gesehen hatten. Sehr viel kleiner natürlich. Von innen konnte ein massiver Eisenriegel über die gesamte Breite der Tür gelegt und ein Stück in die Wand geschoben werden. Weil die Witwe seit langem keine Kerzen mehr besaß und stattdessen in Fett getränkte Rohrkolben hatte anzünden müssen, lag eine hässliche Schicht aus Fett und Ruß auf den Wänden. Durch die Fenster drang wenig Licht. Noch bevor sie ihnen das Obergeschoss zeigte, führte die Witwe die neuen Bewohner in den Keller. Das schien ihr der wichtigste Ort zu sein.

Obwohl es ein warmer Tag war, fröstelten Sarah und Charlotte. Jakob hatte in dem dunklen Gewölbe Angst und wollte auf den Arm seiner Schwester genommen werden. Die drei Yoder-Jungen standen stumm und barfuß auf den eiskalten Steinen. Barbara Yoder zeigte auf den schmalen Bach, der durch eine gemauerte Rinne unter dem Haus durchfloss.

»Wenn wir belagert werden, dann wird es uns auf jeden Fall nicht an frischem Wasser mangeln«, sagte sie und machte zum ersten Mal an diesem Tag ein vergnügtes Gesicht. Sarah lehnte sich für einen Moment an Charlottes großen, runden Bauch, um Wärme zu spüren, und schlang auch noch die Arme um ihre Freundin. Charlotte küsste sie auf die Wange. Wo waren sie nur gelandet? Keine der amischen Frauen in der Pfalz war so wie diese Witwe, ging es Sarah durch den Kopf, sondern froh und freundlich. Samuel erinnerte der Keller an das Gefängnis des Kurfürsten, in dem er eingesperrt gewesen war. Doch er nickte andächtig zu den Erklärungen der Witwe. Er begriff, was sie meinte, hoffte aber, dass sie übertrieb. Dann fragte er sie, ob sie Kleefelder und eine Mistgrube habe. Nein, habe sie nicht, antwortete sie. Die Tritte ihrer Holzpantinen hallten auf den Steinstufen, als sie wieder nach oben stiegen. Und die feuchte Kälte begleitete Sarah und Charlotte bis in die Küche. Ohne darüber nachzudenken, nahm Sarah die Hand des Jungen mit dem blinden Auge und schwang sie wie im Spiel hin und her. Er lächelte schüchtern. Barbara Yoders Blick streifte die beiden, und für einen winzigen Moment lächelte auch sie.

»Ruben«, sagte sie.

»Er heißt Ruben.«

Alles in dem Haus war roh, karg, aber sauber. Es fehlte die warme Geborgenheit der Hochstettlerschen Stube. Sarah vermisste unterschiedliche Tiegel für Saucen, Brühe und Brei, schönes Essgeschirr und weiße Leinenvorhänge an den Fenstern, die sich sanft im Wind blähen konnten. Sonst aber fehlte Sarah kaum etwas. Schließlich gab es Schweine, Kühe und Hühner auf dem Hof, und sie hörte deren Laute.

Es waren vor allem die schnellen harten Augen der Witwe, die keineswegs weicher wurden, wenn am Ende fast jedes Satzes »mit Gottes Gnade« aus dem schmalen Mund kam, die Charlotte jeden Tag schon früh am Morgen ins Freie trieben. Das Atmen fiel ihr mittlerweile schwerer, und das Kind schien schon weit nach unten gerutscht zu sein. Sie packte sich Brot und Speck ein, Wasser, das wusste sie inzwischen, gab es überall genug. Von der Hausarbeit hatte sie sich mit drei Gulden freigekauft, die Barbara Yoder schnell in ihrer an einem Taillenband hängenden Tasche hatte verschwinden lassen.

Geld hatte diese Charlotte mit den lila Strümpfen anscheinend reichlich, ebenso wie Kisten und Koffer voller überflüssigem Kram, das war der Witwe schon am zweiten oder dritten Tag nach der Ankunft der Pfälzer aufgefallen. Dachte diese Frau, man könne sie, Barbara Yoder, die schon mit zehn gelernt hatte, Schlangen, die angelockt von der Wärme ins Haus schlüpften, zu fangen, aufzuschneiden und ihnen die Haut abzuziehen, mit solchem Blendwerk hinters Licht führen? Eine Hure war sie, nichts anderes. Aber auch Huren sollten ihre Kinder sicher zur Welt bringen. Denn Kinder waren immer Gottes Kinder. Barbara biss in jede der Münzen, die ihr Charlotte gegeben hatte, und prüfte, ob sie echt waren. Dann steckte sie sie zwischen das Stroh ihrer Matratze. Sie wollte, bevor es schneite, für ihre Söhne Stiefel kaufen.

Immer wenn Charlotte die drei Reihen noch recht kleiner Apfel- und Pfirsichbäume und den Grabstein, unter dem Aaron Yoder begraben war, hinter sich gelassen hatte und einen Hang hochgeklettert war, ruhte sie sich noch eine Weile am oberen Feld aus. Dort pflügte Samuel mit seinen beiden Pferden. Unbeirrt zog er Furche für Furche und bemerkte sie nicht. Einmal kam sie dazu, wie er gerade auf einen Wurzelstock, den Aaron Yoder bei der Rodung im Boden übersehen hatte, stieß. Zuerst trieb er mit der stumpfen Seite seines Beils einen eisernen Haken in den knapp aus dem Boden ragenden Baumstumpf. Kraftvoll rollten seine Schultern nach hinten, die Blätter wölbten sich unter der Jacke, beide Arme flogen hoch, holten weit aus und rammten dann einen einzigen großen Schlag nach unten. Dabei flog ihm der Hut vom Kopf, und die Herbstsonne ließ sein braunes Haar aufflammen. Schweiß glänzte auf seiner Stirn. Offensichtlich steckte der Haken noch nicht tief genug, jedenfalls holte Samuel noch einmal aus. Kleine, harte Schläge prasselten in den Morgen, die Grobschlächtigkeit tat der federnden Eleganz seiner Körperbewegungen keinen Abbruch, im Gegenteil. Charlotte konnte nicht aufhören, ihm zuzuschauen, und musste sich im nächsten Moment auf die Lippen beißen, um nicht laut zu lachen, denn der schwarze Hut torkelte auf ganz und gar unamische Art und Weise über das Feld. Samuel schien ihn vergessen zu haben und hämmerte unverdrossen weiter. Sie fand, dass er zu diesem Land passte. Seine Zähigkeit und sein gottergebener Optimismus würden ihn noch mit vielen Baumwurzeln und manch anderem fertig werden lassen. Während das Kind in ihrem Bauch strampelte, klammerte sich Charlotte mit beiden Händen an die rissigen Zaunpfähle, um diesen Anblick Samuels für immer in sich aufzusaugen. Dass er ganz mit seinem Tun eins war, machte sie froh und öffnete ihr Herz weit für alles, was sie sonst um sich herum sah. Auf dem Schiff hatte sie nicht daran gedacht, ihm das Versprechen abzuverlangen, dass er sich niemals änderte. Er sollte bei seinem eifersüchtigen Gott der Kleeäcker und des Stallviehs bleiben. Er sollte stur und ohne Zweifel seinen Weg gehen. Weil dieser Samuel damit zumindest einen gewissen Teil ihrer eigenen Fragen beantwortete und einige andere überflüssig machte. Seit sie ihn kannte, war sie zur Ruhe gekommen und brauchte sich nicht mehr neu zu erfinden.

Sie sah ihm noch zu, wie er eines der Pferde, einen kleinen, aber kräftigen Apfelschimmel, vom Pflug abspannte und das Seil ziehen ließ, das er an den Eisenhaken geknotet hatte. Stück für Stück brach die Erde auf, und eine mächtige Wurzel quälte sich an die Oberfläche. Samuel tätschelte das Pferd, das er sicher nie so wie Älbli lieben würde, mit dem er aber vorhatte, eine kleine Zucht zu beginnen. Hier oder an einem anderen Ort in Pennsylvania. Als der Stock weit genug aus der Erde ragte, begann er, die Wurzeln einzeln abzuhacken.

Kleine Schleierwolken trieben über den tiefblauen Himmel. Erst als der Strunk komplett zerlegt, sein Haar verschwitzt und zerzaust war und die Sonne noch höher stand, suchte Samuel seinen Hut. Beim Bücken entdeckte er endlich Charlotte. Intuitiv begriff er, dass sie ihn schon länger beobachtet hatte. Wieder hob er die Arme. Halbhoch und weich dieses Mal, sein Mund öffnete sich und seine Zähne blitzten über dem Bart. Das Licht blendete ihn, als er zu ihr hinschaute. Charlotte begriff, dass es noch einen triftigen Grund gab, warum er nach Amerika hatte kommen müssen. Nirgendwo sonst würden Wälder die Farbe seines Bartes annehmen. Alles ergab einen Sinn.

Nichts hätte sie lieber getan, als mit ihrem schweren schwankenden Bauch zu ihm hin zu eilen und sich in seine Arme zu werfen. Stattdessen winkte sie nur freundlich aus dem Handgelenk und setzte ihren Weg in den Wald fort. Dabei fiel ihr auf, dass auf den Wiesen keine Herbstzeitlosen blühten wie um diese Jahreszeit in der Pfalz.

Manchmal griff sie auf einem ihrer Spaziergänge in eine der Lianen, die sich die Stämme hochwickelten, und hängte sich mit ihrem ganzen Gewicht daran, um auszuprobieren, wie viel sie aushielten. Bislang war nie eine gerissen. Die Vielgestalt der Bäume hatte sie vom ersten Moment an fasziniert. Nicht nur, weil es in der Pfalz wenig Wälder gegeben hatte, schon gar keine Urwälder, wo jeder so viel jagen und Holz holen durfte, wie er mochte, ohne dass eine Obrigkeit ihn dafür auspeitschen ließ. Jeder einzelne Baum ließ Charlotte staunen. Es gab welche, deren Kronen so weit oben saßen, dass ihre kurzsichtigen Augen sie nur als schwimmende grüne Wolken einfangen konnten. Schon bei ihrem ersten Ausflug war ihr die graue, besonders schorfige Rinde aufgefallen. Die Furchen waren so tief, dass ihr Finger, wenn er ihnen nachfuhr, darin verschwand. Versonnen zwirbelte sie eines der Blätter. Es war von den Umrissen fast quadratisch, mit vier, manchmal auch sechs Zacken. Die meisten hatten sich leuchtend gelb verfärbt. Aber sie fand ein paar, deren Oberseite noch grün war und die nach Lorbeer rochen. Nadelbäume interessierten sie nicht.

»Tulpenbaum«, brummte die Witwe, als Charlotte ihr an einem Nachmittag eines der Blätter unter die Nase hielt, während sie gerade Teig ausrollte. Eine Frau, die dem lieben Gott seinen Tag stahl, indem sie allein durch den Wald streifte, anstatt die Hemden und Mützen für ihr Kind zu säumen, war der Witwe ein Graus, und sie machte keinen Hehl daraus. Widerwillig rückte sie mit der nächsten Auskunft heraus:

»Schlechtes Holz, bricht leicht. Die Indianer nennen es Sassafras. Meine Mutter hat aus der Rinde einen Tee gekocht.«

»Und die Blätter?«

»Weiß nicht.«

Der Teig wurde dünner und dünner gewalzt, bis die Maserung des Tisches durchschimmerte.

»Du solltest die Früchte vom Pawpaw-Baum sammeln und mit nach Hause bringen. Dann tätest du was Nützliches.«

»Aha. Riechen die gut?«

Die Witwe blinzelte irritiert.

»Weiß nicht, aber sie machen satt. Das haben uns die Indianer beigebracht. Bauchig sind sie wie kleine Kürbisse, und braun, daran erkennst du sie. Custard-Äpfel sagen wir.«

Ein Ellbogen, der trotz des Rehfleisches, das es jetzt fast täglich zum Abendessen gab, spitz geblieben war, kam ihrem Bauch gefährlich nah, sodass Charlotte mit dem Rest ihrer Blätter die Küche schleunigst wieder verließ. Durch Zufall fand sie heraus, dass, wenn man Sassafrasblätter zerpflückte, ein dunkler, würziger Duft ausströmte. Samuels Nacken, Samuels Lenden, deshalb roch sie sich tief hinein. Dann ließen die rollenden Wogen des Nordatlantiks den weichen Waldboden erzittern, und Salzgeruch tropfte von den Ästen. Doch auch diese Sehnsucht ging vorbei, und Charlotte stapfte weiter und bog sich Zweige aus dem Gesicht. Jeder ihrer knackenden Schritte verriet sie in der Wildnis. Indianer würden sie von weitem hören oder gar ohne Mühe ihren Trampelpfad aufspüren, trotzdem empfand sie nicht die geringste Angst. Manchmal hörte sie Samuels Schüsse hallen, denn die Witwe hatte es eilig mit dem Einsalzen. Nach dem Tod ihres Mannes war sie von anderen Täufern mit frischem Fleisch versorgt worden, aber jetzt lebte wieder ein Mann auf dem Hof, und wenn der Schnee hoch lag, würden sie auf die Vorräte angewiesen sein, die er rechtzeitig erjagt hatte.

Sonderlich weit kam Charlotte bei ihren Exkursionen nie. Gestrüpp kratzte ihr oft bis über die Knie. Tote Baumriesen hatten andere, jüngere, saftige, im Fallen mitgerissen und riegelten moosüberzogen die eingeschlagene Richtung ab. Flechten hingen dick wie Vorhänge herunter, und sie konnte meistens nicht unterscheiden, was zu dem einen und was zu einem anderen Baum gehörte. Dann gähnten plötzlich Sümpfe vor ihr, und Lichtungen schlossen abrupt mit einer Schlucht, in der zwei Bäche zusammenstürzten. Aus heiterem Himmel wallte Nebel ins mittlere Stockwerk der Baumriesen. Manchmal kam sie auch zu Stellen, wo nie Sonnenlicht hinfiel und der Boden immer morastig blieb und sie aus Angst, steckenzubleiben, umkehrte. Doch ein kleiner Radius genügte ihr, denn sie entdeckte überall noch neue Bäume.

Bei ihrer Ankunft am Maiden Creek hatte sie geglaubt, dass die vielen Eichen die gleichen waren wie die an den Hängen des Donnersbergs. Jetzt fand sie täglich andere. Solche, deren Blätter kaum geschlitzt waren und sich braun verfärbten, wuchsen in erster Linie an feuchten Stellen. Bald konnte sie sie von denen unterscheiden, die besonders hoch in den Himmel ragten. Die Enden ihrer Blätter waren merkwürdig abgerundet und die Kappen der Eicheln strohig behaart. Andere trugen Eicheln, die unter ihrer Kappe fast verschwanden, während die gezackten Blätter an allen Enden spitz zuliefen und mittlerweile feuerrot glänzten. Charlotte suchte die rötesten, die sie finden konnte, band sie mit einem Grashalm zusammen und zauberte daraus einen Haarschmuck für Jakob. Herausgeputzt wie er war, ließ sie den Kleinen in ihren Spiegel, den einzigen, den es im Haus gab, schauen und freute sich, weil Samuel sich über das glucksende Gelächter seines Sohnes freute. Missbilligend schaute die Witwe von ihrer Näharbeit auf und kniff die Lippen zusammen. Es waren trotz allem keine schlechten Tage.

Die Aufteilung des Hauses sah so aus, dass die Witwe ihre drei Söhne zu sich in das Zimmer neben der Küche und der Stube geholt hatte. Charlotte, Sarah und mit ihnen Jakob schliefen auf dem Dachboden nahe am Kamin. Weil der Dachboden ein einziger Raum war, hatte Samuel aus den rohen Brettern, die Aaron noch gesägt hatte, eine Zwischenwand und für sich ein Bett gezimmert.

Knapp zwei Wochen, nachdem sie eingezogen waren, drang ungewohnter Lärm ins Obergeschoss hinauf. Die kleinen Jungen hatten schon tagsüber über Bauchschmerzen gejammert, jetzt hörte es sich an, als ob sie sich übergaben. Sarah stopfte die Bettdecke fest um Jakob herum und flüsterte Charlotte zu, dass sie wohl besser Barbara helfe. Demonstrativ gähnte Charlotte und wuchtete sich auf die andere Seite. Dann lag sie hellwach und starrte auf die Schemen der runzeligen Apfelringe, die aufgefädelt unter dem Dach trockneten und von denen sie sich von Zeit zu Zeit verschlungene Geschichten erzählen ließ, die diesseits und jenseits des Atlantiks spielten.

Er sagte nichts, bis er vor ihrem Bett stand, aber natürlich hatte sie seine nackten Fußsohlen auf den Holzdielen gehört.

»Wir sind allein.«

»Ja.«

»Ich denke jede Nacht an dich, Charlotte.«

»Nicht an die Witwe eine Treppe unter dir?«

Als Antwort schob sich seine Hand unter ihr Nachthemd und blieb auf ihrer linken Brust liegen. Für eine Weile lauschten sie nur angespannt dem Atem des anderen.

»Du solltest sie heiraten und zwar schnell.«

Der Hohn in ihrer Stimme kam ihr selbst künstlich vor. Aber vorerst schützte er sie davor zu weinen. Die Wärme seiner Hand tat weh, weil sie den Moment fürchtete, in dem sie sich verflüchtigen würde.

»Seit wann sorgst du dich so um den heiligen Ehestand?«

»Ironie wird in deiner neuen Gemeinde bestimmt nicht geschätzt, also gewöhn sie dir erst gar nicht an.«

Sie sprachen nicht mehr weiter über die Witwe Yoder, weil sie überhaupt nicht mehr redeten. Jakob schnorchelte durch die Nase, drehte und räkelte sich ein paar Mal im Schlaf. Durch die Ritzen hörten sie noch gedämpfte Laute, einer der Yoder-Jungen weinte kurz, dann wurde es ganz still. Sarah blieb offenbar die Nacht unten und Samuels Hand auf der ihr vertrauten Brust. Charlotte schlief darüber ein, und als sie am nächsten Morgen aufwachte, war Samuel längst im Stall. Sie sagte sich, dass sie stolz auf sich sein konnte, weil sie Samuel nicht in ihr Bett gezogen hatte. Dass Sarah vielleicht etwas ahnte und ihnen eine letzte Gelegenheit hatte verschaffen wollen, kam ihr erst in den Sinn, als sie schon wieder im Wald war. Erst dann weinte sie.

Bei ihren Ausflügen verfing sich ihr schwerer Rock oft in Dornen und riss ein, was sie nicht störte. Bald würde sie wieder andere Kleider tragen, schöne Kleider, bunte Kleider. Irgendwo, wenn sie nicht mehr auf dieser Farm war. Nachdenklich zupfte Charlotte ein unscheinbares, noch nicht verfärbtes Blatt ab, drückte es an die Nase, stolperte seinem frischen Citrusduft hinterher. Einmal rutschte sie auf einer Platte frischer Nüsse, groß wie Äpfel, aus und stand schwerfällig wieder auf. Sie knackte eine Nuss, holte das Innere heraus, knabberte dran, spuckte es in hohem Bogen aus. Sie erkannte Birken als Birken und Eschen als Eschen. Dann tastete sie sich an einer Rinde entlang, fast weiß, die in großen Flecken aufsprang und sich häutete. Dafür waren die Blätter ganz simpel, dreieckig, nichts Besonderes. Das nächste Exemplar der gleichen Art hatte einen dickeren Stamm, als sie je einen auf der Welt gesehen hatte. Obwohl sie nicht sicher war, ob sie ihren Bauch wieder würde hochhieven können, ließ sie sich auf den Boden sinken, genoss den glatten breiten Baum im Rücken.

Wäre ich ein Hund, schoss es Charlotte durch den Kopf, würde ich hier verrückt. Denn alles um sie herum roch. Wobei die Gerüche in Wellen kamen, aufputschend hochschwappten und dann wieder betäubend abebbten. Moder, Kadaverparfum, vergorene Beeren, Harz, Bitterwurzeln, aufgesprungene, purpurfarben tropfende Früchte, Blätterhumus, stehendes und springendes Wasser. Überall berührungslose Berührung. Sie hatte früher nicht im Geringsten gewusst, wie Wald sein konnte, umso mehr machte sie ihr neu erworbenes Wissen glücklich.

Das Puderkabinett ihrer Mutter im Kirchheimer Schloss fiel ihr ein. Ein kleiner, merkwürdig dreieckiger Raum, vom Boden bis zur Decke mit grauen Holzpanelen verkleidet, fensterlos. Eine Tür führte zum Schlafzimmer, eine zweite für die Diener zum Gang. Auch dort vermengten sich viele Gerüche so dicht, dass man sich in ihnen verstecken konnte, so lange, bis man sich vollends vergaß. Italienischer Reispuder, Schweiß, der in ungewaschenen Unterröcken klebte, der nicht geleerte Nachttopf unter dem Sessel, Orangen, die mit Zimtnelken gespickt waren, unzählig nachlässig geschlossene Flakons, denen »Venezianische Venus« oder »Plaisirs d'amour« entströmte. Es war Jahre her, dennoch sah Charlotte genau vor sich, wie sie ihre Mutter in diesem Raum beobachtet hatte: Die Frau, die sonst pausenlos auf dem Sprung war, hockte halbnackt auf dem Boden, ungeschminkt, fingerte Flusen aus ihrem Nabel, schlang dann die Arme um die Knie, endlich einmal unbeschwert. Der Wald bot ähnliche Freiheiten. Hier gab es keine Zeit. Jedenfalls keine, die vorwärtsging und sich mit Zeigern messen ließ. Vielleicht war sie dieser anstrengenden Frau ähnlicher, als sie bislang gedacht hatte. Charlottes gewölbter Leib hätte in seiner schwarzen Stoffhülle auch ein besonders großer Pilz oder Laubhügel sein können und fiel deshalb in der Wildnis nicht auf.

Wenn sie der Mutter ähnlich war, was würde dann aus ihrem Kind? Charlotte spreizte die Hände, legte sie sacht auf ihren Bauch und spürte das Strampeln und Zucken. In ihre Freude mischte sich eine jähe Sorge. Ja, was sollte aus ihrem Kind werden? Einen Vater gab es nicht. Der könnte es also nicht einfach so vergessen, wie damals ihr eigener Vater sie über Wochen vergessen hatte, als sie eine Lungenentzündung gehabt hatte. Für eine Weile wanderte Charlotte in Gedanken durch ihr früheres Zuhause, sah wieder den Putz von den Wänden platzen, die zerschlissenen Vorhänge, roch den Hundekot in den Ecken. Sie schloss die Augen.

Ihr Kind würde nur eine Mutter haben. Aber welche? Eine, die die Elektrizität erforschte und am liebsten auch gleich die ganze Welt. Die es schnell langweilte und dann nach etwas Neuem suchte. Würde so ein unruhiges Leben gut für ihr Kind sein? Charlotte starrte in die Wipfel der Bäume. Oder würde sie auf so einer Farm leben können, mit Samuels Familie? In aller Ruhe und ganz nahe bei diesen Bäumen.

Der Wald saugte alles auf, auch den hämmernden Druck auf ihr

Gehirn, Entscheidungen treffen und Pläne schmieden zu müssen. In dieser fetten, vor sich hin schmarotzenden und gleichzeitig verwesenden Welt brauchte sie nicht einmal mehr sie selbst sein und sich schon gar nicht neu erfinden. Ein Zustand, in dem sich Wandel, Stillstand und Unvergänglichkeit ganz nahe kamen.

Vielleicht würde Samuel, läge er jetzt neben ihr im Moos, es genau so empfinden, und sie wären endlich wirklich vereint. Zumindest für einen Nachmittag im Wald. Gott konnte hier in jedem einzelnen dieser wunderlichen Blätter bestaunt und geliebt werden, und die Elektrizität schlug sicher von Zeit zu Zeit mit Wollust in die kirchturmhohen Baumkronen ein. Die zu erforschen, würde den Gott dieses großzügigen Landes, von dem man nicht einmal wusste, wo es endete, nicht ärgern. Umgekehrt verstand sie mittlerweile Samuels Ehrfurcht vor der Schöpfung. Sie hoffte aber für ihn, dass seine Angst, etwas falsch zu machen, schwinden würde. Wenn es Gott tatsächlich gab, dann offenbarte er sich hier anders. Größer und gleichzeitig näher, als es in der Bibel stand. Dann dachte sie wieder an ihr Kind und streichelte ihren Bauch. Auf jeden Fall würde sie eine gute Mutter sein. Charlotte fiel in einen traumlosen Schlaf.

Auf dem Rückweg ereignete sich an einer ihrer unteren Körperöffnungen eine nahezu lautlose Explosion, ein Stöpsel löste sich, lauwarme Brühe sickerte die Innenseite ihrer Beine hinunter. Sie wischte sie mit einem Büschel welken Grases ab. Das Laufen fiel ihr jetzt leichter. Rauch kräuselte sich aus dem Kamin des Steinhauses, und Charlotte fühlte sich beschwingt wie seit Tagen nicht.

Gleich nachdem sie zu Abend gegessen hatten, rammte die erste Wehe ihren Rücken und versetzte Barbara Yoder in Hochstimmung. Eilig wurde Wasser erhitzt, Leinentücher mussten aus der Truhe geholt werden, die Kinder glotzten und wurden in eine andere Ecke geschickt. Charlotte saß auf der Bank, spreizte unter dem Rock die Beine weit auseinander, ließ die Brühe laufen und bat Samuel, eine Flasche Wein zu öffnen und ihr einzuschenken. Die Sommersprossen auf Sarahs Gesicht glühten, und ihre Nasenflügel zitterten, während sie mit der Witwe und Gottes Gnade saubere, aber oft geflickte Laken über das Bett in der Kammer gleich neben der Küche breitete. Mit dem Gefühl, nur zu stören, ging Samuel in den Stall, um seine beiden Pferde zu striegeln.

Eine halbe Stunde genügte, dann presste Charlotte ihre Tochter knurrend und zum Ende hin brüllend ins Leben. Was der Witwe Respekt abrang, denn sie hatte noch nicht viele Kreißende, sich selbst eingeschlossen, erlebt, die ihre Sache so schnell hinter sich brachten. Es war ein kleiner, dicht und schwarz behaarter Kopf, der schleimig in Barbara Yoders Hände rutschte. Als Charlotte ihn schließlich sah, fiel eine große Last von ihr ab. Hechtaugen hatte die Kleine auf keinen Fall. Trotzdem nahm sich Charlotte vor, Felix nichts von einer kleinen Tochter zu schreiben. Allenfalls sollte er, bevor er grämlich und bitter würde, und diese Gefahr bestand sehr wohl, erfahren, dass Pennsylvania der einzige Staat auf der Welt war, der ausdrücklich auch Atheisten aufnahm und ihre Versammlungen genehmigte. Noch bei diesen Gedanken bettete Charlotte das kleine rotfleischige Wesen in ihre Armbeuge.

In derselben Nacht brach der Winter herein. Der Wind kämpfte mit den Angeln der Fensterläden, und fettflockig fiel Schnee. Später verwandelte er sich in Eisflocken, die so ausdauernd auf die Dachschindeln prasselten, dass alle außer Charlotte immer wieder aufwachten. Am Morgen waren sie wadenhoch eingeschneit, und Samuel zimmerte, nachdem er das Neugeborene staunend in seine Arme genommen und geküsst hatte, für die Jungen Schlitten. Barbara Yoder öffnete trotz der Kälte die Haustür, verschränkte die Arme und schaute mit unübersehbarer Genugtuung in die Schneelandschaft hinaus. Jetzt würden sie endlich den amerikanischen Winter kennenlernen, das gönnte sie ihnen! Da drückte sich Ruben an ihr vorbei, den neuen Schlitten unterm Arm. Seine Füße steckten in festen schweinsledernen Stiefeln mit gut genagelten Sohlen. Barbara schluckte. Auch ihre beiden anderen Söhne hatten solche Stiefel, die ersten in ihrem Leben. Früher hatte das Geld immer nur für Aarons Schuhe gereicht. Die Witwe schloss die Tür mit einem lauten Knall und schob den Riegel vor.

Charlotte kam nicht umhin, der Witwe dankbar zu sein. In den Seidenstoffen, die sie mitgebracht hatte, wäre das kleine Mädchen, dem sie manchmal den Namen Georgine nach ihrem Vater ins Ohr flüsterte, und eine Stunde später meinte sie, Emma würde besser passen, keine halbe Stunde warm geblieben. Barbara Yoder gab ihr für die Kleine alle Windeln, Hemdchen und Hauben aus Flachs und Wolltuch, die sie besaß. Zuerst schämte sie sich, weil die Sachen so fadenscheinig waren. Dann aber dankte Charlotte ihr so herzlich, dass die Witwe sich auf einmal stolz fühlte. Deshalb sorgte sie auch dafür, dass die junge Mutter jeden zweiten Tag eines der kostbaren Eier zum Essen bekam, die sie im Frühherbst in einen mit Asche gefüllten Krug eingegraben hatte, damit sie sich hielten. Mit großen Augen erfuhr Charlotte, dass Hühner in der Kälte nicht mehr legten. Auch sie selbst fiel in eine Art zärtliche Apathie. Außer ihr Kind zu stillen und zu beschnuppern, interessierte sie nichts mehr. Auch Samuel rückte in den Hintergrund. Mechanisch schluckte sie den Suppawn, den dicken Brei aus gekochtem, zerdrücktem Mais und Milch, den Barbara täglich kochte, denn das Fleisch musste gestreckt werden, während es Samuel und Sarah noch immer Überwindung kostete, die süßliche Pampe hinunterzuwürgen. Doch Mais, das hatten sie inzwischen wie so vieles andere von Barbara gelernt, war sehr nahrhaft.

Während der kurzen hellen Stunden schabte Charlotte hin und wieder den Reif ab, der sich innen an die Fenster legte, aber nur, um festzustellen, dass draußen alles gleich blieb. Stumm und weiß bis zur Scheune und von dort weiter bis zu den Feldern und immer weiter. Wie der Wald mittlerweile aussah, konnte sie sich nicht mehr vorstellen. Nur die Fußstapfen Samuels zwischen Haus und

Stall zogen noch eine verlässliche Spur und verschafften dem Blick ein wenig Abwechslung. Aber auch die verschwand rasch, wenn es wieder schneite. Starrte man lang genug in das Schneetreiben, dann verwandelte sich das wirre Rieseln in ein starres Muster aus Punkten, das Oben und Unten, der Himmel und die Erde wurden austauschbar.

Und wie bereits auf der »Good Intent« erlebte Sarah die Heftigkeit der Natur, die es in der Pfalz nicht gegeben hatte, so voller innerer Hingabe wie das Konzert eines großen Streichorchesters, von dem sie keine Ahnung hatte und das sie auch nie besuchen würde. Immer wieder riegelte sie die Tür auf, spähte hinaus und ließ sich den eisigen Wind ins Gesicht blasen. Charlotte dagegen kümmerte sich um nichts, was um das Steinhaus herum geschah. Solange die Kaminwand in ihrem Rücken warm war und das fiepende und beißende kleine Katzenmaul sich an ihrer Brust festsaugte und zügig trank, war ihr an diesem ersten Winter in Amerika alles recht. Seine Tage unterschieden sich durch nichts, und seine Eintönigkeit verlangte von Charlotte nichts als reine Liebe. Die Elektrisiermaschine ruhte in ihrer Kiste in der hintersten Schräge des Dachraumes.

Während ihrer Anwesenheit war die Gemeinde der Amischen schon zweimal im Haus der Witwe Yoder zum Gottesdienst und anschließendem Essen zusammengekommen. Sie wussten von der Existenz der Frau von draußen aus der Welt, die nicht nach der Ordnung lebte und ihren Mann, Gott sei seiner Seele gnädig, auf dem Schiff verloren hatte, doch die Amischen ignorierten sie. Und Charlotte hatte sie ignoriert und im oberen Stockwerk so lange gewartet, bis ihre langsamen, weinerlichen Lieder, langatmigen Predigten und das Schmatzen und Tellerklirren verklungen waren und sie von der Dachluke aus zuschauen konnte, wie die schwarzen Hauben und Bärte wie große unbeholfene Vögel davonflogen.

Bei ihrem dritten Besuch aber stiegen sie die schmale Treppe hoch. Langsam, wichtig, räuspernd und hüstelnd, mit einer ernsten Aufgabe. Einer nach dem anderen. Die Männer zuerst, dann die Frauen und hinter ihnen, sehr gehorsam und zahlreich, die Kinder. Samuel stellte sie dem Ältesten der Gemeinde vom Maiden Creek vor. Dieser trug eine Brille, war nicht sonderlich alt, sein Bart aschblond und dicht. Er beugte sich tief über das Kind und beäugte es so eingehend, wie er jedes Kalb in seinem Stall beäugte, nachdem er wieder einmal den Arm ellenbogentief in die Kuh gebohrt und einen schleimigen Fuß und dann schließlich das Ganze mitsamt dem kantigen Kopf herausgezogen hatte. Dann erst sprach er Charlotte an:

»Ein gesundes Kind. Sie sieht ganz so aus, als ob sie diesen und die nächsten Winter überleben wird. Gottes Segen ruht auf ihr. Mach nur weiter so, du verstehst was vom Kinderkriegen.«

Unvermittelt klatschte er sich auf die Knie und brach in schallendes Gelächter aus und mit ihm alle seine Schwestern und Brüder. Charlotte wusste nicht, wie ihr geschah. Einen Blickwechsel mit Samuel wagte sie nicht, und Sarah war zu beschäftigt, auf die Stiefel eines jungen Mannes zu starren, der neben ihr stand. In dem Moment schlug das Baby seine winzigen Augen auf, und sofort traten alle noch einen Schritt näher und kreisten Charlotte, die mit dem Bündel im Arm auf einem Hocker saß, regelrecht ein. Dabei entging ihr nicht, dass Barbara Yoder ganz nahe bei Samuel stand und sich auf ihren Wangen ein hektischer roter Glanz ausbreitete, der ihr zugegebenermaßen gut stand. Eckig war sie aber trotzdem noch. Ob Samuels Jacke ihre Hüfte absichtlich berührte oder ob er von seinem Nebenmann geschubst wurde, konnte Charlotte angesichts der vielen Menschen nicht mit Bestimmtheit erkennen.

»Barbara sagt, dass mehr Milch kommen dürfte. Die Kleine scheint nicht mehr satt zu werden und weint immer bald wieder.«

Die Frau, die das sagte, hatte ein von vielen bitterkalten Wintern und heißen Sommern gerötetes Gesicht, stand aber aufrecht und froh wie ein junger Baum. Sie legte Charlotte ein Säckchen in den Schoß.

»Tee aus Kümmel, Anis- und Fenchelsamen. Lass ihn lange ziehen, trink mindestens vier Becher am Tag, und ich versprech dir, deine Brust wird bald überlaufen und die Kleine kugelrund werden.«

»Mit Rebeccas Tee habe ich jedes Mal mehr Milch als unsere Kuh gegeben«, rief eine helle junge Stimme.

Wieder lachten alle wie aus einem Mund. Kinder wie zahnlückige Alte. Charlotte stimmte zaghaft mit ein. Samuel nickte ihr kaum merklich zu. Die rissige Hand der Teespenderin streichelte die schwarzen Haare der Kleinen, und sie tauschten für einen Moment Blicke. Charlotte sah aus den braunen Augen so viel Güte auf ihre Tochter fließen, dass es für ein Leben reichen konnte. Der Älteste räusperte sich und sagte:

»Das ist Rebecca, Rebecca Lapp, sie ist 1737 auf der ›Charming Nancy‹ herübergekommen und hat dabei fünf ihrer sieben Kinder verloren. Fleißig wie sie ist, hat sie in der neuen Welt noch einmal sechs geboren.«

Auch wenn sie das Lob nicht ungern hörte, senkte Rebecca Lapp demütig den Kopf und verschwand wieder zwischen den anderen schwarzen Röcken. Ein drahtiges Männchen schob sich vor, mit einem Bart, der von den zerrrupften farblosen Flechten an den Wildnisbäumen abgeschnitten sein konnte. Seine Hand schüttelte Charlotte einen schlaksigen, rötlichen Schlauch vors Gesicht, der sich als Hals eines insgesamt noch seltsameren Federtieres entpuppte.

»Meine eigene Zucht. Saftig und schönes weißes Fleisch, du musst essen, viel essen.«

Sein Geschenk plumpste zu Boden und löste ein anerkennendes Gemurmel aus. Barbara Yoder bückte sich sofort danach und lobte:

»Ein Prachtstück von einem Truthahn! Nathaniel hat auch wirklich die besten weit und breit. Daraus mach ich uns einen schönen Braten.«

»Danke, danke.«

Charlotte räusperte sich, um ihren Dank noch einmal lauter zu wiederholen. Glücklicherweise konnte die Witwe mit der einen Hand nicht nur das monströse Vieh halten, sondern mit der anderen auch gleich noch die geräucherten Würste einsammeln, die ein junges Ehepaar umringt von einer Horde Kinder ihr schenkte. Charlotte musste sich sehr anstrengen, um nicht vor Rührung zu weinen. Irgendwer aus der Gemeinde fragte fröhlich:

»Wie heißt sie denn, dein kleines Mädchen?«

»Rebecca. Mit Gottes Gnade.«

Für diesen Satz musste sie sich gar nicht anstrengen. Er rutschte Charlotte so aus dem Mund.

Nach dem Besuch der amischen Gemeinde verbesserte sich das Verhältnis zwischen Barbara Yoder und Charlotte. Sie schafften es, freundliche Worte über die Kinder, den Wind oder den ab- und zunehmenden Mond zu wechseln. Charlotte verzichtete fast ganz darauf, hinter dem Rücken der Witwe Grimassen zu schneiden, um Sarah zum Lachen zu reizen. Dieser Waffenstillstand erleichterte das Zusammenleben auf engem Raum. Denn ein Blizzard nach dem anderen rollte über die Hügel von Berks County und peitschte den Schnee waagrecht gegen das kleine Steinhaus. Es wurde kaum noch hell.

Die Frauen und Kinder saßen fest. Nur Samuel verließ noch das Haus, und auch ihn kostete es alle Kraft, sich schräg vornüber gegen den Sturm zu lehnen und sich zum Stall durchzukämpfen. Wenn er dann vom Füttern, Ausmisten und Melken zurückstapfte, klebte jedes Mal dichter Reif auf seinen Augenbrauen und Wimpern, und sein Bart klirrte. Aber er schaffte es immer, den Holzeimer mit der kostbaren Milch so mit seinem Oberkörper zu schützen, dass nichts überschwappte. Barbara Yoder dankte ihm jedes Mal mit einem Lächeln, bei dem sie ihren Mund zaghaft öffnete. Und das sich auch in ihren braunen Augen bemerkbar machte.

Als der Schneesturm sich endlich legte, wurde es noch kälter. Die Balken im Haus knackten, und obwohl sie ununterbrochen Holz in den Ofen schoben, zogen die Bewohner des spitzgiebeligen Steinhauses abends ihre Kleidung nicht mehr aus und schliefen eng aneinandergekuschelt. Rebeccas gewaschene Windeln hingen steif an der Leine, und Charlotte band sich die Kleine mit einem Wolltuch, so dicht es ging, an die Brust. In drei aufeinanderfolgenden Nächten hörten sie Wölfe heulen, und Samuel, Sarah, Barbara und die Kinder knieten sich auf den Boden und beteten lange, dabei ging der Kerzenvorrat allmählich zur Neige. An einem Morgen, an dem die Sonne gleißend schien und das Weiß um sie herum so rein aussah, als wäre die Erde gerade eben erschaffen worden, fanden die beiden älteren Yoder-Söhne am Waldrand einen der Wölfe mit ausgestreckten Beinen und mit gebrochenen Augen gerade mal hundert Meter vom Haus entfernt. Es war ein älteres Weibchen, das offenbar zu geschwächt gewesen war und nicht mehr mit dem Rudel hatte mithalten können. Samuel und die Witwe zogen los, um das Tier, bevor sich Aasfresser über es hermachten, zu holen. Aus einem guten Wolfsfell ließ sich vieles machen.

Das war das erste Mal, dass die beiden allein waren. Noch dazu tanzte das Licht vielversprechend über den Schnee, sodass jeder Mensch dabei übermütig werden musste. Im Stechschritt ging Charlotte mit der Kleinen auf dem Arm die kurze Gasse zwischen dem offenen Feuer in der Küche und dem gescheuerten Tisch in der Stube hin und her. Sarah saß am Webrahmen, summte vor sich hin und war weit weg von der Ungeduld ihrer Freundin. Das Warten und der Galopp ihrer Phantasie waren eine zähe Qual. Endlich hörte sie Samuels und Barbaras Stiefel und die Last, die sie schleiften, im harschen Schnee knirschen. Vor allem sprachen sie, mit gedämpften Stimmen zwar, sodass Charlotte nichts verstehen konnte, aber verdächtig angeregt, lebhaft und viel. Ohne Umhang, sondern wie sie war in ihrem Kleid, riss sie die Tür auf, noch bevor die beiden ihre Stiefel abgeklopft oder den Wolf abgelegt hatten. Die Worte, die nach ihnen schnappten, waren nadelspitz wie die Zähne eines jungen Hundes.

»Jetzt kommt ihr erst! So spät! Die Kinder hatten schon Angst.«

Was eine glatte Lüge war, denn die drei Yoder-Söhne saßen um den Tisch und schnitzten ausdauernd an Holzstücken herum, während Jakob geduldig zu Sarahs Füßen mit Wollresten spielte. Die Witwe konterte mit einem finsteren Blick und ging betont langsam an ihr vorbei ins Haus. Unfähig sich zu rühren, blieb Charlotte in der eisigen Kälte stehen, hielt den Atem an und erwartete etwas von Samuel. Irgendetwas.

»Aber jetzt sind wir da und alles ist gut. Komm, du frierst doch gleich, und für die Kleine ist es sowieso zu kalt. Komm jetzt.«

Wie ein störrisches Kind schob er sie an den Schultern aus der Zugluft in die warme Küche hinein und schloss die Tür lauter, als es nötig gewesen wäre. Charlotte schämte sich entsetzlich. Seine Stimme hatte so besänftigend, so freundlich und doch so unverbindlich weit weg geklungen. So ganz anders als auf dem Schiff. Anders auch noch als in der Nacht auf dem Dachboden, in der er ihr seine Hand auf die Brust gelegt hatte. Nicht einmal in den Wald konnte sie laufen, Trost und Verwandlung unter den Bäumen suchen. So wanderten ihre Lippen stattdessen nur eine Handbreit nach unten und suchten Trost an Rebeccas flaumigem Kopf. Durchgefroren bis auf die Knochen stakste sie nach einer Weile in die Vorratskammer, schenkte sich mit steifen ungeschickten Fingern ein Glas Rum ein und trank, bis sie wieder Wärme in sich spürte.

Ihren Stolz und den Rest des Tages rettete Charlotte, indem sie irgendwann zu den anderen in die Stube ging und mit so ruhiger Stimme wie nur irgend möglich verkündete:

»Es wird Zeit, dass deine Söhne Lesen und Schreiben lernen. Wenn du willst, fange ich gleich morgen an, sie zu unterrichten.«

Barbara Yoder nahm das Versöhnungsangebot bereitwillig an.

»Aaron hat auch immer gewünscht, dass seine Kinder ihren Namen unter einen Vertrag setzen können.«

»Und wenn jeder Christ die Schrift selbst lesen könnte, stünde es um die Welt auch besser. Außerdem«, ergänzte Samuel, »sind sie dann noch besser auf ihre Taufe vorbereitet.«

Damit war die Sache abgemacht. Sarah stellte mit verträumtem Blick die Schüssel mit dampfendem Sauerkraut auf den Tisch und schnitt das gesalzene Fleisch, das niemand mehr riechen konnte.

Es blieb weiter sonnig und klar, aber auch die beißende Kälte hielt an. Trotzdem schaffte es Johann Stutzman, gebürtiger Pennsylvanier und Sohn eines zum Täuferglauben konvertierten Reformierten, auf dem Rücken seines Pferdes nicht nur nicht zu erfrieren, sondern auch bester Laune bis zu ihnen durchzudringen. Er gehörte zu der Gemeinde, die Charlotte nach der Geburt besucht hatte. Die Farm seiner Eltern lag ganz am Rand von Berks County, schon fast an der Grenze zu Lancaster County. Da Sarah ihm dieses Mal nicht nur auf die Stiefel schaute, nickten Charlotte und die Witwe Yoder fast gleichzeitig und viel schneller als Samuel, als Stutzman fragte, ob er mit dem Mädchen spazieren gehen dürfe. Die seltene Einigkeit der beiden Frauen hatte Gewicht.

Eine Stunde lang stapften die jungen Leute nebeneinander durch den Schnee, immer im Abstand von dreißig Fuß um das Haus herum. Eine Runde nach der anderen. Gelegentlich die Arme an die kalten Körper schlagend, während ihre Atemwolken hoch vor ihnen aufstiegen, das Licht bläulicher wurde und ihre Spuren spiegelglatt froren. Samuel hatte Jakob auf dem Schoß sitzen, las lauter und eindringlicher als sonst aus dem zweiten Buch Moses und hob kein Auge von den Seiten. Dagegen drehten Charlotte und die Witwe in einem fort die Hälse und spähten ungeniert aus jedem der kleinen Fenster, damit ihnen Sarah und der junge Mann nicht entgingen. Auch am darauf folgenden Samstagnachmittag kam der junge Mann geritten, und Sarah wanderte wieder an seiner Seite durch die Kälte. Ob sie sich dabei viel unterhielten, konnten die Beobachterinnen im Haus nicht sehen, denn die jungen Leute hielten die Köpfe gesenkt, weil der Wind sie hart wie Peitschenhiebe traf.

Als Sarah dann wieder am Webstuhl saß, konnte jeder an ihrem Gesicht ablesen, dass sie froh war. Die samstäglichen Besuche wurden zur festen Gewohnheit. Noch während sie neben Charlotte im Bett kauerte, striegelte Sarah ihr Haar, bevor sie es wieder flocht und versteckte, mit einer bei ihr ganz ungewohnten Inbrunst. Charlotte hatte plötzlich wieder das Bild des zauberhaften Mädchens vor Augen, das im Sprühregen ihrer erdbeerfarbenen Haare durch die Scheune tanzte.

Der Besuch kam auch noch, als es im Februar von einem Tag auf den anderen taute und der Matsch die Wege nahezu unpassierbar machte. Sarah hielt schon Stunden vorher nach ihm Ausschau. Die Sommersprossen auf ihrer Haut leuchteten dabei vielsagend und zimtfarbener denn je. Nach jedem Spaziergang wurde der junge Mann in die Stube gebeten und setzte sich noch für kurze Zeit auf die äußerste Kante der Bank, ließ die Krempe seines Huts nervös durch die Hände gleiten und beantwortete Samuels Fragen. Samuel nahm ihn regelrecht ins Kreuzverhör. Ob es stimme, was er gehört habe, dass die grauen Erdhörnchen, die doppelt so groß waren wie die Eichhörnchen in der Pfalz, im vergangenen Sommer zu einer Plage geworden seien und ganze Felder kahl gefressen hätten? Und dass man vom Gouverneur von Pennsylvania Geld bekomme, wenn man sie abschieße und ihr Fell abliefere, sei das tatsächlich wahr? Samuel fragte noch einmal nach. Der Junge nickte hartnäckig.

»Doch, ganz bestimmt, zwei englische Pence kriegt man pro Stück.«

»Zwei Pence? Ein Maurer in Philadelphia hat mir erzählt, dass er für einen ganzen Tag Steine aufschichten 18 Pence Lohn bekommt. So ein paar Eichhörnchen habe ich ja leicht in einer Stunde geschossen. Bist du wirklich sicher?«

»Ganz sicher, zwei Pence für ein totes Eichhörnchen.«

»Was für ein verrücktes Land. Daheim in der Pfalz hätten sie uns dafür die Behörden auf den Hals gehetzt. Die Viecher schmecken schließlich auch noch gut.«

Samuel lachte hell auf, hatte jedoch eine Weile damit zu tun, die Neuigkeiten zu verdauen. Sodass Charlotte ihren Unterricht mit den Yoder-Söhnen fortsetzen konnte. Besonders Ruben, der mittlere, stellte sich als erstaunlich flink im Kopf heraus. Er hatte das Alphabet an zwei Nachmittagen gelernt und entzifferte jetzt mit seinem einen gesunden Auge Buchstabe für Buchstabe die Schöpfungsgeschichte. Als er bei der Schlange und dem Baum der Erkenntnis angekommen waren, grinste Charlotte spöttisch, aber keinem außer Samuel fiel es auf. Und weil er gerade Rebecca auf dem Arm hielt, küsste er die Kleine mehrmals auf die kleinen Schneckenhausohren und hoffte, dass ihre Mutter sein Zeichen verstehen würde.

»… und sie sahen, dass sie nackt waren, und schämten sich sehr.«

Ruben hatte den Satz in einem Rutsch geschafft und schaute strahlend in die Runde der Erwachsenen.

»Sehr gut, sehr gut. Wenn du so weiter machst, brauchen wir für dich bald mehr Bücher«, lobte Charlotte und dachte an Grays »Philosophical Transactions«, die oben auf dem Dachboden unter dem fliederfarbenen Seidenstoff schlummerten. Aber dieses Buch verbot sich als Lektüre. Die Witwe würde zwar nicht den wissenschaftlichen Zusammenhang verstehen, aber doch genug, um sie samt der kleinen Rebecca aus dem Haus zu werfen. Barmherzigkeit hin oder her.

»In Ephrata haben sie viele Bücher, fromme Bücher.« Das Gesicht von Sarahs jungem Verehrer glühte vor Stolz, etwas Wichtiges mitteilen zu können.

»Ephrata was?«

»Der Ort, wo Josefs Mutter im Kindbett starb«, murmelte Barbara Yoder, »nachdem sie Benjamin noch das Leben geschenkt hatte. Nicht weit von dem Stall in Bethlehem, wo unser Herr Jesus Christus geboren wurde.«

»Von Tulpehocken über Womelsdorf fünfzehn bis maximal zwanzig englische Meilen direkt am Cocalico Creek, da liegt Ephrata«, präzisierte Johann Stutzman die Angaben der Witwe.

»Jetzt musst du uns aber unbedingt erzählen, welche Bücher sie dort haben«, sprang ihm Charlotte zur Seite. Es stellte sich jedoch heraus, dass Johann Stutzman selbst noch nie an diesem seltsamen Ort gewesen war. Nur vom Hörensagen wusste er, dass die, die dort lebten, auch Täufer waren. Aber andere als die Amischen.

»Dunkers nennen wir sie, weil sie sich gegenseitig beim Taufen in den Fluss tauchen. Sie leben sehr fromm und wie wir abseits von der Welt. Und sie sind enorm fleißig. Sie haben fünf Mühlen in Ephrata, habe ich gehört. Eine ist aber abgebrannt, und sie mussten sie erst wieder aufbauen. Wenn das die Brüder nicht aufgehalten hätte, wären sie mit dem dicken Buch sicher schon früher fertig geworden. Peter Miller hat es großartig ins Deutsche übersetzt. Er soll vierzehn Sprachen verstehen, vierzehn, das muss man sich mal vorstellen, Latein und Arabisch auch. Mein Vater kennt ihn von früher. Miller war nämlich mal Pastor der Reformierten in Shippack. Und nach Shippack treibt mein Vater immer seine Rinder zum Verkauf, weil der Viehhändler dort am meisten zahlt.«

Erfrischend wie Quellwasser sprudelten die Worte aus Johann heraus, und Charlotte war sich sicher, dass genau das Sarah gut tat.

»Und welche Bücher haben sie dort?«, hakte sie nach.

»Bücher? Ach ja, genau. Sie drucken sogar Bücher in Ephrata. Zwölfhundert mal das gleiche Buch. Kaum zu glauben oder? Zwölfhundert Bücher. Mit, ich weiß nicht, wie vielen tausend Seiten zwischen den Deckeln.«

Charlotte und Samuel fixierten den jungen Mann. Das, was er

berichtete, war in der Tat mehr als ungewöhnlich. Aber es war dann erstaunlicherweise Sarah, die mit leiser, unüberhörbar liebevoller Stimme die entscheidende Frage stellte:

»Und wie heißt denn dieses besondere Buch, Johann?«

»Na, der ›Märtyrerspiegel‹.«

Kapitel 12

Endlich tollten von einem Tag auf den anderen trockene lauwarme Lüftchen wie läufige Katzen um das Haus und verfingen sich jaulend im Kamin. Die Hühner durften aus dem Kuhstall, pickten die ersten Würmer, die aus der Erde krochen, legten wieder jeden Morgen Eier und flatterten danach sofort in die Äste des großen Baumes, von dem Charlotte noch immer nicht wusste, wie er hieß, weil auch die Witwe seinen Namen nicht kannte, und blieben dort den ganzen Tag. Als der junge Mann endlich seinen ganzen Mut zusammennahm und um die Hand Sarahs anhielt, sagte Samuel ohne Zögern ja und Amen. Nicht einmal mit dem Ältesten der Gemeinde am Maiden Creek besprach er sich. Denn er wollte seine Abreise nicht unnötig verzögern. Die Zeit drängte ohnehin, wenn er bis zur Aussaat wieder zurück auf der Farm sein wollte. Dass der Junge Sarah gut tat, lag auf der Hand. Man brauchte nur die Wörter zu zählen, die sie Tag für Tag mehr sprach. Umgekehrt war Johann so redselig, dass eine schweigsame Frau sich gut an seiner Seite machte. Außerdem konnte er arbeiten.

Samuel hatte den jungen Mann das restliche Getreide dreschen lassen. Viel war es ohnehin nicht, denn nach dem plötzlichen Tod Aarons waren nur zwei Felder bestellt worden. Danach musste er die beiden Pferde beschlagen, alle Räume tünchen und schließlich, als aller Schnee vom Dach gerutscht war, hinaufklettern und schadhafte Schindeln austauschen. Das genügte, um Samuel endgültig zu überzeugen. Er und sein künftiger Schwiegersohn gaben sich die Hand und waren im Wort. Der »Märtyrerspiegel« sollte Samuels Hochzeitsgeschenk für die beiden sein, aber im Grunde ging es ihm darum, Gewissheit zu bekommen. Dass nämlich ein Buch, das all die Leiden der wahrhaften Christen beschrieb und bislang nur auf Holländisch erschienen war, tatsächlich mitten in der Wildnis in deutscher Sprache und gleich massenhaft zu erwerben war. Wenn das nämlich so war, dann wäre dies der endgültige Beweis, dass Gott ein bislang eher vages Versprechen einlöste: Pennsylvania war das gelobte und verheißene Land.

Der Anblick der hohen Häuser mit schwindelerregend steilen Dächern, die plötzlich hinter einem Hügel auftauchten, verschlug Samuel den Atem. Er saß ab, führte sein Pferd am Zügel und ging, den Kopf in den Nacken gelegt, auf das erste Gebäude zu, das größer als manche der Kirchen war, die er in der Pfalz, freilich nur von außen, gesehen hatte. Mit grüngrauen Schindeln verkleidet glich seine Bauweise der der Iren, Schotten und Engländer. Die kleinen, unregelmäßig angeordneten Fenster waren wiederum nur bei den Deutschen Brauch. Bis zu den obersten Dachluken zählte Samuel fünf Stockwerke. Zögerlich ging er weiter, noch mehr Gebäude rückten in sein Blickfeld, Geräusche von Sägen und ferner menschlicher Stimmen drangen an sein Ohr. Was sich schließlich auf einer großen Lichtung mitten im Urwald vor ihm auftat, war fast eine Stadt. Aber so ganz anders als Philadelphia, Rotterdam oder auch Kirchheim.

Erst als sein Pferd wieherte, bemerkte er, die absonderliche, ganz und gar weiße Gestalt auf ihn zueilen. Nur der Bart verriet den Mann. Der Kluft nach, die bis zu den Fußknöcheln reichte und lose um den dünnen Körper flatterte, hätte es auch eine Frau sein können. Das Gesicht wirkte wie aus einer anderen Welt, blass, eingefallen, abgezehrt und gleichzeitig so arglos wie das eines spielenden Kindes. Samuel versuchte, ein paar Worte in englischer Sprache zu sprechen. Was ihm noch immer nicht leicht fiel und ihm deshalb peinlich war. Sofort unterbrach ihn der Mann auf Deutsch, begrüßte ihn herzlich, nahm ihm sein müdes Pferd und einen Brief ab. Den Brief, den Charlotte an Herrn Dr. Felix Schubart, Hofsekretär in Kirchheim, Fürstentum Nassau-Weilheim, adressiert hatte, und versprach, ihn der nächsten Postkutsche nach Philadelphia mitzugeben. Samuel wurde an weiteren, nicht mehr ganz so hohen Häusern und weiteren sanften Kindergesichtern mit Bärten vorbeigeführt und schließlich durch eine Tür bugsiert und auf einen Stuhl gedrückt. Man ging hier sehr routiniert mit Besuchern um, hatte er den Eindruck.

Der Raum, in dem er saß, war nicht klein, wirkte aber so, weil sich überall, in Wandregalen, auf den Fensterbänken, sogar auf dem Fußboden, Bücher und Papiere stapelten. Samuel hatte nicht geahnt, dass es mittlerweile so viel bedrucktes Papier auf der Welt gab, und versuchte von seinem Platz aus, die Titel auf einzelnen Buchrücken zu entziffern, in der Hoffnung, den »Märtyrerspiegel« zu entdecken. Aber vieles war in anderen Sprachen, sogar in merkwürdigen geschweiften Zeichen geschrieben. Für eine Weile putzte er sich die Fingernägel, spuckte auf sein Taschentuch und rieb sich damit seine Stiefel einigermaßen blank. Schließlich stand er auf. Es war nicht Neugier, sondern das Bedürfnis nach einem frommen Text, der ihn veranlasste, das eine oder andere Buch zu nehmen und mit gehörigem Respekt aufzublättern. Die Namen Luther, Calvin und Zwingli sprangen ihm ins Auge. Er überflog theologische Erörterungen, von denen ihm einige bekannt, andere aber erschreckend widersprüchlich, manche sogar provozierend ketzerisch vorkamen. Dabei hatte Johann doch gesagt, dass in Ephrata fromme Täufer lebten. Die Ältesten, egal ob von seiner Pfälzer oder der hiesigen Gemeinde, hätten sicher viele dieser Bücher gleich ins Herdfeuer geworfen. Deshalb war Samuel erleichtert, als er ein in Philadelphia gedrucktes Buch mit einem ausgesprochen demütigen Titel entdeckte: »Poor Richard`s Almanach«.

Sein Englisch reichte inzwischen aus, um den Sinn zu verstehen. Er entschlüsselte gute Ratschläge für das alltägliche Leben, die nur ein sparsamer, fleißiger Mann gegeben haben konnte. So vertieft bemerkte Samuel nicht, dass mittlerweile jemand auf leisen Sohlen den Raum betreten hatte. »Wie man sein Haus vor Blitzschlag schützt« hieß eines der Kapitel in dem Almanach. Samuel überflog die ersten Seiten, und das Blut begann in seinen Ohren zu rauschen. Hier wurde tatsächlich etwas beschrieben, von dem Charlotte vor langer Zeit einmal im Pferdestall geredet hatte und das ihm als eine ihrer vielen wirren, wenngleich unbeabsichtigten Gotteslästerungen vorgekommen war. Das Ende des Metallstabes, so las er, sollte sechs oder sieben Fuß über den höchsten Punkt des Gebäudes hinausragen … das andere Ende in die Erde gehen. Dann, so versicherte der Autor, würde der Blitz sich leicht einfangen, ableiten und unschädlich machen lassen. Den Blitz einfangen wie eine Maus oder ein entlaufenes Schwein! Samuel bekam Gänsehaut. Hatte diese entsetzliche Einmischung in Gottes ureigenes Handwerk also schon den Atlantik überquert und auch das neue Jerusalem erreicht und vergiftet? Und wie kam es, dass sich diese Ideen ihren Weg an solch einen abgelegenen Ort schlängelten? Samuel atmete schwer. Die Bäume der Erkenntnis standen also auch hier schutzlos herum, und Schlangen, so hatte man ihm erzählt, gab es in der neuen Welt zuhauf. Überall Versuchungen, überall drohte der Sündenfall.

Noch mehr als das aber machte Samuel die Vorstellung Angst, wie Charlotte reagieren würde, wenn sie dieses Buch mit der Anleitung für einen Blitzableiter in die Hand bekäme. Er fühlte sich in dem Raum voller Bücher plötzlich verwirrt wie Judas im Garten Gethsemane.

»Ich sehe, du hast schon das neueste Werk meines Freundes Dr. Franklin entdeckt. Ein kleines Genie ist er schon, das muss ich zugeben, auch wenn er als Geschäftsmann eifersüchtig und ziemlich böse reagiert hat, als wir angefangen haben, ihm mit unserer Druckerei in Ephrata Konkurrenz zu machen. So was mag der liebe Dr. Franklin nämlich gar nicht. Habe ich dich erschreckt …?«

Hastig klappte Samuel das Buch zu und legte es zurück. Eine

Antwort blieb ihm erspart, stattdessen fühlte er sich von einem großen Mann umarmt und geküsst. Blumenblaue Augen strahlten ihn durch runde Brillengläser an. Ein feines, ein kluges Gesicht. Haare, struppig und gelb wie die seines einstigen Hundes, standen vom Kopf und Kinn des Fremden ab. Samuel fasste sofort Zutrauen.

»Willkommen, willkommen bei uns in Ephrata, mein Freund.«

»Gott zum Gruß, ich heiße Samuel Hochstettler. Ich bin gekommen, weil ich gehört habe, dass hier bei euch der ›Märtyrerspiegel‹ auf Deutsch zu kaufen sei.«

Samuel räusperte sich und fügte zaghaft hinzu. »Ich hoffe, das stimmt.«

»Ja, ja, das stimmt, du bist nicht umsonst gekommen.«

Der Mann lachte tief und herzlich und legte eine Hand auf Samuels Schulter.

»Ich bin übrigens Peter Miller. Aber es hat sich herausgestellt, dass mein eigentlicher Name, der den mir Gott geben hat, Agrippa lautet. Begleite mich doch zur Druckerei, Henrich Funck und Dielman Kolb sind auch gerade aus dem Osten gekommen.«

Die vielen fremden Namen zirpten Samuel noch wie Zikaden im Ohr, als er über Kieswege gesäumt von Apfelbäumen vorbei an weiteren Häusern, Scheunen, Schuppen und Werkstätten geführt wurde. Alles wirkte gepflegt und mustergültig in Stand gehalten. Samuel spürte einen großen Frieden, der von jedem Leiterwagen, akkurat gebundenen Besen oder hoch aufgeschichteten Holzhaufen ausging. Diesen Frieden hatte er lange vermisst. Oder hatte er sich immer nur danach gesehnt? Samuel beeilte sich, seinem Führer auf den Fersen zu bleiben. Eines der Gebäude schien das Backhaus zu sein, in einem anderen vermutete Samuel den Geräuschen nach die Schmiede. Zu seiner großen Verwunderung entpuppten sich zwei Gestalten, die ebenfalls in weißen konturlosen Kutten steckten, als Frauen. Über ihre Köpfe hatten sie Kapuzen, die offensichtlich zur Tracht gehörten, gestülpt, sodass er ihre Haare nicht sehen konnte. Sie waren also fromme Täuferinnen, die sich an die Ordnung hielten, registrierte Samuel erleichtert. Obwohl die Frauen ihm auf demselben Pfad, auf dem auch er ging, entgegenkamen, und ihre Füße, die in Sandalen steckten, eindeutig den Erdboden berührten, erschienen sie ihm wie Geisterwesen, luftig und entrückt. Was war das nur für eine wunderliche Gesellschaft, in die er da hineingeraten war? Schweigend ging Samuel neben Peter Miller/Agrippa her, bis sie schließlich die Druckerei erreichten.

Dass Henrich Funck und Dielman Kolb zu Reists Leuten gehörten, also zu der Gruppe, von der Ammann und seine Anhänger sich vor fast 60 Jahren im Streit getrennt hatten, sah Samuel sofort. Die Männer hatten im Gegensatz zu seinen bescheidenen Haken und Ösen Knöpfe an ihren Jacken. Auf den zweiten Blick bemerkte er auch Taschen mit Aufschlägen. Der Älteste hätte wegen so viel Hoffart den Bann verhängt, und die ganze Gemeinde müsste Funck und Kolb meiden. Trotzdem ergriff er jetzt die ausgestreckten Hände der beiden und erwiderte ihren festen Druck. In der Pfalz wäre so etwas nie und nimmer passiert. Hier kam es ihm ganz selbstverständlich vor. Es stellte sich heraus, dass die beiden, jeder ein Bischof, den »Märtyrerspiegel« schon vor längerer Zeit für ihre Gemeinden in Auftrag gegeben hatten.

»Seitdem sind wir oft gekommen und haben Wort für Wort von Peters Übersetzung aus dem Holländischen nachgeprüft«, erklärte der ältere von den beiden Samuel. »Und zu unserer großen Freude stimmt alles. Bis auf die kleinste Stelle. Alles.«

Beide nickten mit wippenden Bärten. Zunächst zeigte Miller die Tische, wo vier seiner weißen Mitbrüder mit rasender Geschwindigkeit die Bleitypen für die einzelnen Seiten zusammensetzten. Vier weitere hantierten an der Presse.

»Am aufwendigsten ist die Herstellung von Papier, dafür brauchen wir sechs Männer. Natürlich haben wir auch unsere eigene Papiermühle. Unser Papier ist besonders dick und von feinster Qualität, denn wir verwenden ausschließlich Leinenlumpen. Wenn du willst, führ ich dich da auch noch hin.«

Peter Miller nahm seine Brille ab und rieb die Gläser langsam und gründlich an seiner Kutte sauber. In seinem nicht mehr jungen Gelehrtengesicht nistete sich ein spitzbübisches Vergnügen ein. Er zwinkerte kokett wie ein Mädchen auf einem Ball mit den Augen und trat von einem Bein auf das andere. So als wäre er selbst gespannt. Endlich überreichte man Samuel ein schweres, in braunes Schweinsleder gebundenes Exemplar des »Märtyrerspiegels«. Miller kicherte und applaudierte. Da das Buch alle Anstrengungen, Leiden und Opfer der Täufer über all die Jahrhunderte enthielt, war es schwer wie ein Sack Rüben. Aber Samuel wiegte es so liebevoll wie seine neugeborenen Kinder in den Armen. Zu seinem Entzücken gesellten sich noch Ehrfurcht und Staunen, und er fand keine Worte. Dafür standen ihm Tränen in den Augen. Schließlich unterbrach Peter Miller die Stille.

»Wir arbeiten praktisch seit 1748 ununterbrochen daran. Es ist das größte Buchvorhaben, das es je in den amerikanischen Kolonien gab. Bislang sind bereits siebenhundert Exemplare verkauft. Und pro Woche kommen zwei neue Bestellungen.«

»Und keine Behörde erhebt dagegen Einspruch?«

Wie ein Schneeball an der Scheunenwand, so zerplatzte mit Samuels Frage die erhabene Stimmung im Raum. Die drei Männer um ihn herum lachten so laut, dass sich Samuel wie ein Tölpel vorkam. Henrich Funck half ihm schließlich aus der Verlegenheit.

»Genau darüber habe ich mir auch mal den Kopf zerbrochen. Lang ist es her, achtzehn oder neunzehn Jahre. Und du bist wahrscheinlich erst gerade aus dem Schiff geklettert. Wir sind hier in William Penns Land, auch wenn sein Sohn ein verdammter Halsabschneider ist und keine Quäkertugenden mehr im Leib hat. Hier verbietet dir jedenfalls niemand, Gottes Wort laut und unerschrocken zu verkünden und deinen Glauben schwarz auf weiß zu drucken.«

»Komm, Samuel, und nimm an unserem Essen teil, und ein Bett

ist für dich auch schon gerichtet. Ach ja, und damit ich es nicht vergesse«, sagte Miller. Obwohl es schon dämmrig wurde, hatten seine Augen nichts von ihrer Intensivität verloren. Samuel hatte das Gefühl, dass sie sogar regelrecht die Gesichter der anderen blau ausleuchteten.

»… 21 Shilling krieg ich von dir.«

»So wenig? Da bräuchte man ja nur …«, Samuel rechnete kurz, »120 Eichhörnchen schießen.«

Und wieder brachen die, die um ihn herum standen, und sogar die Männer, die weiter hinten in der Druckerei Typen sortierten, in wieherndes Gelächter aus.

»Es hat hier in Ephrata tatsächlich schon welche gegeben, die aus der Druckerei ein profitables Geschäft machen wollten, aber die sind Gottlob weg. Jetzt geht es uns wieder ausschließlich darum, die Herzen und den Geist der Menschen zu öffnen, damit Gott sie schneller besuchen kann. Deshalb drucken wir Bücher. Aber jetzt müsst ihr mitkommen. Sonst fallen ein paar meiner Brüder noch vor Hunger um.«

Miller klatschte noch einmal begeistert in die Hände, als wäre er tatsächlich auf einem Fest.

Der Raum war riesig und musste es auch sein. Irgendwann hörte Samuel zu zählen auf, doch er war sich sicher, dass fast hundert Frauen und Männer hereingekommen waren und sich jetzt rasch auf den Bänken entlang der beiden langen Tische niederließen. Sie nahmen keine Notiz von ihm. Vielleicht, auch das fiel Samuel sofort auf, weil sie so müde und erschöpft waren. Er war froh, dass ihm gegenüber die beiden Mennoniten saßen, Männer aus Schrot und Korn, die, wenn es sein musste, sich selbst vor den Pflug spannen konnten. Er fragte sie nach ihren Ernten. Wie sie ihren Boden düngten, interessierte ihn ebenso wie ihre Meinung zum Kleeanbau. Als weiße Tücher über den Tisch gebreitet und Steingutschüsseln serviert wurden, waren sie schon in ein tiefschürfendes Gespräch unter Bauern vertieft. Zuerst skeptisch, dann mit wachsendem Verständnis lauschten Kolb und Funck Samuels Erfahrungen mit der ganzjährigen Stallhaltung. Trotzdem winkten sie am Ende ab: Ihre Kühe ließen sie bis zum ersten Schnee frei herum laufen. Den Mist bräuchten sie zur Düngung nicht, sie hätten alle Kalkgruben, außerdem sei der Boden in Pennsylvanien fruchtbar genug. Viel fruchtbarer als in der trockenen Pfalz oder gar in den kargen Schweizer Bergtälern. Mit dem Getreide und Mais ließen sich so viele Rinder durch den Winter füttern, dass bei ihnen zu Hause jeden Tag ein ordentliches Stück Fleisch auf den Tisch komme. Auch für die Kinder und sogar, so betonten sie breit grinsend, wenn man zwölf davon habe.

Umso mehr wunderte sich Samuel über das Essen, das er und die anderen sich nach dem stillen Tischgebet aus den Schüsseln schöpften. Fleisch gab es in Ephrata offensichtlich nicht. Dabei hätte er nach seinem langen Ritt gern etwas Herzhaftes zwischen die Zähne bekommen. Der Brei bestand aus nichts als geschälter, in Milch gekochter Gerste. Geschmacklos, pappig, schlimmer als der Mais-Suppawn bei der Witwe. Die beiden Mennoniten zwinkerten ihm zu, als er mit gerunzelter Stirn probierte. Alle Männer und Frauen dagegen, die weiße Kutten trugen, Peter Miller alias Agrippa eingeschlossen, aßen mit feierlichem Ernst und genüsslich halb geschlossenen Augen und löffelten noch den letzten Rest Brei aus ihren Tellern. Ganz so, als ob sie schon lange nichts mehr gegessen hätten. Als nächstes kamen Brotlaibe auf den Tisch, und die Mienen von Kolb und Funck hellten sich augenblicklich auf.

»Das Brot von Ephrata ist berühmt für seine rösche Kruste. Aber kein Wunder, Conrad Beisel ist ja gelernter Bäcker. Hast du ihn übrigens schon kennengelernt? Nein? Na, dann hast du noch was vor dir!«

Wieder grinsten Kolb und Funck sich an. Zu erschöpft von der Reise und all den seltsamen Eindrücken fragte Samuel nicht nach. Stück für Stück brach er von dem Brot und kaute ausdauernd. Nur so ließ sich ein süßsäuerliches, hellrotes Mus hinunterbekommen, das auch noch aufgetischt worden war.

»Aus Kürbissen, du hast sicher schon davon gehört«, erklärte einer der Mennoniten. Samuel nickte.

»Wir haben uns mittlerweile daran gewöhnt. Aber am Anfang, als unser katholischer Nachbar es uns zum ersten Mal brachte, da haben wir ähnlich gewürgt wie du jetzt.«

Als Samuel sich eine halbe Stunde später todmüde auf dem schmalen harten Bett ausstreckte, das ihm einer von Millers Gehilfen in einer Kammer zugewiesen hatte, konnte er trotzdem lange nicht einschlafen. Wie eine Wespe um eine aufgeplatzte Pflaume kreisten seine Gedanken um Kolbs katholischen Nachbarn. Man stelle sich vor, mit katholischen Leuten, also solchen, die goldenes Gerümpel in ihren Kirchen aufhäuften und Gott als weißbärtigen Großvater auf Bilder pinselten, an einem Tisch zu sitzen und zu essen, egal ob es dieses Kürbismus war oder etwas anderes. Was spielten sich in dem neuen Jerusalem nur für merkwürdige Dinge ab? Dementsprechend unruhig schlief Samuel und wachte gerädert noch vor Tagesanbruch auf.

In der Hoffnung, seinen Kopf durchzulüften, stand er zügig auf und wanderte durch die Dunkelheit. Bis hinunter zum leisen Plätschern des Cocalico. Dort stand er lange, lauschte und dachte über vieles nach. Schließlich auch über die Witwe Yoder. Eggte er nach seiner Rückkehr ihre Felder und säte sie ein, dann brauchte Barbara auch einen Mann, der später das Getreide schnitt und im Winter drosch. Einen, der ihren Söhnen beibrachte, wie man die Sichel gebrauchte, einen Pflug gerade und tief genug führte, einen Stier zur Kuh brachte, mit einem Gewehr auf die Jagd ging und bei allem die amische Ordnung einhielt, in Gottesfurcht und Gelassenheit. Vom Fluss stieg Kälte hoch und drang durch seine Kleider, was Samuel guttat. Beim Licht der ersten Morgenröte beobachtete er das schnell fließende Wasser und fragte sich, ob sich die Brüder und Schwestern in diesem Wasser taufen ließen? Ein rätselhafter Ort dieses Ephrata. Ein Kloster hatte es Kolb gestern beim Essen genannt. Aber vielleicht hatte er sich auch verhört, so müde wie er gewesen war. Kloster! Energisch trat Samuel den Rückweg zu seiner Unterkunft an. Fest entschlossen, sich für die Gastfreundschaft und das Nachtlager zu bedanken, sein Pferd zu holen und den ›Märtyrerspiegel‹ hinter sich auf dem Sattel festzuschnallen. Auf dem Ritt zurück würde er endgültig über die Witwe Yoder nachdenken und ihr gleich, wenn er auf der Farm angekommen wäre, eine Antwort geben. So oder so.

Beinahe wäre er mit Peter Miller zusammengestoßen, denn es war immer noch nicht richtig hell.

»Samuel Hochstettler, wo warst du? Ich habe dich überall gesucht. Es ist schon nach sechs Uhr, gleich beginnt unser Gottesdienst.«

Obwohl Miller keuchte, denn er war bei seiner Suche schnell gelaufen, entging Samuel der Vorwurf in seiner Stimme nicht. War er jetzt Agrippa? Die blauen Blumenaugen versteckten sich unter der Kapuze.

»Gottesdienst? Aber heute ist doch Samstag. Morgen erst …«

»Wir in Ephrata heiligen den Sabbat, gerade so, wie es uns die Heilige Schrift lehrt. Also komm.«

Ehe sich Samuel versah, saß er neben einem der vielen weißgewandeten Männer am Rande einer langen Bank in einem großen lichten Gebetshaus. Er registrierte, dass es weder Kreuz noch Kanzel gab. Sein mulmiges Gefühl blieb trotzdem. Pennsylvania war ein freies Land, hieß es immer. Also konnte er, Samuel Hochstettler, auf der Stelle aufstehen, schnurstracks hinausgehen und morgen, am Sonntag, so wie jeder anständige Christenmensch, mit seinen amischen Brüdern und Schwestern den Gottesdienst feiern. Dabei fiel ihm ein, dass immerhin auch die katholischen Nachbarn von Kolb sonntags, aber eben sonntags, die Arbeit ruhen ließen. Samuel blieb sitzen.

Denn mittlerweile drang etwas an sein Ohr, das ihn bewegungslos machte. Stimmen. Nein, himmlische Stimmen. So süß und hoch, dass sie nicht menschlich sein konnten. Die Stimmen schwebten zu einem Gesang zusammen, aus dem hin und wieder einzelne deutsche Wortfetzen zu ihm hinuntertropften. Die Lieder als solche aber stiegen hoch und höher ins Gebälk des Saals und von dort durchs Dach, um sich mit den Wolken zu vermischen. Sie nahmen Samuel mit, und sein irdisches Gepäck blieb auf der Holzbank liegen. Es dauerte lange, bis er verstand, dass die Stimmen von der gegenüberliegenden Seite, von den Reihen der Frauen kamen. Die Schwestern schienen beim Singen kaum den Mund zu öffnen.

Aus diesem Wunder der seidenzarten Töne heraus trat plötzlich ein kleiner Mann mit einem Haselmausgesicht. Er stellte sich vor eine der tragenden Holzsäulen in der Mitte des Saals. Bärtig und weiß gewandet wie die anderen Brüder, aber doch anders als diejenigen, die Samuel bislang kennengelernt hatte. Kaum begann er zu sprechen, verzog sich sein Gesicht zu verrückten Grimassen. Einen Moment später entspannten sich seine Züge und er schloss die Augen, doch gleich darauf zuckte es in ihm wieder, und er streckte die Arme aus und ruderte und fuchtelte mit ihnen durch die Luft, während die Geschichte, in der Abraham mit Gott um die Erhaltung der sündigen Stadt Sodom feilscht, weich wie Honig aus seinem Mund floss. Eine Geschichte, die Samuel bestens kannte. Jeder amische Prediger konnte solche Bibelstellen ohne zu stocken und ohne Gezappel aus dem Handgelenk schütteln. Auf eine gewisse Weise erfüllte das Samuel mit trotziger Genugtuung gegenüber Ephrata. Umso mehr erschreckte ihn aufs Schlimmste, was sich als nächstes vor seinen Augen abspielte.

Eine Frau stand auf, rutschte aus ihrer Bankreihe, ging mühsam, aber aufrecht vor und stellte sich genau an die Stelle, wo eben noch der Prediger gestanden hatte. Samuel blinzelte verstohlen durch die Männerreihen. Aber nichts regte sich, keiner protestierte oder stand im Zorn auf. Was hätte der Älteste zu Hause wohl gesagt? Samuel wagte es sich gar nicht vorzustellen. Dann fing die Frau auch noch an zu reden, laut und furchtlos. Davon, dass auch sie einmal mitten in der Stadt Sodom gelebt habe, die allerdings in ihrem Leben Sheffield heiße und in England liege. Wie ihr Herz hin und her gerissen worden sei zwischen Abscheu, Mitleid und einer großen Sehnsucht. Die Stimme der Frau, Samuel schätzte sie um die fünfzig, wurde brüchig. Und sie wiegte sie für ein paar lange Augenblicke hin und her, bevor sie weitersprechen konnte. Ganz allein sei sie damals gewesen, denn auch ihr Mann und ihre Mutter gehörten zu den Verderbten.

»Sogar zu den ganz Schlimmen«, gestand die Frau schluchzend. Aber wer wisse dort in der Alten Welt überhaupt noch so recht, was Sünde sei und was nicht. Warum sich Gottes Wille offenbare und dann wieder verdunkele. Gott habe die Alte Welt verlassen, da sei sie sich mittlerweile sicher. Alle auf den Bänken, egal ob Mann oder Frau, seufzten tief und nickten.

»Dann aber … es war ein Dienstag, und es regnete in Strömen, ich weiß es noch wie heute, besuchte er mich. Die Hühnersuppe, die ich gerade kochte, brannte an, denn seine Worte machten mich taub und blind für alles andere. Er sprach sogar bis in mein rechtes Bein hinunter, gegen das einmal ein Pferd ausgeschlagen hatte und das seitdem steif ist. Er hörte mir aber auch zu, so einfältig meine Sätze gewesen sein mögen. Und hinterher, ich sage euch, hinterher …«

Tränen strömten jetzt über das fahle Gesicht der Frau, und sie wischte sie mit ihrem Handrücken weg, bevor sie mit unangenehm schriller Stimme, aber jubilierend zum Ende ihrer Geschichte kam: »… erfüllte mich ein großer Frieden, und ich wusste, dass ich Sheffield verlassen musste. Ich kehrte Sodom den Rücken, ein für alle Mal. Halleluja«

Nach dem Gottesdienst fühlte sich Samuel wie betrunken. Er stolperte in den Morgen hinaus, unschlüssig und unfähig, etwas mit sich anzufangen oder etwas Sinnvolles zu sagen. Die Männer und Frauen von Ephrata zerstreuten sich rasch. Sie wirkten noch müder als am Abend zuvor. Aber auch andere, die nicht weiße, sondern alltägliche Kleidung wie er trugen, strömten schnell aus dem Versammlungshaus und an ihm vorbei. Es war wieder Peter Miller, der ihn am Ärmel zupfte, seine Kornblumenaugen blitzten auf.

»Komm, Samuel, Conrad Beisel möchte dich kennenlernen, bevor du fortreitest.«

Wieder ging Samuel mit.

Der kleine Mann, der mit all seinen Gliedmaßen von Abrahams Handel um Sodom mit Gott erzählt hatte, saß jetzt vollkommen ruhig auf einer Bank und lehnte sich an die Wand eines kleinen Hauses. Sein Mund stand offen, und er schien unter den Sonnenstrahlen zu schlafen. Samuel bekam von Millers Blumenaugen ein Zeichen, sich zu setzen. Eingerahmt von beiden, fragte er sich, was sie von ihm wollten. Aber lange Zeit sagte niemand ein Wort. Bis es Samuel nicht mehr aushielt und mit dem herausrückte, was ihm keine Ruhe ließ und in ihm aufstieß wie unverdautes Bohnengemüse.

»Die Frau vorhin beim Gottesdienst. Ich meine, warum durfte sie sprechen?«

»Weil selbstverständlich auch Frauen, die Gott in sich gespürt und gefunden haben, davon erzählen dürfen, ja, sogar müssen. Weil an einer so großen Freude alle teilhaben sollen, besonders die, die noch nach der persönlichen Vereinigung mit dem Herrn streben und sie aus ganzem Herzen herbeisehnen.«

Nur Conrad Beisels Knie zitterten etwas, während er mit Samuel sprach.

»Persönliche Vereinigung?«

Beinahe verschluckte sich Samuel an den beiden Worten.

»Aber die suchen wir doch alle! Du doch auch, Samuel.«

Davon hatte Samuel noch nichts gewusst. Aber er widersprach auch nicht. Leise und trotzdem beharrlich fuhr Beisel fort:

»Wir brauchen keinen Prediger, keinen Priester, im Grunde sogar keinen Gottesdienst. Nur Er und der einzelne Mensch müssen zusammen kommen.«

Er hielt inne und seufzte.

»Da, Samuel, hör mir genau zu, wir Seine Geschöpfe sind, können wir Ihn auch unmittelbar erreichen. Jeder für sich, egal ob Mann oder Frau. Er versteht uns von innen, von unseren Gedanken und Träumen her. Wenn wir uns Ihm nur mit allen unseren Sinnen nähern. Und nun sag uns«, und damit drehte sich Beisel Samuel so zu, dass dieser das schnelle Atmen der Haselmaus an seinem Ohr spüren konnte, »ob du Gott schon einmal zu Besuch gehabt hast?«

Die Wärme der Sonnenstrahlen breitete sich auf Samuels Gesicht aus. Er schloss die Augen. Er konnte sich Zeit lassen. Das Sägewerk, die Mühlen und die Buchdruckerei schwiegen. Ach ja, sie hatten ja ihren Sabbat. Dafür hörte er deutlicher die Vögel singen. Bald würden sie Nester bauen. Jedenfalls nahm Samuel an, dass auch in der Neuen Welt die Vögel um diese Zeit im Jahr anfingen, ihre Nester zu bauen. Deshalb begann er seine Geschichte auch mit dem Wachtelkönig. Der damals in der Pfalz über eine violett schäumende Wiese gerannt sei, während er die Anwesenheit Gottes gesehen habe. Als nächstes erzählte Samuel den beiden von la girafe und ihrem langen gefleckten Hals, und dass das französische Buch ja wohl auch kein Zufall gewesen sein könne. Dann schwieg er eine Weile und saugte die Sonne in sich ein, bevor er die Rede schließlich auf Charlotte brachte. Die mit offenem Haar und anderen verderbten Angewohnheiten in sein Leben eingedrungen und seinem Sohn das Leben gerettet habe. Samuel verschwieg nicht, was sie auf dem Schiff für seine Tochter Sarah getan hatte, und in wenigen, dürren Andeutungen, aber auch wieder deutlich genug, dass sich Beisel und Miller einen Reim darauf machen konnten, gestand er den beiden Männern auch, was zwischen Charlotte und ihm in den Nächten unter den Segeln passiert war. Als das alles aus ihm heraus war, zwitscherten und flatterten die Vögel geschäftiger denn je. Samuel kniff die Augen zusammen und beobachtete sie. Es war Peter Miller, der als Erster das Wort ergriff.

»Wenn mich nicht alles täuscht, würde dieses Fräulein von Geispitzheim von den chassidischen Juden als eine der Gerechten bezeichnet werden. Derentwegen Gott die Stadt Sodom dann doch nicht zerstört hat.«

Beisel ließ sich etwas mehr Zeit. Der kleine Mann saß weiter ruhig da, bohrte allerdings den rechten Zeigefinger zunächst tief in seine Nase und stocherte dann mit ihm in seinem buschigen grauen Bart herum, als ob er dort etwas aufbewahren und jetzt suchen würde. Bis er schließlich mit piepsiger Stimme meinte:

»Samuel, mir scheint, dass bei dir das große Erwachen begonnen hat. Du hast dem Herrn die Tür schon aufgeschlossen und viele Zeichen von ihm erhalten. Jetzt musst du die Tür nur noch ganz weit aufstoßen, damit er dich besuchen kann.«

Der Frühling fiel auf Pennsylvania wie ein Stein. An einem der ersten Aprilmittage wurde es heißer als in der Pfalz im Juli. Die Hitze blieb und blähte sich auf. Sie konnten dabeistehen und zusehen, wie das Gras zu ihren Füßen wuchs und fettig grün wurde. Aus dem namenlosen Baum neben dem Haus der Witwe Yoder schoben sich innerhalb einer Woche alle Blätter, schmal und spitz zulaufend. Die Hühner zupften daran, wenn sie nicht gerade schliefen. Und die Menschen waren bald froh über den Schatten, den die Krone warf.

Nach vielen Monaten roch die Luft wieder. Anders, ganz anders als in der Alten Welt! Darauf bestand Charlotte. Dort habe man sie hinunterstürzen können wie schwachen Tee. Hier aber … Charlotte rollte mit den Augen und umarmte die Luft mit beiden Armen. Die Witwe Yoder nahm es als Lob auf den Herrn. Durch die Dachschindeln, zwischen denen im Winter Schnee auf ihre Bettdecken gerieselt war und sich gegen Morgen zu kleinen Haufen aufgetürmt hatte, strömte jetzt ein Duft, der Charlotte regelmäßig nachts aufweckte und aus dem sie Thymian und Lauch herauszuschmecken glaubte. Sodass sie schließlich jedes Mal aus dem Bett aufstand und durch die Luke in eine Finsternis starrte, die nicht lange finster blieb, weil Tausende Leuchtkäfer hell zuckende Schleifen und andere buchstabenähnliche Zeichen in sie hineinschrieben. Amerika. Ein Anblick, bei dem ihr unwillkürlich die Elektrizität in den Sinn kam, und sie rätselte, ob diese tagsüber unsichtbaren Tierchen sich mithilfe des Fluidums in kleine Lampen verwandelten. Und wenn ja, ob das aus deren eigenem Antrieb geschah?

Zu ihrem eigenen Erstaunen brannten diese Fragen aber nicht mehr so stark wie früher. Charlotte atmete noch eine Weile tief ein und aus, bis ihre Lungen schwer wurden. Dann schlüpfte sie zwar betört von den bezwingenden Gerüchen der keimenden Wildnis, aber ruhig und froh zurück ins Bett. Aus der Wiege, die die Witwe ihr zur Verfügung gestellt hatte, stiegen die pfeifenden Atemzüge ihrer Tochter auf. Mit ihnen im Ohr schlief sie schnell wieder ein.

Es kam der frühe Morgen, an dem sich die Witwe Yoder auf einen der beiden grob gezimmerten Stühle setzte, die zu dem Tisch und der Bank in der Stube gehörten, und ihre senfgelben schweißigen Strümpfe, die sie monatelang getragen hatte, auszog. Bedächtig bewegte sie ihre Zehen und betrachtete sie eingehend, so als wollte sie sicherstellen, dass noch alle zehn vorhanden waren und funktionierten. Mit dem Ergebnis schien sie zufrieden zu sein. Jedenfalls stand sie mit einem Mal ruckartig auf, schlüpfte in Holzpantinen und schlurfte hinüber zum Stall, um auch ihre Kühe und Schweine zu inspizieren. Ihre nackten Füße waren ein Signal.

Das Leben änderte sich schlagartig und verlagerte sich aus dem dunklen, engen Steinhaus ins Freie. Damit wurde die ellenbogenspitze Geringschätzung zwischen Charlotte und Barbara endgültig überflüssig wie die harten Filzrollen, mit denen sie im Winter den Spalt unter der Haustür und die Fensterritzen abgedichtet hatten. Zuerst schleppten die Frauen die Matratzen samt Bettzeug hinaus, und das muffige Stroh saugte sich einen Tag lang mit praller Sonne voll. Anschließend durften die Kinder halb nackt herumspringen, denn die schmutzigen Kleidungsstücke, und das waren eigentlich alle, wurden zusammengesammelt und vor dem Haus auf einen Haufen geworfen. Dann tauchten sie die Hemden, Röcke und Hosen in einen Bottich mit heißem Wasser, rieben sie mit den letzten Resten der Seife, und als die aufgebraucht waren, auch noch mit Säckchen, in die sie gesiebte Asche aus dem Herdfeuer füllten. Sie schlugen die Wäschestücke ein ums andere Mal gegen ein Brett und wrangen mit solcher Lust, dass ihre Haut aufquoll und ihre Fingernägel einrissen. Als sie schließlich die nassen Kleider auf die Leine, die Samuel zwischen einem Ast des Baumes und dem Stall gespannt hatte, hängten, half Charlotte gönnerhaft mit. Nach der Wäsche zog sie die dunklen Täuferkleider allerdings nicht mehr an, sondern schlüpfte in ein taubenblaues Kleid aus bedrucktem Stoff. Sie drehte sich mehrmals im Kreis, denn sie hatte fast vergessen, was es für ein Gefühl war, wenn der Rock schwang und warmen Wind zu den Schenkeln hochwirbelte.

Sarah und Barbara krempelten ihre Ärmel erst gar nicht mehr herunter. Weil der Garten zu klein war, um ausreichend Gemüse und Kräuter zu liefern, legten sie weitere ebenerdige Beete an und Hochbeete, die später mit Weidengeflecht eingefasst werden sollten. Ihre Rücken brannten, während sie in der Erde wühlten und schaufelten, aber sie lachten dabei. Trotz ihrer Hauben bekamen ihre Gesichter bald einen rosigen Schimmer, und Sarahs Sommersprossen blühten auf wie die zahllosen winzigen Wildblumen an den Hängen. Sie bohrten Löcher, streuten Samen ein, klopften fest, pflanzten und wässerten, bis ihre Lippen austrockneten und ihre Gesichter vom vielen Schweißabwischen braun verschmiert waren.

Als Nächstes ging die Witwe daran, einen Dünger anzusetzen. Mit bloßen Händen griff sie in Brennnesselbüsche, riss, ohne zusammenzuzucken, Blätter samt Stielen heraus und stopfte sie in einen Eimer. Immer mehr, immer mehr. Ihr fiel wieder ein, wo die fleischigsten wucherten, nämlich gleich hinterm Stall. Abgehärtet gegen Schmerzen drückte sie die Pflanzen fest nach unten, damit Platz für noch mehr würde. Als wirklich keine Brennnesseln mehr hineinpassten, ließ sie aus dem Brunnen so viel Wasser dazu laufen, bis es den Rand des Eimers erreichte. Das Ganze deckte sie mit einem Brett ab. Charlotte beobachtete sie bei dieser Arbeit und ertappte Barbara Yoder, wie sie unbeschwert und fast schön aussah. Die eckigen Züge ihres Gesichtes und der grashalmschmale Mund weichten so weit auf, dass man das junge Mädchen springen sehen konnte, das auf der Farm ihrer Eltern mit Indianerkindern gespielt und am besten den Schrei der Eulen nachahmen konnte und aus Rabenvögeln und Eichhörnchen nahrhafte Pasteten zubereitete. Jetzt, in diesem Moment, müsste Samuel oder ein anderer Mann einen Blick auf sie werfen, dachte Charlotte. Dann würde ihnen auch auffallen, dass die braunen Augen der Witwe Yoder warm wie geröstete Kastanien waren, die ihnen an langen Winterabenden guttun würden. Aber schon nach einer halben Stunde schob sich wieder ein Schatten von Barbaras Stirn bis hinunter zu ihrem kleinen Kinn. Der Eimer mit dem Brennnesselsud wurde gleich neben der Steinstufe, die zur Haustür hinaufführte, bereitgestellt.

Von Zeit zu Zeit warfen die Frauen einen wachsamen Blick auf den Korb, in dem Rebecca krähte und strampelte. Wenn sie weinte, wurde sie herausgehoben, oft auch von Samuel, falls er in der Nähe war. Abwechselnd wiegten und küssten sie das kleine Mädchen und rieben seinen schmerzenden, triefenden Kiefer, bis es sich wieder beruhigte und zufrieden vor sich hin gurgelte. Seit Charlotte keine Schüler mehr hatte, weil die drei Yoder-Jungen auf den Feldern mithelfen mussten, verkroch sie sich wieder stundenlang in die Wälder. Meistens kam sie von ihren Streifzügen mit abgebrochenen Zweigen und Moos im Haar zurück. Die Arme voller dicker Sträuße gelb und cremeweiß blühender Rispen, die sie vom Zuckerahorn, Sassafrasbaum und einem anderen Baum, den die Witwe Yoder Dogwood nannte, abgerissen hatte. Ihr Kind wusste sie immer in guter Obhut.

An einem dieser ineinanderfließenden glücklichen Nachmittage unter einem blauen Glashimmel trug Samuel in seiner hohlen Hand ein winziges Etwas so sacht wie möglich zu Charlotte und Jakob, die zusammen mit dem Baby im Gras saßen. Dabei meldete sich jäh sein schlechtes Gewissen. Er hätte ihr das Buch vielleicht doch nicht verschweigen dürfen, in dem so unbekümmert von Blitzen die Rede war und wie man sie in die Erde ableiten und wegsperren konnte, als ginge es um ein Rezept für Hefekuchen. Die Gründe, warum er ihr nichts von diesem in Ephrata frei zugänglichen Wissen erzählt hatte, hingen zweifelsfrei mit seiner Angst zusammen, dass auch Charlotte Gottes Himmel ausplündern könnte. Aber auch mit seinen immer noch gelegentlich hochkommenden Sehnsüchten nach ihrem offenen Haar und ihren verborgenen Achselhöhlen. Er argwöhnte, sie könnte wieder ihrer eigenen Wege gehen. Diese Gefühle lagen über Kreuz mit ganz anderen, kaum benennbaren, aber noch mehr nach Erfüllung drängenden Sehnsüchten. Das machte alles sehr kompliziert. Er wünschte, er könnte Charlotte erklären, was ihn so in Beschlag nahm. Ob sie es verstehen würde, bezweifelte er allerdings.

Aber vielleicht half ihm dabei das Geschöpf in seiner Hand, dessen Herzschlag er deutlicher spürte als seinen eigenen. Auf sein Zeichen öffnete Charlotte die Hände, und er ließ es hineinrutschen.

»Huch, was ist denn das? Einer dieser winzigen Vögel?«

»Genau, Hummingbird nennen die Engländer sie, die Deutschen sagen Kolibri.«

»Wirklich eigenartig, ach was, einzigartig, meine ich.«

Meinte sie den Vogel, dessen Gefieder im Sonnenlicht vielfarbig, an Hals und Brust metallisch rot, aufleuchtete oder Samuels Augen, neuerdings verschleiert? Die Einschlüsse in ihnen waren eindeutig zahlreicher, aber undeutlicher geworden. Charlotte versuchte, sie zu zählen. Doch er blinzelte, wandte seinen Blick von ihr ab und bestaunte stattdessen zusammen mit seinem Sohn das verängstigte Wunderwesen. Während Jakob mit dicken kleinen Fingern den Kolibri antippte und auflachte, legte sich auf das Gesicht seines Vaters ein andächtiger Ausdruck. Mit belegter Stimme, verschwörerisch wichtig wie früher die Spione ihrer Mutter am Kirchheimer Hof, raunte Samuel: »Sie bauen ihre Nester mitten in Blumenstöcken. Außerdem fliegen sie wie Bienen in die Blüten hinein und benutzen ihren Schnabel, schau doch mal, wie lang er im Verhältnis zu seinem Körper ist, wie einen Strohhalm, um sich den Nektar zu holen. Einmal habe ich gesehen, wie einer blitzschnell seine Zunge zum Saugen herausgestreckt hat.«

»Was du nicht alles weißt.«

Was hätte sie auch sonst antworten sollen? Mehr zu diesem Getue um einen zugegebenermaßen außergewöhnlich kleinen, aber doch wieder ganz und gar vogelhaften Vogel fiel Charlotte nicht ein. In ihrer Hand piepte es sehr hoch und sehr ängstlich. Samuels Augen wurden runder, sein Mund öffnete sich, und Charlotte fragte sich, ob er darauf wartete, dass dieser Vogel ihm gleich eine wichtige Botschaft zupfiff. Das bestätigte nur den Verdacht, den sie seit einer Weile hegte. Samuel veränderte sich. Dabei hatte sie ihm genau das verbieten wollen.

Sein himmelschreiender Starrsinn, für den sie ihn oft an Kopf- und Barthaaren hätte ziehen wollen, war fast restlos verflogen. Die erzengelhafte Strenge in seinem Gesicht schmolz mit dem allerletzten Schnee in den nordseitigen Mulden. Lange Passagen aus der Bibel, Buchstabe für Buchstabe genau, mit der festen Überzeugung in der Stimme, das Jüngste Gericht könne jeden Moment auf dem Hügel gegenüber dem spitzgiebligen Haus beginnen, kamen ihm kaum noch über die Lippen. Stattdessen hatte sich irgendetwas in sein verworrenes Vogelnest von Bart eingenistet, das ihn mit einer kuhäugigen Heiterkeit umgab. Diese zog eine unsichtbare Mauer um hin und sperrte sie mehr aus, als es der unerbittliche Anabaptist getan hatte.

Als ihr Samuels Wandlung zum ersten Mal auffiel, kontrollierte sie umgehend den Bestand an Rumflaschen im Keller. Aber Fehlanzeige, er trank nicht heimlich. Charlotte musste weiterrätseln.

In der Welt, aber nicht von dieser Welt seien die Täufer, hatte ihr Uri einmal während der fauligen Tage auf der »Good Intent« verraten. Da hatte der Junge aber schon gefiebert. Bislang war ihr Samuel trotz aller knopflosen Frömmigkeit immer sehr irdisch vorgekommen, irdischer jedenfalls als alle anderen Männer, die sie näher kennengelernt hatte. Und nach wie vor ging er mit festen Schritten durch Haus, Stall und Scheune, hämmerte hier, hämmerte da, schnäuzte sich, trank einen Krug frisches Quellwasser in einem Zug leer, wobei ihm kleine Bäche rechts und links aus dem Mund rannen, schaufelte große Portionen Fleisch und Käse in sich hinein. Er war sogar umtriebiger denn je. In den vergangenen zwei Wochen hatte er von früh bis spät gesät, eingewalzt, Zäune gezimmert und ein weiteres Stück Wald gerodet.

Dennoch kam er ihr von Tag zu Tag ein klein wenig mehr in Auflösung begriffen vor. Einmal erschrak sie sehr, weil er als schwerelose dunkle Wolke auf der Bank saß. Da hätte ich ihn anfassen sollen, dachte sie im Nachhinein. Aber irgendetwas hatte sie zurückscheuen lassen. Auch die berührungslose Berührung gelang nicht mehr zwischen ihnen beiden. Schon lange nicht mehr. Würde Samuel irgendwann ganz verschwinden oder sich in eine Art Fluidum verwandeln, das geräuschlos und unsichtbar floss? Charlotte seufzte. Samuel war komplizierter als die elektrische Wissenschaft geworden. Aber warum um Himmels Willen lächelte er fast pausenlos? Auch wenn neben ihm eine Kuh geräuschvoll urinierte oder sich die Raben einen Teufel um die neuen Vogelscheuchen scherten und weiter Kleesamen vom Acker pickten.

Nachdem sich ihr Verdacht mit dem Rum als unbegründet erwiesen hatte, vermutete Charlotte als Nächstes, es läge an Samuels Erleichterung, weil er es endlich hinter sich gebracht und der Witwe Yoder gesagt hatte, dass es aus diesen und jenen, im Grunde aber nicht aussprechbaren Gründen nichts würde mit ihnen beiden. Eine Wendung, über die sich Charlotte weniger freute, als sie noch im Winter gedacht hatte. Genau genommen freute sie sich überhaupt nicht. Denn Barbara wäre berechenbar gewesen und somit Samuel mit ihr zusammen auch. Doch sein nebulöser Zustand hielt an. Gelegentlich bewegten sich seine Lippen. Erzählte er, sang er? Aber kein Laut war zu hören. Charlotte sah ein, dass es andere, geheimnisvollere Gründe geben musste. Dementsprechend lauernd beobachtete sie den Mann, mit dem zusammen sie einmal einen funkensprühenden Kondensator gebildet hatte.

»Samuel, du glotzt diesen Vogel an, als wäre er direkt aus der Bibel gehüpft.«

Der Kolibri schwirrte mit seinen Flügeln, und an Charlottes Handflächen kitzelte es. So wie früher, als ihr Geliebter sich hineingeschmiegt und sie seinen Wimpernschlag gespürt hatte. Jetzt ignorierte Samuel sogar ihren Spott. Ärger stieg in ihr hoch.

»Hörst du mir überhaupt noch zu? Seit wann fängst du jetzt Vögel? Hat das was mit dem ›sie säen nicht und sie ernten nicht‹ zu tun?

In Charlottes Stimme lag eine kalkulierte Schärfe, mit der sie seine unsichtbare Hülle aufzuschneiden hoffte. Und tatsächlich, Samuel schaute verdutzt. Als ob er gerade aus der Tiefe eines moorigen Teiches an die Oberfläche gepaddelt wäre und sich erst orientieren müsste. Es gelang ihm offensichtlich, und er legte sich seine Worte sorgfältig zurecht.

»Ich habe ihn gar nicht gefangen, dazu sind sie viel zu schnell. Dieser hat auf mich gewartet«

»Auf dich gewartet?«

Charlotte schluckte. Die Absurdität des Gespräches war kaum erträglich. Zum Glück piepte der Kolibri erneut und wieder sehr hoch. Rebeccas Fäuste wedelten durch die Luft, und das kleine Mädchen hob neugierig den Kopf von der Decke. Samuel nickte.

»Na ja, eigentlich hatte er sich in einem Spinnennetz verfangen. Aber …« Samuel räusperte sich und leckte erregt über seine Lippen: »… ich bin mir sicher, das ist nur passiert, weil ich inständig um ein neues Zeichen gebetet habe.«

»Ein Zeichen von …?«

Charlotte sprach ihren Satz nicht zu Ende, sondern hob nur die Hände samt Kolibri zu einer ironischen Geste Richtung Himmel. Im unendlichen Kobaltblau zeigte sich keine Wolke. Samuel schwieg. Wenn er nicht weiter so verblödet milde gelächelt hätte, hätte sie es gut sein lassen. Aber er lächelte.

»Na, wunderbar, dann hat er dir hoffentlich ein Zeichen gegeben, wohin wir als Nächstes gehen. Denn sicher weiß dein Kolibri schon, dass Barbara in Sauers deutscher Zeitung in Germantown eine Anzeige aufgeben hat lassen, in der sie einen Ehemann sucht. Ich bin sicher, dass bald einer auftaucht, der sich nicht so ziert wie du. Aber wenn einer kommt, was machen wir bitte dann? Dann ist hier kein Platz mehr für uns. Sollen wir bei den wilden Leuten im Wald ein Lager aufschlagen, meine Reifröcke als Zeltstangen verwenden, Vögel fangen und über einem Lagerfeuer braten? Aber dann bitte etwas größere als den da!«

Samuel tauchte endgültig an der Oberfläche auf, schluckte noch ein paar Mal hintereinander. Er fühlte sich in seiner Ehre getroffen.

»Ich werde immer, hörst du, immer für dich und Rebecca so sorgen wie für meine eigene Familie. Ich kaufe neues Land, eigenes Land. Wir werden, bevor der nächste Winter kommt, ein Haus, Brennholz und genügend Essen, auch Fleisch haben. Dann wird dich auch niemand mehr bevormunden. Glaubst du, ich habe nicht gemerkt, dass es mit Barbara nicht immer einfach ist.«

Die Empörung über ihre Zweifel an seinen Fürsorgepflichten verlieh seinem Gesicht Feuer und verführte Charlotte dazu, einen Moment zu hoffen, die Zeit unter den knisternden Segeln könnte sich wiederholen. Mit einer großartigen, ganz und gar nicht demütigen Geste strich sich Samuel die langen Haare hinter die Ohren, denn er trug ausnahmsweise keinen Hut. Seine Nase saß pfeilgerade und trotzig im Gesicht, aus dem das Lächeln wie ein Morgennebel getrocknet war. Ihr Blick fiel auf sein Ohr, sein rechtes. Perlmuttern polierte Höhlen und Gänge, gemeißelte Knorpel, an denen sie gern ihre Zunge gerieben hätte, und ein rührend samtiges Läppchen mit farblosen Härchen. Seine Augen fingen sie ab und fokussierten sie. Charlotte spürte das Gewicht der Einsprengsel in seiner bernsteinfarbenen Iris in ihrem Bauch. Trotzdem hakte sie nach. Schon um sich zu beweisen, dass sie nicht sentimental war.

»Und wo, bitte schön?«

»Mehr im Südwesten, im Lancaster County, denke ich. Das Land ist flacher, nicht so hügelig wie hier. Außerdem ist es dort sicherer. Die Indianer kommen jetzt immer häufiger über die Blauen Berge an den Maiden Creek herüber. Weil die anderen, gottlosen Siedler sie in Bedrängnis bringen, können sie nicht mehr unterscheiden, dass wir Täufer friedlich sind und es gut mit ihnen meinen. Nach Aaron Yoder wurden noch mehr von uns abgeschlachtet, kürzlich eine ganze Familie. Trotzdem würde ich gegen die wilden Leute nie zu einer Waffe greifen.«

Leise fügte er hinzu: » Das weißt du doch …«

»Ja, Samuel, das weiß ich.«

Die Erinnerung an das, was im Schweineverschlag auf der »Good Intent« nicht und dann doch geschehen war, vergönnte ihnen einen gestundeten Rückzug in die alte Vertrautheit.

»Ich verspreche dir, dass ich mich bald umschauen werde.«

Am liebsten hätte Samuel einfach nur Charlotte angeschaut. Sich dabei zu ihr ins Gras gelegt und seine Finger so schnell wie damals die versteckten Knöpfe und Bänder an ihrem Kleid öffnen lassen. Doch er blieb stehen.

Charlotte hatte ihn auf seinem Weg zu Gott ein großes Stück weitergebracht. Aber jetzt musste er die nächste Strecke alleine gehen. Ohne Gemeinde, ohne Frau, ohne Charlotte. Zwar erinnerte er sich nicht mehr an jedes einzelne Worte von Beisel, aber so viel hatte er behalten, dass diese letzte Etappe in den nicht gerade übersichtlichen Schlund seines Inneren führte. So als müsste er von oben einen schmalen, rußigen Kamin hinabsteigen, nicht wissend, ob er in einem trostlos verloschenen Aschenhaufen landen oder doch irgendwann überirdisch goldenes Licht finden würde, das dann hoffentlich nie mehr ausging. Allein darauf musste er sich jetzt konzentrieren.

Trotzdem wurde ihm bei Charlottes Anblick schummrig. Die Strähne, die sich aus ihrem Haar gelöst hatte und sich auf ganz bestimmte, wagemutige Art in ihrem Ausschnitt ringelte, lenkte ihn mehr ab, als ihm lieb war. Von dem Kolibri, der, das hoffte er inständig, ebenso wenig Zufall war wie der Wachtelkönig und la girafe. Von seinem Versuch, sich mehr und mehr in sich zu versenken. Plötzlich reckte sich Charlotte und beugte sich leicht vor, um Jakob den Kolibri noch einmal streicheln zu lassen. Ihre Brust wölbte sich dabei etwas aus dem Ausschnitt, mehr als Samuel vertragen konnte. Vielleicht hatte er tagsüber auch nur zu wenig Wasser getrunken. Auf jeden Fall tauchten weiße Punkte am Rande seines Gesichtsfeldes auf und bewegten sich in Kreisen. Er spürte seine Kraft in die Beine sacken.

Es reichte nur noch dazu, Charlotte mit einer schnellen Handbewegung den Vogel, der ein einziges, pumpendes ängstliches Herz war, wegzunehmen. Samuel warf ihn in die Luft. Mit singenden Flügelschlägen schwirrte der Kolibri davon, bis er ein schwarzer Punkt und dann nur noch ein Punkt in der Erinnerung war. Ohne ein weiteres Wort stiefelte Samuel zur Scheune.

Nach diesem Erlebnis überlegte Charlotte, ob sie den bebrillten Ältesten der Amischen von der Maiden Creek Gemeinde, der auf sie einen erstaunlich vernünftigen Eindruck gemacht hatte, zurate ziehen sollte. In der Bibel, da war sie sich ziemlich sicher, wurden Kolibris mit keinem Wort erwähnt. Was verführte Samuel also zu seinen Hirngespinsten? Oder deutete sich wie bei ihrem Vater der Beginn einer Gemütskrankheit an? Trotz der Wärme durchlief Charlotte ein Frösteln. Vielleicht galten solche Phantasien bei den Amischen aber auch als Fehltritte in Richtung Welt? Weiß der Teufel, am Ende verhängten sie über Samuel die Meidung. Also verwarf Charlotte diese Idee ganz schnell wieder.

Kapitel 13

Die blassblaue Decke wurde jetzt jeden Tag nach dem Abendessen ausgebreitet, und Charlotte, Barbara und Sarah nähten. Manchmal redeten sie dabei über die Hochzeit, die für den Herbst nach der Ernte geplant war, die meiste Zeit aber schwiegen sie.

Sie saßen vor dem Steinhaus. Die Kinder spielten Fangen, während der Tag seine Farben dämpfte und das Muhen der Kühe, die auf den umliegenden Wiesen grasten oder dösten, nachließ, dafür das Rascheln im großen Baum lauter wurde. Die Zeit drängte. Wenn erst das Gras gemäht war und das Heu gewendet, Getreide und Flachs geschnitten, gebündelt und in die Scheunen gebracht wurden und jede Hand zählte, um Maiskolben zu pflücken und Rüben zu ziehen, würde ihnen keine freie Stunde mehr bleiben. Dabei gab es noch viele Rauten, die mit auf- und absteigenden Treppen und kleinen, schräglaufenden Quadraten gefüllt werden mussten, damit die Steppdecke für Sarahs ganzes Eheleben und möglichst auch für das einer ihrer Töchter hielt und wärmte. Es stellte sich bald heraus, dass Charlotte am zügigsten und ordentlichsten arbeitete. Trotz der langen Zeit, in der sie nicht mehr genäht hatte, flog ihre Hand, ohne abzusetzen, über den Stoff und reihte die Stiche so eng nebeneinander, dass sie nicht mehr zu unterscheiden waren.

Eine geometrische Harmonie breitete sich aus, die den Augen guttat. Jeder Stich hatte seinen Platz und seine Bedeutung. Fest und sanft zugleich. Alles im Lot. Alles mit Maß. Daran konnte man sich immer vergewissern. Die Ordnung der Decke würde Trost und Stärkung spenden, wenn man nachts stocksteif und klamm voller Sorgen unter ihr lag und im Kopf ein großes Durcheinander herrschte. Zweifelsfrei und kompromisslos schmiegte sie sich an die nackte Haut der Frauen, ihre schwangeren Bäuche, floss in ihr Blut, mischte sich in die Speisen, die sie anrührten und einkochten, ging mit ihren Händen und Küssen auf ihre Kinder über, fädelte sich wieder ein in eine neue Decke, wenn sie die Mitgift für die Töchter nähten.

Die Rauten, Treppen und kleinen Quadrate sollten die Wünsche der amischen Frauen einzäunen. Damit sie nicht überschossen oder begierig aufwallten und die Frauen sich in Sehnsüchten und Dummheiten verloren. Mit der Decke fiel es ihnen leichter, sich in die Gegebenheiten zu schicken. Alles war schlicht, demütig und gut. Alles blieb gut. Mit etwas Glück verwehrte die Decke auch Hexen, Dämonen und Papisten den Zugang zum Haus und half, den geraden Weg durchs Leben im Auge zu behalten. Vor allem wenn man wie Barbara Yoder die Bibel nicht lesen konnte.

Gelegentlich hielten Sarah, die Witwe Yoder und Charlotte in ihrer Arbeit inne, begutachteten das Geschaffte und strichen über die Oberfläche, die unzählige Nähte starrer und starrer werden ließen. Dann dachte allerdings jede der drei Frauen an etwas anderes. Merkwürdigerweise kamen beim Nähen ihre Überlegungen erst recht ins Fließen, schwollen an und überspülten Hemmungen, vor denen sie sonst haltmachten. Die Decke war die Freundin, der man sich ohne Scheu und Scham anvertrauen konnte. Sie mischte sich zwar nie direkt ein, aber insgeheim spürten die Frauen, dass die Decke sie regelrecht dazu zwang, ihr alles preiszugeben.

In Barbara Yoders Erinnerungen glänzten deshalb die speckigen Furchen auf, die ihr Mann Aaron in den Boden gewühlt hatte, der ein paar Monate zuvor noch Feuchtschatten unter Urwaldbäumen gewesen war. Mit derselben Gewalt bearbeitete er nachts sie. Auch als sie einen Tag zuvor ihr erstes Kind geboren hatte und blutete. Auch als sie mit Fieber im Bett lag und ihr Körper wund war und höllisch schmerzte. Ein einziges Mal hatte sie sich verweigert, sich losgerissen und war im Hemd und barfuß in die Nacht hinausgerannt. Dann hatte sie die gellenden Schreie der Kinder gehört und war zurückgelaufen. Aaron schlug wie ein Wahnsinniger mit Zügelriemen auf die kleinen Jungen ein.

Ruben, der mittlere, dessen Geburt am längsten gedauert hatte, hielt sich beide Hände vors Gesicht. Als sie sie wegzog, sah sie, dass aus seinem linken Auge zäher blutiger Schleim lief. Danach blieb sie nachts immer im Bett. Aber eines musste man Aaron lassen, niemand konnte so kräftig und geschickt pflügen. Der Älteste hatte einmal vor der ganzen Gemeinde gesagt, alle Brüder sollten sich an Aaron ein Beispiel nehmen, weil er den Acker des Herrn mit solch frommem Fleiß bestellte. Sie hatte sich nur einen Daumennagel tief in die andere Hand gestoßen, um nicht laut aufzuschreien.

Auch Samuel Hochstettler konnte nicht so gut pflügen wie Aaron. Insofern war es kein Weltuntergang, dass er wieder fortging. Ein anderer würde kommen zum Arbeiten, diesmal würde sie ihn aussuchen und auch entscheiden, ob er in ihr Bett kam. Barbara hob ihren Unterrock und legte sich mit Aaron in eine der frischen rotbraunen Furchen. Als er mit seinen Knien ihre auseinanderzwängte, holte sie das kleine spitze Messer aus ihrer Schürzentasche. Das sie von ihrer Mutter mitbekommen hatte und das sich am besten eignete, aus Rüben faulige Stellen herauszubohren oder den Stalldreck unter den Fingernägeln wegzuputzen. Gleich neben dem Wirbelpanzer hinten an Aarons Nacken fand sie eine weiche Stelle und stach zu. Mehrmals hintereinander. Gott sei gelobt.

Auch ich bin kräftig und geschickt, sagte die Witwe Yoder wortlos, hob den Kopf und blickte in die Runde. Charlotte und Sarah lächelten sie an. Es war anstrengend gewesen, Aaron an seinen Füßen aus der Furche heraus und dann über das Feld zu ziehen. Das sollten ihr die beiden ruhig mal nachmachen, die noch immer keine Ahnung hatten, wie Amerika sein konnte. Schließlich war Aaron ein Schrank von Mann gewesen. Mit Brechstangen als Unterarme und einem Hals, der blaurot anschwellen konnte wie ein Schweinedarm, wenn man ihn am Schlachttag mit zerhacktem Fleisch und Blut füllte. Seine Stiefel hatte sie aufgeschnürt, abgezogen und in einen Sumpf geschleudert. Barbara wischte sich mit dem Handrücken über Mund und Kinn. Ihr Schweiß, warm und blasig, wurde von der blauen Decke aufgesogen.

Was die Schande der Meidung nicht ausmerzen, sondern nur hatte wegsperren können, trommelte beim Anblick der Treppenkaskaden an Sarahs dünnhäutige, blau geäderte Schläfen: die schnellen kleinen Schritte der Menuette, die sie einmal in einer kalten Scheune getanzt hatte. Mit fliegenden Haaren, weit weg über dem Meer in der Alten Welt. Die Schreie in der Brust hatten nicht nur ihre Zunge, sondern auch ihre Füße gelähmt. Doch jetzt begannen sie unter dem Tisch, wenn auch verhalten, wieder zu zucken. Die Spitzen vibrierten. Sarah überlegte, ob sie ihrem zukünftigen Mann je von der unbändigen Freude erzählen sollte, die sie damals empfunden hatte. Kaum gedacht, wurde diese Idee auch schon von der Angst erstickt, Johann könnte sie für eine Sünderin halten. Für eine, die die Welt liebte. Niemand wusste hier am Maiden Creek oder sonstwo in Pennsylvania von ihrer Meidung. Dunkelheit spülte über die blassblaue Decke und in Sarahs Augen. Für den Rest des Tages und auch am nächsten Morgen kam wieder kein einziges Wort aus ihrem Mund.

Charlottes Gedanken plätscherten zunächst träge und versickerten schnell. Aber der gleichbleibende Rhythmus zwischen Auge und Hand holten sie immer wieder hervor. Mit der Zeit wurden sie lebhafter. Zuerst sah sie statt der Stiche die zielstrebige schwarzbraune Ameisenkarawane wandern, die einmal, ohne dass sie es gleich merkte, ihre Brust überquert hatte, während sie auf dem Waldboden lag. In dieses stumme Bild zwängte sich urplötzlich die Frage, ob ihr Leben bislang eine Abfolge von zufälligen Begegnungen gewesen war, oder ob ein solch sorgfältig ausgetüfteltes Gitter darunterlag, wie es Johanna Hochstettler vor Jahr und Tag für diese Decke entworfen hatte? Darüber kam sie ins Grübeln.

Konnte sie überhaupt noch darauf hoffen, den unaufhaltsamen Fortschritt der Menschheit zu bereichern? Schmerzhafte Backenzähne mit dem elektrischen Fluidum ruhig zu stellen oder bei Bedarf Funken aus gewitterschwüler Atmosphäre abzuzapfen, war vor nicht langer Zeit ihr vergöttertes Ziel gewesen. Dem war sie hinterher gehechelt, notfalls auch barfuß und durch die Betten käsiger Männer. Jeder Spur, jedem Zweifel nach, nichts als gegeben nehmen. Suchen als Beweis der eigenen Existenz. Nur dann konnte die Welt insgesamt heller werden und sie selbst glücklicher. Sie spürte Felix' gequälten Augenaufschlag: Nein, nein, moralischer, gerechter, tugendsamer sollte die Welt werden! Samuel dagegen fürchtete, dass seine Welt durch mehr Wissen ausfranste und verschmutzte und bald so kariert oder getupft sein würde wie die der französischen Modistinnen, Kriegstreiber oder Elektriker.

Auf nicht erklärbare Weise hatte sie Ruhe zwischen den geputzten Schüsseln, den schnurgeraden Nähten und zeitweise auch zwischen Samuels Schenkeln gefunden. Dafür hatte sie die vergangenen Monate so eintönig wie nie zuvor gelebt. Ohne die lustvolle Qual, sich fortwährend entscheiden zu müssen. Der Mond ging auf und unter. Morgen und am letzten Abend und Tag des Lebens. Im amerikanischen Wald tropfte jedes Frühjahr Zuckerwasser aus den Ahornbäumen, wenn man sie anschnitt. Samuel würde pflügen und säen, bis er tot umfiel. Sarah stampfte Sauerkraut ein, Rebecca wurde hier beschützt und geliebt. Diese Gewissheiten gab es. Sah so ein sinnvolles Leben aus? Würde sie damit zufrieden sein?

Alles Quatsch, säuselte Monsieur La Mettries Lästerzunge ihr ins Ohr. Wenn sein Gott ihm nicht dauernd im Wege stehen und ein saures Gewissen machen würde, hätte dieser Herr Hochstettler längst mal wieder mit dir geschlafen. Dass er es gut kann, hat er bewiesen. Sektierer hin oder her. In einer eurer Nächte kam er ja gleich dreimal hintereinander. Respekt, Respekt, ich kenn mich da aus. Aber jetzt? Jetzt himmelt er Vögel an, hört in sich hinein, bis er jeden Furz und jedes Bauchgrimmen für das göttliche Du hält, und lässt seine prachtvolle Maschine verrotten. Nicht dass ich nicht für Toleranz und Religionsfreiheit wäre, aber, liebes Fräulein von Geispitzheim, pardon, Madame von Geispitzheim, Sie sind ja in aller Eile verwitwet, das Leben will gelebt und nicht diskutiert oder gebetet werden. Prall, saftig oder, wie Sie es nennen mögen, elektrifiziert. Wenn Sie mich fragen, Sie bräuchten dringend mal wieder einen richtigen Stromschlag. Ihren hübschen Glauben an die Vernunft gönne ich Ihnen ja, wenn er ihnen Freude bereitet. Aber machen Sie sich nichts vor. Fortschritt, das ist ja auch so eine Religion, so ein Wahn, weil der tapfere kleine Mensch sonst nicht die Gewissheit des Todes aushalten kann. Zum Totlachen! Als wenn man etwas über das eine, kleine Leben hinüberretten könnte. Fortschritt, so ein Witz! Alles bleibt beim Alten, egal ob wir die Dinge unters Mikroskop legen oder mit einer neuen Philosophie überzuckern. Jetzt schauen Sie nicht so erschrocken! Ich mag Sie, doch, doch! Sie sind außerdem klug genug, mich zu verstehen. Also, wenn Sie so weiter machen, dann passiert das, wovor Sie doch schon immer Angst hatten, Ihr Herr Papa ja auch. Sie langweilen sich zu Tode, bevor sie dreißig sind. Das ist viel schlimmer, als mit zweiundvierzig an höllischen Bauchkrämpfen zu krepieren wie ich.

»Herrje, jetzt habe ich mich gestochen.«

Charlotte sprang auf, damit das Blut nicht die Decke besudelte. Mit einem Ruck riss sie einen schmalen Streifen von ihrem Unterrock ab und winkelte ihn straff um ihren Finger. Ihr Herz pochte in ihrer Halsgrube. Und wenn die Witwe oder Sarah La Mettrie gehört hatten? Er redete immer so laut.

Doch Barbara Yoder schaute unbeirrt und sogar sehr zufrieden.

»Das Leben von uns Frauen ist nun mal blutig, das rückt uns näher zum Heiland und seinen Wunden. Wir leiden mit ihm.«

Das Blut quoll weiter aus dem Finger und sickerte schnell durch den Verband, sodass Charlotte einen neuen Streifen abreisen musste. Genau in dem Moment brüllte Rebecca aus ihrem Korb heraus.

»Herrje, sie hat schon wieder Hunger!«

»Soll ich sie noch eine Weile herumtragen?«

»Danke, Barbara, ich stille sie lieber gleich.«

»Tu das, Charlotte, mit Gottes Gnade tu das.«

Die Witwe Yoder stand auf und schlurfte in ihren schweren Holzpantinen zu dem Eimer an der Haustür. Als sie das Brett hob, entwich ein fauliger Gestank. Die Brennesseln hatten sich inzwischen fast ganz aufgelöst und in eine dicke dunkelgrüne Suppe verwandelt. Sie rührte sie mit einem Stecken kräftig um. Noch ein paar Tage, dann würde die Jauche so weit sein, dass man mit ihr die Pflanzen in den neuen Beeten düngen konnte. Darauf freute sie sich. Auch darauf, dass ihr Ruben heute Abend vor dem Einschlafen wieder ein paar Zeilen aus der Bibel vorlesen würde. Er konnte es mit seinem einen Auge besser als sein älterer Bruder. Viel besser. Wie gut, dass Charlotte es ihm beigebracht hatte. Die Witwe hantierte länger als nötig an dem Eimer herum und sah dabei zu Charlotte hinüber, die in ihrem fast durchsichtigen hellen Kleid auf der Bank saß und Rebecca die Brust gab. Nein, so unnütz und lasterhaft, wie sie am Anfang vermutet hatte, war dieser Schmetterling aus der Alten Welt nicht. Aaron hätte vor einer wie ihr vielleicht sogar gekuscht. Wer weiß. Inzwischen traute sie Charlotte sogar zu, dass sie den nächsten Winter überstand. Auch außerhalb des Steinhauses und ohne ihre Hilfe. Außerdem tat Charlotte genau wie sie selbst, und bei diesem Gedanken wanderte Barbara Yoders Blick auf den dunklen Lockenkopf des kleinen Mädchens, das Beste für ihr Kind. Auch das hatte sie von so einer liederlichen Frau nicht erwartet. Dann war es letztlich auch egal, wer der Vater war. Samuel oder ein anderer.

Eine Weile später kam Rebecca Lapp vorbei. Sie war auf der Durchreise zu ihrer Schwester in der amischen Siedlung im Conestoga Valley, wollte auf dem Yoder-Hof übernachten und brachte zwei Nichten und ein Fässchen frisch eingekochten Ahornsirup mit. Zu sechst verteilten sie sich um die Decke, nähten mit neuem Eifer und streiften einander von Zeit zu Zeit mit wohlwollenden Blicken. So nahm die Decke auch noch die Geschichten der Frau auf, die mit der »Charming Nancy« gekommen war und deren Gesicht von Jahr zu Jahr mehr den gegerbten Gesichtern der Frauen vom Volk der wilden Leute glich. Rebeccas Stimme krächzte, wenn sie von Nannaantum vom Stamm der Susquehanna erzählte, die ihr beigebracht hatte, Mais zu stampfen und einzukochen, um zu überleben. So vieles hatte sie von ihr gelernt. Auch wie man Erdlöcher grub, in die man sich verkriechen und ausharren konnte, wenn Gefahr drohte. Weinte Rebecca Lapp? Nein, sie sang durch die Zähne ein monotones Lied.

Charlotte spürte, wie der Stoff sich hautwarm und fleischig anfühlte, als würde die Decke bald lebendig. Sie zögerte den Abend so lange hinaus, bis das Licht sämig und der Boden feucht war. Als die Frauen dann schließlich doch ihre Nadeln in die Kissen zurücksteckten, die restlichen Fäden aufrollten und die Decke zusammenlegten, strichen schon die Fledermäuse tief über ihre Köpfe und begannen ihren Beuteflug. In der Nacht schlich Charlotte die Stiege vom Dachboden in die pechschwarz schwimmende Stille hinunter, tastete sich bis zu dem Kasten durch, in dem die Decke lag. Jedes Geräusch dröhnte. Umso schneller riss sie mit den Zähnen eine der Nähte an der Rückseite auf. Gerade so tief, dass sie zwei Finger hineinbohren konnte. Sie biss sich auf die Lippen, löste den blutverkrusteten Stofflappen und schob ihn tief in den Zwischenraum, wo das Wollfutter steckte. So würde auch etwas von ihr für immer in dieser Decke bleiben. Sie merkte sich die Stelle: zwei Handbreit vom Rand, viereinhalb von der rechten Ecke unten. Morgen früh, wenn es niemand sah, würde sie sie ganz schnell zunähen.

Nachdem Samuel drei Tage und zwei Nächte fort war, tauchte die Silhouette eines reitenden Mannes auf dem Rücken des nächsten Hügels auf. Charlotte goss gerade die frisch gesprossenen Bohnen, deren Blätter schlaff am Fuß der Stangen lagen. Die Sonne war weiß wie ein ausgeblichener Knochen, und sie schützte ihre Augen mit einer Hand. Es musste Samuel sein, nur er hatte so breite Schultern. Aber warum war er so bald schon zurück? So schnell fand man doch kein neues Land. Seltsam. Charlotte spürte, wie sich Steine in ihrer Magengrube anhäuften. Der Mann auf dem Pferd kam näher. Er winkte. Es war Samuel.

In dem Moment hörte Charlotte zwischen den stillen Bohnen, Pfefferminzen und Kürbisstauden den aufdringlichen Monsieur schmatzen. Wahrscheinlich futterte er schon wieder Fleischpasteten. Tatsächlich rülpste La Mettrie genüsslich, bevor er höhnte: Schau genau hin, dein Hochstettler lächelt jetzt sogar noch mehr als zuvor. Den kannst du vergessen. Er kopuliert jetzt mit dem Heiligen Geist.

Eine Woche später spannte Samuel seine beiden Pferde ein. Er wuchtete auch die Elektrisiermaschine wieder auf den Wagen. Nur die Reifröcke ließ Charlotte zurück, unmodern wie sie in der Neuen Welt nun mal waren. Die Witwe Yoder freute sich und überlegte, ob sie das Gestänge als Umzäunung für die Bohnen nutzen konnte, damit die Kaninchen nicht so leicht an die frischen Triebe herankamen. Als sie die strampelnde Rebecca zum Abschied an ihre flache Brust drückte, schluchzte sie. Danach glitt ihre feuchte salzige Wange kurz über Charlottes Gesicht. Nein, es war keine schlechte Zeit in dem Steinhaus am Maiden Creek gewesen. Charlotte hielt die Witwe länger im Arm als beim Abschied in Kirchheim ihre Mutter.

Sarah musste ihren Vater am Ärmel zupfen, damit auch er sich von der Witwe verabschiedete. Gott sei mit dir. Ja, ja, Gott sei mit dir. Samuel wollte schnell weg. Von der spitzgiebeligen Witwe, ihrem Steinhaus, von möglichst allem. Schnell und endgültig an den Ort, wo sich der ersehnte Spalt in der Mauer auftat und er der Gegenwart und der Welt entschlüpfen konnte.

Bei seinem zweiten Besuch in Ephrata hatte Samuel weder Beisel noch Miller mit den Blumenaugen getroffen, dafür so gut wie nichts gegessen und überhaupt nicht geschlafen. Er war um Mitternacht mit den Brüdern und Schwestern in den weißen Kutten zum Beten gegangen, weil das der Zeitpunkt war, zu dem Jesu Wiederkehr als am wahrscheinlichsten galt. In den frühen Morgenstunden wurde seine Askese belohnt. Samuel hörte Gott. Er sprach zu ihm.

Zuerst im Bereich seines Schlüsselbeines und dann den Hals hinauf, bis es in seinem ganzen Kopf widerhallte und ihm abwechselnd heiß und kalt wurde. Es klang ähnlich dem hohen Piepen des Kolibris, tschilpend, tierisch, aber Samuel verstand jedes einzelne Wort. Als Gott schließlich wieder verstummte, merkte er, dass er in einer der Zellen neben der Pritsche auf dem Steinboden lag. Ausgekühlt von der Frostigkeit des Fremdartigen und Ewigen. Aber angekommen mitten im Land Kanaan.

Auch die Gemeinde seiner amischen Brüder und Schwestern rückte jetzt an den Horizont wie ein Weizenfeld, das gute Ernte gebracht hatte, von dem aber nur noch Stoppeln übrig waren. Den Landkauf erledigte er am selben Nachmittag, müde und wie nebenbei in nicht einmal zwei Stunden.

560 Acres Land, davon ein Drittel gerodetes Ackerland, gehörten auf einen Schlag ihm, Samuel Hochstettler aus der nördlichen Pfalz. Das war viel mehr, als zu Hause dem Herrn von Geispitzheim gehörte. Er würde nie mehr Pächter sein. Auf dem Großteil seines Landes stand noch dichter Wald. Vor allem Eichen, deren Boden bekanntermaßen am fruchtbarsten war. Es gab mehrere ergiebige Quellen, ein solides Blockhaus aus geschälten Walnussstämmen, zwar ohne Fensterscheiben, aber mit einem gut ziehenden Kamin

an jeder Giebelseite. Die Zedernschindeln auf dem Dach würden auch schwere Schneelasten aushalten. Die Ställe und Scheunen allerdings befanden sich in einem liederlichen Zustand. Die bisherigen Besitzer, irische Siedler, hatten es eilig fortzukommen. In den Süden, vielleicht nach Carolina, sagten sie, wo man mit Tabak neuerdings viel Geld verdienen konnte und man im Winter nicht das Gefühl haben musste, in einem Krieg zu sein. Samuel sah auf dem Tisch in der Küche der Iren drei schimmernde Geigen liegen. Als ob sie gerade noch gespielt hätten. Er vermutete deshalb, dass sie nicht nur sündhaft, sondern auch noch faul waren. Nach dem Kauf reichte sein Geld gerade noch für Samen und ein Dutzend Kühe. Das Haus war groß genug für alle. Für Sarahs und Johann Stutzmans künftige Familie und auch für Charlotte und ihr kleines Mädchen. Das Beste an dem Kauf aber war, dass er von seinem Land zum Kloster von Ephrata nur eine halbe Stunde zu Fuß brauchte.

Unterwegs vom Maiden Creek zum Cocalico fanden sie vor einer verlassenen Hütte einen winselnden Hund und nahmen ihn kurzerhand mit. Er hatte kein gelbes, sondern dunkelbraunes Fell voller Flöhe, aber seine Augen erinnerten Samuel an Bärli. Zumindest vermutete er, dass sie ihnen ähnelten. Tatsächlich bekamen die Bilder von der Zeit vor seiner großen Reise über den Atlantik seltsame Blasen und wellten sich, sodass er sich immer weniger sicher war, ob sie je existiert hatten. Die Reise in sein Inneres war kräftezehrend und sog seine Vorstellungskraft fast restlos auf. Dass Charlottes Hüfte dem eleganten Rückenschwung von La girafe glich, wusste er nur noch, weil er während der Tage im Zwischendeck sich einen Psalm dazu ausgedacht hatte, der sich für immer in seinem Gehirn wie ein Balken spreizte. Aber sehen konnte er die Hüfte nicht mehr, geschweige denn, mit seinen Gedanken fühlen.

Sarah betrat das neue Haus als letzte, Rebecca saß auf ihrer Hüfte. Langsam glitten ihre Fingerkuppen über die Baumstämme, aus denen die Wände bestanden. An manchen Stellen hingen noch

Rindenstreifen, woanders klebte Moos, grau und ausgefranst. Sie pickte ein Stück heraus, sah es sich genau an. Während Charlotte durch alle Zimmer gleichzeitig lief, wahllos Tassen, Teller, Zuckerhüte und Säckchen mit Kaffee verteilte und Kleiderstoffe probeweise vor die Fenster drapierte, stieg Sarah die Treppe hoch. Im Dachgeschoss angekommen, setzte sie Rebecca sanft auf den Boden, blieb stehen und schaute sich um. Sie sah ein Bettgestell und dem gegenüber ein Fenster, ein Rechteck, das aus der Holzwand ausgesägt war, mit zwei schiefen Läden, die man nachts schließen und verriegeln konnte. Durch die Ritzen zwischen den Stämmen schimmerte zusätzliches Licht. Der Raum war honiggelb eingetaucht und knisterte. Wahrscheinlich, vermutete Sarah, saßen noch viele Käfer und Spinnen zwischen den Stämmen. Als sie sich genug umgeschaut hatte, löste sie die Bänder ihrer Haube und setzte sie ab. Von draußen strich ein Wind herein, der ihr angenehm den Kopf kühlte. Hier würde sie also bald mit Johann schlafen. Hier würde er ihre Haare offen und sicher noch mehr von ihr sehen. In dem Bett an der Wand würde sie wahrscheinlich ihre gemeinsamen Kinder zur Welt bringen. Es war ganz einfach. Sie brauchte sich überhaupt nicht anzustrengen, um sich die bestickten Seidenpantoffeln ins Gedächtnis zu rufen, die ihr Charlotte einmal geschenkt hatte und die in dem Busch am Bach geblieben waren. In der Farbe der äußersten Blätter von glänzenden, harten Kohlköpfen. Mit einer aufgestickten Dame, die aus einem Land stammte, das wahrscheinlich so weit von der Pfalz entfernt lag wie Amerika, aber nicht die Heimat des Heilands war. Ihr bislang kostbarster Besitz. Sarah stellte sich vor, dass sie die Pantoffeln fein säuberlich nebeneinander unter dieses Bett stellte, das bald ihr Ehebett sein würde.

Dann geschah etwas wirklich Merkwürdiges. Mit halbem Ohr bekam sie noch mit, wie unten ihr Vater mit Jakob schäkerte und sie zusammen zu den Scheunen gingen, dann setzte ein dünnes Summen an. Oder war es mehr ein Zirpen oder Fiepen, das entstand, wenn man mit einem feuchten Finger über den Rand eines Glases rieb? Diese Töne wurden jedenfalls lauter, füllten ihre beiden Ohren aus, so dass sie nichts anderes mehr hörte. Die Töne blieben nicht gleich, sondern hüpften, perlten. Sie teilten sich in viele unterschiedliche, die aber schnell hintereinander auf und ab und ineinander flossen. Fröhlich, ausgelassen. Sarah setzte sich auf das Bett und hörte zu. Wie lange sie das tat, wusste sie nicht. Aber als es aufhörte, wusste sie, dass es Musik gewesen war. Richtige Musik, von Instrumenten gespielt, zu der die Menschen in der Welt draußen tanzten. Sie würde in diesem Haus und in diesem Dachraum öfter Musik hören. Denn in der neuen Welt war so etwas möglich.

Sarahs butterfarbenes, zimtgesprenkeltes Gesicht schimmerte glücklich, als sie mit Rebecca auf der Hüfte die Treppenstufen wieder nach unten stieg. Irgendetwas zwang Charlotte, den Stoff, den sie gerade in der Hand hielt, auf den Boden gleiten zu lassen, auf sie zu zueilen und sie zu umarmen. Alles wird gut, alles wird gut. Sarah blieb stumm. Aber ihre Kieselsteinaugen erzählten so lebhaft, wie sie damals geredet hatte, als sie mit Charlotte zum ersten Mal am Bach spazieren gegangen war.

Der Sommer war schon fortgeschritten. Auf anderen Farmen hatten sie ihre Heuböden und Scheunen bereits über die Hälfte gefüllt. Samuel und seine Leute mussten gegen die Zeit arbeiten. Charlotte nahm es als Experiment und lernte das Getreide, das Samuel zügig mit der Sichel schnitt, ebenso zügig zu Garben zu binden und Heu so zu wenden, dass es gut durchtrocknete.

Eines spätnachmittags, als sie gerade einen Schnakenstich am Ellenbogen aufkratzte und die Augen für einen Moment schloss, tauchte aus der flirrenden Hitze eine Gruppe vertrauter Gesichter auf: Ihre Mutter, behangen mit all dem Schmuck, den sie aus ihren Geheimverstecken hervorgekramt hatte, Manteuffel, Felix und auch ihr vor langer Zeit strangulierter Verlobter, der allerdings barfuß, saßen zusammen am Rand der Wiese im Schatten eines großen Hickorybaumes und starrten sie an. Keinem entgingen die untertassengroßen Schweißflecken in ihren Achseln. Charlotte schämte sich in Grund und Boden, stützte sich auf ihren Rechen und strich verlegen eine Strähne aus dem Gesicht. Sogleich ließ sich wieder ein Dutzend Fliegen auf ihr nieder. Ihr Teint war, wie ebenfalls jeder ihrer Besucher aus der Alten Welt sehen konnte, restlos verdorben. Der ihrer Mutter spannte sich dagegen kühl wie immer unter der dicken Schicht Bleiweiß. Felix sah hohlwangig und noch trauriger aus, als sie ihn in Erinnerung gehabt hatte. Der sächsische Graf tat so, als kennte er sie nicht mehr, und streckte seine Storchenbeine indigniert von sich. Nur Louis, der gute Louis, rief fröhlich gegen den warmen Wind, der durch die Zweige über seinem Kopf strich. Es hörte sich an wie: Was du da machst, sieht famos aus. Hast du noch einen Rechen für mich? Zwischen jeder seiner hübschen rosigen Zehen steckte ein kleiner runder Stein.

Die Hitze schwappte feucht gegen Charlottes Stirn, und ihre Zaungäste lösten sich in einem schwarzen Schwarm Stechmücken auf. Sarah und die beiden erst vor wenigen Tagen auf den Hochstettler-Hof gekommenen Knechte schoben ohne Unterbrechung ihre Rechen durch das rösch knisternde Heu. Einen Steinwurf weiter schwang Samuel die Sense. An seiner Seite mähte Johann, denn von der Ernte, die sie einfuhren, würde auch er den Winter über leben. Unter dem Hickorybaum krabbelte nur noch ihre Tochter. Mit dem Rechen in der Hand lief Charlotte zu ihr hin und rückte ihr die verrutschte Haube auf dem Kopf zurecht. Dann arbeitete sie mit einem grimmigen Hochgefühl weiter.

Eine Woche nach diesem Tagtraum trafen zwei Briefe für sie ein. Ein Viehhändler, der Rinder vom Maiden Creek Richtung Lancaster trieb, händigte sie ihr aus, denn sie waren vom Hafenmeister in Philadelphia ursprünglich an die Witwe geschickt worden. Abgestoßen, verschmiert, durch viele Hände gewandert. Zögerlich griff Charlotte nach ihnen, riss sie dann aber hastig auf. Der Viehhändler grinste sie anzüglich an, während er das Glas, das sie ihm gereicht hatte, leer trank. Der Brief ihrer Mutter war acht Monate, der, den Felix ihr geschrieben hatte, sechs Monate alt. Sie begannen mit fast identischen Worten: Der Fürst war gestorben. Welcher Fürst? Als ihr nach Sekunden der Zusammenhang aufging, brach Charlotte in ein haltloses Lachen aus, das am Schluss in ein Wiehern überging. Verdutzt schaute der Viehhändler sie an und trieb dann kopfschüttelnd seine Tiere zum Weitergehen an. Rebecca jauchzte und krabbelte quer durch die Küche. Den Rest der Briefe las Charlotte gleichzeitig, pickte sich mal aus dem einen, mal aus dem anderen einen Satz heraus.

»Im Trubel nach seinem Tod habe ich noch eine paar kleine Schätze verschwinden lassen können. Ich wusste schließlich am besten, in welcher Schatulle was steckte.«

Charlotte dachte unwillkürlich an den Bernsteinklumpen, den sie selbst vor langer Zeit aus dem Schloss entwendet hatte.

»Ich begrüße es durchaus, dass Atheismus in Pennsylvania so etwas wie Bürgerrecht ist. In Nassau-Weilheim konzentrieren wir uns allerdings zunächst auf die Anschaffung und Ausrüstung eines Feuerwehrwagens. Der neue Fürst hat mir dafür die volle Verantwortung übertragen. Freiheit will außerdem gut geplant sein und darf nicht überstürzt werden. Ich muss auch noch mehr Fachliteratur darüber lesen.«

Rebecca hangelte sich am Bein ihrer Mutter hoch und grabschte nach einem Briefbogen.

»Als Erstes habe ich die Witwe Ammerling hinausgeschmissen und einen französischen Koch eingestellt, dann neue Vorhänge im Speisesaal anbringen lassen, in einem außergewöhnlich eleganten Erbswurstgrün. Setzen sich diese neuen Farben auch in der Neuen Welt durch? Dein Vater und ich spielen jetzt jede Nacht zusammen Pharao bis zum Morgengrauen. Die Bretzenheimsche Enkeltochter heiratet demnächst einen erst vor einem Jahr geadelten Bankier. Sonst geht es uns recht gut. Ein Porträt von meinem Enkelkind wünsche ich mir.«

Der nächste Satz Amalias von Geispitzheim zerstörte die angedeutete Zärtlichkeit des vorigen: »Manteuffel ist übrigens von seinem Kurfürsten der Orden vom Weißen Adler, den höchsten, den der sächsische Hof überhaupt zu bieten hat, verliehen worden. Was für eine Partie wäre dieser Mensch doch für dich gewesen!«

Charlotte musste niesen. Denn der fast vergessene Mief der engen deutschen Straßen und Schlösser stieg ihr erstaunlich gegenwärtig in die Nase. Dazu kitzelte sie auch noch die staubige Borniertheit der deutschen Gelehrten im Hals. Charlotte hustete, bis sich der Reiz löste. Rebecca lachte umso mehr und wackelte mit ihren stämmigen kleinen Beinen

Ein Windstoß stieß die Tür, die nur angelehnt war, auf, und Charlotte atmete den Gestank der dampfenden Fladen, den die Rinder des Viehhändlers vor dem Haus hinterlassen hatten. Er vermischte sich mit dem Geruch von geschältem Holz und tropfendem Harz, der in dem Haus hockte wie eine unverheiratete Tante, mit der man sich abfinden musste.

»Erbswurstgrün.«

Sie sagte sich das Wort mehrmals laut vor. Von solch einer Farbe hatte sie tatsächlich nur eine sehr ungewisse Vorstellung.

Niemand konnte sich einen Reim darauf machen, warum Samuel eines Sonntags sie alle aufforderte, mit ihm einen Spaziergang zum Kloster zu machen. Wollte er, dass seine Tochter, sein zukünftiger Schwiegersohn und seine ehemalige Geliebte Bescheid wussten, was er dort trieb, wenn er an manchen Abenden verschwand, obwohl er fast bewusstlos von der schweren Arbeit war. Brauchte er Komplizen? Aber gegen wen? Der nächste Älteste, die nächste amische Gemeinde war weit weg.

Auch Charlotte staunte über die Höhe und städtische Anmutung der Häuser von Ephrata. Die Gemüsegärten, Obstplantagen, die ordentlichen Wege, die Werkstätten und die Geräusche, an die sie nicht mehr gewohnt war. Samuel erklärte ihnen das eine oder andere. Ihnen entging nicht, wie gut sich Samuel bereits in dieser merkwürdigen Zivilisationsinsel mitten im Urwald auskannte. Wie selbstverständlich er sich hier bewegte und die Türen öffnete. Charlotte sah zufällig, wie die Sonne über die steilen Dächer floss und von da auf seinen Hut und seine Schultern. Im Gegensatz zu Felix, Manteuffel und dem guten Louis konnte sie ihn nicht klassifizieren. Er hatte sich von Anfang an ihrer Einschätzung und einer Aufgabe entzogen, die sie ihm hätte abverlangen können. Daran änderte sich auch nach den elektrischen Nächten nichts. Sie wollte nichts von ihm und er nichts von ihr, und wahrscheinlich waren sie sich nur deshalb so nahe gekommen.

War er jetzt ein Bruder, ein Freund? Auch das konnte sie beim besten Willen nicht sagen. Im Weitergehen fasste sie ihn kurz am Ellenbogen. Zu flüchtig, um eine Reaktion zu spüren. Weder bei sich noch bei ihm. Er lächelte sie aber an, und das Sonnenlicht erreichte seinen Bart.

Dann schlüpften sie in das Dämmerlicht einer der Häuser. Die Frauen in weißen Kutten, die dort saßen, blickten nicht einmal auf. Soweit Charlotte sehen konnte, hielten sie lange Federn in den Händen. Sie beugte sich ein wenig vor und schaute einer über die Schulter. Auf dem Tisch lag ein großes Blatt Papier.

Das Hohelied Salomons. Dieser Satz war eingerahmt von Linien, dicht beschrieben mit Musiknoten. Nur eine Stelle in der linken Mitte des Blattes war ausgespart. Charlotte sah mit angehaltenem Atem zu, wie die Leere sich mit winzigen Strichen füllte, die zu stilisierten Blumen zusammenwuchsen. Es herrschte eine steife Stille, und Charlotte fragte sich, ob die Frauen wirkliche Menschen waren. Sie fühlte sich beklommen und ein wenig unwohl. Trotzdem ärgerte sie sich, als plötzlich vom Zimmer nebenan Männerstimmen durch die Mauer drangen. Zuerst brummig und verzerrt. Dann verständlicher.

»Lieber Ebenezer, es ist mir herzlich egal, was dieser, dieser Hochstapler von Dufay behauptet. Alle diese Dualisten sind übrigens zu feige, um meine Experimente einmal durchzuspielen, weil sich dann die Haltlosigkeit ihrer Theorie sofort entblößen würde wie ein irisches Schankmädchen. Was mich aber wirklich enttäuscht, ich muss sagen, bis ins Mark enttäuscht, ist, dass ein Freund wie du ….«

»Da muss ich dich unterbrechen. Das ist eine Unterstellung, die ich strikt von mir weise. Ich habe nie bezweifelt, dass es nur eine elektrische Flüssigkeit gibt. Ich frage mich nur, und dass ich Fragen stelle, wirst gerade du mir wohl zugestehen müssen, warum sich dann unterschiedliche elektrische Ladungen gegenseitig anziehen.«

Obwohl alle Fenster geschlossen waren, spürte Charlotte von einem Moment auf den anderen eine kräftige salzige Meeresbrise durch den Raum schwappen, die ihr ins Gesicht und in die Röcke blies, sodass sie sich wie damals auf der »Good Intent« an der Reling festhalten musste, um nicht zu taumeln. Sie fand eine Stuhllehne, umklammerte sie so fest mit beiden Händen, dass ihre Fingerknöchel weiß wurden. Dufay. Elektrische Flüssigkeit. Gegenseitig anziehen … Worte, die ihr einmal so geläufig gewesen waren wie ihrer Mutter der Preis von Wertpapieren und Samuel bestimmte Bibelstellen. Hatte sie diese Worte gerade wirklich gehört? Hier in diesem Haus in einem weltabgeschiedenen Kloster mitten in der amerikanischen Wildnis? Oder hatte sie wieder Wahnvorstellungen wie kürzlich beim Heuwenden auf der Wiese? Charlotte schnappte nach Luft, nach mehr Sauerstoff in der frischen Brise. Dabei drangen neue Worte an ihr Ohr und wurden von ihr mit klopfendem Herzen entschlüsselt.

»Ebenezer, du ungläubiger Thomas. Ich wollte zwar schon längst bei Miller in der Druckerei sein, aber ich nehme mir die Zeit, es dir noch einmal haarklein zu erklären …«

Während die Frauen in Trance weiter Blumen, Turteltauben und

Noten strichelten, öffnete sich die Tür vom Nebenraum, und ein braun gekleideter Mann trat über die Schwelle. Gestikulierend und ganz in sein hitziges Gespräch vertieft, hatte er keinen Blick für die Anwesenden übrig. In Charlotte liefen zittrige Wellen zusammen, ihre Hände lösten sich von der Stuhllehne und griffen, um sich abzulenken, nach einem Buch mit dem Titel »Das christliche A B C ist Leiden, Geduld und Hoffnung«. Seite für Seite bedruckt mit den Buchstaben des Alphabets, jeder ein akribisches Kunstwerk und in Frakturschrift, wie sie sie aus Deutschland kannte. Obwohl sie darauf brannte, nichts von der Unterhaltung zu versäumen, schaute Charlotte unwillkürlich genauer hin. Im Bauch des Buchstaben B hockte zusammengekauert ein kleiner bärtiger Mann.

»Er sieht meinem Vater ähnlich, findest du nicht auch«, flüsterte Sarah. Charlotte beachtete sie nicht. Denn nun hatte sich der zweite Mann, dessen Stimme sie bislang nur gehört hatte, ins Zimmer geschoben. Er war es, der zu ihnen herübersah und seinen Dreispitz zog, sich verbeugte. Der andere konnte seinen Redefluss noch immer nicht bremsen:

»… alle Stofflichkeit besteht aus der eigentlichen Materie und dem elektrischen Feuer. Auch das, Ebenezer, habe ich dir schon öfter erklärt. Zwischen Materie und Feuer herrscht immer eine Anziehung. Die Teile des Feuers dagegen stoßen sich untereinander ab. Im Normalzustand …«

Charlotte stand reglos in dem Luftzug, der immer stärker wurde. Aber jetzt war sie sicher: Diese Stimme, diese Worte, dieser Mann, der sie soeben gesagt hatte, das war Realität. In dem Maß, in dem Charlotte das begriff, überschwemmte sie ein stürmisches Frohlocken. In ihrem Magen löste sich ein Knoten. Etwas, das lange Zeit in ihr in einer Art Winterschlaf gelegen hatte, reckte und streckte sich. In ihren Schläfen hämmerte es. Obwohl Charlotte von Natur aus groß war, stellte sie sich auf die Zehenspitzen. Sie konnte sich keine Sekunde länger zurückhalten.

»Wie wollen Sie damit aber die Funktionsweise der Leydener Flasche erklären?«

Charlottes Stimme klang gepresst. Ihre lange Nase bohrte sich durch das Dämmerlicht in Richtung des Fremden in Braun. Der verstummte abrupt, wandte sich von seinem Freund ab und ihr zu. Was sonst kaum jemandem gelang, hatte Charlotte erreicht. Er blickte verblüfft, fast übertölpelt. Charlotte sah es sofort in seinen Augen, erkannte ihre Chance. Hatte nicht auch so das Geschäft mit Manteuffel begonnen? Charlotte legte nach.

»Oder anders gefragt, Sie leugnen also die Existenz von zweierlei Elektrizitäten, nämlich der Glas- und Harzelektrizität, wie sie eigentlich alle maßgeblichen Wissenschaftler …«

»Alles Unsinn, alles Unsinn, allerdings, Madame, ich bin überrascht. Mehr als überrascht, entzückt würde ich sagen.«

Auch wieder so einer, der, wenn es etwas Wichtiges zu sagen gäbe, ins Stammeln kommt, schoss es Charlotte durch den Kopf. Denn sie wollte so dringend mehr hören, mehr erfahren von all dem, das sie so lange entbehrt hatte. Ein Mensch der Wissenschaft war ihr mitten vom Himmel direkt vor die Füße gefallen, als sie nicht im Traum damit gerechnet hatte. Ein Wunder. Die Elektrizität war also überall. Auch in Amerika. Sie starrte den braun gekleideten Fremden unverwandt an. Bebend, angespannt, fordernd. Wann würde sich je wieder so eine Gelegenheit bieten? Charlotte war klar, dass sie sie um jeden Preis nutzen musste. Auch wenn der Fremde sich als zweiter Manteuffel entpuppen sollte. Allerdings, das erkannte sie mit dem nächsten Wimpernschlag, dünne Waden hatte er nicht. Ganz im Gegenteil. Ansonsten glich der Fremde eher der Promenadenmischung von einem Hund, den sie unterwegs aufgelesen hatten und der jetzt in der Hütte vor dem Hochstettler-Hof lebte.

Fettige dünne Haare hingen dem Mann auf die Schultern, seine Wangen sackten nach unten wie gefüllte Beutel. Als er seinen Hut abnahm, sah man einen fast kahlen Schädel. Seine hohe Stirn wölbte sich birnenförmig. Ein hässlicher Mann! Er küsste ihre Hand.

»Franklin, Benjamin Franklin, gewählter Vertreter im Abgeordnetenhaus von Pennsylvania. Und das ist mein Freund und wissenschaftlicher Partner, Mr. Ebenezer Kinnersley.«

Sarah nahm sofort wahr, dass die Augen ihrer Freundin sich weiteten und ihr Körper sich straffte. Auch atmete sie geräuschvoller aus als sonst. Nicht viel anderes hatte sie damals beobachtet, als Charlotte ihrem Vater in der Stube auf dem Muckentalerhof gegenübergestanden war und die beiden über das Für und Wider der Milchflasche gezankt hatten, mit der Jakob glücklicherweise am Ende dann doch gesäugt wurde. Hunde, die auf die Jagd mitgenommen wurden, verhielten sich so, wenn sie Witterung aufnahmen, das wusste Sarah. Wurde dabei ihr Blut wärmer oder kälter, lief es rascher? Seltsam war das schon. Jakob, den Charlotte an der Hand hielt, schien jedenfalls auch eine Veränderung zu spüren, denn er hob den Kopf und schaute sie prüfend an. Charlotte presste seine kleinen Finger unsanft zusammen, als sie erneut das Wort an den Fremden richtete.

»Ich habe Ihnen geschrieben. Aus Deutschland.«

Charlotte hörte ihre eigene Stimme unangenehm heiser und erregt. Wenigstens konnte er in dem schlechten Licht nicht sehen, dass ihr eine hitzige Röte ins Gesicht stieg. Jedenfalls hoffte sie das. Dafür blitzten seine kleinen Augen silbrigschwarz und rund wie Nagelköpfe auf.

»Sie sind doch nicht etwa, nein, ich glaub es nicht … Miss Charlotte von Geispitzheim?«

Charlotte nickte. Noch immer überwältigt.

»Mrs., inzwischen bin ich verheiratet und äh, verwitwet«, murmelte Charlotte.

Franklin entblößte einen braunen Zahn in der oberen Reihe. Der schnelle Wechsel von Charlottes Aggregatszuständen schien ihn zu amüsieren. Am meisten aber interessierte ihn ihr gegenwärtiges Auftreten, und das bestand für ihn aus einer vielversprechenden Hüfte, einem ebensolchen Busen, verpackt in ein modisches Kleid, und einem offensichtlich noch aparteren Verstand. Benjamin Franklin war deshalb ein so erfolgreicher Geschäftsmann in Sachen Erfindungen, Politik und Geld, weil er, wann immer neue Herausforderungen auf ihn zukamen, sie sofort als solche erkannte und sehr entschlossen für sich nutzte.

»Ihr Brief, natürlich, ich kann jedes Wort auswendig. Neben all dem Geschwätz, das mich täglich erreicht, ein Genuss. Ach was, eine Inspiration.«

Seine Hamsterbacken vibrierten. Er ignorierte Samuel Hochstettler, Johann Stutzmann, die beiden Kinder, nur der Schönheit Sarahs schenkte er einen kurzen Kennerblick. Ebenezer Kinnersley hinter ihm lächelte verlegen, hob und senkte die Schultern und bat stumm um Entschuldigung für seinen Freund. Benjamin Franklin ließ Charlotte keinen Moment aus den Augen. Aber nicht einmal ihre weiblichen Rundungen reizten ihn mehr. Seine Stimme senkte sich, wurde lauernd, gierig.

»Sie schrieben, dass Sie mit der Elektrisiermaschine nach dem Modell von Professor Winkler arbeiten. Ich korrespondiere übrigens mit ihm. Und dann haben Sie noch erwähnt, dass Sie mit einem Drachen bei Gewitter experimentiert haben. Darf ich fragen, was genau Sie herausgefunden haben?«

Er will sie gleich mit Haut und Haaren verschlucken, dachte Sarah und registrierte schon im selben Moment verwundert, dass Charlotte davor keineswegs Angst zu haben schien. Ganz im Gegenteil. So lebendig und glücklich hatte sie ihre Freundin schon lange nicht mehr gesehen. Aus ihrem Haar löste sich wie auf ein geheimes Kommando wieder einmal eine lange Strähne. Ihre Nasenflügel bebten, ihr Mund kräuselte sich. Ihre kurzzeitige Unsicherheit war verflogen. Charlotte hielt dem Blick dieses kuriosen Mannes stand. Schweigend, aber leidenschaftlich feuerte Sarah ihre Freundin an.

»Haben Sie mir eigentlich auf meinen Brief geantwortet, Mr. Franklin … Dr. Franklin?«

Weiß Gott, diese Frau gefiel ihm. Sie verstand es, Spannung zu erzeugen. Außerdem schien sie zu wissen, worum es bei der Abstoßung und Anziehung zwischen den Körpern ging. Franklin reichte Charlotte seinen Arm.

»Sie und ich müssen so viel über das Fluidum und seine unbegrenzten Möglichkeiten sprechen, dass ich vorschlage, wir machen einen kleinen Spaziergang zusammen. Denn wir würden unsere Freunde nur langweilen. Es ist nämlich so«, sagte Franklin und löste Charlotte aus ihrer Gruppe, »dass ich glaube, dass im Normalzustand nur deshalb nichts von der Elektrizität zu spüren ist, weil sie zu gleichen Teilen vertreten ist. Verstehen Sie? Sie kompensieren sich gegenseitig exakt. Mit der Elektrisiermaschine können Sie und ich ein Ungleichgewicht herstellen.«

Er zwinkerte ihr zu. Charlotte hing an seinen Lippen, saugte seine Worte auf. Wie lange hatte sie doch auf so einen Moment gewartet. Sie spürte förmlich, wie unter ihrer Kopfhaut eine der schönen, frisch geölten Maschinen von Monsieur la Mettrie zu laufen begann, sich Räder drehten. Charlotte hakte sich fester an Franklins Arm ein.

»Vielleicht, Mrs. Geispitzheim, haben Sie ja auch schon gehört oder gelesen, dass ich an einem so praktischen Ding wie dem Blitzableiter für jedes Haus, für jede Scheune arbeite. Stellen Sie sich vor, was für eine Kostenersparnis, wenn nichts mehr abbrennen würde. Ich plane, meine Erfindung an jeden Haushalt in den Kolonien zu verkaufen. Ach, Ebenezer«, rief Franklin über seine Schulter, mit der rechten Hand schon auf der Türklinke, »sei doch bitte so freundlich und rede du mit Miller. Richte ihm aus, wenn er seine Bücher weiter zu so unverschämt billigen Konditionen druckt, werde ich ihm zeigen, was ein richtiger Preiskrieg ist.«

Damit verschwanden Charlotte und Benjamin Franklin in den klaren sonnigen Tag und verloren sich auf den Kieswegen zwischen den Bäumen und verstreuten Häusern und Scheunen von Ephrata. Die Frauen in ihren weißen Kutten, an denen die Besucher und ihr Geplapper vorbeigerauscht waren wie ein kurzer Landregen, schrieben in dem dämmrigen Raum weiter akribisch die Noten für ihre überirdischen Gesänge, die Beisel für Ephrata komponiert hatte. Andere zeichneten mit scharfen Federn Blumen, Tauben und Buchstaben, die die Wiederkehr Jesu beschleunigen sollten.

Herbststürme rissen schon die Eicheln von den Bäumen, als sie endlich die letzten Hafer- und Weizengarben, Körbe voller Maiskolben, Rüben, Kohlköpfe und dicke orangerote Kürbisse in die notdürftig abgedichteten Scheunen und Verschläge brachten. Aber noch immer wartete viel Arbeit. Sarah bereitete Sauerkraut zu, genauso wie sie es getan hatte, bevor sie die Pfalz verlassen hatten. Nur in viel größeren Mengen. Acht kniehohe irdene Töpfe, die sie in den kühlen Raum hinter die Küche gerollt und dort aufgestellt hatte, mussten gefüllt werden. Nur dann würde sie zufrieden, weil sicher sein, dass der Vorrat über den Winter reichen würde. Während sie hobelte und hobelte, zog sich Rebecca an ihren Röcken hoch und lernte, aufrecht zu stehen. Gelegentlich schaffte sie auch schon kurze Schritte. Dann beugte sich Sarah zu der Kleinen hinunter und gab ihr einen Kuss.

Auch Charlottes Hände waren schwielig geworden und ihre Arme sonnenverbrannt und sehnig. Umso leichter fiel es ihr jetzt, Hunderte von kleinen narbigen Äpfeln, die sie von den wenigen Bäumen der Iren gepflückt und entkernt hatte, in Scheiben zu schneiden. Sie verteilte sie auf ein Brett und ließ sie von der Sonne antrocknen. Erst dann fädelte Charlotte sie auf lange Schnüre und spannte sie auf dem Dachboden von einer Schräge zur anderen. Wenn sie wieder aus dem Haus heraus ins Freie trat, um die Scheiben zu wenden oder im Gras unter den Bäumen nach weiteren Äpfeln zu suchen, war sie jedes Mal aufs Neue von der Farbe des Himmels überwältigt. Sodass sie eine Weil stand und schaute. Das Blau, das im Sommer durchsichtig, oft weiß betupft und leicht wie Glas gewesen war, dunkelte im Licht der Oktobersonne von Tag zu Tag mehr. Wolkenlos, herzzerreißend großartig und vielleicht, wenn man lange genug schaute, auch ein bisschen einfältig. Wie der Mantel der Maria in der katholischen Kirche, ging es Charlotte durch den Kopf. Nichts schien mit so einem Himmel über dem Kopf unmöglich.

Genau das sagte sie auch Franklin, als er das nächste Mal auf den Hochstettler-Hof kam. Was öfters der Fall war. Denn Franklin schien pausenlos unterwegs zu sein. Sein Pferd, so scherzte er, fände die Straße des Königs, wie die gut befestigte Strecke zwischen Philadelphia und Lancaster hieß, im Schlaf. Von da war es dann nicht mehr weit bis Ephrata. Miller hatte er kurzerhand einen Auftrag gegeben. Das Kloster druckte ihm Bücher, zu den dort üblich niedrigen Preisen. Franklin verkaufte sie in seinem eigenen Unternehmen erheblich teurer weiter. Dementsprechend gut gelaunt half er Charlotte, weitere Schnüre mit Apfelscheiben unter dem Dach aufzuhängen. Bei dieser Gelegenheit zeigte sie ihm auch ihre Elektrisiermaschine, die wie auch schon im Steinhaus ganz oben stand. Weil die Treppe steil und Franklin nicht mehr der Jüngste war und keuchte, hatten sie sich zunächst auf ein Bett gesetzt. In gebührendem Abstand. Erst als sie ihn fragte, wie er es sich denn erkläre, dass es nachweislich diese Unterschiede bei der Elektrizität gebe, rückte er näher.

»Es gibt nur eine einzige elektrische Flüssigkeit. Ist in einem Stoff zu viel von ihr, dann ist er positiv geladen. Gibt es in ihm davon zu wenig, ist er negativ geladen. Wie in den Bilanzen im Geschäftsleben eben auch.«

Franklins Hand schob sich langsam auf ihr Knie.

»Das Fluidum wird von Gegenständen angezogen, die zu wenige elektrische Teilchen in sich haben.«

Nach einer kleinen Pause, in der sich sein Atem wieder normalisiert hatte, setzte er hinzu:

»Ein Prinzip, das übrigens auf alles übertragbar ist, auch auf Menschen.«

»Na ja, dann wohl auch auf Apfelringe«, meinte Charlotte lakonisch und stand auf. Dass sie sich bei ihren Treffen manchmal stritten, ließ sich nicht vermeiden. Denn Charlotte dachte viel über das nach, was er ihr sagte, und las auch wieder in Nollets und Dufays Büchern. Nein, die unitaristische Theorie, wie Franklin sein Gedankengebäude nannte, überzeugte sie nicht restlos. Deshalb traktierte sie ihn immer wieder mit der Frage, wie er denn gefälligst die gegenseitige Abstoßung negativ geladener Körper erklären wolle. Er holte dann jedes Mal zu langen Monologen aus, an deren Ende Charlotte immer noch die Stirn in Falten legte und neue Zweifel anmeldete. Gerade deshalb besuchte er sie wieder.

Von Samuel, der inzwischen recht gut Englisch sprach, ließ sich Franklin alles über Kleeanbau und dessen positive Auswirkungen auf das nächstjährige Getreide erklären. Eifrig kritzelte er alles, was er hörte, in einen kleinen Notizblock. In seinem Kopf entstand bereits ein komplettes Kapitel über die Steigerung der Fruchtbarkeit des Bodens für »Poor Richard's Almanach«.

Am letzten Sonntag im Oktober kamen viele Mitglieder der amischen Gemeinden von Conestoga und sogar vom Maiden Creek, von Northkill und Tulpehocken zu den Hochstettlers auf den Hof. Sie brachten wie zu jedem Gottesdienst ihre Kinder und reichlich Essen mit. Sie sangen wie immer aus dem »Ausbund«, auch das Lied vom »Mägdelein von Gliedern zart, lieblich, schön von guter Art«, das vor zweihundert Jahren zu Tode gefoltert worden war. Charlotte summte ein paar dunkle Töne mit und schaute in die Ferne. Die Gemeinde nahm ihre Anwesenheit stillschweigend zur Kenntnis, Rebecca Lapp allerdings küsste sie zur Begrüßung. Schließlich las Samuel noch über eine Stunde aus dem »Märtyrerspiegel« vor, der sein Hochzeitsgeschenk war. Dann traute der bebrillte Älteste vom Maiden Creek Sarah und Johann. Am Abend gingen die beiden zusammen in das honiggelbe Zimmer unterm Dach. Charlotte hatte zuvor die schwere blaue Steppdecke über das Bett gebreitet. Heimlich schenkte sie Sarah eines ihrer seidenen Hemden. Zart und wie ein champagnerfarbenes Blütenblatt fühlte es sich an. Champagner! Hier in der Wildnis. Charlotte lachte bei dem Gedanken über sich selbst. Aber Franklin hatte ihr gesagt, dass in Philadelphia sehr wohl Champagner getrunken wurde.

»Du kannst es von Zeit zu Zeit anziehen, wenn du allein bist.«

Sarah nickte und rieb den dünnen Stoff zwischen ihren Fingern. Für ein paar Minuten tanzten die beiden wieder ein Menuett zusammen. Aber nur Sarah hörte die Musik dazu.

»Ich danke dir sehr, Charlotte. Für alles, das Hemd, für die Pantoffeln, für das auf dem Schiff… du weißt schon, und dass du mit uns nach Amerika gekommen bist.«

So einen langen Satz hatte Sarah schon lange nicht mehr gesprochen.

»Sie sind es der Wissenschaft schuldig«, sagte Franklin mit gespielt pathetischer Stimme, als er am Tag nach dem ersten Nachtfrost noch einmal auf den Hof ritt. Dass ihm das nicht bekam, sah man ihm an. Seine Schulter schmerze vom Wind, sagte er. Seine Hände seien taub. Wolle sie ihn noch umbringen? Charlotte lachte auf und schlug ihm neckisch auf die rechte Hand. In normalem Ton fügte er hinzu:

»Oder tun Sie es wenigstens für Amerika.«

»Wie meinen Sie das?«

»Weil Amerika mich braucht.«

»Wirklich?«

»Ein Winter ohne Sie, ohne unseren Gedankenaustausch würde mich trostlos und lasch machen. Ich würde vielleicht alles hinwerfen und mich nicht mehr anstrengen, dem Gouverneur und dem König mehr Rechte für diese Kolonie abzutrotzen. Können Sie das verantworten? Ich bitte Sie, schließlich sind Sie jetzt auch Amerikanerin. Wenn Sie nicht mitkommen, ertrage ich die Langweiler und Erbsenzähler im Abgeordnetenhaus nicht mehr.«

Und auch nicht meine Frau, dachte Franklin im Stillen.

»Aber …«

»Kein Aber, Charlotte. Ich bin kein armer Mann, ein Haus für Sie und die Kleine, da Sie mein Gast sind, wäre selbstverständlich. Wo es auch die nötigen Bedingungen für unsere elektrischen Experimente gäbe. Ach, wissen Sie, Amerika, das Amerika, das ich meine, muss neue moralische Maßstäbe setzen. Der Fortschritt, glauben Sie mir, wird von hier kommen. Die Alte Welt wird noch staunen.«

Also packte Charlotte wieder ihre Lockenscheren, seidenen Unterröcke, fünf noch ungeöffnete Rumflaschen, Schminkutensilien und Bücher zusammen, außerdem Rebeccas Häubchen, Hemdchen, Windeln, Decken, Kittel und das erste Paar Schuhe, das Johann kürzlich aus dünnem Leder für sie genäht hatte. Die Schmuckstücke, die noch in den Säumen steckten, würden, wenn sie erst einmal in Philadelphia zu Geld gemacht waren, noch eine Weile reichen. Charlotte überschlug die Summe vage im Kopf und beschloss, sich vorerst keine Sorgen zu machen. Auch wenn die Morgen schon neblig und frisch waren, spannte sich ab Mittag der Himmel wieder alles versprechend blau.

Es war gut, dass Johann beim Abschied ununterbrochen redete. Davon, dass Charlotte in Philadelphia neuen amischen Ankömmlingen aus der Pfalz Ratschläge geben könnte, wo sie siedeln sollten. Vielleicht kämen dann mehr an den Cocalico, und eine eigene Gemeinde würde hier entstehen, mit einem Ältesten, und sie bräuchten am Sonntag nicht mehr so weit unterwegs sein, um zum Gottesdienst zu kommen. Ach ja, und könnte Charlotte bitte in Erfahrung bringen, ob der Gouverneur wieder etwas für erlegte Eichhörnchen zahlte? Und wenn ja, wie viel? Eine Umarmung, ein Händedruck, und Samuel verzog sich in den Stall. Sarahs Gesicht verlor seinen Butterschimmer und wurde so fahl, dass die Sommersprossen hart wie Kupfer wirkten. Sie presste die Lippen aufeinander und drückte Rebecca, die nichts verstand und lachte, in ihren Schoß. Charlottes Haar befand sich in Auflösung. Aber erst als sie unter der Plane des Wagens saß, der sie zusammen mit einer Ladung frisch gebundener Bücher von Ephrata über Lancaster, Strasburg und eine Siedlung namens Gap nach Philadelphia bringen sollte, weinte sie.

Der erste Teil der Strecke war eine Tortur. Voller Löcher und Steine, dann wieder schmierig ausgewaschen und abschüssig. Die Speichen unter ihr knarzten, und Charlotte wurde durchgeschüttelt wie im Sturm auf der »Good Intent«. Sie war froh darüber. Immer wieder auf der Bank sich auszubalancieren, half ihr, nicht völlig die Beherrschung zu verlieren. Rebecca, warm in Decken eingewickelt, schlief in ihren Armen. Charlotte kam es vor, dass sie sich an diesem Bündel festhielt. Das Rumpeln der Räder ließ Bild über Bild auf sie einstürzen. Die Mutter, die mit nichts als einem kirschroten Mantel auf und davon war. Der Vater hatte daraufhin einen Monat sein Bett nicht mehr verlassen. Das Kirschrot des Mantels würde sie nie vergessen, wie eine böse herausgestreckte Zunge hatte ein langer Zipfel davon aus der Kutsche, die der Fürst geschickt hatte, herausgehangen. Dann lag sie plötzlich fiebernd und übel riechend in dem Bett ihrer Kindheit. War ihr Vater tot? Warum schaute er nie nach ihr? Der Kutscher drehte sich ein paar Mal um und wunderte sich, dass eine Frau in so einem schönen Kleid so hemmungslos weinte.

Als Rebecca aufwachte, gab Charlotte ihr aus einem Becher Milch und gelbes Maisbrot, das die Kleine so mochte. Sarah hatte ihnen Unmengen von Wegzehrung für die Reise eingepackt. Was unterschied sie von ihrer Mutter? Charlottes Herz flatterte, und sie bemerkte nicht, dass sie die Höhen endgültig hinter sich ließen und die große Ebene von Lancaster sich vor ihnen ausbreitete. Die Felder waren abgeerntet, große Schwärme tiefschwarzer Rabenvögel ließen sich kreischend nieder und stoben, als der Wagen näherrumpelte, wieder auf. Schmuckstücke, französische Perücken und Wertpapiere. Trotzdem hatte die Mutter sich immer gelangweilt, auch der Kirchheimer Hof und die elegante Welt hatte ihr nicht das gegeben, was sie gesucht hatte.

Würde sie selbst finden, was sie suchte? Würden die elektrischen Experimente mit Franklin sie zufrieden machen? Doch, sie nahm es an. Franklin war der Türöffner für eine neue, aufregende Zeit. Außerdem mochte sie ihn, kauzig und vor allem intelligent wie er war. Eine Weile ließ sich Charlotte wie benommen hin und her schaukeln, das rasende Herzpochen ließ nach. Ihre Gedanken flogen zu der einzigen, aber großen Schwachstelle in Franklins Theorie. Sie grübelte darüber nach, warum er nicht wirklich schlüssig begründen konnte, dass sich negativ geladene Körper abstießen. Oder seine Theorie war doch falsch, und die Dualisten hatten recht. Auf jeden Fall müssten sie den Versuch mit dem Drachen noch einmal zusammen wagen. Unvermutet öffnete Rebecca die Augen und gähnte. Charlotte beugte sich über sie und drückte ihr Gesicht auf das warme duftende ihrer kleinen Tochter. Wieder sah sie den kirschroten Mantel. Die Farbe war greller und bedrohlicher, als sie in Wirklichkeit je gewesen war.

Der Kutscher blieb stumm und wog nur die goldene Taschenuhr, die ihm Charlotte gab, eine Weile in seiner Hand. Dann drehte er sie um. Auf der Rückseite trug sie ein geschweiftes Monogramm.

»Dux Weilheim-Nassau«, sagte Charlotte tonlos. Der Kutscher, der auf einer Insel vor der schottischen Küste geboren war, zuckte verständnislos mit den Schultern. Dann biss er prüfend in den Deckel der Taschenuhr und steckte sie schließlich ein. Zehn Meilen vor Lancaster fütterte und tränkte er seine Pferde und kehrte dann um.

Durch die Ritzen der Stämme des Holzhauses drangen Stimmen und Licht. Aus beiden Kaminen bliesen zarte Rauchfahnen. Es war fast schon Abend. Johann öffnete die Tür. Gleich hinter ihm standen Sarah und Samuel. Sie drückte Sarah das Deckenbündel, in dem Rebecca steckte, in die Arme, stellte die Tasche mit den Sachen der Kleinen auf den Boden, drehte sich wortlos um und lief zum Wagen zurück. Jemand rief ihren Namen. Sie stieg ein. Der Kutscher schnalzte mit der Peitsche und trieb sofort seine Pferde an. So hatte Charlotte es von ihm verlangt.

Als sie irgendwann schließlich und endlich doch in Lancaster ankamen, ballten sich dunkle Wolken über der kleinen Stadt. Er rieche ein Gewitter, meinte der Kutscher, als sie sich auf die Uhrzeit für die Abfahrt am nächsten Tag verständigten. Charlotte bezog Quartier in einem der Räume über einem Wirtshaus. Sie schaute auf und ihr Blick war klar und bestimmt, als man ihr Bier und Essen servierte. Sie aß, danach zog sie sich bedächtig aus und schlüpfte in das klamme Bett. Wenn der Winter kam, würde Rebecca mit unter die blassblaue Steppdecke geholt und gewärmt werden. Sie würde aus Tassen trinken, deren Henkel nicht abgeschlagen waren, und jemand würde ihr Umschläge bereiten und bei ihr wachen, wenn sie krank wurde. Vielleicht würde Sarah sogar heimlich mit ihr tanzen. Und sie selbst würde immer einen guten Grund haben, auf den Hochstettler-Hof am Cocalico zu kommen. Es blitzte und donnerte grollend, und der Himmel leuchtete gleißend hell auf. Aber Charlotte schlief tief und ruhig.

Danksagung

Jedes Buch ist wie ein amischer Quilt, in den das Wissen und die Mühe vieler mit eingehen. Einigen Menschen schulde ich ganz besonderen Dank. An erster Stelle Gary Waltner, der die Bibliothek und das Archiv der Mennonitischen Forschungsstelle auf dem Weierhof in der Pfalz leitet. Ohne die herzliche und kluge Großzügigkeit, mit der er mir Einblick in Geschichte und Wesen der Täufer in Deutschland und Amerika gewährte, hätte ich dieses Buch nicht schreiben können. Wiebke Herr vom Interdisziplinären Zentrum für Wissenschafts- und Technikforschung der Universität Wuppertal verdanke ich wertvolle Hinweise, um den Umgang mit der Elektrizität im achtzehnten. Jahrhundert besser zu verstehen. Den freundlichen Mitarbeitern der Lancaster Mennonite Historical Society schulde ich Dank für viele gute Literatur- und Quellentipps, ebenso Violet Lutz von der wunderschönen historischen Bibliothek der German American Society in Philadelphia. Die Aktion PfalzStorch e.V. versorgte mich mit Information über historische Wiesenwässerung in der Region. Unvergesslich sind mir die Wärme und Aufrichtigkeit der amischen Famile Yoder, die mich als eine von draußen aus der Welt vor mehr als zwanzig Jahren auf ihrer Farm in Ohio aufnahm. Jochen Lahl stellte mir sein Haus in Würzburg zum Schreiben zur Verfügung, ebenso wie Nick Larrett mehrere Male das seine in der Altstadt von Antibes, mit dem mich auf immer wunderbare Erinnerungen verbinden. Ich danke meiner Agentin Petra Eggers, die hinter den Kulissen die Fäden mit Verve und Sachverstand gezogen hat, meiner ehemaligen Lektorin, Linda Walz, auf deren Gespür ich auch bei diesem Buch vertrauen konnte, und ganz besonders Christian Rohr, der mir mit Geduld, Anregungen und einem grandiosen Sprachgefühl ein idealer Sparringpartner war. Was aber hätte ich ohne meinen Mann gemacht, der, während ich recherchierte oder schrieb, mit unserem Sohn Latein paukte, unsere älteste Tochter liebevoll durch die seelischen Untiefen der Pubertät begleitete, mit unserer jüngsten Tochter bis in die Dunkelheit Fußball spielte und unseren Hund früh morgens spazieren führte? Danke Roland!